4,-

»Carlene Thompson weiß einfach, wie sie ihre Leser fesselt.«
Kirkus Reviews

Als ihr Vater und ihre Stiefmutter in jener Nacht ermordet werden, beginnt für Teresa Farr ein Albtraum. Auch ihre kleine Schwester Celeste, die seit dieser Nacht kein Wort mehr gesprochen hat, ist schwer traumatisiert. Dabei gestand der Serientäter Lee Byrnes die Tat und wurde zu lebenslänglicher Haft verurteilt.

Doch jetzt – acht Jahre später – beginnt Teresas Schwester, über diese furchtbare Nacht zu sprechen. Und plötzlich widerruft Lee Byrnes sein Geständnis. Teresa muss alles aufbieten, um die Wahrheit herauszufinden, denn der Killer von damals hat sie immer noch im Visier.

Carlene Thompson wurde in Parkersburg, West Virginia, geboren. Sie unterrichtete englische Literatur an der Universität von Rio Grande in Ohio und lebt heute als freie Schriftstellerin mit ihrem Ehemann in Point Pleasant, West Virginia. Im Fischer Taschenbuch Verlag sind sämtliche Romane von ihr lieferbar.

Besuchen Sie auch die Website der Autorin: www.carlenethompson.us
Unsere Adresse im Internet: www.fischerverlage.de

Carlene Thompson

Wenn du jetzt sprichst

Kriminalroman

Aus dem Amerikanischen
von Astrid Gravert

Fischer Taschenbuch Verlag

Veröffentlicht im Fischer Taschenbuch Verlag,
einem Unternehmen der S. Fischer Verlag GmbH,
Frankfurt am Main, Januar 2011

Die amerikanische Originalausgabe erschien 2008
unter dem Titel »If you ever tell«
bei St. Martin's Press, New York, N.Y.

Dieses Werk wurde im Auftrag von St. Martin's Press L. L. C.
durch die Literarische Agentur Thomas Schlück GmbH,
30827 Garbsen vermittelt.
Für die deutsche Ausgabe:

Gesamtherstellung: CPI – Clausen & Bosse, Leck
Printed in Germany
ISBN 978-3-596-18587-0

Für April Blankenship
und ihren treuen Freund, Promise

Dank an Jennifer Meadows
Besonderer Dank an Bridget, Rebekah und Laurah Bush

Prolog

Acht Jahre zuvor

Teresa Farr wusste nicht, was sie in jener warmen Nacht Ende April aufgeweckt hatte. Sie schlug die Augen auf, und ein sanfter Luftzug vom halbgeöffneten Fenster strich über ihr Gesicht, die leuchtenden Ziffern der Digitaluhr auf ihrem Nachttisch sprangen von zwei Uhr 57 auf zwei Uhr 58. Sie wusste, dass etwas nicht stimmte.

Einige Augenblicke lag sie mit geöffneten Augen ganz still da, um sicher zu sein, dass sie nicht gerade aus einem Albtraum erwacht war. Aber sie war nicht erleichtert. Sie merkte, dass sie vollkommen wach war und gefangen in einer Atmosphäre, die mit greifbarer Spannung aufgeladen war – Spannung und Gefahr.

Sie wollte laut schreien, so wie sie es getan hatte, als sie ein Kind gewesen war, sich in der Nacht gefürchtet hatte und ihre Mutter herbeigestürzt war, um ihr zu versichern, dass alles in Ordnung war. Aber sie war kein Kind mehr. Teresa war siebzehn, ihre Mutter war krank – sie funktionierte nicht einmal mehr, denn die Depressionen, die sie ihr Leben lang gehabt hatte, waren durch eine demütigende Scheidung noch schlimmer geworden. Und Teresas Vater, Hugh, hatte wieder geheiratet, seine frühere Sekretärin Wendy, ein habgieriges Püppchen um die dreißig.

Jeder außer Hugh schien zu wissen, dass Wendy sich nur deswegen von ihrem jungen Ehemann Jason hatte scheiden lassen und einen neunzehn Jahre älteren Mann geheiratet hatte, weil dieser Hauptaktionär und Präsident der Farr Coal Company war. Ein Unternehmen, das mindestens dreißig Millionen Dollar wert war. Teresa und ihr Bruder Kent hassten Wendy. Doch irgendwie hatte diese oberflächliche Frau es geschafft, ein intelligentes, niedliches achtjähriges Kind namens Celeste zu bekommen, das man einfach gernhaben musste.

Da sie das Gefühl hatte, dass etwas nicht stimmte, wollte Teresa aus dem Bett springen, auf den Flur stürzen und das helle Deckenlicht anschalten. Aber sie hatte schon fürchterlichen Ärger mit ihrem Vater gehabt, weil sie so spät gekommen war. Er war wütend auf sie gewesen, hatte wissen wollen, wo sie gewesen war, was sie gemacht hatte und mit wem sie um Gottes willen zusammen gewesen war. Als er bei ihr nur auf eisiges Schweigen gestoßen war, hatte er noch zehn Minuten weitergeschrien und ihr dann befohlen, nach oben auf ihr Zimmer zu gehen. Teresa konnte sich vorstellen, wie wütend er sein würde, wenn sie das ganze Haus wegen ihrer kindischen Angst aufweckte.

Trotzdem konnte sie nicht die Augen schließen und so tun, als ob alles in Ordnung wäre.

Sie schlug die leichte Decke zurück, schwang ihre nackten Füße auf den Boden und stand auf. Sie hatte die Vorhänge nicht zugezogen, und das Mondlicht schien unheimlich ins Zimmer. Sie zögerte, bevor sie die Tür ihres Zimmers öffnete.

Zuerst fiel ihr nichts Merkwürdiges auf. Im Haus war es still. Die kleine Tiffanylampe, die Teresa so gern mochte, leuchtete auf einem Tisch in der Nähe des Badezimmers, ein Wegweiser für die kleine Celeste, deren Zimmer an der Vorderseite des Hauses lag. Hugh und seine Frau Wendy benutzten das große Schlafzimmer genau gegenüber von Teresas Zimmer.

Und tatsächlich, etwas stimmte nicht. Nachts war die Tür von Hughs und Wendys Schlafzimmer immer geschlossen.

Aber jetzt nicht.

Zögernd ging sie zu der Tiffanylampe, die ihre Mutter gekauft und besonders geliebt hatte. Eines ihrer Lieblingsstücke zu betrachten hatte für Teresa etwas Tröstliches. Das Licht schien sanft durch den Glasschirm mit den feinen blauen und roten Blüten. Diese zu berühren war wie einen Glücksbringer zu berühren. Dumm, aber beruhigend.

Während Teresa neben der Lampe stand, sah sie zu Hughs und Wendys halbgeöffneter Schlafzimmertür. Sie konnte dahinter nichts sehen. Sie holte tief Luft und ging entschlossen durch die offene Tür ins Schlafzimmer, wie immer überrascht, einen dicken Teppich unter den Füßen zu spüren.

Teresas Mutter hatte den hochglänzenden Mahagonifußboden geschätzt, den hier und da hübsche Aubusson-Läufer in sanften Farbtönen schmückten. Wendy hatte sich beklagt, dass sich der Fußboden an ihren nackten Füßen kalt anfühlte, und Hugh hatte sofort veranlasst, dass der Raum mit Teppich ausgelegt wurde – in grellem Pink, das Wendy zu kirschroten Vorhängen mit Fransen und Troddeln ausgewählt hatte. Ein Anblick, bei dem jeder zurückschreckte.

Aber heute Nacht störte Teri die grässliche Ausstattung des Raumes am wenigsten. Sie hörte weder Wendys Gemurmel im Schlaf noch das gelegentliche Schnarchen ihres Vaters. Es ist ein großes Zimmer, und ich bin zu weit vom Bett entfernt, um etwas zu hören, sagte sie sich.

Teresa hatte die Deckenbeleuchtung nicht angemacht, um die beiden nicht zu wecken, aber sie trat einige Schritte näher an das Doppelbett heran, von dem sie wusste, dass es genau vor ihr war. Dann blieb sie stehen und horchte wieder.

Kein Laut kam vom Bett. Kein Geräusch von jemandem, der sich im Schlaf bewegte, nicht einmal das tiefe Atemgeräusch von Menschen, die friedlich schlafen. Teresa hörte absolut nichts.

Aber sie hatte etwas gerochen – frisch, stark und kupfern. Kupfern. Sie hatte schon einmal Blut gerochen, und jetzt roch sie es wieder. Es ist kein Blut, du machst dir nur selbst Angst.

Sie nahm ihre ganze Willenskraft zusammen, ging zum Fußende des Bettes an Wendys Seite. Teresa hatte beschlossen, lieber Wendy aufzuwecken als Hugh, der sie doch nur wieder anschreien würde. Also berührte sie mit ihrer linken Hand sanft Wendys Bein unter der Decke. Wendy bewegte sich nicht.

Unten schlug die große Uhr dreimal. Sie gehörte auch Teresas Mutter, und Teresa hatte den ungewöhnlich tiefen Klang der Schläge immer geliebt, aber in jener Nacht klangen sie merkwürdig bedrohlich. Sie hatte tief Luft geholt und sich gezwungen vorwärtszugehen. Dabei trat sie in eine nasse Stelle auf dem Teppich, während ihre Hand über Wendys schlüpfrigen Unterleib strich und dabei fast in einen tiefen Schlitz glitt.

Teresa hatte laut geschrien. Sie hatte die Hand von Wendys Bauch gezogen, sie vor den Mund geschlagen, bemerkt, dass Blut davon tropfte, und wieder geschrien. Dann war sie, ohne nachzudenken, zur Wand gelaufen und hatte nach dem Lichtschalter für die Deckenbeleuchtung getastet. Wendy hatte für ihr Zimmer einen der größten Kronleuchter ausgesucht, den sie finden konnte, Teresa hätte genauso gut ein Flutlicht einschalten können. Das Zimmer wurde hell erleuchtet, und für einen Moment war Teresa geblendet. Sie schloss kurz die Augen, öffnete sie dann und sah das Bett und die Menschen darin, mit dunklem, schimmerndem Rot bespritzt.

Teresa war sich nicht bewusst, dass ihre Stimme die Stille der Nacht durchschnitt. Die blutige Szene erschien ihr merkwürdig entfernt, als sie zur Bettseite ihres Vaters lief und ihn mit gespreizten Gliedmaßen liegend fand, wie ein Insekt, das präpariert werden soll. Der Hals war aufgeschlitzt, aus dem Bauch sickerte Blut. Sein linker Arm schien nach Wendy zu greifen, deren hübsches Gesicht jetzt bis zur Unkenntlichkeit zerstört war, ein Gewirr von Rissen und Furchen. Ihr blondes Haar schlängelte sich in nassen, roten Strähnen über den weißen Satinkissenbezug.

Teresa war zurückgewichen, schluchzend, und hatte Mühe, sich nicht zu übergeben. Dann merkte sie, dass sie noch immer schrie. Sie hörte, wie die Dänische Dogge der Nachbarn wie wild zu bellen und heulen begann. Teresa blickte auf, und durch eines der Badezimmerfenster sah sie Lichter im Nachbarhaus angehen. Ihr Schreien und das Bellen des Hundes hatten die Nachbarn aufgeweckt, dachte sie erleichtert. Sie zwang sich, tief Luft zu holen. Dann kam ihr schlagartig die achtjährige Celeste in den Sinn.

Ohne nachzudenken, schaltete Teresa das Deckenlicht aus, als wenn es jemanden stören würde, und stürzte aus dem Raum, lief den Flur entlang, stieß im Dunkeln gegen einen kleinen antiken Tisch. Sie schrie auf und stolperte seitwärts gegen den kräftigen, aufrechten Körper eines Erwachsenen.

»Nein. Bitte«, brachte Teresa hervor, bevor der Schmerz ihren linken Arm hinunterschoss, der scharfe Schmerz einer Messerklinge. Oh Gott, jetzt muss ich sterben sterben, dachte sie verzweifelt.

Als Teresa nach der klaffenden Wunde in ihrem Arm griff, trat die Person näher an sie heran, und sie nahm einen vertrauten Geruch wahr. Sandelholz. Ihre Mutter benutzte immer ein Parfüm, das Sandelholz enthielt. Sie warf einen kurzen Seitenblick auf die schattenhafte Gestalt neben sich – eine Gestalt, die größer war als sie, die einen glatten Mantel aus Plastik oder Vinyl trug, deren Kopf mit einer großen Kapuze bedeckt war, so dass das Gesicht nicht zu erkennen war. Teresa stand völlig regungslos, wie ein Tier, das auf den unvermeidlichen tödlichen Angriff wartet. Sie hatte aufgehört zu atmen und sah, wie sich eine Hand mit Latexhandschuh unter die Kapuze schob und zwei Finger zu versteckten Lippen hob, die ein sanftes, langgezogenes »Schhhh« ausstießen. Der besänftigende Laut klang unheimlich in Teri nach. Sie beobachtete, wie die Gestalt entschwand wie ein Traumbild – fort, die Treppe hinunter und aus dem Haus.

Die Gestalt war von der Vorderseite des Hauses gekommen – aus Celestes Zimmer.

»Celeste«, brachte Teresa mit dünner Stimme hervor, ihr Hals war wie zugeschnürt. Sie hetzte den Flur hinunter und schrie noch mal: »Celeste!«

Als Teresa das Zimmer des Kindes erreichte, blieb sie abrupt stehen. Sie hyperventilierte, und ihr Herz schlug so heftig, als könnte es ihr die Rippen brechen. Den Schmerz in ihrem aufgeschlitzten Arm nahm sie gar nicht mehr wahr. Ich kann das nicht, dachte sie für einen Moment wie erstarrt, ich kann nicht in dieses Zimmer gehen.

Aber ihr Körper hatte nicht auf ihren Kopf gehört, und sie war auf Zehenspitzen hineingegangen. Im Mondlicht sah sie das unordentliche Bett. Langsam, angsterfüllt war Teresa dem gedämpften Lichtstrahl von Celestes Nachtlicht gefolgt. Die Lampe hatte die Form eines weißen Pferdes, Teresa hatte sie ihr zu Weihnachten geschenkt, und Celeste liebte sie und hatte sie Schneeflocke genannt.

Teresa ging zum Bett. »Celeste«, sagte sie leise. Schweigen. Aber im Schein des Nachlichtes waren keine Blutflecken zu erkennen. Teresa strich über die zerwühlten Decken. Nichts. Das Bett war leer.

Sie sah auf, und neben dem Schein des Nachtlichtes entdeckte sie Celestes Spielzeugkiste. Teresa zitterte unkontrolliert, aber sie zwang sich, direkt zu der Kiste zu gehen, den Deckel zu heben, um Celeste dann wie zu einem Ball zusammengerollt, bewegungslos am Boden der Spielzeugkiste liegen zu sehen. Teresa entdeckte auch die Blutspritzer, die sie zuvor auf dem Bett erwartet hatte. Das Kind hatte versucht, sich zu verstecken – aber es war ihm offensichtlich nicht gelungen.

»Nein«, Teresa stöhnte. Verzweiflung ergriff sie wie eine kalte Welle, als sie den starren Körper des Kindes aus der sargähnlichen Kiste hob. »Celeste«, brachte sie mühsam hervor. »Oh Gott, Süße, bitte sei nicht tot!«

»Bin ich nicht«, antwortete sie mit rauer, ausdrucksloser Stimme. »Ich bin … nicht … tot.«

Teresa brach in Tränen der Erleichterung aus, nicht ahnend, dass Celeste in den folgenden acht Jahren nicht mehr sprechen würde.

Erstes Kapitel

Acht Jahre später

1

»Hast du noch Platz für Nachtisch gelassen?«

Die hübsche Kellnerin bei Bennigans lächelte Celeste Warner an. Celeste sah sie ruhig aus großen himmelblauen Augen an, die perfekt geschwungenen Lippen lächelten fast, ihre langen blonden Haare wurden durch ein schmales rosa Samtband aus der glatten Stirn gehalten.

»Ich glaube, wir hatten genug, oder?«, antwortete Jason Warner fröhlich und sah seine sechzehnjährige Tochter an, als wenn er eine Antwort erwartete. Aber so war es nicht. Celeste hatte nicht mehr gesprochen, seitdem ihre Mutter vor acht Jahren ermordet und ihr selber in den Bauch gestochen worden war, als sie im Haus der Farrs gewohnt hatte. Jason sah wieder die Bedienung an, die so tat, als würde sie Celestes Schweigen oder Unbewegtheit nicht bemerken. Sie hatte Jason und seine Tochter schon öfters bedient. »Ich denke, Sie können uns die Rechnung bringen«, sagte er. »Das Essen war übrigens großartig.«

»Danke!« Die Kellnerin klang so erfreut, als hätte sie das Essen selbst gekocht. »Ich bringe die Rechnung gleich, aber lassen Sie sich ruhig Zeit.«

Jason entging der strenge Blick nicht, den der Geschäftsführer der jungen Frau zuwarf. Es war Samstag 12 Uhr 55 und überfüllt bei Bennigans. Jason wusste, dass der Geschäftsführer nicht wollte, dass Angestellte die Kunden aufforderten, sich Zeit zu lassen. Er öffnete schnell den unauffälligen schwarzen Vinylumschlag, warf einen Blick auf die Rechnung, zog einen Zwanziger und einen Zehner heraus und sah dann wieder seine Tochter an. »Ich habe genug dagelassen, nicht nur für das Essen, sondern auch Trinkgeld. Dann muss unsere Bedienung keine Zeit verschwenden und uns Wechselgeld bringen«, erklärte er.

Celeste blinzelte nur. Was würde ich dafür geben, sie lächeln zu sehen, dachte Jason. Himmel, es wäre mir sogar recht, wenn sie einen Wutanfall kriegen würde. Er hatte einmal gehört, wie jemand Celestes Gesichtsausdruck als einfältig bezeichnet hatte, und war wütend gewesen. Nicht nur weil es eine Beleidigung war, sondern weil die Person recht hatte. Celeste war zwar hübsch, zeigte aber weniger Gefühle als eine zufriedene Kuh.

Jason blickte sich um und versuchte, gutgelaunt auszusehen, um seine düsteren Gedanken zu verbergen. »Junge, heute ist es hier sogar noch voller als sonst, findest du nicht auch, Schätzchen?« Nichts. Eine Gruppe von Leuten ging an ihnen vorbei, alle lachten und schwatzten. Ihre Lebhaftigkeit kam ihm angesichts der unheimlichen Verschlossenheit seiner Tochter fast grausam vor. Aber entschlossen, sich nicht entmutigen zu lassen, klopfte Jason auf seinen schlanken Bauch und lächelte: »Ich habe zu viel gegessen, Celeste. Du auch?« Nichts. »Gut, wollen wir in den Park gehen?«

Jason wartete, bis die Leute an ihrem Tisch vorbeigegangen waren, und stand dann auf. Anstatt auch aufzustehen und mit gesenktem Kopf knapp hinter ihm zu gehen, wie sie es sonst tat, blieb Celeste regungslos sitzen. Jason war so daran gewöhnt, dass sie sofort vom Tisch aufstand, dass er schon fast an der Tür war, bevor er bemerkte, dass sie noch am Tisch saß. Er eilte zu ihr zurück. Sie saß geradezu unheimlich bewegungslos da, die Stirn gerunzelt. Dann neigte sie den Kopf nach hinten und schnupperte, als wenn sie etwas roch. Überrascht vom geringfügigsten Anzeichen einer Reaktion bei ihr, stürzte Jason in die Nische und sah sie scharf an.

»Ist etwas nicht in Ordnung, Schätzchen?«

Celeste runzelte die Stirn noch stärker, während sie tief Luft holte und sie anhielt. Er hatte sie seit acht Jahren nicht die Stirn runzeln sehen. Jason setzte sich wie gebannt. Dann überkam ihn Ärger. Bei Bennigans war samstags immer viel los, aber heute schien es, als ob halb Point Pleasant zum Lunch gekommen wäre. Es war laut, und Leute drängelten sich neben ihrer Nische. Ich hätte mit Celeste irgendwohin gehen sollen, wo es ruhiger ist, weniger voll, dachte er. »Du drängst sie zu stark«, sagte seine Mutter manchmal, und er knirschte dann mit den Zähnen.

Aber in solchen Situationen erinnerte Jason sich daran, dass seine Mutter durch Liebe und stets aufmerksame Fürsorge aufwog, was sie an Feingefühl vermissen ließ. Ohne zu zögern, hatte sie Celeste nach dem Mord an Wendy aufgenommen. »Du kannst dich nicht um sie kümmern – du musst arbeiten«, hatte sie Jason gegenüber argumentiert, als Celeste aus dem Krankenhaus und der Reha-Klinik entlassen wurde, nachdem sie damals so grausam verletzt worden war.

Celeste hatte sich körperlich vollständig erholt, aber die emotionalen Wunden schienen nicht zu heilen. Zwei Psychiater und zwei Psychologen waren sich einig, dass ihr Schweigen und ihr emotionaler Rückzug eine Folge des Schocks war. Zwei Jahre später sagten sie, sie wären fast sicher, dass ihre Stummheit inzwischen freiwillig sei und dass sie einen Mangel an Gefühlen vortäusche. »Celeste hat keinen Hirnschaden erlitten. Sie hat sich entschlossen, zu schweigen und sich distanziert zu verhalten«, hatte einer von ihnen zu Jason gesagt. »Ich bin mir nicht sicher, warum – vielleicht will sie einfach nicht über die Morde und den Angriff auf sich sprechen. Aber sie wird sich nicht für immer so verhalten. Haben Sie Geduld,

Mr Warner. Celeste wird sprechen, wenn sie so weit ist.« Also hatte Jason sie mit nach Hause zu Fay genommen, die aber seine Argumente sofort abgewehrt hatte, dass es für sie allein zu anstrengend sei, sich um Celeste zu kümmern, und dass sie professionelle Hilfe bräuchten.

»Sei nicht albern«, hatte sie gesagt. »Die sogenannten Professionellen haben Celeste kein bisschen geholfen. Außerdem tust du mir einen Gefallen, wenn du mich für sie sorgen lässt. Und für dich. Ich bin den ganzen Tag alleine zu Hause, seitdem dein Vater tot ist, und werde noch verrückt. Ich will nützlich sein. Ihr beide braucht mich, und ich brauche euch. Denk an meine Worte – es wird gut funktionieren.«

Und das hat es. Aber gerade jetzt wäre Fay Warner unzufrieden mit ihm, dachte Jason missmutig. Sie würde darauf hinweisen, dass er hätte wissen müssen, dass das Restaurant überfüllt war, weil der Parkplatz voll war. Sie würde sagen, er hätte nicht dorthin gehen sollen, nur weil er die fröhliche Atmosphäre mochte. Sie würde – plötzlich beugte sich Celeste zu Jason, blickte ihn durchdringend an und sagte mit rauer Stimme: »Der Mond war hell in der Nacht, aber ich habe trotzdem mein Nachtlicht angemacht – mein Pferdenachtlicht Schneeflocke, das Teri mir geschenkt hat. Ich habe das Nachtlicht geliebt, weil es ein Pferd war und weil es ein Geschenk von Teri war.«

Jason starrte seine Tochter an, die grauen Augen aufgerissen, den Mund leicht geöffnet. Zuerst war er nur fassungslos, weil sie nach acht langen Jahren endlich gesprochen hatte. Dann überkam ihn kurz eine Welle der Freude, dass die Ärzte recht gehabt hatten – endlich war der Moment gekommen, in dem sie beschlossen hatte zu sprechen. Dann wurde ihm mit einem Schlag klar, dass sie die Nacht beschrieb, in der ihre Mutter ermordet worden war.

Celeste runzelte noch stärker die Stirn, ihre Augen wurden schmal, und sie fuhr mit unbeteiligter Stimme fort: »Ich kam gerade aus dem Badezimmer, als jemand Mamis Schlafzimmertür öffnete, ganz leise und vorsichtig.«

Jason berührte mit der Zunge seine trockenen Lippen und brachte einen Moment später heraus: »Wer kam aus Mamis Schlafzimmer?«

Celeste sah verwirrt aus. »Ich konnte nur jemanden mit Kapuze sehen.«

»Eine Kapuze?« Celeste nickte. »Du könntest nichts über die Person sagen?«

»Sie trug etwas Langes, Schwarzes – es sah aus wie ein großer Mantel. Und die Augen ... sie waren groß, mit dunklen Schatten drum herum.« Celeste schauderte. »Ich konnte mich nicht bewegen. Ich habe nur Yogi festgehalten.« Yogi, erinnerte sich Jason, war ihr großer Plüschbär. »Die Gestalt machte ein lautes, überraschtes Geräusch. Sie wusste nicht, dass ich da war. Dann stach sie mich mit einem Messer, so schnell, dass ich nicht wusste, was passierte. Das Messer durchstach Yogi. Ich weiß, dass ich auch damit gestochen wurde, aber ich habe es nicht gespürt. Viel von meinem Blut floss in Yogi. Eine Krankenschwester hat mir erzählt, dass er deshalb weggeworfen werden musste.« Celestes Augen füllten sich mit Tränen. »Ich habe Yogi geliebt, und er wurde einfach weggeworfen!«

Verdammte geschwätzige Krankenschwester, dachte Jason wütend. Wusste sie nicht, dass sie es mit einem traumatisierten Kind zu tun hatte?

Celeste wischte eine Träne weg, die ihr übers Gesicht lief. »Nachdem wir mit dem Messer gestochen worden waren, hielt ich Yogi ganz fest und bin zurück in mein Zimmer gelaufen.«

Jason zwang sich, den Mund zu halten. Seine Tochter sah ihn mit großen Augen an, die plötzlich voller Schrecken und Schmerz waren, der erste Gefühlsausdruck, den er seit einer Ewigkeit darin gesehen hatte. Er griff hinüber und berührte ihre Hand und ihre Finger umklammerten die seinen. Er sagte leise: »Es tut mir leid wegen Yogi, aber er hat dir wahrscheinlich das Leben gerettet. Das hätte ihn glücklich gemacht.« Eine weitere Träne lief Celestes Wange hinunter. »Schatz, hat dich die Person in deinem Zimmer niedergestochen?«

»Nein, ich hab dir doch gesagt, es war im Flur. Dann bin ich in mein Zimmer gelaufen.«

Die Polizei hatte vermutet, dass Celeste jemanden im Haus gehört und sich in ihrer Spielzeugkiste versteckt hatte, wo der Mörder sie in den Bauch gestochen hatte. Sie dachten, Celestes Blut im Flur wäre vom Messer des Mörders getropft, als er von Celeste auf dem Weg zum Schlafzimmer der Farrs war. Jetzt schien es, dass Celeste das Blut tatsächlich selbst verloren hatte, als sie zurück zu ihrem Zimmer gelaufen war.

»Aber er wollte noch auf mich einstechen. Er ist mir gefolgt«, fuhr Celeste heftig fort, die Stimme erhebend, als hätte sie Angst, die Fähigkeit zu sprechen wieder zu verlieren. »Einmal haben Teri und ich gespielt, und da hat sie gesagt, die Spielzeugkiste wäre ein gutes Versteck, weil ich nicht viel Spielzeug darin hätte. Also bin ich rein, um mich zu verstecken.

Aber als ich den Deckel schließen wollte, hörte ich, wie sich jemand meinem Zimmer näherte. Ich wusste, diesmal würde ich getötet werden. Dann hörte ich Schreien. Und der große Hund von nebenan bellte und knurrte und weckte andere Hunde auf.« Celeste hielt inne, als wenn sie atemlos wäre, und sagte mit erschöpfter Stimme: »Und ich bin nicht getötet worden.«

Jason wusste, dass er Celeste in einem überfüllten Restaurant nicht weiter fragen sollte, aber er fürchtete, wenn er sie zum Gehen veranlasste, würde die Unterbrechung ihrer Aufmerksamkeit bewirken, dass sie wieder aufhörte zu sprechen. Vielleicht für Monate oder sogar Jahre. Er nahm einen Schluck Wasser, räusperte sich und sagte kaum mehr als flüsternd:

»Liebes, bist du sicher, dass du nicht weißt, wer dich mit dem Messer gestochen hat?«

»Ich glaube nicht ...« Ihre Lippen zitterten. »Nein.«

Jasons Augen wurden schmal. »Du meinst, was du zuerst gesagt hast. ›Ich glaube nicht.‹ Celeste, wen hast du gesehen?«

»Niemanden«, sagte Celeste stur. »Aber ich habe irgend etwas Süßes gerochen.« Sie sprach hastig weiter, als wollte sie weitere Fragen verhindern. »Vor ein paar Minuten habe ich es auch gerochen.«

»Hier?« Jason schnappte nach Luft.

Celeste nickte widerwillig. Jason fuhr mit dem Kopf herum, dann wandte er sich wieder seiner Tochter zu und betete, dass niemand Celeste gehört oder seine schnelle Überprüfung der Gäste bemerkt hatte.

»Celeste, warum hast du gerade jetzt angefangen zu sprechen?«

Das Mädchen sah aus, als würden die Worte einzeln aus ihr herausgezogen. »Der Geruch. Und ein Geräusch. Und eine Stimme. Auf einmal kam es mir vor, als wäre wieder die Nacht, und die Worte kamen, obwohl ich eigentlich gar nicht sprechen wollte ... Ich war einfach überrascht ... und ich hatte Angst«, schloss Celeste widerstandslos.

»Ich verstehe.« Jason sprach sanft zu ihr. »Schatz, du kannst schon eine ganze Weile sprechen, stimmt's?«

Celeste gab sich geschlagen. »Ja. Ich konnte wirklich nicht sprechen, nachdem auf mich eingestochen und Mami getötet worden war. Ich weiß nicht, warum ich nicht sprechen konnte. Aber ich hatte die ganze Zeit Angst, richtige Angst. Und ich war so ...«

Sie suchte offenbar nach einem Wort. »Schockiert?«, half Jason. »Entsetzt darüber, was dir und Mami passiert war?«

»Ja. Schockiert. Entsetzt. Ich wollte an einem dunklen, geheimen Ort sein, wo niemand mich verletzen konnte. Also bin ich dort hingegangen. Im Kopf, nicht in echt. Später habe ich ihn verlassen, aber versucht, an nichts zu denken. Und ich habe nicht gesprochen, weil ich nicht sprechen wollte.« Celeste schenkte ihrem Vater ein schwaches Lächeln. »Ich kann auch schreiben, Papa. Ich konnte schon schreiben, als ich verletzt wurde, und ich habe geübt, seitdem ich meinen geheimen Ort verlassen habe. Als ich im Krankenhaus Unterricht hatte und als du Lehrer zu uns nach Hause hast kommen lassen, um mich zu unterrichten, habe ich ein bisschen geschrieben. Aber ich habe niemals gezeigt, wie gut ich schreiben konnte, weil ich wusste, dass die Leute mich dann nach der schrecklichen Nacht fragen und mich drängen würden, die Antworten aufzuschreiben. Das wäre genauso schlimm gewesen, wie darüber zu sprechen.

Ich will nicht über das sprechen, was passiert ist, Papa. Bitte zwing mich nicht, darüber zu sprechen«, flehte Celeste Jason an. »Wenn du zu viele Fragen stellst, gehe ich zurück an meinen geheimen Ort, wo ich sicher bin. Vielleicht werde ich nicht mehr herauskommen, weil ich immer noch solche Angst habe. Vielleicht werde ich immer Angst haben. Es war so schrecklich … so schrecklich …«

Celeste begann am ganzen Körper zu zittern. Jason drückte ihre zarte Hand, aber sie zog sie weg, griff nach ihrer anderen Hand und begann nervös, sie zu kneten. Sie wandte sich etwas um und blickte sich im Raum um. Jason beobachtete genau, wie ihr Blick ins Weite zu schweifen schien. Oder er hatte sich bei der Erinnerung nach innen gerichtet. Er dachte, er hätte sie wieder verloren und sie würde kein Wort mehr sagen. Schließlich schien sich ihr Gesichtsausdruck zu verhärten, er wurde boshaft. Sie sah ihn amüsiert, fast überheblich an, neigte den Kopf nach hinten und begann laut zu singen:

»Die Uhr schlug drei
Und der Tod kam vorbei.
Als ich die Augen öffnete,
war Teri da.«

Die Leute um sie herum hatten aufgehört zu reden, jeder drehte sich um und starrte den hübschen Teenager an. Irgendwo fiel ein Glas auf den Boden. Zu Jasons Entsetzen wiederholte Celeste durchdringend: »Die Uhr schlug drei, und der Tod kam vorbei. Als ich die Augen öffnete, war Teri da.« Um sie herum herrschte absolute Stille, und die Farbe schwand aus Jasons schmalem Gesicht. Er merkte, dass er seine Tochter genauso anstarrte wie die anderen Gäste des Restaurants. Schließlich holte Celeste tief Luft, lehnte sich zurück, schenkte ihrem Vater ein breites, reizendes Lächeln und sagte: »Ich bin ein Glückspilz.«

2

»Eisgekühlte Margarita, Piña Colada, Brandy Alexander«, wiederholte der Kellner die Wünsche der drei Frauen, die in der Nähe der Bühne im Club *Rendezvous* saßen.

»Und ich hätte gerne drei Kirschen zur Piña Colada«, sagte Teresa Farr und hob die Stimme, um die Musik der Liveband zu übertönen.

Der Kellner sah sie mit gespielter Bestürzung an. »Eine zusätzliche Kirsche? Wollen Sie den Etat des Clubs für diesen Monat sprengen, Miss Farr?«

»Ich werde für die dritte Kirsche bezahlen.«

»Okay, es ist Ihr Geld«, seufzte der Kellner scheinbar verzweifelt. Dann zwinkerte er Teri zu. »Bin gleich wieder da, die Damen.«

Die Frau mit den gestuften rotblonden Haaren neben Teresa stupste sie. »Er hat dir zugezwinkert, Teri. Und er ist süß.«

»Und er ist kaum alt genug, um hier zu arbeiten, Sharon.« Teresa lachte ihre Schwägerin an. Teri strich ihr seidiges schwarzes Haar hinter die Ohren, so dass große silberne Creolen zum Vorschein kamen, und zupfte ihr schimmerndes, silbernes Top zurecht, das sie zu einer schwarzen Hose trug. »Er hat drei Unterrichtsstunden genommen, gleich nachdem ich die Reitschule eröffnet hatte, aber er war zu ängstlich, um weiterzumachen. Ich gehe nie mit Jungen aus, die Angst vor Pferden haben.«

»Du gehst überhaupt nicht mehr aus«, sagte die dritte Frau am Tisch, Carmen, die Älteste. Sie hatte hohe Wangenknochen, eine schmale Nase, blaugraue Augen und schulterlanges braunes Haar mit bronzenen Strähnen. Teresa wusste, dass Carmen am Ende ihrer Teenagerzeit und in ihren frühen Zwanzigern gemodelt hatte. »Nur Katalogsachen«, sagte sie immer abwehrend. »Ich habe es nie in die Couturekollektionen geschafft – ich war einige Zentimeter zu klein für die Branchennorm.« »Wir feiern deinen sechsundzwanzigsten Geburtstag, Teri«, neckte sie jetzt. »Hast du den Männern schon abgeschworen?«

»Nein, Carmen, ich war einfach damit beschäftigt, die Reitschule zu eröffnen, aber ich könnte dich dasselbe fragen. Hast du den Männern abgeschworen?«

Carmen lachte. »Ich bin zwanzig Jahre älter als du.«

»Und du siehst ungefähr zehn Jahre älter aus.«

Carmen verdrehte die Augen. »Ich wünschte, es wäre so. Egal, ich war immerhin verheiratet. Ich bin Witwe, und man erwartet von mir, dass ich den Rest des Lebens allein verbringe, eine gesetzte Frau, wie ich es bin.«

»Gesetzt!« Teri lachte. »Um Himmels willen, du bist alles, nur nicht gesetzt, Carmen. Du bist lebendig, lustig – deshalb warst so eine wunderbare Freundin für meine Mutter. Und falls du nicht weißt, dass du immer noch eine tolle Frau bist, dann hast du nicht gemerkt, wie viele Männer dich begehrlich angesehen haben, als du hereingekommen bist.«

Carmen grinste. »Ich glaube, du brauchst eine Brille.«

»Ich habe 100-prozentige Sehschärfe. Aber im Ernst, du bist seit neun Jahren Witwe und bist kaum mit jemandem ausgegangen. Zumindest weiß ich nichts davon.«

»Niemand, von dem du weißt.« Carmens Augen blitzten. »Außerdem gefällt es mir, stark und unabhängig zu sein, genau wie dir, Teri.«

»Zähl Teri nicht zu früh aus, Carmen«, unterbrach Sharon, die immer bemüht war, einen Ehemann für Teresa zu finden. Ihr eigenes Leben drehte sich um ihren Mann – Teresas Bruder Kent – und ihren Sohn Daniel, der Sharons herzförmiges Gesicht, die kurze Nase und die samtenen braunen Augen hatte. »Und Teri, du kannst unmöglich glauben, dass Carmen die Männer aufgegeben hat. Ich bin mir sicher, dass es jemanden gibt. Tatsächlich weiß ich es.«

Carmen zog eine perfekt geschwungene Augenbraue hoch und sah Sharon an. »Oh wirklich? Und wer ist der geheimnisvolle Mann?«

»Klingelt's bei dem Namen Herman Riggs?«

»Oh Gott«, stöhnte Carmen. »Der? Der ist schon längst passé.«

Teresa tat erschrocken. »Carmen, du bist nur ein paarmal mit ihm ausgegangen und hast ihn schon fallenlassen wie eine heiße Kartoffel? Du hast dem armen Kerl nicht mal eine Chance gegeben!«

»Das liegt daran, dass der ›arme Kerl‹ noch mit seiner Mutter zusammenwohnt, die ganze Zeit über sie redet und schrecklich aufgeregt war, weil sie versprochen hatte, ihm zu zeigen, wie man einen Pullover strickt.« Teri und Sharon brachen in Gelächter aus. »Falls ich jemals wieder das Ehegelübde ablege, kann ich einen besseren finden als Herman.«

Teresa blickte bedauernd. »Ich fürchte, Herman muss sich woanders nach seiner wahren Liebe umsehen.«

»Er hat sie schon gefunden«, sagte Carmen verdrießlich. »Seine Mutter.«

Die drei Frauen lachten, als der Kellner mit ihren Drinks zurückkam und Teresa darauf hinwies, dass er ihr vier Kirschen gegeben hätte, aber sie dürfe seine Großzügigkeit nicht seinem Chef gegenüber erwähnen, dann würde er sofort entlassen. »Ich glaube nicht, dass Sie Ärger kriegen, wenn die zusätzlichen Kirschen für Teresa sind«, versicherte ihm Carmen. »Der Eigentümer des Clubs war mal mit Teri verlobt, bis sie die Sache beendet und sein Herz gebrochen hat. Er verzehrt sich immer noch nach ihr.«

»Im Ernst?«, platzte der junge Kellner los. »Mr MacKenzie ist in Miss Farr verliebt?«

Teresa errötete trotz ihrer goldbraunen Haut, die sie ihren Shawnee-Vorfahren verdankte. »Nein, das ist er nicht. Wir waren vor langer Zeit zusammen.« Sie starrte Carmen zornig an. »Es wäre mir lieb, wenn du etwas leiser sprechen würdest. Die Hälfte der Leute hier weiß jetzt, dass Mac und ich verlobt waren.«

»Die Hälfte der Leute hier wusste es ohnehin schon.« Carmen grinste, als ihr Kellner schnell wegging, offenbar begierig, die Neuigkeit den anderen jungen Kellnern und Kellnerinnen zuzuflüstern.

Teresa beobachtete die kurzen Wortwechsel, dann die heimlichen Blicke, die ihr zugeworfen wurden. »Jetzt sieh, was du angerichtet hast!«

»Ich sag nur die Wahrheit«, sagte Carmen unschuldig und zwinkerte Teresa zu. »Ist es nicht so?«

»Ja.« Sharon lächelte, sah sich aber gleichzeitig unbehaglich um. Sie hatte sich versteift, und in ihrer Stimme lag keine Leichtigkeit mehr. »Aber Kent mag es nicht, wenn die Leute darüber reden.«

»Also, sie waren verlobt, aber obwohl Teri ihm den Laufpass gegeben hat, glaube ich nicht, dass er ihr so gleichgültig ist, wie sie tut.«

»Du solltest wirklich eine Kolumne für unglücklich Verliebte schreiben, Carmen.« Teresa griff nach ihrem kirschbeladenen Drink. »Ich werde dem Herausgeber der Zeitung sagen, dass er dich einstellen soll.«

»Gut«, entgegnete Carmen fröhlich. »Ich hab genug davon, für *Schmuck und Schätze* zu arbeiten. Wie du schon sagtest, ich bin überhaupt nicht gesetzt. Ich bin viel zu temperamentvoll, um Eigentümerin und Geschäftsführerin eines Geschenkladens zu sein. Es ist langweilig.«

»Es ist ewig her, dass Mac und ich verlobt waren«, fuhr Teri unnachgiebig fort und nahm einen Schluck von ihrem Drink. »Ich war zwanzig. Noch ein Kind, wirklich, und extrem romantisch und leicht zu beeindrucken. Es war nur so eine Laune. Eine Schwärmerei. Ich denke nicht mal mehr an ihn. Überhaupt nicht. Und ich bin absolut sicher, dass er auch nicht an mich denkt.«

»Stimmt das?« Carmen richtete den Blick auf Mac. »Also dafür, dass er nie an dich denkt, kann er heute Abend aber den Blick nicht von dir wenden.«

»Sei nicht albern, Carmen.«

»Ich sage dir, er ist um die Bar herumgestrichen, scheinbar mit Gästen redend, aber tatsächlich hat er dich den ganzen Abend angestarrt«, fuhr Carmen fort und lächelte mit Genugtuung. »Und jetzt kommt er hierher.«

»Oh nein!«, rief Teri aus.

»Oh doch!« Carmen berührte Teresas Hand. Stell dein Glas hin. Du hast schon alles ausgetrunken. Und guck nicht so nervös.«

»Ich bin nicht nervös.« Teresa knallte ihr Glas auf den Tisch. »Warum sollte ich nervös sein? Ich bin nur –«

»Guten Abend die Damen.« Mac stand lässig neben ihnen.

Er war um die dreißig, mit sonnengebräunter Haut, einem Grübchen im Kinn und einigen wenigen Falten auf der Stirn unter dem leicht gewellten mahagonibraunen Haar. Mit einem umwerfenden Lächeln strahlte er sie alle an, seine haselnussbraunen Augen mit den faszinierenden goldenen Flecken waren auf Teresa geheftet.

»Amüsiert ihr euch?«

»Es ist mein Geburtstag«, platzte Teresa heraus.

»Und du feierst nicht mit Verwandten und guten Freunden?«

»Das haben wir schon hinter uns«, sagte Carmen. »Dann sind wir alle losgeworden, haben es Kent überlassen, auf seinen Sohn aufzupassen, und sind ausgegangen, um uns richtig zu amüsieren.«

»Es freut mich, dass Sie denken, dass man sich im Club Rendezvous amüsiert, Ms Norris«, sagte Mac.

»Carmen, bitte. Und mir – uns – gefällt es hier. Stimmt's Teri?«

»Oh ja. Es ist ... nett.« Teresa merkte, wie ihr Gesicht glühte, und sie warf beinahe ihr fast leeres Glas um. Verdammt, dachte sie, als sie es gerade noch festhielt. Warum benahm sie sich wie ein Teenager? Und warum hatte Mac immer noch dieses umwerfende Lächeln, bei dem man sein Grübchen sah und das ihr Herz zum Pochen brachte. »Es ist wirklich schön hier«, fügte sie hinzu.

»Das ist eine eindeutige Empfehlung, Teri«, sagte Mac trocken. Er sah Sharon an. »Ich hab dich Ewigkeiten nicht gesehen. Der Club wurde vor acht Monaten eröffnet, und du und Kent wart noch nie hier.«

»Kent ist abends immer beschäftigt.« Sharon klang ungeduldig. »Papierkram, Telefonate. Immer in seinem Arbeitszimmer, als würden sein Kind und ich nicht existieren. Außerdem sagt er, er sei nicht der Clubtyp. Ich glaube, er denkt, er sollte eine Stütze der Gemeinde sein. Er ist sogar in all den Wohltätigkeitsvereinen, in denen sein Vater auch war.«

»Die, über die er sich früher lustig gemacht hat?« Mac lachte. »Also ich glaube, der Miteigentümer und Präsident von Farr Coal Company darf immer noch in Clubs gehen, besonders mit seiner Frau.«

»Das werde ich ihm sagen, aber er hört nicht auf mich.« Sharon zwang sich zu einem gutmütigen Lächeln, obwohl Teri wusste, dass es ihr auf die Nerven ging, dass Kent ständig von seiner Arbeit und öffentlichen Verpflichtungen in Anspruch genommen war. »Ich glaube, er will unserem Sohn ein gutes Beispiel geben.«

»Das kann ich ihm nicht vorwerfen. Ich wünschte, mein Vater hätte dasselbe getan.« Mac sah Teri an und schenkte ihr jenes sexy Lächeln, das sie wahnsinnig machte. »Du brauchst noch einen Drink, junge Dame.«

»Nein, ich –«

»Doch.« Er winkte seinem Kellner, warf dann einen Blick auf die Band auf der Bühne, die gerade ein Stück beendet hatte. Er nickte dem blonden Leadsänger zu. »Ich hoffe, du hast nichts dagegen, Teri, aber ich habe mir erlaubt, zu deinem Geburtstag um ein Lied zu bitten. Würdest du mit mir tanzen?«

Teresa war plötzlich wütend auf ihn und wurde gleichzeitig panisch. »Das hättest du nicht tun sollen«, antwortete sie steif. Er streckte die Hand nach ihr aus. »Mac, nein. Es war nett gemeint, aber ich habe seit Jahren nicht mehr getanzt und –«

Mac hörte ihr überhaupt nicht zu, sondern nahm Teresas Hand. Obwohl sie entschlossen war, nicht mit ihm zu tanzen, stand sie von ihrem Stuhl auf und folgte ihm wie hypnotisiert auf die Tanzfläche. Der blonde Sänger lächelte und sagte ins Mikrofon: »Dieses Lied ist für Teresa Farr von Mac MacKenzie. Herzlichen Glückwunsch zum Geburtstag, Teresa.«

Viele Leute klatschten; einige Männer pfiffen und schrien: »Herzlichen Glückwunsch, Teresa!« Andere Tänzer bildeten einen Kreis um sie, als Mac den Arm um Teresas Schulter legte und sie eng an sich zog. Er war stark und warm, dachte sie, wie damals, als sie ineinander verliebt waren. Gegen ihren Willen spürte sie, wie sie in seiner Umarmung dahinschmolz. Die ersten Töne von »Take My Breath Away« erklangen. Es war ihr Lied, ihrs und Macs.

»Du erinnerst dich«, sagte sie.

»Dachtest du, ich würde es jemals vergessen? Wir haben zum ersten Mal in eurem Garten an einem Sommerabend dazu getanzt.« Macs Stimme war verführerisch warm an ihrem Hals. »Ich hatte gerade den Rasen gemäht, und du und deine Mutter saßt auf der Veranda, und die Musik spielte. Du warst erst sechzehn, aber du sahst von dem Lied so mitgerissen aus, ich konnte nicht anders, als dich fragen, ob du mit mir tanzen würdest.«

»Ich glaube, ich erinnere mich an den Abend«, sagte Teresa ungerührt. Tatsächlich hatte sie schrecklich für den »viel« älteren Mac geschwärmt, und ihr war fast schwindelig gewesen, als sie ihm so nahe war.

»Deine Mutter hat uns beobachtet. Am Schluss hat sie geklatscht und gesagt, wir würden wunderschön tanzen. Sie sah wirklich glücklich aus.«

»Und sie sah so selten glücklich aus. Arme Mama.« Teresa fühlte Tränen in den Augen brennen, von schmerzlichen Erinnerungen – Erinnerungen an ihre erste Liebe, Erinnerungen an einen Abend in einem anderen Leben, der ihr wunderbar vorgekommen war, Erinnerungen an eine Mutter, die einfach eines Tages verschwunden war. Teri wusste nicht mal, ob die Frau lebte. »Mum mochte dich, Mac«, sagte sie mit stockender Stimme.

»Im Gegensatz zu deinem Vater. Ich war der Sohn der Haushälterin der Farrs, der Junge ohne Zukunft, der den Rasen mähte. Hugh W. Farr. Was war er doch für ein Idiot.« Mac hörte fast auf zu tanzen. »Es tut mir leid.«

»Weil er ermordet wurde, muss er nicht zum Heiligen werden. Er war ein Idiot.« Macs Körper war angespannt, und Teri hatte das Verlangen, ihn enger an sich zu ziehen, damit er vergaß, wie schrecklich ihr Vater ihn und seine Mutter behandelt hatte, aber sie ertappte sich noch rechtzeitig dabei. Sie wusste, sie musste bei Mac immer vorsichtig sein. Er übte immer noch so viel Anziehungskraft auf sie aus, dass sie nicht wagte, warm, zärtlich, verletzlich zu klingen. »Lass uns von was anderem reden,« sagte sie gezwungen leichthin.

»Ich finde, das ist eine gute Idee.«

»Meine Reitschule macht sich langsam, aber sicher.« Teri wusste, dass sie künstlich fröhlich klang. »Es läuft tatsächlich überraschend gut, wenn man bedenkt, wie neu sie ist.«

»Großartig. Farr Fields? Hast du sie nicht so genannt?«

»Das weißt du doch.«

»Ich freue mich, dass du etwas machst, was dir gefällt. Du warst immer verrückt nach Pferden und eine hervorragende Reiterin, zumindest haben mir das alle erzählt. Ich war kein besonders guter Reiter, wie du dich sicher erinnerst.«

»Du bist ein paarmal runtergefallen, als ich dich gezwungen habe, auf mein Pferd zu steigen.« Teresa musste kichern. »Erinnerst du dich, als eine Biene das Pferd in die Nase gestochen hat und es losraste wie eine Rakete? Du hast geschrien wie verrückt und das Pferd noch mehr verängstigt, als du auf der Seite heruntergerutscht bist und dich einen halben Meter über dem Boden verzweifelt festgehalten hast.«

Mac verzog das Gesicht. »Lach nicht. Mein Leben schoss mir noch einmal durch den Kopf.«

»Aber du hast überlebt, um die Geschichte zu erzählen.« Teresa schüttelte lachend den Kopf. »Ich wünschte, ich hätte ein Video von dem Vorfall.«

»Gott sei Dank hast du keins. Du würdest es jedem zeigen und mich zum allgemeinen Gespött machen.«

»Nein, ich würde es als ein lehrreiches Video benutzen, um

zu zeigen, was man nicht tun sollte, wenn ein Pferd panisch wird.«

Mac zog sie noch näher an sich heran, und Teresas Herz schlug ein bisschen schneller, als der Sänger den romantischen Text des Liedes mit brennender, scheinbar tiefempfundener Leidenschaft sang. Teresa schloss kurz die Augen, sog Macs Geruch von Wasser und Seife ein, maskulin und frisch. Seine warme Hand auf ihrem Rücken schien durch den dünnen Stoff ihres Tops hindurchzubrennen. Sie fühlte, wie sie langsam tiefer in seine Umarmung sank, es war so natürlich, so angenehm, so verführerisch, dann ertappte sie sich dabei und sprang fast von ihm weg. Er spannte die Arme an, als wäre er entschlossen, sie festzuhalten. Genau das wollte sie, und genau das würde sie nicht zulassen.

»Daniel will morgen mit dem Unterricht beginnen«, platzte Teresa laut heraus, um ihre physische Reaktion, die ihre Gefühle verriet, zu verbergen. »Er ist jetzt fast acht.«

Mac zog sich zurück, sah sie mit einer Mischung aus Reue und Heiterkeit an. Er hatte ihr Begehren gespürt und nicht vor, so zu tun, als hätte er es nicht bemerkt. Er hatte sich auch immer geweigert, so zu tun, als hätten sie keine Vergangenheit, egal, was Teresa wollte. »Wer ist Daniel?«, fragte er ungerührt.

»Mein Neffe! Um Himmels willen, Mac, weißt du nicht mal den Namen von Kents Sohn?«

»Kent und ich sind nicht mehr die besten Freunde. Er spricht kaum mit mir, wenn wir uns begegnen. Ich bin sicher, er würde nicht wollen, dass seine Frau oder du hierherkommen. Er wird deinem Vater jeden Tag ähnlicher.«

»Ich glaube, Kent ist bemüht, dass alle den Skandal vergessen, den die Morde verursacht haben. Vielleicht übertreibt er etwas.« Teresas Verteidigung klang schwach, denn sie dachte auch schuldbewusst, dass ihr Bruder immer mehr ein frommer Stockfisch wurde. »Er ist ein guter Ehemann und Vater.«

»Ich weiß nicht, wie er als Vater ist, aber Sharon scheint nicht gerade begeistert von ihrer Ehe zu sein.«

»Oh, davon weiß ich nichts ...« Teresa wich aus, denn schon wieder musste sie Mac zustimmen, obwohl sie es ihn niemals wissen lassen würde. »Warum denkst du, dass sie unglücklich ist?«

»Ihr Gesichtsausdruck. Sie hat immer viel gelacht und schien sich immer zu amüsieren. Jetzt –«

»Jetzt ist sie Ehefrau und Mutter mit großen Verantwortungen.« Teresa merkte, dass sie prüde und unnatürlich klang. Sie sagte sich, dass sie entspannt reagieren sollte, auch wenn es ihr schwerfiel. »Hör zu, Mac ich war vorhin am Tisch etwas steif«, sagte sie schnell. »Es tut mir leid. Dein Nachtclub ist nicht nur nett – er ist wunderschön.«

Mac lehnte sich zurück und hob die Augenbrauen. »Danke, Teri! Ich gestehe, ich war etwas enttäuscht von deinen begeisterten Äußerungen vorhin.« Macs Gesicht entspannte sich, und er lächelte ihr in die Augen. »Erinnerst du dich noch, wie ich über den Plan geredet habe? Viele Leute haben mich ausgelacht. Sie sagten, ich würde mich niemals niederlassen und wahrscheinlich arbeitslos und obdachlos enden. Aber du hast nie daran gezweifelt, dass ich es schaffe. Du hast mir sogar geholfen, das hier zu entwerfen.«

»Ich habe ein paar Ideen beigesteuert«, sagte Teresa ungerührt, obwohl sie sich lebhaft daran erinnerte, wie sie über Macs Entwürfen des geplanten Clubs gebeugt gesessen hatte und viele Vorschläge zu Beleuchtung und Farben gemacht hatte.

»Ich stand auf den Discostil, aber du bestandest darauf, dass es klassischer, zeitloser sein sollte«, fuhr Mac fort. »Du warst es, die den Art-déco-Stil vorschlug. Ich wusste nicht mal, was Art déco ist.«

Teresa sah sich in Macs Club um – die klaren Linien, viel

Glas und Chrom, Elfenbein die vorherrschende Farbe, mit Spuren von Schwarz und leuchtendem Blau. Oben an den Wänden waren Mosaikkacheln, jede mit einem komplizierten Muster des Nahen Ostens aus meerblauen, lavendelfarbenen und weidengrünen Keramikquadraten. Es war beeindruckend, elegant. »Du fandest meine Ideen merkwürdig.«

»Ich war nicht gerade ein Fachmann für Inneneinrichtungen.« Mac lachte. »Ich brauchte eine Weile, bis ich meinen Traum von knallrotem Flor und Stroboskoplicht aufgegeben habe.«

Teresa lächelte. »Ich glaube, du hast zu oft *Saturday Night Fever* gesehen.«

»Genau. Es war Mamas Lieblingsfilm. Vor Ewigkeiten haben sie und mein Vater einen Tanzwettbewerb in einer Disco gewonnen. Ich glaube, mein Vater trug einen weißen Polyesteranzug wie Travolta. Darum hat sie sich den Film immer wieder angesehen, an glücklichere Zeiten gedacht, bevor mein Vater gegangen ist und sie uns drei Kinder allein großziehen musste.«

»Ich kann mir nicht vorstellen, wie Emma MacKenzie in einer Disco tanzt.« Teresa lachte. »Ich bin sicher, damals hätte sie sich nicht träumen lassen, dass sie als Haushälterin der Farrs endet. Was für ein schreckliches Schicksal.«

»Die Arbeit gefiel ihr, solange deine Mutter da war. Mama hat viel von ihr gehalten.« Er machte eine Pause. »Und dann kam Wendy.«

»Na, jetzt muss deine Mutter dank deiner Unterstützung nicht mehr für irgendjemanden als Haushälterin arbeiten.« Teresa hasste den Anflug von Zärtlichkeit, den sie für Mac empfand, als sie sich erinnerte, wie oft er davon gesprochen hatte, dass er seiner Mutter und seinen beiden jüngeren Zwillingsschwestern ein besseres Leben ermöglichen wollte. »Wie geht es deinen beiden Geschwistern?«

»Sie sind im letzten Studienjahr am Marshall, beide haben

Pädagogik als Hauptfach und nehmen an Sommerkursen teil, damit sie die Abschlussprüfung früher machen können.«

»Wunderbar! Und deine Mutter?«

»Sie hat eine kleine Wohnung in der Stadt. Sie hat schließlich auch eingewilligt, dass ich ihr das Autofahren beibringe, und ich habe ihr ein Auto gekauft. Ein gebrauchtes Auto – sie hätte nicht zugelassen, dass ich ihr ein neues Auto kaufe. Und nach all den Jahren, in denen sie sich geweigert hat, Auto zu fahren, ist sie jetzt nur schwer aus dem Auto rauszukriegen und dazu zu bewegen, die Geschwindigkeitsbegrenzung einzuhalten.« Mac lachte. »Sie backt Muffins, Cookies, Brownies und hat daraus eine Art kleines Geschäft gemacht. Sie verkauft sie an örtliche Restaurants. Du wirst aus Emma MacKenzie niemals eine Frau machen können, die nichts tut.«

»Mac, was du für deine Familie getan hast, ist großartig.« Teresa war sich des leichten Zitterns in ihrer Stimme bewusst, das Zittern von stolzen, unvergossenen Tränen.

Macs Tonfall wurde weich und warm. »Ich hatte viel Glück und vergesse niemals auch nur für einen Moment die Rolle, die du dabei gespielt hast. Ich erinnere mich an die Anfangszeit, als wir zusammen waren, als wäre sie –«

»Gestern?«, unterbrach Teri knapp, während sie wütend einen leichten Tränenschleier wegblinzelte und merkte, wie gefährliche alte Gefühle wieder in ihr hochkamen.

»Zu lange her, Teri«, sagte Mac mit belegter Stimme.

Teri sah hinauf in sein Gesicht. Er sah nur noch besser aus dadurch, dass seine Gesichtszüge schärfer und sein Kinn stärker geworden waren. Und die Augen …

»Was ist?«, fragte Mac und blickte tief in ihre dunklen Augen. »Denkst du daran, wie es war, als wir ein Paar waren?«

Die schöne Stimme des Sängers schien Teresa ganz und gar gefangenzunehmen. Dann hatte sie plötzlich ein Bild vor Augen – ein Bild von einem jüngeren Mac, der als Barkeeper arbeitete, und die attraktive rothaarige Besitzerin der Bar, auf die Teresa so eifersüchtig gewesen war, obwohl Mac ihr wiederholt versichert hatte, dass er die Frau nicht mal mochte. Dann den vernichtenden Tag, als Teresa in einen Lagerraum gekommen und Mac mit der Rothaarigen gefunden hatte. Er hatte sie festgehalten und geküsst. Teresa würde weder den triumphierenden Blick der Rothaarigen aus funkelnden Augen vergessen noch das Schuldbewusstsein und die Verlegenheit in Macs Gesichtsausdruck, als er Teresa entdeckt hatte. Teresa erstarrte auf der Tanzfläche und zog sich von ihm zurück.

»Ich weiß, woran du gerade gedacht hast, Teri«, sagte Mac sanft.

»Oh? Bist du jetzt auch noch Gedankenleser, nicht nur Geschäftsmann?«

»Überhaupt nicht. Ich kenne dich nur. Ich kenne deine Körpersprache und deine Gesichtsausdrücke. Du hast dich daran erinnert –«

»Das Lied geht zu Ende.« Teresa nahm den Arm von seiner Schulter und schenkte ihm ein höfliches Lächeln. »Danke, dass du das Lied bestellt hast«, sagte sie hölzern. »Das war sehr aufmerksam von dir.«

»Sehr wohl, gnädige Frau. Danke.« Mac hatte sein Verhalten sofort geändert. Er macht sich über mich lustig, indem er mir mein Unbehagen vorhält, dachte Teresa wütend. »Wir versuchen, hier jeden zufriedenzustellen, gnädige Frau.«

Teresa ignorierte seinen Spott über ihre Förmlichkeit. »Ich glaube, auf mich wartet ein neuer Drink auf dem Tisch.«

»Tatsächlich, mit vier Kirschen. Die zwei zusätzlichen Kirschen gehen aufs Haus zu Ehren Ihres Geburtstages.« Er schenkte ihr ein letztes Lächeln und machte eine leichte Bewegung, die an eine Verbeugung erinnerte. »Vielen Dank für den Tanz. Soll ich Sie zu Ihrem Tisch bringen?«

»Es sind nur ein paar Meter. Ich denke, das schaffe ich allein.«

Sie floh zurück in die Sicherheit des Tisches und wandte sich sofort an Carmen. »Du hast ihm erzählt, dass wir heute Abend hierherkommen und dass ich Geburtstag habe!«

»Ich hab ihm erzählt, dass wir kommen. Er wusste, dass du Geburtstag hast.« Carmen stützte sich mit den Ellbogen auf dem Tisch ab, legte das Kinn in die Hände und lächelte. Eine Zeitlang habt ihr beide ganz schön vertraut ausgesehen.«

»Wir haben nur getanzt«, fauchte Teri und griff nach ihrem neuen Drink.

»Kaum. Ihr habt euch umschlungen gehalten und euch verliebt in die Augen geschaut.«

»Oh, Carmen, sei nicht albern!«

»Doch. Ich mach dir ja keinen Vorwurf. Gott, sie nennen Mac MacKenzies Lächeln verwegen. Es könnte ein Herz zum Stillstand bringen. Und die Grübchen ...« Sie seufzte und schloss für einen Moment die Augen. »Ich war mir sicher, dass es am Ende des Liedes einen innigen Kuss geben würde.«

Teresa sah Carmen von der Seite an, starrte dann geradeaus, verlegen, obwohl sie wusste, dass Carmen nur Spaß machte.

Sharon, die offenbar merkte, dass Teresa nicht in der Stimmung für Spott war, warf Carmen einen strengen Blick zu. Teresa wusste, dass ihre Schwägerin Carmen zwar ertrug, sie aber für taktlos, sogar aufdringlich hielt. »Ich kann mir nicht vorstellen, dass Carmen die beste Freundin deiner Mutter war. Meine Mutter hätte nichts mit ihr zu tun gehabt«, hatte Sharon einmal zu Teresa gesagt. Da sie wusste, dass Sharon ihre verstorbene Mutter für die perfekte Frau hielt, hatte Teresa nur gelächelt.

»Ich weiß, das ist dein Lieblingslied, Teri. Es war nett von Mac, es zu deinem Geburtstag zu bestellen. Aber für mich hast du nicht ausgesehen, als wärst du verliebt. Ich bin sicher, auch für niemand anderen. Manche haben einfach ihren Spaß daran, andere in Verlegenheit zu bringen.« Sharon richtete die Worte herausfordernd an Carmen.

Obwohl Carmen Sharon verstanden hatte, machte sie es sich in ihrem Stuhl bequem und sagte ungerührt: »Ich mag das Lied auch. Ich hatte mal eine Kassette davon, aber sie ist kaputt. Ich denke, ich bestelle mir morgen eine CD.« Sie machte eine Pause und grinste Sharon ohne Groll an. »Wenn sie da ist, bitte ich Herman herüber, um mit mir zu tanzen, wenn er nicht zu sehr mit Stricken beschäftigt ist. Hätten du und Kent vielleicht auch Lust?«

Teri lachte, und sogar Sharon lächelte und löste die Spannung am Tisch. Ein paar Minuten später sprach Sharon über die geplanten Reitstunden ihres Sohnes Daniel in Teresas Schule und erinnerte sie an den Ausflug, den die Familie morgen unternehmen wollte, obwohl das Kind schon oft in Farr Fields gewesen war. »Teri, du hast ein nettes, braves Pferd, auf dem er lernen kann, oder?«, fragte Sharon ängstlich. »Ich habe eins, das perfekt für ihn ist.« Teresa stellte sich das Pony vor, das sie für den kleinen Jungen ausgesucht hatte.

»Ich möchte dein bravstes«, befahl Sharon.

Carmen runzelte mit kaum verborgener Verärgerung die Stirn. »Sharon, du tust so, als würde Teri Daniel auf einen wilden Hengst setzen.«

Sharons Wangen wurden rot unter den Sommersprossen. »Pferde können gefährlich sein, Carmen, wusstest du das nicht?«

»Hey, Mädels, veranstaltet hier keine Schlägerei vor allen Leuten«, sagte Teresa mit gespielter Leichtigkeit, um die plötzliche Feindseligkeit zwischen den beiden Frauen zu beenden. »Sharon, ich habe noch jüngere Schüler als Daniel. Ich weiß, wie man Kinder unterrichtet, und meine Angestellten, Gus und Josh, auch.« Sie streichelte Sharons Hand. »Wir werden mit ihm besonders vorsichtig sein. Schließlich ist er mein Neffe!«

Sharon schenkte Teri ein schwaches Lächeln, sagte nichts und nahm zwei Schluck von ihrem Drink. Nach zehn Minuten blickte sie auf ihre Uhr. »Es ist fast elf«, verkündete sie, »Zeit für mich, nach Hause zu gehen.«

»Aber die Party hat gerade erst begonnen«, protestierte Carmen.

»Ich war schon stundenlang weg. Ich muss nach Daniel sehen. Teri, du und Carmen, ihr bleibt. Ihr braucht wegen mir nicht zu gehen.«

»Ich glaube, ich sollte auch gehen«, sagte Teresa, ihre Schwägerin unterstützend, deren wachsende Anspannung sie bemerkte. Sharon wollte einfach nur Carmens Gesellschaft entfliehen. »Ich muss morgen früh aufstehen.«

»Ich auch.« Carmen nahm schnell einen letzten Schluck von ihrem Drink und griff nach ihrer Handtasche. »Ohnehin sollte keiner von uns nach mehr als zwei Drinks noch fahren.«

Draußen auf dem Parkplatz ging Sharon schnell zu ihrem Auto, aber Carmen blieb noch kurz bei Teri stehen. »Ich hoffe, ich hab dich heute Abend nicht gekränkt, indem ich Witze über dich und Mac gemacht habe.«

Carmens Neigung, Witze über heikle Angelegenheiten zu machen, irritierten Teresa, aber sie dachte immer daran, was für eine gute Freundin ihrer Mutter die Frau gewesen war. Carmen hatte sich mit der einsamen Marielle angefreundet, als Teri dreizehn gewesen war, und sie war wie niemand sonst in der Lage gewesen, Marielle aufzumuntern. Nach den Morden hatte Carmen Teri zu sich genommen und sie beruhigt, ihr einen sicheren Hafen gegeben, in jener Zeit, die wie ein Albtraum war, sie hatte Reporter abgewehrt wie ein Pitbull. Carmen hatte sie getröstet und nie gesagt »das habe ich dir gleich gesagt«, nachdem sie sich von Mac getrennt hatte. Carmen bot ihr immer noch emotionalen Halt und Freundschaft, ohne sich wie eine Mutter zu benehmen.

Teresa umarmte Carmen plötzlich. »Du hast mich nicht gekränkt mit deinen Witzen über Mac. Ich kenn dich doch.«

»Na, jetzt ein Kompliment für dich.« Carmen lachte. »Ich

wollte unbedingt, dass du den Club siehst. Er ist wunderschön geworden. Aber ich wollte nicht, dass sich die Geschichte wiederholt. Ich kann nicht vergessen, wie du weinend zu mir kamst, nachdem du ihn mit der anderen Frau erwischt hattest.«

»Ich habe nie jemandem außer dir erzählt, warum ich unsere Verlobung gelöst habe.« »Und ich habe das Geheimnis auch bewahrt. So, und jetzt mal Mac beiseite, hattest du Spaß?«

»Mal abgesehen von Mac, hat es mir gut gefallen, außer als du Sharon angegriffen hast.«

»Sharon braucht manchmal eine Standpauke wegen ihrer absurden Überängstlichkeit.«

»Sie ist genauso, was Kent und ihren Vater angeht, seitdem er Witwer ist. Ich glaube, ihre Fürsorglichkeit ist in Wirklichkeit nur eine Maske für ihre besitzergreifende Art.«

»Meine Güte, meine Teri ist jetzt eine Psychologin!« Carmen lachte. »Na, was immer es ist, ich habe den falschen Zeitpunkt gewählt, um sie zurechtzuweisen, obwohl es keinen guten Zeitpunkt gibt, um Sharon zu kritisieren. Sie verträgt keine Kritik.«

»Wer schon?«

»Du hast recht. Egal. Es tut mir leid. Ich entschuldige mich bei Sharon, wenn es dich glücklich macht.«

»Das würde es.« Teri lächelte erleichtert. »Ich bin froh, dass du vorgeschlagen hast, in den Club zu gehen.«

»Ich dachte, ein Besuch wäre fällig, weil du noch nie hier warst und einen Löwenanteil an den Entwürfen hattest. Ich wollte, dass du das fertige Produkt siehst. Bist du sicher, dass du fahren kannst?«

»Meine Drinks bestanden überwiegend aus Kirschen ...«

Carmen lachte. »Du und Süßigkeiten. Ich werde niemals verstehen, wie du so viel davon essen und dabei so dünn bleiben kannst. Du hast die schlanke Figur deiner Mutter. Und ihre Schönheit. Bis auf deine dunklen Augen. Du siehst Marielle so ähnlich, es ist fast unheimlich.« Trauer lag einen Moment in Carmens Blick. Dann lächelte sie und ging weg, ein fröhliches »herzlichen Glückwunsch zum Geburtstag, Kind« über die Schulter rufend.

Im Club war viel los gewesen, und der Parkplatz war immer noch fast voll. Teresa warf einen kurzen Blick auf die Autos, dachte, dass die meisten noch mindestens eine Stunde hierbleiben würden, und öffnete dann die Tür ihres weißen Buick Lucerne. Sobald die Innenbeleuchtung anging, sah sie Papiere auf dem Fahrersitz liegen. Sie fragte sich, ob Mac eine Nachricht in ihr Auto gelegt hatte, bis sie sah, dass das oberste Blatt Papier ein Zeitungsausschnitt war, acht Jahre alt. Die Überschrift schien sie anzuschreien:

BESITZER VON FARR COAL COMPANY UND FRAU ERMORDET

»Oh nein«, murmelte Teresa, ein Schauer lief ihr über den Rücken trotz der warmen Juninacht. Sie nahm die Papiere und überflog den Artikel. Ein paar Phrasen sprangen ihr ins Auge über Hughs und Wendys Tod durch Erstechen und die Verletzung der kleinen Celeste, deren Zustand dem Zeitungsbericht nach stabil war, trotz der Messerstiche in ihrem Bauch. In der Zeitung wurde auch betont, dass Teresa nur »eine oberflächliche Wunde am linken Arm erlitten« hatte, eine Tatsache, die den Verdacht einiger Leute genährt hatte, dass Teresa das Messer in der Nacht der Morde geführt hatte.

Teresa war leicht schwindelig, sie ließ den Zeitungsausschnitt auf den Asphalt flattern. Dann las sie den computergedruckten Brief:

Liebe Teresa,

Roscoe Lee Byrnes trifft diese Woche seinen Schöpfer. Wirst du dich endlich sicher fühlen können? Ich glaube kaum, jetzt da Celeste Warner wieder redet. Oder warst du zu sehr damit beschäftigt, deinen Geburtstag zu feiern, um die neuesten Nachrichten mitzukriegen? Es sieht so aus, als wenn sie sich an die Nacht erinnert, in der du ihre Mutter ermordet und versucht hast, sie zu töten. Sie hat jetzt Angst – sagt nicht alles –, aber sie wird es bald tun, und dann beginnt ein Albtraum für dich.

Zweites Kapitel

1

Teresa wachte mit schweren Augen und erschöpft auf. Sie fragte sich, was los war. Sie hatte letzten Abend im Club Rendezvous nur zwei Drinks gehabt und war vor Mitternacht im Bett gewesen. Dann kam die Erinnerung an den Parkplatz zurück. Wie sie den Zeitungsausschnitt und den Brief gefunden hatte. Kein Wunder, dass sie nicht gut geschlafen hatte, dachte Teresa.

Sie stöhnte und rollte sich auf die andere Seite. Am Fuß des Bettes schlief ihr Hund. Sierra, ein Mischling mit glänzendem braunem Haar, weißen Hinterpfoten und spitzen Ohren. Teri lächelte, während sie den tiefschlafenden Hund betrachtete, der nicht wegen alter Tragödien und beängstigender neuer Drohungen beunruhigt war.

Teresas Blick glitt weiter durch ihr Schlafzimmer. Sonnenlicht strömte durch das nach Osten gehende Fenster, hellte die blassgelben Wände auf und schien auf die einfachen Kiefernmöbel. Einige Leute fanden, das Zimmer sähe fast spartanisch aus – sie bräuchte doch mehr als eine Frisierkommode, einen Nachttisch, eine Zederntruhe und einen mit elfenbeinfarbenem Leinen mit moosgrünen Streifen bezogenen Stuhl.

Aber Teresa liebte das Zimmer. Sie liebte es besonders, weil die Ausstattung so ganz anders war als das in Grellrosa und Kirschrot gehaltene Zimmer, in dem ihr Vater und Wendy ermordet worden waren, ein Zimmer, das noch in Teris wiederkehrenden Albträumen vorkam.

Sie hatte ihn letzte Nacht geträumt – denselben Albtraum, den sie schon hundertmal gehabt hatte. Wie sie das Licht angemacht und die Leichen ihres Vaters und Wendys gesehen hatte, die vielen Stichwunden, aus denen Blut floss. Ihre Schreie. An der Stelle endete der Albtraum gnädigerweise. Jahrelang hatte sie sich daran gewöhnt, den Albtraum mindestens einmal die Woche zu haben. Als sie zweiundzwanzig war, hatte es plötzlich aufgehört. Jetzt war der Traum wieder da – ausgelöst durch die Nachricht. Unwillig rollte sie auf die andere Seite, öffnete die Schublade ihres Nachttisches und zog das halbe Blatt Schreibpapier heraus, das gestern Abend in ihrem Auto gelegen hatte. Die Worte sprangen ihr im hellen Morgenlicht ins Auge:

Liebe Teresa,

Roscoe Lee Byrnes trifft diese Woche seinen Schöpfer. Wirst du dich endlich sicher fühlen können? …

Teri legte das Blatt hin und starrte quer durchs Zimmer in den Kamin. Roscoe Lee Byrnes. Der Serienmörder, den die Polizei festgenommen hatte, als er genau zwei Wochen nach den Morden an den Farrs versucht hatte, vom grausigen Schauplatz eines Verbrechens in Pennsylvania zu fliehen. Der Mann, der gestanden hatte, Hugh und Wendy Farr sowie zwanzig andere Menschen getötet zu haben, sollte in ein paar Tagen eine tödliche Injektion erhalten. Teresa dachte, wie leicht Byrnes seiner Liste zwei weitere Opfer hinzugefügt haben könnte, wenn er sie und Celeste ermordet hätte.

Aber er konnte nicht ernsthaft versucht haben, mich zu töten, gestand Teresa sich widerwillig wie schon hundertmal ein. In jener schrecklichen Nacht, inmitten des Blutbades, das er angerichtet hatte, warum war er damit zufrieden gewesen, sie nur am Arm zu verletzen? Teresa blickte auf die feine zwanzig Zentimeter lange Narbe, die von ihrem Bizeps bis fast zum Handgelenk verlief. Die Wunde war so oberflächlich gewesen, dass die Narbe jetzt kaum noch zu sehen war. Die Handlungsweise ihres Angreifers machte keinen Sinn, und acht Jahre lang hatte Teresa die Frage nicht losgelassen, warum ihr Leben verschont worden war, während die anderen Menschen im Haus auf so grauenhafte Art verletzt und aufgeschlitzt worden waren.

Nach Byrnes' Geständnis hatten die örtliche Polizei und das FBI beschlossen, dass Teresas Schreie ihr in jener Nacht das Leben gerettet hatten. Die Nachbarn erzählten, dass sie sie durch ihr offenes Schlafzimmerfenster, das zum Haus der Farrs geht, gehört hätten. Der Mann hatte sofort eine helle Nachttischlampe angemacht und 110 angerufen. Inzwischen hatte ihre Dänische Dogge, die die Nacht auf der Veranda verbrachte, angefangen zu heulen und alle anderen Hunde in der Nähe angesteckt.

Vom Schlafzimmer der Farrs, schloss die Polizei, musste Byrnes die grelle Nachttischlampe gesehen und vermutet haben, dass jemand zum Telefon griff. Er hatte auch das durchdringende Heulen von mindestens fünf Hunden gehört und war hektisch aus dem Haus geflohen. Wahrscheinlich hatte er gedacht, dass die Polizei schneller auf den Notruf reagieren würde oder vielleicht sogar Routinekontrollen rund um die Häuser der Reichen machte. Das war die Erklärung, entschieden die meisten von ihnen. Byrnes war zu sehr darauf bedacht zu fliehen, um Zeit damit zu verschwenden, Teresa zu töten.

Trotzdem, die Alarmanlage des Hauses war nicht losgegangen, und die Schlösser waren nicht geknackt. Das war der Polizei unerklärlich, bis Teresa ihnen erzählte, dass ihr Vater verärgert gewesen war, weil sie spät nach Hause gekommen war. Er hatte ihr eine Strafpredigt gehalten, sie ins Bett geschickt, und fast sofort hatte sie seine schweren Schritte auf der Treppe gehört. Er vergaß oft, die Alarmanlage einzuschalten, wenn er abgelenkt war, hatte sie ihnen erzählt und keine Skrupel gehabt, der Polizei diese gereinigte Version der Szene des Abends zu geben, da ihr Gewissen rein war, was Hughs Tod anbelangte. Tatsächlich hatte sie schreckliche Angst, dass sie nur noch mehr unter Mordverdacht geriet, wenn die Polizei von dem Streit zwischen ihr und Hugh an dem Tag wüsste, sowohl vor als auch nach ihrem abendlichen Ausflug.

Nach seiner Festnahme in einer kleinen Stadt in Pennsylvania hatte die Polizei Byrnes ein Szenario der Farr-Morde präsentiert. Eines, in dem er vielleicht ein hübsches Mädchen gesehen hatte, ihm nach Hause gefolgt war, ein paar Stunden gewartet, sich dann entschlossen hatte, hineinzugehen zu ihr und zu wem auch sonst noch, und glücklicherweise die Haustür unverschlossen vorgefunden hatte.

Später hatten die Polizisten Teresa erlaubt, sich das Video anzusehen, wie sie Byrnes mit ihrer Theorie vom Ablauf des Verbrechens konfrontiert und gespannt auf seine Reaktion gewartet hatten. Byrnes hatte das Video fast eine ganze Minute mit seinen blassblauen, leicht gelblichen Augen ausdruckslos angestarrt, dann mit seinem ungewöhnlich großen Kopf mit wenig Haaren, dicken roten Wangen und fliehendem Kinn genickt. Schließlich hatte er mit seiner knurrenden, monotonen Stimme gesagt: »Ja, so ist es gewesen.« Die Polizei war zufrieden, Teresa nicht. Sie hatten nicht gesehen, wie der Mörder ruhig die Treppe hinuntergestiegen war, die Haustür geöffnet und hinter sich geschlossen hatte. Ihr schien die Flucht nicht die eines Mannes, der außer sich war vor Angst und verzweifelt versuchte zu fliehen.

Aber sie hatte niemals irgendjemandem das gemächliche »Entkommen« des Mörders beschrieben, weil zu viele Leute schon glaubten, dass ihre labile Mutter ihren rücksichtslosen Exmann und seine neue, schwangere Ehefrau ermordet hatte.

Auch den Duft von Sandelholz, den sie in jener Nacht wahrgenommen hatte, als der Mörder sie angestoßen hatte, erwähnte sie nicht. Sie hatte gelesen, dass Sandelholz sowohl in Parfüms für Frauen als auch für Männer verwendet wird, aber sie war sicher, dass jemand erwähnen würde, dass Marielle Farr immer einen Duft mit Sandelholz trug und auf sie als mögliche Mörderin hindeuten würde.

Teresa seufzte und murmelte frustriert: »Es ist acht Jahre und zwei Monate her. Genug mit der Wiederholung.«

Sie kletterte aus dem Bett, ohne dabei die schnarchende Sierra zu stören. Teresa ging ins Badezimmer und betrachtete sich im Spiegel. Sie war blasser als sonst und hatte dunkle Schatten unter den Augen. »Jetzt hast du einmal Geburtstag und siehst sofort zehn Jahre älter aus«, sagte sie zu ihrem Spiegelbild, obwohl sie wusste, dass sie wegen des grauenhaften Briefes in ihrem Auto schlecht geschlafen hatte.

Teresa stellte das Radio im Badezimmer an. Steve Winwoods »Back in the High Life Again« ertönte, ein optimistisches Lied, das zum ersten Mal nichts an Teris niedergeschlagener Stimmung änderte. Sie musste die ganze Zeit an ihre Mutter denken. Nach einem Zusammenbruch und Aufenthalt in einer psychiatrischen Klinik, ausgelöst durch die Scheidung, hatte Marielle bei ihrer Tante gewohnt, die etwas nördlich der Stadt lebte. Ärzte hatten erklärt, Marielle sei nicht in der Lage, für einen Teenager zu sorgen, so dass sie nicht nur Hugh, sondern auch das Sorgerecht für Teresa verlor.

Marielles Tante hatte der Polizei erzählt, dass Marielle am Tag der Ermordung der Farrs ruhig, sogar fröhlich geschienen und einen Nachmittagsspaziergang auf ihrem Lieblingsweg im Wald gemacht hatte. Die bessere Stimmung und ungewöhnliche Energie Marielles hatte sie ermutigt, so behauptete Beulah, die Frau zum ersten Mal nach ihrer Entlassung aus der Klinik allein aus dem Haus gehen zu lassen.

Teresas Augen füllten sich mit Tränen. Ihre schöne, sanfte Mutter war nie zu Beulahs Haus zurückgekehrt. Es hatte eine große Suchaktion der Polizei nach Marielle gegeben, insbesondere wegen der Morde, aber die Ermittlungen hatten nichts ergeben. Soweit Teresa wusste, hatte seit acht Jahren niemand etwas von ihrer Mutter gesehen oder gehört. Marielle Farr schien seit jenem schönen Tag im April, der so schrecklich für Hugh, Wendy und Celeste geendet hatte, wie vom Erdboden verschluckt.

Teri wischte ungeduldig die Tränen weg, spritzte sich Wasser ins Gesicht, um sich aus den furchtbaren Erinnerungen zu reißen, aber es funktionierte nicht. Während sie versuchte, mit einem Handtuch etwas Farbe in ihre nasse Haut zu reiben, erinnerte sie sich an den Tag nach den Morden. Ihre Verwirrung über das Verschwinden ihrer Mutter zusammen mit dem Schrecken über die brutalen Morde wurde plötzlich noch größer, als die Polizei dachte, wenn Marielle Hugh und Wendy nicht erstochen hatte, dass sie es getan hatte. Ihr Vater und ihre Stiefmutter, von denen jeder wusste, dass Teresa sie hasste, waren ermordet worden. Celeste, die, wie irrtümlicherweise angenommen wurde, Teresa ebenfalls verhasst war, war in den Bauch gestochen worden. Teresa jedoch hatte nur eine oberflächliche Schnittwunde am Arm erlitten.

Sie war nicht festgenommen worden, jedoch nicht, weil die örtlichen Gesetzeshüter sie für unschuldig hielten. Sie blieb auf freiem Fuß wegen Mangels an Beweisen – die Polizei fand niemals die Mordwaffe, die nach Ansicht des Gerichtsmediziners ein langes, rasiermesserscharfes Sägemesser war –, und an Teresas Morgenmantel war nur wenig Blut der Opfer. Wenn sie gewaltsam auf drei Menschen eingestochen hätte, wäre der Morgenmantel blutgetränkt gewesen. Es wurde sonst keine blutige Kleidung im Haus gefunden, auch kein Blut in den Abflüssen, was der Fall gewesen wäre, wenn Teresa sich nackt ausgezogen hätte, bevor sie ihre Opfer erstochen hätte, geduscht und dann einen Morgenmantel angezogen hätte.

Außerdem hatte Teresa zugestimmt, sich einem Test mit einem Lügendetektor zu unterziehen, den sie bestanden hatte. Einige Kriminologen konnte sie jedoch nicht überzeugen. Sie wiesen darauf hin, dass es »bestimmte« Menschen gebe, die in der Lage seien, die Maschine zu überlisten. Deshalb seien die Ergebnisse von Lügendetektoren nicht als Beweise bei Gericht zugelassen, fügten sie triumphierend hinzu.

Aber die meisten Leute scherten sich ohnehin nicht um Beweise, die Teresa entlasteten. Sie fanden offenbar die Vorstellung spannender, dass ein siebzehnjähriges Mädchen Amok läuft. Während der folgenden beiden Wochen hatten die Blicke der Leute, in denen Teresa Schrecken und Abscheu las, und die intensiven Befragungen durch die Polizei, denen sie sich unterziehen musste, ihr solche Angst gemacht, dass sie fast wahnsinnig geworden war. Selbst acht Jahre später erinnerte sich Teresa, dass es damals nur vier Menschen gab, die laut ihre Unschuld verkündeten – ihr Bruder, Kent, die beste Freundin ihrer Mutter, Carmen, die Haushälterin, Emma MacKenzie und insbesondere Emmas Sohn, Mac.

Sonnenlicht strömte ins Badezimmer an diesem herrlichen ersten Julitag, aber Teresa zitterte, als sie an die unglaubliche, grauenerregende Zeit dachte – eine Zeit, in der sie an der Hoffnung festhielt, dass sie einen Albtraum hatte, aus dem sie jede Minute erwachen würde. »Aber ich bin nicht aufgewacht«, murmelte sie, als sie ihr Nachthemd auszog und die Dusche anstellte. Sie hatte, so schien es ihr, endlose Tage und Nächte ungläubig, wie in einen Schleier gehüllt, verbracht, weil fast jeder in der Stadt dachte, sie hätte zwei Menschen getötet und ein Kind schwer verletzt.

Teresa schauderte, als sie in die Duschkabine stieg und das heiße Wasser über ihr Haar, ihr Gesicht und ihren Körper laufen ließ, der tatsächlich eine Gänsehaut hatte. Teri hatte lange keinen Anfall von Panik gehabt, wie damals, aber die Nachricht hatte sie wieder hineingestürzt. Noch einmal fühlte sie sich wie ein siebzehnjähriges Mädchen mit einem ermordeten Vater, einer verschwundenen Mutter, in einer Stadt, in der die Hälfte der Leute dachte, sie wäre eine verwirrte Mörderin und sie müssten ihre Türen nachts abschließen, weil Teresa Farr frei herumlief. Es hatte lächerlich geschienen, und manchmal hatte sie sogar bei der Vorstellung gelacht. Aber dann hatte sie gemerkt, dass die Leute wirklich Angst vor ihr hatten, und ihr Lachen war erstorben, und sie war in Tränen ausgebrochen – Tränen der Trauer, des Unglaubens, überwältigender Angst.

Zwei Wochen später geschah etwas, das ihr wie ein Wunder erschien – Roscoe Lee Byrnes gestand die Morde. Die Bürger der Stadt waren sprachlos gewesen. Einige schienen enttäuscht. Viele glaubten ihm nicht und behaupteten hartnäckig, dass Menschen manchmal Verbrechen gestanden, die sie gar nicht begangen hatten.

Doch weil das FBI sicher war, dass Byrnes' Geständnis aufrichtig war, schwand allmählich das Misstrauen der Leute gegenüber Teresa. Schließlich war Byrnes ein Serienmörder, sagten sie sich in zwanghaften Erörterungen des Falls, der die Leute monatelang beschäftigt hatte. Teresa war an dem Abend lange aus gewesen und Byrnes wahrscheinlich auch, auf der Jagd nach Opfern. Er hatte wahrscheinlich Teresa gesehen, war ihr nach Hause gefolgt und hatte gewartet – nur gewartet auf eine unverschlossene Haustür, die schlafende Familie und einen hübschen Teenager, mit dem er auch noch Spaß haben wollte, bevor er sie tötete. Aus Zeitungsartikeln erfuhr die Öffentlichkeit, dass Roscoe Lee Byrnes immer nachts tötete, immer ein Sägemesser benutzte und wiederholt auf seine Opfer einstach.

Einen weiteren Beweis dafür, dass Byrnes der Killer war, lieferte der Angestellte eines Lebensmittelladens nur dreieinhalb

Kilometer vom Haus der Farrs entfernt, der Byrnes unzweifelhaft als Kunden am Abend vor den Morden identifizierte. Der Angestellte sagte, dass er sicher sei, dass er den Mann bedient habe, nachdem er Fotos des geständigen Mörders gesehen hatte, und behauptete, dass er die unheimlichen, blassen, hervortretenden Augen und den großen, kugelrunden Kopf niemals vergessen würde. Der Mann habe Chips und Bier gekauft, sagte der Angestellte in einem Nachrichtenclip. Billiges Bier, hatte er während seiner Zwei-Minuten-Fernseh-Berühmtheit verächtlich hinzugefügt, Bier, für das Byrnes mit schmutzigen, zusammengeknüllten Dollarscheinen bezahlt habe. Die Geschichte des Verkäufers wurde bestätigt durch einige unverkennbare Bilder von Byrnes, aufgenommen mit einer Überwachungskamera des Ladens.

Am Ende des Sommers hatten die meisten Leute Teresa freigesprochen. Sie wohnte bei der Freundin ihrer vermissten Mutter, Carmen, bis sie in der letzten Juniwoche achtzehn wurde. Im September ging sie fort aufs College. Die ganze Zeit über hatte Teresa versucht, an Byrnes' Schuld zu glauben. Sie hatte sogar so getan, als würde sie es glauben. Aber weil der Mörder das Haus so gemächlich verlassen hatte und weil er außerdem einen Duft trug, der dem Parfüm ihrer Mutter ähnelte, war Teresa nie sicher gewesen, dass Byrnes wirklich der Mörder war, der im Haus der Farrs in der Mourning Dove Lane zugeschlagen hatte. Acht Jahre lang hatte sie darauf gewartet, dass Beweise auftauchten, die ihre Zweifel ausräumten.

Teresa trat aus der Dusche, griff nach einem großen, flauschigen Duschhandtuch und bemerkte mit einem Lächeln, dass Sierra endlich aufgestanden und gekommen war, um ihre morgendliche Routine zu überwachen. Sie beugte sich hinunter und streichelte den Kopf des Hundes, der geduldig vor der Dusche saß. »Hey, hast du Angst, dass ich im Abfluss verschwinde, wenn du nicht auf mich aufpasst? Oder fragst du dich, ob ich verrückt geworden bin, weil ich mit mir selbst rede?«

Sierra gab ihr gewohntes Schnaufen von sich und stand auf. Als sie den Hund ansah, der fröhlich mit dem Schwanz wedelte und Teresa vertrauensvoll mit bernsteinfarbenen Augen ansah, empfand Teresa eine seltsame, aber willkommene Erleichterung. Der Zeitpunkt von Byrnes' Hinrichtung war endlich gekommen, dachte sie. Er hatte keine Gnadengesuche mehr gestellt, und in ein paar Tagen wäre sein Leben zu Ende. Alles deutete darauf hin, dass er der Mörder war. Er hatte die Morde sogar gestanden. Ihre Zweifel waren dumm. Sobald das Todesurteil an ihm vollstreckt wäre, würde das schreckliche Kapitel in ihrem Leben endlich vorbei sein.

Als Teri sich vornüberbeugte und das Handtuch um die langen Haare wickelte, kam ihr noch ein Gedanke. All die Jahre hatte niemand neue Beweise geliefert, die Byrnes von den Morden an den Farrs freisprachen, also was bedeutete die Nachricht in ihrem Auto? Fragte sie jemand, ob sie sich nach der Hinrichtung vor einem psychopathischen Mörder sicher fühlte? Vielleicht. Wahrscheinlich. Besonders weil erzählt wurde, dass Celeste wieder sprach. Wenn das stimmte, freute es Teresa. Sie hatte auf den Tag gewartet, an dem Celeste noch einmal sprechen würde.

Aber der Brief klang nicht beruhigend, sondern hämisch und drohend, besonders wenn prophezeit wurde, dass Celeste endlich die Wahrheit sagen würde. Welche Wahrheit? Dass sie den Mörder gesehen hatte? Ein dünner, kalter Finger schien Teresas Wirbelsäule entlangzustreichen, als ihr klar wurde, warum die Nachricht triumphierend klang. Der Verfasser freute sich, ihr berichten zu können, dass Celeste bald den wirklichen Mörder ihrer Mutter und Hugh identifizieren würde, und das wäre Teresa.

Ich werde mir über den dummen Brief keine Gedanken machen, dachte Teresa. Er hatte ihr das Ende eines großartigen Tages ruiniert. Dann hatte sie den Brief gefunden. Aber es war nur ein Brief. Ein Brief konnte ihr nichts anhaben, konnte ihr nicht ihren Seelenfrieden nehmen, wenn sie es nicht zuließ, und sie hatte nicht vor, sich so einfach entmutigen zu lassen.

Teresa fühlte sich jetzt wieder stärker und zwang sich zu lächeln, als ob der Text des alten Liedes »Mach ein fröhliches Gesicht« ihre Unbehaglichkeit verschwinden lassen könnte. Als sie ihr Schlafzimmer verließ und zur Treppe ging, gab ihr Faxgerät einen Signalton von sich – eine Nachricht. Sie ging in das kleine Zimmer, das sie als Büro nutzte. Gestern Morgen hatte sie eine Firma für Pferdeausrüstung per E-Mail um eine Preisliste für bestimmtes Sattel- und Zaumzeug gebeten. Sie hatte nicht mit einer Antwort am frühen Sonntagmorgen gerechnet, aber sie wusste nicht, wer ihr sonst ein Fax schicken sollte. Teresa klopfte ungeduldig mit dem Fuß auf den Boden, während das Gerät das Blatt ausspuckte. Sie brauchte wirklich ein neues, dachte sie. Sie hatte das Gerät gekauft, als sie mit dem College begonnen hatte. Aber jetzt, da sie eine Geschäftsfrau war und das Geschäft sich erfreulich vergrößerte, brauchte sie ein schnelleres, moderneres –

Teresas Überlegungen kamen zu einem abrupten Ende, als sie das Blatt nahm, das noch warm vom Faxgerät war, und die Botschaft las:

Hast du deine Lektion gelernt, Teresa?
Der Schuldige wird bestraft werden. Finde dich damit ab.
Für dich gibt es kein Entkommen. Kein Entkommen
KEIN ENTKOMMEN
KEIN ENTKOMMEN

Das Blatt zitterte in Teris Hand, aber sie sagte laut mit ausdrucksloser, unbeteiligter Stimme: »Ein Streich. Nur ein dummer Streich.« Dann blickte sie oben auf das Fax. Vor ihr geriet alles ins Wanken, das Blatt glitt zwischen ihren plötzlich kalten Fingern hindurch und fiel auf den Boden.

Dem Briefkopf nach war der Absender Hugh Farr.

2

Celeste Warner schnitt anmutig ein Stück von ihrem Blaubeerpfannkuchen ab, steckte es in ihren kleinen Mund und begann zu kauen. Ihre großen Augen schienen zu lächeln, obwohl ihr Gesichtsausdruck ernst war. »Du magst wirklich gerne Pfannkuchen, stimmt's, Liebling?«, fragte ihre Großmutter liebevoll. Fay hatte ihre langen, hellbraunen, mit grauen Strähnen durchzogenen Haare zu einem Knoten gebunden, geschmückt mit drei mit Strass besetzten Haarnadeln. »Du kannst so viele essen, wie du willst. Ich habe genug Teig gemacht, um die ganze Nachbarschaft zu versorgen!«

»Mama, denkst du etwa, je mehr du ihr zu essen gibst, desto mehr spricht sie?«, fragte Jason halb im Scherz. »Du stopfst Essen in sie, seitdem wir gestern Nachmittag von Bennigans nach Hause gekommen sind.«

»Also, Essen hat sie wieder zum Sprechen gebracht. Es scheint, dass Essen der Auslöser ist«, antwortete Fay mit unbestreitbarer Logik.

»Sie isst seit Jahren und hat nicht gesprochen«, gab Jason geduldig zurück. »Warum sollte Essen gestern der Auslöser gewesen sein?«

Fay sah ihren Sohn vielsagend an. »Die Psyche ist etwas Rätselhaftes, Jason Warner. Sie ist uns etwas völlig Unbegreifliches.«

»Ja, scheint so«, antwortete Jason milde. Fay schien mit ihrer Erklärung zufrieden. Er wollte nicht Celestes Hinweis auf einen »Geruch« erwähnen, der ihren Redeschwall ausgelöst hatte. Schließlich müsste er noch erklären, dass der Geruchssinn der stärkste der fünf Sinne ist. Seine Mutter würde wahrscheinlich einen Streit anfangen und behaupten, dass er so etwas überhaupt nicht wissen könne. »Ich wünschte nur, sie würde wieder sprechen.«

»Celeste wird schon sprechen, wenn sie etwas zu sagen hat, nicht wahr, Liebling?« Fay stürzte mit der Bratpfanne herbei und platzierte einen weiteren Pfannkuchen auf dem Teller des Mädchens, fast wie Bestechung. »Aber du sprichst nicht über die schreckliche Nacht vor langer Zeit. Und du sagst nicht wieder den schrecklichen Reim auf. Du sagst etwas Nettes und Hübsches und Liebes.«

Celeste hob den Kopf und blickte lächelnd in die hoffnungsvollen blauen Augen ihrer Großmutter.

»Die Uhr schlug drei
Und der Tod kam vorbei.
Als ich meine Augen öffnete,
war Teri da!

Die Uhr schlug drei
Und der Tod kam –«

»Okay, Schatz, wir haben es verstanden.« Jasons Stimme blieb ruhig, aber seine Mutter trat einen Schritt zurück und sah aus, als würde sie gleich die Bratpfanne fallen lassen. Seit gestern hatte er sich von dem Schock erholt, seine Tochter endlich sprechen zu hören, und sich vorgenommen, sich beim nächsten Mal professioneller zu verhalten, statt sie bloß anzustarren. Er begann mit sachlicher Stimme. »Bei Bennigans hast du gesagt, dass du in der Nacht, in der die Morde geschehen sind, mit jemandem zusammengestoßen bist, der aus Mamis Zimmer kam, und dass die Person dich mit dem Messer gestochen hat.« Celeste nickte gelassen. »Bist du ganz sicher, dass es nicht Teresa war?«

»Jason!« Fay schnappte nach Luft, aber Jason hob ausnahmsweise brüsk die Hand hoch und brachte seine Mutter zum Schweigen.

Inzwischen starrte Celeste ihn ausdruckslos an, bevor sie sagte: »Ich habe kein Gesicht gesehen. Die Kapuze war davor.«

Fay konnte nicht schweigen. »Also bist du nicht sicher, dass Teresa dich nicht verletzt hat.«

Celeste legte ihre Gabel hin, nickte dann widerwillig. »Also, Teresa hat mir weh getan.«

»Teresa hat dir weh getan?« Vor Überraschung wurde Jason laut. Nach Wendys Heirat mit Hugh hatte Celeste immer bewundernd von Teri gesprochen. Als Jason Teresa schließlich getroffen hatte, mochte er sie auch, nicht nur wegen ihrer Freundlichkeit ihm gegenüber, sondern wegen ihrer erstaunlichen Herzlichkeit gegenüber Celeste. Er konnte sich nicht vorstellen, dass das Mädchen ihn so völlig getäuscht hatte. Jason beugte sich vor und fragte noch einmal: »Teresa hat dir weh getan?«

»Schrei mich nicht an! Und außerdem heißt sie Teri«, sagte Celeste gereizt. »Ich war in der Spielzeugkiste. Teri hat mir weh getan, als sie mich herausgehoben und auf mein Bett gelegt hat.«

»Damit sie dir noch einen Stich versetzen konnte?«, fragte Fay atemlos.

»Ich wurde nur einmal mit dem Messer gestochen, und zwar außerhalb Mamas Zimmer. Teri hat mir *danach* weh getan, als sie mir ein Kissen auf den Bauch gelegt und fest zugedrückt hat!«

»Um den Blutverlust zu stoppen«, murmelte Jason erleichtert.

»Oder um sie zu ersticken«, hielt Fay dagegen.

Celeste ließ ihre Gabel fallen. »Ich bin nicht dumm! Ich weiß, dass ich nicht durch den Bauch atme, Grandma!« Celeste sah ihre Großmutter und ihren Vater wütend an. »Grandma, du sagst dauernd, ich soll nicht über die Nacht sprechen, aber du hörst nicht auf, mir Fragen zu stellen. Und Papa, ich sag doch dauernd, dass ich nicht gesehen habe, wer mich mit dem Messer gestochen hat, aber du hörst mir nicht mal zu!«

»Es tut mir leid, Schätzchen.« Fay sprach leise und wich vor dem Mädchen zurück.

»Also, für heute habe ich genug gesprochen«, verkündete Celeste und hielt den Mund fest geschlossen. Jason empfand eine plötzliche Wut auf seine Mutter, als Celeste vom Küchentisch aufstand und ins Wohnzimmer stapfte. Im nächsten Moment hörten sie, wie der Fernseher voll aufgedreht wurde.

»Zufrieden?«, fragte er Fay.

»Sie ist auch wütend auf dich!«, schoss Fay zurück, Tränen schimmerten in ihren Augen, bevor sie sich auf den Stuhl setzte, den Celeste gerade verlassen hatte. »Ich hab gesagt, es tut mir leid. Ich glaube, ich wusste noch nie, wann ich besser schweigen sollte.«

Jason wollte zustimmen, aber seine Mutter hatte recht – er war auch schuld, dass sie Celeste wieder schonungslos verhört hatten. Außerdem sah Fay so beschämt aus, dass er nicht dazu beitragen wollte, dass sie sich noch elender fühlte. Also sagte er nichts und wandte den Blick von ihrem ängstlichen Gesicht ab.

»Okay, ich bin auch schuld. Aber was mich wirklich ärgert, ist, dass du, Mum, die Tatsache nicht akzeptiert hast, dass ein Serienmörder gestanden hat, die Morde an den Farrs begangen zu haben.« Sie schwieg immer noch trotzig. »Merkst du nicht, was Celeste uns sagt? Warum sollte Teresa ihr einen Messerstich versetzen und dann versuchen, ihr das Leben zu retten?«

»Celeste hat einen Schock. Sie weiß nicht, was sie sagt.«

»Sie hatte einen Schock. Sie überwindet ihn offenbar und

fängt an, über die Nacht zu sprechen, aber sie wird aufhören, wenn du weiter auf Teresa Farr herumhackst.«

»Na, vielleicht sollte sie aufhören. Vielleicht sollte sie vergessen, was in der gottverdammten Nacht passiert ist!«

Jason atmete tief ein und schloss die Augen. Er war überzeugt, dass es nicht richtig war, Celeste zur Gefangenen ihrer Erinnerungen zu machen. »Mum, die ganzen acht Jahre, in denen Celeste bei dir war, hast du dafür gesorgt, dass sie in einen Kokon eingeschlossen war. Ich weiß, du hast es zu ihrer Sicherheit getan, aber sie hat kein normales Leben geführt. Vielleicht hat es deshalb so lange gedauert, bis sie wieder angefangen hat zu sprechen. Die ganze Welt erscheint ihr jetzt gefährlich.«

»Die ganze Welt ist gefährlich für sie«, sagte Fay trotzig. »Besonders diese Gegend hier und ganz besonders diese Stadt, seit Teresa Farr sich entschlossen hat, zurückzukommen und sich hier niederzulassen. Ich habe dafür gesorgt, dass die Frau nicht mal einen flüchtigen Blick auf Celeste werfen konnte. Ich habe Celeste von ihr ferngehalten.«

»Du hast Celeste von fast allem ferngehalten.« Jason sah seine Mutter liebevoll an. »Mum, ich weiß, was du für Celeste und mich in den letzten Jahren getan hast, aber sie ist meine Tochter, und ich muss darauf bestehen, dass du meine Wünsche befolgst. Erstens musst du aufhören, sie zu einer Gefangenen dieses Hauses zu machen. Zweitens möchte ich, dass du auf sie hörst. Widersprich ihr nicht und vor allen Dingen leg ihr keine Worte in den Mund, besonders was Teresa angeht. Wenn wir sie sprechen lassen, worüber sie will und wann sie will, finden wir vielleicht mehr über die Nacht und über Byrnes heraus.«

Fay sah Jason abwehrend an. »Sie erinnert sich an Teresa Farr. Sie weiß nichts von Roscoe Byrnes.«

»Wie kommst du darauf, dass Celeste nichts von Byrnes weiß? Sie ist nicht blind und taub. Sie sieht fern. Sie hatte Unterricht, als sie im Krankenhaus war. Wir haben Lehrer für sie angestellt, als sie zu Hause war. Sie ist nicht autistisch – sie war stumm wegen eines Traumas. Sie kann fast so gut schreiben wie ein Erwachsener, wenn es ihr passt. Du musst akzeptieren, dass Celeste nicht aufgehört hat zu lernen, als sie acht Jahre alt war und Byrnes ihre Mutter tötete. Die psychiatrischen Tests zeigen, dass sie sehr intelligent und wach ist.«

»Sie behaupten, sie habe einen Schaden«, sagte Fay unumwunden.

»Mum, ich weiß, dass du keine hohe Meinung von Psychiatern hast, aber keiner von ihnen hat gesagt, sie habe einen Schaden. Sie haben mir gesagt, dass der Schock sie wahrscheinlich zunächst unfreiwillig stumm gemacht hat, aber sie sind sicher, dass sie schon seit Jahren freiwillig stumm ist. Sie hat einfach beschlossen, nicht zu sprechen. Jetzt ist sie Gott sei Dank willens zu sprechen. Sie klingt vielleicht nicht wie andere Sechzehnjährige, weil sie so isoliert von Kindern ihres Alters war. Das bedeutet aber nicht, dass etwas mit ihrem Verstand oder ihrem Gedächtnis nicht stimmt. Sie muss über die Nacht sprechen. Auf ihre Art, zu ihrer Zeit, ohne unterbrochen zu werden.«

Jason beugte sich zu seiner Mutter, die seit den Morden nicht mehr jünger aussah, als sie war. Tatsächlich sah sie viel älter aus als sechzig, obwohl sie körperlich immer noch stark und voller Energie war. »Mum, ich möchte Celeste helfen, wieder ganz gesund zu werden – das Mädchen, dass sie gewesen wäre, wenn Wendy sie mir nicht weggenommen hätte.« Fays Augen flackerten bei seinem letzten Satz. Ihr Hass auf Wendy würde niemals vergehen, und er schämte sich etwas, dass er den Namen seiner Ex-Frau benutzt hatte, um seine Mutter zu beeinflussen, aber er war verzweifelt. »Wünschst du dir das nicht – dass deine Enkelin völlig normal und glücklich ist?«

»Ja, natürlich, aber ich fürchte, das ist nicht der richtige Weg …«

Jason holte tief Luft. »Ausnahmsweise werde ich einmal nicht auf deinen Rat hören. Ich denke, dass es das Beste ist, und du weißt, wie sehr ich meine Tochter liebe. Ich würde nichts tun, was ihr schaden könnte.« Jason liebte seine Mutter und respektierte sie, aber dieses eine Mal ging Celeste vor, egal wie sehr das Ganze Fay verletzte. »Mum, wenn du nicht damit einverstanden bist, werde ich Celeste mitnehmen.«

»Das wirst du nicht tun!« Fay sprach mit tränenerstickter Stimme. »Das würdest du nicht tun!«

»Doch, ich werde sie zu mir nehmen – nicht, um dich zu bestrafen, sondern weil ich denke, dass es das Beste für Celeste ist.« Er hielt inne, während Fay auf den Tisch blickte, ihre Schultern bebten, die Lippen so fest zusammengepresst, dass sie weiß geworden waren. Er wusste, dass sie versuchte, die hitzigen Worte, die ihr auf der Zunge brannten, herunterzuschlucken, etwas, was sie selten in ihrem Leben getan hatte. »Ich verstehe, wie schwer das für dich ist, Mum«, sagte Jason geduldig. »Ich mache das nicht, um dich zu schikanieren – ich will nur ein guter Vater sein. Genauso wie du eine gute Mutter für mich warst und eine gute Großmutter für Celeste. Bitte, Mum, hilf mir.«

Fay schwieg, den Blick auf das karierte Tischtuch geheftet. Dann seufzte sie und sah ihn an. An ihrem Blick konnte er ablesen, dass sie sich geschlagen gab. »In Ordnung Jason. Ich denke, dass du genau das Falsche tust, aber ich werde dich nicht bekämpfen, wenn ich dann vielleicht Celeste verliere. Aber wenn du irgendwann merkst, welchen großen Fehler du gemacht hast –«

»Dazu wird es nicht kommen«, Jason schnitt ihr das Wort mit einer Zuversicht ab, die er nicht wirklich empfand. Jason war nicht frei von der Furcht, er könnte Celeste vielleicht so tief in ihre unbewältigten Ängste und Konflikte stürzen, dass sie nie wieder herauskommen würde.

3

Fünf Minuten später saß Teresa auf ihrem Schreibtischstuhl und starrte auf das Fax, das vor ihr lag. Sie wusste, dass es nicht schwer war, ihre Faxnummer herauszukriegen – sie hatte Visitenkarten verteilt, auf denen ihre Telefon- und Faxnummer sowie ihre E-Mail-Adresse aufgeführt waren. Sie wusste auch, wie einfach es war, den Kopf auf einer Faxmaschine auszutauschen oder ein Fax auf dem Computer zu schreiben, deshalb war sie nicht erschrocken, als sie las, dass das Fax von Hugh Farr gesendet worden war. Was ihr Sorgen machte, war, dass jemand versuchte, ihr Angst zu machen. War diese Person einfach nur auf eine kindische Art boshaft? Oder war es eine echte Bedrohung für sie?

Sie wusste, dass das Fax mit Hilfe der Polizei zurückverfolgt werden könnte, und sie überlegte ungefähr zehn Minuten lang, was sie tun sollte. Dreimal griff sie nach dem Telefon, um die örtliche Polizei anzurufen, und dreimal zog sie die Hand wieder vom Hörer zurück, als wäre es eine Schlange.

Polizei. Das Wort rief seit den Morden Angst in ihr hervor. Seitdem sie so lange befragt worden war, bis sie zu heiser war, um zu antworten. Sogar nach der Festnahme und dem Geständnis von Roscoe Lee Byrnes war sie noch »Nachuntersuchungen« ausgesetzt, das FBI hatte »nur noch ein paar Fragen, Miss Farr«. Schließlich versetzte sie die Polizei im Allgemeinen so in Schrecken wie ein Kind die Vorstellung eines Ungeheuers.

Sie würde nicht die Polizei anrufen, entschied Teresa. Wenn sich später herausstellte, dass das Fax wichtig war, und sie gezwungen war, es ihnen zu zeigen, würde sie sagen, sie hätte es nicht getan, weil sie dachte, sie würden es als Streich abtun. Und genau das würden sie, sagte Teri sich. Es einfach abtun. Schließlich würde der geständige Mörder von Hugh und Wendy Farr in weniger als einer Woche hingerichtet. Jeder, der den Fall verfolgt hatte, wusste von Byrnes' Hinrichtung. Also war das Fax nichts als ein schlechter Scherz, genauso wie der Brief in ihrem Auto – um sie die paar Tage, die Byrnes noch am Leben war, zu entnerven. Vergiss das Fax, dachte sie. Vergiss den Brief. Vergiss das alles. Irgendjemand hatte einen merkwürdigen Sinn für Humor.

Entschieden fröhlich wandte sie sich an Sierra, die neben ihrem Stuhl saß. »Ich finde, wir sollten heute Morgen Spaß haben, was meinst du, Mädchen?« Der Schwanz des Hundes flog hin und her, und sie bellte einmal. »Okay. Wer ist zuerst unten!«

Teresa hatte die Kaffeemaschine an eine Schaltuhr angeschlossen und konnte schon den starken afrikanischen Kaffee riechen, als sie beide in die Küche rannten. Sierra führte, wie immer, und Teresa verkündete: »Du hast gewonnen!« Sie gab Sierra einen Hundekuchen, bevor sie sich einen Becher Kaffee einschenkte. Der Hund sah sie vorwurfsvoll an, den Hundekuchen zwischen die Zähne geklemmt. »Ich weiß, du willst jetzt ein großes Frühstück, aber bevor ich nicht mindestens eine Tasse Kaffee hatte, schaffe ich nicht mehr. Und hör auf, mich so anzusehen. Ich erinnere dich daran, dass es auf der ganzen Welt hungernde Hunde gibt, die alles dafür geben würden –«

Sierra begann wütend zu kauen wie ein Kind, als wollte sie die Belehrung, die sie schon unzählige Male gehört hatte, herunterschlucken. Zufrieden nahm Teresa zwei Aspirin gegen den dumpfen Kopfschmerz hinter ihren Augen und ging aus der Küche ins Wohnzimmer. Sie genoss das Gefühl des kühlen Holzfußbodens an den Füßen, hier und da die Wärme dicker Flachsteppiche.

Ihrer Mutter hätte das Zimmer gefallen, dachte Teresa. Ihre Mutter hätte verstanden, dass Teresa das heruntergekommene Farmhaus hatte abreißen lassen und einen Architekten beauftragt hatte, ein bescheidenes Haus zu entwerfen. Es sah aus wie ein elegantes Landhaus aus Stein mit einer breiten Terrasse vorne, Holzdecken und vielen Fenstern. Obwohl Marielle Farr an chronischen Depressionen litt, wie Teresa jetzt wusste, hatte sie sich nie in dunklen Räumen mit zugezogenen Vorhängen gegen das Licht versteckt. Tatsächlich hatte ihre Mutter oft vor Fenstern gestanden, erinnerte sich Teresa, den dunklen Kopf zurückgelehnt, die Augen geschlossen und ein schwaches Lächeln auf den perfekten Lippen, während sie das Licht von draußen aufzusaugen schien, ob es sonnig war oder grau. Sie hatte sogar Gewitter gemocht, hatte dann ihre Kinder zu sich geholt und sie aufgefordert, das Donnern nachzumachen, das manchmal das Haus erschütterte. Wer es am besten nachahmte, bekam einen Eskimo Pie, und die Kinder freuten sich auf das Spiel, statt sich vor Gewitter zu fürchten.

Das Telefon klingelte, und Teresa sprang auf und verschüttete heißen Kaffee auf ihrer Hand. Sie fluchte vor sich hin. Teri hatte immer gedacht, dass sie zu überdurchschnittlicher Selbstbeherrschung fähig war, aber sie stellte fest, dass sie sich nicht völlig im Griff hatte. Sie konnte nicht alle Angst und Sorge verdrängen, besonders wenn jemand so heftig versuchte, solche Gefühle in ihr aufzurühren, aber sie konnte es versuchen.

Wieder klingelte das Telefon. Teri holte tief Luft, durchquerte entschlossen das Zimmer, nahm den schnurlosen Hörer ab und brachte ein munteres »Hallo?« zustande.

»Die Kirche ist mittags zu Ende, Sharon hat einen Braten im Ofen, also essen wir gleich, wenn wir zu Hause sind. Wir könnten ungefähr um halb zwei auf der Farm sein.«

»Wie bitte?« Teri musste grinsen, trotz der schweren Nacht und auch des Morgens. »Mit wem spreche ich?«

»Kent natürlich.«

»Oh, natürlich. Ist das deine Art am Telefon, oder lässt du dich manchmal dazu herab, die Leute zu begrüßen, bevor du zu reden beginnst?«

Er machte eine kurze Pause und fragte dann liebenswürdig: »Hallo, Teresa, wie geht's dir an diesem wunderschönen Morgen?«

»Mir geht's gut, danke für die Nachfrage. Wie geht's Sharon? Nicht zu übernächtigt, um zur Kirche zu gehen?«

Kents Stimme hatte wieder den üblichen schroffen Tonfall. »Nein, aber ich wünschte, du hättest sie nicht mit in den Club genommen.«

»Das habe ich nicht. Sie ist vollkommen freiwillig hingegangen. Carmen und ich haben sie nicht entführt. Und was ist so schlimm am Club?«

»Tu nicht so naiv. Du weißt, wer dort schlimm ist.«

»Mac MacKenzie.«

»Erraten. Es wundert mich, dass du hingegangen bist.«

Teresa hatte weder Kent noch Sharon erzählt, dass sie gesehen hatte, wie Mac eine Rothaarige umarmt und geküsst hatte, während er mit ihr verlobt war. Sie hatte sich nur Carmen anvertraut. Kent hatte sie erzählt, sie wäre einfach noch zu jung, um zu heiraten, sie wüsste noch nicht, was sie im Leben wollte, und könnte sich noch nicht bis an ihr Lebensende an eine Person binden ... Und Kent hatte ihr kein Wort geglaubt.

»Ich bin aus Neugierde hingegangen, Kent.« Teresa beglückwünschte sich insgeheim zu ihrem beiläufigen Tonfall. »Ich habe Mac damals geholfen, das Lokal zu entwerfen, falls du dich erinnerst.«

»Ich erinnere mich«, sagte Kent verdrossen.

»Jedenfalls haben wir uns gut unterhalten. Sogar Sharon.«

»Deshalb hat sie wohl vorher nicht erwähnt, dass sie dort hingehen würde.«

»Sie hat es nicht erwähnt, weil sie wusste, dass du nicht damit einverstanden wärest. Um Himmels willen, Kent«, sagte Teresa leicht verärgert, »du hast mal Spaß verstanden.«

»Ich verstehe immer noch Spaß.«

»Ja, du hörst dich an, als wärest du in bester Stimmung.«

»Ich habe im Büro so viel zu tun, dass ich vergesse, dass es noch etwas anderes gibt, als Farr Coal Company am Laufen zu halten.«

»So ging es Dad, und du willst sicher nicht werden wie er, obwohl er in seinem überfüllten Terminkalender sogar Zeit für Wendy übrig hatte.«

»Also, Sharon braucht sich wegen anderer Frauen keine Sorgen zu machen. Wir sind ein Paar seit der Highschool.«

»Und verheiratet mit einem Kind, während du noch im College warst«, sagte Teresa. Ein Kind, das bereits sechs Monate nach der Hochzeit geboren wurde. Es war eine kurze, nüchterne Zeremonie im Standesamt gewesen, drei Wochen nach Hughs und Wendys Tod und eine Woche nach der Verhaftung von Roscoe Lee Byrnes. Es war eine freudlose Angelegenheit gewesen, aber Sharon und ihr einziger lebender Elternteil, ihr Vater Gabriel, hatten sehr erleichtert ausgesehen – sechs Monate später hatte Teri verstanden, warum. Aber das gehörte der Vergangenheit an und sollte am besten vergessen werden, besonders da Kent so empfindlich war, was die frühe Geburt seines Sohnes anging. »Ist Daniel aufgeregt, weil er heute sein Pferd kennenlernt?«, fragte sie schnell.

»Er ist außer sich. Ich weiß nicht, wie wir ihn während der Sonntagsschule und des Gottesdienstes zum Stillsitzen bringen sollen.« Kent hielt inne. »Es tut mir leid, dass ich vorhin so kurz angebunden war, aber offen gesagt bin ich ein bisschen nervös. Sharon macht sich Sorgen wegen der Reitstunden. Sie macht sich immer Sorgen, egal was er macht – Schwimmen, Fußball, was auch immer – sie macht ihn nervös und unglücklich, weil sie ihn von allem abhält, was seine Freunde machen.«

Sharon war eine wunderbare Mutter, aber zunehmend überbehütend. Unglücklicherweise konnte Teri ihm keinen anderen Rat geben, als standhaft zu bleiben und darauf zu bestehen, dass Daniel an allen Sportarten teilnehmen durfte. Das würde Konflikt in der Ehe verursachen, die sie einmal für nahezu perfekt gehalten hatte. »Vielleicht solltest du mit einem Profi darüber reden, Kent«, sagte sie vorsichtig. »Ich bin kinderlos. Ich hab nicht viel Erfahrung mit Kindern, außer mit Celeste, und das ist lange her.«

»Ja, Celeste«, sagte Kent sanft. »Armes Kind. Wahrscheinlich hast du gehört, dass sie wieder angefangen hat zu sprechen.«

»Ja.« Teresa erwähnte die Drohbriefe nicht. »Ich weiß aber nicht, wo Celeste gerade war und was sie gesagt hat.«

»Ich habe ungefähr fünf verschiedene Versionen gehört, aber wie es scheint, war Jason gestern mit ihr zum Mittagessen bei Bennigans, und auf einmal hat sie angefangen über die Mordnacht zu reden.«

»Die Mordnacht!« Teresa versuchte überrascht zu klingen, obwohl sie die Information schon von dem anonymen Briefschreiber hatte. »Was hat sie gesagt?«

»Ich weiß nicht. Anscheinend hat sie plötzlich aufgehört zu sprechen und eine Art Gesang angestimmt.«

»Einen Gesang?«

»Ich weiß, es klingt verrückt.« Kent hielt inne. »Aber du solltest wohl wissen, dass sie dich in dem Gesang erwähnt hat. Dich und das Wort Tod. Wir haben gestern Abend ungefähr zwanzig Anrufe deswegen bekommen. Ich hab einfach gesagt, ich wüsste nicht, wovon sie sprechen, und hab aufgelegt.«

»Ein Gesang über mich und Tod?«, wiederholte Teri. »Was über mich und Tod?«

»Ich habe die Leute nicht angelogen. Ich weiß es wirklich nicht. Hör zu, ich hätte dir besser nichts sagen sollen.« Teresa konnte Bedauern in Kents Stimme hören, dass er das Thema aufgebracht hatte. »Außerdem ist mir die Geschichte nicht ganz klar. Aber ich bin sicher, wir erfahren die Einzelheiten heute in der Kirche, und Sharon kann dir heute Nachmittag davon erzählen. Es sei denn, du willst Jason anrufen. Ich weiß, dass ihr beide Freunde wart.«

»Wir waren Bekannte, nicht Freunde. Er war immer nett zu mir, weil Celeste ihm erzählt hat, dass wir gut miteinander auskamen.«

»Du hast sie behandelt, als wäre sie wirklich deine Schwester. Ich mochte das Mädchen, aber du hast sie richtig gerngehabt.«

»Sie tat mir leid«, sagte Teresa brüsk. Lächerlicherweise hätte sie sich schuldig gefühlt, wenn sie ihrem Bruder gestanden hätte, dass sie Wendys Kind geliebt hatte. »Aber ich denke nicht, dass ich Jason anrufen sollte. Ich habe kein Wort von ihm gehört, seitdem sie in der Mordnacht ins Krankenhaus gebracht worden ist. Fay Warner wohnt keine Meile von hier, aber sie hat Celeste sorgfältig von mir ferngehalten – ich habe das Mädchen seit acht Jahren nicht mal gesehen. Aber das ist nicht verwunderlich, wenn man bedenkt, dass jeder dachte, ich hätte versucht, sie zu töten.« Teri merkte, dass ihr Herz pochte.

Celeste sprach also wieder. Sprach nicht nur, sondern sang von Teri und Tod. Hatte sie deshalb den Brief und das Fax vergessen? Einen Moment lang hätte Teri Kent am liebsten von den abscheulichen Botschaften erzählt, die sie bekommen hatte. Aber dann erzählte er, dass er bereits nervös wegen Sharon war. Teresa wollte nicht den Tag verderben, besonders für Daniel. Wenn Kent Sharon erzählte, dass Teresa bedroht wurde, würde sie es zum Anlass nehmen, Daniels Besuch bei den Pferden abzusagen – vielleicht würde sie sogar erklären, dass das Kind keinen Unterricht nehmen könnte. Teri dachte daran, wie enttäuscht Daniel wäre, wenn alles schiefging, holte tief Luft und sagte nichts von den Briefen.

Kent sagte gerade: »Teri, nicht jeder glaubte, dass du versucht hast –«

»Das spielt jetzt keine Rolle mehr.« Das Thema war für Teresa immer noch schmerzlich, und sie wollte nicht, dass Kent sich unnötig anstrengte, um sie zu trösten. »Selbst wenn Sharon alles in der Kirche hört, wird sie es mir wahrscheinlich nicht erzählen. Sie wird mich schonen wollen. Irgendjemand anders wird mir die Einzelheiten später erzählen«, fuhr Teresa fort und versuchte ungerührt zu klingen. »Carmen wahrscheinlich. Sie weiß auf geradezu unheimliche Weise immer, was in der Stadt los ist.«

»Das liegt daran, dass sie eine Klatschtante ist, die gerne schlechte Nachrichten verbreitet.«

»Oh, Kent, das ist sie nicht«, sagte Teri verärgert. »Wenn es so wäre, hätte sie Celeste gestern Abend erwähnt, um mir den Geburtstag zu verderben. Du magst sie einfach nicht.«

»Ich mag laute, aufdringliche Frauen nicht«, verkündete Kent.

Teresa rollte mit den Augen. Er klang allmählich ausgesprochen verkniffen. »Carmen ist kein schüchternes Pflänzchen, wenn du das mit ›aufdringlich‹ meinst. Und sie ist nicht laut. Sie hat nur keine angenehme Stimme.«

»Sie hat keine angenehme Stimme. Das ist eine Untertreibung«, sagte Kent höhnisch. »Teri, ich verstehe nicht, wieso du keine Freundinnen in deinem Alter findest. Carmen ist alt genug, um deine Mutter zu sein.«

»Sie sieht nicht so aus und benimmt sich nicht so. Und ich habe Freunde in meinem Alter.«

»Wen?«

»Also …« Teresa wurde plötzlich klar, dass sie keiner anderen Frau ihres Alters nahestand außer Sharon. Die Freundinnen, die Teresa in der Highschool gehabt hatte, waren jetzt vielbeschäftigte junge Mütter oder hatten immer eine Ausrede dafür, dass sie nicht mit ihr essen oder einkaufen gehen konnten. Mit anderen Worten, sie war nie wieder völlig im Schoß ihrer Heimatstadt aufgenommen worden. Das tat weh, aber sie hatte es Kent niemals erzählt. »Ich bin mit einigen Frauen, die ich auf den Pferdeschauen und Auktionen treffe, gut befreundet. Tatsächlich hatte sie nur mit zwei von ihnen ein paar Mal zu Mittag gegessen. »Du kennst sie nicht.«

»Ich hoffe, sie sind keine Wildkatzen oder sonst irgendwie seltsam. Du hast immer die falschen Leute gemocht, genau wie Mum.«

»Was meinst du damit?«

»Dass ihr beide unglaublich naiv sein könnt.«

»Das ist –«

»Lächerlich. Beleidigend. Ich weiß nicht, was ich rede.« Wütend presste Teresa die Lippen aufeinander, um nicht in einen sinnlosen Streit mit ihm zu geraten. »Also, ich bin in Eile, Schwesterherz. Bis dann.«

»Auf Wiedersehen, Mister Selbstgerecht«, fauchte Teri, aber Kent hatte schon aufgelegt.

Verärgert und dennoch leicht amüsiert lächelte sie über die zunehmend törichte Sicherheit ihres Bruders, nicht ohne Reue, denn sie wusste, dass das Leben die Leute einholte, die dachten, sie hätten auf alles eine Antwort. Sie musste Kent kein Wort davon sagen – er würde selbst eines Tages herausfinden, dass er nicht alles wusste. Sie hoffte nur, dass die Lektion nicht zu hart wäre – auf keinen Fall so hart wie für ihren Vater, sosehr sie ihn auch gehasst hatte.

Teresa starrte aus dem großen vorderen Fenster über die acht Hektar ihres Landes, die sie von hier aus überblicken konnte. Früher war das Land bewirtschaftet worden. Als Teri nach einem Zuhause gesucht hatte, wurde ihr gesagt, dass die vorigen Besitzer das Land hatten brachliegen lassen, es war ohnehin kein besonders gutes Ackerland gewesen, und sie hatte die gut vierzig Hektar umfassende Farm mit dem Haus für einen lächerlich geringen Preis kaufen können.

Teresa hatte sofort eine Truppe engagiert, die das Land bearbeiten sollte, dann eine Bautruppe. Als sie nach zwei Jahren fertig waren, hatte sie ein wunderschönes Haus oben auf einem Hügel, der zu einer Wiese abfiel, bedeckt mit leuchtendem Gras, dank der Tonnen von Dünger die in Abständen auf den Boden aufgebracht wurden. Makellose weiße Zäune säumten die Wiese, die über zwei Reitplätze und zwei große Ausläufe verfügte. Es gab auch einen Springplatz für die Schüler, die schon besser reiten konnten, und die Leute, die bereits gute Reiter waren und nur ihr Pferd in Farr Fields einstellten.

Auf den über dreißig Hektar Land, die sich jenseits des Blickfelds vom Haus erstreckten, lag ein wunderschöner See und Reitwege, die in den Dschungel aus Bergahorn und Geißblatt geschlagen worden waren. Ihre beiden Angestellten, Gus und Josh Gibbs, waren heute Morgen schon bei der Arbeit: Gus arbeitete mit Kents Palomino, Conquistador, dessen Fell wie poliertes Gold in der Sonne glänzte, und Josh kämmte die elfenbeinfarbene Mähne von Teresas Araber, Eclipse. In Wahrheit stand Teresa Josh und seinem Vater Gus näher als jeder Freundin, die Kent passend gefunden hätte. Sie würde jedem der beiden ihr Leben anvertrauen.

Gedankenverloren rieb Teresa ihren linken Arm mit der langen, dünnen Narbe, die das Messer des Mörders hinterlassen hatte. Der Ausblick, der sich ihr bot, war wunderschön, aber sie nahm alles nur undeutlich wahr, die wogenden Wiesen saftigen Grases, die Pferde, den hyazinthenblauen Himmel.

Stattdessen sah sie das Haus in der Mourning Dove Lane vor sich – das Haus, durch das sie in jener Nacht voller Schrecken gegangen war, weil etwas Dunkles und Böses in die einst friedlichen Wände eingedrungen war.

Aber der Angreifer hatte bei dem Kind versagt, dachte Teresa. Celeste, das mutige kleine Mädchen, das Teri einmal gekannt hatte, war zu stark und zu klug gewesen, selbst für einen brutalen Mörder. Sie hatte die Stichwunde überlebt und nach acht Jahren, als jeder die Hoffnung aufgegeben hatte, dass sie sich emotional wieder fangen würde, hatte sie schließlich wieder angefangen zu sprechen.

Für Teri war die Nachricht wie ein Wunder, ein Grund der Freude. Unglücklicherweise würde für einige Leute das Faszinierendste an der Sache sein, was Celeste Warner zu sagen hatte.

Drittes Kapitel

1

Carmen Norris streckte sich träge, zog das Laken höher über ihren schlanken Körper, den sie durch regelmäßiges Training straff hielt, und rückte näher an Gabriel O'Brien. Sanft fragte sie: »Gabe, wie lange wollen wir unsere Beziehung noch geheim halten?«

»Nicht mehr lange«, antwortete Gabriel mit seiner tiefen, klangvollen Stimme. »Du weißt, ich gebe Sharon gerade genug Zeit, um über den Tod ihrer Mutter hinwegzukommen, bevor ich ihr sage, dass ich wieder heiraten will.«

Carmen versuchte, sich nicht die wachsende Verärgerung darüber anmerken zu lassen, dass auf Kosten der Gefühle anderer dafür gesorgt wurde, dass Sharon glücklich war. »Gabe, Sharons Mutter ist seit vier Jahren tot. Sharon wird sie immer vermissen, aber du lebst und hast ein Recht auf Glück. Sharon wird niemals erfreut sein, selbst wenn du nur mit einer anderen Frau ausgehst, aber noch weniger wenn du sie heiratest.«

Gabriel holte tief Luft und ließ sie langsam raus. »Ich weiß«, sagte er schließlich. »Ich dachte, wenn ich ihr genug Zeit gebe, wird sie sich irgendwann damit abfinden und akzeptieren, dass ich mit jemand anderem zusammen bin.«

»Abfinden und akzeptieren!« Carmen lachte leise. »Gabe, wenn überhaupt, dann bringst du Sharon dazu, genau das

Gegenteil zu tun. Du gibst ihr Zeit zu denken, dass du niemals wieder heiratest.«

Carmen starrte den Mann neben sich an. Die helle Morgensonne schien auf Gabes dickes, lockiges Haar, genauso rotblond wie Sharons, nur mit Grau vermischt. Außer dem Haar hatten Vater und Tochter aber keine Ähnlichkeit. Sharon hatte eine Porzellanhaut, und ihr Gesicht war sanft geschwungen, Gabriels hatte scharfe Linien, eine leichte Adlernase, die Haut war zerfurcht und ledern von den Jahren, die er auf Ausflugsbooten gearbeitet hatte. Angefangen hatte er als Deckhelfer, war dann in die Stellung des Steuermanns vorgerückt und schließlich Kapitän geworden.

Carmen spürte, wie sie eine Welle der Verzweiflung überkam. Seit Jahren hatte sie keine romantische Liebe empfunden und niemals so leidenschaftliche Gefühle wie für diesen Mann. Die Männer davor verblassten im Vergleich zu Gabriel O'Brien. Sie konnte den Gedanken nicht ertragen, ihn zu verlieren, weil er eine verwöhnte, egoistische Tochter hatte, die nicht wollte, dass er glücklich war. Er lächelte sie an, und sie beruhigte sich etwas. »Du hast recht, Carmen. Sharon denkt sicher, die einzige Frau in meinem Leben zu sein. Vielleicht habe ich sie zu sehr wie ein Kind behandelt.«

»Vielleicht«, sagte Carmen vorsichtig. »Ich will dich sicher nicht kritisieren – ich weiß, deine Frau hatte Probleme, schwanger zu werden, wie lange es gedauert hat, bis ihr Sharon bekommen habt, wie labil ihre Gesundheit war, als sie ein Kind war. Es ist nur natürlich, dass du sie schützen willst. Aber Sharon ist jetzt eine gesunde erwachsene Frau. Du solltest sie so behandeln. Alles andere ist fast beleidigend für sie.«

»So habe ich es nie gesehen«, sagte Gabe langsam.

»Im Übrigen benehmen wir uns, als würden wir etwas Schlechtes tun, und das Gefühl ist für mich wirklich nicht angenehm. Geht's dir nicht auch so?«, wagte Carmen sich vor.

»Also, ja, ich glaube schon.«

»Schließlich ist keiner von uns verheiratet. Es ist nichts falsch daran, dass wir uns lieben.« Sie hielt inne und sagte dann salopp: »Außerdem kann ich meinen wunderschönen Verlobungsring gar nicht tragen!«

»Du hast recht«, sagte Gabe mit dem Anflug eines Lächelns. »Obwohl ich wünschte, ich hätte einen größeren Diamanten kaufen können.«

»Oh nein, Gabe. Was du für mich gekauft hast, ist perfekt! Er gefällt mir«, sagte Carmen ehrlich. Sie öffnete ihre Nachttischschublade, holte ein Schmuckkästchen heraus und öffnete es. Sie schob sich den Verlobungsring auf den Finger und hielt ihn hoch zum Fenster, so dass das Sonnenlicht den einkarätigen Diamanten zum Funkeln brachte. »Er ist wirklich wunderschön, Gabe.«

»Wenn du es sagst. Aber wenn es zwei Karat gewesen wären ...«

»Wäre er für meinen Geschmack zu groß gewesen.« Carmen wackelte mit dem Finger und ließ den Diamanten funkeln. »Ich möchte, dass alle wissen, dass wir verlobt sind, Gabe. Ich hoffe, du auch.«

»Ja.«

»Dann lass es uns bekanntgeben.«

»Bekanntgeben?« Gabe sah erschrocken aus.

»Es den Leuten sagen. Uns öffentlich treffen.« Für einen flüchtigen Moment sah Gabe aus, als säße er in der Falle. »Wir müssen es bald tun, Gabe«, drängte Carmen, dann lockerte sie den Tonfall. Sie wollte nicht erregt klingen. »Wir sollten fair zu allen sein und es ihnen in den nächsten paar Wochen sagen, wenn wir wie geplant Anfang September heiraten wollen. Wir wollen doch die Familien nicht damit konfrontieren.«

»Die Familien?« fragte Gabriel.

»Ja, Gabe. Also, Sharon und Kent und Daniel für dich, klar. Und ich habe immer Teresa als meine Familie betrachtet – die Tochter, die ich leider nie bekommen habe. Ich bin sicher, es wird sie umhauen, wenn sie von unseren Plänen hört. Zum ersten Mal in meinem Leben, habe ich es geschafft, ein Geheimnis zu bewahren.«

»Glückwunsch. Und was die Bekanntgabe angeht …« Gabe schien unschlüssig zu sein. Dann sah Carmen, wie sich Entschlossenheit in seinem Gesichtsausdruck abzeichnete. »Du hast recht. Wir sollten den Leuten sagen, dass wir heiraten werden. Schließlich ist es nicht mehr lange bis September.«

Carmen empfand eine fast schwindelerregende Euphorie, bemühte sich aber, locker zu klingen. »September kommt schneller, als wir denken, und wir sollten Sharon etwas Zeit geben, sich an den Gedanken zu gewöhnen.« Carmen tat so, als würde sie nachdenken, obwohl sie schon vor zwei Wochen auf die Idee gekommen war. »Ich würde sagen, wir geben es diese Woche am vierten Juli bekannt. Am Unabhängigkeitstag.«

»Diese Woche?« Carmen beobachtete, wie Zweifel in Gabes Augen aufblitzten. »Also, wenn der vierte Juli dir wirklich wichtig ist …«

»Das ist er!« Carmens Stimme wurde sanft und werbend. »Das klingt vielleicht albern für dich, Gabe, aber für mich ist es symbolisch. Es bedeutet, dass wir uns nicht länger davonstehlen, verstecken und tatsächlich Leute belügen müssen. Ich liebe dich. Ich will es nicht verbergen und leugnen.«

Gabe sah sie warm an. »Ich liebe dich auch, Carmen, und ich will unsere Beziehung auch nicht leugnen. Wir werden kein einziges Mal mehr lügen. Wir geben es noch diese Woche bekannt.«

»Wunderbar!«, platzte Carmen los und küsste ihn auf die Wange.

Gabe runzelte die Stirn, und für einen Moment schwankte Carmens gute Laune. Dann sagte er: »Aber du weißt, Schatz, dass du Herman Rigg das Herz brechen wirst.«

Carmen kicherte erleichtert. »Ich habe immer noch Schuldgefühle, weil ich Herman als Deckmantel benutzt habe, obwohl ich weiß, dass er für mich nicht mehr als Freundschaft empfunden hat.«

»Da wäre ich mir nicht so sicher. Wenn Herman bis über beide Ohren in dich verliebt wäre, hätte er wegen seiner Mutter Angst, es dir zu sagen. Und aus gutem Grund. Wenn Herman mehr Zeit mit dir als mit ihr verbringen wollte, würde sie dich in Stücke reißen.«

Diesmal brach Carmen in Gelächter aus. »Du hast recht, Mrs Riggs wird den armen Kerl niemals freilassen, und das Traurige daran ist, dass er wahrscheinlich gar nicht wirklich frei sein will.«

Gabe lachte, wurde dann still, lehnte sich zum Nachttisch, zog eine Zigarette aus einer Packung und zündete sie an. Er nahm einen tiefen Zug und starrte an die Decke.

»Du rauchst normalerweise nur, wenn du dir wegen irgendetwas Sorgen machst«, kommentierte Carmen. »Was ist los?«

»Ich denke an Sharon.«

»Oh, Gabe, ich dachte, wir hätten geklärt, dass wir es ihr sagen.«

»Das haben wir. Ich dachte darüber nach, warum sie in letzter Zeit so nervös und unglücklich scheint. Ich frage mich, ob es wegen Kent ist.«

»Ich dachte, du magst ihn.«

»Ja, aber er scheint sich verändert zu haben.« Gabe nahm noch einen Zug aus seiner Zigarette, drückte sie dann plötzlich aus und drehte sich auf die Seite, wobei er seinen Kopf auf die Hand stützte und Carmen eindringlich ansah. »Ich finde, dass er sich mehr und mehr wie sein Vater benimmt, und ich konnte Hugh Farr nicht leiden.«

»Ich kenne Kent, seit ich Marielle kenne. Er war immer freundlich, aber nicht bezaubernd wie Teri. Ich sehe ihn nicht mehr oft, aber wenn ich ihn sehe, ist er verändert. Fast streng, humorlos. Ich glaube, Teri steht ihm nicht mehr so nahe wie früher, obwohl sie nie etwas über ihre Beziehung gesagt hat. Aber jetzt, da du es sagst, Kent scheint tatsächlich seinem Vater mehr zu ähneln als früher. Und Hugh hatte wegen seiner überheblichen Art nicht viele Freunde.«

»Er war verdammt arrogant! Benahm sich, als gehöre er zur Königsfamilie, er mit seinem vielen Geld und seiner, wie er dachte, unwiderstehlichen Wirkung auf Frauen. Es kam ihm nie in den Sinn, dass die Mädchen ihn nur wegen seines Geldes mochten.«

»Nicht Marielle«, sagte Carmen entschieden.

»Nein. Armes Ding. Jeder wusste, dass ihre Eltern sie zu der Heirat gedrängt hatten – eine Heirat, die Hugh nicht davon abgehalten hat, Affären zu haben. Wendy war mit Sicherheit nicht die erste.« Gabriel sah Carmen an. »Marielle muss von Hughs anderen Frauen gewusst haben.«

»Ja, sie wusste es«, sagte Carmen widerwillig.

»Warum hat sie ihn dann nicht verlassen?«

»Sie hat seine Affären nur ein paarmal erwähnt – das Thema war eigentlich tabu. Es kommt mir vor, als würde ich sie verraten, sogar wenn ich mit dir darüber spreche. Sie war so verletzt und beschämt, aber sie fürchtete, wenn sie Hugh verließ, würde er einen Weg finden, das Sorgerecht für die Kinder zu bekommen.« Carmen sah auf und lächelte bitter. »Ihre Angst war nicht unbegründet, Gabe. Am Ende, als sie sich schließlich trennten, bekam Hugh das volle Sorgerecht für Teri.«

»Der Bastard! Er benutzte Marielles psychische Probleme gegen sie – Probleme, die er ausgelöst hatte.« Carmen sah Gabe misstrauisch an, ihr Körper war angespannt. Er war plötzlich wütend geworden zu einem Zeitpunkt, da er glücklich sein sollte, dass sie endlich ihre Verlobung bekanntgeben würden. Seine Stimmung beunruhigte sie, ließ sie an seiner Freude über ihre bevorstehende Heirat zweifeln.

Nein, dachte Carmen fest entschlossen und versuchte sich

zu beruhigen. Er war wütend geworden, als er über Kent und Sharon sprach und darüber, dass er fürchtete, Kent würde wie sein Vater werden. Er ist nicht unglücklich bei dem Gedanken zu heiraten, sagte sie sich. Er machte sich einfach nur Sorgen um Sharon. Gabe macht sich immer Sorgen um Sharon. Wenn wir erst verheiratet sind, wird seine ständige Sorge um Sharon nachlassen.

»Ich mochte Hugh nie, nicht mal, als wir Kinder waren«, fuhr Gabe fort und merkte anscheinend nicht, dass Carmen innerlich aufgewühlt war. »Dann hat er versucht, Kent davon abzuhalten, Sharon zu heiraten. Ohne Scheu sagte er ihr ins Gesicht: ›Du bist Kent weder intellektuell noch sozial ebenbürtig.‹ Da habe ich angefangen, ihn zu hassen. Sharon war erst neunzehn, schüchtern und unsicher. Es hat sie getroffen, was er gesagt hat. Nicht nur das, Hugh hat seinem eigenen Sohn gesagt, dass er ihn enterben würde, wenn er Sharon heiraten würde.«

»Du meinst, ihn aus seinem Testament streichen?«

»Haben Marielle oder Teresa dir das nicht erzählt?«

»Die Monate bevor Sharon und Kent geheiratet haben, war Marielle im Sanatorium und dann bei ihrer Tante. Ich habe sie kaum gesehen, und wenn, dann hat sie Kents Beziehung zu Sharon nie erwähnt, und Teresa auch nicht, als sie bei mir gewohnt hat.«

»Also Hugh drohte nicht nur, Kent aus seinem Testament zu streichen, wenn er Sharon heiratete, er sagte auch, er würde Kent das College nicht mehr zahlen. Der alte Bastard schrieb sogar einen Zusatz zum Testament, dass im Falle seines Todes Kent beweisen müsse, dass er zum Zeitpunkt des Todes nicht heimlich mit Sharon verheiratet sei, ansonsten ginge das gesamte Vermögen an Teresa.«

Gabriels Stimme wurde lauter. »Er sagte, wenn Kent sich ihm widersetze, dürfe er das Haus nicht mehr betreten, und noch weniger würde er eine Stellung in der Coal Company bekommen. Und die arme Sharon, so jung und –« Gabriel brach ab, schloss den Mund. Schließlich sagte er: »Für Sharon gab es … nur Kent.«

Carmen gab Gabriel einen sanften, beruhigenden Kuss, aber sie dachte fieberhaft nach, und nicht über die Bekanntgabe ihrer Verlobung. Sie war nie eine Verehrerin von Kent gewesen, nicht einmal, als sie seiner Mutter nahestand. Carmen hatte Anzeichen von Schwäche an ihm gesehen, und sie konnte schwache Männer nicht ausstehen.

Als Sharon sechs Monate später Daniel geboren hatte, nach ihrer Heirat mit Kent, wusste Carmen und wussten alle anderen, dass Sharon schwanger war, als Kent sie geheiratet hatte. Wenn es Hugh ernst damit gewesen war, Kent aus seinem Testament zu streichen, wenn er zum Zeitpunkt seines Todes auch nur heimlich mit Sharon verheiratet war, hätte Kent Sharon genug geliebt, genug Charakterstärke gehabt, um sie trotzdem zu heiraten? Carmen glaubte es nicht. Vielleicht hatte Sharon es auch nicht geglaubt.

Wenn Kent Sharon verlassen hätte, hätte sie sich geweigert, eine Abtreibung vornehmen zu lassen, und jeder hätte gewusst, dass Kent der Vater des Kindes ist. Inzwischen hätte Gabriel den Ruf Kents und Hughs ruiniert, weil sie seiner Tochter »Schande« gemacht hätten. Schließlich war das hier eine kleine Gemeinde.

Im Licht dieser Möglichkeiten, dachte Carmen, kam Hugh Farrs Ermordung für Sharon und Kent genau zum richtigen Zeitpunkt.

2

Während sie zum Stall gingen, erzählte Daniel Teri, dass er einen losen Schneidezahn hatte und dass er hoffte, er würde noch vor dem Abend herausfallen, damit die Zahnfee zu Besuch kam. Dann verkündete er: »Ich will auf einem der großen Pferde mit den wuscheligen Füßen reiten.«

Kent grinste sie an, sein welliges schwarzes Haar glänzte fast so in der Sonne wie Teresas langes, glattes. »Er hat neulich ein Clydesdale in einem Pferdebuch gesehen.«

»Oh.« Teresa sah ihren siebenjährigen Neffen ernst an. »Es tut mir leid, aber ich besitze keine Clydesdales. Sie wiegen ungefähr so viel wie ein Auto und brauchen fünfundzwanzig Kilo Futter am Tag. Außerdem sind sie sogar noch höher als dein Vater.«

Daniel zog die Augenbrauen enttäuscht zusammen. Die Sonne schien auf sein rotblondes Haar und betonte die Sommersprossen auf seiner Nase. Er sah genauso aus wie seine Mutter Sharon, die neben ihm stand und seine Schulter umklammert hielt, als rechnete sie damit, dass er in den Stall stürzen, auf ein großes Ross steigen und in die Wildnis davonjagen würde. »Aber du hast andere große Pferde, Tante Teri.«

»Nur drei der Pferde gehören mir. Einige gehören anderen Leuten. Ich führe eine Art Hotel für Pferde.« Daniel lachte. »Aber da du noch nie auf einem Pferd geritten bist, denke ich, wir sollten nicht mit einem der großen anfangen. Ich habe eins für dich im Auge. Tatsächlich habe ich ihm schon von dir erzählt, und er freut sich darauf, dass du auf ihm reiten wirst. Es heißt Caesar.«

»Caesar! Das hört sich gut an!« Daniel war begeistert.

»Guck dir das Pferd nur an, Daniel«, befahl Sharon. »Fass es nicht an. Es könnte dich beißen.«

»Hör auf, ihn wie ein Baby zu behandeln«, fauchte Kent.

»Ja, ich bin kein Baby!«, platzte Daniel los.

Teresa ging mit großen Schritten voran zum Stall und biss die Zähne zusammen. Mussten sie jetzt einen Streit anfangen? Zumindest wollte sie nicht hineingezogen werden. »Hier lang, Leute!«, rief sie und zwang sich, freundlich zu klingen. »Und sprecht nicht so laut, ihr ängstigt die Pferde.«

Teresa führte sie in die Kühle der großen weißen Giebelscheune. »Warum hast du einen Gummifußboden?«, fragte Sharon, als ihre Tennisschuhe zu quietschen begannen.

»Es sind Gummimatten auf Beton«, sagte Teresa. »Das wirkt stoßdämpfend auf die Pferdehufe und sorgt für bessere Bodenhaftung. Es ist auch einfacher zu reinigen.«

»Du und Gus und Josh habt den Stall entworfen, Teri«, bemerkte Kent. »Ich erinnere mich, dass du mir erzählt hast, er würde einen Betonfußboden haben, damit du dir keine Sorgen machen musst, dass Urin ins Holz eindringt oder Schmutz.«

»Hast du auch den Teil über Stoßdämpfung der Pferdehufe mitbekommen?«, fragte Teri.

»Tante Teri will, dass ihre Pferde glücklich sind«, sagte Daniel unterstützend. »Deshalb hat sie so einen hübschen Stall mit weichem Fußboden gebaut.«

»Danke, Daniel«, antwortete Teri. »Ich will, dass die Pferde glücklich sind und es angenehm haben.«

Sie bemerkte, dass Sharon sich offensichtlich überrascht umsah. Wahrscheinlich hatte ihre Schwägerin, die noch niemals zuvor einen Fuß in einen Stall gesetzt hatte, erwartet, dass er dunkel, feucht und stinkend war. Stattdessen gab es einen Entfeuchter, der den Stall trockenhielt, und Fiberglasfenster und Deckenlichter warfen diffuses Licht über die Pferde. Teris Angestellte, Gus und sein Sohn Josh, sorgten dafür, dass es immer sauber war. Die beiden waren gerade mit der Stallreinigung fertig, und es roch angenehm frisch.

Sierra trottete neben Teri her. Der Hund liebte Pferde, und die meisten schienen sie auch zu mögen. Sie lief an Kents Palomino Conquistador vorbei, dem kastanienbraunen Quarterhorse Captain Jack, dem braunen Vollblüter Sir Lancelot und berührte die Nase von Teris ganz und gar schwarzem Araber, Eclipse. Teresa blieb bei Eclipse stehen und zeigte auf das Pferd in der nächsten Box. »Das ist Caesar«, verkündete sie bedeutungsvoll.

Daniel blickte auf das neunzig Zentimeter große rotbraune Shetlandpony. Er runzelte die Stirn und bedeutete Teri, sich herunterzubeugen. Er flüsterte ihr ins Ohr: »Ich will ihn nicht beleidigen, aber er ist klein!«

»Das liegt daran, dass er ein Shetland ist. Einige sind noch kleiner als er. Einige sind größer, aber nicht viele.« Daniel begutachtete das Pferd weiter kritisch. »Shetlandponys kommen von Inseln vor der Küste von Schottland, ganz weit im Norden, in der Nähe des Polarkreises. Die Geschichte dieses Ponys reicht fast fünftausend Jahre zurück!« Teresa gab ihrer Stimme einen dramatischen Klang und hoffte, dadurch den zweifelnden Daniel zu blenden. »Die Menschen auf den Shetlandinseln haben den Ponys beigebracht, schwere Ladungen Meerestang vom Meer hinauf zu den Feldern zu tragen, um ihn als Dünger zu benutzen. Das Shetlandpony ist eine sehr starke Rasse, Daniel. Es hat unter Bedingungen gelebt, die die meisten Pferde umgebracht hätten – schreckliches Wetter, wenig Nahrung – deshalb ist es sehr stark. Trotzdem hat es von allen Pferden, die ich je gesehen habe, die freundlichsten Augen. Kannst du sehen, welch wunderschönen Augen Caesar hat?«

Daniel trat einen Schritt näher und starrte auf Caesars sanften Blick. »Ja, sie sind hübsch.« Dann blickte er nach unten. »Er hat wuschelige Füße, wie die Clyderails.«

»Clydesdales. Stimmt, hat er.« Teresa hatte einen geviertelten Apfel mitgebracht. »Streck deine Hand aus.« Daniel tat es, und sie ließ ein Stück Apfel in seine kleine Hand fallen. »Versuch, ihn zu füttern. Halt ihm einfach die Hand mit dem Apfelstück auf der Handfläche hin. Caesar wird das Apfelstück ins Maul nehmen.« Sie sah zu Sharon, die bereits den Mund geöffnet hatte, um zu protestieren. »Caesar ist daran gewöhnt, aus der Hand zu fressen, auch von Kindern. Er wird dir nichts tun, Daniel.«

Der kleine Junge trat einen Schritt näher zum Pferd und

hielt das Apfelstück hin. Caesar beugte den Kopf und nahm den Apfel vorsichtig ins Maul. Daniel kicherte. »Seine Lippen sind ganz weich, und es kitzelt!«

»Ich hab's dir doch gesagt, Caesar hat Manieren, und er mag Kinder.«

Daniel nahm ein weiteres Apfelviertel, und diesmal gluckste er, als das Pferd das Apfelstück nahm und zufrieden, wenn auch einiges fallen lassend, kaute. Nachdem Daniel ihm den Rest des Apfels gegeben hatte, platzte er heraus: »Ich will ihm noch einen Apfel geben!«

»Einer reicht erst mal. Wir wollen doch nicht, dass er Bauchschmerzen bekommt.« Teresa lächelte, als Daniel die Hand ausstreckte und das Maul des Pferdes streichelte. Caesar schnaubte und stieß den Kopf heftiger in Daniels Hand. »Er mag dich.«

»Und ich mag ihn!« Daniel strahlte seine Tante an. »Wir sind schon gute Freunde, kann ich den Unterricht auf ihm haben?«

»Ich hab dir doch gesagt, dass ich ihn extra für dich ausgesucht habe. Wir fangen morgen an. Heute ist Sonntag, Caesars freier Tag, aber morgen früh wartet er auf dich.«

»Aber was, wenn er sich einsam fühlt so ganz alleine?«, fragte Daniel kläglich.

Teri lächelte. »Er ist nicht ganz alleine. Pferde freunden sich oft mit ihren Boxennachbarn an. Caesar ist sehr gut mit meinem Pferd Eclipse befreundet, und das graue Connemarapony auf der anderen Seite ist seine Freundin. Sie heißt Cleopatra. Warum gehen wir nicht wieder rauf zum Haus und trinken was? Ich hab heute Morgen sogar Cookies gebacken.«

Zehn Minuten später saßen sie um den Küchentisch, die Erwachsenen tranken Kaffee, und alle knabberten an den Cookies. »Die sind gut, Tante Teri!« Daniel nahm sich noch einen. »Du hast sie nicht so doll verbrannt wie sonst.«

»Daniel!«, tadelte Sharon ihn scharf.

»Kindermund tut Wahrheit kund«, lachte Teresa. »Danke, Daniel. Ich kenne eine Frau, die mit selbstgebackenen Cookies Geld verdient.« Sie sagte nicht, dass es Emma McKenzie war. »Vielleicht lasse ich es mir von ihr zeigen, und nächstes Mal sind meine Cookies dann überhaupt nicht verbrannt.«

Daniel schüttelte den Kopf. »Dann würden sie kein bisschen wie deine Cookies schmecken.« Er stopfte sich einen vierten in den Mund, und Sharon sagte, das wäre der letzte, sonst würde ihm schlecht.

Kent sah Teri an, verdrehte die Augen und murmelte: »Das Kind könnte zwei Dutzend Cookies essen, ohne eine Magenverstimmung zu bekommen.«

»Ich hab das gehört«, sagte Sharon vorwurfsvoll. »Ich wünschte, du würdest nicht meine Autorität vor Daniel untergraben!«

»Du wünschst, er würde nicht was tun?«, brachte Daniel mit vollem Mund hervor.

»Ich nehme meinen Kaffee und einen Cookie mit ins Wohnzimmer zum Fernsehen«, sagte Kent eisern. »Das Golfspiel müsste gleich anfangen.«

»Krümel nicht Teris Möbel voll«, warnte Sharon. Kent sagte nichts, aber Teresa bemerkte, dass seine Schultern unter dem Polohemd starr wurden. »Und pass auf, dass du nicht ...«

»Meinen Kaffee verschüttest, mit meiner Zigarette Löcher in den Teppich brennst oder Abdrücke mit der Nase auf den Bildschirm machst«, beendete Kent den Satz für sie in genervtem Tonfall. »Ich werde mich bestens benehmen, Mrs Farr.«

Nachdem er gegangen war, sah Sharon Teresa verwundert an. »Ich weiß nicht, warum er in letzter Zeit ständig so grantig zu mir ist.«

Weil du in letzter Zeit ständig etwas an ihm auszusetzen hast, hätte Teresa beinahe gesagt, aber sie wollte Sharon nicht vor Daniel kritisieren. Sie hatte aber vor, bald mit Sharon darüber zu sprechen, bevor ihre Bevormundung ein echtes Problem zwischen ihr und Kent wurde. Teresa wusste nur noch nicht, wie sie sich dem Thema taktvoll nähern sollte. Sharon war extrem empfindlich gegenüber jeder Art von Kritik, selbst wenn sie sich normal benahm. Und ihre Nervosität zeigte Teri, dass Sharon unter mehr als der alltäglichen Anspannung litt.

»Ist das nicht ein herrlicher Tag?«, fragte Teresa schnell, um Sharons Aufmerksamkeit von Daniel abzulenken. »Dreiundzwanzig Grad, kaum eine Wolke am Himmel und geringe Luftfeuchtigkeit. Normalerweise ist es um diese Jahreszeit viel heißer und feuchter.«

Sharon nickte zögernd, ganz sicher dachte sie nicht ans Wetter. Sie drehte ihren goldenen Diamantverlobungsring immer wieder um ihren langen, kräftigen Finger und sagte unvermittelt: »Ich habe die Hände meines Vaters geerbt. Früher war es mir unangenehm, dass sie so groß sind, aber Kent hat mir schon vor langer Zeit gesagt, dass sie charakteristisch für mich sind.«

»Sie sind so groß wie die Hufe von einem Clydesdale«, meinte Daniel vergnügt.

Teri konzentrierte sich darauf, nicht über Daniels Vergleich zu lachen, aber Sharon lächelte, und ihre Augen funkelten. »So ist mein Junge, immer charmant.« Sie sah ihren Sohn liebevoll an, dann Teri. »Vergessen wir meine Hände und kehren zurück zu unserem vorigen interessanten Thema, dem Wetter. Du hast wie immer recht. Es ist wunderschön, aber ich glaube nicht, dass es sich bis zum vierten Juli hält.«

»Ich glaube schon.« Erleichtert über Sharons Stimmungswechsel, fragte Teri. »Wollen wir wetten? Zehn Dollar darauf, dass das Konzert und das Feuerwerk am vierten Juli an einem perfekten Abend stattfindet.«

»Zehn Dollar, dass es in Strömen regnet, und ich gewinne Wetten immer, Teresa Farr.« Sie gaben sich die Hände und lachten. »Wenn es nicht regnet, gehen wir hinunter zum Tu-Endie-Wei-Park, um das Feuerwerk zu sehen«, fügte Sharon hinzu, und meinte den wunderschönen Park an der Stelle, wo der Ohio und der Kanawha ineinanderfließen. »Ich hoffe, du kommst mit uns.«

»Ich gehe jedes Jahr mit euch, Sharon, warum sollte ich es dieses Jahr nicht tun?«

Sharon sah sie unschuldig an. »Oh, ich dachte, du würdest vielleicht mit Mac gehen.«

»Mit Mac!« Teresa war entsetzt. »Wie um alles in der Welt kommst du darauf, dass ich mit Mac irgendwohin gehe?«

»Ihr beide saht gestern Abend so intim aus.«

»Intim!«, platzte Teresa heraus.

»Ja. Ihr habt so eng getanzt und euch in die Augen gesehen.« Sharons unschuldige Miene löste sich auf, als sie in Gekicher ausbrach. »Es tut mir leid. Ich musste dich einfach aufziehen, obwohl ein paarmal, wenn du dich nicht gerade steif wie ein Brett über die Tanzfläche bewegt hast, habe ich mich gefragt –«

»Hey, Teri, komm mal her!« Kent rief aus dem Wohnzimmer.

»Hoffentlich soll ich nicht zusehen, wie jemand einlocht«, stöhnte Teri, obwohl sie dankbar für einen Themenwechsel war. »Ich hasse Golf.«

»Schnell, Teri!« Kent rief noch lauter. »Beeil dich!«

Teresa erhob sich vom Küchenstuhl, überließ es Sharon, aufzupassen, dass Daniel nicht die ganze Schale halbverbrannter Cookies aufaß, und ging schnell ins Wohnzimmer. Kent saß vorgebeugt auf einem ihrer rostfarbenen Plüschsessel und blickte fast ängstlich auf den Bildschirm, der vor ihm flimmerte. »Kent, du weißt, dass ich nicht gerne beim Golf zusehe.«

Er bedeutete ihr mit einer Handbewegung zu schweigen. »Das Spiel fängt später an, deshalb bin ich zu einem Nachrichtensender gewechselt. Sie sagten, als Nächstes würde diese Geschichte kommen. Sei still und hör zu!«

Teresa brauchte sich nicht hinzusetzen. Sie stand neben Kent, als eine perfekt frisierte Sprecherin mit eingeübter Ernsthaftigkeit in die Fernsehkamera blickte und begann, in bemüht sachlichem Ton die Geschichte zu erzählen:

»Roscoe Lee Byrnes, der dreiundvierzigjährige Mann, der verurteilt wurde, weil er zweiundzwanzig Menschen in drei Jahren getötet hat und am Freitag in Pennsylvania mit einer tödlichen Injektion hingerichtet werden soll, hat gestern Abend bekanntgegeben, dass er in seinem Geständnis vor acht Jahren gelogen hat, was die Morde an Hugh und Wendy Farr in Point Pleasant, West Virginia, angeht. Hugh Farr, zum Zeitpunkt seines Mordes achtundvierzig, war der Besitzer der Farr Coal Company, eines großen Bergbauunternehmens in Mason County, West Virginia. Er und seine Frau, Wendy, neunundzwanzig, wurden nachts in ihren Betten brutal erstochen. Mrs Farrs achtjährige Tochter aus einer früheren Ehe erlitt ebenfalls eine schwere Stichverletzung, überlebte aber den Angriff. Mr Farrs siebzehnjährige Tochter erhielt nur einen leichten Schnitt am Arm. Gefragt, warum er gelogen habe, was die Farrs angeht, sagte er Folgendes ...«

»Ein Video von Roscoe Lee Barnes erschien auf dem Bildschirm. Er saß bewegungslos an einem Tisch. Die Kamera holte sein Gesicht näher heran. Seine heraustretenden Augen sahen auf eine unheimliche Weise noch blasser aus, als Teresa sie in Erinnerung hatte. Sein Gesicht war voller und merkwürdig unförmig, wie ein Klumpen Ton. Weder seine überraschend hohe, dünne Stimme noch sein Blick verrieten das geringste Gefühl, als er sprach:

»Ich weiß, es macht keinen Unterschied, ob ich zweiundzwanzig oder zwanzig Menschen getötet habe – ich werde trotzdem sterben –, aber ich möchte für klare Verhältnisse sorgen.« Byrnes blinzelte, rieb seine rundlichen, in Handschellen steckenden Hände, die er vor sich gefaltet hielt. »Sehen Sie, ich habe immer Menschen getötet, die es zu nichts gebracht haben. Ich wollte mir Achtung verschaffen, weil ich jemanden getötet habe, der reich und bedeutend ist wie der Farr. Aber jetzt, da ich zu Jesus Christus gefunden habe und bald vor ihn treten werde, bin ich zu dem Schluss gekommen, dass ich die Wahrheit sagen sollte über die Farrs.« Byrnes blinzelte wieder und fuhr sich mit der Zunge über seine dicken Lippen. »Ich war in der Stadt in West Virginia, wo sie wohnten, Point Soundso, aber ich habe nie von den Farrs gehört, bis die Polizei mich gefragt hat, ob ich sie getötet habe. Sie wurden in der Nacht getötet, nachdem ich in der Stadt gewesen war. Das kam mir merkwürdig vor, irgendwie als wenn es so sein sollte. Egal, die von der Polizei waren ganz aufgeregt, dass die Farrs abgemurkst worden waren, und da ich in der Stadt gewesen war und so, kam ich auf die Idee zu sagen, dass ich es getan habe, um alle zu beeindrucken. Aber ich habe gelogen. Ich will, dass die Leute das wissen, bevor ich sterbe. Hörst du das, Gott? Ich sage allen, dass ich gelogen habe und dass es mir leidtut. Ich will keine Anerkennung, weil ich jemanden getötet habe, den ich in Wirklichkeit gar nicht getötet habe. Aber ich will noch was sagen: Ich weiß, eines Tages bekommt der, der die Leute ermordet und dem kleinen Mädchen einen Messerstich verpasst hat, was er verdient. Die Bibel sagt: ›Auge um Auge‹, und Gott hat mir vor ein paar Tagen in einem Traum gesagt, dass es so kommen wird. Er wird Vergeltung üben an dem, der die Leute umgebracht hat, wer auch immer es ist, und es wird bald passieren. Sehr bald.«

Viertes Kapitel

1

Kent sprang vom Sessel auf und brüllte: »Das ist eine Lüge, du dicker Hurensohn –«

»Kent!« Sharon stand in der Tür, ihr Gesicht war kreidebleich, den rechten Arm hatte sie fest um Daniel gelegt, der seinen Vater mit großen, angstvollen braunen Augen ansah. »Halt den Mund!«, fauchte sie ihren Mann in so scharfem Ton an, wie Teresa es noch nie von ihr gehört hatte. »Hast du vergessen, dass dein Sohn hier ist?«

»Nein, das habe ich nicht vergessen«, bellte Kent. »Aber der Bastard Byrnes behauptet –«

»Ich hab's gehört.« Sharon starrte Kent zornig an. »Daniel hat es auch gehört, und er ist zu Tode erschrocken. Aber nicht Byrnes hat ihm Angst gemacht, sondern du. Wie geht's dir dabei?«

Kent sackte zusammen, er sprach leiser. »Mies, Sharon. Ich wusste nicht, dass ihr beide hier gestanden habt. Es tut mir leid, aber ich kann nicht ständig kontrollieren, was ich sage.«

»Das solltest du aber, wenn du ein Kind hast!« Sharons Gesicht hatte die Farbe gewechselt, von Weiß zu Rot. »Welcher Vater denkt nicht immer an sein Kind?«

»Verdammt, Sharon, würdest du dich beruhigen?« Kents Stimme wurde wieder lauter. »Um Himmels willen!«

»Wenn du dich und deine Worte nicht kontrollieren kannst, fahren Daniel und ich jetzt sofort nach Hause!« Sharon schrie direkt vor Daniel, der ängstlich und verwundert von Kent zu Sharon blickte und plötzlich in lautes Schluchzen ausbrach. »Jetzt sieh, was du angerichtet hast!«

»Okay, ihr beide, das ... reicht«, sagte Teresa laut und deutlich über Daniels Weinen hinweg. »Ihr benehmt euch wie ein paar Gören, die sich anschreien, und ihr beide macht Daniel Angst.« Sharon warf ihr einen gekränkten Blick zu. »Ja, Sharon, du bist genauso schlimm wie Kent.« Teresa blickte ihren Neffen an, der sich mit den Handrücken über sein tränenverschmiertes Gesicht wischte und ein letztes Schniefen von sich gab, bevor er Schluckauf bekam. »Sharon, bring Daniel zurück in den Stall zu Caesar, während ich mit Kent spreche.«

»Ich?« Sharon blickte beleidigt. »Ich weiß überhaupt nichts über Pferde!«

»Du musst kein Reiter sein, um neben Daniel zu stehen, während er Caesar streichelt«, sagte Teresa scharf und verlor die Geduld. »Du hast ja gesehen, dass das Pony ihn nicht beißen wird.«

»Wir fahren nach Hause«, bellte Sharon.

Daniel hickste wieder und bettelte: »Bitte, bring mich zu Caesar, Mami. Ich will ihn noch einmal streicheln und ihm sagen, dass ich morgen wiederkomme. Bitte!«

Sharon seufzte und warf Kent und Teresa bitterböse Blicke zu. Dann führte sie Daniel zur Haustür hinaus und drückte dabei seine Hand so fest, dass er aufschrie. »Autsch!« Sobald sich die Tür hinter ihnen geschlossen hatte, sah Kent Teresa an. »Danke, Teri. In letzter Zeit macht sie mich wahnsinnig.«

»Ich bin sicher, ihr geht es mit dir genauso. Hör zu, Kent, ich hab sie nicht gebeten zu gehen, um mit dir über deine Ehe zu sprechen. Ich hab sie gebeten zu gehen, weil Daniel so mitgenommen war und weil ich mit dir über das sprechen muss, was wir gerade in den Nachrichten gehört haben.«

Kent ließ sich wieder in den Sessel fallen, als hätte er einen Schlag in den Magen bekommen. »Byrnes lügt.«

»Warum?«

»Woher soll ich das wissen? Vielleicht unternimmt er einen letzten verzweifelten Versuch, sein Leben zu retten.«

»Er ist ein Serienmörder, Kent. Er hat es selbst gesagt – er hat all die anderen Leute getötet, und er wird am Freitag hingerichtet, ob er Dad und Wendy getötet hat oder nicht.«

»Dann will er sich vielleicht in letzter Minute noch etwas öffentliche Aufmerksamkeit verschaffen. Schließlich hat er gesagt, er hätte niemanden umgebracht, der einflussreich war. Dad und Wendy waren keine Berühmtheiten, aber offenbar erregte ihre Ermordung mehr Aufsehen in den Medien als die der anderen Opfer.«

Kent schwieg und blickte an Teresa vorbei aus dem Fenster. Plötzlich bemerkte sie, dass die Augen ihres Bruders blutunterlaufen waren, und die Falten zwischen Mund und Nase hatten sich in den letzten Jahren deutlich vertieft. Sein schwarzes Haar wurde an den Schläfen silbern. Sie wusste, dass er für die Geschäftsführung der Kohlemine hart arbeitete, aber er musste unter großem Druck stehen, wenn er so schnell alterte – vielleicht mehr Druck, als sein Job verursachte. Aber jetzt war nicht die Zeit, um danach zu fragen, wie sein Leben aussah. »Kent, du siehst aus, als wärst du ganz woanders. Hörst du mir zu?«

»Ja, ich höre zu.« Er wischte sich mit der Hand über die Stirn. »Aber ich will nicht mehr über Byrnes reden. Und ich will nicht, dass du mit Sharon über sein sogenanntes Geständnis sprichst.«

»Ich denke gar nicht daran, mit Sharon darüber zu sprechen. Sie ist schon nervös genug, obwohl ich nicht weiß, warum. Sie war früher nicht so.«

»Ich schlage sie regelmäßig.«

Teresa schloss die Augen. »Es ist jetzt nicht die Zeit für schlechte Witze. Wir sollten uns auf das Nächstliegende konzentrieren, und das ist Roscoe Lee Byrnes, der bestreitet, dass er Dad und Wendy getötet und Celeste niedergestochen hat. Wir müssen darüber sprechen, ob du willst oder nicht.«

Kent breitete verzweifelt die Arme aus. »Was gibt's dazu zu sagen? Erwartest du, dass ich was dagegen tue?«

»Ich erwarte, dass du über die Auswirkung nachdenkst, die das, was er gesagt hat, auf uns hat. Sicher, Byrnes könnte lügen, aber ich weiß nicht, warum. Er weiß, dass es ihn nicht rettet, und ich teile nicht deine Theorie, dass er zum Schluss noch Ruhm und Ehre erlangen will. Der Typ ist er nicht.«

Kent sah sie streng an. »Bist du jetzt Experte für Serienmörder, Teri?«

»Ich habe in den letzten Jahren ziemlich viel über sie gelesen. Ich bin kein Experte, aber … na ja, einige wollen auffallen und sich einen Namen machen.«

»Denkst du Roscoe Lee Byrnes ist der Typ, der auffallen will?«

»Nein. Ich biete nur eine Erklärung für das, was er macht – eine hilflose und unprofessionelle Erklärung, das gebe ich zu.« Teresa seufzte. »Ich sage das nicht gerne, Kent, aber obwohl er ein Psychopath ist, glaube ich, dass er die Wahrheit sagt, weil er glaubt, dass er bald vor Gott tritt, und er will ein reines Gewissen haben, oder was immer Psychopathen anstelle eines Gewissens haben.«

»Kann sein, aber wie können wir ihn davon abhalten, eine Show zu veranstalten, bevor er hingerichtet wird?«

»Das können wir nicht. Er hat es schon getan. Wir müssen über die Tatsache nachdenken, dass viele Leute ihn ernst nehmen werden – besonders hier, wo wir leben, wo wir arbeiten. Wie sollen wir damit umgehen?«

Kents Gesichtsausdruck verwandelte sich in den eines wütenden kleinen Jungen. »Ich glaube nicht, dass irgendjemand ihm glauben wird«, sagte er mit kindischer Zuversicht. »Ich glaube, dass sie ihm kein bisschen glauben werden.«

Trotz ihrer Sorge brach Teri in Gelächter aus. »Kent, du klingst, als wärst du ungefähr in Daniels Alter und hättest Angst, dass die Leute ihm glauben werden und du dich hilflos fühlst.«

Kent errötete und starrte sie zornig an. Sie wusste, dass sie den Nagel auf den Kopf getroffen hatte, und wünschte, sie könnte die Sache einfach auf sich beruhen lassen und so tun, als hätte Byrnes sein Geständnis nie wiederrufen. Aber er hatte es getan, und sie und ihr Bruder mussten sich mit den Folgen auseinandersetzen und konnten sich nicht davor verstecken.

»Kent, es ist noch mehr passiert, nicht nur, dass Byrnes sein Geständnis geändert hat.«

Er schloss die Augen. »Oh nein. Bitte mach es nicht noch schlimmer.«

»Tut mir leid, aber ich kann es nicht ändern. Du hast mir erzählt, dass Celeste gestern bei Bennigans angefangen hat zu sprechen. Was hat sie gesagt?«

Kents Blick wich Teris blitzschnell aus. »Nur eine Menge Unsinn, Teri. Vergiss es.«

»Ich werde es nicht vergessen. Du hast gesagt, du würdest heute Morgen alle Einzelheiten von den Kirchgängern erfahren. Wenn sie dir nicht viel gesagt haben, haben sie es sicher Sharon erzählt, und sie hat es dir erzählt. Jetzt sag es mir, oder ...«

Kent sah sie wieder an und hob eine Augenbraue. »Oder was? Du schlägst mich zusammen?«

»Tu nicht so großspurig. Wenn du dich erinnerst, habe ich dich ganz schön verhauen, als du elf warst und meine Barbie kaputtgemacht hast.«

»Ich habe aus Versehen ihr Haar in Brand gesetzt, und alles, was du mutiges Mädchen getan hast, war, mir gegen den Knöchel zu treten. Große Sache. Es hat nicht mal weh getan.«

»Oh ja? Warum hast du dann zwei Tage gehumpelt?« Kent grinste fast. »Sag mir, was Celeste bei Bennigans gesagt hat, oder ich trete dich wieder und diesmal nicht gegen den Knöchel!«

Kent schüttelte den Kopf. »Du warst schon immer die reinste Masochistin, Teri; sonst hättest du dich nicht in dieser Stadt niedergelassen, obwohl du genauso irgendwo anders leben könntest. Okay, aber das hier ist alles, was ich weiß. Anscheinend sagte Celeste, dass in der Mordnacht jemand im Haus war, der eine Kapuze trug.«

Teris Magen zog sich bei der Vorstellung einer Person mit Kapuze zusammen. »Erzähl weiter.«

»Celeste sagte, sie sei aufgestanden, um zum Badezimmer zu gehen, und gerade als sie wieder zurück ins Bett gehen wollte, öffnete die Person – offensichtlich der Mörder – die Tür zu Hugh und Wendys Schlafzimmer, sah sie, schien überrascht und stach sie mit dem Messer.«

Teresa wich zurück, überrascht. »Also stach der Mörder sie in einer Reflexhandlung. Vielleicht wollte die Person sie gar nicht töten – nur Dad und Wendy –, aber er dachte, Celeste hätte ihn gesehen, und deshalb war er hinter ihr her. Mein Gott, das haben wir bisher nicht gewusst. Hat sie gesehen, wer es war?«

Kent sah unbehaglich aus. »Ich glaube, nicht. Jedenfalls hat niemand es gehört. Sie sagte, nachdem sie mit dem Messer gestochen worden wäre, sei sie zurück in ihr Zimmer gelaufen, und jemand sei ihr gefolgt.«

»Das muss der Mörder gewesen sein! Die Person, mit der ich im Flur zusammengestoßen bin.« »Vielleicht.«

»Vielleicht?«

»Na ja, sie sagte etwas davon, dass der Mörder weiter auf sie einstechen wollte.«

»Also wusste sie, dass ich es nicht war, die zuerst in ihr Zimmer kam.«

»Ich denke.«

»Sie musste wissen, dass ich es nicht war!«

»Teri, ich hab dir gesagt, ich bin nicht sicher, ob ich genau weiß, was sie gesagt hat. Ich weiß nicht mal, ob sie sicher ist, was sie genau gedacht oder gewusst hat in jener Nacht.«

»Ich bin mit der Person mit Kapuze zusammengestoßen, als sie den Flur herunterkam von Celestes Zimmer, während ich auf dem Weg zu ihrem Zimmer war, um nachzusehen, ob sie ermordet worden war. Da hat er mich mit dem Messer am Arm geschnitten«, sagte Teresa aufgebracht. »Das hab ich dir schon hundertmal erzählt!«

»Okay, beruhige dich. Ich widerspreche dir nicht – ich erzähle dir, was Celeste gesagt hat, und das aus zweiter Hand. Ich hab sie nicht gehört, und ich glaube, nicht einmal die Leute bei Bennigans, die sie gehört haben, haben genau verstanden, was sie gemeint hat, oder haben es nicht noch mehr dramatisiert.«

Kent sah vom Sessel zu Teresa hoch, sein müder Blick war voller Sympathie und Vertrauen. »Ich weiß, dass du nicht zu Celestes Zimmer gegangen bist, um sie mit dem Messer zu stechen. Es muss Byrnes gewesen sein, aber er hat sie nicht gefunden, und dann war da der Lärm, und er dachte, es wäre besser, wenn er schnell das Haus verlässt, genau wie das FBI gesagt hat. Lieber Gott, Teri, denkst du, ich glaube, du würdest auf das kleine Mädchen einstechen? Oder auf Dad und Wendy?«

Teresa holte tief Luft. »Du hast es nicht geglaubt, aber die Polizei.«

»Ich bin nicht die Polizei.« Kent lehnte sich vor und nahm sanft ihre Hand. »Wer benimmt sich jetzt wie ein wütendes kleines Kind?«

Teresa zwang sich zu einem schwachen Lächeln. »Du hast

recht. Ich werde versuchen, mich zu benehmen wie ein gelassener, vernünftiger Erwachsener.« Sie holte tief Luft. »Okay, was ist mit diesem Gesang, den Celeste ständig wiederholt hat. Ein Gesang, in dem ich vorkomme.«

»Keiner konnte sich genau daran erinnern.« Kent klang widerstrebend, als würde er lieber über irgendetwas anderes reden. »Es war etwas über eine Uhr, die drei schlägt.«

Die Großvateruhr, dachte Teri sofort. Sie erinnerte sich, dass die Großvateruhr dreimal schlug, als sie in Hughs und Wendys Schlafzimmer ging. »Erzähl weiter.«

»Na ja, etwas über den Tod, der zu ihr kommt, und etwas über dich. Sie hat es immer wieder gesagt.«

»Es war ein Reim«, sagte Teresa mit Gewissheit. »Als sie ein Kind war, liebte sie es, sich Reime auszudenken. Sie hat es ständig gemacht.«

»Okay, das ist alles, was ich weiß, Teri. Ehrlich. Die Leute bei Bennigans sagten, nachdem sie laut diesen Sprechgesang angestimmt hatte, oder Reim, oder wie du es nennen willst, hat ihr Vater sie aus dem Restaurant gebracht.«

»Ich verstehe.« Teresa war erstaunt, wie gelassen sie klang. Sie war keineswegs gelassen – sie war erschüttert und ihr war schlecht. »Celeste hat also nach acht Jahren angefangen zu sprechen, sie spricht vom Tod und von mir, und dann entschließt sich Roscoe Lee Byrnes der ganzen Welt zu sagen, dass er Hugh und Wendy Farr nicht getötet hat. Ein fabelhaftes Timing.«

Kent versuchte lässig mit der Schulter zu zucken. »Es ist einfach ein Zufall. Wir sollten nicht mehr daran denken.«

»Nicht mehr daran denken? Ist das deine Antwort?« Ihr Bruder sah weg, während Teresa unnachgiebig fortfuhr. »Wir können nicht aufhören, daran zu denken! Versteh doch, Kent, ich will das alles genauso wenig wieder hervorkramen wie du, aber wer waren die Hauptverdächtigen der Morde an Dad und Wendy? Mum und ich.«

»Also, Mum ist tot«, sagte Kent schwach.

»Das wissen wir nicht.«

»Wir haben nur seit acht Jahren nichts von ihr gesehen oder gehört.«

»Nein, haben wir nicht, aber das bedeutet nicht, dass sie tot ist. Aber da wir sie seit acht Jahren nicht gesehen haben – und soweit ich weiß, auch niemand sonst hier in der Gegend –, bleiben zwei andere Leute mit einem sehr starken Motiv, Dad und Wendy zu ermorden. Ich weiß, dass du ein Alibi für den Abend hast, aber nicht alle waren überzeugt, dass es stimmte. Hast du vergessen, dass du und deine Freunde immer wieder befragt wurden, weil eine Menge Leute nicht glaubten, dass du an dem Abend wirklich auf einer Party in Virginia warst?«

Kent sah zu ihr auf, seine Augen voller Qual. »Denkst du, das weiß ich nicht, Teri? Unsere Mutter wurde schließlich von unserem Vater weggeworfen wie ein Stück Müll, und wir haben sein Unternehmen geerbt. Wer würde uns nicht als Hauptverdächtige betrachten?«

»Ja«, sagte Teresa sanft. »Aber ich bin die Einzige von uns, die absolut kein Alibi hat, nicht mal ein wackliges. Ich war diejenige, die keinen Hehl daraus gemacht hat, wie sehr ich Wendy hasste, wie sehr ich Dad verabscheute für das, was er Mum angetan hat, wie ich es gehasst habe, gezwungen zu sein, mit ihnen in dem Haus zu wohnen. Gott, ich konnte den Mund nicht halten.«

»Du warst siebzehn und verrückt vor Wut.«

»Ja. Außerdem war ich in der Nacht die Einzige im Haus, die nicht ernsthaft verletzt war. Wenn die Polizei den geringsten Beweis gefunden hätte – die Mordwaffe, Blutspuren in der Dusche oder blutgetränkte Kleidung –, wäre ich dran gewesen.« Teresa beschloss, vollkommen ehrlich zu sein, und holte tief Luft. »Ich hab's dir vorhin nicht erzählt, aber einem Brief zufolge, den ich gestern Abend in meinem Auto gefunden habe, und einem Fax, dass ich heute Morgen bekommen habe, hat mich jemand die ganze Zeit für schuldig gehalten, trotz Byrnes' Geständnis vor acht Jahren.«

2

Jedediah Abraham MacKenzie wischte die Bar des leeren Clubs, beugte sich vor und blickte von der Seite auf die ganze Länge glänzenden schwarzen Teaks und lächelte, als er keine Flecken, nicht einmal Fingerabdrücke entdeckte. Die Kellner und Kellnerinnen machten immer sauber, nachdem die Bar nachts geschlossen hatte – eine Dienstleistung, für die sie gut bezahlt wurden – aber Mac (seinen langen Vornamen mochte er nicht) ließ es sich nicht nehmen, den Club sonntags selbst sauberzumachen. Vielleicht, weil bei Tageslicht mehr Flecken, zerknüllte Cocktailservietten und Erdnusshälften im Teppich zum Vorschein kamen. Oder vielleicht, weil seine Mutter ihr Haus und das der Farrs immer penibel saubergehalten hatte. Das Gen für zwanghafte Reinlichkeit war an ihn vererbt worden, dachte er bedauernd. Seine beiden Zwillingsschwestern waren zufrieden, wenn ihre Wohnung einigermaßen aussah, und begeistert, wenn jemand sie ordentlich nannte.

Obwohl Mac es niemals zugegeben hätte, genoss er es, tagsüber allein im Club zu sein. Es erinnerte ihn daran, was er erreicht hatte, seitdem sein Vater seine Mutter mit drei Kindern und ohne ein Wort der Erklärung oder Entschuldigung verlassen hatte. Es erinnerte ihn an seine frühe Teenagerzeit, als er an eiskalten Morgen um fünf Uhr aufgestanden war, um mit seinem alten Fahrrad Zeitungen auszutragen, und später, als er glaubte, vor Hitze umzukommen, weil er wie verrückt so viele Rasen wie möglich mähte, um Geld zu verdienen und seine Mutter und Schwestern zu unterstützen, um ihnen das

College zu ermöglichen. Er seufzte. Am meisten erinnerte es ihn an Teresa Farr.

Sie war sechzehn, als er ihr zum ersten Mal begegnet war. Er mähte gerade vor dem Haus ihres Vaters und sang »Sweet Sixteen« von Billy Idol. Mac hatte gespürt, dass ihn jemand beobachtete, und aufgesehen und ein Mädchen mit langen Haaren wie schwarzer Satin und ebenholzfarbenen Augen erblickt. Sie trug ein Tank-Top und sah ihn ruhig an, ihre Arme ruhten auf der Fensterbank. Obwohl er schon fast zwanzig war, wurde er rot wie ein Junge, lachte erstickt und rief mit brüchiger Stimme: »Tut mir leid. Es ist mit mir durchgegangen.«

»Mir hat's gefallen. Du hast eine großartige Stimme.«

Zu seinem Entsetzen wurde Mac noch röter und fragte sich, warum er ihr nicht einfach ein kurzes Lächeln zuwarf und wieder an seine Arbeit ging. Aber er konnte den Blick nicht von ihrem Gesicht und ihren Augen wenden, die zu ihm herunterfunkelten und in denen sich eine Mischung aus Ungezwungenheit, Herausforderung und Wissen spiegelte, das ihr Alter überstieg. »Ich bin Teresa Farr«, rief sie. »Und du musst der Mac MacKenzie sein, auf den alle Mädchen stehen.«

»Ja, ich bin Mac.« Schlagfertige Antwort, dachte er. Er versuchte noch einmal, cool und selbstsicher zu klingen, aber es misslang ihm, fast schüchtern stieß er hervor: »Aber ich glaube nicht, dass alle Mädchen auf mich stehen.«

»Du kannst es mir glauben.« Teresa hatte den Kopf zur Seite geneigt, so dass ihr Haar wie ein seidener Schleier über ihren rechten Ellbogen fiel. »Es ist komisch, dass du ›Sweet Sixteen‹ gesungen hast. Wusstest du, dass ich hier war und dass ich sechzehn bin?«

»Nein.« Das war gelogen. Zumindest zum Teil. Er wusste nicht, dass sie in ihrem Zimmer war. Aber seine Mutter, die Haushälterin in diesem Haus, hatte ihm letzten Monat erzählt, dass das »süße, schüchterne kleine Mädchen der Farrs sechzehn würde und dass ihre Mutter, Marielle, eine Überraschungsparty für sie veranstalten würde. Süß und schüchtern?, dachte Mac, und ihm war zum Lachen zumute. Mütter konnten leicht zum Narren gehalten werden. »Ich meine, ich wusste nicht, dass du in deinem Zimmer warst. Ich wusste nicht, wo du warst oder was du gerade gemacht hast. Ich war beschäftigt –«

»Mit Singen.«

»Ja. Ich meine nein. Mit Mähen. Ich hab mich nicht ausgeruht.« Er wischte Schweiß von seiner Stirn, fand, die Bewegung sah aus, als ob er versuchte zu zeigen, wie schwer er gearbeitet hatte. »Wirklich warm draußen heute. Feucht. Ich hab nichts gegen Hitze, aber Luftfeuchtigkeit bringt mich um. Na, es macht die Arbeit nicht unmöglich, aber schwerer. Nicht, dass sie zu schwer für mich ist, um sie ordentlich zu machen.« Er hielt inne, als sie lässig lächelte und ihren Spaß an seinem Unbehagen über die schlagfertige Antwort zu haben schien. »Wusstest du, dass ihr eine Menge Fingergras im Rasen habt?«, schloss er kläglich.

»Nein, wusste ich nicht. Sollten wir etwas dagegen unternehmen?«

»Es gibt Zeug, mit dem du den Boden sprengen kannst, es vernichtet nicht das Gras, nur das Fingergras. Man sollte es im frühen Frühling machen, bevor das Fingergras keimt, und dann noch mal im Hochsommer.« Mac hatte gewusst, dass er zu viel redete. »Ich mach mich lieber wieder an die Arbeit«, sagte er unvermittelt und wünschte, er könnte aufhören, diesen minderjährigen Drachen, der aus dem Fenster lehnte, anzustarren. Aber er konnte nicht.

»Singst du weiter ›Sweet Sixteen‹? Einige meiner Freunde stehen richtig auf Rap, aber das ist nichts für mich. Ich mag viele der alten Lieder, sogar einige aus den Sechzigern! Ich mag es, wenn Billy sagt, er würde ›alles tun‹ für sein sechzehnjähriges Mädchen.« Sie warf ihr Haar zurück, winkte ihm zu und rief: »Oh, mein Vater kommt! Ich muss jetzt gehen, aber wir sehen uns wieder, Mac MacKenzie.«

Sie verschwand vom Fenster und ließ ihn stehen, der Rasenmäher lief, sein Mund war leicht geöffnet, der Schweiß rann ihm herunter, sein Herz schlug schnell. Dann erschien Hugh Farrs breites Gesicht am Fenster, finster blickend. Mac winkte fröhlich und begann wieder kraftvoll zu mähen, während er versuchte, das Lied »Sweet Sixteen« aus dem Kopf zu bekommen.

Später am Abend lachte er über sich selbst. Er musste unter einer Art Hitzschlag gelitten haben, dass er so stark auf ein dummes, herausforderndes sechzehnjähriges Mädchen reagiert hatte, dachte er. Wenn er sie wiedersah, würde er sie wahrscheinlich nicht mal ein zweites Mal ansehen.

Aber die nächsten Jahre hatte er sie immer wieder gesehen, und sie hatte immer dieselbe Wirkung auf ihn – enorme Anziehung und Unbehagen, weil sie zu jung für ihn war. Trotzdem war Mac niemals müde geworden, sie anzusehen oder mit ihr zu sprechen. Und später, sie zu küssen und ein Leben mit ihr zu planen.

»Du bist ein sentimentaler Trottel, verschwendest deine Zeit damit, über die Vergangenheit nachzudenken, denn sie hat unmissverständlich klargestellt, dass sie nichts mehr mit dir zu tun haben will«, sagte Mac im leeren Club zu sich. »Und wer könnte ihr einen Vorwurf machen? Ich war dumm und kann niemanden außer mich selbst dafür verantwortlich machen, dass ich meine Chance bei Teri Farr vor langer Zeit verspielt habe.«

Um seine Gedanken von Teresa abzulenken und die drohende Welle der Trauer über die »guten alten Zeiten« zu bekämpfen, schaltete er den Fernseher am Ende der Bar an. Eine kesse blonde Ansagerin, deren Lächeln angestrengt wirkte, wiederholte zum wahrscheinlich zehnten Mal an diesem Morgen die neuesten Nachrichten.

Mac wollte gerade ein blassblaues Streichholzheftchen hervorholen, das unter einem Tisch auf dem elfenbeinfarbenen Teppich lag, als der Name Roscoe Lee Byrnes seine Aufmerksamkeit erregte, als würde eine Nadel einen Luftballon zum Platzen bringen. Er richtete sich mit einem Ruck auf, so dass er mit dem Kopf an die Unterseite des Tisches stieß, und fluchte laut. Er rieb sich die Stelle am Kopf, die bereits anschwoll, während er dastand, um der Nachrichtensprecherin zuzuhören, die über Byrnes' Hinrichtung in dieser Woche sprach.

Das Lächeln, das noch vor wenigen Augenblicken auf ihren glänzenden roten Lippen gelegen hatte, war verschwunden, und ihre dunkelblauen Augen blickten härter, passend zum traurigen Charakter ihres gegenwärtigen Themas:

»Roscoe Lee Byrnes, der Mann, der schuldig gesprochen wurde, zweiundzwanzig Menschen innerhalb von drei Jahren getötet zu haben, gab gestern Abend bekannt, dass er in seinem Geständnis vor acht Jahren, als er in Pennsylvania festgenommen worden war, zwei Opfer genannt hätte, die er, wie er jetzt sagt, nicht getötet hat – Hugh und Wendy Farr aus Point Pleasant, West Virginia. Hugh Farr, der Inhaber der Farr Coal Company, und seine neunundzwanzigjährige Ehefrau wurden in ihrem Bett erstochen. Mrs Farrs achtjährige Tochter erlitt eine ernsthafte Stichverletzung am Bauch, überlebte aber. Mr Farrs Tochter, ein Teenager, erlitt nur eine oberflächliche Schnittwunde am Arm. Byrnes sagt jetzt aus, dass er in der Zeit der Morde zwar in der Gegend von Point Pleasant gewesen sei, aber weder jemals von den Farrs gehört noch sie getötet habe.«

Mac öffnete vor Schreck leicht den Mund und drehte die Lautstärke auf, trat dann zurück und blickte unerschrocken hin, als das breite Gesicht von Roscoe Lee Byrnes in einem Videoclip erschien. Sein Kopf sah riesig aus, als würde er den Bildschirm sprengen, und Mac hatte das Gefühl, dass hinter den großen blassblauen Augen nichts lag – kein Bewusstsein, keine Seele, nichts.

Byrnes faltete seine fleischigen Hände ineinander, und die Kassette nahm das Geräusch von aneinanderreibender trockener Haut auf. »Ich weiß, es macht keinen Unterschied, ob ich zweiundzwanzig oder zwanzig Leute getötet habe – ich werde trotzdem sterben – aber ich möchte es klarstellen ...«

Die knurrende, tonlose Stimme des Mannes war für Mac schwer zu ertragen, und Byrnes' unheimlich blassblaue Augen ließen ihn schaudern, auch wenn er es nicht zugeben würde. Es war schwer zu glauben, dass dieser unbeholfene, schwerfällige Mensch so oft gemordet hatte. Es war nicht schwer zu glauben, dass er offenbar nicht die geringste Reue empfand.

»Die von der Polizei waren ziemlich aufgeregt, dass die Farrs abgemurkst waren, und da ich in der Stadt gewesen war und so, kam ich auf die Idee zu sagen, dass ich es getan habe, um alle zu beeindrucken. Aber ich habe gelogen. Ich will, dass die Leute das wissen, bevor ich sterbe. Hörst du das, Gott? ...«

Das Video lief weiter bis zum Ende, und die blonde Nachrichtensprecherin erschien wieder. »Roscoe Lee Byrnes wird am Freitag an einer tödlichen Spritze in der Justizvollzugsanstalt Greene in Waynesburg, Pennsylvania sterben.« Erstaunlich prompt erschien wieder ihr breites Lächeln. »Die weiteren Nachrichten ...«

Aber Mac hörte sie nicht. Mit grimmigem Gesicht knipste er den Fernseher aus und steuerte auf die Tür des Clubs zu.

3

Der dunkle Flur vor ihr schien endlos, wie ein Tunnel tief unter einem hohen Berg. Jemand schrie – schrill, mechanisch, ohrenbetäubend. Der Lärm kam von überall um sie herum. Sie stieß gegen etwas – einen Tisch –, prallte dann gegen ein warmes, schattenhaftes Wesen, das in etwas Glattes gehüllt war. Das Wesen hatte kein Gesicht, zumindest konnte sie es nicht sehen, aber es duftete – es war der Duft von Sandelholz. Das Wesen hob warnend zwei Finger zu seinem mutmaßlichen Mund, und trotz des Schreiens hörte Teresa ein sanftes, beruhigendes »Schhhh.« Sie horchte und da war es wieder. »Schhh«, kurz bevor sie einen Schmerz an ihrem linken Arm spürte. Sie erstarrte, das Schreien, das sie jetzt wahrnahm, war ihr eigenes. Es hörte auf, als sie das Wesen die Treppe hinunter und durch die Tür entschwinden sah. Dann spürte sie Blut ihren Arm herunterlaufen. Sie begann zu laufen und zu rufen: »Celeste!«

»Celeste! Celeste!«

Teresa saß kerzengerade in ihrem Bett, als Sierra ihr auf den Schoß sprang, die Ohren gespitzt, ein tiefes Knurren in der Kehle. Teresa drückte den glänzenden braunen Hund, warf einen schnellen Blick durch ihr freundliches Schlafzimmer, das noch von der Spätnachmittagssonne erfüllt war. Es war ein Traum, dachte sie erleichtert.

Der Hund spürte, wie die Spannung in Teris Körper nachließ. Nachdem sie mit ihren scharfen honigbraunen Augen noch einmal prüfend im Zimmer umhergeblickt hatte, drehte Sierra sich um und leckte Teri beruhigend über die Nase. »Danke«, sagte Teri. »Mir geht's schon viel besser.«

Teresa strich dem Hund oben über den Kopf und warf einen Blick auf die Uhr auf ihrem Nachttisch. Es war fünf Uhr am Nachmittag, und sie fühlte sich schlechter als vorher. Mitgenommen, niedergeschlagen und müde, weil sie die Nacht zuvor wenig geschlafen hatte, war sie ins Bett gekrochen, nachdem Kent gegangen war. »Lass uns nach unten gehen und eine Kleinigkeit essen«, sagte sie. »Hundekuchen und Eiskrem sind das Beste, um die Reste von schlechten Träumen zu vertreiben.«

Als sie unten waren, füllte Teresa drei Kugeln Eiskrem in

eine Schüssel und holte einen großen Hundekuchen aus der »Belohnungsdose«. Sierra blickte erwartungsvoll auf die Schüssel, aber Teri schüttelte den Kopf. »Tut mir leid, Mädchen. Aber das ist Schokoladeneis, und Hunde bekommen keine Schokolade.« Sie legte den Hundekuchen auf den Vinylboden und hatte ein leichtes Schuldgefühl, als Sierra mit ungeheurer Gleichgültigkeit daraufblickte. »Ich verspreche, morgen Kirschbiskuit vom Lebensmittelladen mitzubringen, wenn du dich jetzt mit einem Hundekuchen zufriedengibst«, redete Teri dem Hund gut zu, der langsam den Kopf beugte und den wenig verlockenden Hundekuchen nahm.

Sie schlenderten zum Wohnzimmer, Sierra hatte den Hundekuchen zwischen die Zähne geklemmt, und Teri hielt sich die kalte Schüssel mit der Eiskrem an ihre heiße Stirn. Sie warf einen Blick zum Fernsehgerät, schaltete aber stattdessen die Stereoanlage an, weil sie befürchtete, eine weitere Meldung über Byrnes zu sehen, der behauptete, dass er Hugh und Wendy Farr nicht getötet habe. Sie warf sich in den großen, weichen Sessel, in dem es sich immer so anfühlte, als würde jemand sie liebevoll halten.

Dies sollte eigentlich ein glücklicher Tag werden, dachte Teri, der Tag, an dem der kleine Daniel jemanden kennenlernen sollte, der, wie sie hoffte, sein bester Freund werden würde: Caesar. Stattdessen war der Nachmittag zu einem Albtraum geworden. Am Abend würde die ganze Stadt noch einmal die Morde von Hugh und Wendy Farr durchkauen und über die Schuld oder Unschuld von Teresa spekulieren, den »wilden, rebellischen« Teenager, der das Blutbad mit einem Kratzer überlebt hatte, während alle anderen im Haus erstochen oder ernsthaft verletzt worden waren. Kein Wunder, dass ich eine Zeitlang ins Bett gehen musste, nachdem Kent und Sharon weg waren, dachte Teri. Ich habe keine Kopfschmerzen mehr gehabt, seit –

Seit der Zeit unmittelbar nach den Morden, bevor Byrnes gefasst worden war und gestanden hatte, Hugh und Wendy ermordet zu haben. Damals hatte Teri einen Dauerkopfschmerz, eine anhaltende Magenverstimmung und nachts schreckliche Träume von verstümmelten Körpern und riesigen Blutseen.

Nach Byrnes' Geständnis hatte sich ihr Magen beruhigt, und die Kopfschmerzen hatten nachgelassen. Sie war immer noch von Albträumen geplagt worden, wie sie die Leichen von Hugh und Wendy fand, und sie hatten immer mit ihrem Schreien geendet. Sie hatte nie einen Traum gehabt, der über Hughs und Wendys Schlafzimmer hinausging. Nie geträumt, wie sie den Flur entlanggegangen, mit dem Mörder zusammengestoßen war, geträumt, wie er ihren linken Arm mit dem Messer verletzt hatte, schnell und geschickt, fast geistesabwesend.

Und im Traum hatte sie nie gehört, wie der Mörder das sanfte, beruhigende »Schhh« ausgestoßen hatte, direkt an ihrem Ohr, ein sanftes, beruhigendes »Schhh«, von dem sie plötzlich wusste, dass sie es schon vor der schrecklichen Nacht vor acht Jahren gehört hatte.

Fünftes Kapitel

Mac MacKenzie umklammerte das Lenkrad seines silbernen Lexus, wie er es immer tat, wenn er wütend oder bekümmert war, und an diesem Nachmittag war er beides. Hätte er doch nur nicht den Fernseher eingeschaltet, als er die Bar saubergemacht hatte … was dann? Hätte Roscoe Lee Byrnes dann nicht behauptet, er habe die Farrs nicht getötet? Wären Mac und besonders Teresa dann nicht mehr verdächtig? Würden vielleicht keine weiteren Ermittlungen mehr über sie angestellt? Nein, je früher er über Byrnes Bescheid wusste, desto besser. Mac konnte heute noch mit seiner Mutter sprechen.

Mac hielt vor ihrer Wohnung im Erdgeschoss und warf einen Blick in den Rückspiegel, er schwitzte. Er holte tief Luft und schloss einen Moment die Augen. Er wusste, dass er ruhig auftreten musste. Seine Mutter war bei bester Gesundheit, aber seit den Farr-Morden regte sie sich leicht auf, war nervös und reagierte bei unerwarteten schlimmen Ereignissen über. Byrnes' Aussage konnte kaum als geringfügig betrachtet werden. Mac musste nachsehen, ob es ihr gutging.

Er klopfte leicht an Emmas Tür, und sofort erschien die große, schlanke Frau. Sie trug eine Schürze, jedes ihrer silbergrauen Haare war an seinem Platz, und ein Hauch rosa Lippenstift hellte ihr blasses Gesicht auf. Sie hatte etwas Mehl an der Wange und wischte ihre Hände heftig an einem Handtuch ab. »Hi, Mum«, sagte Mac lässig. »Wie geht's?«

»Jedediah Abraham!«, rief seine Mutter freudig.

Mac zuckte zusammen. Es gefiel ihm, dass seine Mutter sich immer so freute, ihn zu sehen. Aber es gefiel ihm nicht, dass sie ihn nach seinen beiden Großvätern genannt und sein ganzes Leben eigensinnig darauf bestanden hatte, ihn mit beiden Namen anzureden, nicht einfach »Mac«, wie er sich selbst getauft hatte. »Ich habe dich heute nicht erwartet, mein Sohn.«

»Das sehe ich.« Mac wischte das Mehl an ihrer Wange ab. »Du bist gerade mit Backen beschäftigt, oder? Was steht heute auf dem Speiseplan?«

»Ein Versuch. Und komm schnell rein bei der Hitze. Meine Güte, deine Wangen sind rot wie Rosen, und dein Haar kringelt sich. Du siehst aus, als wärest du hierhergelaufen.«

»Mein Haar ist lockig, Mum, und meine Wangen sehen keineswegs aus wie rote Rosen. Du machst aus mir eine Renaissancemaid.« Mac trat in die kleine Wohnung, die geschmackvoll in Burgunderrot und Blau eingerichtet war. »Ich traue mich kaum zu fragen, was für einen Versuch du gerade durchführst. Nichts, was ein Loch in die Ozonschicht reißen kann, oder?«

Emma lachte, ihre Gesichtshaut legte sich in Falten wie dünnes Seidenpapier, ihre grünen Augen tanzten, als sie seinen Arm nahm und ihn zum unbequemsten Sessel im Zimmer schob. Sie war bemerkenswert stark für eine so dünne Frau, und sie schob ihn weiter, bis er mit einem Plumps auf einem Polster landete, das hart war wie eine Kirchenbank. »Du und deine Albernheit! Ein Loch in der Ozonschicht. Das spricht nicht gerade für meine Kochkünste, stimmt's?«, zwitscherte Emma, während Mac versuchte, sich von dem Stoß in seinem unteren Rücken zu erholen und sich bequem hinzusetzen. »Ich arbeite an einem neuen Muffinrezept.«

»Mum, du wirst noch das Marktmonopol an Backwaren in dieser Stadt erhalten«, sagte Mac. »Du weißt, dass du nicht so hart arbeiten musst. Du brauchst überhaupt nicht zu arbeiten.«

»Na, was soll ich sonst machen? Im Morgenmantel herumsitzen und mir den ganzen Nachmittag Seifenopern ansehen wie Mrs Beemer in Nummer fünf? Oder den halben Tag klatschend am Telefon verbringen wie die mürrische alte Frau in Nummer acht? Sie muss die Leute dafür bezahlen, dass sie mit ihr reden, so unsympathisch, wie sie ist!«

»Nein. Mum, ich weiß, du bist niemand, der die Hände in den Schoß legen kann. Ich finde nur, du musst dich nicht total kaputtmachen. Du bist jetzt Rentnerin.«

»Rentnerin soll ich sein«, wiederholte Emma, als sie ein Glas Eistee neben ihn stellte. »Und was wird aus uns, wenn dein Club pleitegeht?«

»Ich rechne nicht damit, dass er einstürzt, aber wenn es schiefgeht, mache ich irgendetwas anderes.« Mac trank dankbar den kalten, süßen Tee. »Ich werde nicht zulassen, dass wir jemals wieder arm sind, Mum.«

»Ich bin die meiste Zeit meines Lebens arm gewesen, und ich habe mich daran gewöhnt.« Emma ging wieder in die kleine Küche, die vom Wohnzimmer nur durch einen langen, mit Resopal beschichteten Tresen getrennt war. Sie nahm eine große Rührschüssel und begann heftig Teig zu schlagen. »Ich wollte nicht, dass meine Kinder arm sind, aber ihr wart es so lange. Und ich will sicher nicht, dass meine Mädchen das College aufgeben müssen! Wäre das nicht schrecklich, nur noch Monate vor ihrem letzten Studienjahr?« Mit einem Klappern setzte sie die Schüssel ab. »Oh, mein Gott, wäre das nicht schrecklich!«

»Mum, reg dich nicht über etwas auf, das nicht passieren wird.« Mac sprach beruhigend. »Wir sind nicht arm. Die Mädchen werden das College beenden, ich werde meinen Club weiterführen, du wirst backen, bis der neue Ofen kaputt ist, und wir werden glücklich und zufrieden leben.« Seine Mutter sah immer noch beunruhigt aus, gefangen in der plötzlichen Vorstellung, dass ihre Familie jäh in äußerste Armut stürzte.

Jetzt war ganz sicher nicht der Zeitpunkt, um Byrnes zur Sprache zu bringen. Mac suchte nach einem Thema, das sie vielleicht interessieren würde, und sagte: »Wie ich sehe, hast du dir gestern die Haare machen lassen.«

»Meine Haare?« Emma ließ die Schüssel los und griff nach ihren silbergrauen Locken. »Ja, ich habe mir die Haare machen lassen. Es ist ein Luxus –«

»Nein, ist es nicht. Was ist der neueste Klatsch beim Friseur?«

»Oh, nichts, was dich interessiert. Jedenfalls hat das Mädchen, das mir die Haare gemacht hat, die ganze Zeit von ihrem Freund gequasselt und nicht darauf geachtet, was sie macht. Sie hat die Haare diesmal völlig falsch frisiert!«

Mac unterdrückte ein Lächeln. Die Haare seiner Mutter, die innerhalb von sechs Monaten nach dem Verschwinden von Marielle Farr grau geworden waren, sahen genauso aus wie immer. »Ich finde, es sieht gut aus«, sagte Mac mit Überzeugung. »Viele ältere Frauen haben dünne Haare, aber deine sind immer noch so dick wie auf den Fotos, die ich von dir gesehen habe, als du zwanzig warst!«

Emma errötete und lächelte, während sie die Schüssel nahm und den Teig weiterrührte. »Findest du? Dein Vater mochte meine Haare.« Ihr Lächeln verschwand. »Sie gefielen ihm nur nicht gut genug.«

»Du meinst, Trinken und Spielen gefielen ihm besser«, sagte Mac bitter. »Er war zu dumm, um zu verstehen, dass eine gute Frau mehr wert ist als aller Alkohol und Spielgewinn der Welt.«

Emma hörte auf, den Muffinteig zu rühren, und sah ihm in die Augen: »Genauso wie Hugh Farr und all die anderen Frauen, als er Marielle hatte.« Ihre Stimme wurde brüchig. »Ich weiß, warum du hier bist. Erstens hat Celeste angefangen über die Morde zu sprechen und etwas über Teresa gesagt; dann ist dieser schreckliche Mensch Byrnes im Fernsehen gewesen und hat gesagt, dass er Hugh und diese Schlampe Wendy nicht getötet hat. Warum hört diese schreckliche Geschichte niemals auf? Kann mir das jemand sagen?« Emma zitterte plötzlich. »Kannst du mir darauf eine Antwort geben?«

Mac stand auf, ging zu seiner Mutter und nahm sie in die Arme. »Deshalb bin ich hier, Mum. Ich habe befürchtet, dass du von Byrnes gehört hast und beunruhigt sein würdest.«

»Allerdings, das bin ich!« Emma bemühte sich, ein Schluchzen herunterzuschlucken. Sie riss sich von Mac los, stellte die Schüssel wieder auf die Arbeitsplatte und wandte sich wieder zu ihm. »Deshalb habe ich angefangen zu backen. Backen beruhigt mich normalerweise, aber heute nicht.« Sie sah zu ihm auf, Tränen in den Augen. »Hast du gehört, was Celeste gesagt hat? Sie hat Teresa beschuldigt, die Morde begangen zu haben. Wie konnte sie? Teresa hat das Kind so geliebt!«

»Gestern Abend haben mir einige meiner Gäste von der Szene mit Celeste bei Bennigans erzählt. Ich glaube nicht, dass Celeste Teri wegen irgendetwas beschuldigt hat. Sie hat Teri nur erwähnt.«

»Sie hat gesungen!« Emma klang, als hätte das Mädchen mit eigenen Händen Kugelblitze geworfen. »Sie hat gesungen wie eine Besessene! Ich habe nie gedacht, dass sie ein besserer Mensch ist als ihre Mutter, auch wenn sie noch ein kleines Mädchen war, als ich sie kannte. Der Apfel fällt nicht weit vom Stamm. Wendy war schlecht, und vielleicht ist Celeste genauso wie sie!«

Mac machte sich immer Sorgen, wenn seine Mutter Wörter gebrauchte, die mehr zu Puritanern passten als zu einer modernen Frau. Sie war immer sehr religiös gewesen, aber ihr Glaube neigte zum Extrem, seitdem Hugh Farr sich von Marielle hatte scheiden lassen und im Haus der Farrs Spannung und Unglück geherrscht hatten.

Schon damals war Mac besorgt gewesen, obwohl er fast noch ein Teenager war und mehr mit seiner Zukunft beschäftigt – mit Plänen, die ihn hoffentlich erfolgreich machen und in die Lage versetzen würden, finanziell für seine Familie zu sorgen – als mit der Veränderung, die er am Glauben seiner Mutter bemerkte. Sie sprach nicht mehr von der Güte und Sanftmut Gottes, sondern glaubte stattdessen an einen Gott der Vergeltung. Und sie empfahl ihren Kindern nicht mehr, noch »die andere Wange hinzuhalten«, wie sie es ihr ganzes Leben von ihr gehört hatten.

»Mum, Celeste ist nicht schlecht«, sagte Mac sanft. »Sie hat als Kind etwas Schreckliches erlitten, und was sie bei Bennigans gesagt hat … also, wir wissen nicht genau, was sie gesagt hat, oder? Können wir nicht im Zweifelsfall zu ihren Gunsten entscheiden?«

Emma zitterte immer noch in seinen Armen. »Ich denke schon, obwohl, wie ich schon sagte –«

»›Der Apfel fällt nicht weit vom Stamm.‹ Bedeutet das, dass ich wie mein Vater bin?«

Emma sah entsetzt aus. »Du bist kein bisschen wie dieser Mann!«

»Dann ist Celeste vielleicht kein bisschen wie Wendy. Sie ähnelt wahrscheinlich mehr ihrem Vater, Jason, und ich habe gehört, dass er ein ganz netter Mann ist.« Mac zwang sich zu einem Lächeln, obwohl die Erregung seiner Mutter ihn bestürzte. »Beruhige dich jetzt, Mum. Wir werden herausfinden, was Celeste wirklich gesagt hat. Und ich glaube nicht, dass irgendjemand Roscoe Byrnes glauben wird.«

»Vielleicht tun sie es, mein Sohn.« Sie drehte sich um und nahm die Schüssel mit Muffinteig. »Vor acht Jahren waren so viele Leute fest entschlossen, zu glauben, dass Teresa ihren Vater und seine Geliebte ermordet hat, sie wollten nicht einmal in Erwägung ziehen, dass es ein Fremder getan hat!« Mit zitternder Hand ergriff Emma einen Löffel, füllte ihn mit Teig und ließ zu viel in eine Muffinform laufen, so dass sie überquoll. »Jetzt sieh nur, was ich gemacht habe!«

»Ich bring es in Ordnung.«

»Nein!« Emma machte sich mit einem Papiertuch an den verschütteten Teig. »Ich wollte dich nicht anschnauzen. Ich finde es nur unerträglich, dass das alles wieder hochgekommen ist, gerade als Teresa es zu etwas gebracht hat. Sie ruft mich nämlich manchmal an.« Emma fuhr fort. »Sie hat mich sogar zweimal besucht. Sie hat mich gebeten, es dir nicht zu sagen.«

Und gestern Abend im Club hat sie so überrascht getan, als er ihr erzählt hatte, dass es seiner Mutter gutging und dass sie in einer Wohnung lebte. Dann hatte sie letztendlich nicht das Interesse an der Familie MacKenzie verloren, dachte Mac und freute sich, auch wenn Teresa ein Geheimnis daraus machte. »Dann hat Teri dich also besucht. Das ist nett«, sagte er gleichgültig.

Emma warf die Papiertücher weg und holte tief Luft. Erleichtert bemerkte er, dass sich ihre Angst und Wut legten. Sie ließ kaltes Wasser über ihre Hände laufen, trocknete sie endlos lange mit einem Geschirrhandtuch, drehte sich dann um und sah Mac scharf an. »Du bist vernarrt in Teresa, seit sie ein kleines Mädchen ist.«

»Guter Gott, Mum, das klingt, als wäre ich pädophil. Sie war sechzehn, als wir uns kennenlernten.«

»Missbrauche nicht den Namen des Herrn, Jedediah Abraham! Teresa war zu jung für dich, auch wenn sie sechzehn war.«

»Ich weiß. Ich wusste es damals. Ich bin erst mit ihr ausgegangen, als sie siebzehn war, und da sind wir nur spazieren gegangen und haben uns unterhalten. Sie wirkte älter als siebzehn.«

»Und du hast dich in sie verliebt. Ich wusste es, und Hugh Farr wusste es auch.«

»Ja, er wusste es und hat versucht, uns voneinander fernzuhalten, aber Teri hat sich immer weggeschlichen, um mich zu sehen. Hugh dachte, wir würden … na, Dinge tun, die wir nicht tun sollten, aber wie ich gesagt habe, meistens haben wir geredet. Wir haben uns Cola oder Eiskrem gekauft und uns in den Park gesetzt. Nach der ganzen Sache war ich der Einzige, sagte sie, mit dem sie sprechen konnte, der sie wirklich verstand.

Sie weinte viel wegen ihrer Mutter und sagte, sobald sie achtzehn wäre, würde sie das Haus der Farrs verlassen und ihre Mutter ›befreien‹. Teri mochte Marielles Tante Beulah genauso wenig wie ihren Vater.« Trauer erschien in Macs Gesicht. »Aber Teri hatte nicht mehr die Möglichkeit, ihre Mutter zu befreien. Sie hatte nicht mal mehr die Möglichkeit, sie allein zu besuchen, bevor Marielle verschwand.«

Sofort begann Emma Teig in die Muffinformen zu füllen. Mac wusste, dass ihre Nervosität zurückgekehrt war. »Was ist los, Mum?«

»Nichts, mein Lieber«, sagte sie mit liebenswürdiger Unbestimmtheit.

»Ich kenne dich. Etwas, das ich eben gesagt habe, hat dich aufgebracht.« Emma kippte mehr Teig in Richtung Form. »Du weißt, dass du vor mir nichts geheim halten kannst.«

Emmas Kopf fuhr herum. »Oh, also gut! Du konntest dich nie um deinen eigenen Kram kümmern. Schon als du ein Kind warst, musstest du alles wissen. Du kannst ganz schön lästig sein.«

»Ich bin gerne lästig«, sagte Mac gelassen und hoffte seine aufgeregte Mutter zu besänftigen. »jetzt erzähl mir, warum du so aufgeregt bist.«

Emma seufzte heftig, ließ die Muffins und führte ihn zurück ins Wohnzimmer. Sie schob ihn wieder auf den Sessel und setzte sich steif auf das chintzbezogene Sofa. »Teresa hat ihre Mutter noch ein letztes Mal gesehen, bevor Marielle … wegging.«

Mac setzte sich aufrecht auf den steinharten Stuhl. »Teri hat ihre Mutter besucht! Das hat sie mir nie gesagt!«

»Es war ein Geheimnis. Teresa kann etwas geheimhalten!«

»Ja, ich weiß. Und du offenbar auch.« Mac beugte sich vor und nahm sanft die Hand seiner Mutter in seine. »Jetzt erzähl mir, wie und wann Teri ihre Mutter gesehen hat.«

Emma sah resigniert aus. »Marielle kam am Tag nach der großen Party, auf der Wendy verkündet hatte, dass sie schwanger ist, zum Haus der Farrs. Marielle dachte, Hugh und Wendy wären nicht da. Hugh war weg und sollte angeblich vor dem Abend nicht zurück sein. Wendy war zu Hause, aber ihr Auto war zur Reparatur in der Werkstatt. Jedenfalls hörte ich ein leichtes Klopfen an der Haustür, und als ich sie öffnete, stand Marielle da. Ich war so überrascht, dass ich sie nur anstarren konnte.«

»Das Haus von Marielles Tante Beulah ist fünf Kilometer vom Haus der Farrs. Hat jemand sie gefahren?«

»Nein. Sie ist den ganzen Weg zu Fuß gegangen. Sie war ganz erschöpft, armes Ding. Ihre Gesundheit war schlecht.«

»Ihre geistige Gesundheit?«

»Ihre physische Gesundheit. Diese Beulah!« Emma riss ihre Hand aus Macs und fuchtelte wütend damit. »Marielle war ihr völlig gleichgültig, obwohl sie Blutsverwandte waren. Sie hat Marielle nur bei sich aufgenommen, weil Hugh sie dafür bezahlt hat. Sie kümmerte sich nie richtig um Marielle. Ich weiß das, weil Beulah mir erlaubte, zwei- oder dreimal zu Besuch zu kommen. Marielle war zu dünn – nicht ordentlich ernährt – und Beulah hat uns nicht mal eine Tasse Kaffee angeboten. Einmal bin ich direkt in die Küche gegangen und habe selbst eine Kanne Kaffee gemacht. Ich hab Marielle auch ein Brot mit Erdnussbutter und Marmelade gemacht. Beulah hatte fast nur Junk-Food. Erdnüsse enthalten zumindest Protein, und die arme Marielle brauchte ganz sicher gesundes Essen.«

»Guter Gott!« Mac war ernsthaft überrascht. »Wusste Teri, dass ihre Mutter nicht genug zu essen bekam?«

»Sicher nicht. Marielle hat wahrscheinlich irgendeine Ausrede für ihren Gewichtsverlust gefunden oder weite Kleidung getragen, wenn Teresa zu Besuch kam. Wenn das Mädchen gewusst hätte, dass ihre Mutter nicht genug zu essen bekam, hätte sie etwas unternommen.«

»Das hätte sie ganz sicher, auch wenn sie erst siebzehn war.« Mac konnte seine Bewunderung nicht verbergen.

»Marielle hat mir erzählt, dass Beulah die meiste Zeit mit Lesen oder Fernsehen oben in ihrem Schlafzimmer verbracht hat«, Emma fuhr fort. »Beulah hat nie auf sie aufgepasst. Sie hat jeden Nachmittag ein Schläfchen gehalten, als ob sie irgendetwas Ermüdendes getan hätte. Saubermachen kann es jedenfalls nicht gewesen sein. Das kleine Haus sah aus, als wäre seit Wochen nicht Staub gewischt worden, und die Küche – klebriger Fußboden, schmutzige Arbeitsplatten. Einmal habe ich eine Kakerlake herumlaufen sehen, als gehörte ihr das Haus!«

Mac starrte seine Mutter an. »Mum, du hast mir nie etwas davon gesagt, dass du Marielle besucht hast.«

»Ich habe Marielle versprochen, dass ich niemandem von meinen Besuchen erzählen würde. Sie hatte solche Angst vor Hugh. Sie dachte, wenn er es herausfinden würde, würde er mich entlassen. Sie befürchtete auch, dass er herausfinden würde, dass Teresa sie häufiger besuchte, als das Gericht festgesetzt hatte. Wir machten uns keine Sorgen darüber, dass Beulah es erzählen würde – Hugh würde Marielle wegbringen, und Beulah würde kein Geld mehr für Marielles Pflege bekommen.«

»Hugh wusste wahrscheinlich, wie Marielle behandelt wurde, aber er hat nichts unternommen. Er war ein gemeiner alter Bastard.« Macs Mutter warf ihm einen harten, tadelnden Blick zu, und er fühlte sich plötzlich wie vierzehn. »Tut mir leid. Ich meinte, er war ein gemeiner alter … Mann. Jetzt erzähl weiter, wie Marielle zum Haus kam.«

Emma sah sofort wieder weg. »Ich hätte es nicht zulassen sollen, aber wenn einer Mutter nicht erlaubt wird, ihr Kind zu sehen … das war grausam! Als Marielle beim Haus auftauchte, sagte ich ihr, dass sie nicht hätte kommen sollen – es würde Ärger geben. Aber sie bettelte darum, Teresa zu sehen. Tränen liefen ihr übers Gesicht, und sie sah so blass und dünn und elend aus, ich konnte es nicht ertragen. Ich sagte ihr, dass Wendy zu Hause wäre und dass sie sich draußen verstecken sollte, und ich würde Teresa holen.

Es war ein Glück, dass das Mädchen zu Hause war und Wendy fernsah. Teresa schlich nach draußen. Ich freute mich für die beiden, aber ich war mit den Nerven völlig am Ende, hatte Angst, Wendy würde mich fragen, wo Teresa wäre – Hugh veranlasste sie dazu, damit er Teresa genau im Auge behalten konnte – aber sie fragte mich nicht. Dem Herrn sei Dank. Zumindest dafür danke ich ihm.

Dann passierte etwas Schlimmeres. Ungefähr zehn Minuten später kam Hugh Farr nach Hause! Er zerrte Marielle ins Haus und bekam einen Tobsuchtsanfall, dass ich dachte, mein Herz würde stehenbleiben. Teresa kam herein und schrie ihn an, und er schlug ihr so kräftig ins Gesicht, dass sie fast hinfiel. Wendy lachte! Während er damit beschäftigt war, sein Kind zu schlagen, lief die arme Marielle aus dem Haus und verschwand.

Dann wandte Hugh sich mir zu. Wendy hatte gesehen, wie ich an der Tür mit Marielle gesprochen hatte, und anstatt etwas zu sagen, hat sie uns einfach unseren Plan durchführen lassen, während sie Hugh anrief. Sie war ein raffiniertes kleines Biest, nicht dafür geeignet, eine Mutter für das kleine Mädchen zu sein, das sie in ein Internat schicken wollte, um ihre Ruhe zu haben. Jedenfalls stand Hugh vor mir und schrie fast das ganze Haus zusammen. Ich hatte solche Angst, dass ich die Glasschüssel fallen ließ, die ich in der Hand hielt. Da schrie er noch lauter.« Emma hielt inne, sie sah verwirrt aus. »Ich dachte, ich hätte dir davon erzählt – zumindest, dass Hugh Teresa geschlagen hat und dass er mich angeschrien hat.«

»Du hast mir erzählt, dass er dich angeschrien hat, als er dich entlassen hat. Das ist alles.«

Emmas Gesicht drückte jetzt Erstaunen aus. »Aber du warst so wütend – bist du sicher, dass ich nicht noch mehr erzählt habe, dass du so wütend geworden bist?«

»Hatte ich nicht das Recht, höllisch wütend zu sein, wenn er dich angeschrien und entlassen hatte? Du hast auch erzählt, er hätte gedroht, dafür zu sorgen, dass keiner in der Stadt dich wieder einstellen würde.«

Emmas Blick schien nach innen gerichtet, während sie überlegte. »Ja ... ja, das hat er gesagt. Aber mich hätten ohnehin nicht viele genommen. Ich konnte damals nichts richtig gut.«

»Du warst wunderbar – klug und tüchtig. Du hattest mit Sicherheit für die Farrs mehr als deine Pflicht getan, sogar nachdem Hugh von Marielle geschieden war. Und wie ging es dann weiter?«

»Na, ich bat ihn, mich nicht zu entlassen, und er ging auf mich los. Ich dachte er würde mich schlagen, aber Teresa packte seinen Arm. Der gemeine Kerl wandte sich zu ihr und schlug ihr noch einmal ins Gesicht! Celeste kam ins Zimmer, ganz blass, aber Hugh und Wendy haben sie nicht beachtet. Hugh sagte zu mir, ich solle verschwinden, und ich lief zur Tür. Aber vorher sagte ich noch zu Wendy, jetzt könnte sie noch lachen und glücklich und zufrieden sein mit dem Teufel von einem Mann, den sie geheiratet hätte, aber bald würde Gott seinen Zorn an ihnen beiden auslassen!«

Emma begann zu weinen, und Mac ging zur Couch, setzte sich neben seine Mutter und legte seine Arme um sie. »Weine nicht, Mum. Es ist lange her.«

Emma schluchzte. »Hugh sagte, er würde wegen dir zur Polizei gehen und sagen, du hättest etwas Gemeines mit seiner Tochter gemacht. Du wolltest Hugh trotzdem gegenübertreten, aber ich hab dir gesagt, du sollst dich vom Haus fernhalten. Hugh sagte auch, er würde aussagen, dass Marielle die gerichtliche Verfügung missachtet habe. Er sagte, sie würden sie wieder in die Anstalt stecken.«

Emma wischte mit dem Handrücken Tränen weg. »Hugh hatte Teresa ernsthaft verletzt, als er sie das zweite Mal geschlagen hatte – ihr Gesicht war feuerrot, und ihre Lippen bluteten, nur weil sie versucht hatte, mich zu beschützen. Und keiner, nicht einmal Wendy, nahm Notiz von Celeste, die wie eine steinerne Statue in der Tür stand. Sie hat nicht mal geblinzelt.«

»Sie muss erschrocken gewesen sein.«

»Vielleicht«, sagte Emma langsam. »Aber sie hat nicht geweint. Sie stand nur da und starrte. Es schien nicht normal, überhaupt nicht normal.«

»Okay, Mum. Denk nicht mehr daran. Es ist lange her.«

»Ja, lange her.« Emma schluchzte noch einmal, richtete sich dann auf und blickte Mac so grimmig in die Augen, wie er es noch nie gesehen hatte. »All die Gewalttätigkeit hörte vor langer Zeit auf, weil dafür gesorgt wurde, dass Hugh und Wendy sie nicht mehr begehen konnten«, fauchte sie. »Gott, vergib mir, aber sie mussten gestoppt werden, bevor sie unser aller Leben zerstörten!«

Sechstes Kapitel

1

Als er sich auf den Weg zurück in den Club machte, bemerkte Mac, dass er wieder das Lenkrad umklammerte, und ließ die Hände locker, aber ein paar Minuten später hielt er es schon wieder im Würgegriff. Er stellte die Musik lauter, dann wieder leiser, schließlich schaltete er sie aus. Die Worte seiner Mutter tönten in seinem Kopf: Gott, vergib mir, aber sie mussten gestoppt werden, bevor sie unser aller Leben zerstörten! Als er sie fragte, was sie damit meinte, sagte sie nur: »Einige Dinge müssen nicht diskutiert werden.«

Nachdem er zum dritten Mal gefragt hatte, sah sie ihn mit ausdruckslosen Augen an, strich ihm übers Haar und sagte mit trauriger, müder Stimme: »Ich will nicht unhöflich sein, mein Sohn, aber ich würde jetzt wirklich gerne allein sein. Wir sprechen uns in ein paar Tagen wieder.« Als er ging, sagte sie nicht einmal auf Wiedersehen. Sie war einfach wieder in die Küche gegangen und hatte gedankenverloren im restlichen Muffinteig gerührt.

Sie verdrängt ihre Erinnerungen, dachte Mac. Deshalb hatte sie sich so in ihren kleinen Handel mit Gebäck gestürzt. Seine Mutter hatte immer versucht, die dunklen Seiten ihres Lebens zu verdrängen, indem sie sich beschäftigte. Anscheinend, war ihr das gut gelungen, dachte er trübselig, bis ich sie dazu gebracht habe, die Vergangenheit ans Licht zu holen und noch einmal die Einzelheiten eines der schlimmsten Tage ihres Lebens durchzugehen. Natürlich war er in bester Absicht zu ihrer Wohnung gefahren, aber gute Absichten haben schon oft katastrophale Folgen gehabt.

»Gott, vergib mir, sie mussten gestoppt werden … sie mussten gestoppt werden … Gott, vergib mir …« Emmas Worte hallten in Macs Kopf. Was zum Teufel hatte sie gemeint? Dachte sie, Hughs und Wendys Tod waren das Ergebnis göttlichen Eingreifens? Dachte sie, Gott hätte in der Nacht jemanden zum Haus geschickt, um das Paar zu ermorden, das sie für schlecht hielt? Bat sie Gott um Vergebung dafür, dass sie dachte, sie hätten bekommen, was sie verdient hatten? Oder bat sie Gott um Vergebung für etwas Schlimmeres? Für etwas, das *sie* getan hatte?

Die letzte Frage löste die schlimmsten Befürchtungen in Mac aus. Schnell zündete er eine Zigarette an, obwohl er sich vorgenommen hatte, am Ende des Sommers aufzuhören. Aber wenn er aufgeregt oder beunruhigt war, schien es ihn zu trösten, eine Zigarette in der Hand zu halten, und jetzt war er beunruhigt. Tatsächlich war er genauso beunruhigt wie vor acht Jahren, als ihm klar wurde, dass der Tod von Hugh Farr Teresa nicht befreit hatte, sondern sie in ernste Gefahr brachte, des Mordes für schuldig befunden zu werden.

Zuerst hatte Mac vorgehabt, wieder in seine Wohnung über dem Club zurückzukehren und zu versuchen, sich zu entspannen. Aber plötzlich wusste er, dass es noch eine Frau gab, die er heute besuchen musste. Er fuhr am Club vorbei in Richtung Norden und bog in die schmale Straße ein, die nach Farr Fields führte.

Als er an den smaragdgrünen Feldern vorbeifuhr, dachte er daran, wie sie vor vier Jahren ausgesehen hatten – licht, voller Unkraut, trocken – und an die große Anstrengung, die Teresa unternommen hatte, um diesen Flecken in saftiges, schönes Land zu verwandeln. Obwohl er zu der Zeit keinen Kontakt zu ihr hatte, erzählten ihm Freunde, dass Teresa nicht die ganze Arbeit hatte machen lassen. Sie hatte hier draußen fast genauso hart gearbeitet wie die Männer.

Mac hatte Teris Zielstrebigkeit immer bewundert, ihren Fleiß, ihre Bereitwilligkeit, sich die Hände schmutzig zu machen und zu schwitzen, wenn sie irgendwie helfen konnte. Sie war kein bisschen versnobt oder faul. Darin erinnerte sie ihn an seine Mutter. Aber es gab einen Unterschied – Emma MacKenzie war immer ängstlich und stand unter Druck.

Teresa dagegen war eigensinnig, impulsiv, manchmal leichtsinnig, und emotional wahrscheinlich die stärkste Frau, die er je gekannt hatte. Und jetzt waren es genau die Eigenschaften, verbunden mit der Weigerung anzuerkennen, dass sie genauso vernichtend getroffen werden konnte wie jeder andere, die ihm Angst machten. Wenn sie glaubte, dass Roscoe Lee Byrnes die Wahrheit sagte, würde sie anfangen, nach dem zu suchen, der Hugh und Wendy wirklich getötet hatte, nicht aus Liebe zu dem toten Paar, sondern aus dem Bedürfnis, ihre Unschuld und die ihres Bruders zu beweisen. Und Mac wusste, dass sie verletzt werden könnte oder Schlimmeres, wenn sie nach der Wahrheit suchte.

Am vorderen Fenster sah er ein blasses Gesicht nach draußen blicken, und noch bevor er klingelte, öffnete sich die Tür. Teresa stand da, groß und ohne zu lächeln, und fragte schwach und müde: »Hergekommen, um dein Beileid zu bekunden?«

»Nein, ich bin hier, um Unterstützung anzubieten«, sagte Mac gelassen. »Darf ich reinkommen?«

Teri bedeutete ihm hereinzukommen. Sobald er eintrat, umkreiste ihn ein brauner Wirbelwind mit anschwellendem wütendem Gebell. Macs braune Augen weiteten sich, und er trat einen Schritt zurück zur Tür, bis Teresa laut sagte: »Sierra, aus! Das reicht!« Der Hund hörte auf, ihn zu umkreisen, blickte ihn aber weiter scharf an, das glänzende braune Fell am Rücken sträubte sich, und ein leises Knurren kam noch aus ihrer Kehle. Teri bückte sich und legte die Arme um den Hund. »Das ist ein Freund, klar?« Teri streckte die Hand aus und tätschelte Macs Wade. »Freund.« Der Hund sah Teri an, dann ihre Hand am Bein des Fremden, setzte sich dann hin, starrte Mac aber weiter mit kritischem Blick an.

»Guter Gott«, sagte Mac mit einer Mischung aus Überraschung und Erleichterung. »Sieht aus, als hättest du da einen ziemlich guten Wachhund.«

»Sie heißt Sierra, und sie ist ein guter Wachhund. Manchmal zu gut. Das einzige Problem ist, dass sie sich zwar scharf anhört, aber in den drei Jahren, die ich sie habe, noch nie jemanden gebissen hat.« Teri hielt inne. »Könntest du vielleicht ihren Namen sagen und sie am Kopf tätscheln oder so, damit sie weiß, dass du mir nichts tun willst?«

Mac der schon lange ein Hundeliebhaber war, lächelte den finster blickenden Hund an und sagte: »Hi, Sierra. Du bist aber ein hübsches Mädchen.« Dann beugte er sich herunter und legte die Hand mit der Handfläche nach unten unter ihre Nase. »Ich bin Mac«, fuhr er fort, während der Hund ihn gründlich beschnüffelte. »Ich werde Teri nichts tun. Ich verspreche es.«

Irgendwie beschwichtigt, stand Sierra auf, machte zwei Schritte zurück und ließ Mac das Zimmer betreten. Er warf ihr noch ein Lächeln zu und sah sich dann um. Er hatte Teris Haus noch nicht gesehen und bewunderte den glänzenden Eichenfußboden, die Strahler an den hohen Decken und die vielen Fenster, die die Sonne auf die blassgelben Wände und cremefarbenen Möbel mit den rost- und goldfarbenen Kissen scheinen ließen. Der Raum strahlte eine angenehme rustikale Behaglichkeit aus.

»Lieber Himmel!«, rief Mac aus. »Jemand hat mir erzählt, dass du nur das Farmhaus auf diesem Grundstück umgestaltest.«

»Das war auch mein ursprünglicher Plan, aber das Haus

war schon zu heruntergekommen. Ich musste es abreißen lassen, und ein befreundeter Architekt half mir, das hier zu entwerfen. Ich stand auf romantischen Landhausstil.« Schließlich lächelte Teresa schwach. »Ich schätze, es gefällt dir.«

Macs Blick wanderte durch den luftigen Raum mit den zwei mit Oberlichtern versehenen Sprossentüren, die auf eine Veranda führten, und einen wunderschönen gemauerten Kamin in französischem Stil. »Es ist phantastisch, Teri. Wirklich. Wenn ich mir das Haus hier ansehe und meinen Club, denke ich, du hättest Innenarchitektin werden sollen.«

Teresa wurde rot. »Oh, ich bin eine einigermaßen gute Amateurarchitektin, aber wie ich schon sagte, ich hatte Hilfe von einem richtigen. Wir hatten ein paar Streitigkeiten – ich wusste genau, was ich wollte, und er hatte ein paar andere Ideen, die, wie er behauptete das Haus unverwechselbarer machen würden – aber ich gab nicht nach.«

»Wie immer.« Mac lachte, obwohl er sich fragte, ob dieser Architekt mehr als ein oberflächlicher Freund war. »Wenn Teresa Farr sich einmal zu etwas entschlossen hat, kann nichts sie davon abbringen.«

»Manche Leute nennen das störrisch wie ein Maulesel sein, und das finde ich nicht besonders anziehend.«

»Ich nenne es unerschütterlich und finde es verdammt anziehend.«

»Also ... danke.« Teresa war plötzlich verlegen und wusste nicht, was sie tun oder sagen sollte. Schließlich brachte sie heraus: »Willst du Eistee?«

»Klingt gut«, sagte er, obwohl er gerade bei seiner Mutter Tee getrunken hatte. »Wird Sierra zulassen, dass ich mich hinsetze?«

»Wahrscheinlich. Beweg dich langsam und vorsichtig.«

Mac behielt ein gefrorenes Lächeln in Richtung des Hundes, während er zu einem tiefen Polstersessel beinahe hinüberkroch. Sobald er saß, hatte Sierra offenbar beschlossen, dass er keine Gefahr mehr war, denn sie vernachlässigte ihren Wachdienst und folgte Teri aus dem Zimmer in die Küche, wie Mac vermutete. Mac nutzte das Alleinsein, um das Zimmer genauer zu betrachten. Wunderschöne Stücke Fenton-Glaskunst standen auf dem Kaminsims, die goldenen, farngrünen, wasserblauen und rubinroten Farben schimmerten in der Spätnachmittagssonne. In der Mitte des Bords stand eine hohe schwarze Vase, verziert mit feinen handgemalten Blumen. Mac war sich fast sicher, dass er die Vase vom Haus der Farrs kannte. Kein Zweifel, dass Marielle sie ausgesucht hatte, nicht Hugh, dachte er nüchtern.

Mac drehte sich herum und blickte zum Bücherschrank, der in die Wand zwischen den beiden Sprossentüren eingebaut war. Mac erinnerte sich, dass Fitzgerald Teris Lieblingsautor war und ihre Augen immer verträumt blickten, wenn sie über die Schönheit seiner Prosa sprach. Bevor Mac sie kennengelernt hatte, hatte er noch nie einen Klassiker gelesen. Jetzt hatte er auch eine Sammlung von Fitzgeralds Werken und ein paar Werke von Hawthorne und Tolstois *Krieg und Frieden*. Er hatte einen ganzen Sommer gebraucht, um den Roman zu lesen. Lieber Himmel, dachte er jetzt. Die Frau hatte aus ihm einen Literaturkenner gemacht!

Er lächelte immer noch bei der Vorstellung, ein Literaturexperte zu sein, als Teri zurück ins Zimmer kam und ein Tablett mit Gläsern mit Limonade trug. Sie stellte das Tablett auf den großen, cremefarben lackierten Couchtisch. »Ich habe auch Schokoladencookies mitgebracht. Ich habe sie selbst gebacken, und Daniel sagt, sie sind nicht so verbrannt wie sonst, aber ich bin nicht beleidigt, wenn du sie nicht isst.«

»Daniel scheint ein Schmeichler zu sein.« Mac lächelte, nahm aber sofort einen Cookie.

»Er ist ehrlich.« Teri setzte sich auf das Sofa ihm gegenüber. »Wie du weißt, ist Kochen nicht gerade meine Stärke.«

»Wie sollte ich das wissen? Du hast nie für mich gekocht.«

»Da hast du Glück gehabt.« Teri grinste ihn an, und Mac fühlte sich sofort entspannter. Dann sagte sie: »Dann hast du also offenbar von Roscoe Lee Byrnes gehört. Was denkst du, sagt er die Wahrheit?«

»Was denke ich über die Ehrlichkeit eines Serienmörders, der eine Woche vor seiner Hinrichtung eine Bombe hochgehen lässt?« Mac verdrehte die Augen. »Ich würde ihm nicht glauben, selbst wenn er die Hand auf einen ganzen Stapel Bibeln legt, trotz seines neuerlichen christlichen Glaubens.«

»Warum behauptet er dann, dass er Dad und Wendy nicht getötet hat?«

»Um Aufmerksamkeit zu kriegen. Er will mit einem Knaller abtreten – vielleicht jemanden dazu bringen, ein Buch über ihn zu schreiben, zumindest ein bisschen Aufregung verursachen vor dem Ende. Er ist kein Einstein, aber er ist klug genug zu wissen, dass die Leute über ihn reden werden, bevor er hingerichtet wird. Verdammt, zumindest sorgt er für einige Schlagzeilen.«

»Das war auch eine von Kents Theorien.« Teri nahm einen Schluck Limonade und blickte gedankenverloren an ihm vorbei. »Ich kann einfach nicht glauben, dass nach all diesen Jahren, nach all der psychischen und emotionalen Anstrengung, die es mich gekostet hat, die Tragödie hinter mir zu lassen, sie zurückgekehrt ist und mir ins Gesicht schlägt, gerade wenn ich versuche, mich selbständig zu machen.«

»Teri, einige Leute werden darauf anspringen und wochenlang darüber klatschen. Aber die meisten werden es als das betrachten, was es ist – ein lächerlicher und grausamer Versuch, ein bisschen Aufmerksamkeit zu bekommen, ein bisschen Berühmtheit. Letzten Endes muss sogar Byrnes wissen, dass die Leute nach so langer Zeit das Interesse an ihm verloren haben, er gießt nur Öl ins Feuer, was seine Publicity betrifft.«

»Glaubst du wirklich, dass er so denkt?«

»Ja, Teresa. Er hat mindestens zwanzig Morde durchgezogen, ohne gefasst zu werden. Er ist mit Sicherheit verrückt, aber er ist nicht dumm. Dem Großteil der Bevölkerung von Point Pleasant wird das klar sein, und sie werden in Farr Fields nicht kündigen.«

»Himmel, ich hoffe nicht«, seufzte Teresa. »Ich hatte so große Hoffnungen auf das hier gesetzt.«

»Es ist wunderschön, Teresa. Es ist einzigartig hier in der Gegend. Du denkst doch nicht, dass alle herkommen, auf ihre Pferde steigen und die Hügel hinaufgaloppieren werden. Und was deine Schüler angeht, glaube ich nicht, dass viele Eltern wollen, dass ihre Kinder todunglücklich sind, schluchzen und Wutanfälle bekommen, weil sie keine Reitstunden mehr nehmen können.«

Teri dachte an Daniel. Nach nur einem Treffen mit Caesar hatte der Junge geweint, weil er dachte, dass seine Mutter ihn nicht noch einmal das Pony besuchen ließ, bevor sie nach Hause fuhren. »Ich hoffe, du hast recht«, sagte Teri und versuchte positiver zu klingen, als sie sich fühlte. Dann sah sie ihn scharf an. »Bist du deshalb heute zu mir gekommen, Mac? Um mir zu sagen, Kopf hoch, denk positiv, tu so, als ob Roscoe Byrnes nicht beschlossen hätte, in der letzten Woche seines Lebens ein Star zu werden?«

»Also, zum Teil.« Mac beugte sich vor, seine haselnussbraunen Augen blickten sie durchdringend an. Die Sonne schien auf sein lockiges mahagonifarbenes Haar, und Teri konnte nicht umhin, zu bemerken, dass seine Haut den schönen goldenen Farbton bekommen hatte, den viele Frauen mit einem Selbstbräunungsmittel zu erzielen versuchten. Sie merkte, wie genau sie sein Gesicht musterte, und wich verwirrt zurück. »Ich war heute Nachmittag bei meiner Mutter und –«

»Wirklich? Wie geht's ihr?«, fragte Teri schnell, bevor sie einen weiteren Schluck Limonade nahm.

»Oh … es geht ihr gut. Sie arbeitet an einem neuen Rezept.

Es ist höchst geheim, also frag mich nicht nach den Zutaten«, scherzte Mac und war verwirrt über Teris offensichtliches Unbehagen. »Es ist ein Muffinrezept«, platzte er heraus.

»Also, sie muss sich keine Sorgen machen, dass ich versuche, es zu stehlen«, sagte Teri trübsinnig. »Wie du an diesen kleinen Schokoladencookies bemerkt hast, die du heruntergewürgt hast, bin ich der schlechteste Koch der Welt.«

»Die Cookies sind köstlich.« Mac stopfte die restlichen Cookies in den Mund und begann wild zu kauen. »Köstlich«, brachte er hervor.

Teri brach in Gelächter aus. »Du musstest nicht alle hinunterschlingen, um es mir zu beweisen! Du and Sierra, ihr habt dieselben Tischmanieren!«

Er lachte auch und schluckte. Schließlich hustete er laut, und Teri klopfte ihm auf den Rücken. »Oh, bitte stirb hier nicht«, jammerte sie. »Mein Ruf in dieser Stadt ist schon schlimm genug, auch ohne dass du tot umfällst, weil du einen meiner Cookies gegessen hast!«

Mac begann wieder zu lachen, bekam noch einen Hustenanfall, griff nach seiner Limonade und leerte das Glas. Als er sich wieder einigermaßen unter Kontrolle hatte, sah er mit rotem Kopf und Tränen in den Augen auf. »Ich habe nur versucht, dir zu zeigen, dass ich deine Cookies mag.«

»Das war sehr nett von dir.« Teresa verzog den Mund. »Und sehr tapfer.«

»Teri, ich würde alles für dich tun.«

Teresa wusste, dass er nur Spaß machte, aber sie spürte plötzlich, wie ihr Gesicht unangenehm warm wurde. Sie wünschte, Mac würde aufhören zu lächeln und ihr in die Augen zu sehen. Noch besser, er würde gehen. Sie war seit vier Jahren nicht mehr in seiner Nähe gewesen, aber sowohl gestern Abend als auch heute hatte sie bemerkt, wie nervös sie in seiner Gegenwart wurde, fast so schlimm wie damals, als sie ein Teenager war. Sie ging zurück zu ihrem Sessel und sagte mit gespielter Leichtigkeit: »Keine Cookies mehr für dich. Du verträgst sie nicht.«

»Okay. Wie du willst.« Sie lächelten sich wieder gezwungen an, bevor Mac sich räusperte und anfing zu reden, sein Tonfall war jetzt wieder ernst. »Ich bin hergekommen, weil meine Mutter mir vorhin, als ich sie besucht habe, etwas erzählt hat, das ich noch nie gehört habe. Etwas über deine Mutter.«

Teresa merkte, wie sich ihr Gesichtsausdruck versteinerte. Sie sprach nicht gerne über ihre Mutter, nicht einmal mit Kent und Carmen. Sie wollte ganz sicher nicht mit Mac MacKenzie über ihre Mutter sprechen.

Teri wusste, dass Mac ihren Widerwillen, über ihre Mutter zu sprechen bemerkte. Deshalb sprach er schnell, bevor sie ihn unterbrechen konnte. »Mum schilderte den Tag, an dem dein Vater sie entlassen hat. Du hast mir immer erzählt, dass Wendy es schon seit Monaten auf meine Mutter abgesehen hatte, und als Mum eine Kristallschale fallen gelassen hat, nutzte Wendy die Situation aus und veranlasste Hugh, sie zu entlassen. Aber so war es nicht. Zumindest ist das nicht alles, was geschehen ist.«

Mac hielt inne. »Deine Mutter kam an dem Tag zum Haus. Einer gerichtlichen Verfügung zufolge durfte sie nicht unbeaufsichtigt in deine Nähe kommen, aber sie tat es trotzdem, und Mum ermöglichte es euch beiden, euch an der Seite des Hauses zu treffen, wo sie dachte, Wendy könnte euch nicht sehen. Aber Wendy hatte gesehen, wie Mum mit Marielle an der Haustür gesprochen hatte. Wendy beobachtete, wie du dich mit deiner Mutter getroffen hast.«

»Wendy ist nie irgendetwas entgangen«, sagte Teresa steif. »Sie schien Augen im Hinterkopf zu haben.«

»Es ist nicht die Tatsache, dass Wendy dich gesehen hat, die mich so verblüfft, sondern dass du mir nie gesagt hast, dass du deine Mutter am Tag der Morde gesehen hast. Du hast es mir verschwiegen. Warum?«

Jetzt war Teresa starr vor Erregung und Wut. »Ich wusste nicht, dass ich verpflichtet war, dir die Wahrheit zu sagen«, fauchte sie.

Mac sah ihr so tief in die Augen, dass sie das Gefühl hatte, er könnte ihr direkt in die Seele schauen. »Teri, ich weiß, dass du erst siebzehn warst, aber ich dachte wir liebten uns. Liebten uns wirklich, und es war nicht nur Schwärmerei oder Vernarrtheit. Menschen, die sich lieben, erzählen sich wichtige Dinge. Ich finde es ziemlich wichtig, dass deine Mutter an dem Tag allein zu euerm Haus kam, an dem die beiden ermordet wurden, und dass du es wichtig genug finden würdest, es mir zu erzählen.« Teri schwieg starrköpfig. »Du wusstest wahrscheinlich, dass Beulah nicht jeden Schritt deiner Mutter überwacht hat?«, fragte Mac.

Teri sah ihn trotzig an und hob das Kinn ein wenig. »Beulah hätte ihre Aufgabe besser erfüllen können, aber es war nicht so, dass meine Mutter unbewacht im Staat herumzog.«

»Aber sie durfte unbewacht nirgendwo hingehen, besonders nicht zum Haus ihres Ex-Mannes und seiner schwangeren neuen Ehefrau.«

»Also gut!«, funkelte Teri ihn an. »Meine Mutter kam zum Haus am Tag der Morde. Na und?«

»Na und?«, sagte Mac ungläubig. »Ihr Kommen löste einen Riesenstreit aus, das ist geschehen. Es veranlasste Wendy, bei Hugh zu petzen, und Hugh, nach Hause zu kommen und meine Mutter anzuschreien. Als es aussah, als würde er auf sie losgehen, bist du dazwischengegangen. An dem Tag hat er dich geschlagen, nicht einmal, sondern zweimal! Kein Wunder, dass du mich an dem Abend nicht sehen wolltest oder am nächsten Tag. Du hattest eine aufgeplatzte Lippe, die du nicht verstecken konntest!«

»Ja. Ich bin an dem Abend lange allein spazieren gegangen. Niemand glaubte, dass ich nicht mit dir zusammen war – keiner außer dir – aber ich war allein. Ich wollte nicht, dass irgendjemand mich sieht. Ich wollte nicht, dass irgendjemand auch nur ahnte, was mein Vater mit mir gemacht hatte. Es war so schändlich. Außerdem …«

»Außerdem was?«

»Außerdem wollte ich nicht, dass die Leute wussten, warum er so wütend auf mich gewesen war. Es war nicht nur, weil ich ihn bei der Beschimpfung deiner armen Mutter unterbrach, sondern auch, weil es meine Mutter war, die zum Haus gekommen war. Er wollte sie bei der Polizei anzeigen, doch Wendy konnte ihn an dem Tag davon abhalten. Sie sagte zu ihm, negative Neuigkeiten über meine Mum würden ihre Party überschatten, auf der sie verkünden wollte, dass sie schwanger war. Aber ich wusste, er würde es am nächsten Tag tun – er konnte sich nicht lange beherrschen, nicht einmal, um Wendy zufriedenzustellen. Er sagte er würde meine Mutter anzeigen, weil sie gegen ihre Bewährungsauflagen verstoßen habe.« Sie hielt inne. »Er sagte auch, er würde Anzeige erstatten, weil du mich angegriffen hättest. Er sagte zu mir, er würde behaupten, du hättest mir die aufgesprungene Lippe verpasst, nicht er, und er sagte, die Polizei würde ihm mehr glauben als dir, besonders da Wendy seine Geschichte unterstützen würde. Er wusste, dass sie es tun würde.«

Teresa holte tief Luft, dabei bebte sie. »Aber er konnte wegen des Besuchs meiner Mutter nicht mehr Anzeige erstatten oder seine Anschuldigung gegen dich erheben, weil er in der Nacht ermordet wurde.« Sie blickte Mac lange an, um Verständnis bittend und zugleich andeutend, dass sie wütend würde, wenn er sich weigerte. »Mac, verstehst du nicht, warum ich niemandem von Mums Besuch erzählen konnte? Ich habe auch die Polizei wegen meiner Lippe angelogen – ich sagte, ich sei gestolpert und gefallen und hätte dabei die Ecke meiner Frisierkommode getroffen. Ich wollte nicht, dass sie wissen, dass Dad mich geschlagen hat. Sie hätten es als ein weiteres Motiv für mich betrachtet, ihn zu ermorden. Schließlich wollte ich nicht, dass sie von seiner Drohung wussten, was dich anging. All diese Dinge hätten mir, meiner Mutter und dir nur stärkere Motive geliefert, ihn und Wendy genau zu der Zeit zu ermorden. Ich habe versucht, uns alle zu schützen.«

»Du hast versucht, noch jemanden zu schützen.« Teresas Augen blitzten ihn an. »Teri, meine Mutter war schrecklich aufgebracht über das, was an dem Tag passiert ist.« Er schwieg, und Teri merkte, dass er über etwas nachdachte, was seine Mutter am Nachmittag gesagt hatte – etwas, das er nicht einmal Teresa sagen wollte. »Teri, hast du meine Mutter zwischen dem Zeitpunkt, als dein Vater sie entlassen hat, und dem Zeitpunkt der Morde gesprochen?«

»Sie gesprochen?«, fragte Teri überrascht. »Nein, sie war völlig am Ende. Ich bin sicher, sie ging direkt nach Hause und hätte es nicht gewagt, wiederzukommen. Einige Tage nach den Morden kam sie zu Carmen, wo ich wohnte, aber ich bat Carmen, sie wegzuschicken.«

»Du hast sie wegschicken lassen? Mein Gott, du klingst wie Wendy.«

»Vergleich mich nie wieder mit Wendy!«, fuhr Teresa ihn an, aber als sie den Zorn in seinen Augen sah, merkte sie, wie überheblich sie geklungen hatte, besonders für einen Mann, der sein Leben lang weggeschickt worden war, weil er als nicht gut genug betrachtet worden war, um mit der »Oberschicht« der Stadt zu verkehren. »Ich bat Carmen, deine Mutter wegzuschicken, weil ich dachte, sie sollte zu der Zeit nicht mit mir in Verbindung gebracht werden«, sagte Teresa sanft. »Emma ging es nicht gut, und ich war die Hauptverdächtige in einem Mordfall. Ich wollte sie nicht noch tiefer in den schrecklichen Schlamassel hineinziehen.«

Macs Blick wurde sanfter. Er seufzte und lehnte sich schließlich in seinem Sessel zurück. Dabei schüttelte er langsam den Kopf. »Du Arme«, sagte er, und es klang nach echtem Mitgefühl. »Ich wusste, dass du während der Zeit gelitten hast, aber ich wusste nicht, wie sehr. Guter Gott, du hast nicht nur Marielle und dich selbst geschützt, sondern auch Mum und besonders mich.« Er hielt inne und sagte in weichem, warmem Tonfall: »Du warst ein tolles Mädchen, Teresa Farr. Du bist es immer noch.«

Teresa blickte nach unten, um nicht Macs Blick zu begegnen, der jetzt freundlich, dankbar, bewundernd und sogar ein bisschen vertraulich war. Sie wollte nicht, dass er sich ihr gegenüber verpflichtet fühlte. Sie wollte nicht, dass er dachte, er könnte sie mit ein paar Komplimenten, warmen Blicken und tiefer, sonorer Stimme zurückgewinnen. Für ihn wäre es nur eine weitere Affäre, aber für sie wäre es mehr. So viel mehr. Sie spürte bereits, wie die Wand aus Eis schmolz, die sie mühsam gegen ihn errichtet hatte. In diesem Moment wollte Teresa nur ihre Arme ausbreiten und Mac an sich ziehen, seine Haut an ihrer spüren, seine Lippen auf den ihren –

Teresa zuckte zusammen, fast als wäre sie getroffen worden. Was dachte sie? War sie drauf und dran zuzulassen, dass Mac sich mit einigen freundlichen Worten, einem glühenden Blick und einem fast unwiderstehlichen Lächeln in ihr Leben schmeichelte? Dachte Mac, dass sie trotz ihrer Vergangenheit im Moment so schwach war, dass sie sich nicht gegen seinen geübten Charme wehren konnte? Früher hatte sie sich zu ihm hingezogen gefühlt wie die Motte zum Licht. Aber das war Vergangenheit. Jetzt konnte er sich auf eine Überraschung gefasst machen, dachte sie mit fast erschreckender Heftigkeit. Sie würde Mac MacKenzie nicht noch einmal ihr Leben zerstören lassen. Sie würde ihm nicht die geringste Hoffnung geben, dass er ihr noch etwas bedeutete, selbst wenn sie grausam sein musste.

Ihre alte und neue Furcht verlieh Teresa die Entschlossenheit, den Blick zu heben und Macs zu begegnen, ihre braunen Augen wurden schmaler, ihr Ausdruck härter. Sie beugte sich zu ihm, mit grimmigem Gesichtsausdruck, und sagte langsam und deutlich: »Ich habe nicht einfach gelogen, um dich zu schützen, Mac. Ich tat es hauptsächlich, weil deine Mutter mich ungefähr eine Stunde nach dem Streit angerufen und gebeten hatte, dir nicht zu sagen, was passiert ist. Sie hatte Angst vor deiner Reaktion darauf, dass Dad sie schlecht behandelt hatte und dass er gedroht hatte, zur Polizei zu gehen, um dich zu beschuldigen, mich angegriffen zu haben. Sie sagte, sie habe schreckliche Angst davor, was du vielleicht tun würdest, wenn du die ganze Wahrheit erfahren würdest.

Ich sehe an deinem Gesicht, dass sie den Teil in ihrem Geständnis heute ausgelassen hat. Aber es stimmt, und du solltest wissen, dass ich nicht nur für dich geschwiegen habe. Ich schwieg hauptsächlich für Emma, weil ich sie mag.« Teresa beugte sich noch näher zu Mac und sagte boshaft: »Aber ich war erschrocken, Mac, dass sogar deine Mutter dachte, du könntest gewalttätig werden.«

Mac starrte sie fast eine Minute an. Dann stand er auf und sagte: »Danke für die Limonade«, und schlug die Haustür hinter sich zu. Im nächsten Moment hörte sie sein Auto aufheulen und die Straße von ihrem Haus zur Hauptstraße hinunterrasen.

»Die Leute können nicht sagen, dass wir nicht wissen, wie wir Gäste zu behandeln haben«, sagte Teri fröhlich zu Sierra, die aufgesprungen war und bellte, als Mac die Haustür zugeschlagen hatte. »Mach dir keine Sorgen wegen ihm. Ich glaube nicht, dass er noch einmal zu Besuch kommen wird, und, lieber Gott, darüber bin ich froh.«

Sierra setzte sich, neigte den Kopf und sah Teri aufmerksam an. Sie lächelte den Hund noch einmal an und wollte noch etwas Dummes und Launiges sagen, brach dann aber unvermittelt in Tränen aus. In der nächsten Minute saß sie schluchzend auf dem Fußboden, während Sierra jaulend auf ihr herumkletterte und ihr Gesicht an Teris Hals vergrub.

2

Nachdem Mac gegangen war, erschienen Teresa die Stunden endlos. Sie war froh, dass sie ihn weggeschickt hatte. Sie hasste sich dafür, dass sie ihn so brutal abgewiesen hatte. Sie war froh, dass er weg war, hoffentlich für immer. Sie fühlte sich beraubt, weil er weg war und sie ihn vielleicht nie wiedersah.

Schließlich war sie erschöpft und beschloss, die Angelegenheit erst mal zu vergessen und sich mit etwas anderem zu beschäftigen. Sie versuchte zu lesen, konnte sich aber nicht konzentrieren. Sie versuchte fernzusehen, stieß aber immer wieder auf Kanäle, auf denen die Byrnes-Geschichte lief. Ihr fiel absolut nichts ein, was sie gerne zu Abend gegessen hätte, also beschloss sie, das Abendessen auszulassen, während Sierras Appetit nicht im mindesten beeinträchtigt schien. Teresa goss sich schließlich ein Glas Chablis ein, legte eine Ivy-CD in die Stereoanlage und saß im Halbdunkel, schwebte mit der Musik dahin bis fast zehn Uhr. Sie war halb eingeschlafen, als das Telefon klingelte und sie zusammenfuhr. Teri griff nach dem Hörer am Ende des Beistelltisches neben ihrem Sessel. »Hallo?«, murmelte sie vorsichtig, sie rechnete mit einem Telefonstreich.

»Wie ich gehört habe, gibt's wieder Nachrichten von dem alten Schurken Roscoe Lee Byrnes.«

Carmen. Teresa atmete aus. Bis zu dem Moment war sie sich nicht bewusst gewesen, dass sie die Luft angehalten hatte. »Ich hab mich schon gefragt, warum ich heute nichts von dir gehört habe.«

»Ich bin in der ganzen Stadt herumgelaufen und habe die Nachricht verbreitet, dass Roscoe Wendy und Hugh nicht getötet hat. Es scheint nur eine kleine Stadt, bis du jedes Haus besucht hast.«

»Carmen, darüber macht man keine Witze«, sagte Teresa streng, obwohl sie sich ein Lächeln nicht verkneifen konnte.

Sharon und Kent schätzten vielleicht nicht Carmens ungewöhnlichen Humor, aber sie schaffte es normalerweise, Teri ein Lächeln zu entlocken, indem sie sich nicht benahm, als wäre das Leben ein Minenfeld voller Gefahren oder, schlimmer noch, privater Katastrophen.

»Pass auf, Kleine, ich weiß, das muss dir jetzt vorkommen wie das Ende der Welt, aber das ist es nicht.« Carmens Stimme war sanft und ruhig, als würde sie über etwas ganz Alltägliches sprechen. »Roscoe hat beschlossen, ein Star zu werden. Er wird ein paar Tage öffentliche Aufmerksamkeit bekommen, aber das war's. Ich habe das Videoband von seinem herzzerreißenden Geständnis gesehen. Glaub mir, ihm fehlt das Charisma von Ted Bundy. Er sieht aus wie ein Mörder. Er klingt wie ein Mörder, noch dazu ein dummer. Niemand wird ihm glauben.«

»Oh, da bin ich mir nicht so sicher, Carmen.«

»Aber ich. Die Leute kaufen es ihm nicht ab, Teri.«

Teresa setzte sich auf. »Carmen Norris, hast du wirklich den ganzen Tag damit verbracht, herumzulaufen und mit jedem, den du finden konntest, über Roscoe Lee Byrnes zu sprechen?«

»Nur mit ein paar Leuten, deren Meinung mir wichtig ist.«

»Oh nein. Wenn du es irgendjemand gegenüber erwähnt hast, wird Kent nie wieder mit dir sprechen.«

Carmen lachte. »Kents Meinung von mir ist mir egal, Teri. Sie könnte nicht viel schlechter sein, als sie schon ist, obwohl ich nicht weiß, was ich getan habe, das ihn beleidigt hat. Hat er es dir jemals erzählt?«

Es fiel Teresa schwer, ihre Gedanken von Roscoe Lee Byrnes zu reißen und auf Kents offensichtliche Abneigung gegen Carmen zu richten. »Ich glaube, Kent denkt, alle Frauen, besonders die über dreißig, sollten zu Hause sitzen und backen oder so.«

»Sehr taktvoll. Und sehr ausweichend. Aber du bist nicht

jemand, der Beleidigungen weitergibt.« Aus irgendeinem Grund klang Carmens Stimme leichter. »Wie geht's Mac?«

»Mac? Woher wusstest du, dass er hier war?«

»Ich wusste es nicht. Es war nur eine Vermutung, die du gerade bestätigt hast.« Teresa hätte sich am liebsten auf die Zunge gebissen. »Hat er Mitgefühl und Unterstützung angeboten?«

»Ja, zuerst, aber ich habe alles falsch gemacht.«

»Oh, Teri«, stöhnte Carmen. »Bitte sag mir, dass du dich ihm nicht in die Arme geworfen und ihm gesagt hast, dass du ihn liebst.«

»Natürlich nicht!« Teresa war empört. »Und ich liebe ihn nicht!«

»Das sagst du.« Carmen klang plötzlich ernst. »Teri, ich bin nicht deine Mutter, und du bist erwachsen, aber du kannst diesem Mann nicht vertrauen. Du weißt, was letztes Mal passiert ist –«

»Ja, ich weiß, was passiert ist, Carmen. Um Himmels willen, du hast mich doch zum Club geschleppt –«

»Nur um den Club zu besuchen. Nicht, um mit Mac zusammen zu sein.«

»Und ich habe ihn nicht eingeladen, heute herzukommen«, gab Teresa zurück. »Ich konnte nichts dafür, dass er vorbeigekommen ist. Was sollte ich deiner Meinung nach tun, als er vor der Tür stand? Mich verstecken?«

Teresa nahm noch einen Schluck Wein, während sie wartete, dass Carmen ihr weitere Vorhaltungen machte. Stattdessen sagte Carmen sanft: »Also, du hast nicht den Tonfall, den deine Stimme sonst immer hatte, wenn du von ihm gesprochen hast. Du hast gesagt, du hast alles falsch gemacht. Was hast du gemacht?«

»Du hast gesagt, ich wäre nicht jemand, der Beleidigungen weitergibt. Du hast dich geirrt. Können wir es dabei belassen?«

»Ich erfahre keine Einzelheiten?«

»Nicht heute Abend.« Teri konnte es immer noch nicht ertragen, an die Dinge zu denken, die sie zu Mac gesagt hatte, selbst wenn sie gute Gründe hatte, ihn von jedem weiteren Versuch, sie zu sehen, abzubringen. »Ich bin zu müde, um über Macs sehr kurzen Besuch zu sprechen. Es war ein unglaublich langer, deprimierender Tag, mit der Byrnes-Geschichte und allem ...«, sie brach vage ab.

»Ich bin sicher, das war es. Zu hören, wie er versucht, sich von den Farr-Morden reinzuwaschen, muss ein überraschender, um nicht zu sagen vernichtender Schlag gewesen sein, gerade als du dachtest, die Schwierigkeiten wären vorbei – endlich. Wie hältst du dich?«

»Okay, eigentlich. Ich hatte ganz sicher nicht damit gerechnet, dass er kurz vor seiner Hinrichtung noch so eine Show abzieht. Ich vermute, er wollte Aufsehen erregen, bevor er dieses Leben verlässt.«

Teresa leerte ihr Weinglas, blickte auf und stieß einen kurzen, erstickten Schrei aus, als sie ein bleiches Gesicht sah, das sie durchs Wohnzimmerfenster anstarrte. Ihr Blick war für eine Sekunde auf die allzu großen im Schatten liegenden Augen des Eindringlings geheftet. Dann blinzelte Teresa, und das Gesicht verschwand.

»Teri, geht's dir gut?« Carmens Stimme am Telefon wurde lauter. »Teri, was zum Teufel ist los?«

Teresas Stimme drang kratzend durch den Wein, der nicht die Kehle hinunterwollte. »Ich hab ein Gesicht im vorderen Fenster gesehen.«

»War es einer von den Gibbs, die für dich arbeiten?«

»Nein.«

»Teri, hast du getrunken?«

»Nur zwei Gläser Wein in den letzten zwei Stunden!«, gab Teri heftig zurück. »Ich habe vergessen, die Verandalichter anzumachen. Ich gehe zur Tür und sehe draußen nach.«

»Teri, nein!« Carmen schrie fast. »Bist du von Sinnen? Was, wenn da draußen ein Mörder ist? Willst du die Tür öffnen und ihn hereinbitten?«

»Ein Mörder? Das ist –« Teri brach ab, ihr wurde klar, dass es eine dumme, gefährliche Idee gewesen war, die Tür zu öffnen. Vielleicht war sie betrunken, dachte sie. Carmen rief immer noch ins Telefon. »Carmen, hör auf, mich anzuschreien. Ich gehe nicht zur Tür. Ich weiß nicht, was ich mir dabei gedacht habe. Aber ich werde aus dem Fenster sehen.«

»Teri, ich werde die 911 wählen.«

»Noch nicht! Warte eine Minute.«

Teresa schloss normalerweise abends die Vorhänge im Wohnzimmer, aber heute Abend hatte sie es vergessen. Sie hatte daran gedacht, die Tür abzuschließen. Zumindest hoffte sie, dass sie es getan hatte.

Panik ergriff sie, als sie durch das Zimmer schoss und an einem unbeweglichen Türknauf drehte, was bedeutete, dass sie abgeschlossen war. »Gott sei Dank«, murmelte sie, während Sierra, aufgeschreckt durch Teresas offensichtliche Angst, hinter ihr stand und wie verrückt bellte.

»Sei still!«, zischte Teri den Hund an, der das Fenster fast anbrüllte. Sie ließ sich auf die Knie fallen und kroch unter dem Fenster entlang – ein Trick, den sie im Fernsehen gesehen hatte, als eine Figur sich nicht zur Zielscheibe machen wollte – hob leicht den Kopf und spähte in die indigofarbene Nacht ohne Mond und Sterne.

Es kam Teresa so vor, als hörte sie eine Männerstimme. Plötzlich blitzte ein blendendes Licht knapp über ihrem Kopf auf. Sie schrie auf und fiel rückwärts, ihr Herz schlug schmerzhaft, ihr Atem stockte, Sierra lief wild bellend um sie herum. Das Licht blieb, durchleuchtete den halbdunklen Raum, fuhr über Möbel, leuchtete auf den Holzfußboden, das Telefon, aus dem Teri trotz Sierras Lärm Carmen schreien hören konnte: »Teri! Teri!«

Noch auf dem Boden kauernd griff Teresa nach dem Hund, der sich immer wieder auf das Fenster stürzte. Teresa hatte es schließlich geschafft, ihre Arme um den kräftigen Körper des Hundes zu legen, als sie wieder eine Männerstimme hörte, diesmal laut genug, um den Lärm im Haus zu übertönen. »Miss Farr, alles in Ordnung?« Teresa kauerte auf dem Boden, plötzlich von einer tiefen Panik ergriffen. »Miss Farr, ich bin's, Josh Gibbs! Miss Farr!«

Es kam Teresa vor, als würde sie vor Erleichterung in Ohnmacht fallen. Niemand zielte mit einem Gewehr auf sie. Joshua Gibbs stand auf der Veranda und richtete den kräftigen Strahl einer großen Taschenlampe ins Haus. »Josh?«, schrie sie. Sie musste noch einmal ihre Stimme hören, um sicher zu sein, dass er es war. »Bist du es und dein Vater?«

»Nur ich, Ma'am«, rief Josh zurück. »Alles okay bei Ihnen da drinnen?«

»Ja, aber da war jemand am Fenster –«

»Ich fuhr den Hügel herunter, kam von einem Freund zurück und sah ihn. Ihre Verandalichter sind nicht an, aber ich erwischte ihn mit den Scheinwerfern. Ich bin direkt die Anhöhe zu Ihrem Haus hinaufgefahren, aber er ist mir trotzdem entkommen. Er ist in Richtung Wald verschwunden. Soll ich ihm nachlaufen?«

»Nein, nicht nötig.« Teresas Stimme brach, und sie merkte, wie lächerlich es war, dass sie immer noch auf dem Fußboden kauerte. »Ich bin sicher, er ist längst weg«, rief sie und stand langsam auf. »Ich komme zur Tür.«

Sierra kläffte und knurrte immer noch, aber leiser, und sie hörte ganz auf, als Teresa das Verandalicht anschaltete und der Hund einen Mann sah, den er so gut kannte. Der zweiundzwanzigjährige Josh, groß und kantig wie sein Vater, sah sie mit seinen großen, tiefblauen Augen an, die so viel Aufregung spiegelten, wie sie noch nie darin gesehen hatte. Nach außen ruhig, warf er ihr einen kurzen prüfenden Blick zu, wie um sicherzugehen, dass sie nicht verletzt war, dann schenkte er ihr ein kleines, beruhigendes Lächeln. »Ich wollte schon die Tür aufbrechen, als Sie zuerst nicht geantwortet haben. Ich dachte, Sie liegen hier vielleicht verletzt oder bewusstlos. Sind Sie sicher, dass es Ihnen gutgeht, Miss Farr?«

Egal, wie oft sie Gus und Josh schon gebeten hatte, sie Teresa zu nennen, sie blieben bei »Miss Farr«. »Ja, mir geht's gut«, sagte sie, immer noch etwas atemlos. »Ich habe nur Angst. Ich sah auf, und da war dieses merkwürdige Gesicht am Fenster …« Sie hielt inne. »Du sagtest, du hättest ihn gesehen. Hast du ihn erkannt?«

»Nein«, sagte Josh langsam. Er blickte nach unten, und das Verandalicht schien auf seine ziemlich langen aschblonden Haare. »Es klingt vielleicht verrückt, aber es sah nicht wirklich aus wie ein Mann. Oder eine Frau.«

»Was?«

»Ich meine, ich könnte es nicht sagen, wegen der Art der Kleidung, die es – er wahrscheinlich – trug. Aus der Entfernung sah es aus, als trüge er einen langen schwarzen Mantel mit hochgezogener Kapuze. Kein Grund, einen Mantel und Kapuze zu tragen in einer so warmen Nacht wie dieser, außer jemand will sich verstecken.«

Ein langer schwarzer Mantel mit Kapuze, schoss es Teri durch den Kopf. Eine Gestalt mit Kapuze, die sie im Flur streifte und mit einem rasierklingenscharfen Messer in den Arm schnitt. Ihr wurde bei der Erinnerung übel. »Sind Sie sicher, dass Sie okay sind, Miss Farr?«, fragte Josh.

»Ja«, sagte sie schnell. »Ich bin nicht im Geringsten verletzt. Ich war nur erschrocken. Ich sah ein Gesicht, und es schien wie eine Ewigkeit, bis du gekommen bist.«

»Tut mir leid. Ich hab das Gaspedal des Trucks bis zum Bodenblech getreten, ich hab alles aus der Kiste herausgeholt.«

»Das ist okay. Ich vermute, es war ein Spanner.«

»In der Verkleidung?«, fragte Josh ungläubig. »Aber es ist

warm, und wir haben bald den vierten Juli, und Sie wissen, wie Teenager sind – immer auf Ärger aus«, Josh sagte das, als läge die Teenagerzeit lange hinter ihm. Teri konnte sich ein Lächeln nicht verkneifen, aber Josh sah es nicht. Er hatte sich heruntergebeugt und hob etwas auf, das auf der Veranda, direkt vor Teresas Tür, lag. »Also was …«, murmelte er und drehte und wendete es im Schein des Verandalichtes immer wieder. »Frag mich, was das hier macht. Denken Sie, die Person hat es hiergelassen?«

Langsam, während Angst sie durchströmte wie Eiswasser, griff Teresa nach dem Gegenstand und starrte ihn erstaunt an. Es war Schneeflocke, Celestes Nachtlicht, das die Form eines Pferdes hatte. Teresa hatte es seit der Mordnacht nicht mehr gesehen.

Siebtes Kapitel

1

Teresa war überrascht und erschrocken gewesen, als sie den Zettel in ihrem Auto gefunden und das Fax erhalten hatte, aber mit weiteren solcher grausamen, aber feigen Belästigungen hatte sie nicht gerechnet.

Teresa zweifelte nicht daran, dass das Nachtlicht tatsächlich Schneeflocke war. Als sie es damals gekauft hatte, fand sie, dass es kalt und ausdruckslos aussah. Deshalb hatte sie die Augen sorgfältig in einem satten bräunlichen Grün mit goldenen Highlights bemalt und lange, geschwungene schwarze Wimpern zugefügt. Sie erinnerte sich daran, dass ihr Vater und Wendy verdrießliche Gesichter gemacht hatten, als Celeste über das Nachtlicht vor Freude geschrien hatte, nachdem sie nur ein höfliches »Danke« für ihr Geschenk, ein teures, aufwendiges Puppenhaus, gemurmelt hatte.

»Wissen Sie, was das ist, Miss Farr?«, fragte Josh.

»Es ist ein Nachtlicht. Ich habe es vor langer Zeit einem kleinen Mädchen geschenkt. Sie nannte es Schneeflocke.« Teresa merkte, dass sie mechanisch sprach und dass sie mehr sagte, als sie musste, aber sie konnte nicht anders als weiterreden. »Ich habe es seit Jahren nicht gesehen ...«

»Ich frage mich, wer es hiergelassen hat. Könnte es das Mädchen sein, dem Sie es geschenkt haben?«

»Was? Um Himmels willen, nein!« Teresa kam es vor, als

würde ihr die Luft zum Atmen genommen, allein bei dem Gedanken, dass Celeste Warner an der Tür gewesen war und Schneeflocke zurückgebracht hatte. Es war unmöglich, doch irgendwie beängstigend. Teresa versuchte, ruhig zu klingen. »Nein, irgendjemand muss in seinen Besitz gekommen sein und gedacht haben, es wäre lustig, es hierzulassen, vermute ich …«, sie verstummte, war sich bewusst, dass Josh sie anstarrte. Sie wusste, dass sie mitgenommen aussah.

»Soll ich es für Sie beseitigen?«

Teresa merkte, dass ihre Hände zitterten. »Nein! Ich meine, ich würde gerne wissen, wer es hiergelassen hat, und melden, dass ein Spanner hier war. Deshalb werde ich es wohl der Polizei geben.«

»Wollen Sie jetzt die Polizei anrufen? Ich werde hier bei Ihnen bleiben, bis sie hier sind.«

Teresa blickte wieder zum Telefon. Entfernt hörte sie Carmen fast heulen. »Teri! Um Himmels willen, was ist los?«

»Oh, ich habe gerade mit meiner Freundin telefoniert«, sagte Teresa schnell. »Sie denkt wahrscheinlich, ich sei ermordet worden. Ich glaube nicht, dass ich die Polizei heute Abend noch rufe – der Kerl ist ohnehin weg. Ich spreche morgen mit ihnen.« Sie schob schon die Tür zu. »Danke für das Angebot, aber ich komme jetzt alleine klar. Ich muss nur gut abschließen. Und würdest du noch nach den Pferden sehen? Ich glaube nicht, dass jemand in den Stall eingebrochen ist, aber ich würde mich sicherer fühlen, wenn ich wüsste, dass es ihnen gutgeht.«

»Dad ist zu Hause«, sagte Josh und deutete mit dem Kopf zu dem kleinen Cottage nicht weit vom Stall, in dem er und sein Vater wohnten. »Er hört immer noch gut genug, dass er gemerkt hätte, wenn sie geschlagen und gewiehert hätten, aber ich sehe nach, ob sie unverletzt sind. Soll ich Sie dann anrufen, nachdem ich nach ihnen gesehen habe?«

»Das ist nicht nötig. Ich hab dich schon genug belästigt für einen Abend. Ich betrachte es als gutes Zeichen, wenn du nicht anrufst.«

»Sie haben mich nicht belastet. Ich ärgere mich nur, dass ich nicht schnell genug hier raufgekommen bin, um den Kerl zu fassen.«

»Na, du hast getan, was du konntest. Danke, dass du nach mir gesehen hast, Josh.«

Sie schloss die Tür, bevor er etwas sagen konnte, und drehte sofort den Schlüssel um und schob den Riegel vor. Kein Zweifel, Josh war verwirrt von ihrer schroffen Art, aber sie wollte nicht, dass er wusste, wie beunruhigt sie war, Schneeflocke auf der Veranda zu finden und bei dem Gedanken, der Polizei gegenüberzutreten. Nach all diesen Jahren machten sie ihr immer noch schreckliche Angst.

Sie holte tief Luft und eilte zum Telefon, schnitt Carmen mitten im Schreien das Wort ab: »Ich bin hier! Ich bin okay!«

»Hättest du mir das nicht früher sagen können?« Carmen schrie immer noch. »Du hast mich einfach warten lassen. Weißt du, was ich mir vorgestellt habe?«

»Dass ich taub werde von deinem Brüllen?«

»Ich brülle nicht!«, brüllte Carmen. Nach kurzem Schweigen lachte sie: »Ich erhebe nur meine Stimme.«

»Das ist ein Untertreibung. Tut mir leid, dass ich dir nichts gesagt habe. Ehrlich. Ich hab vergessen, dass du noch am Telefon bist. Josh war auf der Veranda.«

»Hat dein junger, hübscher Pferdeflüsterer ins Fenster geguckt?«

»Nein. Also, ja, denn als er die Straße herauffuhr, hat er gesehen, dass jemand in mein Fenster geguckt hat. Derjenige entkam, bevor Josh hier war, deshalb wissen wir nicht, wer es war.«

Carmens Stimme bekam einen beruhigenden Tonfall. »Du klingst zu Tode erschreckt, Teri. Wahrscheinlich war es nur ein

Teenager, der sich an einem warmen Sommerabend herumgetrieben hat und nicht widerstehen konnte, ins Fenster zu sehen. Ich bin sicher, dass er keine Bedrohung darstellt.«

»Ich bin froh, dass du dir so sicher bist, ich bin das nämlich nicht«, sagte Teresa mit zitteriger Stimme. »Carmen, Josh hat gesagt, dass die Person einen langen schwarzen Mantel und eine Kapuze trug. Erinnert dich das an etwas?«

»Oh, also es war bestimmt nur eine Verkleidung, jemand hat sich einen Spaß gemacht«, mühte sich Carmen.

»Jemand, der so angezogen ist wie die Person, die Dad und Wendy und fast Celeste getötet hat, kommt zufällig heute Abend vorbei und guckt in mein Fenster?«

Carmen zögerte. Dann sagte sie in entmutigendem Tonfall: »Teri, du musstest wissen, dass einige Leute in der Stadt ihre Schlüsse aus Byrnes' Behauptung ziehen würden, dass er Hugh und Wendy nicht getötet hat. Ich meine, kein vernünftiger Mensch würde dem schrecklichen Mann glauben, aber nicht jeder ist vernünftig. Und sogar einige einigermaßen vernünftige Leute haben einen merkwürdigen Sinn für Humor.«

»Ich weiß, Carmen, aber das ist nicht alles. Josh hat etwas auf der Veranda entdeckt, es lag direkt vor meiner Tür. Es war Schneeflocke.«

»Schneeflocke?«, wiederholte Carmen verständnislos.

»Das Nachtlicht, das ich Celeste zu Weihnachten geschenkt hatte. Erinnerst du dich nicht, dass ich dir erzählt habe, wie sehr sie es mochte und wie wütend Dad und Wendy waren, dass sie so einen Wirbel um ein Nachtlicht gemacht und all ihre teuren Geschenke kaum beachtet hat?«

Nach einer Weile sagte Carmen: »Ja …, ich erinnere mich. Mir war entfallen, dass Celeste dem Nachtlicht einen Namen gegeben hat.«

»Es war weiß, deshalb nannte sie es Schneeflocke.« Teresa hörte, dass ihre Stimme lauter wurde. »Sie sprach dann immer davon, wie sehr sie sich ein Pferd wie Schneeflocke wünschte, und jetzt hat jemand Schneeflocke direkt vor meiner Tür abgelegt!«

»Immer mit der Ruhe, Kind. Jetzt bist du diejenige, die schreit.« Nach einer Weile fuhr Carmen in gelassenem Ton fort: »Jetzt erinnere ich mich, dass du mir von dem Nachtlicht erzählt hast, Teri. Ich glaube, du hast es sogar bei *Schmuck und Schätze* erstanden, kurz nachdem ich den Laden gekauft hatte. Aber, mein Gott, es muss drei Dutzend davon gegeben haben. Der frühere Besitzer hielt nichts davon, nur einige Exemplare auf Lager zu haben – wir hatten ungefähr hundert dieser Lichter vorrätig. Jedenfalls bin ich sicher, dass nicht nur ein Nachtlicht in dieser Art in der Stadt kursiert.«

»Dieses war unverwechselbar«, widersprach Teresa. »Ich habe die Augen haselnussbraun angemalt mit kleinen goldenen Tupfen darin – du weißt schon, wie die Tupfen in Macs Augen.« Teresa hätte sich ohrfeigen können dafür, dass sie Mac erwähnt hatte. »Celeste hatte Mac gesehen und eine Kleinmädchenschwärmerei für ihn entwickelt, sagte irgendetwas über ihn, dass er verträumte Augen hat, irgendwas Dummes.« Teresa hätte Carmen dafür küssen können, dass sie schwieg. »Jedenfalls gab ich ihm lange, geschwungene schwarze Wimpern und ein kleines Lächeln. Es ist Schneeflocke, Carmen. Ich bin mir absolut sicher.«

»Könnte nicht jemand anders –«, Carmen hielt inne. »Ich wollte vorschlagen, dass jemand anders eines der Nachtlichter genauso bemalt hat, aber das wäre ein zu großer Zufall. Also nehmen wir an, es ist Celestes Nachtlicht. Da sie so sehr daran hing, könnte es nicht jemand für sie aus eurem alten Haus geholt haben?«

»Wer denn? Kent? Die Polizei?«

»Wie wär's mit Celestes Vater? Wie heißt er? Jason?«

»Ja, Jason, aber Celeste wurde in der Mordnacht ins Krankenhaus gebracht. Sie ist nie wieder in das Haus zurückgekehrt. Ich bin mir ziemlich sicher, Jason auch nicht.«

»Was ist mit Celestes Kleidung? Jemand muss sie für sie geholt haben.«

Teresa schüttelte den Kopf, obwohl Carmen sie nicht sehen konnte. »Jemand hat mir erzählt, Jason wollte nichts aus dem Haus, Celestes Spielzeug und Kleidung eingeschlossen. Nachdem Wendy Dad geheiratet hatte, kaufte sie für Celeste alles neu, bis zur Unterwäsche. Ich erinnere mich, dass Celeste mir erzählt hat, dass sie ihre alten Sachen lieber mochte, aber Wendy hatte sie bei Jason zurückgelassen. Celeste erzählte, an den Wochenenden, die sie mit ihrem Daddy verbrachte, zog sie die anderen Sachen an, deshalb weiß ich, dass er sie nicht weggeworfen hat.«

»Also, ich spreche nicht von Kleidung und Spielsachen, die Wendy und Hugh für das Kind gekauft haben. Ich spreche von dem kleinen Nachtlicht, das du ihr gekauft hast. Ich bin sicher, sie hat ihrem Vater vor den Morden erzählt, wie sehr sie es mochte. Als sie im Krankenhaus war, könnte er gedacht haben, dass es sie aufmuntert und wieder zum Sprechen bringt.«

Teresa seufzte. »Klingt gut, aber ich kann mir nicht vorstellen, dass Jason Warner ein Zimmer betritt, das mit dem Blut seiner Tochter bespritzt ist, um ein Nachtlicht zu holen, das sie von mir bekommen hat, während alle von mir dachten, dass ich das Kind fast ermordet hätte.«

»Ich dachte, Jason wäre einer von den Leuten gewesen, die nicht glaubten, dass du die Morde begangen hast. Ich erinnere mich, dass es seine Mutter war, die bereit war, dich lebenslänglich ins Gefängnis zu schicken.« Teresa zuckte zusammen, und fast als ob Carmen sie sehen könnte, sagte sie: »Tut mir leid, Teri. Ich hätte Mrs Warner nicht erwähnen sollen. Aber was ich versuche zu sagen, ist, dass Jason dich anscheinend nicht für schuldig hielt, und wenn Celeste das Nachtlicht haben wollte, hat er es ihr vielleicht geholt. Du hast immer gesagt, dass er das Kind regelrecht vergöttert hat.« Nach kurzem Schweigen fügte Carmen hinzu: »Die einzige andere Möglichkeit, die mir einfällt, ist, dass jemand ins Haus eingebrochen ist und die Lampe gestohlen hat, nachdem die Polizei den Tatort freigegeben hat. Ihr habt das Haus möbliert verlassen, oder?«

»Ja.«

»Habt ihr die Schlösser ausgetauscht?«

»Dad hat sie austauschen lassen, nachdem er Wendy geheiratet hatte. Soweit ich weiß, haben sie nur Emma einen von den neuen Schlüsseln gegeben, damit sie hineinkommen konnte, ohne Wendy zu wecken. Dad hat nicht mal Kent und mir Schlüssel gegeben. Die Polizei hat uns die Schlüssel gegeben, nachdem das Haus kein Tatort mehr war.«

»Das wusste ich nicht!« Carmen klang schockiert. »Ich weiß, dass die Polizei uns unmittelbar nach den Morden reinließ, um ein paar Dinge zu holen, aber mir war nicht klar, dass du keinen Schlüssel hast.«

»Also, ich hatte keinen und Kent auch nicht«, sagte Teresa unumwunden. »Später übergab die Polizei uns die Schlüssel, aber keiner von uns hatte die Nerven, ins Haus zu gehen und alles durchzusehen. Wir wollten beide einfach nur die Tür schließen und nicht mehr zurückschauen.«

»Na, das kann euch niemand vorwerfen. Aber wenn das Haus voll möbliert ist, Teri, ist es umso wahrscheinlicher, dass jemand eingebrochen ist, Dinge genommen hat und sie benutzt, um dich zu verunsichern.«

»Ich weiß, aber ...«

»Aber was?«

»Carmen, als ich Byrnes heute Morgen sagen hörte, dass er Dad und Wendy nicht getötet hat, wusste ich, dass die Schikane von vorne beginnen und sich überwiegend gegen mich richten würde.« Teri hielt inne. »Aber das hier ist nicht einfach die willkürliche Tat eines Verrückten, der mir einen Schreck einjagen will.«

»Warum nicht?«

Teresas Stimme wurde schrill und gepresst. »Weil die Person, die auf meiner Veranda war, die Person, die das Nachtlicht vor meine Tür gelegt hat, wusste, dass sie etwas hinterließ, das eine Bedeutung für mich hat. Irgendwie wusste sie, dass ich das Nachtlicht gekauft habe und es sofort erkennen würde, weil ich dem Pferd für Celeste ein Gesicht gemalt habe.«

2

»Kent, ich halte es für keine gute Idee, dass Daniel Reitstunden nimmt. Er ist noch zu klein. Zu ängstlich.«

Kent Farr saß gegen Kissen gelehnt, die gegen das Kopfende des großen Bettes gestopft waren, und beobachtete seine Frau dabei, wie sie ihre rotblonden Haare bürstete. Die Haare waren das Erste an ihr gewesen, das ihn vor über zehn Jahren angezogen hatte, als er sie in Cheerleader-Aufmachung in der Sonne hatte stehen sehen. Die Haare hatten ihr damals fast bis zur Taille gereicht und ihr hübsches herzförmiges Gesicht mit einer Haut wie Porzellan, Sommersprossen und großen, sanften Augen umrahmt. Sie sah wirklich nicht viel älter aus als mit siebzehn, dachte er erstaunt, während er sie betrachtete. Aber sie benahm sich, als wäre sie um Jahre älter, als sie tatsächlich war.

Kent holte Luft. Er wusste, dass sie gleich einen Streit haben würden, den sie schon mindestens fünfmal gehabt hatten. »Sharon, Daniel ist nicht zu klein, um Unterricht zu nehmen – du hast gehört, dass Teri gesagt hat, sie hätte Schüler, die noch jünger sind als er – und das Kind ist nicht ängstlich. Jedenfalls nicht von Natur. Erst seitdem du ihm irgendeine Geschichte über ein Kind erzählt hast, das die Dinge tut, die es tun möchte, und dann ein Unglück erleidet, wird er nervös.«

Sharon knallte die Bürste auf die Frisierkommode und wirbelte herum, um Kent anzusehen, die Wangen gerötet. »Zum einen ist Teresa kein unvoreingenommener Dritter. Sie versucht eine Reitschule aufzuziehen. Sie braucht Schüler.«

»Sie braucht zahlende Schüler. Daniels Unterrichtsstunden sind gratis, wie du dich bestimmt erinnerst.«

»Und zweitens«, fuhr Sharon fort, als hätte Kent nichts gesagt, »ich versuche nicht, Daniel von Dingen abzuhalten, die kleine Jungs in seinem Alter tun sollten. Ich hab es so satt, dass du so tust, als würde ich versuchen, aus ihm ein neurotisches Kind zu machen, das Angst vor der Welt hat –«

»Genau das tust du. Ich weiß nur nicht, warum.«

»Ich warne ihn vor Gefahren, weil ich nicht will, dass ihm was passiert. Ich habe mehr Interesse daran, dass mein Sohn unverletzt ist, als einen Macho aus ihm zu machen!«

Kent brach in Gelächter aus. »Denkst du, ich will, dass unser kleiner Junge ein Macho ist?«

»Ja, das denke ich. Du benimmst dich, als wäre er zwölf oder dreizehn, nicht sieben!«

»Sharon, das ist lächerlich!« Der Humor war fast aus Kents Gesichtsausdruck gewichen. »Auf welche Art unterstütze ich ihn darin, sich zu benehmen wie dreizehn?«

»Sex, zum Beispiel!«

Kents Augen weiteten sich, und er saß aufrecht im Bett. »Sex! Meinst du, ich ermutige meinen siebenjährigen Sohn, Sex zu haben?«

»Das nicht, aber als wir letztes Wochenende essen waren und die schwangere Frau vorbeikam, sagte er: ›Mann, die ist dick‹, und du sagtest: ›Sie ist nicht dick, sie hat ein Baby in ihrem Bauch. Alle Babys kommen aus dem Bauch ihrer Mutter.‹«

Kent starrte sie an. »War das falsch? Kommen sie woanders her?«

Sharon legte den Kopf schief und sah ihn äußerst verärgert

an. »Versuch nicht, dich darüber lustig zu machen. Daniel ist viel zu klein, um alle Einzelheiten über Sex zu erfahren.«

»Ich werde Letzteres nicht anrühren, Sharon«, Kent schaffte es, nicht zu grinsen. »Und ich habe ihm nicht den Geschlechtsakt erklärt – nur, wo die Babys herkommen.«

»Er ist erst sieben!«

»Weißt du, wie oft du mir schon gesagt hast, dass er sieben ist? Ich habe das Alter meines Sohnes nicht vergessen, und ich ermutige ihn nicht, waghalsige Dinge zu tun –«

»Wie Reiten!«

»Wie Reitstunden auf einem Shetlandpony zu nehmen. Einige von seinen Freunden machen es auch. Einige Kinder, die jünger sind als er, machen es. Sechsjährige. Denk daran, Sharon. Einige Eltern haben keine Bedenken, dass ihre Sechsjährigen Reitstunden nehmen. Das ist unglaublich!«

Vor einem Jahr hätte Sharon über die Übertreibung gelacht. Vor sechs Monaten hätte sie eine sarkastische Antwort gegeben. Heute Abend setzte sie sich auf die Bettkante und sah tief in seine dunkelblauen Augen – derselbe Farbton wie die Augen seiner Mutter. »Kent, ist dir klar, dass Daniel fast genauso alt ist wie Celeste Warner, als sie fast erstochen wurde?«

Kent wich etwas zurück, dann runzelte er die Stirn. »Deshalb die Überbehütung? Weil Daniel beinahe so alt ist wie Celeste, als sie angegriffen wurde? Denkst du, acht ist ein magisches Alter, in dem Kindern schreckliche Dinge zustoßen?«

»Natürlich nicht! Ich bin nicht blöd, Kent, obwohl du mich manchmal behandelst, als hätte ich keinen Verstand. Aber ich muss immer wieder daran denken. Celeste war acht. Daniel ist fast acht. Es ist einfach … unheimlich.«

»Unheimlich! Was, bei Gott, ist unheimlich an zwei Kindern, die acht werden? Das geht den meisten Kindern so, wie du weißt. Sharon, was ist in letzter Zeit los mit dir? Du bist nervös, du bist misstrauisch, du gehst wegen jeder Kleinigkeit an die Decke. Ich weiß, du bist nicht glücklich darüber, dass ich so viel arbeite, aber ich kann es nicht ändern. Ich habe immer damit gerechnet, eines Tages Chef von Farr Coal Company zu sein, aber ich habe nicht damit gerechnet, dass es mir in den Schoß fällt, wenn ich Mitte zwanzig bin. Ich musste doppelt so hart arbeiten wie jeder andere, um mich zu beweisen. Aber die Arbeit hält mich von dir und Daniel fern. Nicht eine andere Frau.« Sharons Augen wurden schmaler. »Das denkst du, oder? Dass ich bin wie mein Vater? Dass ich eine andere Frau nebenher habe?«

»Darüber will ich nicht mal sprechen.«

»Danke für dein Vertrauen in meine Treue«, bellte Kent. »Es geht mir viel besser, wenn ich weiß, dass meine Frau mich für treu hält.«

Er konnte an ihrem Gesicht sehen, dass sie eine schneidende Bemerkung machen wollte, aber stattdessen erhob sie sich und sah ihn kühl an, als wäre sie absolut vernünftig und er völlig irrational. »Kent, wie, glaubst du, wird sich die Sache mit Roscoe Lee Byrnes auf Daniel auswirken? Er weiß zwar nichts darüber, aber andere Leute werden das tun. Wenn sie auch nicht direkt mit ihm darüber sprechen, sie werden vor ihren Kindern darüber sprechen, und die Kinder werden ihn damit konfrontieren.«

»Das vermute ich auch«, sagte Kent nachdenklich, »aber dagegen können wir nichts machen, außer die Stadt zu verlassen, und ich kann mir im Moment nicht freinehmen. Wir müssen es ihm einfach erklären, bevor er es von jemand anders hört.«

»Was erklären, Kent? Dass sein Großvater und seine Stiefgroßmutter in ihren Betten ermordet wurden? Dass ein Mädchen, nur ein paar Monate älter als Daniel jetzt, mit einem Messer verletzt wurde und hätte sterben können?« Sie hielt inne, fügte dann mit Nachdruck hinzu: »Dass jeder glaubte, seine Tante Teresa hätte die Morde begangen?«

»Nicht jeder glaubte das!« Kent setzte sich auf, warf das Laken zur Seite und ging zur Frisierkommode. Sharon wusste, dass er eine Zigarette brauchte. »Du hast es nicht geglaubt, ich habe es nicht geglaubt, dein Vater hat es nicht geglaubt – keiner der Menschen, die Daniel kennt und denen er vertraut, hat es geglaubt. Ich denke, ihre Meinung bedeutet ihm mehr als die eines Haufens Fremder.«

»Oder er ist klug genug, zu wissen, dass keiner, der Teri kannte und dem sie etwas bedeutete, es glauben wollte.«

Kent zündete ein Streichholz an und ließ es fast bis zu den Fingerspitzen abbrennen, ohne die Zigarette zwischen seinen Lippen zu berühren. Schließlich sagte er mit einer fast bedrohlichen Ruhe: »Ich kann nicht glauben, was du gerade gesagt hast.« Sein Tonfall erschreckte Sharon etwas, und sie saß reglos, mit gefalteten Händen, den Blick auf Kents Brust, nicht sein Gesicht gerichtet. »Sharon, sag mir die Wahrheit«, sagte Kent kalt. »Hast du damals nur so getan, als würdest du glauben, dass Teri unschuldig ist?«

Sharon schluckte. »Es war so viel Spannung in dem Haus. Sogar du kannst nicht leugnen, dass Teri ihren Vater und Wendy gehasst hat für das, was sie Marielle angetan hatten. Dass sie mit ihnen zusammenleben musste und gerade herausgefunden hatte, dass sie ein Kind bekommen würden, machte es noch schlimmer.« Kent starrte sie mit steinerner Miene an. »Und schließlich«, fuhr sie fort, »an dem Nachmittag vor den Morden hat keiner Teri gesehen. Sie sagte, sie wäre zu Hause geblieben, nachdem sie gefallen war und die Lippe aufgeschlagen hatte. Dennoch sagte sie, dass sie abends weg war und spät nach Hause kam.«

»Wenn du eine aufgeschlagene Lippe gehabt hättest, wärst du bei Tageslicht ausgegangen? Und bist du nie später als erlaubt nach Hause gekommen?«

»Also … ich schätze, ich hätte nicht gewollte, dass alle die aufgeschlagene Lippe sehen, und ja, ich bin bestimmt ein paarmal lange aus gewesen, aber bei mir waren die Verhältnisse anders. Ich hatte eine gute Familie. Mum bewunderte Dad, und Dad dachte, Mum wandelte auf Wasser. Obwohl sie schon vier Jahre tot ist, würde er niemals eine andere Frau auch nur ansehen. Niemals!«

Kent sah betäubt aus, als sie laut wurde. »Sharon, wenn du gerade andeutest, dass ich eine Beziehung zu jemand anders habe –«

»Dad und Mum waren füreinander geschaffen – perfekt –, und wir drei kamen wunderbar miteinander aus«, Sharon fuhr fort. »Ich war ein glücklicher Teenager mit einem glücklichen Zuhause –«

»Sharon, wir haben auch ein glückliches Zuhause –«

»Du bist fast die ganze Zeit weg, und Daniel entfernt sich immer mehr von mir. Das gefällt mir nicht! Und sogar Dad kommt nicht mehr so häufig vorbei wie früher, besonders abends –«

»Daniel wird groß, Sharon. Du musst es akzeptieren, dass er nicht mehr so an Mami hängt wie früher. Was deinen Vater angeht, es ist sein freier Monat vom Boot. Vielleicht besucht er Freunde oder –«

»Oder was?« Sharon starrte Kent zornig an. »Oder was?«

Kent zuckte mit den Schulter. »Ich weiß nicht. Fischen?«

»Sei nicht albern! Und versuch nicht, mich vom Thema Teri abzulenken. Sie war nicht wie ich, als sie ein Teenager war. Ich mach ihr keinen Vorwurf, dass sie deprimiert und traurig war wegen eurer Mutter und Wendy und dem ganzen Schlamassel, aber Teri kann so impulsiv sein –«

»Impulsiv? Impulsiver als du in letzter Zeit, Sharon?«

»Und sie hasste euren Vater.«

»Wenn du dich erinnerst, du warst auch nicht gerade der größte Fan meines Vaters. Du hast ihn verabscheut, weil er versucht hat zu verhindern, dass wir heiraten, besonders weil du schwanger warst.«

»Sag nichts über das Kind!«, zischte Sharon. »Und vergiss

nicht, dass du auch wütend auf deinen Vater warst. Du warst nur nicht da. Du warst in Virginia in der Schule. Und ich – ich bin ich«, sagte Sharon, als würde das alles erklären. »Aber Teri ist anders. Ich hab immer gedacht, Hugh hat ihr die aufgeschlagene Lippe verpasst. Du hast sie gesehen. Ich hab sie gesehen. Sie hätte mir natürlich nichts gesagt, aber ich bin sicher, sie vertraute sich dir an.«

»Sie hat mir nie erzählt, dass Dad sie geschlagen hat. Sie sagte, sie sei gefallen.«

»Was du sicher geglaubt hast. Ich weiß, dass du den Verdacht hattest, dass dein Vater sie geschlagen hat, und ich bin mir sicher, dass es so war.« Sharon holte tief Luft. »Wenn man bedenkt, wie wütend sie schon vorher auf ihn war, wie wütend, glaubst du, war Teri dann erst in der Mordnacht?«

»Sie hat nie gesagt, dass Dad sie geschlagen hat«, wiederholte Kent mechanisch.

Sharon sah aufgeregt aus. »Kent, hast du den Kinnhaken vergessen, den dein Vater dir gab, als er sagte, du würdest mich nicht heiraten, und du sagtest, du würdest aber doch? Es waren fünf Stiche nötig, um die Schnittwunde zu schließen, die er mit seinem Ring hinterlassen hatte.« Sie ging hinüber zu Kent und legte ihre kühlen Hände auf seine Arme. »Dein Vater war ein bösartiger, egoistischer, herrschsüchtiger Mann. Und du weißt am besten, wozu er jemanden treiben konnte, besonders jemanden, der bereits sehr viel Hass und Wut gegen ihn aufgestaut hatte.«

Kent strich mit dem Finger über die Narbe, die immer noch sichtbar auf seinem Kinn verlief. Sein Vater hatte versucht, ihn bewusstlos zu schlagen, und hatte ihn mit dem verdammten Rubinring getroffen, den Wendy ihm auf ihrer Hochzeitsreise gekauft hatte – mit Hughs Geld für Hugh gekauft.

Kent erinnerte sich an die Wut, die ihn an dem Abend durchströmt hatte, als er sich an der Schreibtischkante seines Vaters festhielt und es ihm gelang, stehen zu bleiben. Er erinnerte sich an die Wut genauso wie an die kalte Entschlossenheit in den kleinen, gehässigen Augen seines Vaters. Und Kent erinnerte sich daran, dass ihm unzweifelhaft klar wurde, dass er niemals Farr Coal Company managen oder Sharon und ihr Baby haben könnte, solange Hugh Farr lebte.

Achtes Kapitel

1

Teresa wachte auf, bevor der Wecker klingelte, und setzte sich im Bett auf, getrieben von dem Gefühl, dass etwas Wichtiges passieren würde. Sie sprang auf, lief zum Fenster, teilte die Gardinen und öffnete es. Kühle, frische Luft traf ihr Gesicht. Eine zitronengelbe Sonne schien von einem wolkenbesetzten azurblauen Himmel. Josh und Gus arbeiteten schon mit Eclipse und Caesar. Deshalb war Teresa voller Erwartung aufgewacht. Daniel sollte heute mit seinen Reitstunden beginnen.

Sierra lag auf dem Bett und beobachtete ihr Frauchen genau, war aber zu müde, um aufzustehen, nach all der Aufregung am Abend zuvor wegen des Nachtlichtes.

Wer konnte es dort hingelegt haben? Teri hatte sich die Frage hundertmal gestellt, nachdem sie ins Bett gegangen war, und sie hatte sie wach gehalten. Sie wollte heute strahlend und zuversichtlich aussehen, nicht rotäugig und müde. Oder besorgt. Sharon witterte Sorgen auf fünfzig Meter Entfernung, und Teri wollte weder den Spanner noch das Nachtlicht erwähnen.

Teri trat vor den Spiegel und stöhnte. Sie hatte eine weitere schwere Nacht hinter sich, und es war ihr anzusehen. Aber mit Rouge und Abdeckcreme sowie pfirsichfarbenem Lipgloss verbesserte sie ihr Aussehen. Zwanzig Minuten später trug sie Jeans, eine türkisfarbene Bluse und sogar ein Paar glänzende silberne Ohrringe mit Türkisen und fand, dass man sie für ausgeruht halten könnte. Wenn nicht ausgeruht, so doch zumindest farbenfroh.

Aber als sie an der Tür zu ihrem Büro vorbeiging, ertappte sie sich dabei, dass sie fast ängstlich auf das Faxgerät blickte. Heute Morgen war sie noch nicht durch den schrillen Ton auf ein ankommendes Fax aufmerksam gemacht worden, dachte sie dankbar. Noch immer hatte sie die Worte des gestrigen Fax im Kopf: »KEIN ENTKOMMEN KEIN ENTKOMMEN.« Als sie die Treppe hinunterstieg, ertappte sie sich dabei, dass sie sie laut sagte. Sie fragte sich, wer ihr unbedingt Angst einjagen wollte?

Viele Leute, dachte sie. Viele Leute hatten sie für eine ruchlose Mörderin gehalten, bevor Roscoe Lee Byrnes ein Geständnis abgelegt hatte. Jetzt, da er sein Geständnis widerrufen hatte, kehrten dieselben Leute wahrscheinlich mit einem triumphierenden »Ich hab's doch gesagt« zu ihrer früheren Auffassung zurück und dachten, sie würde ihre verdiente Strafe bekommen, der sie acht Jahre lang entkommen war, weil irgendein Geisteskranker Aufmerksamkeit erregen wollte.

Aber das erklärte nicht, wer in den Besitz von Schneeflocke gekommen war. Das Haus stand seit Jahren leer. Es hatte nie einen Einbruch gegeben, aber jeder, dem der Makler es gezeigt hatte, hätte es nehmen können. Es erklärte nicht, wie die Person wusste, dass Teresa es Celeste geschenkt hatte, und warum sie beschloss, sie völlig zu verängstigen, indem sie es ihr nach acht Jahren wieder zurückgab.

»Um Himmels willen«, sagte sie laut. »Ich bin wie ein kleines Kind, das versucht, sich selbst Angst einzujagen.« Sie blickte den Hund an, der am Fuß der Treppe neben ihr stand. »Wir brauchen frische Luft und Sonne, Sierra.«

Ohne sich den üblichen Morgenkaffee zu machen, stürzte Teri aus dem Haus, das ihr plötzlich klein und stickig vorkam. Sierra lief neben ihr, erfreut, an einem so schönen Sommermorgen draußen herumzutoben, während Teresa zum Reitplatz hinüberging, wo Gus den braven Caesar bürstete. »Machst du ihn schick für Daniel?«, rief sie, kletterte auf den Zaun und setzte sich auf die obere Latte.

Gus blickte sie an und lächelte. Sein kurzes aschblondes Haar war stark angegraut und sein Gesicht wettergegerbt, aber er war so schlank wie sein Sohn und sein Lächeln genauso breit und offen. Er musste genauso wie Josh ausgesehen haben, als er jung war, dachte Teri. Er war wahrscheinlich ein Herzensbrecher gewesen. Auch mit sechsundfünfzig war er es noch. Seine Frau Sarah war vor zwei Jahren gestorben, nachdem sie zwei Jahre gegen den Krebs gekämpft hatte. Soweit Teri wusste, hatte Gus seit Sarahs Tod mit keiner anderen Frau privaten Umgang gehabt. Teri zweifelte nicht daran, dass Josh in den nächsten Monaten das Haus verlassen würde. Er hatte viel länger bei seinen Eltern gewohnt, als er wollte. Zuerst war es wegen Sarahs Krankheit gewesen, dann weil Gus nicht allein sein wollte.

»Morgen, Miss Farr«, sagte Gus mit einem breiten Lächeln.

»Ich wünschte, Sie würden mich Teresa nennen oder sogar Teri.«

»Es scheint einfach nicht richtig, wo Sie doch mein Arbeitgeber sind und eine Dame und das alles«, erwiderte er. »Josh sagte, Sie hätten gestern Abend ungebetenen Besuch gehabt.«

»Ja«, Teris Magen zog sich zusammen, aber sie schaffte es, leichthin zu bemerken: »Wahrscheinlich nur ein Spanner.«

»Vielleicht.« Gus wandte sich wieder Caesar zu und begann, mit den Fingern sanft den verhedderten Schopf zu bearbeiten. »Josh sagte, Sie hätten das kleine Ding, das auf der Veranda liegengelassen wurde, wiedererkannt. Ein Nachtlicht?«

»Ja, zumindest dachte ich es. Dann erinnerte mich eine Freundin daran, dass ein Laden in der Stadt Dutzende von den Nachtlichtern in dem Jahr verkauft hat, in dem ich es gekauft habe. Wahrscheinlich war es nicht das, das ich verschenkt habe.« Teri war selbst überrascht, wie leicht ihr die Lüge über die Lippen kam. »Also, Caesar scheint heute Morgen gute Laune zu haben.«

»Er hat immer gute Laune.« Gus begann, Caesars Schweif mit langen, fließenden Strichen zu bürsten. »Er ist ein gutes Pferd für den kleinen Daniel.«

»Das glaube ich auch. Aber Daniels Mutter macht mir Sorgen. Sie ist nicht davon angetan, dass er Unterricht nimmt. Es war Kents Idee. Kents und Daniels.«

»Aber wenn sie sieht, wie gut er sich auf dem Pferd macht – ich bin sicher das wird er –, wird sie ihre Meinung ändern.«

»Da bin ich mir nicht so sicher, aber ich hoffe es. Daniel freut sich richtig auf den Unterricht.«

»Josh wird die Stunden geben, und Sie wissen, wie er mit Kindern umgeht. Der Junge wird mal ein guter Vater.«

»Stimmt.« Während Sierra gründlich im Gras schnupperte, atmete Teresa tief die klare, warme Luft ein. »Ich werde heute Eclipse reiten«, rief sie Gus zu, »ich bin sie fast eine Woche nicht geritten.«

Er nickte. »Schöner Tag dafür. Es wird Ihnen Spaß machen. Und ihr auch.« Er drehte sich um und lächelte Teri an. »Sie sind die geborene Reiterin, Miss Farr. Genau wie Ihre Mutter. Sie sah nie glücklicher aus als auf ihrem Pferd.«

Teri wurde stockstill. »Meine Mutter?« Gus nickte. »Du kanntest meine Mutter?«

»Es kommt mir vor, als wäre es in einem anderen Leben gewesen. Es war, bevor sie Hugh Farr heiratete.« Gus sah sie nicht an. Er feuchtete die Bürste in einem Eimer Wasser an und begann dann, Caesars Mähne auf die rechte Seite zu bürsten. »Ich habe im Reitstall Point Pleasant gearbeitet. Da hab ich sie getroffen. Wir sind einige Male zusammen geritten. Waren dann einige Male im Kino und ein- oder zweimal zusammen essen.«

Es kam Teresa vor, als hätte sie die Tür zu einem unbekannten Zimmer geöffnet. »Du bist mit meiner Mutter ausgegangen?« Sie merkte, wie unschmeichelhaft es war, dass sie so schockiert war. »Ich meine, ich bin überrascht, weil ich dich seit Jahren kenne und du es nie erwähnt hast?«

»Ich weiß, dass Sie immer noch um Ihre Mutter trauern – ich wollte keine schlechten Erinnerungen wachrufen, aber wegen der ganzen Sache muss ich wieder an sie denken. Ich dachte mir, dass Sie auch an sie denken.«

»Das stimmt.« Teresas Augen füllten sich mit Tränen, und sie platzte heraus: »Oh, Gus, du bist doch nicht einer von denen, die denken, dass meine Mutter Dad und Wendy umgebracht hat, oder?«

Gus ließ beinahe die Bürste fallen und fuhr herum, um sie anzusehen. »Marielle? Jemanden ermorden? Das ist ungefähr so wahrscheinlich, wie, dass der Mond Ihnen heute Nacht auf den Kopf fällt. Die Marielle, die ich kannte, war so ungefähr der freundlichste, sanfteste Mensch, den ich jemals gekannt habe. Ich will meiner Frau Sarah gegenüber nicht respektlos sein – sie war eine gute Frau –, aber sie konnte sehr unbeherrscht sein. Manche Leute würden sie wahrscheinlich herrisch nennen. Marielle war ganz anders.«

Sarah, Gus' Frau hatte nur in Gegenwart ihres Sohnes Josh, den sie abgöttisch liebte, ihr missmutiges Gesicht und den rauen Tonfall verloren. Teri blickte wieder zu Gus, der sanft Caesars Mähne bürstete. Sie war fast benommen von seiner Enthüllung, dass er früher mit ihrer Mutter ausgegangen war, und während Teri oben auf dem Zaun saß, gingen ihr hundert Fragen durch den Kopf. Schließlich fragte sie möglichst beiläufig. »Du sagtest ›die Marielle, die ich kannte‹. Wie war die Marielle?«

»Also, wunderschön, natürlich.« Gus drehte sich um und blickte Teresa lächelnd an. »Genau wie ihre Tochter.« Teri lächelte zurück, aber Gus hatte sich schon abgewandt und schüttelte das Wasser aus der Bürste, bevor er damit durch die Mähne fuhr, um die langen Haare zu glätten. »Marielle war zuerst richtig schüchtern, aber freundlich. Nachdem ich sie näher kennengelernt hatte, merkte ich, dass sie manchmal, besonders wenn ihre Eltern nicht in der Nähe waren, zufrieden schien. Oh, nicht scherzhaft und heiter, eher auf eine stille Art glücklich, besonders wenn sie ihr Pferd geritten hat.«

»Gütiger Himmel, Gus, ich wusste nicht mal, dass sie ein Pferd hatte.«

Er drehte sich um, in seinem kantigen Gesicht spiegelte sich Überraschung. »Das wussten Sie nicht? Es war ein gutes Pferd – ein Araber wie ihres. Ich dachte, deshalb hätten Sie sich auch einen Araber gekauft.«

»Nein«, sagte Teri unbestimmt. »Nein, das war reiner Zufall, nehme ich an.« Sie hielt inne. »Wie hieß Mums Pferd?«

»Warte mal ... Cassandra! Wie die Frau in der griechischen Sage, die die Zukunft voraussagen konnte.« Gus schüttelte den Kopf. »Schade, dass Cassandra Marielle nicht sagen konnte, was sie erwarten würde, wenn sie Hugh Farr heiratete. Aber das ist blödes Gerede. Ich sollte so etwas nicht sagen, da Hugh Ihr Vater ist und überhaupt.«

»Sie können mich mit meinem Vater nicht beleidigen, Gus«, sagte Teri nüchtern. »Er war ein Idiot.«

Gus brach in Gelächter aus, so laut, dass Caesar aufschreckte. Gus legte beruhigend die Hand auf das Pferd und murmelte ihm etwas zu. Sie hatte gesehen, dass Josh dasselbe mit unruhigen Pferden machte, und sie beruhigten sich immer gleich. Carmen hatte unrecht – Josh ist nicht der einzige Pferdeflüsterer, dachte Teresa.

Als Caesar sich beruhigt hatte, sprach Teri wieder. »Darf ich noch etwas sagen und eine Frage über Mum stellen, bevor ich dich in Ruhe lasse?«

»Schießen Sie los«, erwiderte Gus.

»Erstens denke ich, sie wäre mit dir viel glücklicher geworden als mit Dad.«

Gus wandte sich um. Selbst aus der Entfernung konnte Teri sehen, dass er gerührt war. »Also, das ist so ziemlich das Netteste, was mir jemals jemand gesagt hat.«

»Ich meine es ernst. Vielleicht warst du nicht in sie verliebt ...«

Gus lächelte. »Sie haben ganz sicher nicht das Zweite Gesicht wie Cassandra, Miss Farr, sonst würden Sie wissen, dass ich in sie verliebt war. Ich hatte nur nicht den Mut, es ihr zu sagen.«

Während Gus Teri ansah, schien er nicht zu bemerken, dass Josh gerade das graue Connemarapony aus dem Stall führte. Josh hatte deutlich gehört, was sein Vater gesagt hatte, und obwohl ihn sonst nie etwas aus dem Konzept brachte, warf er zuerst seinem Vater, dann Teresa einen Blick aus schmalen Augen zu, die Kinnladen so fest zusammengepresst, dass sie sah, wie sich der Muskel unter der Haut spannte. Er weiß es schon, dachte Teri bestürzt. Josh weiß, dass sein Vater früher meine Mutter geliebt hat, und er wehrt sich heftig dagegen.

Inzwischen sprach Gus weiter. »Ich dachte, Marielle mochte mich auch. Sie sagte nie etwas, aber manchmal warf sie mir einen bestimmten Blick zu, als wäre ich ihr nicht gleichgültig, aber vielleicht war das nur Wunschdenken von mir.«

»Ich bin sicher, das war es nicht.« Teresa konnte sich gut vorstellen, dass ihre Mutter in diesen freundlichen, gelassenen, intelligenten Mann verliebt gewesen war – ein Mann, der sie mit Wärme und Zärtlichkeit behandelt hätte, ein Mann, der in seiner Jugend so gut ausgesehen haben musste wie sein Sohn jetzt, der Sohn, der jetzt Cleopatra ungewöhnlich heftig striegelte. Teresa erkannte, je mehr Gus über Marielle sprach, desto wütender wurde Josh, sein Gesicht wurde tiefrot in der hellen Morgensonne.

Teresa wusste, dass sie das Thema wechseln sollte, aber sie

konnte sich die nächste Frage nicht verkneifen. »Geld hätte für Mum keine Rolle gespielt, Gus, also wieso landete sie schließlich bei meinem Vater?«

Gus sah einen Moment weg, blickte nachdenklich über das hügelige grüne Farmland. Teri dachte, er überlegte, ob er darauf antworten sollte. Dann blickte er sie wieder an. »Du hast recht, Teresa, deine Mutter hat sich nichts aus Geld gemacht – aber ihre Eltern, und sie hatten Macht über sie. Das weißt du natürlich, schließlich sind es deine Großeltern.«

»Eigentlich habe ich sie nur ein paar Male gesehen, als ich klein war. Dann wurden sie bei dem Zugunglück getötet. Mein Großvater war überzeugt, Züge wären sicherer als Flugzeuge.«

»Stimmt. Ich habe vergessen, wie jung du gewesen sein musst, als sie starben. Jedenfalls beherrschten sie Marielle mit eiserner Hand. Vor anderen waren sie immer richtig höflich zu ihr, aber ich weiß nicht, wie sie sich benahmen, wenn niemand dabei war. Jedenfalls war deine Mutter ängstlich bei ihnen.«

Gus hielt inne, runzelte die Stirn. Dann brach es aus ihm hervor: »Zum Teufel, jetzt habe ich dich schon Teresa genannt, obwohl ich mir geschworen habe, es nie zu tun, da kann ich genauso gut alles sagen. Du hast das Recht, über deine Mutter Bescheid zu wissen. Marielle hatte geradezu Angst vor ihren Eltern. Sie hätte es niemals zugegeben, aber wenn sie in der Nähe waren, konnte ich es in ihren Augen sehen. Und ich erinnere mich, wie sich die Gesichter ihrer Eltern aufhellten, als eines Tages Hugh beim Stall vorbeikam, um Marielle beim Reiten zuzusehen. Es war klar, dass sie Farr gefiel, und sie waren darüber mehr als froh.

Aber Marielle nicht. Sie erzählte mir, dass er oft zu ihnen zu Besuch kam, zum Abendessen blieb. Sie schien ein Problem damit zu haben. Eines Tages, als wir zusammen geritten sind, machte sie es schlecht, behandelte das Pferd völlig falsch.

Schließlich brach sie in Tränen aus und sagte, sie wünschte, sie müsste nie wieder mit Hugh Farr sprechen. Mehr sagte sie nicht. Eine Woche später, ganz plötzlich, verkaufte ihr Vater das Pferd, das sie so liebte, und sie kam nicht mehr zum Stall.

Ungefähr drei Monate später las ich in der Zeitung über ihre Verlobung mit Hugh Farr. Ich sage dir, Teresa, ich hätte fast geweint. Ich, ein erwachsener Mann. Die Zeitung veröffentlichte ihr Verlobungsfoto.« Gus machte ein Gesicht, als hätte er gerade etwas unglaublich Saures heruntergeschluckt. »Hugh lächelte übers ganze Gesicht, und Marielle versuchte zu lächeln, aber es funktionierte nicht. Ich habe sie nie so gesehen und wusste, dass sie unglücklich über die Verlobung war, aber sie heiratete ihn trotzdem.«

Gus seufzte. »Ich hab sie dann jahrelang nicht gesehen, bis sie einige Male mit dir zum Stall kam, aber sie hat nie mehr als hallo zu mir gesagt. Zuerst hat es mir einen Stich gegeben, aber dann wurde mir klar, dass sie nicht gewollt hätte, dass dein Vater auch nur davon erfuhr, dass sie zum Stall kam, noch weniger, dass sie mit mir sprach.«

»Nein, das hätte sie nicht gewollt«, sagte Teresa unbestimmt, immer noch überrascht, was sie in den letzten zehn Minuten alles erfahren hatte. Obwohl sie Gus kannte, seitdem sie eine Jugendliche war, hatte sie ihn niemals so viel reden hören. Sie saß wie betäubt da, wusste nicht, was sie sagen sollte nach Gus' Information über Marielles »Brautzeit« mit Hugh Farr und Gus' eigener Enthüllung, dass er in sie verliebt gewesen war. Schließlich platzte Teresa heraus: »Ich wünschte, sie hätte Dad nie geheiratet.«

»Dann würde es dich nicht geben, Teresa, und du bist genauso sympathisch, wie sie war. Du bist nur robuster, das ist gut für dich. Du bist in den letzten Jahren durchs Feuer gegangen, aber du bist so viel stärker.« Gus war jetzt zufrieden mit Caesars Aussehen, drehte sich noch einmal zu Teri um und sagte: »Deine Mutter war nicht so stark wie du, Teresa.

Deshalb mache ich mir Sorgen um sie und bete jede Nacht, dass die arme Marielle eines Tages den Weg nach Hause findet.«

2

Sharon kam pünktlich um zehn zu Daniels erster Unterrichtsstunde, die beinahe eine Katastrophe war. Sie parkte auf dem kleinen Kiesplatz neben dem Stall, wo Teri, Josh und Gus warteten. So ein Willkommenskomitee war nicht üblich beim Personal von Farr Fields, aber Teri hatte Gus und Josh darauf hingewiesen, dass sie Sharon so viel Vertrauen vermitteln müssten, wie sie konnten.

Sharon sprang aus dem Auto, schon besorgt blickend, sogar leicht gestresst. Daniel näherte sich langsamer. Er trug einen Cowboyhut und Stiefel, die Kent gekauft hatte, weil Daniel darauf bestanden hatte, wie Sharon Teri erzählte. Das Kind sah lächerlich aus mit dem großen Hut, der zu groß für sein kleines sommersprossiges Gesicht war, und aus irgendeinem Grund versuchte er, o-beinig zu gehen. Ein halb unterdrücktes Prusten kam von Josh, der sofort von seinem Vater in die Rippen gestupst wurde. »Hallo, Cowboy«, sagte Gus herzlich zu Daniel.

»Hallo, Mr Gibbs«, Daniel berührte seine Hutkrempe und nickte zuerst Gus, dann Josh und schließlich Teri zu. »Ich bin hier, um Caesar zu reiten«, erklärte Daniel mit gewandtem, gelassenem Gehabe.

Bevor alle losprusteten, sagte Teri schnell: »Mr Gibbs hat ihn schon gestriegelt. Sein Sohn Josh gibt dir heute Morgen Unterricht. Caesar kann es kaum erwarten, dich wiederzusehen.«

Bei ihrem letzten Satz verzog sich das Gesicht des Kindes zu einem breiten Grinsen und gab den Blick auf eine Lücke frei, wo ein Schneidezahn ausgefallen war. Teri hoffte, dass es gestern Abend passiert war und die Zahnfee kommen konnte, während er schlief. »Ich will Caesar sehen!«, sagte Daniel fröhlich. »Mr Josh, reiten wir in die Stadt?«

Josh schien eine Weile darüber nachzudenken und sagte dann: »Ich denke, es ist besser, wenn wir in deiner ersten Stunde hierbleiben. Aber du wirst Spaß haben, ich verspreche es. Wir reiten auf dem ganzen Reitplatz und vielleicht sogar auf der Wiese.«

Daniel strahlte. Sharons Augen wurden größer. »Vielleicht sollte er heute nur auf dem Pferd sitzen.«

»Nur auf ihm sitzen!« Daniel sah entsetzt aus. »Mami, ich bin hergekommen, um Reiten zu lernen, ich kann schon sitzen!«

»Nicht auf einem Pferd!«, hielt Sharon dagegen.

Ärger überkam Teri. Hatte Sharon Daniel hierhergebracht, um ihm das Reiten zu verbieten, selbst wenn ein erfahrener Trainer ihm zur Seite stand? Teri war kurz davor, Sharon anzufahren, als Josh sich einmischte. Er setzte das Lächeln des netten Jungen von nebenan auf, warf es Sharon zu und trat näher an Daniel heran. Dabei legte er die Hand schützend auf die Schulter des erregten Kindes. »Mrs Farr, ich fange ganz langsam mit Kindern an.« Seine Stimme war sanft, beruhigend, fast werbend. »Wir lernen das Pferd besser kennen – Daniel hat Caesar schon kennengelernt, aber sie müssen heute von Mann zu Mann sprechen. Und dann zeige ich ihm, wie der Sattel passt; dann helfe ich ihm aufzusteigen und zeige ihm, wie man die Zügel hält. Wir werden ein bisschen herumgehen, wenn Daniel sich wohl fühlt, aber ich halte die ganze Zeit die Zügel. Ich werde besonders gut auf ihn aufpassen.«

Daniel hatte Josh' Hand ergriffen und hielt sie fest, als hinge sein Leben daran. Dabei sah er seine Mutter mit einer Mischung aus Flehen und Entschlossenheit an. Sharon blickte ihn an, dann wieder Josh, der immer noch lächelte, immer noch eine zuversichtliche, beruhigende Miene behielt. Schließlich gab Sharon nach. »Also gut, aber drehen Sie ihm keine Sekunde den Rücken zu.«

»Das würde mir nicht im Traum einfallen, Mrs Farr.« Josh blickte auf Daniel herunter, dessen Hut bei der Aufregung zur Seite gerutscht war, so dass seine hellen rotblonden Haare zu sehen waren und ein Auge, in dem eine unvergossene Träne schimmerte. »Daniel, wir beide gehen jetzt und sprechen ein paar Minuten mit Caesar. Ich hab ein paar Apfelspalten, die du ihm geben kannst. Er mag sie. Aber zuerst nimmst du besser den Hut ab. Ich weiß, dass ihr beide euch gestern sympathisch ward, aber er hat dich noch nie mit Hut gesehen und erkennt dich vielleicht nicht. Er wäre traurig, wenn er dächte, jemand anders als Daniel käme heute Morgen, um ihn zu reiten. Er hat sich nämlich schon darauf gefreut.«

Gus zwinkerte Teri zu, die über die schleppende Sprechweise amüsiert war, die Josh Daniel zuliebe angenommen hatte. Inzwischen drehte Josh sich um und führte Daniel zum Stall, ohne auf weitere Einwände von Sharon zu warten. Josh redete ununterbrochen weiter, und im nächsten Moment lachte Daniel. Das Weinen gehörte der Vergangenheit an. Teri nahm Sharons Arm. »Ich habe gerade frischen Kaffee gemacht. Lass uns zum Haus raufgehen. Dann können wir uns unterhalten.«

Sharon warf ihr schließlich ein angespanntes Lächeln zu. »Okay, Teri. Du musst keine Handschellen rausholen. Die überbehütende Mutter kommt widerstandslos mit.«

Während Teri geschäftig in der Küche hin und her ging und Kaffee einschenkte, saß Sharon am Tisch – distanziert und offensichtlich nicht im Geringsten an irgendetwas von dem interessiert, was ihre Schwägerin sagte. Teri plapperte über ein paar von ihren anderen Schülern, die sich gut auf Caesar machten, den Mann, dem Captain Jack gehörte und der selten zum Reiten kam, wie sie gehört hatte, dass dieses Jahr das

Feuerwerk im Tu-Endie-Wei-State-Park größer sein sollte als je zuvor. Sie hörte sich selbst, wie sie über die Oberfläche von unverfänglichen Themen streifte, während ihre Gedanken um das Fax, den Brief, den sie in ihrem Auto gefunden hatte, und schließlich um Schneeflocke kreisten. Teri wünschte, sie könnte mit jemandem darüber sprechen – jemand außer Carmen, die in ihrem Laden beschäftigt war –, aber Sharon war nicht diese Person, besonders nicht heute. Heute wollte Teri Daniel zuliebe, dass alles so friedlich wie möglich blieb.

Eine halbe Stunde später rief Gus vom Stall an. »Miss Farr, ich wollte Ihnen nur sagen, dass Mrs Bailey angerufen und gesagt hat, dass Polly heute nicht zum Unterricht kommt. Sie sagte, sie würde anrufen, wenn Polly wiederkommen würde.«

»Sie hat im Stall angerufen?«, fragte Teri. »Mrs Bailey ruft mich immer im Haus an, wenn Polly nicht kommen kann.«

»Ja, das hab ich auch gedacht, aber sie sagte, es wäre besetzt gewesen.«

»Ich habe nicht telefoniert. Und sie sagte, sie würde anrufen, wenn Polly wiederkommt? Sie sagte nicht, Polly würde nächste Woche wieder normal zum Unterricht kommen?«

»Ja, das hat sie gesagt. Ich habe gefragt, ob Polly krank sei, und Mrs Bailey sagte nein, dann ganz schnell ja.«

»Das bedeutet, dass sie gelogen hat«, sagte Teresa nüchtern. Sie will nicht, dass Polly hier noch Unterricht nimmt wegen der Roscoe-Byrnes-Geschichte gestern.«

»Oh, Miss Farr, jetzt nehmen sie das nicht tragisch.« Gus machte einen erfolglosen Versuch, sich lustig zu machen und heiter zu klingen. »Mrs Bailey ist manchmal flatterhaft. Vielleicht hat sie gerade beschlossen, Polly in ein Sommercamp zu schicken, oder die Baileys fahren in Urlaub.«

»Warum hätte sie es dann nicht gesagt?« Gus versuchte offensichtlich, Teresa zu beruhigen, sie hörte an seiner Stimme, dass er nicht aufrichtig war. Gus Gibbs konnte nicht gut lügen. »Mrs Bailey ist überhaupt nicht flatterhaft, und sie hat mir schon Anfang Juni gesagt, dass sie Polly nicht in ein Camp schicken würde und auch dass sie vor August keinen Familienurlaub machen.«

»Na, dann gibt es einen anderen Grund –«

»Ja, und ich kenne ihn.« Teri holte tief Luft und zwang sich, sich nicht davon erschüttern zu lassen, dass eine Schülerin abgesagt hatte. »Na, dann hat Cleopatra zumindest heute frei. Wie macht sich Daniel?«

»Sehr gut. Er hat keine Angst bei Caesar. Er will aber nicht ohne seinen Hut reiten.«

Teri musste lachen. »Solange Caesar nichts gegen den Hut hat … Sharon und ich kommen später runter, um Daniel zu holen.«

Aber sobald Teri den Hörer aufgelegt und sich umgedreht hatte, war Sharon schon vom Küchentisch aufgestanden. »Daniel war für heute lange genug bei dem Pferd. Ich denke, ich sollte ihn jetzt nach Hause bringen. Ich will nicht, dass er so aufgedreht ist, dass er seinen Mittagsschlaf nicht halten kann.«

»Aufgedreht! Mittagsschlaf!« Teri wusste, dass sie laut wurde, aber sie konnte nicht aufhören zu protestieren. »Sharon, er ist fast acht. Du willst mir doch nicht erzählen, dass er immer noch Mittagsschlaf hält! Himmel, in der Schule ist kein Mittagsschlaf vorgesehen!«

»Als er im Kindergarten war –«

»Genau. Kindergarten. Da war er wie alt – drei, vier? Du reißt ihn einfach weg, weil Polly Baileys Mutter abgesagt hat!«

Sharons angespanntes Gesicht bekam mehr Farbe, aber ihre Stimme blieb fast erstaunlich ruhig. »Teri, reg dich darüber bitte nicht so auf. Polly Bailey ist mir völlig egal. Ich finde einfach, Daniel war schon zu lange auf dem Pferd. Seine Beine werden wund sein oder … oder …«

»Oder was?«, hakte Teri blitzschnell nach. Dann merkte sie, wie steif Sharon dastand, wie sie das Kinn hob, als würde sie sich für eine verbale oder vielleicht sogar handgreifliche Attacke wappnen. Sie benimmt sich, als hätte sie Angst vor mir, dachte Teresa, erschrocken und verletzt zugleich. »Tut mir leid, dass ich dich angefahren habe.« Die Entschuldigung war ehrlich, aber selbst Teri fand, dass sie künstlich klang. »Ich werde Daniel ganz sicher nicht als Geisel nehmen, wenn du ihn nach Hause bringen willst.« Zu ihrem Entsetzen spürte Teri, wie sich ihr Hals zusammenschnürte und sie den Tränen nahe war. »Es ist nur schwer für mich, zu wissen …«

»Was zu wissen?«, fragte Sharon vorsichtig.

»Zu wissen, dass meine Schwägerin ihr Kind in Sicherheit bringen will – vor mir.«

Neuntes Kapitel

1

Es konnten nicht mehr als zwanzig Minuten gewesen sein, nachdem Sharon einen weinenden Daniel zum Auto geführt und mit ungewöhnlicher Geschwindigkeit weggefahren war, als Kent anrief. »Ich wollte dir nur sagen, dass wir einen Käufer für das Haus haben«, sagte er unvermittelt.

»Das Haus?«, wiederholte Teresa verständnislos, immer noch aufgebracht wegen Sharons überstürzter Abfahrt.

»Dads Haus. Du weißt doch, das, was wir seit fast acht Jahren versuchen loszuwerden. Der Makler hat mich gerade angerufen und sagte, jemand würde es für zwanzigtausend unter dem verlangten Preis kaufen. Wenn man bedenkt, wie lange es leer stand, finde ich, wir können mit dem Preis runtergehen, um es loszuwerden. Zumindest bin ich dazu bereit. Wie steht's mit dir?«

»Mein Gott, ja.« Teresa war sprachlos. Die ganze Zeit hatte sie gedacht, niemand würde das Haus kaufen, in dem zwei Menschen ermordet worden waren. Erst vor ein paar Monaten hatten sie und Kent darüber gesprochen, dass sie noch ein Jahr warten und dann das Haus abreißen würden, um nur das Grundstück zu verkaufen, das in einer ausgezeichneten Gegend lag. »Weißt du denn, wer das Haus kaufen möchte?«

»Der Makler hat nicht viel gesagt, aber es scheint, dass es sich bei den möglichen Käufern um ein Paar aus Kalifornien handelt, und sie finden die Geschichte des Hauses wohl faszinierend – es schien mehr ein Kaufanreiz als ein Hinderungsgrund zu sein, denn der Mann schreibt Horrorromane. Er ist nicht bekannt, aber er hat ein paar Bücher verkauft. Ich hab keine Ahnung, warum das Paar beschlossen hat, nach West Virginia zu ziehen. Ich stand so unter Schock, das Haus endlich loszuwerden, dass ich schon ihren Namen vergessen habe«, fügte Kent trocken hinzu.

»Ist doch egal.« Teresa war begeistert, dass das Haus verkauft werden würde. Wie oft hatte sie gehört, dass Leute das Haus, in dem sie aufgewachsen war, als »grauenhaft« bezeichnet hatten oder als »ein Haus, in dem kein normaler Mensch würde leben wollen«. Trotzdem hatte ihr die Vorstellung, das Haus abzureißen, nicht gefallen, trotz seiner schrecklichen Vergangenheit. Ihre Mutter hatte es geliebt, die gute Handwerksarbeit geschätzt und seine Geschichte geachtet, die bis ins Jahr 1925 zurückreichte. Nichts Schlimmes war jemals in dem Haus geschehen – bis Hugh Farr es gekauft und bald eine Kette von Ereignissen in Gang gesetzt hatte.

»Dann ist es in Ordnung, dass ich dem Makler gesagt habe, dass wir das Angebot akzeptieren?«

»Danke, dass du mich vorher gefragt hast«, antwortete Teresa ironisch. »Aber ja, es ist in Ordnung. Wir müssen noch die Möbel hinausräumen. Was sollen wir damit machen?«

»Dafür ist gesorgt«, sagte Kent forsch. »Du fährst morgen hin und siehst nach, ob du irgendetwas willst. Ich will nichts und Sharon auch nicht. Schließlich hat Wendy die meisten Dinge, die Mum gehörten, weggeworfen. Jedenfalls sage ich auch Jason Bescheid. Vielleicht ist noch irgendetwas in Celestes Zimmer, das er haben möchte.«

»Das bezweifle ich, und wer könnte ihm einen Vorwurf machen? Seine Tochter wurde dort fast ermordet«, sagte Teresa und erschauerte trotz der Nachmittagshitze. »Aber vielleicht geht es ihm nach all den Jahren anders.«

»Ja, vielleicht«, Kent klang gehetzt und abgelenkt. »Jedenfalls habe ich einen Lagerraum gemietet und veranlasst, dass die Möbel in ein paar Tagen dorthin gebracht werden.«

»Du verschwendest keine Zeit.«

»Ich will die Angelegenheit einfach hinter mich bringen. Ich dachte, dass es dir genauso geht, aber wenn ich zu schnell geschossen habe …«

»Nein, ich will auch, dass sich die Sache endlich erledigt. Ich sehe morgen im Haus nach, und wenn ich irgendetwas will, können die Möbelpacker, die du beauftragt hast, es zu mir bringen.«

»Großartig.« Kent hielt inne, und für einen Moment hatte Teresa den Eindruck, dass er sich endlich mal die Zeit nahm, wirklich nachzudenken. »Teri, ich werde so froh sein, das Haus los zu sein. Acht Jahre haben wir dafür gesorgt, dass es instand gehalten wird. Ich weiß, ich hätte regelmäßig vorbeifahren und nachsehen sollen, dass es ordentlich instand gehalten wird, aber offen gesagt, erledigt das ein Mann für mich, dem ich vertraue. Ich mag weder an das Haus denken, geschweige denn es ansehen.«

»Ich bin seit über einem Jahr nicht mal daran vorbeigefahren, und ich war ein paar Wochen nach den Morden das letzte Mal drinnen. Jetzt braucht sich niemand von uns mehr darum zu kümmern. Das Problem hat bald jemand anders.«

»Gott sei Dank.« Kent klang glücklicher, als sie ihn seit langem gehört hatte. »Dies scheint ein guter Tag zu werden. Wie hat sich übrigens mein Sohn in seiner ersten Reitstunde gemacht? War er müde nach einer ganzen Stunde?«

»Also …«, Teresa verdarb Kent ungern die Laune, aber es hatte keinen Sinn, ihn anzulügen. Er würde die Wahrheit von Daniel erfahren. »Er blieb keine ganze Stunde.«

»Warum nicht?«, fragte Kent vorsichtig.

»Sharon wurde nervös und meinte, eine halbe Stunde wäre lange genug fürs erste Mal, und sie –«

»Hat ihn gezwungen zu gehen.« Kent klang irgendwie ausdruckslos und wütend zugleich.

Teresa bedauerte sofort, dass sie irgendetwas zu ihm gesagt hatte, außer dass der Unterricht gut verlaufen war. Er hätte von Daniel oder Sharon erfahren sollen, was passiert war. Sie wollte die Sache ein bisschen geradebiegen. »Kent, wir wissen beide, dass Sharon nicht gerade von der Idee begeistert war, dass er Reitstunden nimmt. Nach einer halben Stunde erfuhr ich, dass die Mutter von einer meiner anderen Schüler abgesagt hat – wahrscheinlich für immer –, und ich hab lächerlicherweise eine große Sache daraus gemacht. Jedenfalls bin ich sicher, dass ich Sharon einen Grund gegeben habe, Daniel nach Hause zu bringen.«

»Und war er glücklich darüber, früh nach Hause gebracht zu werden?«, fragte Kent sarkastisch.

»Daniel hat Spaß gehabt, während er hier war, und, wie ich schon sagte, vielleicht war eine halbe Stunde lange genug für ihn. Du reitest selbst, deshalb weißt du, dass du Muskeln überanstrengen kannst, wenn du es nicht gewohnt bist und zu lange auf dem Pferd bleibst, besonders wenn du zum ersten Mal auf einem Pferd sitzt –«

»Weich meiner Frage nicht aus, Teri. Wie hat er sich benommen, als Sharon ihn nach Hause gebracht hat?«

»Er war nicht glücklich.«

»Was heißt ›war nicht glücklich‹?«

Teri fühlte sich in die Ecke gedrängt. »Er weinte«, gab sie zu, und ihr Bruder fluchte vor sich hin. »Aber selbst wenn er länger geblieben wäre, hätte er wahrscheinlich geweint, weil er nach Hause musste. Er liebt das Pony, Kent. Er hatte sich fein gemacht. Ich glaube, er wollte den ganzen Tag hierbleiben und dachte, er könnte Sharon überreden, dass sie ihn lässt. Du brauchst deshalb wirklich nicht wütend werden, Kent. Sharon kennt ihr Kind. Sie weiß, was das Beste für ihn ist«, schloss Teresa nicht gerade überzeugend.

»Du brauchst Sharons Verhalten nicht zu beschönigen, Teri. Ich werde mich so bald wie möglich mit ihr darüber unterhalten.«

»Oh, Kent, reagier nicht übertrieben wegen des Unterrichts heute. Sie braucht Zeit, um die Reitstunden leichter zu nehmen, gib ihr etwas Zeit. Reiten kann gefährlich sein. Sharon hat einfach nicht gesehen, wie besonders vorsichtig Josh und Gus mit Kindern sind.«

»Ich bin nicht nur wütend, weil sie sich wegen der Reitstunden solche Sorgen macht. Dieses Theater, das sie wegen der Reitstunden veranstaltet, ist Teil des Problems, das zwischen Sharon und mir seit Monaten gärt, und es wird Zeit, dass ich es endlich mit ihr ausdiskutiere.«

»Was für ein Problem?« Teri konnte sich die Frage nicht verkneifen.

Kent beendete abrupt das Gespräch, und Teresas Stimmung sank noch mehr. Sicher musste Kent mit Sharon über ihre besitzergreifende Art Daniel gegenüber sprechen, aber nicht, wenn er wütend war. Sie wusste, dass sie sich heute Abend streiten würden, und es war ihre Schuld, weil sie seine Gefühle aufgewühlt hatte. Wenn es irgendetwas gab, das ein Paar, das Probleme hatte, nicht brauchte, dann war es eine Verwandte, die sich einmischte –

Das Telefon klingelte wieder, und als Teresa auf die Anzeige blickte und sah, dass der Anruf vom Stall kam, wollte sie ihn zunächst nicht annehmen. Wahrscheinlich noch mehr Ärger mit Sharon, dachte sie. Die Angst lastete wie eine dunkle Wolke auf ihren Gedanken. Teresa nahm das Telefon ab und sagte: »Was ist los, Gus?«

»Oh, nichts Besonderes!« Teri merkte sofort, dass sein fröhlicher Ton falsch war. »Ich wollte Ihnen nur sagen, dass Sie zwei unerwartete Besucher haben.«

Teresa wartete einen Moment, dass er sagen würde: ›Der Sheriff und sein Stellvertreter sind hier, um Sie über die Mordnacht zu befragen.‹ Sie hörte Stimmen, die eine klang wie die einer jungen Frau, dann das überlaute Lachen von Gus, mit dem er Überraschung oder Bestürzung zu verbergen pflegte. Schließlich fragte Teresa: »Gus, wer zum Teufel ist im Stall?«

»Das werden Sie nie erraten«, dröhnte Gus. »Es ist Jason Warner und sein kleines Mädchen. Miss Farr, Celeste Warner ist hier, um Sie zu besuchen!«

2

Celeste!

Teresa stand sprachlos da, mit offenem Mund. Seit den Morden war nicht ein Tag vergangen, an dem sie nicht an sie gedacht hatte.

Teresa hatte damals beschlossen, einfach nur höflich zu dem Mädchen zu sein. Dann hatte sie bemerkt, dass Celeste im Haus herumschlich, als wollte sie so unauffällig wie möglich sein. Dass sie ihren Stiefvater mied und oft einfach nur auf dem Fußboden ihres überladenen Zimmers saß, ihren großen Teddy im Arm hielt und kindliche Reime sang, die sie sich selbst ausgedacht hatte.

Eines Tages hatte Teresa gehört, wie Celeste ihr einsames und unglückliches Herz ihrem Teddybären ausschüttete, der offenbar ihr einziger Freund war. Berührt hatte Teresa Celestes Zimmer betreten und versucht, mit ihr zu sprechen, aber das Kind war zu ängstlich oder zu misstrauisch gegenüber ihrer neuen Stiefschwester, um zu antworten. Aber nach einigen weiteren Versuchen hatte Celeste begonnen, mehr zu sprechen, und innerhalb eines Monats spielten und kicherten sie und Teresa zusammen wie Gleichaltrige. Bald liebte Teresa das Kind so, als wäre es ihre eigene Schwester.

Nach den Morden war die verletzte Celeste Teri entrissen worden. Sie hatte gedacht, sie würde sie nie wiedersehen, aber schließlich war Celeste gekommen, um sie zu sehen. Sie war unten im Stall, als wäre sie ein ganz normaler Besucher.

Nachdem Teresa einen Moment fassungslos geschwiegen hatte, sagte sie: »Sag Celeste und ihrem Vater, dass sie zum Haus heraufkommen sollen …, oder nein, Celeste will sicher die Pferde sehen, ich komme erst runter zum Stall.«

»Sie haben recht«, sagte Gus. »Sie ist fast hypnotisiert von Eclipse. Sie sagte, sie wolle zuerst ihr Pferd kennenlernen, vor allen anderen. Also, dann bis gleich!«

Teresa sauste ins Wohnzimmer, betrachtete sich im Spiegel, glättete ihr Haar und steckte die Bluse in die Jeans. Dann blickte sie Sierra an, die erwartungsvoll an der Tür stand. Der Hund war aufgeregt, wenn er neue Menschen kennenlernte, aber Celeste hatte Hunde fast genauso gern wie Pferde. Teresa entschied, es darauf ankommen zu lassen, dass Sierra dem Mädchen keine Angst machte, und legte ihr die Leine an.

Sie stürzten den Hügel hinunter, und Teresa hörte hinter den geöffneten Stalltüren Stimmengemurmel. Sierra erkannte mit ihrem scharfen Gehör sofort, dass einige unbekannt waren, und bellte laut. »Sch«, befahl Teresa. »Celeste kennt dich nicht. Erschreck sie nicht.«

Teresa fühlte sich bei der Aussicht, Celeste zu sehen, etwas unbehaglich. Sie waren sich so nahe gewesen, aber das war acht Jahre her, als Celeste noch ein Kind war. Jetzt war sie ein Teenager, und sie war durch die Hölle gegangen. In den Jahren hatte sie Celeste nicht ein einziges Mal gesehen. Aber den kleinen Brocken verlässlicher Informationen, die Teresa über Celeste aufgelesen hatte, hatte sie entnommen, dass das Mädchen keinen Gehirnschaden erlitten hatte, auch wenn sie schwieg. Das Schweigen war bloß eine Folge des Schocks gewesen. Trotzdem, bevor der Krankenwagen eintraf, um das schwerverletzte Kind wegzubringen, war Teresa einer der letzten Menschen gewesen, die Celeste gesehen hatte.

Sobald sie in den Stall kam, wandte sich ein schlankes Mädchen von Eclipse ab, blickte einen Moment Teresa und Sierra an und lief dann auf sie zu. »Teri! Oh, Teri, wie ich dich vermisst habe!«, rief Celeste freudig aus und warf sich in Teresas ausgebreitete Arme. Einen Moment umarmten sie sich innig. Dann trat das Mädchen zurück. »Du siehst immer noch so aus wie früher!«

»Du sicher nicht!« Teresa lächelte, während sie den Blick kurz über Celeste schweifen ließ. Sie hatte die hellblonde Haarfarbe ihrer Mutter, aber sonst sah sie überhaupt nicht aus wie Wendy, die es nur mit aufreizender Kleidung und viel Make-up geschafft hatte, sexy und hübsch auszusehen. Celeste war eine richtige Schönheit mit makelloser elfenbeinfarbener Haut, großen kornblumenblauen Augen mit langen dunklen Wimpern, einer schmalen Nase und perfekt geformten Lippen. Sie trug ein altmodisches, fast kindliches Kleid, das, wie Teresa sofort vermutete, Celestes Großmutter, Fay, genäht hatte. Celestes lange Haare waren mit einem rosa Samtband zurückgehalten und auf ihrem Gesicht war keine Spur Make-up zu sehen. »Celeste, du warst ein schönes Kind«, sagte Teresa ehrlich, »aber du bist eine noch schönere junge Dame.«

Celeste umarmte sie noch einmal. Sierra gab ein weiteres scharfes Bellen von sich, und Teresa war froh über die Ablenkung, denn sie spürte, dass ihr die Tränen kamen. »Celeste, das ist Sierra«, sagte sie unvermittelt. »Sie macht viel Lärm, aber sie hat noch nie jemanden gebissen. Ich hoffe, du hast keine Angst –«

Aber Celeste hatte sich schon hingekniet, rieb Sierra unter ihren großen spitzen Ohren, während der Schwanz des Hundes vor Freude hin und her wedelte. »Ich habe keine Angst vor ihr. Ich wusste sofort, als ich sie sah, dass sie ein guter Hund ist«, sagte Celeste glücklich, beugte sich dann vor und sprach Sierra direkt an. »Ein guter, freundlicher, hübscher Hund, stimmt's, Sierra?« Der Hund leckte ihr die Nase, und Celeste kicherte.

»Ich hoffe, es stört dich nicht, dass wir einfach unangemeldet vorbeigekommen sind.« Jason Warner näherte sich Teresa und reichte ihr die Hand. Als Teri ihn das letzte Mal gesehen hatte, war er ein jugendlich aussehender Zweiunddreißigjähriger gewesen. Jetzt, mit vierzig, war sein hellbraunes Haar stark angegraut, und die Falten auf seiner Stirn sahen aus, als gehörten sie zu einem Mann von fünfzig. Er war immer noch schlank und sah kräftig aus, als ob er daran gearbeitet hätte, sich in Form zu halten, und sein Lächeln war sympathisch.

»Nachdem Celeste uns alle überrascht hat, als sie wieder anfing zu sprechen –«, Jason brach ab, sein Lächeln schwand, als wenn Gefühle ihn überkamen. Er schluckte und schloss eilig: »Sie war fest entschlossen, dich so bald wie möglich zu besuchen. Ihre Großmutter war … beschäftigt.«

Das wette ich, dachte Teri. Fay Warner war überzeugt gewesen, dass Teresa Celeste mit dem Messer gestochen hatte, und sogar nach Byrnes Geständnis, dass er die Farrs getötet hätte, drehte sie den Kopf weg, wenn sie Teresa in der Stadt oder im Lebensmittelmarkt begegnete.

»Celeste rief mich im Büro an«, fuhr Jason fort, »und ich entschloss mich, früh Mittagspause zu machen. Es war alles ganz spontan. Ich hab angerufen, aber es war besetzt.«

»Ich habe telefoniert«, sagte Teresa unnötigerweise und fügte dann hinzu: »Aber es ist in Ordnung. Ich freue mich riesig, Celeste zu sehen. Ich freue mich, euch beide zu sehen.«

Jason lächelte wieder, aber er musste nicht antworten, weil Celeste zu dem Palomino hinüberstürzte. »Wie heißt er?«, fragte sie.

»Conquistador.« Teresa ging zu Celeste, und sie streichelten beide das Pferd. »Er gehört meinem Bruder, Kent. Einige der Pferde sind nur bei mir eingestellt, aber der schwarze Araber, Eclipse, und die beiden Ponys, Caesar und Cleopatra, gehören mir.«

Celeste ging zu jeder Box, begrüßte und streichelte Captain

Jack, Sir Lancelot, Bonaparte und den letzten Zugang, ein weiteres Quarterhorse namens Phantasia. Während sie gleichzeitig mit Teresa und den Pferden sprach, fiel Teri auf, dass Celestes Sprache viel jünger klang als die anderer Teenager, die Unterricht in Farr Fields nahmen. Teri vermutete, dass Celeste jünger sprach und sich jünger benahm als eine Sechzehnjährige, weil sie in den letzten Jahren keinen normalen Umgang mit Gleichaltrigen gehabt hatte.

»Mensch, du musst das glücklichste Mädchen auf der Welt sein, da du mit all diesen Pferden lebst«, sagte Celeste zu Teresa. »Ich liebe Pferde, Teri. Wo ist dein Pferd, das du im anderen Stall eingestellt hattest? Das, auf dem du mich früher hast reiten lassen.«

»Er ist vor ein paar Jahren gestorben.« Celestes Lächeln verschwand sofort. »Aber er war alt, Celeste, und er hatte ein sehr gutes Leben. Natürlich vermisse ich ihn, aber er ist plötzlich gestorben, und der Tierarzt sagte, wahrscheinlich ohne Schmerzen. Seine Zeit war vermutlich gekommen.«

»Oh«, sagte Celeste ängstlich, »Dann war er nicht verletzt oder wurde getötet oder so.«

Er wurde nicht getötet, dachte Teresa. Er wurde nicht getötet wie ihre Mutter und Hugh. »Nein, nichts dergleichen«, versicherte Teresa dem Mädchen. »Er war nicht mal krank, bevor er starb. Er wirkte nur müde. Dann legte er sich eines Tages hin und stand nicht wieder auf. Er ist hier auf der Farm begraben. Ein wunderschöner blühender Apfelbaum steht an seinem Grab, und es hat einen Grabstein. An jedem siebten August, seinem Geburtstag, lege ich Blumen auf sein Grab.«

Celeste sah immer noch untröstlich aus. »Ich weiß, jeder muss irgendwann sterben, aber es gefällt mir nicht. Aber es ist nett, dass du ihm Blumen aufs Grab legst. Kann ich dir dieses Jahr helfen?«

Teresa blickte zu Jason, der nickte. »Natürlich, Celeste. Er würde sich freuen.«

Celeste wandte sich an Gus und Josh, die sich beide bemühten, beschäftigt auszusehen, während sie das sensible Zusammentreffen von Teresa und Celeste beobachteten. »Meint ihr nicht auch, Pferde sollten für immer leben?«

Gus sah erschreckt aus, antwortete aber sofort: »Klar, nicht wahr Josh?«

Josh nickte gehorsam. »Ja, für immer. Aber sie leben lange, verglichen mit –« Teresa wusste, dass er sagen wollte »Hunden«, sich aber besann und sagte: »Einigen anderen Tieren.«

»Ich weiß.« Celeste hielt inne und starrte einen Moment in die Ferne. Unvermittelt sagte sie: »Teri, erinnertst du dich an Schneeflocke?«

Teresa wurde starr bei der Erwähnung des Nachtlichtes, das gestern Abend von einer vermummten Person vor ihre Tür gelegt worden war. Sie versuchte, sich zu entspannen und zu lächeln. »Natürlich erinnere ich mich.«

»Ich wünschte, ich hätte Schneeflocke noch«, sagte Celeste wehmütig. »Schneeflocke und mein Teddy Yogi haben mir Glück gebracht. Schneeflockes Leuchten zeigte mir, wo meine Spielzeugkiste war – die Spielzeugkiste, in der ich mich in der Nacht versteckte, als Mami ermordet wurde. Und Yogi hat mir auch geholfen. Der Doktor sagte, ich wäre getötet worden, wenn das Messer nicht zuerst durch ihn hindurchgegangen wäre, so dass es nicht ganz durch mich ging. Aber Yogi ist für immer fort. Er wurde in den Müll geworfen.«

Eine Welle der Trauer überschattete Celestes Gesicht und Teresa sagte: »Das mit Yogi tut mir leid, aber er wäre froh darüber gewesen, dass er dir das Leben gerettet hat.«

»Das sagt Daddy auch.« Plötzlich blickte Celeste Teresa grimmig an. »Ich hoffe, Schneeflocke ist nicht auch weg. Wir brauchen Schneeflocke gerade jetzt als Glücksbringer.«

»Oh.« Teresa war überrascht von der unerwarteten Heftigkeit des Mädchens. »Warum brauchen wir gerade jetzt Glück?«

Celeste trat näher an Teresa heran, ihre blauen Augen erschienen riesig in ihrem blassen Gesicht. »Wer Mami getötet hat, wollte auch mich töten. Er hat es nicht wegen dir getan, aber er will mich immer noch töten. Und ich weiß, dass er dich auch töten will.«

Zehntes Kapitel

1

Jeder im Stall schien bei Celestes Erklärung zu erstarren. Teresa blickte das Mädchen nur an, während ihr Fragen durch den Kopf wirbelten. Wer? Warum? Woher weißt du das? Aber sie traute sich nicht, den Mund aufzumachen. Die Fragen würden laut, schrill und angstvoll herauskommen.

Schließlich brach Jason das Schweigen, ging zu seiner Tochter und legte den Arm um ihre angespannten schmalen Schultern. »Liebling, was du da sagst, ist beängstigend. Denkst du das wirklich?«

»Ich weiß es«, sagte Celeste bestimmt.

Jason fragte ruhig: »Und woher weißt du das?«

»Der Tod war schon mal hinter mir her, hat mich aber nicht bekommen wegen Yogi und Schneeflocke. Und wegen Teri. Ich weiß, einige Leute denken, dass Teri versucht hätte, mich zu töten – die Leute um mich herum haben alle möglichen Sachen gesagt, weil sie dachten, ich könnte es nicht hören, bloß weil ich nicht gesprochen habe –, aber Teri hat mich nicht mit dem Messer gestochen. Das ist dumm. Teri hat mich vor dem Tod bewahrt. Jetzt ist der Tod wütend und will, dass Teri auch stirbt. Das ist doch klar.«

Schließlich sagte Teresa: »Schätzchen, ein Mensch hat dich mit dem Messer gestochen, und vielleicht ist dieser Mensch nicht mehr in der Gegend. Vielleicht war es einfach ein Fremder, der in der Nacht ins Haus kam, oder jemand, der Angst hatte, gefasst zu werden und weggelaufen war, oder …«

Teresa wusste nicht weiter, während Celeste energisch den Kopf schüttelte. »Nein, der Tod ist noch hier. Ich weiß es, da war ein Geruch und ein Klang und etwas an seinem Gesicht. Jedenfalls habe ich so lange nicht gesprochen, weil ich nicht über die Nacht reden wollte. Jeder hat mich ständig danach gefragt, und ich wollte nicht daran denken. Aber ich habe angefangen zu sprechen, als ich wusste, dass der Tod wieder hier ist. Zuerst war ich wütend auf mich, dass ich es getan habe. Aber dann war ich froh, weil ich dich warnen musste, sehr vorsichtig zu sein, und weil ich es jedem sagen musste, der will, dass wir am Leben bleiben, damit er uns helfen kann.« Celeste sah ihren Vater an, drehte sich dann um und blickte Gus und Josh an. »Ihr müsst Teri beschützen, sonst wird der Tod sie holen!«

Zutiefst erschüttert, versuchte Teri, Celeste zu beruhigen, und erklärte ihr, dass sie so vorsichtig wie möglich sein würde. Zehn Minuten später nahm Teri von dem Mädchen und ihrem Vater freundlich Abschied, weil Jason, blass und angespannt, sagte, er müsse zurück ins Büro. Nachdem sie weg waren, wirkte Gus beunruhigt und fragte Teresa, ob sie bedroht worden sei oder Grund hätte, ängstlich zu sein. Sie log, sagte ihm, dass alles in Ordnung sei, und wusste, dass er ihr nicht glaubte. Aber bevor er weitere Fragen stellen konnte, floh Teresa zurück zum Haus. Sierra lief neben ihr, lief dann um sie herum und versuchte vergeblich, ihr Frauchen zu einer spannenden Verfolgungsjagd zu bewegen.

Als sie ins Haus kamen, schloss Teresa die Haustür fest hinter sich, ging dann in die Küche, gab Sierra eine Schüssel frisches Wasser und machte sich selbst ein großes Glas Limonade. Dann ging sie zurück ins Wohnzimmer, warf sich aufs Sofa und stöhnte: »Kann dieser Tag noch schlimmer werden?«

Wenig später wusste sie, dass es möglich war.

Teresa hatte noch nicht ganz ihre Limonade getrunken, als das Telefon klingelte. Widerstrebend erhob sie sich vom Sofa und hob den Hörer ab. Bevor sie ein Wort sagen konnte, fragte Sharon bissig: »Na, stolz auf dich?«

»Was?«, fragte Teresa. »Stolz auf was?«

»Tratschen, Einmischen, so viel Unfrieden wie möglich zwischen mir und meinem Mann stiften?«

»Aber ich habe nicht –«

»Du hast nicht was? Sofort Kent angerufen, um ihm zu sagen, dass ich Daniel früher vom Unterricht weggeholt habe? Gejammert und gestöhnt und ihn wütend gemacht?«

»Sharon, ich schwöre, das wollte ich nicht. Du kennst mich besser, als das zu glauben!«

»Oh, wirklich? Was weiß ich eigentlich über dich. Ich weiß, dass du dich immer auf deinen großen Bruder verlassen hast, sogar als du ein Teenager warst und zu Hause ständig Ärger gemacht hast. Dann hast du von Kent erwartet, dass er für dich Partei ergreift gegen Hugh, was er auch getan hat. Deshalb hat Hugh ihn genauso gehasst wie dich.«

Eine Welle des Zorns stieg in Teresa hoch. »Ich weiß nicht, dass mein Vater mich oder Kent wirklich gehasst hat, aber wenn es so war, dann nicht, weil Kent sich manchmal für mich eingesetzt hat, sondern weil mein Vater niemanden liebte. Er kannte nur Zwang und Einschüchterung.«

»Er liebte Wendy.«

»Das musst du ja wissen! Sharon, was ist los mit dir? Bist du so wütend auf mich, weil ich deinem Mann erzählt habe, dass du den Unterricht früher verlassen hast, dass du jetzt nicht mal die Vergangenheit klar siehst? Wendy war ein reizendes Spielzeug für Dad – jemand, durch den er sich jung und männlich fühlte. Und die arme kleine Celeste bedeutete ihm nichts. Meine Mutter bedeutete ihm nichts.«

»Und du hast ihm nichts bedeutet. Deshalb hast du beschlossen, ihn dazu zu bringen, dass ihm Kent auch nichts bedeutet. Deshalb hat er uns solche Schwierigkeiten gemacht zu heiraten. Deshalb hätte Kent beinahe nicht … oh, vergiss es.«

»Nein, sag's ruhig.« Teresa spürte, wie eine eisige Kälte sie überkam. »Deshalb hätte Kent beinahe nicht … was? Dich geheiratet? Deshalb hätte er dich beinahe verlassen, obwohl du schwanger warst?«

»Teresa!«

»Oh, tu nicht so entsetzt, Sharon. Ich weiß nicht, warum du und Kent denkt, dass niemand weiß, dass du mit Daniel schwanger warst, als ihr geheiratet habt. Die Leute können rechnen, um Himmels willen, und Frauen sind nicht sechs Monate schwanger und gebären dann sechs Pfund schwere Babys.«

Teresa hatte das Gefühl, dass es Zeit war, dieses Gespräch zu beenden, aber der Stress des Morgens schien den Verschluss gelöst zu haben, unter dem sie normalerweise ihre Gefühle fest verschlossen hielt, und sie konnte nicht aufhören zu reden. Sie schloss die Augen, während sie sich selbst schnell, mit schneidender Stimme weitermachen hörte.

»Dass Kent einige Male für mich eingetreten ist gegen Dad, hatte nichts damit zu tun, dass unser Vater gedroht hat, Kent aus seinem Testament zu streichen und die Farr Coal Company allein mir zu vermachen«, fuhr sie fort. »Das hat Dad gemacht, weil er dachte, du wärst nicht gut genug für Kent, was lächerlich ist. Außerdem hatte Wendy Pläne, dass das Kind, das sie von Dad erwartete, eines Tages Farr Coal bekommen sollte. Egal, ich gebe zu, dass Kent die Hochzeit verzögert hat, als Dad sagte, er würde sein Testament ändern, wenn Kent dich heiraten würde.

Ich verstehe meinen Bruder«, fuhr Teresa fort, unfähig sich zu bremsen. »Ich weiß, dass er die meiste Zeit seines Lebens daran gearbeitet hat, in allem der Beste zu sein, um in den Augen meines Vaters würdig zu sein, die Firma zu übernehmen. Als er sah, dass ihm der Preis, dem er fast sein ganzes Leben nachgejagt war, weggeschnappt werden würde, schwankte er.«

»Teresa!«, unterbrach Sharon sie wieder.

»Ja, er schwankte. Ich wusste nicht, warum Kent den Monat, bevor Dad ermordet wurde, so nervös war. Aber an dem Abend nach Daniels Geburt, als Kent zur Feier ein bisschen zu viel Champagner getrunken hatte, gestand er mir, was Dad gedroht hatte, zu tun, wenn er dich heiratete. Dad hatte ihn unter Druck gesetzt und drangsaliert und gedroht, und im Gegenzug hatte Kent nur leicht gezögert. Aber Kent konnte sich das nicht verzeihen. Himmel, Sharon, Kent ist auch nur ein Mensch. Er liebte dich, aber –«

»Er liebte Farr Coal Company mehr?«

»Das habe ich nicht gesagt«, sagte Teri verärgert. »Wenn du dich einfach beruhigen und mir eine Minute zuhören würdest –«

»Ich habe dir für heute lange genug zugehört. Vielleicht für ein ganzes Leben. Du bist genau wie dein Vater, Teresa. Du bist herrschsüchtig, mischst dich in alles ein und stiftest Unruhe. Du denkst, alles und jeder gehört dir. Nichts ist dir lieber, als meine Familie zu zerstören. Du hast mich nie leiden können, und du würdest dich mit jedem verschwören, um mein Glück zu zerstören. Aber ich warne dich, niemand wird mir die Menschen wegnehmen, die ich liebe. Niemand, egal, was ich tun muss, um es zu verhindern!«

Sharon knallte den Hörer auf. Teresa hielt noch einen Moment den Hörer, erschrocken und zu erschüttert, um sich zu bewegen. Langsam legte sie auf, dachte daran, zurückzurufen, entschied dann, dass Sharon Zeit brauchte, um sich zu beruhigen. Viel Zeit, denn sie war nicht nur gekränkt, weil Kent wütend auf sie war weil sie Daniel vom Unterricht weggezerrt hatte. Sie war gekränkt wegen etwas, das acht Jahre zurücklag, etwas, das unmittelbar vor den Morden geschehen war, als sie jung, verliebt und schwanger war und dachte, dass ihr Traum, Mrs Kent Farr und Mutter seines geliebten Sohnes zu werden, sich in Rauch auflöste. Und das alles wegen eines aufbrausenden, selbstsüchtigen, geradezu grausamen Mannes, den niemand vermissen würde.

Teresa konnte Sharon nicht vorwerfen, dass sie so verärgert und zornig war, was Hugh anging. Teri ging es genauso. Das Problem war, dass Sharon einige von Hughs schrecklichen Persönlichkeitsfehlern und seine übelsten Taktiken, andere zu manipulieren, Teresa zuschrieb. Vor einem Jahr schien Sharon noch nicht so über sie gedacht zu haben, dachte Teri. Aber jetzt war Sharon offenbar auf dem Weg, sie fast so zu hassen, wie sie Hugh Farr gehasst hatte.

2

Der Nachmittag war eine Qual für Teresa.

»Ich hatte große Hoffnungen für heute«, sagte Teri laut zu ihrem Spiegelbild. »Was zum Teufel ist schiefgelaufen?«

Teri konnte die unglücklichen Zusammentreffen nicht einfach wegwischen, sondern hatte die Angewohnheit, Situationen und Gespräche, die schiefgelaufen waren, zu sezieren. Sie versuchte herauszufinden, wo die Dinge aus dem Ruder gelaufen waren, fest entschlossen, zu entdecken, was sie dazu beigetragen hatte. Mac hatte sie früher wegen dieser Angewohnheit verspottet und gesagt, es wäre nur eine sinnlose Form der Selbstgeißelung, aber sie konnte nie damit aufhören. An diesem chaotischen Tag konnte sie ganz sicher nicht damit aufhören.

Den Rest des Nachmittags, wanderte Teresa im Haus umher und ging in Gedanken immer wieder ihr Gespräch mit Kent durch, dann das mit Sharon, stellte sich dann den Streit zwischen den beiden vor, der am Abend daraus folgen würde. Teresa sagte sich ständig, dass es nicht ihr Fehler sei. Kent hatte sie nach dem Unterricht gefragt. Hätte sie ihn anlügen sollen. Nein. Aber sie hätte sagen können, dass er warten müsste und es von Sharon und Daniel erfahren würde. Die Wahrheit wäre herausgekommen, aber sie hätte nicht die Hand im Spiel gehabt.

Sie hatte nicht nur Probleme zwischen Kent und seiner Frau verursacht, sie hatte gestern auch Mac verletzt, der nur gekommen war, um ihr seine Unterstützung anzubieten. Wie anmaßend von ihr anzunehmen, dass er mehr wollte, als ihr zu sagen, dass er Byrnes' neuerlichen Versuch, Aufmerksamkeit zu erlangen, bedauerte und dass er an sie glaubte. Ihr Gesicht glühte beinahe bei der Erinnerung daran, wie sicher sie gewesen war, dass er ihre alte Beziehung wiederherstellen wollte. Sie schämte sich und hatte ihn verletzt. Meine Güte, dachte sie, sie hatte ihm erzählt, dass seine eigene Mutter glaubte, ihr Sohn wäre zu Gewalttätigkeit fähig.

Sie fühlte sich schlecht wegen der Probleme, die sie zwischen Kent und Sharon verursacht hatte. Aber auch wenn sie es ungern zugab, war sie noch unglücklicher darüber, dass sie Mac vielleicht tief verletzt hatte. Um acht Uhr wand sie sich fast vor Scham wegen der Dinge, die sie ihm gestern Abend gesagt hatte. Nur weil sie eine harte Zeit durchmachte, hatte sie nicht das Recht, auf ihn loszugehen, tadelte sie sich selbst. »Ich muss mich bei ihm entschuldigen«, sagte sie zu Sierra, die ihrem Frauchen den ganzen Nachmittag treu gefolgt war, während sie hin und her ging. »Ich werde heute Abend zum Club fahren und mich bei ihm entschuldigen!« Fast hätte sie hinzugefügt: »Und du wirst mich nicht davon abhalten!«

Dann blickte sie herunter zu dem treuen, aber müden und verwirrten braunen Hund mit den großen, spitzen Ohren und stellte fest, dass sie zugelassen hatte, dass die Sache mit Roscoe Byrnes in weniger als achtundvierzig Stunden ein Nervenbündel aus ihr gemacht hatte.

Wenn es das war, was er erreichen wollte, dann war sein Wunsch jedenfalls in Erfüllung gegangen, dachte Teresa, und das, weil sie es zugelassen hatte. Sie, nicht Byrnes, hatte die Kontrolle verloren und bereits Gefühle verletzt, weil sie schockiert war und Angst hatte. Jetzt musste sie versuchen, einiges von dem Schaden, den sie angerichtet hatte, wiedergutzumachen, sagte sie sich.

Sie griff nach ihrer beigen Tasche, angelte darin nach ihrem Schlüssel – schwor, dass sie morgen die schreckliche Menge Müll, die sich dort angesammelt hatte, aufräumen würde – und eilte zur Tür. Sie blieb stehen, als sie sah, dass Sierra ihr folgte und ihren flehendsten Blick aufsetzte, weil das Fehlen der Leine ihr signalisierte, dass sie ihr Frauchen nicht begleiten würde. »Tut mir leid, aber ich kann dich heute nicht mitnehmen«, sagte Teri. »Dafür verspreche ich dir, dass ich dir etwas mitbringe.«

Der Mond schien silbern am schiefergrauen Himmel. Vorhin hatte sie gehört, dass ein Gewitter für den Abend vorausgesagt worden war, aber sie hatte nicht das Gefühl, dass eines in der Luft lag. Sie zweifelte jedoch nicht, dass die Pferde es spürten. Sie waren extrem sensibel, was Wetterwechsel anging.

Teresa fuhr direkt zum Club *Rendezvous*. Der Parkplatz war zu einem Drittel voll, ziemlich gut dafür, dass es noch früh am Abend war und ein Wochentag.

Als Teri aus dem Auto stieg, wünschte sie, sie hätte sich die Zeit genommen, um sich etwas anderes anzuziehen als die Jeans und die türkisfarbene Bluse, die sie schon den ganzen Tag trug. Aber als sie den Club betrat, sah sie, dass mindestens die Hälfte der Gäste auch Jeans trug. Die Stimmung war an einem Wochentag eindeutig lockerer als am Wochenende, dachte sie. Sie ging zur Bar und fragte nach Mac.

»Er ist in seinem Büro«, sagte der junge Barkeeper. »Soll ich ihn anrufen und bitten herzukommen?«

»Nein, ich bin Teresa Farr, eine Freundin von ihm. Ich gehe einfach in sein Büro.«

»Mr MacKenzie mag es nicht, wenn Kunden in sein Büro gehen –« Teresa drehte sich um, ließ die Augen durch den Club wandern, entdeckte den Flur in der Nähe der Tür und machte sich auf den Weg dorthin. »Miss Farr«, rief der Barkeeper. »Sie können nicht einfach dahin gehen, Miss Farr –«

Die Proteste des Barkeepers folgten ihr, bis sie an der Tanzfläche vorbei war. Entweder sagte er nichts mehr oder er rief Mac an, während sie zum Ende des Flurs eilte, dorthin, wo nach ihrem und Macs Plan das Büro sein sollte. Und da war es auch. Aus irgendeinem Grund war Teri erfreut, dass Mac an ihrem ursprünglichen Plan des Clubs nichts geändert hatte. An der Bürotür war ein Messingschild mit der Aufschrift »Privat« unter seinem Namen. Sie klopfte zweimal und stieß sie auf. Offensichtlich überrascht, obwohl er das Telefon in der Hand hielt – zweifellos war der Barkeeper am anderen Ende und warnte ihn, dass eine erregte Frau auf dem Weg zu seinem Büro sei – stand Mac auf, als Teri herausplatzte: »Es tut mir leid.«

Hinter seinem großen Mahagonischreibtisch starrte Mac sie einen Moment an. Kein Willkommenslächeln bewegte seine Gesichtszüge. Er stand einfach bewegungslos da, lässig gekleidet in Jeans und ein grünes Hemd, dessen lange Ärmel halb aufgekrempelt waren. Sein dunkles Haar glänzte, seine grünbraunen Augen mit den goldenen Flecken wurden schmaler, und sein Kiefer spannte sich an. Schließlich murmelte er »alles in Ordnung« ins Telefon und legte auf. Er blieb hinter dem Schreibtisch stehen und starrte sie weiter an.

Teri schloss die Tür hinter sich und begann schnell, fast atemlos zu sprechen. »Ich hab mich den ganzen Tag schlecht gefühlt. Gestern Abend auch, nachdem du gegangen warst. Was ich zu dir gesagt habe, war schrecklich. Deine Mutter hat mich tatsächlich an dem Tag angerufen, an dem sie entlassen wurde, und mich gebeten, dir nichts davon zu sagen, dass Dad mich geschlagen oder gedroht hatte, wegen dir zur Polizei zu gehen, und sie hat auch tatsächlich gesagt, dass sie Angst hätte, was du vielleicht tun würdest. Aber gestern habe ich angedeutet, dass sie glauben könnte, dass du fähig seist, Gewalt –«

»Du hast es nicht nur angedeutet, du hast es deutlich gesagt«, unterbrach Mac sie eisig.

»Ja, ich weiß. Aber ich weiß auch, dass sie das nicht so meinte. Sie hatte Angst, es würde einen handgreiflichen Streit geben, das ist alles, einen Streit, der vielleicht damit geendet wäre, dass du wegen Körperverletzung an Dad festgenommen worden wärst.«

»Und sie hatte recht. Wenn ich gewusst hätte, was er mit dir gemacht hatte, hätte ich ihm die Seele aus dem Leib geprügelt. Er hätte es verdient. Aber ich habe es nicht verdient, was du mir gestern aufgetischt hast, dass meine eigene Mutter glaubte, ich könnte einen Mord begehen. Das war unter der Gürtellinie, Teri, und ich weiß nicht, warum, es sei denn, du wolltest es mir immer noch einmal mehr heimzahlen, dass ich eine andere Frau geküsst habe, als wir verlobt waren.«

»Das wollte ich nicht!« Ein Sensor in ihrem Gehirn schien zu knacken und sie zu zwingen, die Wahrheit zu sagen. »Ich meine, irgendwie schon, aber nicht so, wie du denkst.«

»Oh?« Mac hob die Augenbrauen. »Erzähl mir doch mal was ich denke!«

»Mac, bitte mach es nicht so kompliziert.« Teresa spürte, wie sie anfing zu schwitzen. Sie trat näher an den Schreibtisch, spreizte ihre Hände beinahe flehentlich. »Ich kann nicht genau erklären, was in meinem Kopf vor sich ging, aber –«

»Du meinst, du *willst* nicht genau erklären, was in deinem Kopf vorging.«

»Also gut, verdammt, ich will es im Moment nicht erklären. Deshalb bin ich nicht hergekommen. Ich bin gekommen, um mich zu entschuldigen und um dir zu sagen, dass ich weiß, und auch vor acht Jahren wusste, dass deine Mutter nicht dachte, du würdest irgendjemanden umbringen. Mein Gott, wenn ich gedacht hätte, dass deine eigene Mutter glaubte, du wärest fähig, einen Mord zu begehen, hätte ich mich dann ein Jahr später mit dir verlobt?«

»Oh, ich weiß nicht«, sagte Mac langsam, beugte sich dann über den Schreibtisch, seine Stimme klang boshaft. »Schließlich hätte ich ja zwei Menschen getötet, die du gehasst hast.«

Für einen Moment brannte ein kurzes, glühendes Schweigen zwischen ihnen, bevor Teri sich über den Schreibtisch beugte und Mac ins Gesicht schlug. Es war kein fester Schlag, aber Macs Augen weiteten sich überrascht, und er griff sich mit der Hand an die Wange. Teresa drehte sich um und fegte aus dem Büro. Während sie den Flur hinunterlief, hörte sie ihn rufen: »Teri! Warte!« Aber sie blieb nicht stehen.

Innerhalb von wenigen Sekunden, so kam es ihr vor, war sie in ihrem Auto und bog aus der Parklücke. Obwohl sie sich bemühte, geradeaus zu blicken, glitt ihr Blick für einen Moment zur Seite, und sie sah Mac vor dem Club stehen, mit erschrockenem und zerknirschtem Gesicht.

3

Teresa fuhr blindlings und wütend vom Parkplatz, und erst, als sie schon halb durch die Stadt gefahren war, merkte sie, dass sie mit kaltem Schweiß bedeckt war. Außerdem überschritt sie die Geschwindigkeitsgrenze. Sie verlangsamte sofort das Tempo, holte ein paarmal tief Luft und spürte, dass eine Träne an ihrer Wange hinunterlief. Sie wischte sie mit dem Handrücken weg – die Handbewegung erinnerte sie an Daniel, wie er schluchzend von ihrem Haus und vom Stall weggeführt worden war –, während eine weitere Träne ihre linke Wange hinunterlief.

Sie hatte Mac geschlagen. Ihn ins Gesicht geschlagen! Sie hatte noch nie in ihrem Leben so etwas gemacht und war entsetzt. Sie war wütend und entsetzt gewesen, als ihr Vater sie vor acht Jahren geschlagen hatte, und jetzt benahm sie sich so wie er! War sie nicht besser als Hugh Farr? War diese Neigung zu schlagen und zu verletzen etwa erblich?

»Oh Gott«, stöhnte sie laut, erschüttert darüber, was sie gerade getan hatte. Sie war zu Mac gefahren, um sich zu entschuldigen. »Was für eine Entschuldigung«, murmelte sie wieder. »Zuerst erzählst du ihm, dass seine Mutter ihm nicht vertraut, dann ohrfeigst du ihn auch noch. Er kann froh sein, dass du die Verlobung gelöst hast, bevor er ernsten körperlichen Schaden genommen hätte.«

Teresa stellte das Radio rechtzeitig an, um die Wettervorhersage zu hören, die sie über zunehmende Windgeschwindigkeit wegen des nahenden Gewitters informierte. Sie legte eine CD ein, entschied dann, dass sie Ruhe brauchte. Sie konnte sich nicht mal auf Musik konzentrieren, die normalerweise ihre Nerven beruhigte und ihre Gedanken von Problemen ablenkte. Sie blickte auf ihre Benzinanzeige und sah, dass sie bedenklich wenig Benzin hatte. Außerdem hatte sie versprochen, dass sie Sierra etwas mitbringen würde.

Teri bog auf den Parkplatz des Drugstores ein und hielt bei einer Tanksäule. Ihre Hände zitterten, als sie den Tankdeckel abschraubte. Ihr gegenüber gestikulierten zwei Teenager in einer zerbeulten Limousine, während sie abwechselnd Grimassen schnitten und ihre Köpfe in unbändigem Gelächter zurückwarfen.

Eine steife Brise wehte plötzlich Teresa die Haare vors Gesicht, und sie erinnerte sich an die Vorhersage des Radiosprechers, dass der Wind zunehmen würde. Sie schob die Haare hinter die Ohren und fühlte sich müde, angespannt und niedergeschlagen.

Schließlich betrat sie den Laden, nahm zwei Dosen von Sierras Lieblingsfutter und eine Packung Dörrfleisch, das der Hund am liebsten hatte, griff einen Becher frische Sahne für ihren Morgenkaffee und stellte sich an der Kasse an. Es schien, als ob jeder in Point Pleasant, der nicht im Club war, sich entschieden hatte, beim Lebensmittelladen an der Schnellstraße anzuhalten. Als sie die Kasse erreichte, hatte sie ihre Ausbeute noch um eine Packung M&M und ein Boulevardblatt ergänzt.

Und jetzt?, dachte Teresa, als sie wieder in ihrem Auto saß. Ein Fernsehabend? Lesen? Musik hören und Wein trinken?

Als Teri in die schmale Straße einbog, die zu ihrem Haus führte, hatte der Wind so zugenommen, dass die grünbelaubten Äste der Bergahorne wogten. Eine dicke weiße Katze lief vor ihr über die Straße. Sie bremste wegen der Katze, sah dann zum Himmel auf – schwarz, mit einer Wand bewegter grauer Wolken, die von Westen hereinzogen.

Teresa wusste, dass die Pferde vom Rauschen des Grases und der Blätter unruhig werden würden. Gus und Josh vollbrachten Wunder, wenn es darum ging, ihre Pferde zu beruhigen. Während sie weiterfuhr, spähte sie zu dem Cottage, in dem Gus und Josh wohnten, suchte nach Licht und ihrem robusten SUV, als etwas auf die Straße stürzte.

Teresa trat auf die Bremse. Es schien, als ob die Scheinwerfer die Gestalt, die einen langen, schwarzen Regenmantel mit Kapuze trug, erstarren ließen. Der weite Regenmantel flatterte, als die Gestalt sich umdrehte und sie direkt ansah. Teri konnte einen flüchtigen Blick auf ein blasses Gesicht und große, erschrockene Augen werfen – blaue Augen umgeben von schweren Schatten –, bevor lange schwarze Haare über die geisterhaften Gesichtszüge wehten wie ein Schleier. Im selben Moment lief die Gestalt zu den Bäumen auf der linken Seite der Straße und verschwand.

Einen Moment lang saß Teresa wie erstarrt im Auto. Nein, das konnte nicht sein, dachte sie. Es war der Spanner. Es war ein Teenager, der Schutz suchte, bevor das Gewitter losbrach. Es war nicht, das konnte nicht sein –

Teri riss fast den Sicherheitsgurt los und sprang aus dem Auto. »Hey, wer bist du?«, schrie sie mit bebender Stimme. Als die Äste schlugen und sie das erste entfernte Donnergrollen hörte, überkam sie ein instinktives Gefühl wie eine riesige, kalte Welle, und sie rief aus tiefster Verzweiflung: »Mum! Mami, komm zurück!«

Elftes Kapitel

1

Teresa stand auf der Straße und blickte auf die Bäume, hinter denen die Person verschwunden war. Sie wollte die Gestalt, die ihre Mutter hätte sein können, verfolgen und hatte zugleich Angst davor. Viele Gedanken schossen ihr durch den Kopf. War ihre Mutter die ganze Zeit am Leben gewesen? Aus welchem Grund kam sie nach acht Jahren zurück? Hatte sie von Roscoe Lee Byrnes' Aussage gehört, dass er Hugh und Wendy Farr nicht ermordet hatte, und wusste sie, dass Teresa wieder einmal unter Verdacht geraten würde? Wenn Marielle die Morde begangen hatte, war sie hinreichend genesen, um ihre Tochter diesmal zu beschützen? War sie nach Hause gekommen, um ein Geständnis abzulegen?

Nein, dachte Teresa leidenschaftlich. Ihre Mutter war tot. Sie musste tot sein. Sie wäre nicht einfach acht Jahre wie vom Erdboden verschluckt gewesen. Das war nicht möglich. Oder doch? Wie schwer würde es sein, eine andere Identität anzunehmen? Soweit alle wussten, hatte Marielle weder Geld noch Kreditkarten bei sich, als sie verschwand. Sie hätte auch keine Kreditkarten benutzen können, ohne dabei ausfindig gemacht zu werden. Könnte jemand ihr genug Bargeld gegeben haben, um weit von Point Pleasant wegzugehen? Und wie stand es mit Ausweispapieren? Marielle hätte eine Geburtsurkunde, einen Führerschein, eine Sozialversicherungsnummer gebraucht. In dem Zustand, in dem sie war, als die Morde sich ereigneten, konnte sie es nicht geschafft haben, sich die Papiere selbst zu beschaffen. Aber wer? Offenbar jemand, der viel für sie empfand.

Als der Wind stärker wurde, durch Teris Haare peitschte, sie durcheinanderbrachte und eine Gänsehaut auf ihren Armen unter der dünnen Baumwollbluse verursachte, merkte sie, dass sie schon mindestens fünf Minuten dastand. Die Scheinwerfer ihres Autos durchbohrten die Dunkelheit, hoben die Straße scharf von den Bäumen ab, die sie auf beiden Seiten säumten. Selbst wenn die Person, die hinter ihnen Schutz gesucht hatte, um sich zu verstecken, das Geräusch eines Menschen machte, der lief, könnte Teri es bei dem Lärm gegeneinanderschlagender Blätter und dem Knacken dünner Äste nicht gehört haben. Kalte, peitschende Regentropfen trafen sie. Widerwillig und erleichtert zugleich stieg Teresa ein wenig benommen in ihr Auto und machte sich auf den Nachhauseweg.

Sie fuhr den Buick in die Garage und drückte die Fernbedienung der automatischen Tür. Die schwere Garagentür rollte hinter ihr herunter und schloss mit einem beruhigenden dumpfen Knall. Teresa öffnete die Tür, die von der Garage in die kleine Eingangshalle neben der Küche führte. Sierra hatte gehört, wie die Garagentür heruntergerollt war, und wartete auf Teri. Ihr Schwanz flog, während sie hohe Quietschlaute von sich gab, die Freude bedeuteten. Aber der Hund spürte gleich die Stimmung seines Frauchens und wich zurück. »Gut«, lobte Teresa. »Ich kann im Moment nicht spielen, aber ich habe an deine Überraschung gedacht.« Sie zog das Dörrfleisch aus der Einkaufstüte, riss die Packung auf und warf ein paar Streifen auf den Boden.

Während Sierra eifrig zu fressen begann, eilte Teresa zur Haustür und schaltete die drei hellen Lichter an, die das Dach der Veranda säumten. Der Hang, der von ihrem Haus hinunter zum Feld führte, wurde sichtbar. Der Anblick des Regens, der auf dem Gras schimmerte, war nicht besonders erfreulich, aber zumindest schien auf dem Grundstück vor ihrem Haus kein menschliches Wesen zu sein – kein Wesen in einem langen, schwarzen Regenmantel mit Kapuze.

Teri holte tief Luft. Nachdem sie sich vergewissert hatte, dass die Haustür abgeschlossen und verriegelt war, ging sie, so selbstsicher, wie sie konnte, zum Telefon. Im nächsten Moment bellte Kent ein scharfes, wütendes »Hallo«.

»Kent«, brachte Teresa heraus. »Kent –«

»Teri? Wenn Sharon bei dir ist, gib sie mir sofort«, befahl er.

Sein Befehl überraschte Teresa. Sie war für einen Moment sprachlos. Dann funktionierte sie wieder. »Sharon ist nicht hier. Was ist los? Geht's Daniel gut?«

»Nein, Daniel geht's nicht gut.« Kent holte tief Luft. »Sharon und ich hatten eine Meinungsverschiedenheit – zum Teufel, wem mache ich eigentlich was vor –, Sharon und ich hatten einen lauten Streit, weil sie Daniel den Reitunterricht vermasselt hat.«

»Kent, ich hätte es dir nicht sagen sollen –«

»Ich hätte es ohnehin erfahren. Es lief darauf hinaus, dass er den ganzen Tag mit Unterbrechungen geweint hat, weil er so enttäuscht war wegen des Unterrichts – er hat geweint, bis ihm übel war, und ich werde nicht zulassen, dass die Gesundheit meines Sohnes gefährdet wird, weil seine Mutter ihn erdrückt unter dem Vorwand, ihn zu beschützen.«

»Es tut mir so leid«, sagte Teri automatisch.

Kent fuhr hastig fort. »Sharon macht ein neurotisches Kind aus ihm. Und um das Maß voll zu machen, ist sie wütend auf dich, weil du mir erzählt hast, dass sie Daniel nach nur einer halben Stunde vom Unterricht weggezerrt hast.«

Teri schwieg einen Moment. Sie hatte sich den ganzen Tag gesagt, dass sie nicht noch weiter in diesen Konflikt zwischen

Kent und Sharon hineingezogen werden durfte. Sie hatte Sharon bereits wütend gemacht, und egal, was Kent sagte, Teri wusste, dass sie zum Teil für diesen schlimmen Streit zwischen ihrem Bruder und ihrer Schwägerin verantwortlich war. »Vielleicht könnt ihr das Problem lösen, wenn ihr einfach darüber redet, statt zu kämpfen«, sagte Teresa vorsichtig.

»Sharon redet nicht mit mir. Sie beschimpft mich nur!« Teri würde Kent am liebsten sagen, dass er auch ziemlich gut im Beschimpfen war, aber sie wusste, dass jetzt nicht der passende Zeitpunkt war, um auf Mängel seines Charakters hinzuweisen. »Sie ist wahrscheinlich nach Hause zu Daddy gelaufen«, fuhr Kent fort. »Er ist die Wurzel unserer Probleme. Wenn Gabe Sharon nicht ihr ganzes Leben so sehr verwöhnt hätte, würde sie nicht erwarten, dass alles nach ihrem Willen geht. Sie ist nicht der Meinung, dass ich ein Mitspracherecht haben sollte, wie Daniel erzogen wird, weil sie ihn nicht als unseren Sohn betrachtet, sondern als ihren Sohn.«

»Ich denke, diesmal hat ihr Verhalten mehr mit mir zu tun als damit, dass sie verwöhnt ist«, wagte Teri schließlich zu behaupten. »Es stimmt, sie ist überängstlich, was Daniel angeht, aber offen gesagt, ich glaube, sie sieht ihn nicht gerne in meiner Nähe, weil sie nie sicher war, dass ich Dad und Wendy nicht ermordet habe!«

Kent atmete heftig ein. »Das ist … lächerlich! Sharon würde niemals … so etwas denken.«

Das heftige Einatmen, die leeren, ungeschickten Worte verrieten Teri, dass sie den Nagel auf den Kopf getroffen hatte. Sharon zweifelte an ihr, und sie hatte ihre Zweifel Kent gegenüber geäußert, der jetzt versuchte, seine Schwester zu beruhigen.

»Na, vielleicht ist es lächerlich«, sagte Teresa um Kents willen.

»Das ist es«, antwortete Kent prompt, mit einer Spur Erleichterung in der Stimme. »Wir sollten Sharon jetzt erst mal vergessen. Als du angerufen hast, Teri, klangst du aufgeregt. Sag mir – was ist bei dir los?«

»Also …« Teresa verlor plötzlich die Nerven und bedauerte, ihren Bruder angerufen zu haben. Er stand schon unter Strom, und außerdem würde er denken, sie wäre verrückt.

»Also was?« Kents Stimme wurde sanfter. »Ich weiß, du denkst gerade, du hättest mich nicht anrufen sollen, jedenfalls nicht, nachdem ich einen Streit mit Sharon hatte. Aber Sharon und ich streiten uns viel, und wir vertragen uns immer wieder, also hör auf, dich schuldig oder verantwortlich zu fühlen. Und Teri, du bist zwar die stärkste, unabhängigste Frau, die ich kenne, aber ich bin immer noch dein großer Bruder, deshalb tu mir den Gefallen und sag jetzt, was los ist.«

»Okay. Das ist lieb von dir, Kent. Aber unterbrich mich nicht. Du unterbrichst mich ständig, und das macht mich –«

»Ich unterbreche nicht«, behauptete Kent.

»Ich sag nichts mehr.«

Kent seufzte wieder. »Du hast recht«, gab er sich geschlagen. »Ich verspreche, kein Wort zu sagen, bevor du mir erlaubst zu sprechen.«

»Das wäre das erste Mal«, murmelte Teri trocken, »aber los geht's.«

Teresa erzählte Kent, dass sie vorhin weg gewesen war. Dass sie Mac besucht hatte, verschwieg sie. Wie sie in die Straße eingebogen war, die zu ihrem Haus führte, gerade als der Wind vor dem Gewitter aufkam. »Die Bäume peitschten, und ich fuhr langsam. Plötzlich lief jemand vor mir – eine große, schlanke Person, die einen schwarzen Regenmantel mit Kapuze trug. Ich konnte einen flüchtigen Blick auf ihr Gesicht werfen, und für einen Moment konnte ich es deutlich sehen – so deutlich, wie das bei dem Wetter möglich war«, sagte Teresa ernst. »Das Gesicht war blass, die Augen irgendwie tiefliegend und schwarze Haare, lange, schwarze Haare, dick und glatt wie meine.«

Teri hielt inne. »Die Person sah mich direkt an, dann lief sie in den Wald neben der Straße. Ich bin aus dem Auto gestiegen, ihr aber nicht gefolgt. Ich konnte mich nicht überwinden. Aber, Kent, ich weiß, wen ich gesehen habe … Es war unsere Mutter!«

2

Teresa machte sich auf alles gefasst. Entweder würde Kent mit Bestimmtheit erklären, dass sie ihre Mutter nicht gesehen hätte, oder sich über sie lustig machen und für albern und überspannt halten. Aus irgendeinem Grund konnte sie den Blick nicht vom Sekundenzeiger der Uhr auf dem Kaminsims abwenden. Dreißig Sekunden waren vergangen, bevor Kent ruhig sagte: »Teri, wo, sagtest du, hast du Mum gesehen?«

Sie schloss die Augen. Ihr Bruder sprach in dem ruhigen, besorgten Tonfall, der im Allgemeinen bei psychisch Kranken gebraucht wurde. »Ich sagte, ich habe sie auf der Straße zu meinem Haus gesehen«, gab sie ruhig zurück. »Sie lief vor mein Auto. Ich habe sie fast angefahren.«

»Und dann lief sie weg.«

»Ja. Sie rannte in die Bäume neben der Straße.«

Und du bist ihr nicht gefolgt.«

»Nein.«

»Warum nicht, wenn du davon überzeugt warst, dass es Mum war?«

Kents Frage ließ sie abrupt innehalten. Was konnte sie sagen? Dass sie gleichzeitig fürchtete, dass sie es war und dass sie es nicht war und dass sie die Enttäuschung nicht ertragen hätte? Nein, Kent verstand keine subtilen Beweggründe oder Vieldeutigkeiten. Er würde nicht verstehen, warum Teresa der Person nicht gefolgt war. »Es ging alles ganz schnell«, sagte sie und versuchte, dabei gefasst zu klingen. »Ich stand fast noch auf der Bremse, fürchtete die Person angefahren zu haben. Das Gewitter zog auf, ich stieg aus dem Auto. Ich rief, aber sie antwortete nicht …«

Wieder Schweigen. Dann sagte Kent: »Teri, du weißt, wenn du wirklich gedacht hättest, dass es Mum wäre, wärest du ihr gefolgt, egal, wie überrascht du warst oder wie stark es regnete. Also entweder hast du niemanden gesehen –«

»Hab ich!«

»Okay. Beruhige dich.« Teri biss die Zähne zusammen. »Du hast jemanden gesehen, aber egal, was du dir jetzt einredest, du wusstest instinktiv, dass es vielleicht nicht Mum war und dass du dich in Gefahr bringen würdest, wenn du ihr … ihm … was auch immer, folgen würdest.«

»Mum«, sagte Teresa eigensinnig.

»Nein, Teri. Es sah vielleicht aus wie Mum, obwohl ich nicht verstehe, wieso jemand, der aussieht wie Mum, vor dein Auto laufen und dann verschwinden musste, aber es war nicht Mum. Teenager treiben sich in diesen warmen Sommernächten gerne herum. Vielleicht war deine Windschutzscheibe verschmiert. Oder vielleicht hast du gerade an Mum gedacht. Oder … na ja … hattest du was getrunken?«

Seine letzte Frage brachte Tersa innerlich zum Kochen. »Ich war sturzbetrunken. Ich bin sicher, dass ich auf dem Nachhauseweg mindestens vier Leute angefahren habe. Du wirst morgen darüber in der Zeitung lesen.«

»Teri«, sagte Kent übertrieben geduldig, wie er es bei Daniel war, »lass das bitte. Werd nicht wütend.«

»Ich werde wütend, wann ich will!« Teri merkte, dass sie wie ein Kind klang. Kein Wunder, dass Kent mit ihr sprach, als wäre sie so alt wie sein Sohn. »Hör zu, jemand lief vors Auto – jemand, der einen langen, schwarzen Regenmantel mit Kapuze trug, groß und schlank wie Mum, jemand mit einem Gesicht wie Mums, jemand mit Augen und mit langen schwarzen Haaren wie die von Mum. Ich habe alle diese Einzelheiten deutlich im Scheinwerferlicht meines Autos gesehen. Dann schoss die Person in die Felder. Ich will nur wissen, was du darüber denkst. Du brauchst nicht sarkastisch werden oder dich benehmen, als sei ich verrückt.«

»Teri, ich halte dich nicht für verrückt. Aber als du anriefst, sagtest du, dass du eindeutig Mum vor deinem Auto gesehen hast, nicht jemanden, der in einen schwarzen Mantel mit Kapuze gehüllt war und auf den du einen flüchtigen Blick geworfen hast, bevor er weglief. Und, um es klarzustellen, du hast mich nicht nach meiner Meinung gefragt. Du hast ziemlich eindeutig erklärt, dass du Mum gesehen hast, von der wir seit acht Jahren nichts gehört oder gesehen haben, die Polizei auch nicht. Deshalb meine ich, hast du kein Recht, wütend zu werden, weil ich skeptisch bin.«

Alles, was Kent sagte, stimmte. Und alles, was Kent sagte, klang, als würde er aus einem Buch vorlesen, das davon handelte, wie man mit einem Hysteriker umging. Teresa war wütend, aber sie sollte verdammt sein, wenn sie sich weiter mit ihrem Bruder stritt und zuließ, dass er mit ihr sprach, als wäre sie völlig unzuverlässig und würde zu wilden Phantasien neigen.

»Vergiss es.« Sie war überrascht, wie kühl sie klang, obwohl ihr Herz pochte. »Du hast recht. Es war wahrscheinlich nur ein Teenager.« Wie der, der gestern Abend Schneeflocke vor meine Tür gelegt hat, dachte sie und war erleichtert, dass sie sich heute Morgen darauf konzentriert hatte, Sharon zu beruhigen, anstatt ihr zu erzählen, dass jemand Celestes Nachtlampe auf die Veranda gelegt hatte. Sharon hätte es sofort Kent berichtet, wenn er ihr Vorwürfe gemacht hätte, weil sie Daniel vom Unterricht weggezerrt hatte. »Wahrscheinlich habe ich gerade an Mum gedacht, und da ist die Phantasie mit mir durchgegangen.«

»Bist du sicher?«

»Oh ja. Mir geht's jetzt viel besser«, log sie.

»Da bin ich mir nicht so sicher, Teri. Du klingst nicht wirklich –« Jemand hämmerte an Teresas Haustür und sie hätte beinahe geschrien. »Was ist das?«, wollte Kent wissen.

»Die Tür …« Teresas Magen verkrampfte sich, und sie umklammerte das Telefon mit eisernem Griff. »Jemand ist an der Tür …«

»Um Himmels willen, es klingt, als würde jemand die Tür einschlagen!«, schrie Kent in ihr Ohr. »Sind das die Männer, die für dich arbeiten?«

»Nein … sie würden nicht …«

Plötzlich hörte sie Mac MacKenzies vertraute kräftige, tiefe Stimme. »Teri, komm zur Tür! Teri, ich bin's – Mac.«

»Habe ich da Mac MacKenzie gehört?«, wollte Kent wissen.

»Teri, mach die Tür auf! Eines deiner Pferde ist ausgebrochen. Es läuft wie verrückt herum …«

Eines der Pferde? Ausgebrochen? Läuft? Teresa wusste, dass etwas ihm Angst gemacht hatte, und sofort verschwand ihre eigene Furcht. »Es ist was mit einem meiner Pferde, Kent«, sagte sie schnell. »Ich muss los.«

Kent rief immer noch Fragen, als sie einfach auflegte. Sierra war vor ihr an der Tür. Später dachte Teresa, dass sie ein furchterregendes Paar abgegeben haben mussten – der Hund bellte ohrenbetäubend und tobte, Teri blickte wild und keuchend –, als sie die Tür aufschloss und aufstieß. Mac stand vom Regen durchnässt da und hob gerade die Faust, um erneut gegen die Tür zu schlagen. Teresa sprang gerade noch rechtzeitig zurück, um seiner Faust auszuweichen, und er stolperte herein.

»Oh Gott, ich hätte dich fast getroffen!«, rief Mac.

»Das Pferd!«, schrie Teri gegen Sierras aufgeregtes Bellen an. »Welches Pferd läuft frei herum?«

»Ich habe nur einmal genau sehen können. Ich glaube, es ist ganz schwarz –«

»Eclipse!«, stieß Teresa hervor.

»Es rannte in dem Ring oder Zirkel – wie immer du es nennst. Es war völlig wild.«

»Es ist mein Pferd.« Teri griff nach ihrer Windjacke, die am Garderobenständer neben der Tür hing. »Haben Gus oder Josh sie gejagt?«

»Gus oder Josh?«

»Meine Angestellten.«

»Da draußen war keiner. Nur das Pferd.« Teri drängte sich an Mac vorbei und rutschte auf der regennassen Veranda fast aus. »Du wirst nicht versuchen, das Pferd allein einzufangen!«, platzte Mac heraus.

»Nein, du wirst mir helfen.«

»Dir helfen! Ich weiß nicht, wie man –«

Macs Auto stand auf ihrer Auffahrt, der Motor lief, die Scheinwerfer durchschnitten die Dunkelheit. »Fahr runter zur Scheune«, rief Teri ihm zu, als er ihr zum Auto folgte. »Fahr langsam, aber lass das Licht an, wenn du anhältst.«

Teresas Blick glitt über die Koppeln, die sich hinter dem Stall erstreckten. In den Fenstern des Cottages der Gibbs war Licht, aber der Stall war völlig dunkel. Sie verstand es nicht. Wenn Eclipse es geschafft hatte, Gus oder Josh wegzulaufen, warum versuchten sie nicht, sie zurückzuholen? Und warum war sie überhaupt einem von ihnen durchgegangen? Eclipse war nicht lammfromm, aber sie war auch nicht übermütig. Teri konnte sich nicht erinnern, dass das Pferd sich jemals so erschreckt hatte, dass es wild herumlief – bis heute Nacht. Teris Augen weiteten sich, als sie sah, wie der schwarze Araber über das nasse Gras raste, gefährlich knapp vor der Umzäunung des Reitzirkels abdrehte und den Kopf in den schräg fallenden Regen warf. »Mein Gott«, stöhnte Teri. »Da ist sie, Mac. Was um alles in der Welt ist in sie gefahren?«

»Das fragst du mich?« Seine Frage hätte leichtfertig klingen können, aber so war es nicht. Teri merkte, dass der Anblick des panisch herumgaloppierenden Pferdes ihn genauso erschreckte wie sie, obwohl er nicht ihr Wissen und ihre Liebe zu Pferden teilte. Die Panik könnte mit einem gebrochenen Bein oder Schlimmerem enden, wenn es in den Zaun krachte. »Was sollen wir tun?«

»Bleib ruhig«, sagte Teresa als sie langsam beim Stall hielten. »Schrei sie nicht an. Ich geh in den Stall und hole ein Halfter.«

Sie liefen zu den großen Stalltüren, von denen eine etwas geöffnet war. Ihr Magen flatterte vor Angst. Weder Gus noch Josh würden die Türen in einer so stürmischen Nacht, wenn die Pferde leicht nervös wurden, offen lassen. Wenn der Sturm die ganze Nacht dauerte, schlief sogar einer von ihnen im Stall, um die Pferde zu beruhigen, die Angst bekamen oder übermütig wurden, das wusste Teri. Aber heute Abend nicht. Heute Abend war der Stall völlig dunkel, und die einzigen Geräusche waren das Stampfen und Schnauben der Pferde.

Teri sah Mac an. »Ich weiß, dass du nicht verrückt nach Pferden bist. Warte hier draußen.«

Mac sah sie an und schüttelte den Kopf, so dass Regentropfen aus seinem welligen Haar flogen. »Ich lass dich nicht allein in den dunklen Stall.« Insgeheim war Teresa erleichtert, obwohl sie es niemals zeigen würde. Durch Macs Anwesenheit fühlte sie sich stärker und ruhiger, auch wenn er nicht wusste, wie man ein entlaufenes Pferd einfing. »Außerdem«, fuhr er fort, »ist es nicht so, dass ich Pferde nicht mag. Ich weiß nur nichts über sie.«

Mac nahm ihren Arm fest in die Hand. Das schien so natürlich, als würde er es jeden Tag tun, und sie merkte, dass sie ruhiger wurde. Dann trat Teresa in den großen Stall mit seiner fast fünf Meter hohen Decke und erstarrte. Sie spürte die Spannung, die in der Luft lag, während die Pferde schnaubten, stampften und gegen ihre Boxenwände traten. Bleib ruhig, sagte Teri zu sich, als sie die Lichter anmachte.

»Was muss ich tun?«, zischte Mac in ihr Ohr.

»Du brauchst nicht zu flüstern, aber halte deine Stimme gedämpft«, murmelte Teresa. »Und komm nicht in Augenkontakt mit den Pferden. Es kann sie nervös machen, wenn man ihnen in die Augen starrt.«

»Du machst Witze.«

»Tu nicht so erstaunt – Menschen sind genauso«, sagte Teresa sanft. »Die Pferde sind schon aufgeregt, Mac. Mach keine lauten Geräusche, beweg dich gelassen und halte den Kopf gesenkt. Benimm dich einfach, als wäre alles in Ordnung. An der Wand rechts von dir ist ein Telefon. Der SUV der Gibbs ist weg, aber in ihrem Cottage brennt Licht. Ich werde sie anrufen. Wir brauchen Gus' oder Josh' Hilfe.«

Das Telefon klingelte viermal bis der Anrufbeantworter ansprang und ihr mitteilte, dass niemand zu Hause wäre, sie aber so bald wie möglich zurückgerufen würde. Teresas Hoffnung platzte wie eine Blase. Die Gibbs ließen nur eine kleine Lampe an, wenn sie beide weg waren. Wenn in mehr als einem Zimmer Licht brannte, war immer mindestens einer zu Hause. Nur heute Abend nicht.

Sie legte auf und wandte sich an Mac. »Kein Glück. Ich weiß nicht, wo sie bei so einem Wetter sein könnten.«

»Das Gewitter ist ziemlich schnell aufgezogen«, erinnerte Mac sie. »Vielleicht haben sie noch keine Zeit gehabt, zurückzukommen.«

»Wenn das stimmt, hoffe ich, dass sie bald kommen. Wir brauchen sie. Bis dahin sind wir auf uns allein gestellt.«

Mac folgte Teresa vorsichtig, die weiter in Richtung Sattelkammer vorging. Der Geruch von Pferden und frischem Heu schlug ihr entgegen, und der Geruch von Angst – die Angst der schnaubenden, stampfenden, tretenden und wiehernden Pferde.

»Es ist gut, Conquistador. Gutes Mädchen, Cleopatra. Dir passiert nichts, Sir Lancelot. Teri und Mac sind hier, um auf euch aufzupassen«, besänftigte sie die Pferde. Der sanfte, einlullende Tonfall, den sie von Gus und Josh gelernt hatte, beruhigte die Pferde normalerweise, aber heute Abend war er wirkungslos. Teresa wusste, warum. Tief in ihrem Innern hatte sie das schreckliche, unbestimmte Gefühl, dass etwas nicht stimmte. Sie hatte es schon einmal gehabt. Sie wusste ohne Zweifel, dass etwas Bedrohliches in diesem Stall war, so wie vor acht Jahren in ihrem Zuhause, als sie aufgewacht war und festgestellt hatte, dass der Tod im Haus war.

Teresa versuchte, die Erinnerung zu verdrängen. Der Stall war jetzt hell erleuchtet. Sie hatte alle Lichter angemacht. Niemand schlich hier herum, verdrückte sich durch einen dunklen Flur mit einem blutigen Messer in der Hand. Aber jemand hatte Eclipse hinausgelassen – ihr Pferd. War das ein Zufall?

Sie blickte zur Box ihres Pferdes. Die Boxentür stand halb offen, war aber heil. Jeder, der sich mit Pferden auskannte, wusste, dass ein Pferd eine Tür auftreten konnte, die mit einem Riegel zugemacht war, der mit Schrauben befestigt war. Deshalb hatte Teresa darauf bestanden, dass die Boxentüren mit stabilen Riegeln versehen wurden. Gus hatte Josh ermahnt, niemals nachlässig zu sein und darauf zu achten, dass jeder Riegel richtig vorgeschoben war, nachdem ein Pferd in seine Box gebracht worden war. Die Riegel zu überprüfen war ihnen zur zweiten Natur geworden. Teresa blickte sich kurz um, um sich zu vergewissern, dass alle Boxentüren fest verriegelt waren. Das war der Fall – außer einer.

»Brechen Pferde häufig aus?«, fragte Mac nah an ihrem Ohr.

Teresa blickte auf und sah die Falte zwischen seinen Augenbrauen, die Sorge in seinen haselnussbraunen Augen. »Hier passiert es nie. Gus und Josh sind äußerst zuverlässig. Ich verstehe einfach nicht …«

Der rotbraune Morgan, Bonaparte, wieherte laut und trat kräftig gegen seine Box. Teri und Mac fuhren beide zusammen. »Oh Gott, Bonaparte ist immer am nervösesten von allen Pferden«, sagte Teri, »deshalb steht er neben Conquistador, der einer der ruhigsten ist. Pferde übernehmen Verhaltensweisen voneinander, weißt du.«

»Nein, das wusste ich nicht. Alles, was ich über Pferde weiß, ist, dass sie vier Beine haben und groß sind«, murmelte Mac.

Teresa überprüfte den Riegel an Bonapartes Boxentür und ging zurück zu Mac. »Er wird sich beruhigen, solange Conquistador ruhig bleibt.«

Sie gingen in den hinteren Teil des Stalls, und Teresa griff nach einem Türknauf. »Die Sattelkammer«, sagte sie, als sie die Tür öffnete. Vor ihnen lag ein langer Raum, der Pferdeausrüstung enthielt, die fast militärisch penibel auf Ablagen und Ständern geordnet war. Der Fußboden war makellos, die beiden großen Fenster so sauber, dass sie durchsichtig schienen, würden nicht Regentropfen dagegenprasseln. »Gus hält diesen Raum so sauber wie einen Operationssaal«, sagte Teresa, während sie schnell ein Halfter vom Haken nahm. Sie blickte zu Mac. »Bereit, ein panisches Pferd einzufangen?«

Sie eilten durch den Stall und traten hinaus in den peitschenden Regen, die Stalltüren hinter sich schließend. Eclipse rannte immer noch durch die sich schnell bildenden Pfützen und kam einmal dem Zaun, der den Reitplatz umgab, gefährlich nahe. Teri tat einen entsetzten Atemzug und hätte fast das Pferd beim Namen gerufen, aber sie hielt sich zurück. Das Geheimnis war, ruhig zu bleiben. Sie wusste, wenn sie sich aufregte und zu schreien begann, würde Eclipse nur schneller laufen und weiter von ihr weg.

»Was sollen wir tun?«, fragte Mac und wischte sich den Regen von der Stirn.

»Das Wichtigste ist, sie nicht zu jagen. Eclipse läuft zwar noch, aber es scheint, dass sie langsamer wird. Falls irgendetwas ihr einen schlimmen Schrecken eingejagt hat, hat sie mein Anblick ein bisschen beruhigt.«

»Setzt du deshalb deine Kapuze nicht auf?«

»Genau. Sie ist es nicht gewöhnt, dass ich eine Kapuze trage. Sie soll mich erkennen. Inzwischen bleiben wir einfach hier stehen und versuchen nicht, uns ihr zu nähern, solange sie noch schreckhaft zu sein scheint.«

Teresa wusste, dass sie Eclipse nicht aus den Augen lassen sollte, aber sie fürchtete, dem wunderschönen Pferd würde etwas zustoßen. Sie schloss die Augen und begann langsam bis zwanzig zu zählen. Als sie bei achtzehn war, stieß Mac sie an. »Sie hat aufgehört zu laufen«, murmelte er.

Teresa öffnete die Augen und sah, dass das Pferd in Trab gefallen war. Dann, als ob jemand einen Schalter geknipst hätte, kam Eclipse zum Stehen. Sie stand fast reglos im Regen, senkte nur zweimal den Kopf, bevor sie sich zu Teri und Mac umdrehte.

»Okay, jetzt nähern wir uns ihr ganz langsam«, sagte Teri. »Du gehst an ihre rechte Seite, ich an ihre linke. Halte die Augen noch gesenkt.«

Während sie sich ruhig dem Pferd näherten, bat Teresa Eclipse in Gedanken inständig, nicht in Panik zu geraten und wieder zu laufen. Glücklicherweise blieb das Pferd still stehen, sogar als Mac und Teri sie umringten. Teri sprach sanft mit ihrem Pferd, als sie ihm schnell das Halfter überstreifte. Eclipse schnaubte einmal und schüttelte den Kopf. Aber als Teri ruhig zum Stall ging, folgte das Pferd friedlich.

Die anderen Pferde im Stall hatten sich deutlich beruhigt. Sie blickten interessiert zu Eclipse, Bonaparte wieherte, aber der schwarze Araber reagierte nicht. Teri beglückwünschte sich insgeheim, wie gut sie mit ihrem Pferd zurechtkam, und warf Mac, der etwas hinter ihr ging, ein zuversichtliches Lächeln zu.

Als sie ihre Box erreichten, bockte Eclipse und wieherte, die Augen rollten. Entsetzt ließ Teri fast den Strick los. Eben war das Pferd noch ganz brav gewesen vor Erschöpfung. Jetzt schien sie bereit für ein weiteres Albtraumrennen über die Koppel. Mac ergriff den Strick und half, das Pferd zu halten. Dabei sprach er leise, wie Teri zuvor. Wenn er nicht gewesen wäre, hätte Teresa die Kontrolle verloren. Nach ein paar Sekunden hörte Eclipse auf zu bocken. Teresa wusste, dass irgendetwas nicht stimmte – Eclipse war noch nie so außer Kontrolle geraten. Mit zitternder Hand stieß Teresa die Boxentür ganz auf.

Und da lag Gus gegen die Wand gelehnt in der Ecke, den Kopf nach hinten geneigt, den Mund aufgesperrt, die Augen weit aufgerissen, und die langen, spitzen, rasiermesserscharfen Zinken einer Forke tief in seiner blutüberströmten Brust versenkt.

Zwölftes Kapitel

1

Nach dem ersten Schock beim Anblick von Gus, bemerkte Teri undeutlich, dass Mac fragte: »Teri? Was ist los, Teri?«

»Bring Eclipse in die leere Box neben der Stalltür«, sagte Teri mit unbeweglicher Miene und ohne sich umzudrehen. »Scheuch sie nicht. Bleib ganz ruhig. Achte darauf, dass die Boxentür verriegelt ist.«

»Teri, was ist?«

»Mac, mach jetzt einfach, was ich dir sage. Du wirst es früh genug erfahren.«

Du wirst einen brutalen Tod selbst aus unmittelbarer Nähe sehen, dachte Teresa, während sie hörte, wie Mac Eclipse in die leere Box führte. Du wirst sehen, wie ein Mord aussieht – ein brutaler, blutiger Mord. Es ist ein Anblick, den du niemals vergessen wirst.

Teresa wurde plötzlich brennend heiß, während ihr eben noch kalt vom Regen gewesen war. Gus' Kopf schien zu sinken, seine Augen schienen ihre mit einem eindringlichen, mitleiderregenden Flehen zu fixieren. Und jetzt bewegte sich sein Mund – er versuchte, etwas zu sagen, ihr zu sagen, dass er Schmerzen hatte, sie zu bitten, ihm zu helfen …

Teresa hörte, wie die Verriegelung der anderen Box einschnappte, dann stand Mac neben ihr. Er blickte in Eclipses Box und murmelte dann entsetzt: »Guter Gott!«

Sein Entsetzensschrei brachte Teri wieder brutal in die Wirklichkeit zurück. Gus bewegte sich nicht. Sein Kopf war immer noch nach hinten geneigt, sein Kiefer hing herunter, unbeweglich. Er versuchte nicht, mit ihr zu sprechen. Der Gedanke, dass er es getan haben könnte, war ein Produkt des Schocks und überreizter Nerven. Gus würde nie mehr sprechen.

»Wer ist das?«, murmelte Mac, während er Gus' schlaffen, misshandelten Körper anstarrte.

»Es ist Gus Gibbs, mein Stallmeister«, erklärte Teri bemerkenswert gelassen. Es kam ihr vor, als stände sie neben sich, kalt und analytisch und merkwürdig ungerührt.

Sie standen beide wie angewurzelt da und starrten Gus' blutigen Körper an. Es kam Teri vor wie eine Ewigkeit. Dann begann Teri zu zittern. Sogar ihr Kopf wackelte leicht. Trotzdem machte sie einen Schritt vorwärts.

Bevor sie einen weiteren Schritt machte, legte Mac einen Arm fest um ihre Taille. »Wir sollten ihn nicht berühren, Teri.«

»Aber vielleicht können wir etwas tun.« Teresa war überrascht über ihre Stimme, sie war hoch und dünn wie die eines verängstigten Kindes. »Vielleicht ...«

»Wir können nichts mehr für ihn tun«, sagte Mac entschieden, drehte sie weg von der Leiche und führte sie zum Ausgang des Stalls. »Ich rufe die Polizei. Wir dürfen nichts anfassen. Das hier ist ein Tatort.«

»Ein Tatort ...«, wiederholte Teresa mit hohler Stimme.

»Ja, es sei denn, du denkst, Gus wäre auf die Forke gefallen. Jemand ist in den Stall gekommen, hat dein Pferd freigelassen und Gus getötet. Ich weiß nicht, warum; ich weiß nicht, wer. Das ist Sache der Polizei. Jetzt geh weg von der Box und komm mit mir zum Telefon.«

»Ich will ihn nicht verlassen, Mac. Er ist ganz allein und verletzt ...«

»Teri, er fühlt sich nicht allein und empfindet keinen

Schmerz«, sagte Mac sanft. Er zog sie energisch weg von der Box, drehte sie dann um und führte sie zur Eingangstür des Stalls. Gleich rechts stand eine schmale, gepolsterte Bank, und an der Wand hing ein Telefon. »Setz dich hierhin.« Macs Stimme war kühl und geschäftsmäßig.

Teresa fiel fast auf die Bank, traf mit solcher Kraft auf, dass ihre Zähne aufeinanderschlugen. Sie hatte nicht genau verstanden, was Mac sagte, nur dass er ruhig und stark klang, und kontrolliert. Gott sei Dank bin ich nicht allein, dachte sie.

Sie bekam nur undeutlich mit, dass er ins Telefon sprach und sich dann neben sie setzte. Eine Welle der Übelkeit überkam sie. Sie schloss die Augen und beugte sich vor, war sicher, dass sie sich übergeben würde. Teresa spürte Macs Hand auf ihrem Rücken, wie um sie zu trösten. Sie konzentrierte sich auf einen hellen Punkt hinter ihren geschlossenen Augenlidern, ein heller Punkt, der größer und größer wurde, bis sie nichts anderes mehr sehen konnte. Im nächsten Moment lehnte sie sich zurück und holte tief Luft.

»Besser jetzt?«, fragte Mac sanft. Sie nickte, und er legte wieder seinen Arm um ihre Schultern, diesmal zog er sie dabei fest an sich. »Ich weiß, dir ist kalt, aber wir müssen hier auf die Polizei warten.«

»Ich dachte, du hast die 911 gewählt. Ist das nicht der Notruf?«

»Es ist die Zentrale. Ich habe ihnen erzählt, was wir gefunden haben. Sie schicken einen Notfallwagen und die Polizei. Tut mir leid, dass du so kalt und nass bist und wir hier sitzen müssen.«

»Du bist noch nasser als ich«, murmelte Teresa, und ihr Blick glitt rasch über seine durchnässte Jeans und das durchgeweichte grüne Hemd. Sie lehnte sich noch stärker an ihn und legte den Kopf auf seine Schulter. Er nahm ihre Hand in seine und legte seine Wange auf ihren Kopf. So hatten sie auch als Teenager abends immer im Park gesessen, und sie schlüpfte in die alte Position, als hätte sie es seit jenen weit zurückliegenden, unschuldigen Jahren ständig getan. »Du holst dir eine Erkältung in den nassen Sachen, Mac.«

»Ich bin okay«, sagte Mac. »Es ist ein warmer Abend. Ich werde mich nicht erkälten. Ich erkälte mich nie.«

»Jetzt erinnere ich mich. Deine Mutter hat immer damit angegeben.«

Mac lachte leise. »Oh, Gott, das war erwähnenswert, oder? Jede Mutter wäre stolz, einen Sohn zu haben, der immun gegen das Erkältungsvirus ist.«

»Sie hatte andere Gründe, um stolz auf dich zu sein. Viele, viele Gründe.« Teresa hob den Kopf und sah ihm in die Augen. »Ich schäme mich so, Mac. Nachdem du gehört hattest, dass Byrnes ausgesagt hat, dass er Dad und Wendy nicht ermordet hat, bist du gekommen, um mir Unterstützung anzubieten. Und was hab ich gemacht? Ich hab dir erzählt, dass deine Mutter dich für fähig hielt, einen Mord zu begehen. Dann wollte ich mich bei dir entschuldigen und hab dir schließlich eine Ohrfeige gegeben.«

»Und ich bin zu dir gekommen, um mich bei dir für mein Benehmen heute zu entschuldigen, und schließlich fangen wir ein entlaufenes Pferd ein und finden einen Toten.« Mac schüttelte den Kopf. »Keiner kann sagen, dass wir ein langweiliges Paar sind, Teri.«

Ihre Gesichter waren ganz nah beieinander. Teresa konnte Macs warmen Atem an ihrer Wange spüren. Die Welt schien nur aus seinen goldgesprenkelten haselnussbraunen Augen mit den Lachfältchen und dem unwiderstehlichen Funkeln zu bestehen. Sie hatte immer das Gefühl gehabt, sie würde in seinem Blick ertrinken. Sie hatte es mit sechzehn gehabt, und mit sechsundzwanzig ging es ihr genauso. Sie senkte schnell die Augenlider und legte den Kopf wieder auf seine Schulter, weil sie fürchtete, dass sie ihn küssen würde, wenn er es nicht tat.

Einen Moment saßen sie ganz still, lauschten, wie die Pferde laut atmeten, immer noch aufgeregt, immer noch unruhig, weil sie Blut rochen. Gus' Blut, dachte Teresa. Der gute Gus, der sie nie wieder anlächeln oder Miss Farr nennen würde.

Nach einer scheinbaren Ewigkeit sagte Teresa leise: »Gus war in meine Mutter verliebt.«

»Was?«, platzte Mac heraus.

»Er hat es mir heute Morgen erst erzählt.« Sie seufzte. »Heute Morgen. Es kommt mir vor wie vor einer Ewigkeit. Jedenfalls hat er im Reitstall in der Stadt gearbeitet, wo Mum ein Pferd eingestellt hatte. Ein schwarzer Araber, genau wie Eclipse. Ist das nicht merkwürdig? Gus dachte, ich hätte Eclipse gekauft, weil sie wie Mums Pferd Cassandra aussieht, aber ich wusste nicht mal, dass Mum jemals ein Pferd hatte. Sie hat es nie erwähnt. Ich habe niemals Bilder von ihr mit einem Pferd gesehen.«

»Also hat Gus deine Mutter im Reitstall kennengelernt«, sagte Mac und legte den Arm fester um ihren zitternden Körper. »Hat er ihr erzählt, dass er sie liebt?«

»Nein, aber sie hat es wahrscheinlich vermutet.«

»Hat er gesagt, ob deine Mutter seine Gefühle erwidert hat?«

»Er sagte irgendetwas Vages wie, dass sie ihn auf eine bestimmte Art angesehen hätte. Ich glaube, ungefähr zu der Zeit trat Dad in ihr Leben –«

»Und sie verliebte sich in den charmanten Teufel.«

»Sagen wir einfach Teufel. Danach verkauften ihre Eltern das Pferd, und sie kam nicht mehr zum Stall. Dann sah Gus ihr Verlobungsbild in der Zeitung.« Teri hielt inne. »Es war Zärtlichkeit in seiner Stimme, als er über Mum sprach. Ich weiß, er hat sich immer loyal zu seiner Frau Sarah verhalten – die mich übrigens nicht mochte –, aber ich glaube, er hat nie aufgehört, Marielle zu lieben.«

»Sie war wie ihre Tochter«, murmelte Mac. »Natürlich hat er nicht aufgehört, sie zu lieben. Er konnte nicht.«

Teresa war froh, dass Mac nicht sehen konnte, wie sie rot wurde. Sie wusste, dass Mac damit sagte, dass er auch nicht aufhören konnte, sie, Teri, zu lieben, so wie Gus Marielle. Aber Teri fürchtete immer noch, dass Mac sie verletzen könnte, weil er so viel Macht über ihre Gefühle hatte, und sie wollte sich jetzt keine Blöße geben, nur weil sie sich schwach und verängstigt und verloren fühlte.

Plötzlich hörte Teri entfernt Sirenen. Die Polizei kam. Der Notfallwagen kam. Keiner von ihnen konnte etwas für Gus tun. Sie würden einfach die schreckliche Forke aus seiner Brust ziehen, ihn auf eine Bahre legen und wegbringen. Oder vielmehr die leblose Hülle wegbringen, in der einmal die warme, sanfte Seele von Gus Gibbs gewesen war.

Als der Krankenwagen vorm Stall hielt, erinnerte Teresa sich an das Letzte, was Gus über ihre Mutter gesagt hatte: »Ich mache mir Sorgen um sie und bete jeden Abend, dass die arme Marielle den Weg zurück nach Hause findet.«

Zumindest musst du dir jetzt um meine Mutter keine Sorgen mehr machen, Gus, dachte Teresa kläglich. Und du musst nicht mehr jeden Abend beten, dass sie den Weg nach Hause findet. Du wirst es nicht mehr erleben.

Die Polizei traf ungefähr zwei Minuten nach dem Krankenwagen ein, und Mac bat Teri leise, sitzen zu bleiben – er würde alles regeln. Sie hätte ihn küssen können, denn sie spürte schon, wie sich ihr Hals zuschnürte und heiße Tränen der Trauer unaufhaltsam ihre Wangen herunterliefen. Sie kramte vergeblich in der Tasche ihrer Windjacke nach einem Taschentuch, als sie unvermittelt ein Gedanke mit der Wucht eines elektrischen Schocks traf.

Was, wenn die Person, die vorhin vor ihr Auto gelaufen war, tatsächlich ihre Mutter gewesen war? In dem Fall war Marielle wieder nach Hause gekommen und mit ihr der Tod.

2

Eine halbe Stunde später schob Mac Teresa durch ihre Haustür, wo Sierra sie aufgeregt empfing, sich im Kreis drehte, bellte und jaulte. Teri kniete sich hin und umarmte den überschwänglichen Hund. »Ich brauche etwas von deiner Freude, Mädchen. Es war ein harter Abend.«

»Das kann man wohl sagen.« Mac stand über Teri und blickte durch die offene Haustür zu den roten Lichtern, die oben auf dem Hügel verschwanden und die Polizei, Rettungssanitäter und Gus davontrugen. Er schloss energisch die Tür.

»Du musst deine nassen Sachen ausziehen, Teri«, sagte er bestimmt. »Deine Jeans sind durchnässt.«

»Deine auch.«

»Ich zittere nicht. Geh und zieh dich um. Ich mach Kaffee.«

Teresa wusste nicht, ob sie zitterte, weil ihr kalt war oder wegen des Schocks. In jedem Fall war die Vorstellung, warme und trockene Sachen anzuziehen und eine Tasse heißen Kaffee zu trinken, wundervoll. »Der Kaffee ist in einer Dose im Schrank über der Kaffeemaschine«, sagte sie.

»Ich finde alles.« Mac streckte eine Hand aus. Teresa nahm sie, und er half ihr beim Aufstehen. Ihre Körper berührten sich beinahe. Ihre Blicke trafen sich, und für einen Moment dachte Teri, er würde sie an sich ziehen. Aber er schob sie sanft zur Treppe. »Geh und zieh dir was anderes an und trockne deine Haare. Sie tropfen.«

Teresa gehorchte, marschierte nach oben, zog die nassen Sachen aus und stellte dann spontan die Dusche an, stellte das Wasser so heiß ein, wie sie es aushalten konnte. Unter dem prasselnden Wasser schloss Teri die Augen und versuchte die letzte Stunde aus ihren Gedanken zu löschen, aber es war sinnlos. Jede Einzelheit kam mit schmerzlicher Klarheit wieder hoch.

Obwohl der Sheriff wusste, dass die Pferdefarm Teresa gehörte, hatte er die meisten Fragen an Mac gerichtet, nachdem er angekommen war. Es muss so eine Männergewohnheit sein, hatte Teri gedacht. Männer nehmen immer an, dass andere Männer Fragen genauer und schlüssiger beantworten könnten als Frauen. Aber schließlich hatte sich der Sheriff an sie gewandt, gefragt, warum Gus im Stall war, wer mit ihm im Stall gewesen war, wer ein Motiv gehabt haben könnte, ihn zu töten – Fragen, die Teresa unmöglich beantworten konnte.

Während der Sheriff sie befragte, war Josh Gibbs gekommen. Er reagierte auf die Ermordung seines Vaters mit fassungslosem Entsetzen, gefolgt von fast beängstigender Wut. Schließlich hatte er nach Mac geschlagen, dem Fremden, der irgendwie für Gus' Tod verantwortlich sein musste, wie Josh in seiner Verzweiflung und Ratlosigkeit angenommen hatte. Mac hatte den Schlag kommen sehen und abgewehrt. Die Polizei hielt Josh zurück, als er ein zweites Mal ausholte. Da hatte Teri den Rest an Fassung, die sie bewahrt hatte, verloren und war zu ihrer Beschämung in unkontrolliertes Schluchzen ausgebrochen.

»Ich bringe Miss Farr zurück in ihr Haus«, hatte Mac dem Sheriff in einem Tonfall gesagt, der keinen Widerspruch duldete. »Sie hat genug für heute.«

Der Sheriff wollte nicht zurückstecken und gab seine Erlaubnis, obwohl Mac nicht danach gefragt hatte. Mac führte Teresa aus dem Stall. Wie betäubt stieg sie in sein Auto, und er fuhr langsam zurück zum Haus.

Als sie jetzt aus der Dusche stieg, hatte sie zwar aufgehört zu zittern, aber tief im Innern war ihr kalt. Sie schlüpfte in Unterwäsche und einen schweren Frotteebademantel, den sie sonst nur im Winter trug. Sie föhnte ihre Haare fünf Minuten, machte dann den Föhn in einem Anfall von Ungeduld aus, obwohl ihre Haare unterhalb der Schultern noch feucht herunterhingen.

Als Teri den Fuß der Treppe erreichte, erschien Mac mit

zwei Thermotassen voll dampfendem Kaffee. Er hielt ihr eine hin, sie nahm einen Schluck und lächelte dann. »Nur ein bisschen Sahne, eine Prise Zimt und keinen Zucker. Du hast dich erinnert.«

Mac grinste. »Der einzige Mensch, den ich kenne, der Zimt in seinen Kaffee gibt, ist Teresa Farr. Du bist einmalig, Teri, in vieler Hinsicht.«

»Ich bin mir nicht sicher, ob das gut oder schlecht ist.« Teresa spürte, dass ihre Wangen warm wurden, und sie blickte schnell nach unten in ihren Kaffee. Macs Blick war zu vertraut, zu intim, um ihn locker zu erwidern. »Deine Sachen sind genauso nass, wie meine waren«, sagte sie. »Ich stecke sie in den Trockner, wenn du sie ausziehst.«

Mac hob eine Augenbraue, und ein Mundwinkel verzog sich zu einem bedeutungsvollen Lächeln. »Oben rechts ist das Gästezimmer. In der oberen Schublade der Kommode sind eine Jeans und ein paar Hemden. Ich glaube, sie werden dir passen«, sagte Teri. »Und hör auf zu grinsen. Die Sachen gehören Kent. Er kommt ab und zu nach der Arbeit vorbei, um kurz zu reiten.«

»Praktische Erklärung, Teri«, sagte Mac leichthin.

»Ich brauche keine Erklärung, aber wenn die Sachen einem Liebhaber gehörten, wären sie wohl nicht im Gästezimmer.« Teresa trat beiseite und wies zur Treppe. »Geh und zieh dich um, bevor du dich hinsetzt und meine Möbel mit deinen nassen Jeans ruinierst.«

»Dann sind es also die Möbel, über die du dir Sorgen machst, nicht meine Gesundheit.«

»Du bekommst doch keine Erkältung, vergessen?«

Während Mac nach oben verschwand, ging Teresa durchs Wohnzimmer, nippte an ihrem Kaffee und dachte, wie merkwürdig es war, hier mit ihm zu sein, zuzulassen, dass er Kaffee machte, ihm zu sagen, er solle Kents Jeans anziehen, damit seine Sachen trocknen könnten. Es war merkwürdig, aber es war auch vertraut. Und das war zu erwarten, überlegte sie. Sie kannten sich seit Jahren. Sie hatten sich geliebt. Sie waren einmal verlobt gewesen.

Und daran musste sie denken, sagte Teresa sich. Ihre Liebe und Verlobung gehörten der Vergangenheit an. Sie konnte dem Gefühl der Sicherheit, das sie heute mit Mac gehabt hatte, nicht vertrauen. Sie musste die Umstände berücksichtigen. Sie hatte gerade den zweitgrößten Schock ihres Lebens erlitten, und Mac war bei ihr. Anders als in der Nacht, als ihr Vater und Wendy ermordet worden waren, hatte sie jemanden gehabt, der zu ihr gehalten hatte, der tatsächlich für sie eingesprungen war und sie gegen die Fragen abgeschirmt hatte, die auf sie eingeprasselt waren, und die misstrauischen Blicke. Er hatte sie weggeführt, als sie genug hatte und es nicht mehr ertragen konnte. Mac hatte diese schreckliche Erfahrung mit ihr geteilt, und er hatte sie beschützt und getröstet – aber trösten war nicht lieben. Teresa wusste nicht, was Mac für sie empfand. Und im Moment wusste sie auch nicht, was sie für ihn empfand.

Mac kam in Kents Jeans die Treppe herunter. Sie endeten mindestens drei Zentimeter über seinem Knöchel, und das Polohemd spannte über seiner Brust. Er grinste und sagte: »Ich glaube, ich bin größer als Kent – ich hoffe, ich ruiniere nicht sein Hemd.« Dann bestand er darauf, seine Sachen lieber selbst in den Trockner zu stecken. Schließlich setzten sie sich an den Küchentisch, jeder mit einer zweiten Tasse Kaffee. Sierra wurde für ihr vorheriges gutes Benehmen mit einem weiteren Stück Dörrfleisch belohnt.

»Ich sollte nicht so viel Kaffee trinken, ich bin schon nervös genug«, sagte Teri.

»Es ist entkoffeinierter. Du hast hoffentlich nichts dagegen – ich habe deinen Schrank durchstöbert, bis ich welchen gefunden habe.«

»Ich habe absolut nichts dagegen. Das war sehr rücksichtsvoll von dir.«

Teresa merkte, wie steif sie klang. Als Mac herüberlangte und seine Hand auf ihre legte, hätte sie sie fast zurückgezogen. Mac hielt sie fest und warf ihr einen unbeirrten Blick zu. »Ich weiß, die Situation muss dir unangenehm sein, aber du solltest jetzt nicht allein sein«, sagte Mac gelassen. »Ich weiß, du könntest Carmen anrufen oder Sharon und Kent, aber dann müsstest du für sie den ganzen Abend noch mal wiederholen, und das ist nicht gerade, was du heute Abend brauchst. Nimm einfach eine Weile mit mir vorlieb. Schließlich brauchst du mich vielleicht noch. Der Sheriff sagte, er hätte noch nicht alles mit dir besprochen. Er würde es ein Gespräch nennen, aber es wäre ein Verhör, und es findet nicht statt, solange ich hier bin.«

»Kein Wunder, dass er mich verhören will«, sagte Teri trübsinnig. »Wer sonst sollte der Hauptverdächtige in diesem Mordfall sein? Die berüchtigte Teresa Farr.«

»Ich werde dir nicht sagen, dass du Unsinn redest. Ich bin sicher, die Cops betrachten dich als Verdächtige, obwohl ich nicht weiß, welches Motiv du haben solltest, deinen Angestellten umzubringen.«

»Gus, sein Name ist Gus Gibbs, und ich habe große Stücke auf ihn gehalten. Er war freundlich und ehrlich und lustig und warmherzig und …« Teresas Augen füllten sich mit Tränen.

Mac warf ihr ein mitfühlendes Lächeln zu. »Natürlich würdest du ihn immer bei seinem Namen nennen. Dein Vater, der Blödmann, sprach immer von der ›Hilfe‹, aber du und deine Mutter nicht. Ihr beide habt euch ernsthaft für die Menschen interessiert, die für euch gearbeitet haben. Ich weiß, dass meine Mutter deine Mutter für die beste Freundin hält, die sie jemals hatte. Sie hat nie aufgehört, Marielle zu vermissen.«

Teresa wurde rot, als er ihre Mutter erwähnte. Lieber Gott, bitte mach, dass Kent recht hat, dachte sie. Bitte mach, dass meine Phantasie mit mir durchgegangen ist, als ich dachte, es wäre Mum, die vor mein Auto gelaufen ist. Mach, dass es ein Teenager war, der aus Spaß draußen war.

»Teri, woran denkst du?«, fragte Mac.

»Nichts Wichtiges, nur an heute Abend und ...« Sie kam für einen Moment ins Schwimmen, sagte dann: »Ich weiß nicht, wieso ich Eclipse nicht frei herumlaufen gesehen habe, als ich vom Club zurückkam. Sie muss da schon draußen gewesen sein.«

»Bin ich gleich nach dir gekommen?«, fragte Mac.

»Nein. Dazwischen sind mindestens zwanzig Minuten vergangen.«

»Dann hätte das Pferd während der Zeit ausgebrochen sein können. Oder vielleicht war es schon ausgebrochen, als du nach Hause kamst, aber du hast es nicht gesehen, weil es hinterm Stall war oder so.«

»Vermutlich«, sagte Teresa unglücklich. »Aber wenn ich beim Stall gehalten hätte, anstatt direkt zum Haus zu fahren, hätte ich Gus' Tod vielleicht verhindern können.«

»Und du hättest vielleicht auch selbst ermordet werden können. Außerdem ist es besser, dass ich bezeugen kann, dass du hier in deinem Haus warst. Ich hab dich zurück zum Stall gefahren, ich war bei dir, als du Gus gefunden hast. Du warst nicht allein ... wie damals.«

»Nicht wie beim ersten Mal, als ich jemanden ermordet gefunden habe«, sagte Teresa bitter. »Ich glaube nicht, dass die Polizei das für einen Zufall halten würde. Sogar ich hätte Probleme, es zu glauben, wenn ich nicht diejenige wäre, die ständig Leichen findet.«

Mac schwieg, während sie heftig schluckte, dann mit zitternder Hand ihre Tasse hob und einen Schluck Kaffee nahm. Schließlich fragte er: »Teri, warum bist du wieder hergekommen? Weil Byrnes gefasst war und du dachtest, alles würde wieder so sein wie vor den Morden?«

»Glaubst du, mein Leben war vor den Morden so toll? Meine

Mutter war zutiefst unglücklich, als ich klein war. Ich mochte meinen Vater nie, und je strenger er mit mir war, desto mehr rebellierte ich. Zu der Zeit, als er ermordet wurde, hatte ich schon den Ruf, wild zu sein, Ärger zu machen, eine Schande für meine ganze Familie zu sein. Ich war nicht halb so schwer erziehbar, wie die Leute dachten, aber ich hab nie versucht, das richtigzustellen. Ich war meinem Vater gern ein Dorn im Auge.«

»Ich glaube, viele Leute wussten das, Teri. Ich bestimmt. Jeder, der dich näher kannte, wusste, dass du kein nicht zu bändigendes, eigenwilliges Mädchen warst.«

»Vergiss nicht ›unmoralisch‹.«

»Ich dachte, ›eigenwillig‹ beinhaltet ›unmoralisch‹.« Mac lächelte. »Und meine Beziehung zu dir war schuld, dass du als unmoralisch abgestempelt wurdest und ich als Perverser, weil ich mit einem siebzehnjährigen Mädchen ausgegangen bin. Aber ich bin nicht pervers, und du bist ganz sicher nicht unmoralisch. Du bist tatsächlich einer der ehrenwertesten Menschen, die ich kenne, und ich habe nach dir noch einige Menschen kennengelernt.«

Teresa spürte, wie sie rot wurde. »Ehrenwert. Niemand hat mich bisher so genannt.«

»Weil niemand dich so gut kennt wie ich«, sagte Mac sanft. Dann lächelte er. »Weißt du noch, wie wir uns kennengelernt haben – du hingst aus deinem Zimmerfenster und hast mit mir über Billy Idols ›Sweet Sixteen‹ gesprochen. Du hast an dem Tag wie verrückt geflirtet.«

»Und ich war fürchterlich dumm, mich so ›schamlos‹ zu benehmen, wie deine Mutter sagen würde.« Teresa grinste. »Ich hab es zum Teil getan, weil ich wusste, dass mein Dad oben war und mich hören würde. Ich wollte ihn wütend machen. Aber hauptsächlich habe ich dich so überfallen, weil ich so für dich geschwärmt habe. Ich wollte, dass du dachtest, dass ich eine Draufgängerin war, was Männer anging. Eine richtige

Frau von Welt.« Teri brach plötzlich in Kichern aus. »Was für eine Frau von Welt. Ich war noch nicht mal geküsst worden!«

»Das machte dich so anziehend – du versuchtest, dich so zu benehmen, als würdest du jeden Tag unverschämt mit Männern flirten. Dabei wusste ich von meiner Mutter und Freunden, dass du in Wirklichkeit schüchtern warst.« Sie wurde noch röter und dachte daran, wie sie mit tieferer Stimme gesprochen hatte, weil sie es unwiderstehlich sexy fand, mit den Wimpern gezuckt und ihre langen schwarzen Haare über die bloßen Schultern geworfen hatte. »Ich glaube, wenn ich an dem Gitter hinaufgeklettert wäre, das zu deinem Zimmer führte, wärst du in Ohnmacht gefallen, Miss Teri.«

Teresa lachte. »Oh das wäre ich bestimmt! Ich hatte deine Verführung schon ungefähr fünfzehn Minuten geübt, bevor ich den Mut hatte, dir etwas zuzurufen. Und obwohl du dich genauso benommen hast, wie ich wollte – interessiert, leicht von mir angezogen –, pochte mein Herz, und mein Magen verkrampfte sich vor Aufregung. Zum ersten Mal war ich erleichtert, als ich meinen Vater den Flur herunterstapfen hörte und eine Entschuldigung hatte, vom Fenster zu flüchten. Was für eine Femme fatale!«

»Das warst du, auch wenn du es nicht gemerkt hast.«

Sie lächelten sich an. Teresa warf Sierra abwesend einen weiteren Fleischstreifen zu. Sie würde morgen zweifellos Magenprobleme haben, weil sie sich überfressen hatte. Dann stand Teresa auf, füllte ihre und Macs Tasse mit dem Rest Kaffee, der noch in der Kanne war, und setzte sich wieder. Sie fühlte sich plötzlich so müde wie noch nie zuvor.

»Warum gehst du nicht nach oben ins Bett, Teri? Du siehst aus, als würdest du gleich einschlafen. Ich bleibe noch eine Weile hier für den Fall, dass den Sheriff der Ehrgeiz packt und er noch mal wiederkommt. Aber du brauchst Ruhe.«

»Ich weiß, dass ich Ruhe brauche, aber ich muss noch die Frage beantworten, die du mir vorhin gestellt hast – also, warum ich zurückgekommen bin.« Teresa holte Luft und sprach langsam. »Ich bin zurückgekommen, weil mein Bruder und mein Neffe hier leben – sie sind meine einzigen lebenden Verwandten, Mac, und ich wollte nicht immer entfernt von ihnen leben, nur weil ich die öffentliche Meinung fürchte. Und ich wollte den Leuten in dieser Stadt zeigen, dass ich nichts zu verbergen habe, keinen Grund, aus Pleasant Point wegzulaufen.« Sie zögerte, entschied sich dann, Mac die ganze Wahrheit zu erzählen. »Und ich dachte, wenn meine Mutter immer noch lebt, kommt sie vielleicht hierher zurück, und …«

»Und sie könnte sich nicht an Kent wenden?«

»Kent hat sie geliebt, aber ich habe sie mehr geliebt. Und er ist verheiratet und hat eine Familie, ich dagegen bin allein und könnte mich ganz auf sie konzentrieren. Ich wollte, dass sie zu mir kommt … zumindest dachte ich, dass ich das will. Aber jetzt …«

Mac runzelte die Stirn und beugte sich näher zu ihr. »Aber jetzt was?«

Teresa wurde ganz starr. Wegen des Schocks über Gus' Ermordung, und weil Mac so nett zu ihr gewesen war, hatte sie alle Vorsicht fallenlassen; sie hatte zu viel geredet. Aber sie würde damit aufhören. Sie würde Mac nicht erzählen, wen sie gesehen hatte und dass sie dachte, es wäre vielleicht ihre Mutter, die vielleicht vom Stall gelaufen kam, wo sie das Pferd freigelassen hatte, das genauso aussah wie das Pferd Cassandra, das sie vor langer Zeit besessen hatte. Vielleicht war Gus hereingekommen und hatte sie dabei erwischt. Vielleicht hatte er sie erkannt, wollte ihr helfen, versuchte sie festzuhalten, sie »gefangen zu nehmen« – das Letzte, was eine verwirrte Marielle gewollt hätte. Lieber als in der Falle zu sitzen und vielleicht für die Morde vor acht Jahren verantwortlich gemacht zu werden, hatte Marielle …

Teresa schloss die Augen. Marielle hatte Gus erstochen.

Dreizehntes Kapitel

1

Eine Glocke. In der Ferne eine Glocke. Ihre Mutter klingelte, winkte ihr – winkte ihr wohin? Zu wem? Ein traurige, einsame Mutter, die ihr Kind liebte und sie dringend brauchte, oder eine Mutter, die eine Mörderin geworden war und ihre Tochter als Schutzschild benutzen wollte oder schlimmer –

Teresa wurde schlagartig wach, in Schweiß gebadet. Es klingelte wieder, und ihr wurde klar, dass es nicht zu ihrem Traum gehörte. Es war die Türklingel. Sie warf einen Blick auf die Nachttischuhr. Sieben Uhr dreißig. Sie war erst um drei ins Bett gegangen.

Sierra war schon die Treppe hinuntergerannt und bellte wütend an der geschlossenen Haustür, während Teri aus dem Bett kletterte und schnell in ihren Morgenmantel schlüpfte. Sie ging zögernd zur Haustür, weil sie damit rechnete, dass es der Sheriff war. Stattdessen stand Josh Gibbs mit roten Augen und abgespannt auf der Veranda.

»Oh, Josh, komm rein«, sagte Teresa, öffnete die Tür, ergriff seinen Arm und zog ihn herein. »Ich hatte keine Gelegenheit, gestern Abend mit dir zu sprechen. Das mit deinem Vater tut mir so leid. Ich kann dir nicht sagen, wie schrecklich ich mich fühle. Ich kann nicht glauben, dass irgendjemand Gus etwas antut –«

Teresa brach ab, weil sie merkte, dass sie plapperte, während Josh Gesicht wie versteinert blieb. Sie ließ seinen Arm los. »Willst du eine Tasse Kaffee?«

»Ich will mit Ihnen reden«, sagte er ausdruckslos.

»Ja, natürlich.« Teresa fühlte sich plötzlich schuldig, als hätte sie Gus getötet. »Es tut mir leid, dass wir gestern Abend nicht reden konnten, aber es war alles so ein Durcheinander, und wir waren alle so erschüttert ...«

Josh nickte, als sollte er darauf reagieren, nicht als wäre es eine natürliche Reaktion. »Erschüttert, ja.« Er schluckte. »Ich glaube, ich könnte eine Tasse Kaffee trinken.«

»Ich brauche nur zehn Minuten, um eine Kanne zu machen. Willst du in die Küche kommen?«

»Ich bleibe hier im Wohnzimmer, Ma'am, mit dem Hund.«

»Ma'am.« »Der Hund.« Nicht »Miss Farr« oder »Sierra.« Teresa war klar, dass Josh' Welt gestern Abend ins Wanken geraten war. Trotzdem irritierte sie die Steifheit seines Benehmens. Sie hantierte mit der Kaffeemaschine und verschüttete Kaffeepulver auf der Arbeitsplatte. Sie wusste, dass sie eigentlich wieder zu Josh gehen und mit ihm reden sollte, während der Kaffee durchlief, stattdessen ging sie in der Küche auf und ab, bis der letzte Tropfen Kaffee in die Kanne zischte. Drei Minuten später trug sie ein Tablett mit vollen Kaffeetassen, Zucker und Sahne ins Wohnzimmer und machte viel Aufhebens darum, jede Tasse zuzubereiten. Aber danach war sie gezwungen, sich hinzusetzen und Josh anzusehen.

»Du sagtest, du wolltest mit mir reden«, sagte sie ohne Umschweife. »Ich vermute, du willst wissen, wie ich deinen Vater gefunden habe – die Umstände, meine ich.« Josh nickte und Teresa begann damit, wie Mac an die Tür gehämmert hatte, um ihr zu sagen, dass Eclipse panisch herumlief, wie sie das Pferd eingefangen hatten und dann Gus Leiche in der Box entdeckt hatten. »Ich hab keine Ahnung, wer Eclipse herausgelassen hat oder wer deinen Vater ... verletzt haben könnte«, schloss Teresa schwach und dachte, sie klang, als ginge es ihr mehr darum, Josh ihre eigene Unschuld klarzumachen, als zu versuchen, ihn zu trösten.

Er starrte in seinen Kaffee, als könnte er dort eine Antwort finden. Schließlich begann er, mehr zu sich selbst als zu ihr zu sprechen. »Einer meiner Freunde hat eine neue Stereoanlage, und ich bin zu ihm gefahren, um sie mir anzusehen. Er hat mich abgeholt, weil Dad sagte, dass er das Auto vielleicht später noch braucht.«

»Wofür?«, fragte Teresa scharf.

»Das hat er nicht gesagt. Tatsächlich hab ich nicht mal bemerkt, dass er sagte, dass er das Auto vielleicht brauchte. Es war der Sheriff, der gestern Abend auf das Wort angesprungen ist. Ich glaube nicht, dass es wichtig ist. Dad hat das wahrscheinlich nur gesagt, weil er es nicht mochte, wenn ich mit ihm stritt, er aber wollte, dass mir klar wurde, dass ich es nicht so bequem haben würde, wenn ich auszog, wie wenn ich bei ihm wohnte.« Josh lächelte fast. »Er wollte nicht alleine leben, nachdem er so lange mit mir und meiner Mutter gelebt hatte, obwohl er und Ma sich nicht wirklich gut verstanden haben. Aber ich vermute, Sie wissen alles darüber.«

»Nein, Josh, ich weiß nichts über die Beziehung deiner Eltern«, sagte Teresa vorsichtig und dachte daran, wie Josh geguckt hatte, als Gus mit ihr über seine Gefühle zu der jungen Marielle gesprochen hatte.

»Also, er war nicht glücklich mit ihr und versuchte, es zu verbergen, aber er konnte es nicht. Ma war voller Groll. Verbittert. Verletzt.« Josh sah Teresa direkt in die Augen. »Ich mache ihr keinen Vorwurf.«

Teresa war äußerst verlegen, als ob sie einen Streit zwischen Gus und seiner Frau Sarah mit anhören würde. Sie verstand nicht, warum Josh ihr das erzählte. Vielleicht war keine Absicht dahinter, dachte sie. Vielleicht faselte Josh einfach, weil er noch unter Schock stand.

Dann lehnte er sich plötzlich vor. »Glauben Sie, dass die Person, die vorgestern Nacht auf ihrer Veranda war und die Nachtlampe dort hingelegt hat, meinen Vater ermordet hat?«

Teresa hatte den Eindruck, dass Josh versuchte, ein Eingeständnis von ihr zu bekommen, indem er sie so überraschte – wenn schon nicht mit Worten, dann vielleicht eine physische Reaktion, die verriet, was sie darüber, was mit Gus geschehen war, wusste. Aber sie wusste nichts – hatte nur Zweifel und Angst.

In dem Moment, während Josh noch konzentriert zu ihr gebeugt war, sprang Sierra auf und begann zu bellen und ließ Josh und Teri zusammenfahren. Ein paar Momente später klingelte es wieder an der Tür. Teresa warf Josh ein nervöses Lächeln zu. »Sierra ist mein Frühwarnsystem.« Sie stand auf und ging zur Tür, dachte verzweifelt, Lieber Gott, hoffentlich ist es nicht der Sheriff. Ich kann ihm jetzt nicht gegenübertreten.

Aber Kent stand auf ihrer Veranda, das Gesicht angespannt. Er schob Teresa zur Seite und stürzte ins Haus. »Was zum Teufel geht hier vor? Warum hast du mich nicht angerufen? Gus Gibbs ist ermordet worden? Hier? In deinem Stall?«

Teresa spürte, wie sie bleich wurde. Sie deutete auf Josh, der steif auf dem Sofa saß. »Kent, Gus' Sohn ist hier. Bitte beruhige dich – du verletzt uns beide.«

»Ich verletze dich?«, dröhnte Kent. »Was ist mit mir?«

»Was mit dir ist?«, schoss Teresa zurück. »Dir ist nichts passiert. Du hast nur einen Anfall, weil ich dich gestern Abend nicht angerufen habe. Und jetzt ist es nicht angebracht, dass du dich um dich selbst sorgst! Hast du nicht gehört, dass ich gesagt habe, das hier ist Gus' Sohn, um Himmels willen?«

Kent schien sofort in seiner Haut zu schrumpfen. Seine Gesichtsfarbe wechselte von Weiß zu Rot, er senkte die Augen und versuchte offenbar, sich zu fassen. Dann ging er mit ausgestreckter Hand auf Josh zu. »Josh, das mit deinem Vater tut mir so leid. Ich wollte hier nicht so hereinplatzen wie … wie ich weiß nicht was. Ich war einfach fassungslos wegen deines Vaters und besorgt um Teri. Und um dich, natürlich.«

Kent hätte den letzten Teil weglassen können, Teresa zuckte innerlich zusammen, denn er hatte offensichtlichen kein bisschen an Josh gedacht. Trotzdem dankte der Kent für seine gespielte Anteilnahme so gelassen, wie Teresa es in derselben Situation nicht gekonnt hätte.

»Ich vermute, du bist mit den Vorbereitungen für die Beerdigung beschäftigt«, sagte Kent.

»Der Gerichtsmediziner wird die Leiche meines Vaters wahrscheinlich erst in ein paar Tagen freigeben«, erwiderte Josh kühl.

»Oh Gott. Natürlich.« Kents Gesicht wurde noch röter. »Ich dachte nur, vielleicht hast du gerade mit Teri Vorbereitungen für deinen Vater getroffen.«

»Ich kann selbst Vorbereitungen für meinen Vater treffen«, fuhr Josh in dem kühlen, gefassten Ton fort. »Ich bin hier, weil ich Miss Farr nach der Person fragen wollte, die neulich nachts auf ihrer Veranda war.« Er starrte Kent an, der verständnislos blickte. »Die Person, die das Nachtlicht in Pferdeform dagelassen hat.«

Oh nein, dachte Teresa, als Kent ihr schnell einen Blick zuwarf.

»Wovon redet er?«, wollte Kent von Teri wissen.

»Bei mir war ein Spanner.« Teresa versuchte, so locker wie möglich zu klingen. »Josh hat ihn verjagt.«

»Ein Spanner?«, wiederholte Kent, als hätte sie gerade gesagt, »ein Vergewaltiger«.

»Ja.«

»Der einen schwarzen Mantel mit Kapuze trug und eine Nachtlampe an ihre Tür gelegt hat«, fügte Josh hinzu.

Kent starrte Teresa an. »So wie die Person, die du meinst, gestern Abend gesehen zu haben? Die, von der du dachtest, dass es Mum ist?«

Josh starrte sie anklagend an. »Haben Sie gestern Abend jemanden hier gesehen? Dieselbe Person, die auf ihrer Veranda war, die die Lampe dagelassen hat?«

»Von welcher verdammten Nachtlampe redet ihr?« Kent schrie fast. »Teri, was ist los?«

Sierra begann zu bellen wegen des Aufruhrs und Teresa hob die Hände, bemüht die drei zu beruhigen. »Hört auf!« »Alle!« Sierra hörte sofort auf, aber Kent öffnete den Mund, um sie mit noch mehr Fragen zu bombardieren. »Kent, du auch!« Teri holte tief Luft. »Ich habe vorgestern Abend jemanden auf der Veranda gesehen. Er hat etwas dagelassen. Eine Art Spielzeug«, sagte sie vage. »Und Josh, ich habe tatsächlich gestern Abend jemanden gesehen, als ich nach Hause fuhr. Er lief über die Straße in den Wald. Vielleicht war es dieselbe Person, vielleicht auch nicht. Ich konnte es nicht genau sehen –«

»Du hast jemanden mit blassem Gesicht und großen Augen und langen schwarzen Haaren gesehen«, mischte Kent sich ein. »Das hast du mir gesagt. Du sagtest, es sei Mum!«

»Okay, einen Moment dachte ich, es wäre Mum«, gab Teresa zu. »Aber wie du schon gesagt hast, Kent, war ich aufgeregt. Ich dachte gerade an Mum, ich habe nur einen flüchtigen Blick werfen können –«

»Aber Sie haben jemanden gesehen.« Josh war jetzt aufgestanden, er zitterte am ganzen Körper. »Davon haben Sie gestern Abend nichts dem Sheriff gesagt! Was verbergen Sie?«

»Ich verberge nichts, Josh. Gestern Abend war ich einfach so erschöpft und betroffen, dass ich nicht klar denken konnte.«

Josh' ballte die Fäuste vor Wut. »Sie waren nicht zu erschöpft und betroffen, um die halbe Nacht mit dem Mann zu verbringen, der mit ihnen im Stall war!«

Kent fuhr herum zu ihr. »Welcher Mann?«

»M-Mac.«

»Mac MacKenzie?«, schrie Kent. »Du hast die Nacht mit Mac MacKenzie verbracht?«

Für einen Moment hätte Teresa sich fast vor den wütenden beiden Männern weggeduckt, die in ihrem Wohnzimmer standen und sie anstarrten. Dann spürte sie langsam Zorn heiß in sich aufsteigen. Wie konnten die beiden Männer es wagen, in ihr Haus zu kommen und sie mit Fragen zu bombardieren, sie in eine Verteidigungsrolle zu drängen, sie anzuschreien? Sie hatte nichts Unrechtes getan. Tatsächlich hatte sie einen viel größeren Schock erlitten als Kent, einen fast so schlimmen wie Josh, trotzdem wollten sie beide unbedingt, dass sie sich schuldig fühlte und verlegen war. Es war unerhört, und sie würde es keine Minute länger zulassen.

Teresa holte tief Luft und blickte zuerst Josh, dann Kent fest an. »Ich nehme es euch wirklich übel, wie ihr euch benehmt«, sagte sie mit fester Stimme. »Josh, ich bin tief erschüttert wegen deinem Vater, und ich habe tatsächlich gestern Abend jemand vom Grundstück laufen sehen. Ich habe es im Stall nicht erwähnt, aber ich habe die Absicht, es dem Sheriff heute zu sagen.

Und was Mac angeht, Kent, er kam vorbei, weil wir uns in seinem Club gestritten hatten. Ich bin schnell weggefahren, und er beschloss, mir zu folgen, um die Sache zu bereinigen. Auf seinem Weg zum Haus, sah er, dass Eclipse frei herumlief. Er hämmerte an meine Tür, während ich mit dir telefoniert habe. Wir haben Eclipse eingefangen und dann Gus gefunden. Ich war am Boden zerstört. Er ist bei mir geblieben, bis ich dachte, dass ich schlafen könnte. Das dauerte eine ganze Zeit. Ich schulde dir keine Erklärung dafür, dass Mac hier war, aber ich habe dir trotzdem eine gegeben, und ich wäre dir dankbar, wenn du verschwinden und aufhören würdest, dich wie Dad aufzuführen!«

Teresas verbale Spitze gegen Kent traf ins Schwarze. Er blickte erschrocken, dann leicht beschämt, während er schweigend erkannte, dass ihr Vergleich stimmte. Trotzdem sagte er nichts. Er starrte sie nur an.

Josh dagegen schien fast zu erschlaffen. Seine Faust öffnete sich, der Ärger verschwand aus seinem Gesicht, und seine Schultern sanken. »Es tut mir leid, Miss Farr«, sagte er matt, als hätte er keine Energie mehr. »Ich weiß kaum, was ich sage, aber das ist keine Entschuldigung. Dad wäre kurz davor, mir jetzt eine runterzuhauen, und ich hätte es verdient.«

»Schon gut, Josh.« Teresa warf ihm ein kleines Lächeln zu. »Ich verstehe, dass du aufgeregt bist.«

»Ja, also ...« Josh verstummte unbehaglich. »Ich muss gehen. Wie ich schon sagte, ich kann keine Vorbereitungen für die Beerdigung treffen, bis die Polizei mir sagt, dass es okay ist. Sie müssen eine Autopsie vornehmen.« Er sah plötzlich fast krank aus. »Ich muss mich um die Pferde kümmern, und ich wollte sie daran erinnern, dass Bobby Loomis und Susan Woodwards heute Unterricht haben, aber der Stall ist ein Tatort. Wir können keinen Unterricht geben, bis die Polizei ihn freigibt.«

»Natürlich«, sagte Teresa und erinnerte sich daran, wie das Haus der Farrs ein Tatort gewesen war und sie zwei Tage warten musste, bevor sie Kleidung oder Toilettenartikel herausholen konnte. »Ich sage den Unterricht ab und alle weiteren Stunden diese Woche. Und danke, dass du dich heute um die Pferde gekümmert hast.«

»Ich kann nicht einfach herumsitzen und darüber nachdenken, was geschehen ist. Dad hat mir immer gesagt, dass man sich in schlimmen Zeiten beschäftigen muss, das tue ich. Die Cops haben gesagt, ich darf nur das machen, was für die Pferde unbedingt notwendig ist – sie wollen nicht, dass ich länger im Stall bin als notwendig. Aber ich bin in der Nähe, wenn Sie irgendetwas brauchen.«

Damit floh er fast durch die Haustür. Teresa blickte durchs Fenster und sah ihn über den Hügel zum Stall rennen. Sie wusste, er würde das bisschen Energie, das er noch hatte, ins Füttern und Striegeln der Pferde stecken, bevor er das Cottage betrat, in dem er vor weniger als vierundzwanzig Stunden wahrscheinlich mit seinem Vater gefrühstückt hatte.

Teresa wandte sich an Kent: »Hast du weitere Fragen an mich? Weitere Anschuldigungen, Beschwerden –«

»Teri, mir tut es auch leid«, unterbrach Kent sie wie üblich. »Du musst verstehen, wie schockiert ich war, als mich jemand heute Morgen anrief und nach dem Mord fragte und ich nichts von dir gehört hatte. Dann bin ich hergekommen und habe erfahren, dass du mit Mac zusammen warst.«

»Du schienst mehr schockiert über Mac als über Gus, Kent.«

»Ich traue ihm nicht, Teri. Du hast mir nie erzählt, warum du eure Verlobung gelöst hast, aber ich weiß, er hat etwas getan, was dich verletzt hat. Und seitdem hat er Frauen vernascht wie Candy, und einfach weggeworfen, als wären sie nichts wert –«

»Jetzt muss ich dich mal unterbrechen«, sagte Teri scharf. »Woher weißt du so viel über Mac MacKenzies Liebesleben?«

»Ich höre Dinge. Jeder weiß über ihn Bescheid.«

»Von wem hörst du solche Dinge? Und warum weiß jeder außer mir über alle diese Frauen Bescheid, mit denen er angeblich so kaltherzig umspringt? Ich spreche mit Carmen, und sie hört wirklich alles, aber sie hat nie etwas davon gesagt, dass Mac Frauen schlecht behandelt.«

»Sie würde es dir nicht erzählen. Du bist ihr nicht gleichgültig. Sie will dich nicht verletzen.«

»Ich dachte, du hältst nichts von ihr oder meiner Freundschaft zu ihr, und denkst, sie ist einfach eine Klatschbase, die alles wiederholt, was sie hört.«

»Also, ich hab nie gesagt, dass sie überhaupt kein Taktgefühl hat. Wenn es so wäre, wäre sie nicht so gut mit Mum befreundet gewesen. Ich meine, Mum hat viel von ihr gehalten, also muss wohl irgendetwas an Carmen sein.«

»Ja, allerdings. Und ich glaube, der Grund, warum du sie

nicht magst, ist, dass Sharon sie nicht mag. Ich weiß nicht, welches Problem Sharon mit Carmen hat, aber die Feindseligkeit wird unerträglich.« Teresa hielt inne. »Aber das Thema war nicht Carmen. Das Thema war Mac. Alles, was ich sagen will, ist, dass ich keine Beziehung mit Mac habe, und auch wenn ich eine hätte, wäre es meine Sache. Ich nehme keine Befehle von meinem großen Bruder entgegen, Befehle, die auf Gerüchten beruhen, die er angeblich gehört hat.«

Kents Augen verengten sich leicht. Teri wusste, er war wütend über ihren Ton. Er war es gewohnt, bei der Farr Coal Company der Chef zu sein, Leute zu haben, die taten, was er sagte. Ihm gefiel Teresas Rebellion nicht. Dennoch wusste er, dass Rebellion ein Teil ihres Wesens war und dass sie nicht leicht einzuschüchtern war.

Kents Benehmen änderte sich fast augenblicklich. »Teri, ich glaube, Mac will dich zurück. Vielleicht empfindet er wirklich etwas für dich. Aber wahrscheinlich hält er es nicht aus, dass du gegangen bist, dass du ihn sitzengelassen hast. Und erzähl mir nicht, dass die Lösung der Verlobung eine gemeinsame Entscheidung war. Es war deine. Aber egal, ich würde dich gerne etwas fragen. Du sagtest, ihr hattet einen Streit in seinem Club, und er kam her, um die Dinge zwischen euch beiden zu klären. Bist du vom Club direkt nach Hause gefahren, und ist er gleich nach dir gekommen?«

»Ich verstehe nicht, was das mit irgendetwas zu tun haben soll.«

»Beantworte mir einfach diese beiden Fragen, und ich lass dich in Ruhe.«

»Also gut. Ich bin nicht direkt nach Hause gekommen. Ich hab bei einem Lebensmittelladen an der Ecke angehalten. Ich war ungefähr fünfzehn Minuten dort. Und Mac ist nicht gleich danach gekommen, was du schon weißt, denn ich habe ungefähr zehn Minuten mit dir telefoniert, bevor er an die Tür gehämmert hat.«

»Dann denk darüber nach, Teri«, sagte Kent langsam, fast grimmig, »Mac hatte, sowohl bevor du nach Hause gekommen bist als auch danach, Zeit, zum Stall zu gehen und Eclipse rauszulassen. Vielleicht wollte er nur eine Situation herbeiführen, die euch beide wieder zusammenbringt, eine Art, wie er dir helfen könnte, damit er gut vor dir dasteht. Aber etwas ging schief. Gus hat ihn erwischt. Vielleicht haben sie gekämpft, und in der Hitze des Gefechts ...« Er hob die Hände, während sie sich vorstellen musste, wie Mac eine Forke in Gus' Brust stieß. »Mac ist jähzornig, Teri. Das weiß jeder – vielleicht jeder außer Gus, der nicht wusste, was ihm zustoßen könnte, wenn er Mac MacKenzie in die Quere kam.«

2

Nachdem Teresa geduscht, zwei weitere Tassen Kaffee getrunken und etwas Toast hinuntergewürgt hatte, fiel ihr wieder ein, dass das Haus der Farrs endlich verkauft worden war und Kent die Möbelpacker für morgen bestellt hatte, um auszuräumen. Das bedeutete, dass sie heute zum Haus musste, um die Dinge abholen, die sie haben wollte. Der Gedanke, das Haus zu betreten, war ihr nicht geheuer, besonders heute nach Gus' Tod. Eine volle Stunde sagte sie sich, sie würde das Haus gar nicht mehr ansehen. Sie wollte nichts.

Dann fiel ihr die Großvateruhr ein. Der Großvater ihrer Mutter hatte sie für seine Braut gekauft. Marielle hatte sie nach dem Tod ihrer Eltern geerbt, und sie bedeutete ihr viel. Sie hatte vorgehabt, sie aus dem Haus zu holen, sobald sie sich ganz erholt hätte und sie sich ein eigenes Zuhause einrichten würde. Marielle hatte jedoch nie die Möglichkeit bekommen, ihre Uhr abzuholen, und sie hatte all die Jahre im Haus der Farrs gestanden, als würde sie nur auf sie warten. Marielle hatte die Uhr geliebt, und Teresa wusste, dass ihre Mutter sich gewünscht hätte, dass sie sie hier in ihrem Haus in Farr Fields aufstellte.

Einige Minuten erwog Teresa, einfach Kent anzurufen und ihm zu sagen, die Möbelpacker sollten die Uhr zu ihr bringen, aber bei der Erinnerung an die Uhr waren ihr noch andere Dinge ihrer Mutter eingefallen, die vielleicht noch im Haus waren. Marielle hatte es schnell verlassen und war in eine Nervenheilanstalt abgeschoben worden. Ihre Kleidung und notwendige Dinge waren bei Marielles Entlassung zu Tante Beulah geschickt worden, aber Teresa konnte sich nicht erinnern, dass jemand tatsächlich alle Habseligkeiten ihrer Mutter durchgesehen hatte. Einige Dinge von Marielle waren vielleicht noch im Haus, und was immer übrig war, Teresa wollte die Möglichkeit haben, es zu sehen und zu entscheiden, ob irgendetwas von Erinnerungswert dabei war. Sie würde hinfahren müssen, sagte sie sich. Es würde nur eine Stunde dauern. Sie würde einfach durchs Haus eilen und so schnell wie möglich wieder hinausgehen. Keine große Sache.

Dennoch brauchte Teresa einige Zeit, um vier Kartons für kleinere Dinge aus ihrer Kindheit, die sie vielleicht mitnehmen wollte, herauszusuchen. Dann machte sie sich ohne Hast auf die Suche nach dem Hausschlüssel. Als sie ihn fand, stopfte sie ihn in ihre Handtasche und machte sich auf den Weg zur Tür. Ihre Angst nahm zu. Sie schrie fast auf vor Erleichterung, als das Telefon klingelte und ihren Ausflug verzögerte.

»Hallo!«, zwitscherte sie fast.

»Teri? Bist du das?«

»Natürlich bin ich es, Mac.«

»Du klingst so fröhlich. Du überraschst mich nach gestern Abend.«

»Oh, ich bin nicht so unbeschwert, wie ich klinge«, sagte sie und fiel in ihren normalen Ton. »Ich wollte gerade zu unserem alten Haus. Es ist endlich verkauft, und Kent hat ausgemacht, dass es morgen geräumt und alles eingelagert wird.

Ich muss es mir heute ansehen und aussuchen, was zu mir gebracht werden soll.«

»Willst du, dass dich jemand begleitet?«

Teresa hätte am liebsten ja gesagt, aber sie fürchtete, dass es zwischen ihr und Mac zu schnell ginge. Er war gestern Abend wundervoll zu ihr gewesen – freundlich, beruhigend, warm. Nicht aggressiv. Sie hatte das Gefühl, dass sie und Mac vielleicht, nur vielleicht, noch eine Chance hatten, aber nur, wenn sie ihre Beziehung langsam und behutsam angingen.

»Ich glaube, ich sollte das alleine machen«, sagte Teresa einfach.

»Warum?«

»Ich …«, sie suchte nach einer taktvollen Erklärung, sagte dann aber ehrlich: »Ich möchte alleine gehen, Mac. Die Vorstellung, das Haus wiederzusehen, gefällt mir gar nicht, aber ich war seit acht Jahren nicht mehr drin und habe auch nicht vor, jemals wieder hineinzugehen. Ich muss allein gehen, um endgültig Abschied zu nehmen.«

»Okay«, sagte Mac liebenswürdig. »Ich verstehe deine Gründe nicht ganz, aber ich weiß, wenn du dich einmal entschieden hast, ist es sinnlos zu diskutieren. Aber sei vorsichtig.«

»Sei vorsichtig? Was, glaubst du, wird mir passieren?«

»In Anbetracht dessen, was du mir gestern erzählt hast – der Brief in deinem Auto, das Fax, das Nachtlicht – jemand will dir vielleicht noch einen Schrecken einjagen.«

»Also, keiner außer dir und Kent weiß, dass ich hinfahre, also rechne ich nicht mit Streichen.«

»Ich würde das, was mit Gus Gibbs geschehen ist, nicht als Streich bezeichnen.«

Teresa kam sich vor, als hätte sie eine Ohrfeige bekommen. »Ich habe ganz sicher Gus' Ermordung nicht damit verglichen, dass ich einen gemeinen Brief bekommen habe!«

»Jetzt habe ich dich wütend gemacht. Ich meinte nicht, dass

du die Bedeutung seiner Ermordung herunterspielst. Bleib einfach nicht zu lange in dem Haus. Mir gefällt die Vorstellung nicht, dass du überhaupt dort bist.«

»Danke, dass du so besorgt bist, aber mir wird nichts passieren«, sagte Teresa kühl, entschlossen, überlegt zu handeln, wenn sie das Haus gründlich nach den Sachen ihrer Mutter durchsuchte. Allein. »Wir sprechen uns später, Mac.«

Teresa legte auf, bevor er ein Wort sagen konnte. Sie wusste, sie war kindisch gewesen – sie sollte das Haus wahrscheinlich nicht allein aufsuchen, auch wenn sie nicht das Gefühl hatte, sie würde in physische Gefahr geraten – aber sie war gekränkt wegen Macs indirekter Kritik. Sie brauchte seine Hilfe nicht. Sie konnte selbst auf sich aufpassen.

Teresa warf die Kartons ins Auto, und fünfzehn Minuten später fuhr sie in die Einfahrt zu ihrem früheren Zuhause in der Morning Dove Lane. Einen Moment blieb sie sitzen und starrte auf die eleganten georgianischen Linien des großen Backsteinhauses. Ordentlich geschnittene Hecken säumten die Vorderseite, und eine helle Julisonne wurde von sauberen Fenstern in ordentlichen weißen Rahmen reflektiert. Wen immer Kent eingestellt hatte, um das Haus in Ordnung zu halten, er machte seine Sache gut. Sogar der Rasen war kürzlich gemäht und geharkt worden. Jeder Fremde, der vorbeikam, würde denken, eine Familie hätte Glück, in so einem großen, hübschen Haus zu wohnen.

Teresa stieg aus dem Auto und zog die Kartons vom Rücksitz. Sie stapelte sie ungünstig und stolperte fast zur Haustür, als sie ein schrilles »Huhu! Hallo da!« hörte.

Teresa neigte den Kopf und erblickte eine kleine vogelähnliche Frau, die auf Zehenspitzen auf sie zugelaufen kam. Teri rechnete fast damit, dass sich die Frau über die Schulter umsehen würde, als würde sie verfolgt.

»Sind Sie vom Immobilienbüro, oder sind Sie der neue Besitzer?«, fragte die Frau.

»Weder noch. Ich bin Teresa Farr. Meiner Familie gehörte dieses Haus.«

»Farr«, wiederholte die Frau. Ihr Lächeln gefror. »Oh, Teresa Farr. Das hab ich nicht erkannt. Offensichtlich.« Sie gab ein lautes, nervöses Kichern von sich, das wie ein Pferdewiehern klang. »Ich wohne nebenan. Mein Mann und ich haben das Haus vor sieben Jahren gekauft. Da waren unsere beiden Kinder noch klein. Jetzt sind sie im College.«

Teresa erinnerte sich, dass die Nachbarn – die, die 911 gewählt hatten in der Nacht, als die Morde geschahen – ihr Haus zwei Monate danach zum Verkauf angeboten hatten. Anders als die Farrs hatten sie es in weniger als einem Jahr verkaufen können.

»Mein Mann hat mir gesagt, ich soll mich um meine eigenen Angelegenheiten kümmern, aber ich denke, ich sollte jemandem sagen, dass ich die letzten beiden Nächte hintereinander Licht im Haus gesehen habe. Kein helles Licht – aber gedämpfter Lichtschein. Eigentlich nur ein Licht, das sich oben von Zimmer zu Zimmer bewegte. Es bewegt sich nicht schnell, als würde jemand mit einer Taschenlampe nach etwas suchen. Es blieb bis zu einer Stunde in einem Zimmer. Aber ich sehe nie ein Auto kommen oder wegfahren, und ich sehe niemanden ins Haus gehen oder herauskommen. Letzte Nacht bin ich bis drei Uhr aufgeblieben und hab es beobachtet. Mein Mann hat gesagt, wenn es heute Nacht wieder passiert, könnte ich das Maklerbüro anrufen, damit sie sich darum kümmern. Ihm liegt sehr daran, dass ich nicht in irgendetwas hineingezogen werde.«

Angst beschlich Teri. Gedämpftes Licht, das durch die oberen Fenster schien? Die letzten beiden Nächte? Ein Immobilienmakler würde das Haus nicht in den frühen Morgenstunden zeigen, und die Leute würden nicht fast eine Stunde in jedem Zimmer bleiben. Das war mehr als merkwürdig – es war in jedem Fall ein Zeichen, dass etwas nicht stimmte, selbst wenn jemand nur aus Neugier im Haus herumschlich. Niemand außer Kent, Teresa und dem Maklerbüro sollten einen Schlüssel zum Haus haben.

»Sie denken wahrscheinlich, dass ich übertreibe oder mir etwas eingebildet habe, aber ich weiß, was ich gesehen habe«, sagte die Frau verteidigend, obwohl Teri gar nichts eingewendet hatte. »Ich leide unter Schlafstörungen und bin fast jede Nacht bis drei oder vier morgens auf. Mein Mann sagt, ich werde irgendwann einfach daran sterben, dass ich zu wenig schlafe, aber ich kann nichts dagegen machen. Jedenfalls verbringe ich die meiste Zeit damit, aus dem Fenster zu sehen, wenn ich nachts auf bin«, sagte die Frau im Vertrauen. »Ich muss sagen, die meisten Leute wären schockiert, wenn sie all die merkwürdigen Dinge sehen würden, die in dieser Straße vor sich gehen! Oh, ich könnte Geschichten erzählen! Aber ich werde ihnen nicht alles erzählen. Ich möchte nur, dass Sie über Ihr Haus Bescheid wissen. Den Rest behalte ich eine Weile für mich – aus Sicherheitsgründen, verstehen Sie.«

Teri spürte plötzlich, wie ihre Angst sich auflöste, als die Frau sich umdrehte und über den Rasen davonlief, dann verstohlen ihre Haustür öffnete und ins Haus stürzte, als wäre sie in akuter Gefahr. Sie litt unter Schlafentzug und war mindestens paranoid, dachte Teresa. Die arme Frau blieb nachts auf und glaubte, alle möglichen verdächtigen Dinge in der Straße zu beobachten, in der es nur einmal eine Gewalttat gegeben hatte. Die Frau hatte sicher von den Morden an den Farrs gehört – sie wusste bestimmt, wer Teresa war – und verbrachte ohne Zweifel viele Nächte damit, sich etwas über das Haus nebenan auszudenken.

Teri schüttelte den Kopf, wie um das Unbehagen, das die Frau in ihr ausgelöst hatte, loszuwerden, und ging entschlossen die beiden Verandastufen hinauf. Sie setzte ihre Kartons ab, steckte den Schlüssel ins Schloss, stieß die Haustür auf und trat ein.

Für einen Moment überkam Teresa das Gefühl, ein Eindringling zu sein und die Einsamkeit des Hauses zu stören. Ihr kam der Gedanke, dass das Haus sie tatsächlich hinauswerfen würde, wenn es könnte, und sie der Länge nach auf dem Rasen landen würde. Sie wusste, die Idee war lächerlich, aber der Eindruck blieb und ließ sie starr und mit angehaltenem Atem in der Tür stehen. Sie kämpfte gegen das Bedürfnis an, zu ihrem Auto zu laufen, so weit wegzufahren, wie sie konnte, und sich nicht mehr umzusehen.

Sie schloss die Augen, holte tief Luft und versuchte, sich zu beruhigen, vernünftig zu sein und sich unter Kontrolle zu haben. Dies war nur ein Haus – eine unbelebte Anordnung von Holz und Backsteinen, ohne Seele und ohne Gedächtnis. Sie war diejenige, die das Gefühl hatte, hier nicht herzugehören, nicht das Haus. Das Haus fühlte nichts, und die Erinnerung an das, was in der schrecklichen Nacht vor acht Jahren passiert war, war ihre.

Aber als Teresa zwei weitere Schritte ins Haus getan hatte, war sie sicher, dass es sogar nach acht Jahren noch die Aura von Angst, Gewalt und Tod hatte. Sie stand in der Eingangshalle unter dem funkelnden Kristallleuchter und blickte zu der großen Großvateruhr mit den erhabenen Metallziffern, einem Bild der Mondphase und dem an den Kanten abgeschliffenen Glas. Sie erinnerte sich, dass sie in jener Nacht dreimal geschlagen hatte. Vielleicht wäre es verständlich, wenn die Uhr für sie alles Schreckliche verkörpern würde, was in der Nacht geschehen war. Aber sie hatte sie vorher zu lange geliebt und wollte sie jetzt haben. Sie sollte morgen auf jeden Fall zu ihrem Haus gebracht werden.

Teresas Blick wanderte nach links. Hinter dem Türbogen erstreckte sich das große, stilvolle Wohnzimmer mit dem taubengrauen Teppich, dem mit blass goldenem und rosa Gobelin bezogenen antiken Sofa und Sesseln, den glänzenden Walnusstischen und dem großen Kamin, eingefasst mit weißem Marmor. Wendy hätte auch dieses Zimmer gerne neu eingerichtet, wie das Schlafzimmer, aber Hugh hatte es verboten und darauf bestanden, dass das Zimmer so blieb, auch wenn Marielle es eingerichtet hatte. Wenn sie am Leben geblieben wären, hätte Wendy früher oder später ihren Willen durchgesetzt, dachte Teresa.

Teri blickte vom Wohnzimmer weg. Wenn noch irgendetwas von Marielle im Haus war, würde sie es nicht im Erdgeschoss finden, das wusste Teresa. Entschlossen holte sie die Kartons von der Veranda und trug sie hinein. Sie konnte sich aber nicht überwinden, die Haustür zu schließen und die Wärme und Beruhigung eines ganz normalen sonnigen Julitages auszusperren. Es wäre so, als würde sie sich in einer Familiengruft einschließen, dachte sie und schauderte. Die Tür würde ein ganzes Stück offen bleiben, entschied sie, selbst wenn ein paar Fliegen hereinkamen. Sie brauchte sich darum nicht zu kümmern – sie würde so schnell wie möglich wieder gehen.

Teresa begann die Treppe nach oben zu den Schlafzimmern hinaufzugehen. Als sie halb oben war, drängte sich ihr die Vorstellung einer schwarzgekleideten Gestalt auf, die die Treppe hinunterglitt. Roscoe Lee Byrnes sah nicht so aus, als wäre er in der Lage zu gleiten. Wenn sie an seinen massigen Körper, den übergroßen Kopf und die dicken Hände dachte, konnte sie sich nur vorstellen, dass er durchs Leben stapfte.

Aber Byrnes konnte nicht so langsam und unbeholfen sein, wie er aussah, rief sie sich ins Gedächtnis. Er hatte all seine Morde in Häusern begangen, die er so leise und schnell betreten hatte, dass er mindestens zwanzig Menschen überraschen konnte. Zweiundzwanzig, wenn er auch ihren Vater und Wendy getötet hatte.

Als Teresa den Treppenabsatz erreichte, blieb sie wieder stehen und war sich nicht sicher, welches Schlafzimmer sie zuerst betreten könnte. Ihr eigenes, entschied sie. Keiner war dort ermordet oder verletzt worden. Aus irgendeinem unbekannten Grund war sie verschont worden – verschont, um verdächtigt zu werden.

Sie ging in ihr Zimmer, das sie vor acht Jahren verlassen hatte. Am Tag nach den Morden war sie mit Carmen zurückgekommen, um Kleidung und Toilettenartikel zu holen. Sie hatte sich benommen gefühlt und war durchs Zimmer getappt, unsicher, was sie brauchte, hatte Schubladen herausgezogen und wieder zugeschoben, blind in ihren Schrank gestarrt, bis Carmen die Sache übernommen und ein paar Sachen zusammengepackt hatte, die für die nächsten paar Wochen reichen würden.

Nach Byrnes' Festnahme, als Carmen sie eingeladen hatte, bei ihr zu wohnen, bis sie im September aufs College ging, hatten sie und Carmen das Haus noch einmal betreten, um den Rest von Teresas Sachen zu holen. Seitdem war sie nicht mehr im Haus gewesen. Ihr Zimmer sah noch genauso aus mit dem Frisiertisch, der Kommode und dem Nachttisch aus Kirschbaum, der hellgrünen Tagesdecke und den Postern von Rockbands, die schlecht zu den gerahmten Degas-Drucken passten, die ihre Mutter ausgesucht hatte. Teri konnte sich nicht vorstellen, dass ihr dieses Zimmer jemals gefallen oder dass sie es als sicheren Hafen betrachtet hatte, nachdem ihr Vater Wendy geheiratet hatte. Jetzt schien es ihr wie ein Zimmer, das sie in einer Illustrierten gesehen hatte – ein Ort, an den sie sich erinnerte, der aber kein Gefühl in ihr hervorrief.

Mit dem Schlafzimmer ihres Vaters und Wendys war es anders. Teresa stand in der Tür und starrte aufs Bett, wo so oft auf das Paar eingestochen worden war, dass nicht nur das Bettzeug und die Matratze weggeworfen werden mussten; sondern auch der Teppich – der schreckliche knallrosa Teppich – musste entfernt und weggeworfen werden. Nachdem das Haus als Tatort wieder freigegeben worden war und Tante Beulah verkündet hatte, dass sie mit einem Haus, in dem Morde begangen worden waren, nichts zu tun haben wollte, hatten Teresa und Kent Carmen um Hilfe gebeten. Sie hatte als Erstes eine Reinigungsfirma beauftragt, alles, was möglich war, zu tun, um die Spuren der schrecklichen Nacht zu beseitigen. Aber weder mit Reinigungsmittel noch mit speziellen Reinigungslösungen konnten alle Blutflecken entfernt werden. Die Tapete musste abgerissen und die Wände in harmlosem Eierschalenweiß gestrichen werden.

Aber Teresa schien es, als könnte sie immer noch den kupfernen Geruch von Blut wahrnehmen – so viel Blut –, das sie in der Nacht gerochen hatte, als sie langsam den Raum betreten und ihre Hand auf Wendys Bauch gelegt hatte oder das, was davon übrig war. Die Polizei hatte sich gefragt, wie so oft auf zwei Menschen eingestochen werden konnte, ohne dass sie anscheinend einen Laut von sich gegeben hatten. Als auf einen eingestochen worden war, müsste der andere aufgewacht sein.

Um die Zeit, wusste Teresa, hatte Wendy, obwohl sie schwanger war, mindestens ein oder zwei Schlaftabletten genommen, von denen sie abhängig war. Der Mörder musste zuerst Hughs Kehle durchschnitten haben, so dass er nicht schreien konnte, und ihn dann noch siebenmal in Hals und Rumpf gestochen haben. Dann war der Mörder zu Wendy gegangen, die ohne Zweifel den Schlaf einer Betäubten schlief, und hatte wiederholt in ihren Unterleib gestochen, wo der Fötus wuchs, in ihre Brust und schließlich ihr hübsches, ausdrucksloses Gesicht verstümmelt.

Teresa hatte ihre Theorie über die Reihenfolge der Morde für sich behalten, weil sie dachte, es würde sich anhören, als wäre sie mit dem Ablauf des Verbrechens vertraut, als ob sie gewusst hätte, dass Wendy tiefer schlafen würde und Teris Vater deshalb zuerst ausgeschaltet werden sollte. Der toxikologische Bericht hatte später gezeigt, dass Wendy zwei von ihren Tabletten genommen hatte. Als die Polizei verkündete, dass Hugh Farr zuerst ermordet worden war, während seine Frau unter dem Einfluss von Medikamenten schlief, war Teresa erleichtert, dass sie nichts gesagt hatte.

Obwohl Teresa beide nicht gerngehabt hatte – tatsächlich hatte sie sie gehasst –, schauderte ihr bei der Vorstellung, dass zwei Menschen, die nichtsahnend und verletzlich dalagen und schliefen, brutal aufgeschlitzt und aufgerissen wurden, bis der Teppich von ihrem Blut ganz durchgeweicht und die Wände bespritzt waren. Ihr Vater hatte ihre Mutter verletzt und gedemütigt, so wie Wendy Jason verletzt hatte, indem sie seine Tochter mitnahm, aber keiner von ihnen hatte es verdient, ermordet zu werden, dachte Teresa. Welches Monster konnte seine Freude daran gehabt haben, zwei Menschen auf so grausame Art zu töten?

Teresa lief schnell aus dem Zimmer und blickte auf die Tiffany-Lampe, die immer noch auf dem kleinen Tisch in der Nähe des Badezimmers stand und ihrer Mutter gehört hatte. Sie würde sie mitnehmen, bevor sie das Haus verließ. Dann ging sie weiter zu Celestes Zimmer am Ende des Flurs, an der Vorderseite des Hauses. Auch hier waren das Bettzeug und der Teppich entfernt worden genauso wie die Spielzeugkiste, in der sich das Kind vor dem Mörder versteckt hatte.

Teresa warf schnell einen Blick auf die Stelle, wo das Nachtlicht Schneeflocke in einer Wandsteckdose gesteckt hatte. Keine Schneeflocke. Sie würde die Möglichkeit, dass Jason es für das Kind geholt hatte oder dass jemand anders es als harmloses Souvenir mitgenommen hatte, in Betracht gezogen haben, wenn sie nicht sicher wäre, dass die Person, die das Nachtlicht auf ihre Veranda gelegt hatte, schmerzliche Erinnerungen aufrühren und Teresa Angst einflößen wollte.

Sie ermahnte sich, keine Zeit in den Zimmern zu verschwenden, in denen nichts für sie war. Außerdem hatte das Haus einen unangenehmen Geruch, weil es unbewohnt war. Teresa hätte am liebsten die Fenster geöffnet und frische, sonnenwarme Luft hereingelassen in dieses Monument der Tragödie, aber sie dachte, das Haus würde es nicht wollen. Vor acht Jahren hatte sich das Haus geschlossen, hielt die Erinnerung an Schrecken und Blutbad fest und wollte nicht gestört werden.

Teresa zuckte zusammen, als würde sie aus einem ihrer Albträume aufwachen. »Du klingst so verrückt wie die Frau von nebenan«, sagte sie laut, irgendwie beruhigt vom Klang einer menschlichen Stimme, auch wenn es ihre eigene war. »Ich hab zu tun.«

Nachdem Hugh Wendy geheiratet hatte, hatte Kent sich geweigert, im Haus zu wohnen, wenn er alle drei Wochen nach Hause kam, um Sharon zu besuchen. Er wohnte dann bei einem Freund. Wendy hatte sein Zimmer inoffiziell zum Abstellraum gemacht. Sogar jetzt war die Tür verschlossen. Teresa öffnete sie, und ein muffiger Geruch schlug ihr entgegen. Die Tür hätte geöffnet bleiben und das Haus häufiger gelüftet werden sollen, dachte sie verärgert und stapfte beinahe ins Zimmer. Das Maklerbüro musste gewusst haben, dass der Muff das Haus für Kaufinteressenten nicht reizvoller machte. Offenbar hatte der Geruch den neuen Besitzer, der Schauerromane schrieb, aber nicht gestört. Sie war froh, dass er das Haus gekauft hatte, aber abgestoßen davon, dass der »Charme« des Hauses für ihn größtenteils in seiner grauenvollen Geschichte bestand.

Teresa war überrascht, wie viele Kartons im Zimmer waren. Nachdem Wendy es als Abstellraum genutzt hatte, hatte Teri nie wieder die Tür zu Kents Zimmer geöffnet und keine Ahnung, wie viel dort hineingestopft worden war. Sie ging jetzt entschlossen zum ersten Stapel Kisten und sah, dass jeder von ihnen beschriftet war. Sie erkannte sofort Wendys rundliche, fast kindliche Handschrift auf einer und las: aktuelle Ereignisse. Teresa konnte nicht widerstehen hineinzusehen und fand eine Sammlung von Boulevardzeitungen und beliebten Illustrierten voller Klatsch über berühmte Persönlichkeiten und Fotos der großartigen Häuser von Filmstars. Das ist es also, was Wendy für wert hielt aufzubewahren, dachte Teresa mit einer Mischung aus Spott und Mitleid. Eine andere Kiste mit der Aufschrift: Kleidung enthielt eine Sammlung bauchfreier Tops und tiefsitzender Jeans – Sachen, die Wendy getragen haben musste, bevor sie Hugh geheiratet hatte, und von denen sie sich nicht trennen konnte, obwohl sie danach Kleidung trug, die mehr zu ihrer neuen Stellung passte.

Teresa hatte fast zwanzig Kisten angesehen, bevor sie eine fand, auf die einfach *M.* geschrieben war. Marielle, dachte sie. »Mum, Wendy hat dich auf M. reduziert«, sagte sie laut.

Die Kiste enthielt Bücher. Marielle war eine eifrige Leserin gewesen. Ihr ständiges Lesen hatte Teris Vater gestört. Er hatte seine Frau immer gefragt, ob sie nichts Besseres zu tun hätte, als ihre Nase in ein Buch zu stecken. Teresa überflog die Hardcover-Ausgaben von Werken von Jane Austen bis zu ein paar Kriminalromanen, die erst neun oder zehn Jahre alt waren. Teresa stellte die Kiste in den Flur, um sie mit nach Hause zu nehmen.

Sie erwartete, noch mindestens eine Kiste mit Büchern zu finden. Als sie keine fand, war sie wütend. Wendy hatte sie weggeworfen oder zu Goodwill gebracht, hatte wahrscheinlich die vornehme Dame gespielt und so getan, als wären es ihre Bücher.

Die nächste mit *M.* beschriftete Kiste enthielt Zeitungsausschnitte und fotokopierte Artikel über lokale Ereignisse. Als sie sie durchblätterte, wurde ihr klar, dass es Material für ein Buch war, das ihre Mutter hatte schreiben wollen. Ihr Arzt war der Meinung gewesen, das Projekt wäre gut für sie, und sie hatte sich mit fieberhaftem Eifer hineingestürzt, der fast sechs Monate angehalten hatte. Teresa erinnerte sich, dass sie sowohl besorgt über den ungewöhnlichen Eifer ihrer Mutter gewesen war als auch erleichtert, weil Marielle das erste Mal seit Jahren glücklich zu sein schien. Dann hatte Hugh angekündigt, dass er die Scheidung wollte, was Marielles Projekt und ihrer Zufriedenheit schlagartig ein Ende machte.

Marielle war von der Geschichte der ganzen Gegend um Point Pleasant fasziniert gewesen. Sie hatte Carmen oft überredet, in das gemeinhin als TNT-Gelände bekannte Gebiet zu fahren, das jetzt ein Naturschutzgebiet war. Teresa erinnerte sich sogar an einige Fotos, die Carmen von Marielle gemacht hatte, wie sie bei einem unverschlossenen Iglu stand. Marielle hätte ihn liebend gern in Augenschein genommen und sogar darauf bestanden, dass Teresa, Kent und Sharon sie begleiteten. Sie war so enttäuscht über Kents und Sharons Reaktion auf das Iglu gewesen, dass Teri und Mac sie später fast darum baten, es ihnen zu zeigen. Als sie es dann besichtigten, taten sie so begeistert, als wäre es das Grabmal des Tutanchamun.

Jetzt öffnete Teresa die dritte Kiste, die mit M. beschriftet war. Sie enthielt Fotoalben und Videoaufnahmen, die ihre Mutter gemacht hatte. Sogar als sie Depressionen hatte, hatte Marielle sich so weit zusammengenommen, dass sie ihre Videokamera herausgeholt und wichtige Ereignisse in ihrem Kinderleben aufgenommen hatte. Jede Kassette war in Marielles eleganter geschwungener Handschrift beschriftet: Kent lernt Fahrrad fahren; Kents Highschool-Abschluss; Teresa und Kent bei Fahrten ins Disneyland bei einem ihrer seltenen Familienurlaube; Teresas Tanzschulaufführung; jede Kindergeburtstagsfeier, die Hugh Marielle erlaubt hatte zu veranstalten.

Teresa suchte nach der Kassette der Geburtstagsparty ihres sechzehnten Geburtstages, ihre liebste, denn Hugh war verreist gewesen, so dass Teresa mehr Leute einladen konnte als sonst. Sie hatten bis zum Abend draußen auf der Terrasse getanzt, und Emma und Marielle hatten entspannt und glücklich gewirkt, als hätten sie fast so viel Spaß wie die Teenager, während Hugh weg war. Unglücklicherweise schien die Kassette zu fehlen. Teresa durchsuchte die Sammlung ein zweites

Mal. »Verdammt«, murmelte sie. »Natürlich musste meine allerliebste verlorengehen.«

Teresa wollte alles haben, was in den drei Kartons war. Sie könnte den Karton mit den Kassetten und Alben und den mit den Zeitungsausschnitten zusammen tragen, entschied sie. Sie würde sie gleich hinunter zum Auto bringen, sagte Teri sich, die Gänge planend, damit es nicht zu anstrengend für sie würde, die Sachen einzuladen. Es hatte nichts mit dem unheimlichen Gefühl zu tun, dass das Haus den Atem anhielt und auf etwas wartete.

Teresa hob beide Kartons auf und war schon fast zur Tür, als sie im rechten Augenwinkel ein Meer von Farben aufleuchten sah. Sie trat einen Schritt zurück und erblickte einen Schal in leuchtendem Gelb und brennendem Orange neben Kents alter Frisierkommode. Schlagartig erinnerte Teresa sich, dass sie ihn ihrer Mutter zu ihrem letzten Geburtstag geschenkt hatte. Sie konnte ihre Mutter fast vor sich sehen, wie sie den Schal trug an einem Tag kurz vor den Morden, als sie sie bei Tante Beulah unter Aufsicht besucht hatte.

Teresa setzte langsam die Kartons ab, ging hinüber und nahm den Schal. Sie hatte viel dafür bezahlt, denn es war ein Designerstück. Der Name des Designers war auf dem Etikett, das an den Saum des Schals genäht war. Er war immer noch weich. Mit zitternden Händen hob Teresa den Schal an die Nase.

Der Duft von Sandelholz, warm und frisch, strömte aus den seidenen Falten.

Vierzehntes Kapitel

1

Teresa schoss aus der Haustür, verfehlte eine der Verandastufen und taumelte in Macs offene Arme. »Oh, mein Gott!«, schrie sie vor Angst und Entsetzen auf.

»Nein, ich bin's nur.« Mac hielt sie einen Moment in den Armen, dann von sich weg und musterte Teresa mit seinen haselbraunen Augen. Eine Furche bildete sich zwischen seinen Augenbrauen. »Du bist weiß wie Schnee«, sagte er. »Was ist los Was ist passiert?«

»Der Schal meiner Mutter, ich hab den Schal meiner Mutter gefunden!«

»Na, sie hat hier einmal gewohnt. Du hast gesagt, sie hat nicht alles mitgenommen, als sie das Haus verlassen hat.«

»Nein, du verstehst nicht.« Teresa schnappte nach Luft. »Er ist sauber und riecht nach ihrem Parfüm. Und der Duft ist frisch, Mac. Bei einem der letzten Male, die ich meine Mutter besucht habe, trug sie den Schal. Jetzt liegt er auf dem Boden in Kents Zimmer, wo einige Sachen meiner Mutter in Kisten gelagert waren. Aber der Schal hat nicht acht Jahre auf dem Fußboden gelegen, Mac. Das hat er nicht!«

»Okay, okay«, sagte er beruhigend und zog sie wieder an sich. Sie schmiegte sich ohne Hemmungen an seinen warmen, festen Körper. »Du zitterst, Teri.«

»Natürlich zittere ich! Der Schal –«

»Ich will ihn sehen.«

Teresa entzog sich ihm. »Du willst ins Haus gehen?«

»Da ist der Schal, oder hast du ihn bei dir?«

»Nein, ich hab ihn fallen lassen ... und bin gerannt wie ein Angsthase.«

Sie wurde verlegen. »Es war so ein Schock. Und als ich herkam, sagte mir die Frau aus dem Nachbarhaus, dass sie in den letzten beiden Nächten oben Licht gesehen habe.«

Mac hob die Augenbrauen. »Hat sie die Polizei gerufen?«

»Nein. Sie sagte, ihr Mann wollte nicht, dass sie da hineingezogen wird. Und sie schien ein bisschen sonderbar«, fügte Teri widerstrebend hinzu. »Sie sagte, sie sieht nachts alle möglichen verdächtigen Dinge in dieser Straße.«

»Also, es ist heller Tag, lass uns reingehen und uns das Haus ansehen.«

»Warte.« Teresa wich zurück und sah ihn an. »Wie kommt es, dass du in letzter Zeit immer in der Nähe bist, wenn in meinem Leben ein Notfall eintritt?«

»Gibst du mir für irgendetwas die Schuld?«

»Nein. Ich bin nur neugierig, weil du zufällig immer erscheinst. Was machst du hier?«

»Ich hab dir doch gesagt, dass es mir nicht gefiel, dass du dieses Haus allein aufsuchst. Ich hab mir Sorgen gemacht und wollte nachsehen, ob mit dir alles in Ordnung ist.« Macs Stimme wurde scharf. »Genügt dir das? Oder bist du immer noch misstrauisch und wütend?«

»Ich bin nicht wütend auf dich«, sagte Teri niedergeschlagen. »Du hattest recht – ich hätte nicht allein herkommen sollen. Mir war nicht wirklich danach, mich von dem Haus zu verabschieden. Ich wollte nur beweisen, dass ich keine Angst habe. Aber das habe ich nicht bewiesen – im Gegenteil. Es tut mir leid, wenn ich dich angegriffen habe. Ich bin mir nicht sicher, ob wir noch mal reingehen sollten.«

Der Ärger war aus Macs Gesicht verschwunden. »Ich denke nicht, dass jemand so dreist ist, tagsüber im Haus herumzuschleichen, wenn die Immobilienfirma das Haus zeigen könnte. Übrigens, du hast sicher einige Dinge gefunden, die du haben wolltest.«

»Ja. Drei Kisten. Ich habe gerade zwei getragen, als ich den Schal entdeckt habe.«

Teresa bestand darauf, dass sie die Haustür offen ließen, wenn sie ins Haus gingen. Mac nahm ihre Hand, und sie fühlte sich sicherer als beim ersten Mal, als sie das Haus allein betreten hatte. Hatte sie wirklich gedacht, dass das Haus sie nicht haben wollte? Dass es sie störte, dass es den Atem anhielt? Wie absurd. Einfach nur verrückt. Sie hielt Macs Hand fester.

»So weit, so gut«, sagte Mac leichthin, als sie die Treppe erreichten. Genau in dem Moment schlug die Großvateruhr zweimal – zwei laute, nachhallende Schläge, die Teresa im Bauch zu spüren glaubte –, und es verschlug ihr den Atem. »Wie ich sehe, zieht jemand die Uhr auf«, sagte Mac. »Ich weiß, die Leute vom Maklerbüro wollen natürlich, dass alles hier bestens aussieht, aber das scheint weit über die Pflichterfüllung hinauszugehen.«

»Allerdings«, sagte Teresa schwach. »Kent hat jemanden, der sich ums Haus kümmert. Der Rasen ist kürzlich gemäht worden. Vielleicht hat der Mann die Uhr aufgezogen.«

»Ja, vielleicht«, Mac sah nachdenklich aus. »Aber die Möbel im Wohnzimmer sind mit Staub bedeckt. Er achtet darauf, die Uhr aufzuziehen, aber er wischt nicht Staub. Merkwürdig.« Er wandte sich an sie und lächelte. »Na ja, vergiss die Uhr. Bereit, noch mal in den ersten Stock zu gehen?«

Teresa versuchte es mit einem leichten Lachen, brachte aber nur ein Quietschen zustande. Sie räusperte sich. »Geh vor.«

Aber als sie den oberen Treppenabsatz erreichten, übernahm Teri die Führung, rauschte am großen Schlafzimmer vorbei, ohne hineinzusehen, und hielt so abrupt an der Tür zu

Kents altem Zimmer, dass Mac mit ihr zusammenstieß. »Du brauchst Bremslichter«, lachte Mac.

Teresa hörte ihn kaum. »Da ist er«, sagte sie und zeigte auf den Schal, den sie fallen gelassen hatte wie eine giftige Schlange.

Mac hob den Schal am Ende auf und betrachtete die klaren, feinen Falten. »Er sieht fast neu aus, Teri.«

»Aber er ist nicht neu«, beharrte sie. »Das ist der Schal, den ich Mum geschenkt habe. Sieh dir die Ecke an. Ich bin nicht besonders geschickt mit der Nadel, aber ich habe es geschafft, ein M in die Ecke zu sticken. Sieh nach.«

Mac hielt jede Ecke hoch. In der dritten fand er ein M mit goldbraunem Garn gestickt. »Siehst du!«, sagte Teresa triumphierend. »Jetzt riech daran.«

Mac hielt sich den Schal an die Nase. »Sandelholz«, sagte er sofort.

»Ich hab's dir gesagt. Sandelholz ist ein Bestandteil des Parfüms, das Mum trug. Und es riecht nicht wie altes, schales Parfüm, Mac. Es riecht, als hätte jemand den Schal gestern oder vorgestern getragen.«

»Ja, das tut es«, sagte er gedankenverloren und starrte zu den Fenstern.

»Was ist los?«, fragte Teresa.

Mac zögerte, dann sagte er: »Ich versuche mich zu erinnern, wo genau ich den Duft in den letzten zwei Wochen gerochen habe.«

2

Emma MacKenzie murmelte, stöhnte, wurde dann wachgerissen. Für einen Moment fühlte sie sich ganz verloren. Sie richtete sich auf ihrer Couch auf und sah sich in dem kleinen, ordentlichen Wohnzimmer um. Sie blickte auch zum Fernsehgerät. Sie konnte sich nicht daran erinnern, es heute angestellt zu haben, aber jetzt sah sie eine Frau mit langen schwarzen Haaren, die heftig schluchzte, während ein Mann durch eine Tür stürzte und sagte: »Es ist aus!«

»Mr Farr?«, fragte Emma den Mann im Fernsehen. »Wo haben Sie mich hingebracht? Ich will nach Hause. Marielle? Du weinst. Marielle? Er hat dir wieder weh getan.« Emma blinzelte. »Nein, es ist Teresa. Teresa, Liebes?« Emma blinzelte, bis ihre Augen tränten. »Nein, es ist Mrs Norris. Mrs Norris? Nein, sie können nicht Mrs Norris sein. Was ist los mit mir? Was ist los? Ich will nach Hause, hört ihr mich? Mein Junge wird mich nach Hause bringen. Wo ist Jedediah Abraham?«

Langsam brachte das Bild ihres Sohnes, der sich beharrlich Mac nannte, sie zurück zu dem Tag, an dem sie diese Wohnung besichtigt und sie versichert hatte, dass sie genau richtig wäre, obwohl Jedediah gesagt hatte, sie wäre zu klein. Aber sie war hartnäckig gewesen. Sie wollte keine teure, denn ihr Sohn bezahlte dafür.

»Ich bin zu Hause«, sagte Emma erleichtert. »Ich bin in meinem eigenen Zuhause und mache nur ein kleines Nickerchen.« Sie blickte scheel zum Fernseher, der nicht eingeschaltet war. »Und während ich schlief, habe ich von einer der billigen Seifenopern geträumt, von denen Mrs Beemer mir heute Morgen beim Müllcontainer erzählt hat! Also wirklich, diese Frau!«

Emma stand auf und reckte sich. Sie war in letzter Zeit immer so müde. Abends konnte sie nicht einschlafen. Aber sie hatte immer Probleme mit dem Schlafen gehabt. Sobald ihr Kopf das Kopfkissen berührte, machte sie sich heftige Sorgen über die Zukunft, oder ihr kamen traurige, dunkle Erinnerungen.

In letzter Zeit hatte die Vergangenheit Emmas Gedanken fast völlig beherrscht – die Vergangenheit, als sie im Haus der Farrs für die liebe Marielle gearbeitet hatte. Sie hatte Emma wie eine Freundin, nicht wie eine Haushälterin behandelt, die liebenswerte Marielle, die von dem Teufel Hugh einfach weggeworfen worden war, die unter der Belastung zusammengebrochen war und in eine Anstalt für Geisteskranke gehen musste. Oh, sie nannten es nicht Anstalt, aber das war es, und Marielle war gedemütigt worden.

Aber am schlimmsten von allem waren Emmas Erinnerungen an jenen entsetzlichen Tag, als Marielle, dünn, schwach und erschöpft, beim Haus aufgetaucht war, um Teresa zu besuchen, und sie, Emma, hatte das geheime Treffen zwischen Mutter und Tochter in den dichten blühenden Rhododendren und Forsythien an der Seite des Hauses arrangiert. Emma hatte gedacht, Mutter und Tochter wären sicher, aber die Schlampe Wendy hatte alles gesehen und sich weggeschlichen, um Hugh anzurufen. Er war sofort wütend nach Hause gekommen, hatte Emma entlassen, Teresa geschlagen, Mac gedroht und Marielle weggeschickt in die traurige, malvenfarbene Dämmerung des Frühlingstages, aus der sie nie zurückgekehrt war.

Emma würde Hugh Farr niemals vergessen – rotgesichtig und wütend, während die angemalte Hure Wendy dagesessen und gelacht hatte ... gelacht! Sie waren ein übles Paar, Schandflecken auf der Erde und Quellen der Zerstörung für ihre Familien.

Emmas Atem ging schneller, und es kam ihr vor, als lastete etwas Schweres auf ihrer Brust. Sie konzentrierte sich darauf, langsamer zu atmen und sich zu entspannen, sich daran zu erinnern, dass ihr schrecklicher letzter Tag im Haus der Farrs vor langer Zeit gewesen war. Gott hatte ein menschliches Werkzeug benutzt, um göttliche Gerechtigkeit walten zu lassen. Gott hatte gewollte, das Hugh und Wendy vernichtet wurden. Zu der Zeit hatte Emma gedacht, dass es das Beste wäre, wenn das Kind von Wendy auch gestorben wäre. Aber Gott hatte nicht gewollt, dass die Welt von Celeste befreit würde, deshalb hatte Teresa sie retten können.

Aber nachdem das Mädchen wieder angefangen hatte zu sprechen, schreckliche Dinge über den Tod und Teresa in der Öffentlichkeit gesungen hatte – beides zusammengebracht hatte, als wäre Teresa todbringend für das Haus, wusste Emma, dass Celeste in der Nacht hätte sterben sollen. Gottes Plan war einfach gestört worden. Celeste war wie ihre Mutter, genauso wie Teresa wie Marielle war. Ja, Celeste hatte in jener Nacht den Tod mit Teresas gutgemeinter Hilfe überlistet, aber sie hätte sterben sollen, so wie ihre Mutter gestorben war.

»Vielleicht sollte der Fehler korrigiert werden«, sagte Emma, als sie verträumt in ihr Schlafzimmer ging, wo ein gerahmtes Foto von Marielle zwischen den Fotos ihrer drei Kinder stand. Sie blickte in Marielles Augen, die traurig waren, obwohl die jüngere Frau lächelte. Ja, Marielle sollte vollkommen gerächt werden und ihre Tochter beschützt. Das war richtig, und Emma dachte, dass sie die einzige Person wäre, die Gottes Wille in dieser Sache vollkommen verstand.

Sie betrachtete sich im Spiegel und bemerkte, dass ihr Kleid lockerer saß als vor zwei Wochen und dass ihre Augen eingesunken aussahen und fast verloren in dunklen Schatten. Kein Wunder. Sie hatte diese Woche so wenig geschlafen. Und im Moment fühlte sie sich, als könnte sie zu Boden sacken.

Widerstrebend legte Emma sich aufs Bett und fiel wieder in einen unruhigen, von Albträumen verfolgten Schlaf. Sie handelten von Hugh und Wendy und Celeste und Teresa und der verschwundenen Marielle.

3

Mac hatte Teresa geholfen, die Kisten zu tragen und im Auto zu verstauen. Als sie fertig waren, fragte er sie, ob sie abends zusammen essen gehen könnten. Sie sagte sofort ja. Nach dem heutigen Tag hatte sie genug davon, ihm auszuweichen. Als sie voller Schreck aus dem Haus gestolpert war, hätte sie vor Erleichterung schreien können, als er sie in die Arme schloss. Der Grund war nicht, weil sie froh war, einen anderen Menschen zu sehen. Sie wusste sofort, dass sie sich nur mit Mac so sicher fühlte, um noch einmal ins Haus zu gehen. Nur Mac gab ihr den Mut, den Schal noch einmal anzufassen. Mac war der sichere Hafen in einer sich scheinbar auflösenden Welt. Er war ihr sicherer Hafen, weil sie ihn liebte, und sie brauchte nur in seine Augen zu sehen, um zu wissen, dass er sie auch liebte.

Nachdem sie nach Hause gekommen war, ließ Teri sich beim Duschen Zeit, suchte ein marineblaues, ärmelloses Kleid aus, eine schlichte goldene Halskette und passende Creolen. Schließlich war Gus erst letzte Nacht gestorben. Sie hatte den SUV der Gibbs nicht gesehen, als sie wiederkam. Josh sollte trotz seiner Trauer die Pferde versorgen und heute Morgen Unterricht geben. Teresa hatte das Gefühl, dass es ihm vielleicht helfen würde, nicht an seinen Vater zu denken. Sie hoffte, dass er jetzt zu Freunden gefahren war.

Sie wollte eigentlich den Unterricht für den Rest der Woche absagen – sie konnte nur das Mindeste von Josh verlangen –, aber sie war ihm dankbar, dass er heute übernahm. Sie würde den Stall eine Weile nicht betreten können, es sei denn, es war unbedingt notwendig, nicht nach gestern Abend. Sie hoffte, dass es morgen anders war.

Im Moment standen die Pferde ruhig auf der Koppel. Keins schien unruhig oder fraß nicht. Sie sahen friedlich aus, wie sie am üppigen Gras zupften und es endlos kauten. »Ich wünschte, ich wäre auch so ruhig«, seufzte Teri.

Während Teresa auf Mac wartete, bemerkte sie, dass das Licht auf ihrem Antrufbeantworter leuchtete. Die erste Nachricht war von Josh:

»Miss Farr, sie waren nicht da, deshalb konnte ich Ihnen nicht sagen, dass ich die nächsten ein oder zwei Tage nicht hier herumhängen kann. Machen Sie sich keine Sorgen wegen der Pferde. Ich habe zwei Freunde, die sich fast genauso gut mit Pferden auskennen wie Dad und ich, und sie werden sich für Sie um sie kümmern. Ich habe ihnen gezeigt, wie Sie alles gemacht haben wollen und dass sie aufpassen müssen, nicht irgendetwas am Tatort zu berühren und zu verändern. Sie werden nicht im Cottage wohnen. Ich hoffe, es macht Ihnen nichts aus, und es tut mir leid, dass ich Sie vorher nicht fragen konnte, aber ich muss einfach weg von hier. Ich werde spätestens am sechsten Juli zurück sein. Wenn Sie mich entlassen wollen, verstehe ich das.«

»Oh nein«, stöhnte Teri. Sie vertraute die Pferde niemandem außer Gus und Josh an, aber sie konnte verstehen, dass Josh wegwollte. Sie wusste wirklich nicht, wie er es heute Morgen über sich gebracht hatte, wieder in den Stall zu gehen, um die Pferde zu füttern. Die Vorstellung ließ sie erschauern. Sie konnte sich vorstellen, was es für Josh bedeutet haben musste, und sie schalt sich für den Anflug von Egoismus. Es war sicher das Beste für ihn, eine Weile dem Ort zu entkommen, an dem sein Vater ermordet worden war. Außerdem waren die Jungs, die die Arbeit für Josh übernehmen würden, seine Freunde. Er würde die Pferde, die er liebte, nicht ein paar unzuverlässigen Drückebergern übergeben, die nichts von richtiger Pferdepflege verstanden. Sie würden wahrscheinlich innerhalb der nächsten Stunde für die abendliche Fütterung kommen. Morgen früh würde sie wissen, ob sie ihnen vertrauen konnte oder nicht.

Aber Teresa spürte, dass das der Anfang vom Ende von Josh' Tätigkeit in Farr Fields war. Er würde nicht länger hier arbeiten wollen, wo sein Vater ermordet worden war, und sie warf es ihm nicht vor. Sie würde andere Leute einstellen müssen, aber es würde schwer sein, es wieder so gut zu treffen wie mit den Gibbs.

Die zweite Nachricht war vom County-Sheriff, der sagte,

er wäre zweimal hier gewesen, und sie wäre nicht zu Hause gewesen. Er erinnerte sie daran, dass er sie noch weiter zum Mord an Gus Gibbs befragen wollte und dass er damit rechnete, sie morgen zu erreichen. Der Gedanke an eine polizeiliche Vernehmung erfüllte sie mit Schrecken – obwohl sie nichts getan und keine Ahnung hatte, wer vorgehabt haben könnte, Gus zu töten – aber sie war auch unschuldig gewesen, als ihr Vater und Wendy ermordet worden waren, und die Polizei hatte sie so lange in die Zange genommen, bis sie solche Angst hatte, dass sie kaum sprechen konnte. Sicher würde sie nicht wieder einem solchen Verhör unterzogen werden, dachte sie. So etwas konnte ihr einfach nicht zweimal passieren.

Und wenn doch?, fragte sie sich trübsinnig.

Gerade als sie sich vom Anrufbeantworter abwandte, klingelte das Telefon. »Hi, Teri«, sagte Carmen. »Wie hältst du dich heute auf den Beinen?«

»Nach Gus' Tod? Es geht.«

»Mein Gott, Teri, ich kann nicht glauben, dass jemand den armen Mann ermordet hat. In der Abendzeitung steht, dass die Polizei den Verdacht hat, dass es sich um einen gewaltsamen Tod handelt; ich habe heute von mindestens acht Leuten gehört, dass er mit einer Art Forke erstochen wurde.«

»Das stimmt. Es war schrecklich, Carmen. Natürlich war ich diejenige, die ihn gefunden hat.«

»Natürlich. Du scheinst mit einer zweifelhaften Gabe gesegnet zu sein – der Fähigkeit, Leichen zu finden. Besteht die Möglichkeit, dass es ein Unfall war?«

»Ich denke nicht. Er lag nicht mit dem Gesicht nach unten auf der Forke. Er saß in der Ecke einer Box, und die Forke ragte aus seiner Brust.« Sie hörte, wie Carmen vor Schreck nach Luft schnappte. »Die Polizei hat seine Leiche zum Gerichtsmediziner in Charleston zur Autopsie geschickt, obwohl die Ursache des Todes offensichtlich ist.«

»Aber so ist das Verfahren. Bei Hugh und Wendy haben

sie es auch gemacht.« Carmen holte Luft. »Tut mir leid, dich daran zu erinnern. Warum hast du mich gestern Nacht nicht angerufen? Weil Mac da war? Sein Name steht auch in der Zeitung als einer derjenigen, die Gus gefunden haben.«

»Ja, ich war zum Club gefahren, um ihm etwas zu sagen, und es endete damit, dass wir uns gestritten haben und ich ihn geohrfeigt habe –«

»Du hast ihn geohrfeigt!«

»Ja, ich war wütend. Ich bin aus dem Club gestürmt, und er ist mir gefolgt. Als er an meiner Tür war, hat er mir erzählt, dass Eclipse draußen war und im Regen herumlief. Er half mir, sie einzufangen und zurück in den Stall zu bringen. Da haben wir Gus gefunden.«

»Oh, das ist ja schrecklich. Ist das Pferd wenigstens in Ordnung?«

»Ja, es geht ihr gut. Ich kann mir nicht vorstellen, wer sie rausgelassen hat, aber meine Theorie ist, dass Gus denjenigen überrascht hat und dass der ihn erstochen hat. Ich glaube nicht, dass irgendjemand hergekommen ist, um Gus Gibbs zu ermorden. Der Mann hatte absolut keine Feinde.«

»Zumindest soweit du weißt, Teri. Du standest Gus ziemlich nahe, aber wir kennen niemanden völlig.«

Sie hat recht, dachte Teresa. Bis gestern hatte sie nicht gewusst, dass Gus und ihre Mutter einmal eine Beziehung gehabt hatten. Teresa hätte niemals gedacht, dass die beiden eine Beziehung hatten. Aber offenbar dachte Gus nach all den Jahren noch an Marielle.

»Hat die Polizei eine Ahnung, wer Gus getötet hat?«, fragte Carmen.

»Wenn ja, haben sie mich nicht eingeweiht«, sagte Teresa trocken. »Aber ich habe eine Nachricht vom Sheriff auf meinem Anrufbeantworter. Er will mit mir über den Mord reden. Er hat gestern Abend nicht genügend Informationen bekommen. Mac hat ihm das Wort abgeschnitten, als er gesehen hat, dass ich vor Erschöpfung und Schock beinahe ohnmächtig geworden wäre.«

»Scheint, als ob ich froh sein müsste, dass Mac bei dir war.«

»Er hat mir so geholfen, Carmen. Ich hätte es ohne ihn wahrscheinlich nicht durchgestanden. Er war außerordentlich fürsorglich.«

»Gut! Hat er die Nacht bei dir verbracht?«

»Nur ein paar Stunden, bis ich müde wurde.«

»Oh.« Carmen klang erleichtert. »Na, zumindest war er da, als du ihn gebraucht hast. Ich hab um die Mittagszeit versucht, dich anzurufen und zu fragen, ob du Gesellschaft haben wolltest, aber es hat niemand abgenommen.«

»Ich war zu unserem alten Haus gefahren. Es ist verkauft, und Kent sagte mir, ich solle alles herausholen, was ich will, bevor morgen die Leute kommen, die er beauftragt hat, alles in ein Lager zu bringen.«

»Wie wunderbar, dass es endlich verkauft ist!« Sie hielt inne. »Teri, du hättest mich anrufen sollen und nicht allein zum Haus fahren.«

»*Schmuck und Schätze* hatte heute geöffnet. Ich konnte dich doch nicht aus deinem Laden holen.«

»Ich bin sicher, sie hätten sich ein paar Stunden ohne mich durchgewurstelt.« Carmen hielt inne. »Wie war es, wieder in dem Haus zu sein?«

»Unheimlich«, antwortete Teri ehrlich. »Ich hab nur drei Kisten mit Sachen von Mum gefunden. Einige Bücher, einige Videos, die sie von Geburtstagsfesten und besonderen Gelegenheiten gemacht hatte, und ihre Recherchen für das Buch über all die sonderbaren Dinge, die in der Gegend von Point Pleasant geschehen sind.«

Carmen lachte leise. »Meine Güte, das Projekt von ihr hatte ich ganz vergessen. Ich bin ein paarmal mit ihr zum TNT-Gelände – Motham-Zentrum – gefahren und dort herumgewandert. Sie fand den Ort faszinierend. Einmal bin ich auf eine

Schlange getreten und fast ohnmächtig geworden. Ich war kein besonders guter Forschungsassistent. Und natürlich hielt Hugh nichts von der ganzen Sache.«

»Ich war froh, dass sie etwas hatte, von dem sie begeistert war, aber ich habe mich nicht genügend dafür interessiert und könnte mich jetzt dafür ohrfeigen. Sie war glücklich, als sie an dem Buch gearbeitet hat. Aber egal, das Haus hat mich heute irgendwie aufgeregt. Ich hab mich unwohl gefühlt.« Teresa wusste nicht, warum es ihr widerstrebte, Carmen von dem Schal zu erzählen. Weil sie wusste, dass Carmen ihr hundert Fragen stellen würde, oder weil sie nicht zugeben wollte, dass sie befürchtete, dass eine psychisch labile Marielle nach Point Pleasant zurückgekommen war? »Ich bin schnell aus dem Haus gegangen, und dann war Mac da«, fuhr sie hastig fort. »Ich hatte ihm erzählt, dass ich zum Haus fahren würde. Er kam vorbei, um mir zu helfen, die Kisten zu tragen.«

»Oh? Er kam vorbei, um dir zu helfen, Kisten zu tragen. Na dann, wie süß von ihm.«

Teresa rollte mit den Augen. »Du kannst den anzüglichen Ton lassen. Er hat Kisten getragen.«

»Und?«

»Und was?«

»Teri, ich kenne dich zu gut.«

»Oh, also gut«, sagte Teri, nur leicht verärgert. »Wir gehen heute Abend essen. Nur essen.«

»Seit wann geht Mac MacKenzie mit einer Frau nur essen?«

»Na, ich hoffe, dass das alles ist, wenn das Mädchen minderjährig ist«, sagte Teresa leichthin. »Ein Abendessen ist keine Verpflichtung, Carmen. Es ist ... es ist ein Essen!«

»Sehr gut gesagt, Teresa. Ich habe mich gerade gefragt, was ein Essen ist.« Carmen hielt einen Moment inne, und Teri machte sich auf einen Vortrag gefasst. Stattdessen sagte Carmen in leichtem Tonfall: »Du bist ein großes Mädchen, Teri. Wenn du das Gefühl hast, dass essen gehen das ist, was du willst, etwas, das richtig für dich ist, dann werde ich dir nicht die Suppe versalzen.«

Fassungslos murmelte Teri: »Danke.«

»Aber ich bitte dich um einen Gefallen.«

»Ich wusste, da ist ein Haken«, sagte Teresa scherzhaft.

»Morgen ist Unabhängigkeitstag. Gehst du nicht immer in den Park zum Konzert und Feuerwerk mit Kent und Sharon?«

»Ja.«

»Gut. Dieses Jahr geht Sharons Vater, Gabe, auch mit, und er hat mich gebeten mitzukommen. Ist das in Ordnung?«

Teresa blinzelte zweimal, bevor sie fragte: »Gabe hat dich gefragt? Nicht Sharon?«

»Sharon würde mich um nichts bitten, außer vielleicht, mich auf die Straße zu legen, damit sie mich überfahren kann.«

»Oh, du übertreibst.« Aber nur etwas, dachte Teresa. »Natürlich hab ich nichts dagegen. Weiß Gabe, dass sie es als Familienangelegenheit betrachtet, zum Feuerwerk zu gehen? Ich kann mich nicht erinnern, dass jemand, der nicht zur Familie gehört, einmal mit uns gegangen wäre.«

Einen Moment beredtes Schweigen am Telefon. Dann fragte Carmen: »Teri, kannst du ein ganz großes Geheimnis für dich behalten?«

»Ein Geheimnis? Ja, ich denke schon, wenn es dich betrifft«, sagte sie vorsichtig.

»Gabe hat mich gebeten, ihn zu heiraten!«

»Was!« Teresa schrie fast. »Gabriel hat dich gebeten, seine Frau zu werden?«

»Teri, dass du völlig schockiert bist, ist nicht besonders schmeichelhaft«, sagte Carmen trocken.

»Oh, das bedeutet nicht, dass mit dir irgendetwas nicht stimmt. Du bist wundervoll, Carmen. Du bist schön und klug und lustig und ... ich wusste nur nicht, dass du dich mit Gabe O'Brien triffst. Wann hat eure Beziehung angefangen?«

»Vor fast einem Jahr, also denk nicht, dass ich mich in irgendetwas stürze.«

»Aber warum hast du nichts gesagt?«

»Du weißt, wie Sharon ist. Sie möchte, dass ihr Vater sich benimmt, als wäre er gleich mit ihrer Mutter gestorben.«

Teresa musste zugeben, dass Sharon, was ihren Vater anging, genauso besitzergreifend war wie bei ihrem Sohn. »Ich verstehe, warum du es Sharon nicht gesagt hast, aber warum hast du es mir nicht gesagt?«

»Ich wollte nicht, dass du irgendetwas vor ihr verheimlichen musst. Schließlich ist sie deine Schwägerin. Ich hoffe, sie kann es mit Fassung tragen. Aber wenn nicht, wollte ich, dass du die Möglichkeit hast, es zu leugnen.«

»Meine Güte, du solltest Präsidentenberater sein.« Teresa lachte. »Aber ich schätze deine Sorge um mein Verhältnis zu Sharon. Es steht in letzter Zeit auf wackeligem Grund.«

»Das hab ich gehört. Sie geht mit all ihren Problemen zu Gabe. Du hast sie mit den Reitstunden aufgeregt.«

»Ich hab's gewusst! Und Kent ärgert sich darüber, dass sie immer zu Daddy rennt, wenn irgendetwas schiefläuft. Vielleicht wird Sharon begreifen, dass sich für Gabe nicht alles um sie dreht, und sich erwachsener benehmen, wenn ihr beide verheiratet seid.« Teresa hielt inne. »Wann wolltet ihr heiraten, und wann werdet ihr es Sharon sagen?«

»Darum geht es bei dem Gefallen, um den ich dich bitten wollte. Wir wollen Mitte September heiraten – dann hat Gabe eine Weile frei, und wir würden gerne eine Hochzeitsreise nach Neuengland machen, bevor es kalt wird. Das bedeutet, dass wir es bald den Familien sagen müssen. Ich will nicht, dass es so aussieht, als würden wir uns deswegen schämen oder als hätten wir Angst vor irgendjemandes Reaktion. Ich möchte eine kleine, intime Party daraus machen und hab mich gefragt, ob du nach dem Feuerwerk alle draußen zu dir einladen könntest. Ich sorge für Knabbereien und Champagner, und dann geben wir es bekannt.«

Einen Moment spürte Teresa Auflehnung. Carmen tauschte nicht Ideen mit ihr aus. Sie hatte das Treffen zur Bekanntgabe bereits geplant und erwartete, dass Teri mitmachte.

»Carmen, ich bin mir nicht sicher, ob das eine gute Idee ist«, sagte Teri ruhig. »Ich weiß, dass es Sharon aus der Fassung bringen wird. Vielleicht ist es nicht fair, dass sie die Neuigkeiten hört, wenn andere dabei sind.«

»Aber das ist der Punkt, Teri. Ich weiß, dass sie darüber nicht glücklich sein wird, aber sie wird vor anderen keinen Wutanfall kriegen.«

»Ich glaube nicht, dass sie in irgendeiner Situation einen Wutanfall kriegen wird.«

»Dann kennst du sie nicht so gut, wie du denkst«, sagte Carmen scharf. »Es kümmert sie nicht, was Gabe glücklich macht, nur was sie glücklich macht. So war sie immer. Es würde mich nicht überraschen, wenn sie absichtlich schwanger geworden wäre, um sich Kent zu angeln.«

»Carmen, Kent hat sie geliebt!«

»Aber Hugh hat nichts von ihr gehalten. Ich bin sicher, dass er vielleicht versucht hat, Kent zu überreden, sie aufzugeben. Aber es war unwahrscheinlich, dass Kent es tun würde, wenn Sharon von ihm schwanger war. Das wusste Sharon.«

Tatsächlich war Teresa auch schon die Idee gekommen, aber sie hatte es niemals ausgesprochen und hasste sich dafür, es zu denken. Und sie hörte es nicht gern von jemand anders. »Carmen, vielleicht hat die Hochzeit wegen Sharons Schwangerschaft ein oder zwei Jahre früher stattgefunden – aber er hätte sie geheiratet.«

»Jetzt habe ich dich verletzt«, sagte Carmen zerknirscht. »Es tut mir leid. Sharons und Kents Beziehung geht mich nichts an. Ich denke im Moment nur an Gabe. Gabe und mich. Oh,

Teri, ich liebe ihn so sehr. Ich habe meinen ersten Mann auch geliebt, aber nicht so, wie ich Gabe liebe. Es ist, als wäre meine Welt schwarzweiß gewesen. Nachdem ich mich in Gabe verliebt habe, hat sie sich in die schönsten Farben verwandelt – und dreidimensional noch dazu!«

Teresas Anflug von Wut flackerte noch einmal auf, erstarb aber dann. Carmen klang wie ein Teenager, es war bezaubernd und berührend zugleich. Außerdem hatte sie vollkommen aufrichtig geklungen. Sie liebt diesen Mann wirklich, dachte Teresa. Sie war so lange allein gewesen, und vor seinem Tod war ihr Mann jahrelang krank gewesen. Die Frau verdient eine wundervolle, echte Romanze.

»In Ordnung«, gab Teresa nach. »Ich fürchte aber immer noch, dass das nach hinten losgeht –«

»Wenn ja, dann ist es eben so, aber wenigstens habe ich dann versucht, es für Gabe einfacher zu machen. Wenn er Sharon allein gegenübertreten und die Neuigkeit verkünden müsste … also ich mag nicht mal daran denken. Außerdem möchte ich ein Fest aus der Bekanntgabe machen. Solche Dinge verdienen ein Fest!«

»Okay, ich verstehe. Aber warum soll es ausgerechnet in meinem Haus stattfinden?«

»Sharon würde nach dem Feuerwerk nicht zu mir kommen. Und dein Zuhause ist so viel hübscher als meins, oben auf dem Hügel mit der Außenbeleuchtung. Abends sieht es aus wie im Märchen.«

»Das ist vielleicht etwas übertrieben, aber danke. Was ist mit dem Essen? Soll ich Kuchen backen und eine Torte?«

»Nein!« Carmen klang entsetzt, und Teri grinste. »Ich meine, es würde mir nicht im Traum einfallen, dass du irgendwelche Ferienaktivitäten verpasst, um in der Küche zu stehen und zu kochen«, sagte Carmen ruhiger und schien nicht zu merken, dass Teri Spaß gemacht hatte. »Ich bringe das Essen am Spätnachmittag, und wir stellen es in deine Küche – das meiste kann in den Kühlschrank. Ich komme später am Abend zum Park und treffe euch. Und es muss so aussehen, als würde ich dich treffen, Teri, nicht Gabe. Wir wollen Sharon keinen Wink geben.«

Teresa brach in Gelächter aus. »Carmen, es kommt mir vor, als wären wir CIA-Agenten, die eine geheime Mission planen.«

»Na, wir könnten gut welche sein«, sagte Carmen. »Der Unterschied ist nur, dass Sharon härter ist als irgendjemand, mit dem der CIA es jemals zu tun hatte.«

Fünfzehntes Kapitel

1

Teresa hatte gerade aufgelegt, als Mac vor ihrer Tür stand. Sie begrüßte ihn fast schüchtern, kam sich vor wie ein Mädchen, das sein erstes Date mit jemandem hatte, den sie gerade erst kennengelernt hatte. Teresa wusste, dass das lächerlich war – sie kannte Mac, seitdem sie ein Teenager war –, aber sie hatten sich so auseinanderentwickelt, seitdem sie ihre Verlobung gelöst hatte, dass sie scheinbar wieder ganz von vorn anfingen.

»Du siehst toll aus«, sagte Mac mit einem anerkennenden Lächeln.

»Das Kleid habe ich schon seit Jahren, es ist nichts Besonderes«, sagte Teresa hastig. Sie wollte nicht, dass er dachte, sie hätte sich bemüht, außergewöhnlich auszusehen. »Ich trage selten Kleider.«

»Solltest du aber. Du hast phantastische Beine«, sagte Mac, seine Kühnheit durch ein jungenhaftes Lächeln mildernd. »Ich habe Hunger. Wie steht's mit dir?«

»Ich habe den ganzen Tag nichts gegessen. Ich hab's vergessen – ich, die einen Appetit wie ein Holzfäller hat. Ich möchte irgendwohin, wo man große Portionen bekommt.«

Fünfzehn Minuten später parkten sie vor einem als Restaurant genutzten historischen Wohnhaus, das im Schatten eines sanft ansteigenden grünen Hügels lag.

»Gloria's Lighthouse Café«, sagte Mac.

»Ich habe davon gehört, bin aber noch nie hier gewesen«, sagte Teresa.

»Dann steht dir ein Hochgenuss bevor.«

Sie gingen hinein und sahen sich einer langen Bar gegenüber, wandten sich nach links und stiegen zwei Stufen zu einem gemütlichen Speisesaal hinauf. Ein glänzender dunkler Holzfußboden führte zu einem hohen geschlossenen, gemauerten Kamin mit einem Holzofen davor. An den Wänden in gedämpftem, warmem Grün hingen Bilder, einige davon Werke des Restaurantbesitzers. Teresa wählte einen der Tische entlang der großen Fenster, durch die sie beobachten konnte, wie der Himmel von Kornblumenblau zu Violett und Korallenrot und schließlich zu Blauviolett wechselte.

Teresa und Mac bestellten Steaks mit gebackenen Kartoffeln, Salat und Brötchen. Teresa war froh, dass das Restaurant noch nicht voll war. Tatsächlich waren nur zwei andere Paare im Speisesaal, saßen weit weg und unterhielten sich leise.

Teri fummelte mit ihrer Serviette herum und griff dankbar nach dem Glas, als ihre Getränke kamen. Sie kam sich vor, als hätte sie ihr erstes Date, und war sicher, dass sie sich auch so benahm.

»Erinnerst du dich an das letzte Mal, als wir zusammen essen waren?«, fragte Mac leise.

»Nein.«

»Oh. Ich auch nicht.«

Teresa sah Mac an und lachte dann. »Du hast eine lange, ausführliche Beschreibung des Essens erwartet, oder?«

»Na, ja.«

»Tut mir leid, aber wenn irgendetwas Besonderes während unseres letzten gemeinsamen Essens geschehen ist, erinnere ich mich jedenfalls nicht daran. So viel zum Versuch, dich durch romantische Erinnerungen schwach zu machen.«

Obwohl Mac Spaß machte, war es Teresa unangenehm, und

sie wünschte, ihr würde ein unterhaltsames, interessantes Thema einfallen, das ihre Gedanken davon ablenkte, dass es sich womöglich um ein Date handelte. Sie nahm einen Schluck Wasser, überlegte und fing schließlich an: »Öffnet dein Club nicht in ungefähr einer Stunde? Wer kümmert sich um alles, während du weg bist?«

»Ich habe einen hervorragenden stellvertretenden Manager. Er ist sehr ehrgeizig, aber er kann meinen Job nicht haben, es sei denn, er will den Laden kaufen. Ich rechne damit, dass er in ungefähr einem Jahr eine Stellung in einem Club in einer der großen Städte annehmen wird.«

»Wird es Lizenzvergaben des Clubs *Rendezvous* geben?«

»Vielleicht in ein oder zwei Jahren. Das hängt von der Konjunktur ab.«

»Hängt nicht alles davon ab?« Teresas Versuch eines unbekümmerten kleinen Lachens klang hölzern. »Ich hatte gehofft, Farr Fields zu vergrößern – mehr Land zu kaufen, einen zweiten Stall zu bauen –, aber ich bin mir nicht sicher, ob ich mich mit dem, was ich schon habe, über Wasser halten kann nach all diesen Schwierigkeiten.« Sie merkte sofort, wie selbstbezogen sie klingen musste. »Ich meinte damit nicht Gus' Tod. Das war ein schreckliches Unglück. Ich werde mir nie verzeihen, ihn in Gefahr gebracht zu haben.«

»Wieso hast du ihn in Gefahr gebracht?«

Teresa sah Mac überrascht an. »Hast du vergessen, was vor acht Jahren passiert ist? Die halbe Stadt hat es nicht vergessen, nicht einmal als Roscoe Lee Byrnes an seinem Geständnis festhielt. Und jetzt sind die alten Zweifel wieder hochgekommen. Ich hab dir doch von dem Brief erzählt, dem Fax, dem Nachtlicht – und ich werde verfolgt. Deshalb ist jeder, der mit mir verkehrt, in Gefahr. Sharon hatte wahrscheinlich recht, als sie Daniel gestern von seinem Unterricht weggeholt hat.«

»Du denkst wohl, du wärst eine Gefahr für jeden, der dir nahekommt.«

»Es scheint so.«

»Und dieser Fluch, der von dir ausgeht, hat acht Jahre nicht gewirkt? Zuerst Wendy und dein Vater und Celeste, dann jahrelang nichts und jetzt Gus.«

»Du vergisst meine Mutter«, sagte Teresa ruhig. »Meine Mutter … ist verschwunden.«

»Verschwunden, weil sie ermordet wurde? Oder verschwunden und gestorben?« Mac hielt inne, sagte dann mit Nachdruck: »Oder einfach nur für eine Weile verschwunden?« Teresa blickte schnell weg. »Teri, glaubst du wirklich, dass deine Mutter lebt und in der Stadt ist?«

Die Frage, die er schon seit dem Nachmittag stellen wollte, war die, die Teri nicht beantworten wollte. Einen Moment lang starrte sie in Macs ernstes Gesicht – ein Gesicht, das sie einmal geliebt hatte – und wusste, dass sie ihn nicht anlügen konnte. »Ich kann mir nicht vorstellen, dass meine Mutter so lange weggeblieben wäre, wenn sie noch am Leben wäre. So grausam würde sie nicht sein.« Teri hielt inne. »Zumindest, wenn sie sie selbst wäre, wäre sie nicht so grausam. Aber es ging ihr nicht gut, körperlich oder geistig. Sie ist aus der psychiatrischen Klinik entlassen worden, aber vielleicht hätte sie noch dort bleiben sollen. An dem letzten Tag, als ich sie beim Haus gesehen habe – an dem Tag, als Dad uns erwischt hat –, war sie so dünn und verzweifelt. Ehrlich gesagt, schien sie nicht besonders klar zu sein. Sie bat mich, mit ihr wegzulaufen.«

»Wirklich?« Mac sah schockiert aus. »Das hast du mir nie erzählt.«

Ihr Salat kam, und Teresa war froh, dass sie Mac nicht gleich antworten musste. Aber er wiederholte seine Frage, sobald die Bedienung gegangen war.

»Ich hab dir nichts davon erzählt, dass ich sie an dem Tag gesehen habe«, sagte Teri. »Deine Mutter bat mich, es nicht zu tun, erinnerst du dich? Jedenfalls sagte Mum immer wieder: ›In dieser Stadt werde ich nicht gesund. Ohne dich werde ich nicht gesund, und du musst von deinem Vater und Wendy weg. Ich habe Angst davor, was sie dir antun könnten.‹«

»Was, glaubte sie, würden Hugh und Wendy dir antun?«

»Ich weiß es nicht. Schließlich würde ich im September aufs College gehen – ich musste nur noch den Rest des Frühlings und den Sommer durchstehen –, und beide konnten es nicht erwarten, dass ich fortging. Dad kämpfte nur um das Sorgerecht für mich, um Mum zu verletzen.« Teresa seufzte. »Vielleicht befürchtete sie, dass Dad mich schlagen würde. Rückblickend bin ich mir sicher, dass er sie mehr als einmal geschlagen hat. Und er hat mich an dem Tag, als Mum zum Haus kam, zweimal geschlagen.«

»Also hatte sie Angst um dich und war auch noch tief erschüttert, weil du ihr weggenommen worden bist«, sagte Mac nachdenklich. »Weißt du, dass das ein starkes Motiv ist, Hugh und Wendy umzubringen?«

»Ja.« Das war kaum mehr als ein Flüstern. »Ich habe es seit der Mordnacht gewusst. Aber es erklärt nicht, warum sie Celeste angegriffen hat.«

»Du sagtest, es ginge ihr nicht gut. Vielleicht geriet sie in eine Art Raserei.«

»Die Person, mit der ich im Flur zusammengestoßen bin – die Person, die mich am Arm geschnitten hat –, war eindeutig nicht in heller Aufregung. Die Person war fast beängstigend ruhig.«

Mac hob die Augenbrauen. »Das hast du mir auch nie erzählt.«

»Na ja, ich habe eine Menge für mich behalten in den letzten Jahren. Ich glaube, jetzt habe ich dir alles erzählt.« Mac sagte nichts, und Teresa fuhr fort. »Der Punkt ist, dass ich mir nie sicher war, ob meine Mutter nicht doch Dad und Wendy getötet hat. Mum ist nach den Morden verschwunden, aber falls sie gestorben ist, wurde ihre Leiche nie gefunden. Es sind auch keine unbekannten Frauenleichen aufgetaucht, von denen die Behörden annahmen, dass es vielleicht meine Mutter wäre. Roscoe Lee Byrnes hat sein Geständnis widerrufen, der Verdacht ist wieder auf mich gefallen, und plötzlich sehe ich meine Mutter auf der Straße, die zu meinem Haus führt – wie sie vom Stall wegläuft, in dem Gus ermordet worden ist. Und heute habe ich den Schal, den Mum zuletzt getragen hat, in unserem alten Haus gefunden.«

Mac runzelte die Stirn. »Ich möchte, dass du zwei Dinge bedenkst. Erstens, es ist wahrscheinlich der Schal deiner Mutter, und er wurde kürzlich getragen, aber es gibt keinen Beweis dafür, dass sie ihn getragen hat. Zweitens, ich verstehe, warum deine Mutter sich versteckt hält, wenn sie vor acht Jahren die Morde begangen hat, aber warum sollte sie Gus töten?«

»Vielleicht war sie bei Eclipse im Stall, das Pferd sieht genauso aus wie das Pferd, das sie hatte, als sie jung war, und Gus kam herein. Er erkannte sie. Sie wollte sich immer noch nicht zu erkennen geben, es sei denn, es bestände die Gefahr, dass ich festgenommen und des Mordes an Dad und Wendy angeklagt würde. Also ergriff sie die Forke, stieß damit nach Gus und lief dann fort. Ich bin sicher, sie wollte ihn nicht töten.«

»Also, wenn sie ihre Anwesenheit geheim halten wollte, musste sie ihn töten. Und vergiss nicht, dass er hingesetzt worden war, Teri.« Ihre Augen weiteten sich. »Das Heu in der Box wies zwei Schleifspuren von Gus' Fersen auf, weil er in die Ecke der Box gezerrt wurde. Du schienst es nicht zu bemerken, deshalb habe ich gestern Abend nichts gesagt, aber du solltest es jetzt wissen.«

»Oh Gott, wie konnte ich das übersehen?«

»Reg dich nicht auf, Teri. Du warst so schockiert, als du ihn gesehen hast, dann habe ich dich weggebracht. Du hast drüben auf der Bank gesessen, als die Polizei es erwähnt hat. Das Ganze war schrecklich genug, auch ohne die Vorstellung, dass jemand Gus in die Ecke geschleift hat, wo er verborgen blieb, bis jemand die Pferdebox ganz öffnete.«

»Dann wollte Mum nicht, dass er sofort gesehen wurde. Vielleicht dachte sie, wenn er später gefunden würde, würde jemand anders verdächtigt. Jemand wie Josh, der, wie sie wahrscheinlich wusste, gerade nicht zu Hause war, aber später sein würde.«

Mac schloss einen Moment die Augen und sah sie dann mitfühlend an. »Teri, weißt du, was du sagst? In der einen Minute sagst du, deiner Mutter geht's nicht gut, sie benimmt sich wie verrückt, und dann schreibst du ihr extrem berechnendes Verhalten zu. Das ergibt keinen Sinn.«

Teresa senkte den Blick und seufzte. »Du hast recht, Mac. Das alles ergibt keinen Sinn. Ich suche nur nach Antworten, egal wie unlogisch sie sind, weil ich das Gefühl habe, umstellt zu sein. Ich habe solche Angst um uns beide, mich und meine Mutter.«

»Ich weiß.« Macs Stimme war zärtlich und verständnisvoll. »Ich weiß auch, wie schwer es dir fällt, zuzugeben, dass du Angst hast. Du wolltest immer, dass andere denken, dass du vor nichts Angst hast. Deshalb habe ich mir die Freiheit genommen, dir etwas zu kaufen, es ist vielleicht ein nützliches Geschenk.«

»Ein Geschenk?«, fragte Teresa, während Mac in seine Tasche griff. »Aber keine Pistole!«

»Sch!«, zischte Mac. »Natürlich trage ich kein Gewehr in der Hosentasche herum, obwohl ich nicht glaube, dass es dir schaden würde, eine Schusswaffe zu haben.«

»Also, ich besitze keine. Und jetzt eine zu kaufen – wenn ich verdächtigt werde, drei Menschen ermordet zu haben –, davon halte ich nichts.«

»Ich bin dir einen Schritt voraus. Ich habe das hier für dich gekauft.« Mac hielt ihr einen glänzenden goldenen Zylinder hin.

»Ein Lippenstift?«, fragte Teresa. »Du denkst, ein Lippenstift wird mir helfen?«

»Es ist eine besondere Art Lippenstift.« Mac lächelte. »Es ist ein Pfefferspray. Es ist völlig legal – du brauchst keine Erlaubnis, um es zu kaufen oder bei dir zu haben, und es ist kein Problem, es zu verbergen, wie bei einem Elektroschocker.«

»Wer würde wohl mit einem Elektroschocker herumlaufen?«, fragte Teri.

»Ich weiß nicht. Das Problem damit ist, dass du ihn die ganze Zeit sichtbar mit dir herumschleppen musst, oder du könntest festgenommen werden, weil du eine versteckte Waffe trägst. Egal, Pfefferspray lässt die Schleimhäute und die Gefäße der Augen anschwellen, so dass dein Angreifer kaum atmen oder sehen kann, ganz zu schweigen davon, dass es höllisch brennt. Dieser kleine Sprayer hat eine Reichweite von fast zwei Meter.«

Teresa nahm den Stift vorsichtig, zog die Kappe ab, um die kleine weiße Pumpe zu betrachten. »Ich muss nur einmal spritzen?«

»Also, ich würde drei- oder viermal spritzen, um sicherzugehen. Und denk dran, dass du deinem Angreifer nah sein musst. Du kannst ihn nicht außer Gefecht setzen, wenn du am anderen Ende des Zimmers bist.« Teresa betrachtete den Stift voller Zweifel, und Mac fuhr fort: »Hör zu, ich weiß, dass das nicht die gefährlichste Waffe ist, aber wie du schon sagtest, du hast keine Schusswaffe, und jetzt ist nicht der passende Zeitpunkt, eine zu kaufen. Behalte den Stift immer bei dir. Er ist klein – passt sogar in Jeanstaschen.« Sie schnitt eine Grimasse. »Du musst mir versprechen, dass du es immer bei dir trägst.«

Teresa warf noch einen zweifelnden Blick auf den Stift und nahm dann ihre Handtasche. »Ich fürchte, dieses Kleid hat keine Taschen, deshalb muss er erst mal in die Handtasche. Aber nachher werde ich nichts tragen, was nicht mindestens eine Tasche hat, und das Ding wird drin sein.«

»Versprochen?«

»Ich verspreche es.«

In dem Moment kam ihr Essen, und Teri machte große Augen beim Anblick der großen Steaks, der gebackenen Kartoffel, des Maiskolbens, mit dem sie nicht gerechnet hatte, und der riesigen Brötchen. Während die Bedienung ihre Teller auf den Tisch stellte und fragte, ob sie noch etwas wünschten, steckte Teresa das Pfefferspray oben in ihre Handtasche, damit sie es nicht vergaß. Sie nahm sich fest vor, ihr Versprechen Mac gegenüber zu halten und es immer bei sich zu haben. Sie fühlte sich auch schon ein kleines bisschen sicherer.

2

»Morgen darf ich nichts essen, so viel, wie ich heute Abend verdrückt habe«, stöhnte Teresa, als sie die Stufen zu ihrer Veranda hinaufstiegen. »Aber es war köstlich.«

»Mir ist nicht entgangen, dass du deinen Teller leer gegessen hast, obwohl du verkündet hattest, du könntest unmöglich so viel essen«, sagte Mac trocken.

»Niemand hat mir jemals vorgeworfen, ich hätte einen bescheidenen Appetit.«

Mac warf ihr das ruhige, träge Lächeln zu, das sie so liebte. »Das ist eins der Dinge, die ich an dir mag, Teresa Farr.«

»Dass ich so viel esse?«

»Dass du dich nicht verstellst, nicht mal, was die Menge des Essens angeht. Natürlich musst du dir keine Sorgen machen, weil du so schlank bist. Du bist genauso groß und schmal wie deine Mutter.« Er hielt inne und sagte dann langsam, »du wirst immer schön sein, Teri. Immer.«

Als sie nach dem Essen bei Teresas Haus angekommen waren, wollte sie Mac eigentlich an der Tür zum Abschied küssen und dann zu einer anständigen Zeit ins Bett gehen – allein.

Aber nachdem Mac sie in die Arme genommen und geküsst hatte, als ob er seit Jahren niemanden geküsst hätte, geriet Teresas Entschluss ins Wanken. Sie wünschte sich – sehnte sich verzweifelt – nach mindestens noch einem Kuss. Aber nicht hier mit den blendenden Verandalichtern. Josh war nicht zu Hause, aber der Spanner trieb sich vielleicht herum. Sie mochte das Gefühl nicht, Blicken ausgesetzt zu sein.

»Lass uns reingehen«, murmelte sie, als Macs Lippen ihren Hals berührten. »Mac, hör auf. Ich kriege den Schlüssel nicht ins Schloss.«

Er nahm Teri das Schlüsselbund ab, führte den passenden Schlüssel ins Schloss und stieß die Tür auf. Sierra stürzte auf sie zu und bellte wild. »Hey, Mädchen, ich freue mich auch, dich zu sehen«, sagte Teresa und beugte sich vor, um dem Hund einen Begrüßungsklaps zu geben.

Aber Sierra hörte nicht auf zu schnaufen, bellen und knurren, beruhigte sich nicht, wie sie es sonst tat, wenn ihr Frauchen nach Hause kam. Teresa merkte plötzlich, dass noch mehr Lärm im Zimmer war. Der Lärm kam vom Fernsehgerät, das sie ganz sicher nicht angelassen hatte, als sie mit Mac das Haus verlassen hatte.

»Der Fernseher«, sagte sie und ging näher zum Gerät. »Mac, sie dir das an.«

Sie spürte, wie er hinter ihr stand, als sie auf den Bildschirm starrte. Es war nicht das übliche Mittwochabendprogramm. Sie sah sich selbst in ihren besten Jeans und einem glitzernden Top, lachend und herumblödelnd mit einer Menge von Leuten. Dann lehnte sie sich vor, um die Kerzen auf einer Torte auszupusten.

Es war die fehlende Videokassette von der Party an ihrem sechzehnten Geburtstag.

Sechzehntes Kapitel

1

»Vielleicht hast du die Kassette heute Nachmittag übersehen«, sagte Mac mit erzwungener Ruhe.

»Hab ich nicht!«, fauchte Teresa. »Nach der Kassette von meinem sechzehnten Geburtstag hab ich besonders gesucht, weil es mein glücklichster war. Ich habe danach gesucht, bevor ich den Schal gesehen habe.«

»Okay, okay. Reg dich nicht so auf«, sagte Mac geduldig. »Das Problem ist nicht so sehr die Kassette, sondern dass sie überhaupt läuft. Du hast sie nicht angesehen, bevor ich gekommen bin, und selbst wenn, wäre sie jetzt zu Ende. VCR-Kassetten spulen nicht von selbst zurück und fangen wieder von vorn an. Ich werde die Türen kontrollieren. Du bleibst hier.«

Mac ging zur Haustür und prüfte sorgfältig das Schloss. »Die ist in Ordnung«, sagte er fast zu sich selbst. Als er zur Hintertür ging, betrachtete Teresa sich auf dem Video – sechzehn, glücklich, von Tragödien verschont. Sie sah eine junge Teresa, die die Kamera nahm und sie auf ihre Mutter richtete, die verlegen lächelte und die Hände vor ihr hübsches Gesicht hielt. Dann hatte Teresa Emma gefilmt, hochgewachsen und hager, mit ihren dicken Haaren, die sie stramm zurückgebunden hatte. Emma, die es schon hasste, nur fotografiert zu werden, war aus dem Zimmer geflüchtet, als hätte Teri einen

Flammenwerfer auf sie gerichtet. Teri und ihre Altersgenossen bogen sich vor Lachen, während Teri gerufen hatte: »Es tut mir leid, Emma. Nicht sauer sein.«

Mac ging ins Wohnzimmer, stellte sich zwischen Teresa und das Video auf dem Bildschirm, nahm die Fernbedienung und drückte auf Stop. Dann legte er die Hände auf ihre Schultern. »Kann sein, dass das Schloss der Hintertür geknackt wurde, ich bin mir nicht sicher. Ich bin kein Fachmann. Um sicher zu sein, solltest du die Schlösser austauschen.«

»Großartig«, sagte Teresa niedergeschlagen. »Morgen ist Unabhängigkeitstag. Da finde ich niemanden, der das macht.«

»Vielleicht keinen Berufsschlosser, aber ich, meine Liebe, kann neue Schlösser einbauen. Der Eisenwarenladen hat morgen geöffnet. Ich besorge die Sachen morgen früh, und bis morgen Mittag habe ich dafür gesorgt, dass du dich gesund und wohlbehalten einschließen kannst. Jetzt muss ich nachsehen, ob noch irgendjemand im Haus ist.«

»Das ist heute dein zweiter Rundgang durch ein Haus wegen möglicher Eindringlinge«, sagte Teresa. »Vielleicht solltest du Privatdetektiv werden.«

»Ich denke, die müssen Leute überallhin verfolgen, Überwachungen übernehmen, sich durch Belege über finanzielle Transaktionen kämpfen. Nichts für mich«, sagte Mac leichthin. »Ich mache lieber nur Jagd auf Leute in Häusern und prügele sie zu Tode.«

»Ich komme mit, aber ich prügele niemanden. Ich bin zu deprimiert.«

Sie sahen in jedem Zimmer, jedem Schrank nach, Sierra folgte ihnen gehorsam. Nichts fehlte oder war auch nur verändert, und sie fanden niemanden, der im Haus lauerte. Sie gingen zurück ins Wohnzimmer, und Teresa nahm die Kassette aus dem Videorekorder. Dann ließ sie sich niedergeschlagen aufs Sofa plumpsen. Sie betrachtete die Aufschrift auf der Kassette, die lautete:

Die Handschrift ihrer Mutter auf dem Band, das sie aufgenommen hatte – ein Band, das Teri zuletzt kurz nach der Party gesehen hatte, eine Kassettenhülle, die sie acht Jahre nicht gesehen hatte, eine Kassettenhülle, die nicht in der Kiste gewesen war, die sie heute in ihrem früheren Zuhause gefunden hatte.

»Wo kommt das her?« Sie schrie Mac beinahe an. »Wer hat es hierhergebracht?«

»Ich weiß es nicht, aber ich weiß, dass wir die Polizei rufen sollten.« Sie sah ihn entsetzt an. »Teri, jemand ist in dein Haus eingebrochen, sie haben nichts gestohlen –«

»Nein, sie haben etwas dagelassen.«

»Es ist egal, ob sie etwas genommen oder gegeben haben. Sie sind eingebrochen. Du musst es anzeigen. Du musst der Polizei nicht allein gegenübertreten. Ich lass dich nicht allein.«

Diese einfachen Worte trafen Teresa. Meinte er, dass er sie heute Abend nicht verlassen würde, wenn sie der Polizei gegenüberstand, oder meinte er, er würde sie niemals verlassen? Oder meinte er beides? Oh Mann, sie war zu müde, um alles zu analysieren, was Mac sagte. Sie konnte sich jetzt nur auf die gegenwärtige Situation konzentrieren und froh sein, dass er sie nicht allein lassen würde.

Ein junger Hilfssheriff wurde geschickt. Teresa erkannte undeutlich, dass es einer der County-Hilfssheriffs war, die am Abend zuvor da gewesen waren, als sie Gus' Leiche gefunden hatten. Der Hilfssheriff machte sich reichlich Notizen, nickte häufig, stimmte zu, dass es in der Tat merkwürdig war, dass jemand einbrach, nur um eine VHS-Kassette dazulassen, und kontrollierte beide Türen, so wie Mac es getan hatte. Dann erzählte Teri dem Hilfssheriff von dem Spanner, der das Nachtlicht auf der Veranda gelassen hatte. Er schien nicht besonders beeindruckt davon, bis sie sagte, sie hätte an dem Abend, an dem Gus ermordet worden war, jemanden über die Straße laufen gesehen, der genauso aussah. Der Hilfssheriff bat um eine genaue Beschreibung, dann wurden seine Augen schmal, und er fragte, warum sie die Person letzte Nacht nicht erwähnt hatte.

»Ich war schockiert und habe einfach nicht daran gedacht«, sagte sie lahm. »Ich hab nicht gesehen, dass die Person vom Stall kam – nur von meinem Grundstück. Ich wollte es dem Sheriff heute sagen, aber ich habe ihn nicht getroffen. Aber ich werde morgen mit ihm sprechen.«

Mac ließ dem Hilfssheriff nicht die Möglichkeit, zu fragen, warum sie heute nicht mit dem Sheriff gesprochen hatte. »Im Hinblick darauf, dass eine Person hier herumschleicht, Dinge auf Miss Farrs Veranda legt und am Abend des Mordes von ihrem Grundstück kam, denken Sie nicht, sie sollte Polizeischutz haben?«, fragte Mac.

»Es kommt schon ein Streifenwagen der Stadt viermal innerhalb von vierundzwanzig Stunden hier vorbei und ein Wagen der State Police zweimal«, sagte der Hilfssheriff. »Ich weiß, das hört sich nicht gerade viel an, aber wir haben im Moment wenig Leute – ein Hilfssheriff ist krank, ein anderer im Urlaub –, deshalb können wir unmöglich für eine Vierundzwanzig-Stunden-Überwachung sorgen. Aber ich werde sehen, ob wir die Streifen steigern«, sagte der Hilfssheriff. »Solange ist es vielleicht am besten, wenn Sie bei einem Freund wohnen.«

Nachdem er gegangen war, blickte Teresa Mac an und sagte: »Ein Streifenwagen, der ungefähr alle vier Stunden vorbeikommt, wird mit Sicherheit die Härtesten abschrecken.«

Mac lachte. »Ich weiß, es ist nicht viel, aber es ist besser als nichts. Zumindest ist der Einbruch gemeldet.«

»Und niemand wird wagen, es wieder zu tun, jetzt, da es amtlich gemeldet worden ist.«

»Sei nicht so ein Miesepeter«, neckte Mac sie. »Es war richtig, es zu melden.«

»Das wird ein großer Trost für mich sein, wenn das nächste Mal jemand hier einbricht und mich und Sierra tötet.«

»Niemand wird die Möglichkeit haben, das zu tun«, sagte Mac, »weil du nicht allein sein wirst, bis das hier vorbei ist.«

»Mac, ich kann hier nicht weg, wie der Hilfssheriff vorgeschlagen hat. Josh' Freunde füttern die Pferde, aber die Jungs wohnen hier nicht, und ich werde nicht weglaufen und die Pferde schutzlos zurücklassen.«

»Kannst du Josh' Freunde nicht dafür bezahlen, dass sie im Stall schlafen und die Pferde bewachen?«

»Der Stall ist ein Tatort – er darf nicht betreten werden, außer um die Pferde zu füttern. Außerdem kenne ich die Jungs nicht – ich habe keine Möglichkeit, sie zu erreichen, und ich weiß nicht, wo Josh ist. Ich kann mich nicht mit ihnen in Verbindung setzen.«

Teresa holte tief Luft. »Ich kann die Pferde nicht verlassen, Mac. Einige gehören mir, die meisten nicht, sie sind hier eingestellt. Selbst wenn mir ihr Wohl nicht am Herzen liegen würde, weil ich Pferde mag, ich habe Jahre gebraucht, um meinen Betrieb in Gang zu bringen. Ich kann nicht einfach alles hinwerfen. Ich bin für die Sicherheit der Pferde verantwortlich. Du kannst mich kindisch und leichtsinnig oder einfach nur dumm nennen, aber ich kann sie nicht verlassen!«

»Ich hatte nicht vor, dich so zu nennen, nichts davon«, gab Mac ruhig zurück. »Ich weiß, dass du die Pferde nicht lange schutzlos zurücklassen wirst, besonders nachdem jemand in den Stall gegangen und dein Pferd herausgelassen hat.« Teresa bemerkte, dass er darauf bedacht war, den Mord an Gus nicht zu erwähnen. »Aber heute Abend musst du hier weg, bis die Schlösser ausgetauscht werden können. Deshalb möchte ich, dass du ein paar Sachen zusammenpackst, weil du und Sierra mit mir kommt und die Nacht bei mir verbringt.«

»Bei dir?!«

»Ja, Teresa. Ich habe eine Wohnung über dem Club, und sie ist ganz o. k.«

Die Nacht mit Mac verbringen? Ihr Verstand sagte Teresa, dass sie nein sagen sollte. Aber ihr Gefühl verlangte danach, sein Angebot unbedingt anzunehmen.

»Mac, ich weiß nicht, ob das so eine gute Idee ist«, sagte sie und hörte, dass sie nicht besonders überzeugend klang.

»Hör zu, Teri, willst du in einem Haus schlafen, dessen Schloss jemand aufgebrochen hat, um hineinzukommen und eine Videokassette dazulassen?«

»Nein, natürlich nicht!«

»Also, ich biete dir eine Alternative. Du könntest jederzeit in ein Hotel gehen, aber sie nehmen Geld dafür. Ich nicht. Im Übrigen sind in den beiden nettesten Hotels in der Gegend keine Hunde erlaubt.«

»Ich kann Sierra in deine Wohnung bringen?«

»Teri, ich weiß, dass du weder weglaufen noch Sierra allein lassen würdest. Ich werde einen meiner Türsteher anrufen und ihn bitten, eine Nacht *draußen* beim Stall zu verbringen. Er kann ein Zelt aufschlagen oder so. Es ist eine warme Nacht. Er wird die Pferde für dich bewachen.«

»Glaubst du, das würde er tun?«, fragte Teresa zweifelnd.

»Für zusätzliches Geld würde er es tun, das weiß ich. Ich werde auch die Cops anrufen und ihnen sagen, nicht wild zu werden, wenn sie ihn da draußen sehen. Jetzt pack was zusammen. Je schneller wir hier wegkommen, desto besser. Offen gesagt ist es mir auch ein bisschen unheimlich, zu wissen, dass zehn Minuten bevor wir wiedergekommen sind, jemand hier war. Der oder diejenige muss gewartet haben, bis sie mein Auto aufs Haus zukommen gesehen hat, denn die Kassette war erst ein paar Minuten gelaufen.« Darauf war Teri nicht gekommen. »Beeil dich jetzt«, sagte Mac forsch. »Und denk dran, dass es sich nur um eine Übernachtung handelt. Du gehst nicht auf eine Seereise.«

»Ich wünschte, wir würden auf eine Seereise gehen«, murmelte Teresa Sierra zu, die ihr folgte, als sie ein Nachthemd, Unterwäsche und Toilettenartikel zusammenpackte. »Ich fange an, mich in diesem Haus so wohl zu fühlen wie in dem Haus in der Mourning Dove Lane.«

2

»Bier, Popcorn und *African Queen* auf DVD«, sagte Gabriel. »Was kann sich ein Mann sonst noch wünschen?«

»Mich, hoffe ich.« Carmen setzte sich neben ihn aufs Sofa und platzierte eine Schüssel mit herrlich duftendem Popcorn auf ihrem Schoß. »Nach morgen Abend müssen wir uns nicht mehr immer heimlich treffen. Wir können ins Kino gehen, um einen Film zu sehen.«

»Ich sehe Filme gerne zu Hause. Du kannst sie immer stoppen, wenn du plötzlich zu etwas anderem aufgelegt bist.« Gabe beugte sich herunter und küsste Carmens Hals. »Weißt du, was ich meine?«

»Es war so subtil, ich bin mir nicht sicher, ob ich es verstanden habe«, kicherte Carmen. »Aber selbst wenn Sie gerade in der Stimmung sind, müssen Sie warten, Sir, weil ich gerade das Popcorn hier für Sie gemacht habe, und es ist in diesem Moment genau richtig.«

Gabe tauchte seine große Hand in die Schüssel. »Riecht köstlich.« Er steckte die Handvoll Popcorn in seinen Mund. »Schmeckt köstlich«, sagte er zwischen den weichen Kernen.

»Gut. Ich hab auch dein Lieblingsbier gekauft.« Carmen seufzte. »Gabe, weißt du, wie dick all diese Sachen machen?«

»Willst du damit sagen, dass ich dünner werden muss?«

»Überhaupt nicht. Du bist genau richtig. Aber ich kann nur ein Bier trinken und ungefähr ein Achtel von dem Popcorn essen, oder ich gehe auseinander.«

»So ein Quatsch. So wie du immer darauf achtest, was du isst, und bei all dem Sport, den du machst?«

»Ich war dünner, als ich gemodelt habe.«

»Da musst du zu dünn gewesen sein. Du bist jetzt fast zu dünn. Ich meine, du hast eine wunderbare Figur, aber ich bilde mir doch nicht ein, dass du in den letzten paar Wochen einige Pfund verloren hast?«

Carmen strich über ihre schlanke Taille und seufzte. »Nein, du bildest es dir nicht ein. Ich habe fünf Pfund verloren. Ich habe mir Sorgen gemacht.«

»Worüber?«

»Über uns, albern. Ich hatte Angst, du würdest die Bekanntgabe unserer Verlobung weiter hinauszögern.«

»Ich zögere es nicht hinaus. Wir sagen es allen morgen Abend. Oder ist es abgesagt?«

»Oh nein«, sagte Carmen schnell. »Ich hab vorhin mit Teri gesprochen. Ich werde das Essen nachmittags zu ihr bringen – sie hat angeboten, Kuchen zu backen, aber sie ist einfach die schlechteste Köchin der Welt –, und sie wird Kent und Sharon und Daniel treffen. Ich vermute, dass du wie üblich auch da sein wirst.«

Gabe nickte. »Ihr fünf werdet zuerst zum Konzert gehen. Ich werde zufällig vorbeikommen und euch treffen. Dann fahren wir zurück zu Teri, und wir geben es bekannt. Wie klingt das?«

»Gut.«

Carmen starrte ihn an. »Das klang nicht gerade begeistert.«

»Schätzchen, du machst dich kaputt, indem du ständig den Tonfall meiner Stimme analysierst. Ich werde sehr erleichtert sein, es bekanntzugeben. Wirklich.«

»Also, ich hatte mehr erwartet als Erleichterung.« Enttäuschung schwang in ihrer Stimme mit. »Ich hatte gehofft, du würdest glücklich sein.«

»Das werde ich. Natürlich werde ich glücklich sein. Ich kann es nur nicht so ausdrücken wie du, Carmen.« Er lächelte sie an, aber sie war nicht sicher, dass auch seine Augen lächelten. »Hörst du bitte auf, dir Sorgen zu machen? Ich glaube nicht, dass ich jemanden kenne, der sich so viel sorgt wie du.«

»Was ist mit Sharons zwanghafter Sorge um Daniel?«

Sobald die Worte heraus waren, sobald sie Gabes Lächeln verschwinden und die Falte sich zwischen seinen Augenbrauen bilden sah, wusste Carmen, dass sie einen Fehler gemacht hatte. Gabe würde keine Kritik an seiner Tochter dulden, selbst wenn die Kritik nur angedeutet wäre.

»Oh, aber was weiß ich schon darüber, wie eine gute Mutter sich verhalten sollte?«, sagte Carmen schnell leichthin, verzweifelt bemüht um selbstkritischen Humor. »Meine Mutter ist mit einem anderen Mann abgehauen, als ich dreizehn war, und davor hat sie mich so wenig beachtet wie möglich. Genauso wie mein Vater. Dann hatte ich nie eigene Kinder, was eine große Enttäuschung war. Aber wenn man bedenkt, dass das Kind, wenn ich eins bekommen hätte, noch klein gewesen wäre, als mein Mann krank wurde, war es wahrscheinlich das Beste.«

Carmen hatte so schnell gesprochen, beim Versuch, ihren Fehltritt wiedergutzumachen, dass sie am Schluss fast atemlos war. Sie war erleichtert, als Gabe irgendwie kurz fragte: »Du kanntest Marielle. War sie eine gute Mutter?«

»Oh, sie hat ihr Bestes gegeben, und wenn man bedenkt, dass sie psychische Probleme hatte, hat sie es hervorragend gemacht. Die Kinder haben sie abgöttisch geliebt, besonders Teri. Aber Marielles Depression und Traurigkeit hat den Kindern geschadet. Es ist wunderbar, dass Sharon das Leben so positiv sieht – sie kann das an Daniel weitergeben«, schloss sie lahm.

»Sie ist eine hervorragende Mutter«, sagte Gabe überzeugt. »Daniel bedeutet ihr alles. Daniel und Kent.«

Und du, dachte Carmen trübsinnig. Sharons Welt dreht sich

um euch drei, und sie wird dich nicht leichter gehen lassen, als sie ihren Mann oder Sohn gehen lassen würde.

»Lass uns jetzt den Film ansehen«, sagte Gabe und griff nach seinem Bier.

»Klar. *African Queen* war schon immer einer meiner Lieblingsfilme.« Carmen drückte auf die Fernbedienung, und die DVD begann. Sie sah Gabes ernstes Profil und nahm einen Schluck von ihrem Bier. Sie wusste, dass sie sich doch nicht auf ein Glas beschränken würde.

3

Nachdem Teresa Hundeleckerlis und genug Futter für Sierras Frühstück zusammengepackt hatte, fuhren sie zu Macs Wohnung. Sierra, die aufgeregt war, weil so viel in ihrem sonst so ruhigen Leben passierte, stand auf dem Rücksitz, drückte ihren Kopf neben Teris und hechelte begeistert.

»Du musst Sierras überschwängliche Freude entschuldigen«, sagte Teri, »wir haben seit Jahren nicht woanders übernachtet.«

»Das ist gut zu wissen.«

Teresa merkte, dass sie klang, als würde sie Mac versichern, dass sie schon lange nicht mehr die Nacht mit einem Mann verbracht hatte. Es stimmte, aber sie wollte ganz sicher nicht, dass Mac wusste, dass es in ihrem Leben an Affären mangelte. »Ich nehme Sierra nicht überall mit hin«, fügte sie fast trotzig hinzu.

Der Parkplatz des Clubs war mehr als halbvoll mit Autos. »Toll für einen Abend in der Woche!«, kommentierte Mac mit einem Lächeln, bevor er hinter das große Gebäude zu einem Privatparkplatz fuhr. »Wollen die Damen lieber den Außen- oder den Inneneingang benutzen?«

»Außen«, antwortete Teresa prompt und ergriff die Papiertüten, in denen ihre und Sierras Sachen für die Übernachtung waren. Sierra kletterte vor lauter Angst, zurückgelassen zu werden, auf den vorderen Sitz. Teresa griff nach ihrer Leine und ließ dabei die Taschen fallen. »Oh, verdammt!«, rief sie.

Mac eilte ums Auto und hob die Tüten auf. »Teri, hast du mal daran gedacht, eine richtige Tasche zu nehmen?«

»Ich wollte keine Zeit damit verschwenden, sie hinten aus dem Schrank hervorzuholen.« Sierra, verrückt vor Freude über ihr nächtliches Abenteuer, sprang und wirbelte herum und zog, während Teresa die Leine festhielt. »Weißt du übrigens, wie schwer es ist, Papiertüten beim Lebensmittelgeschäft zu bekommen? Du musst extra danach fragen, sonst geben sie dir diese dünnen Plastikdinger, die nur ungefähr drei Teile aushalten.«

»Dann werde ich besonders vorsichtig mit diesen beiden Papiertüten sein.« Mac schob sie auf einen Arm, als er eine Tür aufschloss, hinter der einige Stufen hinaufführten. Sierra lief voraus, und als sie oben ankamen, schloss Mac eine zweite Tür auf. »Kommt herein«, sagte er mit einer schwungvollen Bewegung seiner freien Hand.

Teresa und Sierra betraten einen Dienstboteneingang, der zu einer kleinen Küche mit weißen kunststoffbeschichteten Schränken und Edelstahlgeräten führte. Hinter der Küche lagen ein Esszimmer und ein Wohnzimmer, beide in erdigen Farben möbliert, so dass sie im Vergleich zur kalten Sterilität der Küche warm wirkten. Hellbraun und braun gewebte Teppiche schmückten den Granitfußboden, und hellbeige Jalousien hingen an allen Fenstern.

»Wow«, sagte Teresa und ließ den Blick über die modernen Möbel schweifen, eine Mischung aus Glas, Edelstahl, Leder und schokoladenfarbenem Wildleder. »Wir haben deine Wohnräume damals gar nicht entworfen.«

»Weil wir dachten, wir würden heiraten und in einem Haus

leben, das groß genug für mindestens zwei Kinder wäre.« Teresa zuckte bei der Erinnerung innerlich zusammen. Als sie neunzehn und verlobt mit Mac war, hatte sie damit gerechnet, mit sechsundzwanzig Ehefrau und Mutter zu sein. »Es gefällt dir nicht«, sagte Mac nüchtern.

»In der Regel mag ich den extrem modernen Stil nicht, aber irgendwie passt er zu dir.«

»Ich weiß nicht, ob das ein Kompliment war oder nicht«, sagte Mac. »Beschreibt ›extrem‹ meinen geistigen Zustand?«

»Nein. Ich meinte nur, es ist die perfekte Umgebung für einen ledigen ›Mann von Welt‹.«

Mac stieß ein kurzes, schrilles Lachen aus. »Ein ›Mann von Welt‹ soll bedeuten: ein lediger Kerl in Point Pleasant?«

»Um Himmels willen, Mac«, sagte Teresa verzweifelt. »Deine Wohnung ist außerordentlich stil- und geschmackvoll. Was kümmert es dich überhaupt, was ich denke?«

Mac seufzte. »Du bist angespannt. Du hast immer diesen Tonfall, wenn du angespannt bist.« Teresa versuchte, ihm einen vernichtenden Blick zuzuwerfen, aber er war schon auf dem Weg zu einem anderen Zimmer. »Ich stelle dein ›Gepäck‹ ins Schlafzimmer.«

»Mac –«

»Werd nicht panisch. Ich werde im Wohnzimmer schlafen. Das Sofa ist ein Schlafsofa.«

Teresa setzte sich. Sierra, die in ungewohnter Umgebung immer ängstlich war, folgte ihr so dicht, dass sie ständig auf Teris Fersen trat. Im nächsten Moment kam Mac mit Sierras beiden Metallschüsseln und der kleinen Tüte mit Hundefutter wieder, die Teresa für den Übernachtungsbesuch gepackt hatte. »Wie wär's mit Perrierwasser für Sierra und Weißwein für dich und mich?«, fragte er, als er in die Küche ging.

»Sie wird nie wieder normales Wasser trinken, aber es ist in Ordnung. Und ich hätte sehr gerne ein Glas Wein.«

Teresa nahm eine Zeitschrift, die auf dem großen Glascouchtisch lag, blätterte nervös darin, warf sie hin und begann, Sierra unter den Ohren zu kraulen. Aber sobald der Hund hörte, wie Trockenfutter in seine Schüssel prasselte, schoss er in die Küche. Verräterin, dachte Teresa und schalt sich, dass sie so befangen war, dass sie unbedingt ihre unruhigen Hände beschäftigen musste, indem sie den Hund streichelte.

Mac kam mit zwei Weingläsern zurück. »Wenn ich mich richtig erinnere, magst du keinen trockenen Weißwein. Du magst lieber die süßen.«

»Ja, aber bitte halte mir keinen Vortrag über Wein«, schnauzte Teri.

»Das würde mir nicht im Traum einfallen.« Mac füllte ihr Glas und gab es ihr. Falls er bemerkte, dass ihre Hand zitterte, ignorierte er es. Mac hielt sein Glas hoch. »Auf bessere zukünftige Zeiten«, sagte er, ohne zu warten, dass sie ihr Glas hob. Sie wusste sofort, dass er bemerkt hatte, dass ihre Hände zitterten.

Er nahm einen kleinen Schluck, sie nahm zwei Schlucke und genoss den Geschmack des kühlen Weines. »Oh, das tut gut!«, rief sie aus.

»Scheint so.« Mac zog leicht die Lippen hoch. »Ich dachte mir, dass du ihn magst. Er hilft dir, dich zu entspannen.«

»Warum denkst du, ich müsste mich entspannen?«, fragte Teresa ironisch. »Ich fand, die Kassette war ein hübsches Willkommensgeschenk.« Sie runzelte die Stirn. »Mac, ich habe bisher noch nicht daran gedacht, aber wer auch immer bei mir eingebrochen ist, wusste, dass er an Sierra vorbeikommen musste. Selbst wenn er nicht wusste, dass ich einen Hund habe, hätte man sie von draußen bellen gehört.«

»Das stimmt.«

Teresa sprang auf seinen freundlichen Tonfall an. »Deshalb glaubst du nicht, dass jemand in meinem Haus gewesen ist! Weil es keine Hinweise gab, dass sie jemanden angegriffen hat. Du denkst, ich hätte die Kassette selbst eingelegt!«

»Teri, hör auf, dich zu verteidigen. Wir haben es der Polizei gemeldet. Und selbst wenn ich zuerst dachte, dass du die Kassette vielleicht selbst eingelegt hättest, erklärt das nicht, wieso sie immer noch lief, als wir nach Hause kamen. Was Sierra angeht … also ich weiß nicht, warum sie den Eindringling nicht gebissen hat.«

Teresa seufzte. »Das hat sie noch nie gemacht. Sie bellt und knurrt und benimmt sich wie der gefährlichste Hund der Welt, wenn sie einem Fremden gegenübersteht, aber sie hat noch nie jemanden gebissen. Sie macht nur Lärm.«

»Ein Fremder hätte das nicht gewusst.«

»Nein. Und vielleicht hat, wer immer es war, etwas mitgebracht für den Fall, dass wirklich ein bissiger Hund drinnen ist. Vielleicht Pfefferspray, wie du es mir gekauft hast. Aber es wurde ziemlich schnell klar, dass Sierra nicht wirklich beißen würde. Sie war jedoch ungewöhnlich aufgeregt, als wir nach Hause kamen. Schließlich kannte sie dich schon – du warst kein Fremder. Vorher war etwas geschehen, das sie aufgeregt hat.«

»Das Erscheinen eines Eindringlings«, sagte Mac nüchtern. »Teri, ich glaube dir, dass du die Kassette nicht am Nachmittag abgespielt hast. Ich glaube, dass du nicht einmal im Besitz der Kassette warst. Denkst du, ich hätte dich eingeladen, die Nacht bei mir zu verbringen, wenn ich nicht gedacht hätte, dass du in deinem eigenen Zuhause nicht sicher bist?« Teresa hob eine Augenbraue. »In Ordnung, ich verdiene den Blick. Natürlich hätte ich jede Gelegenheit genutzt, dich dazu zu bewegen, die Nacht bei mir zu verbringen, aber nicht mit deinem Hund in meinem Schlafzimmer, während ich auf der Couch liege. Ich weiß, so wird es sein, und trotzdem möchte ich nicht, dass du gehst. Das sollte eine Bestätigung meiner guten Absichten sein.«

Teresa nahm noch einen kleinen Schluck Wein und sagte sanft: »Um Worte bist du nie verlegen, Mac.«

Er erstarrte und warf ihr einen gekränkten Blick zu. »Und was willst du damit sagen?«

»Ich will sagen, dass du mir viel versprochen hast, als ich jünger war. Du hast viele Versprechungen gemacht, als wir verlobt waren – versprochen, mich immer zu lieben und treu zu sein. Und du hast sie gebrochen.«

»Ich habe mein Versprechen, dich immer zu lieben, nicht gebrochen. Was das Treusein angeht … also, ich war es.« Teri hob die Augen und starrte ihn zornig an. »Ich war es.«

»Würde die Rothaarige, mit der ich dich erwischt habe, als du sie leidenschaftlich geküsst hast, dir zustimmen?«

»Wenn sie ehrlich wäre, würde sie dir sagen, dass ich nie mit ihr geschlafen habe, Teri. Ehrlich. Aber … ich hätte es beinahe getan.«

Teresa spürte, wie ihr Tränen in die Augen stiegen. Sie nahm schnell einen Schluck Wein und schaffte es, einigermaßen beherrscht zu fragen: »Einen Monat vor unserer Hochzeit. Mac, warum hast du das getan? Warum hast du etwas mit jemand anders angefangen, kurz bevor wir wirklich zusammen waren?«

»Nachdem du mich mit ihr erwischt hast, hast du mich angeschrien, mich beschuldigt, unsere Verlobung gelöst, aber mich nie gefragt, warum.«

»Ich frage dich jetzt.«

Mac stand plötzlich auf und ging hinüber zu den Fenstern, die Jalousien waren noch geöffnet und ließen die Nacht herein. »Ich habe viel darüber nachgedacht all die Jahre. Ich bin mir nicht sicher, dass ich meine eigene Handlungsweise vollkommen verstehe, aber ich glaube, ich kam mir vor wie gefangen.«

Teresa zuckte zusammen, als hätte sie eine Ohrfeige bekommen. »Gefangen? Von mir?«

»Durch mein ganzes Leben. Als mein Vater ging, wurde ich der Mann in der Familie. Ich war elf. Ich hatte eine Mutter, die kurz davor war, zusammenzubrechen, und zweijährige Zwillingsschwestern. Ich begann, jeden Job anzunehmen, den ich kriegen konnte. Mum arbeitete in einem Lebensmittelladen und wurde davon ein Nervenbündel, bis deine Mutter, Gott segne sie, sie als Haushälterin einstellte. Ich hielt meine Noten, kümmerte mich um Mum und die Mädchen, arbeitete und verliebte mich in dich, als ich gerade zwanzig und voller Hemmungen war. Ich hatte mich mit anderen Mädchen getroffen, aber ich hatte keine Zeit für was anderes als ein paar Kinobesuche – etwas Zufälliges. Als du alt genug warst, hab ich angefangen, dich zu treffen. Als du neunzehn warst, haben wir uns verlobt.

Unmittelbar vor unserer Hochzeit, fing ich gerade an, wirklich etwas Geld zu verdienen und herauszufinden, wie es war, etwas Freizeit zu haben und … es gab Frauen, die mit mir zusammen sein wollten. Ich wurde in Versuchung geführt. Ich dachte: ›Ich kann mich nicht binden, gerade wenn ich zum ersten Mal endlich frei bin, seitdem ich ein Kind bin.‹ Was die Rothaarige angeht – Delores –, sie hat mir nichts bedeutet. Aber du hast uns zusammen gesehen und mich verlassen. Ich hab es dir nicht übelgenommen. Auf eine gewisse, schreckliche Weise war ich fast ein Jahr lang erleichtert. Dann hatte ich mir die Hörner abgestoßen, herausgefunden, dass ich ohne dich nicht glücklich war, und hätte alles dafür gegeben, dich zurückzubekommen. Aber es war zu spät. Ich habe es akzeptiert. Ich habe nie aufgehört, es zu bedauern.«

»Du hast dich nicht verhalten, als hättest du es bedauert«, sagte Teresa bitter. »Ich höre ständig Geschichten über Mac MacKenzie, den Don Juan der Stadt.«

»Ich habe nicht als Einsiedler gelebt. Ich war nicht enthaltsam. Ich bin ein normaler Mann, Teri. Hast du erwartet, dass ich in einem Turm sitze und mich all die Jahre nach dir verzehre? Ich habe nicht gedacht, dass ich jemals eine zweite Chance bei dir hätte. Das bedeutet nicht, dass ich aufgehört habe, dich zu lieben.«

»Mich zu lieben?«, murmelte Teresa.

»Ja, dich zu lieben! Oder willst du behaupten, dass du das nicht gewusst hast?«

»Ja, ich behaupte es, weil es wahr ist. Ich habe nicht gedacht, dass du noch an mich denkst. In den Jahren seitdem ich wieder nach Point Pleasant zurückgekehrt bin, hast du mich nie besucht, mich nie angerufen. Was sollte ich denken?«

»Dass ich dachte, dass du nichts von mir hören wolltest. Dass ich dachte, ich respektiere deinen Wunsch. Wir haben uns nicht gerade freundschaftlich getrennt, wie du weißt. Tatsächlich sagtest du, dass du mich nie mehr wiedersehen wolltest.«

»Ich war wütend.«

»Seit wann bist du nicht mehr wütend?«

»Seit ungefähr fünf Minuten, als du mir erklärt hast, wie du dich damals gefühlt hast«, gab Teresa zu. »Ich sage nicht, dass ich es anstandslos akzeptiert hätte, als ich zwanzig war, oder dass ich nicht Zeit gebraucht hätte, mich nicht mehr völlig betrogen und zurückgewiesen zu fühlen, selbst wenn ich älter gewesen wäre. Aber jetzt …«

»Aber jetzt?«

»Aber jetzt brauche ich noch ein Glas Wein.« Teresa stand vom Sofa auf. »Ich hol's mir.«

Sierra trottete hinter ihr her in die schmale, ultramoderne Küche. Teri presste ihre Stirn einen Moment gegen die kühle Edelstahltür des Kühlschranks, ihre Gefühle wirbelten durcheinander. Nachdem sie die beiden entdeckt hatte, wie sie sich küssten, als würde die Welt morgen untergehen, hatte Teresa gedacht, Mac wäre seit Monaten untreu gewesen, nicht nur mit Delores, der Besitzerin der Bar, in der er arbeitete, sondern auch mit anderen Frauen.

Teresa hatte ihn nie nach diesen angeblichen Affären gefragt. Sie hätte ihm ohnehin nicht geglaubt, wenn er es geleugnet hätte. Aber ihr wurde klar, dass sie ihm nie eine Chance gegeben hatte. Und wenn man Mac jetzt reden hörte, hatte er keine Chance gewollt. Erst später war ihm klargeworden, dass die Art von Liebe, die sie verband, kostbar und oft unerreichbar war – nicht etwas, das er wegwerfen und zwei oder drei Jahre später wiederfinden konnte. Vielleicht sogar im ganzen Leben nicht mehr. Aber als ihm das klargeworden war, war er ihr nicht nachgelaufen, sondern hatte ihre Wünsche respektiert. All die Jahre hatte er Abstand gehalten, weil er dachte, dass sie es so wollte. Dass er ihre Gefühle respektierte, musste etwas bedeuten, dachte sie.

Sie goss sich ein Glas Wein ein und ging langsam zurück ins Wohnzimmer. Mac stand am Fenster und sah hinaus. Er zog die Jalousien zu, drehte sich um und sah sie im gedämpften Licht einer Stehlampe an. »Das hat eine Weile gedauert«, sagte er.

»Ich hab mich nicht beeilt«, antwortete Teresa ruhig. »Ich musste nachdenken.«

»Worüber nachdenken? Uns?«

»Was sonst?« Teresa stellte ihr Weinglas auf den Couchtisch. Bevor sie sich auf die Couch setzen konnte, hatte Mac den Raum durchquert und sie in die Arme genommen. »Mac, ich –«

»Was?«, flüsterte er, sein Atem warm an ihrem Ohr.

»Ich weiß nicht, ob wir das tun sollten. Wir waren verlobt, aber das ist Jahre her. Wir haben erst seit weniger als einer Woche wieder miteinander gesprochen. Es ist einfach so …«

»Richtig.« Macs warme Lippen wanderten ihren Hals entlang. »Es war immer gut für uns, Teri.«

»Sex vielleicht. Aber ich will nicht nur Sex. Ich meine –«

»Was meinst du, Teresa?«

Mac schob den Halsausschnitt ihres Kleides weiter nach rechts und küsste zart ihr Schlüsselbein. Eine Hitzewelle durchströmte Teri, aber noch zwang sie sich zu sagen: »Ich wünsche mir, was wir hatten – Liebe.«

»Wir können nicht haben, was wir hatten.« Mac hörte auf, sie zu küssen, und sah ihr durchdringend in die Augen, seine eigenen ernst, verführerisch und aufrichtig. »Wir können etwas Besseres haben, als wir hatten, Teri. Es kann besser sein, weil wir beide älter sind, wir haben beide mehr Erfahrung, und wir wissen beide besser, was wir wollen.«

»Und was wollen wir beide?«, fragte Teresa und schmiegte sich an ihn, fühlte, wie warmer Schweiß allmählich ihren ganzen Körper bedeckte. Sie legte die Arme fest um Macs Hals und wollte sich am liebsten für immer an ihn schmiegen, seine Stärke, seine Güte, seinen Charme und seine überwältigende Sinnlichkeit nicht mehr missen.

»Wir beide wollen Liebe, Teri«, sagte er, es war kaum mehr als ein Flüstern.

Teresa spürte, wie ihre letzte Abwehr schwand. Nichts hätte sie dazu bringen können, ihn jetzt anzulügen. Sie legte den Kopf zurück, um seinen Kuss auf ihren Lippen zu spüren und sagte sanft: »Ja, Mac. Ich will Liebe.«

Siebzehntes Kapitel

1

Am nächsten Tag hatte Mac Teresa und Sierra wieder nach Hause gebracht und baute gerade neue Schlösser in die Türen ein, als Carmen kam. Teresa wappnete sich, weil sie das Gefühl hatte, dass jeder ihr ansah, dass sie eine leidenschaftliche Nacht mit Mac verbracht hatte. Aber Carmen schien abgelenkt. Teresa war froh, dass ihre Freundin über die Bekanntgabe ihrer Verlobung nachdachte, statt ihre Aufmerksamkeit auf Teri und Mac zu richten.

Sie und Carmen trugen zusammen eine Schokoladentorte herein, eine Ananastorte, kleine runde Kuchen und eine Platte mit Petit Fours. Carmen hatte auch einige Flaschen guten Champagner sowie Saft und Limonaden mitgebracht.

»Carmen, du hast genug zu essen für zwanzig Leute mitgebracht«, lachte Teresa.

»Ich hoffe, jeder ist in der Stimmung für eine richtige Party.«

Teresa musterte Carmen. Sie sah schlank aus, klassisch gekleidet in eine schmale Jeans und ein cremefarbenes Strickoberteil, das ihre schmale Taille und die schönen schulterlangen braunen Harre betonte. Aber sie war blass und hatte dunkle Schatten unter den Augen. Wahrscheinlich hatte sie letzte Nacht nicht gut geschlafen, und Teresa konnte es ihr nicht vorwerfen. Die bevorstehende Heirat war schrecklich wichtig für Carmen, und sie würde einem Feind gegenüberstehen, der eine Waffe schwang, die stärker war als ein Gewehr – die Liebe und Ansprüche einer besitzergreifenden Tochter.

Teresa schloss Carmen unvermittelt in die Arme. »Beruhige dich, Carmen«, sagte sie sanft. »Erwarte nicht, dass Sharon heute Abend vor Freude in die Luft springt. Das Beste, was passieren kann, ist, dass sie nichts sagt, das Schlimmste, dass sie etwas Gemeines sagt. Aber wenn Gabe dich wirklich liebt, und dessen bin ich sicher, wird er darauf bestehen, dass Sharon dich als seine Ehefrau akzeptiert.«

Carmens Augen blickten einen Moment weniger sorgenvoll, und sie lächelte. »Könntest du mir wieder so etwas Aufmunterndes sagen, bevor wir es bekanntgeben?«

»Das kann ich den ganzen Tag machen, nur nicht, während ich mit dem Sheriff spreche.«

»Das habe ich ganz vergessen!«, rief Carmen aus. »Willst du, dass ich mitkomme?«

»Danke, aber nein. Dem will ich allein gegenübertreten und mich hinter niemandem verstecken.«

Später am Nachmittag, als Teresa von ihrem Gespräch mit dem Sheriff zurückkam, wünschte sie, sie hätte nicht so getan, als ob sie so stark wäre. Der Sheriff ließ sie die Abfolge der Ereignisse am Abend von Gus' Ermordung dreimal wiederholen. Er wollte wissen, warum sie nicht früher von dem Fremden berichtet hatte, der das Nachtlicht an ihre Haustür gelegt hatte, oder der anscheinend selben Person, die weniger als eine Stunde bevor sie Gus im Pferdestall gefunden hatte, vor ihr Auto gelaufen war.

Obwohl Teresa alle Fragen des Sheriffs wahrheitsgetreu beantwortet hatte, klangen ihre Antworten für ihre eigenen Ohren hohl und ausweichend. Sie war zuversichtlich in sein Büro gegangen, die Schultern zurück und den Kopf hoch. Als sie ging, fühlte sie sich wie der ängstliche, in sich zusammengesunkene Teenager, den er acht Jahre zuvor wieder und wieder verhört hatte.

»Wie ich sehe, ist die Befragung nicht gut gelaufen«, sagte Mac, als sie zu Hause ankam.

»Wenn ich gestern für Fragen zur Verfügung gestanden hätte, wäre es nicht so schlimm gewesen. Indem ich ihm ausgewichen bin, habe ich die Sache verschlimmert.«

Mac küsste sie auf die Stirn. »Na, zumindest hast du dich ihm gestellt. Es ist vorbei.«

»Für heute. Sie haben immer noch keine Ahnung, wer Gus getötet hat. Wenn Roscoe Byrnes die Wahrheit sagt und Dad und Wendy nicht getötet hat, haben sie auch keine Ahnung, wer sie getötet hat, so dass ich als Hauptverdächtige übrig bleibe. Wieder.« Teri klang verzweifelt.

»Was denkt der Sheriff, welches Motiv du gehabt haben könntest, Gus Gibbs umzubringen?«

»Ich glaube, er denkt einfach, ich sei verrückt. Eine gemeingefährliche Verrückte.«

Mac runzelte die Stirn. »Eine gemeingefährliche Verrückte, die acht Jahre zwischen den Morden wartet? Die am Schauplatz der Morde bleibt, so dass sie festgenommen werden kann? Tut mir leid, Schatz, aber das glaube ich nicht.«

»Du bist nicht der Sheriff.«

»Und du bist nicht verhaftet, stimmt's?« Teresa schüttelte den Kopf. »Also hör auf, so verängstigt zu gucken.«

»Ich bin mir nicht sicher, ob ich das schaffe.«

»Du musst es, zumindest Daniel zuliebe. Heute ist das Feuerwerk, erinnerst du dich? Was wird er denken, wenn seine Tante aussieht, als stände sie vor der Guillotine?«

Teresa stöhnte. »Das habe ich in meinem Anfall von Panik völlig vergessen. Du hast recht. Ich muss mich zusammennehmen.«

»Natürlich habe ich recht. Ich habe immer recht.« Macs Augen funkelten, und er küsste sie noch einmal, dann legte er den Arm um sie. »Du hast nicht mal bemerkt, dass Kents Möbelpacker mit der Großvateruhr aus eurem Haus und der Lampe hier waren. Ich habe ihnen gesagt, sie sollen die Lampe in dein Schlafzimmer stellen. Ich wusste nicht, wo du die Uhr haben willst, also habe ich ihnen gesagt, sie sollen sie da drüben hinstellen. Wenn es dir nicht gefällt, können wir sie später woanders hinstellen.«

Teresa stand auf und ging zur Uhr. Sie sah hier viel größer aus als in ihrem alten Haus – groß, aber immer noch schön. Mac hatte die Uhr nicht aufgezogen. Sie stand, als wäre die Zeit stehengeblieben, kein Gewicht bewegte sich, kein Pendel schwang, kein Geläut schlug.

»Willst du sie jetzt in Gang setzen?«, fragte Mac.

»Nein, ich denke, ich warte noch eine Weile. Vielleicht bis morgen«, sagte Teresa.

»Okay«, sagte Mac leichthin, obwohl sie sicher war, dass er ihren Widerwillen verstand, die Uhr wieder in Gang zu setzen.

»Josh' Freunde waren hier und haben die Pferde gefüttert, aber ich bin sicher, du willst runtergehen und selbst sehen, dass es ihnen gutgeht. Ich komme mit. Dann muss ich Mum abholen – sie will zum Konzert und zum Feuerwerk –, und du musst dich fertigmachen, um zu Kent zu gehen. Ich lasse dich nur für ein paar Stunden hier allein, solange es draußen noch hell ist.«

»Ich komme zurecht«, versicherte Teresa ihm. »Ich habe einen äußerst bissigen Wachhund, ein schnurloses Telefon, das ich immer bei mir tragen kann, Pfefferspray, und ich werde mir ein Fleischerbeil in den Gürtel stecken, wenn du willst.«

Mac grinste. »Ich lasse dir das Fleischerbeil durchgehen. Aber ich *garantiere*, der Sheriff wird dich damit verhaften!«

2

»Wir dachten schon, du kommst überhaupt nicht mehr, Tante Teri«, rief Daniel, als er in der Haustür stand. »Wir haben gewartet und gewartet!«

»Ich glaube, ich bin pünktlich«, antwortete Teresa und blickte auf ihre Uhr.

Sharon erschien hinter ihrem Sohn. »Das bist du. Er will schon seit einer Stunde los. Er glaubt uns nicht, dass das Feuerwerk erst nach Einbruch der Dunkelheit beginnt.«

Als Teresa ins Haus trat, erinnerte sie sich an das letzte Mal, als sie mit ihrer Schwägerin gesprochen hatte. Teri hatte fast gefürchtet, zum Haus zu kommen und Sharons restlichen Zorn zu ertragen, aber stattdessen empfing sie sie freundlich, lächelte warm. Teresa fragte sich, ob ihr verziehen worden war oder ob Sharon einfach nur so tat, weil sie sich nicht noch mehr Ärger mit Kent einhandeln wollte, indem sie kalt zu seiner Schwester war.

»Ich hab das Auto deines Dads auf der Auffahrt gesehen«, sagte Teresa.

»Er ist seit zwanzig Minuten hier«, sagte Sharon und führte Teresa ins Haus. »Ich glaube, er ist genauso gespannt auf das Feuerwerk wie Daniel. Warum sollte er sonst so nervös sein?«

Oje, dachte Teresa. Gabriel O'Brien war genauso angespannt wegen der Ankündigung der Hochzeit wie Carmen. »Dad, Teri ist hier!«, rief Sharon, als würde sie verkünden, dass der Mittelpunkt der Party eingetroffen wäre.

»Teri! Teresa! Also, du siehst wirklich gut aus!«, dröhnte Gabe und schloss sie ungestüm in die Arme. In all den Jahren, die Teresa ihn kannte, hatte Gabriel sie niemals umarmt. »Bildschön. Du und Sharon stellt jedes Mädchen in Point Pleasant in den Schatten. Ja, wirklich!«

Kent und Sharon sahen den großen, gutaussehenden Mann, der ungewöhnlich rot im Gesicht war und mit lauter Stimme sprach, entsetzt an. Teresa wünschte, sie könnte ihm sagen, er solle leiser sprechen und sich normal benehmen, aber da zwei Paar Augen auf ihr ruhten, konnte sie es nicht. Sogar Daniel sah seinen Großvater verwirrt an.

»Schön, dich zu sehen, Gabe«, sagte Teresa. »Es ist ewig her.«

»Ewig. Ja, ewig! Warte mal – war es Weihnachten?«

»Ja, hier bei Kent und Sharon. Wir haben beide zu viel Eierlikör getrunken und das unvergessliche Duett von ›Good King Wenceslas‹ gegeben.« Lieber Gott, dachte Teri, rette uns jemand aus dieser lächerlichen Vorstellung. »Waren wir sehr schlimm, Sharon?«

»Ich habe schon Schlimmeres gehört.« Sharons Lächeln schien festgekleistert. »Ihr beide scheint gute Laune zu haben.«

»Es ist Unabhängigkeitstag«, meldete sich Daniel. »Sie sind aufgeregt wegen des Feuerwerks.«

»Und wegen des Konzerts«, mischte Kent sich ein. »Wir werden zuerst das Konzert hören.«

Daniels Lächeln erstarb, und er blickte besorgt zu seinem Großvater und Teresa. »Werdet ihr beide ›King Wennaslas‹ singen?«

Darüber brachen alle in Gelächter aus, und die Spannung löste sich. Teresa hätte ihren Neffen küssen können, obwohl sie sich vor den nächsten Stunden fürchtete. Um Mitternacht wird Sharon nicht mehr lachen, dachte sie trübselig. Bitte, lass diesen Abend nicht in einer Katastrophe enden, schon allein Carmens wegen. Gabe schien Teresas stilles Flehen gehört zu haben, denn als niemand hinsah, ging er zu ihr, nahm ihre Hand und drückte sie.

Daniel ließ nicht zu, dass sie trödelten, und innerhalb von zehn Minuten waren sie auf dem Weg in die Stadt – Kent, Sharon und Gabe in einem Auto, Daniel bestand darauf, mit Tante Teri zu fahren. Teresa war erstaunt über sein Drängen, mit ihr allein zu sein, bis der kleine Junge ängstlich fragte: »Wie geht's Caesar? Vermisst er mich sehr?«

»Oh, er vermisst dich sehr«, sagte Teri. »Er hatte so viel Spaß mit dir am Montag.«

»War er wütend, weil Mami wollte, dass ich früher gehe?«

Teresa wusste, dass sie die Antwort vorsichtig formulieren musste. »Nein, Daniel, er hat es verstanden. Viele Kinder bleiben beim ersten Mal nur eine halbe Stunde. Weißt du, wenn du auf einem Pferd reitest, gebrauchst du Muskeln, die du nicht benutzt, wenn du gehst oder läufst. Deshalb ist es gut, langsam anzufangen, damit du keinen Muskelkater in den Beinen bekommst. Caesar würde ganz sicher nicht wollen, dass du Muskelkater bekommst, nur weil du auf ihm reitest. Er hätte Angst, dass du nicht wiederkommst.«

»Aber ich habe keinen Muskelkater bekommen«, sagte Daniel lebhaft. »Hab ich nicht!«

»Dann ist es gut, dass deine Mami dich ein bisschen früher nach Hause gebracht hat.«

»Vielleicht, aber ich wollte noch bleiben, und Daddy ist deswegen wütend geworden. Sie haben sich gestritten. Ich sollte es eigentlich nicht hören, aber ich hab's. Sie streiten sich viel.«

Teri konnte sich noch zurückhalten zu fragen, worüber? Sie sollte Daniel nicht über die Ehe seine Eltern ausfragen. Außerdem würde Daniel es Kent und Sharon erzählen, und Sharon würde wieder in die Luft gehen. »Alle Paare streiten sich«, sagte Teresa unbekümmert. »Darüber brauchst du dir keine Sorgen machen, Daniel. Aber zurück zu Caesar, er hat diese Woche viel Zeit im Stall mit seiner Freundin Cleopatra verbracht. Alle Pferde haben am Unabhängigkeitstag Urlaub. Deshalb wird er sich besonders freuen, dich zu sehen, wenn du wiederkommst, um ihn zu reiten.«

Teresa dachte, sie wären früh losgefahren, aber als sie im Zentrum von Point Pleasant ankamen, waren die Straßen schon voller Menschen, die von einem Imbissstand zum nächsten schlenderten, in Gruppen standen, sich unterhielten und Richtung Riverfront Park strömten, der an dem Ufer des Ohio gelegen war, das zu West Virginia gehörte. Sie war froh, dass sie und Kent beschlossen hatten, sich vor dem Postamt zu treffen, falls sie getrennt würden.

Nachdem sie endlich einen Parkplatz gefunden hatten, nahm Teri Daniels Hand fest in ihre, und sie machten ein Spiel daraus, durch die Menge zum verabredeten Punkt zu laufen, um die Familie zu treffen. Als sie ankamen, fanden sie Kent gegen das Messinggeländer der Stufen gelehnt, während Sharon auf dem Gehsteig auf und ab ging. »Teri, um Himmels willen, wo warst du?« Sie stürzte auf sie zu, sobald Teresa und Daniel ihr näher kamen.

»Ich hatte Mühe, einen Parkplatz zu finden, Sharon.« Teresa sah zu ihrem Bruder, der mit den Augen rollte. Gabe stand neben ihm und suchte ängstlich die Menge ab. Teri wusste, dass er Carmen suchte. »Daniel sagt, er will eine Limo, bevor wir unsere Plätze fürs Konzert einnehmen.«

»Oh, ich weiß nicht, ob er Limo von einem Imbissstand trinken sollte«, sagte Sharon beunruhigt. »Man weiß nie, wie hygienisch sie sind. Daniel, kannst du nicht lieber warten und etwas trinken, wenn wir nach Hause kommen?«

»Mami, das dauert noch Stunden! Heute Nachmittag hat Daddy gesagt, ich könnte Limo haben.«

Kent kam zu ihnen, und Daniel entzog Teri seine Hand und schob sie in die seines Vaters. »Ich bin sicher, sie servieren hier keine vergiftete Limo«, sagte Kent zu Sharon.

»Ich habe nicht gesagt, dass sie vergiftet ist; ich habe nur gesagt, es wäre unhygienisch –« Sharon gab auf, als Kent ihr den Rücken zuwandte und mit Daniel zu einem Imbissstand hinübermarschierte.

Gabe war zu ihnen gestoßen, und Teri sah ihn fast verzweifelt an. »Ziemlich viele Menschen, stimmt's, Gabriel?«

Er nickte. »Wunderschönes Wetter. Nicht zu heiß, nicht zu schwül.«

»Also habe ich meine Wette gewonnen«, sagte Teresa zu Sharon. »Du schuldest mir zehn Dollar.«

»Was?«, fragte Sharon irritiert.

»Am Sonntag habe ich gesagt, dass wir am Unabhängigkeitstag großartiges Wetter haben würden, und du sagtest, würden wir nicht. Wir haben gewettet. Erinnerst du dich?«

Sharon sah sie überrascht an. »Oh! Oh, natürlich.« Sie begann in ihrer bunten Strohtasche zu wühlen. »Mein Portemonnaie muss hier irgendwo sein.«

»Sharon, ich hab nur Spaß gemacht«, lachte Teresa. »Spar das Geld für Daniels College!«

»College. Oje, allzu bald wird er uns verlassen«, sagte Sharon traurig. »Ich hoffe, er will nicht zu weit weggehen –«

»Sharon, der Junge ist sieben«, sagte Gabe leichthin. »Du hast noch viel Zeit, bevor du dir Gedanken darüber machen musst, dass er aufs College geht!«

»Hallo, alle zusammen!« Carmen schien aus dem Nichts aufgetaucht zu sein, ihr Lächeln breit, ihre Stimme ein bisschen hoch. Aber sie sah schön aus und viel jünger, als sie war, in den gutgeschnittenen Designerjeans und einem fließenden Top in Pink und Pfirsich. Lange goldene Ohrringe schimmerten unter ihren seidigen Haaren. »Amüsiert ihr euch?«

»Oh, sehr«, sagte Teresa ironisch. »Wir trauern um Daniel, der aufs College geht.« Sharon warf ihr einen drohenden Blick zu, und Teri ermahnte sich, dass alle so gelassen und glücklich wie möglich sein sollten. Es war jetzt mit Sicherheit nicht die Zeit für Sarkasmus. »Ich mache nur Spaß, Sharon. Ich wollte dich nicht beleidigen.«

Sharon warf Teri einen etwas besänftigten Blick zu, deshalb entging ihr, dass Gabe Carmen ein verstohlenes Lächeln zuwarf. Ehrlich, dachte Teri, Gabe und Carmen benehmen sich, als wären sie vierzehn. Ich kann nicht glauben, dass sie solche Angst davor haben, was Sharon denkt.

Aber es ist so, sagte Teresa sich streng. Zumindest Gabe war es sehr wichtig, was seine Tochter dachte, und Carmens zukünftiges Glück schien von Gabe abzuhängen.

Carmen versuchte gerade Smalltalk mit Sharon zu machen, als Mac mit seiner Mutter Emma im Schlepptau angeschlendert kam. »Schön, euch hier zu treffen« sagte er, nicht ganz ernstgemeint. »Mum, du erinnerst dich doch an Teresa?«

Emma MacKenzie sah ihren Sohn an, als hätte er den Verstand verloren. »Jedediah Abraham, ich hab dir gesagt, dass sie mich besucht hat. Hörst du mir nicht zu?«

»Ja, Jedediah, hörst du nicht zu?«, fragte Teri spitzbübisch, während Mac rot wurde. »Wie geht's dir, Emma?«

»Gut, wirklich gut«, sagte die Frau eifrig, obwohl sie dunkle Schatten unter den Augen hatte und ihr Lächeln matt war. »Ich habe mich auf das hier gefreut. Es war so nett von Jedediah, mich mitzunehmen statt eine seiner jungen Damen.«

Teri hob die Augenbrauen, und er wurde noch röter. »Mum, ich bin nicht mehr mit jungen Damen befreundet.« Emma sah ihn fragend an. »Ich erklär's dir später.«

»Jetzt denkt sie wahrscheinlich, dass du schwul bist«, murmelte Teresa Mac zu, als Emma ihren Sohn immer noch verwirrt ansah.

Kent kam mit finsterem Gesicht zu ihnen. »Oh, großartig, die ganze Bande ist hier. Mac«, sagte Kent knapp.

»Kent«, erwiderte Mac. »Wie läuft das Geschäft?«

»Gut. Deins?«

»Großartig.«

»Gut.«

Teresa schloss kurz die Augen. Sie klangen wie zwei Höhlenmenschen, die sich angrunzten. Das wird ein langer Abend, dachte sie mit einem lautlosen Stöhnen. »Also, wir sollten uns jetzt Plätze fürs Konzert suchen, bevor sie alle weg sind«, sagte sie und ging entschlossen zum Eingang des Riverfront Parks direkt hinter dem Postamt. »Ich zumindest kann es nicht abwarten, die Musik zu hören.«

Als sie alle in der stadionähnlichen Arena saßen, spürte Teresa, wie ihre Anspannung nachließ. Es wurde Abend, und der Himmel färbte sich in schöne Schattierungen von Blau mit dem tiefen Rotorange der sinkenden Sonne. Der Ohio floss ruhig und funkelnd hinter dem Stadion.

Teresa spürte, wie ihre Muskeln sich lockerten, als sie den Klängen des Gesangs eines Musikers der Stadt lauschte. Er spielte wunderschön und hatte eine Stimme, der sie die ganze Nacht zuhören konnte. Sie freute sich jedes Jahr darauf, ihn zu hören, und verstand nicht, warum er es nicht zum Beruf machte.

Alle schienen sich zu entspannen – alle außer Carmen, die neben Teresa saß und nervös mit den Fingern auf ihren Oberschenkel trommelte. Einmal langte Teri hinüber und berührte ihre Hand. Carmen lächelte ihr flüchtig zu, hielt fast drei Minuten still, begann dann wieder mit den Fingern zu trommeln.

Obwohl Daniel das Konzert zu gefallen schien, war er begeistert, als es vorbei und es Zeit fürs Feuerwerk war. Er griff nach Teris Hand, überlegte es sich dann klugerweise anders und nahm die seiner Mutter, als sie zum eineinhalb Hektar großen Tu-Endie-Wei-State-Park schlenderten, an der Stelle gelegen, wo der Ohio und der Kanawha sich trafen. Zum Gedenken an die Schlacht von Point Pleasant stand dort ein achtundzwanzig Meter hoher Granitobelisk. Kinder spielten auf den Stufen, die zum Obelisken führten, aber Sharon hielt Daniels Hand fest und hielt ihn davon ab, zu den anderen zu laufen.

Wenn Teresa nicht so besorgt darum gewesen wäre, wie der Abend für Carmen ausging, hätte sie über die angestrengte Lässigkeit zwischen ihr und Gabe lachen können. Carmen sah ihren Verlobten kaum an, blieb so nah wie möglich bei Teresa, redete albernes Zeug, lachte zu laut, während Gabe sich auf Sharon konzentrierte, sich benahm, als wäre sie die einzige Person in der Nähe.

Plötzlich dröhnte Gabe: »Hey, Daniel, siehst du die Villa da drüben?«

Daniel blickte in die Richtung, in die sein Großvater deutete, und sagte: »Es sieht aus wie ein kleines altes Blockhaus.«

»Also, es wird die Villa genannt«, sagte Gabe mit Nachdruck. »Walter Newman erbaute es 1796.«

»Oh. War Walter Newman ein Freund von dir?«, fragte Daniel.

Teresa hörte, wie Kent ein Lachen unterdrückte. Gabes Gesichtsausdruck spiegelte eine Mischung aus Beleidigung und Belustigung. »So alt bin ich nicht, Daniel.« Dann nahm Gabe den Tonfall an, den Erwachsene benutzten, wenn sie versuchten, Kinder für eine Sache zu interessieren. »Die Villa ist das älteste Blockhaus im Kanawha Valley. Damals war es eine Gastwirtschaft. Jetzt ist es ein Museum. Ich geh irgendwann mal mit dir hin.«

»Okay«, antwortete Daniel unbestimmt, offenbar überhaupt nicht daran interessiert, ein Museum zu besuchen. »Fängt das Feuerwerk gleich an?«

»In ein paar Minuten geht's los.«

Alle wandten sich um zu Mac, der von ihnen getrennt worden war und offenbar fast gelaufen war, um sie einzuholen, und seine Mutter hinter sich herzog. Emma schien außer Atem und verärgert, als sie ihren Arm Macs Handgriff entzog und sagte: »Um Himmels willen, Jedediah Abraham, was ist in dich gefahren? Ich hab dich nicht so aufgeregt gesehen wegen eines Feuerwerks, seitdem du zehn warst.«

»Tut mir leid, Mum«, sagte er zerknirscht. »Ich wollte nur, dass wir in die Nähe der niedrigen Mauer kommen, die den Park umgibt. Du könntest dich hinsetzen und verschnaufen.«

»Ich müsste nicht verschnaufen, wenn du aufhören würdest, mich zu ziehen«, gab Emma böse zurück. »Wenn du unbedingt bei Teresa sein willst, dann geh mit ihr. Ich komm nach.«

Als sie endlich eine Stelle gefunden hatten, die alle für passend hielten, war Teresa genauso atemlos wie Emma. Ich werde diesen Unabhängigkeitstag nicht in guter Erinnerung behalten, dachte Teresa verzweifelt. Bisher sah jeder dieser merkwürdigen Gruppe müde, leicht verschwitzt, gereizt und unbehaglich aus. Jeder außer Daniel, der nicht darauf achtete, dass die Erwachsenen über ein Museum schwafelten und sich darüber aufregten, dass sie zu schnell gingen.

Teresa hatte auf die dritte Mücke geklatscht, die sie in den letzten zwei Minuten in den Arm gestochen hatte, als der erste Feuerwerkskörper in einem Meer aus Rot, Weiß und Leuchtendblau explodierte. Alle gaben Ohs und Ahs von sich und klatschten Beifall, als hätten sie vor heute Abend noch kein Feuerwerk gesehen. Daniel hüpfte vor Aufregung auf der Stelle. Teresa atmete ruhiger. Zumindest waren jetzt alle eine Weile abgelenkt, dachte sie erleichtert. Sie war schon erschöpft.

Als das Feuerwerk in phantastischen glitzernden Mustern im Nachthimmel explodierte, wanderte Teresas Blick über die Menge. Sie erschrak, als sie Josh Gibbs nur ein paar Meter entfernt stehen sah, den Arm um die Schultern einer schlanken Blondine gelegt. Er lächelte über das Feuerwerk, beugte sich herunter, als das Mädchen ihm etwas ins Ohr flüsterte, lachte dann und gab ihr einen innigen Kuss. Er sah glücklich und sorglos aus – nicht wie ein junger Mann, dessen Vater erst vor Tagen brutal ermordet worden war. Wut ergriff Teresa. Josh hatte kein Recht, so viel Spaß zu haben, während der arme Gus –

Sofort stoppte sie ihren Gedankenfluss. Die Leute reagierten unterschiedlich auf einen Schock und Trauer. Nur weil sie verzweifelt war, als Marielle verschwand, und monatelang untröstlich, als ihre Mutter nicht wiederkam, bedeutete das nicht, dass Josh sich genauso verhalten musste, um zu beweisen, dass er seinen Vater geliebt hatte.

Teresa wandte den Blick abrupt von dem jungen Mann ab. Es gefiel ihr nicht, welche Richtung ihre Gedanken einschlugen. Über sie war in der Vergangenheit so häufig ungerecht geurteilt worden, sie hatte kein Recht, über jemand anders zu urteilen, sagte sie sich bestimmt. Josh hatte Gus geliebt, dessen war sie sicher.

Ein weiterer Feuerwerkskörper ging mit solchem gewaltigen Knall los, dass der Boden bebte und Carmen einen lauten, entsetzten Schrei ausstieß. Als die Leute sich zu ihr umdrehten, hielt sie sich sofort die Hand vor den Mund. Carmen hatte nie eine angenehme Stimme gehabt, aber heute Abend war sie noch lauter. Teri warf ihr ein beruhigendes Lächeln zu, als ein zweites spektakuläres Feuerwerk in Grün und Orange folgte. In seinem Licht erblickte Teresa Jason, Fay und Celeste Warner.

Wieder erschrak Teri. Seit den Morden hatte sie keinen der Warners bei der Unabhängigkeitsfeier gesehen. Celeste, jetzt modischer in Jeans und T-Shirt gekleidet, stand zwischen Fay und Jason. Tatsächlich standen sie so nah bei dem Mädchen, dass sie Teresa für einen Moment erschienen wie zwei Rottweiler, die sie bewachten. Niemand würde in die Nähe des Mädchens kommen, dachte Teresa, und war froh. Celeste war vielleicht auf dem Weg der Besserung, aber sie musste sich auf jeden Fall sicher fühlen. Schließlich dachte sie noch immer, dass jemand sie umbringen wollte. Und mich, dachte Teri. Und ich bin mir nicht sicher, dass sie unrecht hat.

Plötzlich tauchte der Sheriff vor Teresa auf. Sie blinzelte und trat überrascht einen Schritt zurück, eine Bewegung, für die sie sich hätte ohrfeigen können. Sie wollte nicht, dass der Mann wusste, dass er sie einschüchterte. Sie bemühte sich um

Fassung und schaffte es, leichthin zu sagen: »Hallo, Sheriff. Gefällt Ihnen das Feuerwerk?«

»Sehr«, sagte er und blickte zu Mac, der fast unmerklich näher zu Teri trat, als wollte er sie beschützen, so wie Jason und Fay Celeste beschützten. »Und Sie, Miss Farr?«

»Ich liebe das Feuerwerk. Ich komme jedes Jahr.« Sie dachte, sie klang übertrieben fröhlich, fast kindlich. »Ich bin sicher, Sie kennen meinen Bruder und seine Frau und ihren Sohn«, sagte sie und deutete auf Kent, der den Sheriff mit Blicken durchbohrte. Sharon presste Daniel geradezu an sich, als würde der Sheriff ihr Kind wegnehmen. »Und Sharons Vater, Gabriel, ist heute Abend mit uns gekommen.«

»Gabe«, sagte der Sheriff und berührte seine Hutkrempe. Gabe nickte und sah schnell weg.

Carmen platzte heraus: »Hallo, Sheriff. Ich hab Sie ewig nicht mehr in meinem Laden gesehen!«

»Hallo, Miss Norris«, sagte er. »Ich geh nicht viel einkaufen, außer Weihnachten. Haben Sie schon die Ware für Dezember?«, fragte er.

Carmen lachte schrill. »So früh nicht. Sie kommt aber für gewöhnlich ab Anfang November. Ich stelle sie um Thanksgiving herum aus, wenn das überhaupt sinnvoll ist. Die Ferien liegen so nah beieinander, wissen Sie.«

»Ja, ich verstehe.« Der kühle, graue Blick des Sheriffs richtete sich wieder auf Teresa. »Gab's heute noch Probleme bei Ihnen?«

»Nein. Zum Glück nicht.« Teresa sagte sich, dass sie keine Angst haben musste. Egal, wie sehr sie versuchte, es zu verbergen, sie wusste, dass der Sheriff die Angst, die sie ausströmte, riechen konnte. »Können Sie mir sagen, wann der Stall wieder freigegeben ist? Ich stelle fremde Pferde ein, die Leute wollen sie reiten. Ich habe niemanden in den Stall gelassen außer den Jungs, die die Pferde füttern. Ich war sehr vorsichtig.«

Der Mund des Sheriffs verzog sich zu einem halben Lächeln

bei ihren atemlosen Versicherungen. »Ab morgen können Sie den Betrieb wieder führen wie immer«, sagte er. »Aber ich wäre Ihnen dankbar, wenn Sie die Stadt nicht verlassen würden.«

»Ich verlasse die Stadt nicht«, sagte Teri hastig. »Ich hab zu viel zu tun.«

Der Sheriff nickte noch einmal und ging weg. Teresa fühlte sich für einen Moment benommen und fragte sich, warum sie ihre lächerliche Angst vor der Polizei nicht beherrschen konnte.

Dann blickte sie hinüber zu Celeste Warner, die mit großen, gequälten Augen in ihre Richtung starrte. Teresa hatte gedacht, dass dem Mädchen das Feuerwerk Spaß machte – vor ein paar Minuten hatte Teresa sie noch klatschen und lachen sehen –, aber jetzt sah sie eindeutig entsetzt aus. Teresa konnte den Blick nicht von Celestes Augen losreißen – die Augen, die den Mörder ihrer Mutter gesehen hatten, die Augen, die gesehen hatten, wie jemand ein Messer in ihren eigenen Leib gestoßen hatte. Trotz des warmen Abends wurde Teresa kalt bei der Erinnerung, wie sie den dunklen Flur hinuntergegangen und mit dem Mörder zusammengestoßen war, bevor sie den kleinen, aufgeschlitzten Körper von Celeste gefunden hatte, so deutlich, als wäre es alles gestern geschehen.

Und sie wusste, dass sie immer Angst haben würde.

Achtzehntes Kapitel

1

Celeste Warner kauerte sich zitternd auf den Rücksitz. Ihre Großmutter hatte den ganzen Weg zum Auto geplappert und sie dann gefragt, warum sie so still sei. Celeste hatte nur mit den Schultern gezuckt, zu mitgenommen, um ihrer Stimme zu trauen. Und Großmutter hatte wieder angefangen zu reden, schnell und ununterbrochen, wie sie es immer tat, wenn sie wegen irgendetwas aufgeregt war. Sie hatte das Feuerwerk genossen, sie hatte es nicht besucht, seit Celeste aufgehört hatte zu sprechen.

Ich hätte nicht wieder anfangen sollen zu sprechen, dachte Celeste gequält. Wenn ich geschwiegen hätte, wäre ich sicher gewesen. Und ich hätte einen Weg gefunden, dass Teri auch sicher ist. Ich bin klug – klüger, als alle wissen. Ich hätte einen Plan machen können, um Teri und mich zu beschützen. Wenn ich nur nicht angefangen hätte zu sprechen!

Und jetzt hatte sie den Tod gesehen. Beim Feuerwerk, als sie sich umgesehen hatte, hatte sie ihn gesehen. Nein, sie hatte die Person gesehen, die ihre Mutter getötet hatte. Die ganze Zeit hatte Celeste gewusst, dass ein Mensch ihre Mutter getötet und versucht hatte, sie zu töten. Sie hatte es gewusst, aber sie hatte nicht glauben wollen, dass ein Mensch so etwas tut. Deshalb hatte sie aus dem Menschen den Tod gemacht. Aber da war sie ein Kind gewesen. Jetzt war sie fast erwachsen. Außerdem wusste sie, dass sie sich nicht länger verstellen konnte, denn sie hatte den Mörder – eine Person – heute im Park gesehen.

Celeste hatte versucht, wegzusehen, aber sie konnte es nicht. Sie hatte sich gezwungen, wieder das Feuerwerk anzuschauen, aber sie hatte keine Kontrolle über ihren eigenen Körper. Sie konnte sich nicht abwenden. Sie konnte nicht wegsehen. Und dann hatte ihr Blick den des anderen getroffen. Ihre Blicke waren fest aufeinander gerichtet gewesen. Schließlich hatte sich das andere Augenpaar verengt, und Celeste hatte gespürt, wie ihr ein kalter Wind ums Herz fuhr. Als sie es schließlich schaffte, den Blick loszureißen und in den Himmel hinaufzustarren, wo das Feuerwerk inzwischen ein grelles Durcheinander bot, war es zu spät. Celeste spürte, wie der Tod sie beobachtete.

»Schätzchen, was ist denn los?« Fay verrenkte sich fast den Hals und blickte besorgt Celeste an, die sich in der Ecke des Rücksitzes zu einer Kugel zusammengerollt hatte. »Celeste, Kind, was ist los?«, fragte sie beunruhigt.

»Wir müssen hier weg«, stieß Celeste kaum hörbar hervor. »Wir müssen noch heute Abend die Stadt verlassen.«

Fay runzelte die Stirn. »Wovon redest du?«

»Wir müssen weg!«, rief Celeste. »Ich hab die Person gesehen, die Mami getötet hat!«

Jason riss das Auto an den Straßenrand, ohne sich um das laute Hupen hinter sich zu kümmern. Fay schlug gegen die Tür und schrie auf, aber Jason achtete nicht darauf, sondern drehte sich um und blickte seine Tochter an. »Du hast die Person heute Abend gesehen?« Celeste nickte, Tränen rannen ihre Wangen hinunter. »Wer war es?«

Celeste schüttelte heftig den Kopf. »Nein. Ich kann nicht ... kann nicht ...«

»Du musst es mir sagen«, sagte Jason laut. »Wer war es?«

»Nein ... nein ... ich kann nicht ...« Ihre Stimme wurde noch leiser. »nein ... ich kann nicht ...«

»Du kannst was nicht? Sprechen?« Jetzt schrie Jason, so dass Celeste sich duckte. »Es tut mir leid. Ich wollte dir keine Angst einjagen, Liebling, aber du musst mir sagen, wen du gesehen hast!«

»Weg ... wir müssen weg.«

»Celeste –«

»Weg!«, schrie Celeste. »Wir müssen weg!« Plötzlich schienen ihre Augen glasig zu werden, und sie sackte in sich zusammen, ihr Gesicht wurde leer.

»Jason?«, fragte Fay ängstlich. »Jason, was sollen wir tun?«

Jason sah seine entsetzte Mutter an, dann Celeste, die sich wieder einmal völlig von der wirklichen Welt zurückzuziehen schien, sich wie zum Schutz in Schweigen und völlige Passivität vergrub. »In Ordnung, Schätzchen, hab keine Angst. Morgen früh werden wir aus der Stadt sein«, sagte Jason beruhigend. »Sag mir nur eines. Hat die Person, die deine Mama getötet hat, dich gesehen?« Celeste nickte schwach. Jason zögerte. »Denkst du, die Person wusste, dass du dich erinnerst?« Celeste zitterte unkontrollierbar. Sie dachte an jene Augen – jene wissenden Augen – wie sie auf sie gerichtet waren, und nickte ja. Ja. Ja!

2

»Mum geht's nicht gut«, murmelte Mac in Teris Ohr. »Ich muss sie nach Hause bringen, bevor ich zu dir kommen kann.«

»Oh nein!« Teresa war völlig verzweifelt. Carmen und Gabe wollten ihre Verlobung verkünden, und Sharon würde es schlecht aufnehmen. Teri wusste, dass sie es schlecht aufnehmen würde. Es würde vielleicht eine Szene geben. Teri hatte darauf gezählt, dass Mac ihr helfen würde, die Sache geradezubiegen, wenn die Situation außer Kontrolle geriet. »Mac, ich brauche dich!«, zischte sie.

»Ich werde da sein, sobald ich Mum nach Hause gebracht habe«, sagte er ernst. »Hast du sie gesehen? Irgendetwas ist mit ihr. Ich fürchte, dass sie umkippen wird, wenn ich sie nicht nach Hause bringe.«

Teresa blickte verstohlen zu Emma, die tatsächlich groß und bleich und starr aussah, als würde sie ihre ganze Kraft brauchen, um sich zusammenzunehmen. »Du hast recht. Bring sie nach Hause«, sagte Teresa. »Wenn du heute Abend nicht kommen kannst, werde ich es verstehen.«

»Ich werde da sein«, beruhigte Mac sie. »Versuch einfach, Carmen und Gabe davon abzuhalten, etwas zu sagen, bevor ich da bin.«

Er nahm den Arm seiner Mutter und führte sie sanft von der Gruppe fort. Sharon sah ihnen nach. »Emma fühlt sich nicht gut«, erklärte Teresa, obwohl Sharon nicht um eine Erklärung gebeten hatte. »Er bringt sie nur nach Hause und dann –« Teri merkte, dass sie sich verplappert hatte und beinahe gesagt hätte: Und dann kommt er zu mir zur Party. Sie hatte das Treffen ihrer Schwägerin gegenüber noch nicht erwähnt, und jetzt konnte sie es nicht länger aufschieben. »Sharon, ich habe einige Kuchen und Champagner gekauft. Und Saft für Daniel, natürlich. Ich dachte, es wäre schön, heute Abend eine kleine Feuerwerk-Nachfeier zu veranstalten.«

Als Sharon nicht antwortete, sah Teresa sie genauer an. Sharon war kreidebleich geworden, so dass ihre Sommersprossen deutlich hervorstachen. Und ihre Augen schienen fast in den Höhlen zu zittern. Teresa hatte ihre Schwägerin noch nie so sonderbar blicken sehen, und sie wurde augenblicklich von Sorge erfasst. »Sharon? Geht's dir gut?«

Sharons merkwürdiger, nervöser Blick heftete sich auf Teresa, und sie fauchte fast. »Was geht heute Abend vor?«

»Ich weiß nicht, was du meinst.« Teresa wusste, dass sie nicht überzeugend klang. »Ich dachte nur, ich würde gerne alles, was diese Woche geschehen ist, aus dem Kopf bekommen.

Und ich bin sicher, Kent will feiern, dass wir endlich das Haus verkauft haben. Ich dachte, es wäre nett, ein spontanes kleines Fest zu veranstalten«, schloss Teresa lahm.

»Ein Fest?«, wiederholte Sharon.

»Na, ja. Einfach eine Art Mini-Party, unsere eigene Unabhängigkeitstagsfeier. Nichts Besonderes –«

»Das ist eine verdammte Lüge«, gab Sharon in hartem Tonfall zurück. »Schon den ganzen Abend stimmt etwas nicht. Ich spüre es seit Stunden. Jetzt kommst du mit diesem absurden Einfall einer Party, die Daniel bis Mitternacht wachhält, was ich, wie du weißt, nicht erlaube!« Kent und Gabe waren näher zu Sharon gekommen, Kent sah verwirrt aus, Gabe ängstlich. »Ich weiß, dass es hier irgendeine Verschwörung gibt.«

»Eine Verschwörung?« Teresa versuchte zu lachen, aber sie brachte keinen Ton heraus. »Ich weiß nicht, was du meinst.«

»Doch, das weißt du!« Sharons Gesichtsfarbe hatte von Weiß zu beinahe Rot gewechselt. »Teresa, du warst nie eine gute Lügnerin. Ich will wissen, was hier vor sich geht, und wenn du es mir nicht sagst –«

»Carmen und ich wollten unsere Verlobung bekanntgeben«, sagte Gabe.

Carmen holte tief Luft und murmelte: »Gabe, nicht.«

Aber Gabriel fuhr hastig fort. »Wir sind seit Monaten zusammen. Ich habe ihr im Frühling einen Antrag gemacht, und wir heiraten im September. Wir haben es aufgeschoben, es dir zu sagen, weil wir wussten, dass du nicht glücklich darüber sein würdest, dass ich wieder heirate. Jedenfalls haben Carmen und ich Teresa vorgeschlagen, das Treffen in ihrem Haus zu veranstalten. Wir dachten, es dir da zu sagen, aber ich habe mich bei der ganzen Sache nicht wohl gefühlt. Es ist nicht fair, Teresa so in Verlegenheit zu bringen. Deshalb sage ich es einfach, Sharon. Ich heirate Carmen.«

Sharon sah aus, als hätte ihr jemand einen fürchterlichen Schlag verpasst. Sie taumelte und schwankte, als würde sie ohnmächtig werden. Kent griff nach ihr, aber sie sprang mit einem Satz von ihm weg. Sie fixierte Carmen mit einem fast furchterregenden schmaläugigen Blick und sagte. »Du Miststück!«

»Sharon!«, sagte Gabe laut, aber Teri dachte, dass er eher besorgt als wütend klang.

Sharon fuhr hastig fort: »Ich habe seit Monaten den Verdacht gehabt, das etwas mit Dad los ist. Er war nicht er selbst. Zuerst dachte ich, er wäre krank. Deshalb war ich so nervös, ihr alle habt mich taktvoll darauf hingewiesen. Schließlich wurde mir klar, dass es eine Frau gab. Ich sagte mir, dass es etwas ganz Flüchtiges wäre. Aber sein Benehmen, dass er mich und Daniel immer seltener besuchte – also, ich wusste, dass es etwas Ernsteres war.

Ungefähr eine Woche lang dachte ich, dass du vielleicht die Frau sein könntest, Carmen, aber dann sagte ich mir, Dad würde nicht so dumm sein, sich mit dir einzulassen! Vor Jahren besuchte meine Mutter eine Versammlung im Konferenzraum eines Motels ungefähr fünfzehn Kilometer von hier. Hinterher, als sie in ihr Auto stieg, sah sie dich aus einem Zimmer kommen. Sie sagte, deine Haare waren ganz durcheinander, und du hattest diesen unerträglichen Turteltaubenausdruck. Du bist in dein Auto gestiegen und weggefahren. Mum war neugierig, deshalb ist sie noch geblieben und hat alles beobachtet. Fünf Minuten später kam Hugh Farr aus demselben Zimmer. Es war offensichtlich, dass ihr beide eine Affäre hattet.

Sie hat es mir erzählt, und ich habe versprochen, nichts davon zu sagen, nicht einmal Kent. Aber Mum würde verstehen, dass ich das Geheimnis jetzt nicht für mich behalte, nicht wenn Dad eine Affäre mit dir hat, Carmen. Er ist zu gut, zu naiv, um sich vorzustellen, was du wirklich bist, deshalb muss ich ihn schützen. Verstehst du mich, Carmen? Ich werde alles tun, damit mein Vater nicht mit dir zusammen ist!«

Gabe hob Daniel von seinen Schultern, und das Kind sah seine Mutter mit großen, erschrockenen Augen an. »Sharon, es reicht!«, fuhr Gabriel seine Tochter an. »Ich dulde das nicht, besonders nicht hier in der Öffentlichkeit. Mein Gott! Was würde deine Mutter denken?«

»Ja, was würde sie denken, Daddy?« Sharon wich vor ihnen zurück, Tränen liefen ihr übers Gesicht. »Was würde sie von dir denken, wenn du mit einer anderen Frau schläfst? Wenn du planst, eine andere Frau zu heiraten, ganz zu schweigen Carmen Norris! Carmen Norris! Es ist unerträglich!«

»Sharon, hör auf!« Kent flehte beinahe. »Du benimmst dich wie eine Wahnsinnige!«

»Ich hasse euch!«, schrie Sharon ihren Vater und Kent an. »Ich hasse euch beide! Und was dich angeht, Carmen –«

Bevor einem von ihnen bewusst war, was geschah, drehte Sharon sich um und rannte los. Dabei drückte sie sich durch die kleine Menge von Leuten, deren Neugierde ihre guten Manieren überwog. Die vier Erwachsenen standen einen Moment fassungslos da. Dann versuchte Kent seiner Frau zu folgen, kämpfte sich durch die Schar von Zuschauern, ohne jemanden umzuwerfen, stolperte einmal und fiel fast hin.

Gabe, langsamer in seiner Reaktion, folgte ihm nach ungefähr fünfzehn Sekunden und ließ Daniel allein zurück. Der kleine Junge brach in verängstigtes Schluchzen aus, und Teresa eilte zu ihm, nahm ihn auf den Arm und hielt ihn fest. »Es ist gut, Daniel«, sagte sie. »Deine Mami ist einfach traurig. Alles wird gut werden.«

Aber Daniel ließ sich nicht trösten, und Carmen auch nicht. Sie stand unbeweglich da wie eine Statue und sah wie betäubt aus. Ihre ganze sorgfältige Planung, schoss es Teresa durch den Kopf. Sie liebt Gabe so sehr, und er drängt sich an ihr vorbei ohne ein Wort, seine ganze Aufmerksamkeit auf seine Tochter konzentriert. »Carmen«, sagte Teresa, trug den weinenden Daniel zu Carmen und berührte ihren Arm. Carmen schreckte auf und sah Teri an, als wäre sie eine Fremde. »Carmen, wir haben nicht erwartet, dass Sharon diese Neuigkeit gut aufnimmt ...«

»Gut aufnimmt?« Für wenige Augenblicke ruhte Carmens fassungsloser Blick auf Teresa. Dann brach die Frau unvermittelt in Gelächter aus. »Also, das ist ja wohl eine Untertreibung. Natürlich hat sie es nicht gut aufgenommen. Hast du die Lügen gehört, die sie von sich gegeben hat? Es ist ihr völlig egal, ob sie jemanden verletzt. Sie ist schrecklich!«

»Oh, Carmen, bitte.« Teresa fühlte sich ganz hilflos. Ihr Neffe schluchzte an ihrer Schulter, ihre Freundin sah aus, als würde die Welt einstürzen. »Gib ihr einfach etwas Zeit, Carmen. Sie wird wieder zu sich kommen.«

Carmen lachte noch einige Augenblicke, dann hörte sie so plötzlich auf, wie sie begonnen hatte. Tränen stiegen ihr in die Augen. »Zeit? Sie wird ihre Meinung nicht ändern, Teri. Du weißt es. Sie hat mich immer gehasst.«

»Ich weiß nicht, ob sie dich hasst, Carmen, aber Gabriel liebt dich. Er wird dich heiraten, selbst wenn Sharon weiterhin verrückt spielt. Und sie hat heute Abend verrückt gespielt. Mein Gott, sie ist sogar weggelaufen und hat Daniel allein gelassen!«

»Meine Mami ist verrückt und will mich nicht mehr!« Jetzt heulte der kleine Junge noch lauter, und Teresa hätte die Worte am liebsten verschluckt. Sie wiegte ihn wie ein Baby, blickte Carmen an, der die Tränen nur so über die Wangen liefen, und wünschte sich tausend Kilometer weit weg von dieser fast absurden, albtraumähnlichen Szene. Aber Wünschen half nichts, sagte Teri sich entschieden. »Los, komm, Carmen. Lass uns gehen. Vielleicht haben die Männer sie ja schon eingeholt.«

Sie fanden die Männer neben einem leeren Parkplatz zwei Straßen entfernt. »Sie hat unser Auto genommen«, sagte Kent verwundert. »Wir haben gerade noch gesehen, wie sie weggerast ist, als gäbe es keine Geschwindigkeitsbegrenzung. Sie fuhr in Richtung Norden.«

»Nach Hause«, sagte Teresa. »Ich bin sicher, sie ist einfach nach Hause gefahren.«

»In Ordnung, wir werden Folgendes tun«, sagte Gabe. »Teri, ich wäre dir dankbar, wenn du Kent und mich zu seinem Haus fahren würdest. Wenn Sharon nicht da ist, kann er seinen Wagen nehmen und ich meinen, und wir suchen sie. Wenn du uns abgesetzt hast, nimm Daniel mit zu dir.«

»Ich werde Daniel und Carmen mitnehmen«, sagte Teri mit einem bedeutungsvollen Blick zu Gabe. Er hatte seine erschreckend bleiche Verlobte nicht einmal angesehen.

»Danke, Teri, aber ich muss jetzt allein sein«, sagte Carmen mit merkwürdig distanzierter Stimme. »Ich will nach Hause.« Sie warf Teresa ein schwaches Lächeln zu und nahm Gabes Hand, hielt sie an ihre Lippen. »Ruf mich bald an, Gabe.«

»Das werde ich«, sagte er abwesend.

»Ich meine es wirklich. *Bitte* ruf an.«

»Carmen, ich hab gesagt, ich werde es tun.« Er war kurz angebunden und zerstreut, seine Gedanken offenbar nur bei einer Person – seiner Tochter.

Carmen sah ihn an, ihre Augen ohne jede Freude, jede Hoffnung. Sie ließ seine Hand fallen und ging weg.

Teresa konnte sich nicht zurückhalten zu sagen: »Gabe, ich finde, du hättest ein bisschen freundlicher zu Carmen sein können. Sie ist schwer erschüttert.«

Gabe sah Teresa abweisend an. »Was? Oh, ich bin sicher, Carmen wird das verstehen.«

Ja, ich bin sicher, das wird sie, dachte Teri. Plötzlich war sie über Gabe genauso wütend wie über Sharon. Inzwischen stand Kent neben ihnen. Er sah aus wie ein kleiner Junge, der darauf wartete, dass ihm gesagt wurde, was er tun sollte. »Kent, darf Daniel die ganze Nacht bei mir bleiben?«, fragte Teresa scharf.

Kent schien schlagartig wieder halb ins Leben zurückzukehren. »Danny, willst du mit zu Tante Teri?«, fragte er. Das Kind schniefte heftig und nickte ja. »Okay.« Daniel schniefte noch einmal, sah dann ein bisschen weniger verzweifelt aus, als Kent fortfuhr: »Teri, kann er nicht nur heute Nacht, sondern auch morgen bei dir bleiben?«

»Ich würde mich freuen!«, sagte Teresa mit mehr Begeisterung, als sie empfand. Sie liebte ihren Neffen, aber sie machte sich Sorgen darüber, wie sie sich morgen ihm gegenüber verhalten sollte, wenn Sharon und Kent die Dinge heute Nacht nicht klären konnten. Sie würde versuchen, sich daran erinnern müssen, wie sie Celeste unterhalten hatte, wenn Wendy auf eine ihrer ganztägigen Shoppingtouren verschwunden war.

Als Teresa, Kent, Gabe und Daniel Kents Haus erreichten, fanden sie es verlassen vor. Kent kletterte entschlossen in seinen SUV und Gabe in seine alte Limousine, und beide fuhren los, um Sharon zu suchen.

Sharon, dachte Teresa voller Angst. Sharon, die wild drauflos in die Nacht gefahren war, genau wie Marielle vor acht Jahren.

3

Emma sagte fast nichts auf der Fahrt zurück zu ihrer Wohnung. Mac sah sie immer wieder ängstlich an. »Mum, was ist los? Bist du krank?«

»Nein, Jedediah«, sagte sie mit zitternder Stimme. »Ich bin nur müde. Ich habe in letzter Zeit zu viel gemacht, schlecht geschlafen. Und heute Abend war es auch anstrengend – das viele Herumlaufen, um mit Teresa Schritt zu halten. Ehrlich, mein Sohn, du hättest einfach mit ihr zum Feuerwerk gehen sollen.«

»Ich wollte aber mit dir gehen.« Mac klang aufrichtig. »Ich dachte nur, wir könnten mit Teri und der Gruppe mitgehen.«

»Schätzchen, die wollten uns nicht dabeihaben. Niemand außer Teresa. Und vielleicht Carmen, obwohl sie so nervös war wie ein verängstigtes Kaninchen. So habe ich sie noch nie erlebt. Sie ist immer so kontrolliert, so ruhig, so zuversichtlich. Genau das Gegenteil von der armen Marielle.«

Mac seufzte. »Ich verrate dir ein Geheimnis, Mum. Carmen und Gabriel O'Brien sind verlobt.«

Emma sah ihn bestürzt an. »Carmen und Mr O'Brien? Guter Gott, was für eine Verbindung, darauf wäre ich nie gekommen!«

»Ich weiß. Ich war auch überrascht. Teri auch. Carmen hat es ihr erst gestern gesagt. Carmen und Gabe wussten, dass Sharon darüber nicht glücklich sein würde, um es milde auszudrücken, deshalb wollten sie es den Familien heute Abend bei Teri sagen. Das war der Grund, warum Carmen und Gabe so nervös waren. Und ich glaube, Sharon hat gespürt, dass etwas lief. Jedenfalls waren wir auch zu ihrer »Coming-Out-Party« eingeladen. Wahrscheinlich dachte Carmen, je mehr Leute da sind, desto besser würde Sharon sich benehmen. Deshalb habe ich versucht, mit Teri Schritt zu halten. Sie ist fast genauso nervös wegen dieses Theaters wie Carmen, und ich habe ihr gesagt, dass wir zu ihrer moralischen Unterstützung kommen würden.«

»Du hast ihr gesagt, dass du kommen würdest. Du bist derjenige, von dem sie moralische Unterstützung erwartet. Außerdem kann ich einfach nicht hin.«

»Warum nicht?«

Emma blickte in ihren Schoß. »Ich ... ich kann einfach nicht. Ich muss früh ins Bett. Und Carmen ...«

»Was ist mit Carmen?«

»Oh, ich weiß, ich bin schrecklich egoistisch, aber ich könnte mir das nicht ansehen, wie sie sich auf ein neues glückliches

Leben vorbereitet, währenddessen die arme Marielle vielleicht tot ist.«

»Mum, wir wissen nicht, ob Marielle tot ist. Aber wenn es dir nicht gutgeht, lass ich den heutigen Abend einfach sausen. Sie werden mich nicht vermissen.«

»Du musst hingehen, Jedediah – Teresa rechnet mit dir. Du musst mich nur bei meiner Wohnung absetzen. Ich gehe sofort ins Bett, und du fährst weiter zu Teresa.«

Mac schüttelte den Kopf. »Ich will dich nicht einfach allein lassen, Mum. Du siehst nicht gut aus.«

»Doch, ich bin völlig in Ordnung, nur müde.«

»Ich sollte zumindest eine Weile bei dir bleiben.«

»Jedediah, wenn du das tust, kann ich nicht schlafen, und Schlaf ist das, was ich im Moment brauche.« Emma langte hinüber und tätschelte ihm den Oberschenkel. »Wenn ich eine Nacht erst mal ordentlich geschlafen habe, werde ich morgen wieder taufrisch sein«, sagte sie beruhigend. »Ich verspreche es.«

Mac hatte widerstrebend zugestimmt und brachte sie zur Tür, wo sie ihm einen flüchtigen Kuss auf die Wange gab, wie ein schüchternes Mädchen bei seinem ersten Date. Dann verschwand sie hinein. Als er sah, wie ein Licht in ihrem Wohnzimmer anging, kehrte er zu seinem Auto zurück und fuhr langsam vom Parkplatz.

Auf halber Strecke überkam ihn aber das Gefühl, dass mit seiner Mutter nicht alles in Ordnung war, trotz all ihrer Beteuerungen. Sie hatte nicht gut ausgesehen – ganz und gar nicht. Und sie hatte ganz und gar nicht wie sie selbst geklungen. Ihre Stimme hatte sich dünn und ein bisschen angestrengt angehört, als ob sie Probleme hätte zu atmen.

Ich hätte das Treffen heute Abend bei Teri nicht erwähnen sollen, dachte er und war wütend auf sich selbst. Mum will niemandem zur Last fallen, und ich habe ihr das Gefühl gegeben, dass sie mich von meiner einzigen wahren Liebe fernhält.

Das ist das Letzte, was sie will, egal, wie schlecht es ihr geht. Ich hätte sie nicht allein lassen sollen, auch wenn sie darauf bestanden hat.

Als er wieder auf das Apartmentgelände einbog, bemerkte Mac sofort, dass das Auto seiner Mutter weg war. Er eilte zu ihrer Tür. Sie war abgeschlossen. Er hämmerte dagegen, bis der Bewohner der Nachbarwohnung seine Tür öffnete.

»Hey, warum machen Sie solchen Lärm?«, fragte der ältere Mann schlechtgelaunt.

»Ich habe meine Mutter hier vor ungefähr fünfzehn Minuten abgesetzt. Sie ist hineingegangen, aber sie fühlte sich nicht gut. Ich bin zurückgekommen, um nach ihr zu sehen, aber sie macht nicht auf. Vielleicht ist sie bewusstlos.«

»Bewusstlos, dass ich nicht lache!«, bellte der Mann. »Emma ist vor zehn Minuten weg. Ich sah sie an meinem Fenster vorbeifliegen, als wäre sie sechzehn. Ich hab gesehen, wie sie in ihr Auto gestiegen ist.« Er grinste. »Wenn du mich fragst, Kleiner, hatte deine Mutter ein heißes Date, von dem sie dir nichts sagen wollte. Fahr nach Hause und kümmere dich um deinen eigenen Kram. Dass einige von uns über sechzig sind, bedeutet nicht, dass wir schon tot sind!«

Vor lauter Überraschung stand Mac mit geöffnetem Mund da und fragte sich, wohin um alles in der Welt seine Mutter so eilig hatte fahren müssen.

4

Kaum waren sie zu Hause, verfielen die Warners in fieberhafte Aktivität. Fay wollte die Polizei anrufen, aber da war Celeste hysterisch geworden, so dass Jason seine wild um sich schlagende Tochter festhalten musste. »Mum, ich glaube nicht, dass Celeste der Polizei Dutzende von Fragen beantworten kann. Wir sollten einfach einige Sachen zusammenpacken und so schnell wie möglich von hier wegkommen. Wir werden die Polizei morgen anrufen« – er sah Celeste an –, »wenn wir weit, weit weg sind.«

Celeste nickte heftig, und als Fay die Erleichterung in ihrem Gesicht sah, war sie einverstanden. »In Ordnung, Süße, Grandma wird zuerst ein paar Sachen für dich zusammenpacken, dann packe ich ein paar Dinge für mich. Wir werden gleich fertig sein.« Plötzlich sah sie ängstlich aus. »Jason, wo werden wir hinfahren?«

»Vielleicht nach Charleston. Vielleicht Columbus. Lass mich ein paar Minuten darüber nachdenken. Inzwischen werde ich auch einige Sachen packen.« Er sah Celeste an. »Willst du hier auf dem Sofa sitzen bleiben? Oder willst du lieber mit deiner Großmutter nach oben gehen?«

Celeste vergrub sich in einer Ecke des Sofas, griff nach einem Kissen und drückte es an sich, wie sie einmal ihren Teddy Yogi zum Schutz an sich gedrückt hatte. Sie wollte nicht allein sein, aber sie wollte auch nicht die Haustür und die Hintertür aus den Augen lassen. Sie wünschte, sie könnte ihrem Vater sagen, dass er unbedingt die Türen beobachten müsste, aber ihr Hals war so zugeschnürt. Sie wusste, die Worte würden nicht herauskommen. Und er und Großmutter beeilten sich. Alles würde in Ordnung sein. Alles würde gutgehen, sagte Celeste sich, als Fay die Treppe hinaufrannte und vor sich hin murmelte. Daddy war nicht wie Hugh. Daddy würde auf sie aufpassen.

Celeste beobachtete die Uhr, die über dem Fernsehgerät hing. Zehn Minuten waren vergangen, als sie plötzlich eine schreckliche Angst übefiel. Teri! Sie musste Teri warnen!

Das Mädchen wandte sich zum Telefon auf dem Tisch neben dem Sofa. Sie nahm den Hörer und wählte Teresas Nummer, die sie sich vor zwei Tagen gemerkt hatte.

Das Telefon klingelte einmal. Zweimal. Dreimal. Dann antwortete eine atemlose Teresa. Celeste krächzte: »Teri.«

»Wer ist da?« Teri musste kurz auf das Display gesehen haben, das den Anrufer anzeigte. »Celeste? Bist du es?« Celeste versuchte zu sprechen und konnte nicht. »Celeste, was ist los?«

Noch ein Versuch. Celeste brachte »töten« zustande, oder zumindest dachte sie, es klänge wie »töten«. Mehr konnte sie nicht sagen.

»Töten? Hast du das gesagt? Celeste?« Teri klang verzweifelt. »Celeste?«

Celeste legte auf. Ein paar Sekunden später klingelte das Telefon. Celeste sah, dass der Anruf von Teri kam. Sie nahm den Hörer, und wieder blieb sie stumm. Aber Teri musste wissen, dass etwas nicht stimmte, dachte Celeste. Der Anruf, die Tatsache, dass Celeste nicht sprechen konnte, das verstümmelte Wort »töten«

Jetzt eilte Fay Warner die Treppe hinunter, trug eine Tasche und einen Koffer und schrie fast: »Leg den Hörer auf!« Erschrocken knallte Celeste den Hörer auf. Fay schloss die Augen. »Es tut mir leid, Schätzchen. Ich weiß nicht, warum ich das gesagt habe. Wen hast du angerufen? Oh, du kannst ja nicht antworten.«

Fay schaute ihre angsterfüllten Augen an. Haarsträhnen hatten sich aus ihrer Hochsteckfrisur gelöst und aus ihrem Gesicht war jeder Rest von Farbe gewichen. Celeste vergrub sich noch tiefer im Sofa und dachte, ihre Großmutter sähe aus wie eine wilde Kreatur aus einem Horrorfilm. »Ich hab sicher einige Dinge vergessen, Schätzchen, aber wir können jederzeit kaufen, was wir brauchen.« Fay setzte die Taschen ab und rief: »Jason! Jason, bist du fertig?«

Celestes Vater kam aus seinem Schlafzimmer. Er trug einen braunen Matchbeutel, aus dem an der Seite ein Stück blauer Baumwollstoff herausguckte. Ein Hemd, dachte Celeste. »Fertig«, sagte er atemlos. »Gott sei Dank habe ich getankt und war heute am Geldautomaten.«

Fay eilte zu ihm und traf ihn dabei fast mit der Tasche und dem Koffer. »Hast du deine Kreditkarte?«

»Ich habe zwei Kreditkarten. Wir werden schon ein paar Tage klarkommen. Ich verstaue jetzt die Sachen im Auto«, sagte Jason und ging zur Küchentür, die zur hinteren Auffahrt führte. »Celeste braucht vielleicht eine Jacke – ich weiß nicht.« Er öffnete die Tür und trat hinaus in die Dunkelheit. »Und vergiss nicht deine Blutdruckpillen, Mum.«

»Oh! Ich habe sie vergessen!« Fay stürzte zum Küchenschrank neben dem Spülbecken, wo sie die Medikamente aufbewahrte. In dem Moment klingelte wieder das Telefon. Aber niemand hob ab. »Jason Warner, du hast mir gerade das Leben gerettet. Wo sind die Tabletten –«

Fay und Celeste erstarrten, als sie einen Schmerzensschrei hörten, abgeschnitten und gefolgt von einem dumpfen Geräusch. Fays entsetzter Blick traf Celestes, flog dann zur geöffneten Küchetür. »Jason?« Ihre Stimme zitterte. »Ja –«

Und da war es, bekleidet mit einem langen, schwarzen Regenmantel mit Kapuze. Es blieb einen Moment in der Tür stehen, blinzelte gegen das helle Küchenlicht, war auf Celeste konzentriert. Es preschte vor, aber Fay verstellte ihm den Weg und schrie schrill. »Nein! Raus! Celeste, lauf! Nein!«

Celeste saß eine scheinbar endlose Zeit wie erstarrt auf dem Sofa, lange genug, um zu sehen, wie das Messer in den Hals ihrer Großmutter fuhr. Fay griff nach der Wunde, versuchte das herausschießende Blut zu stillen, stieß immer weiter erstickte kleine Schreie aus, als das Messer wieder hinabfuhr. Und wieder. Und –

Mit rasanter Geschwindigkeit sprang Celeste vom Sofa, flitzte zur Haustür, drehte das Schloss, und die Tür flog auf. Sie hörte *es* einen unmenschlichen Wutlaut ausstoßen, der sich mit den schwächer werdenden Schreckens- und Schmerzenslauten ihrer Großmutter vermischte. Celeste lief in die Nacht, weg vom Schein der altmodischen Laterne, die vorne am Weg stand, suchte verzweifelt die Sicherheit der Dunkelheit. Sie sprang in die hohen Sträucher, die das Nachbarhaus umgaben, und schlug auf den kühlen, verborgenen Boden auf, als *es* aus ihrem Haus stapfte und dabei so schwer atmete, dass sie es noch weit entfernt hören konnte. Zumindest, dachte Celeste, war es nicht ihr eigener Atem.

Sie lag auf dem Bauch und rutschte zwischen dem Gebüsch und dem Haus entlang, hielt den Kopf gesenkt, damit die Blätter nicht raschelten, hielt den Atem an, bis sich ihre Lungen anfühlten, als würden sie gleich platzen. Sie kroch zur Vorderseite des Hauses, weil sie dachte, der Mörder würde wahrscheinlich zur Rückseite gehen, wo das Gebüsch dichter war.

Dann nahm Celeste ihren ganzen Mut zusammen und rannte über den dunklen Rasen vor dem Nachbarhaus, überquerte die wenig befahrene Straße des Wohngebiets und glitt hinter die Büsche, die das Haus genau gegenüber Großmutter schmückten.

Als sie durch die dichten Büsche spähte, sah Celeste jemanden vorne aus dem Haus kommen – jemanden in einem langen Mantel mit Kapuze – und die Straße hinauf- und hinunterblicken. Als das Licht einer Taschenlampe nebenan anging und ein Mann heraustrat, verschwand die Gestalt wieder im Haus. Celeste wusste jedoch, dass die Gestalt wieder an der Haustür erscheinen und die Straße nach ihr absuchen würde, sobald der Mann wieder in sein Haus ginge. Vielleicht würde sie folgern, dass das dichte Laub auf der anderen Straßenseite der geeignetste Ort war, an den Celeste gerannt war, um sich zu verstecken.

Celeste überlegte hektisch, wohin sie gehen sollte. Zu einem der Nachbarhäuser? Sie konnte nicht sprechen. Die Leute würden denken, sie spielte einen Streich, und sie nicht hereinlassen, aber der Lärm, den sie verursachen würde, würde sicherlich den Mörder anziehen. Die Polizei? Das Polizeirevier war in der Stadt, dachte Celeste, und ihr Mut sank.

Teris Haus! Ihr Vater hatte ihr diese Woche Teris neues Haus gezeigt. Es war ganz nah. »Zu nah«, hatte Grandma Fay gemurmelt, als sie dachte, Celeste könnte sie nicht hören. Celeste wusste, dass Teris Haus an dem einen Ende eines Regierungsgeländes stand. Grandma sagte, der Himmel wüsste, welche geheimen Dinge dort vor sich gingen – Dinge, die zweifellos mit dunklen, unheimlichen Unternehmungen der Regierung in Verbindung standen. Daddy hatte immer über Grandma gelacht und dann Celeste erzählt, Santa Claus würde dort wohnen, als wäre sie fünf oder so. Jedenfalls erinnerte sie sich daran, das Ende des Geländes gesehen zu haben, als sie Teri besucht hatte. Es war das nördliche Ende, hatte Daddy gesagt. Und Celeste wusste, dass man von ihrem Haus nach rechts drehen musste, um nach Norden zu gehen. Sie musste Richtung Norden gehen. Norden bedeutete Teri.

Wenige Augenblicke später stürzte Celeste aus dem Schutz des Gebüsches und rannte zur Straße, die rechtwinklig von ihrer abbog. Dabei blieb sie so nah wie möglich in der Nähe der Häuser. Sie duckte sich und lief an der Vorderseite der Häuser entlang, um nicht irgendwelche Hunde zu alarmieren, die vielleicht hinten in den Gärten waren. Sie lief so schnell und leise wie möglich.

Schließlich überquerte Celeste eine weitere Straße und flitzte eine schmale, mit Bäumen gesäumte Straße hinunter. Sie schoss in den Wald, bahnte sich einen Weg durch die Bäume – zitternd, schwitzend, verrückt vor Angst, aber immer noch so klar bei Verstand, dass sie aufpasste, wo sie hintrat. Sie wusste, nur wenige Meter von der Straße entfernt lag das, was ihr Vater als »tiefes Gelände« bezeichnete, eine Art bewaldete Schlucht. Ich muss vorsichtig sein, sagte sie sich. Ich muss aufpassen, dass ich tief genug im Wald bin, um nicht gesehen zu werden, aber nicht so tief, dass ich in die Schlucht falle.

Celeste wusste nicht genau, wie weit sie gelaufen war, als

sie zu Boden fiel und hinter einen Busch rollte und dabei nach Luft schnappte. Ihre Brust brannte, ein messerscharfer Schmerz bohrte gnadenlos hinter ihren Rippen. Sie legte die Hand dorthin, wo der Schmerz war. Sie wusste, er rührte nicht wirklich von einem Messer, wusste, dass sie dem Tod vorerst entkommen war. Und zum ersten Mal wurde ihr klar, dass sie ihre Großmutter und ihren Vater nie wiedersehen würde.

Aber Celeste konnte nicht weinen. Sie hatte keine Stimme und keine Tränen. Sie hatte nur den Willen zu überleben.

Neunzehntes Kapitel

1

Als Teresa in ihre Einfahrt einbog, hatte Daniel aufgehört zu weinen. Sie gab ihm den automatischen Garagentüröffner. »Drück auf diesen Knopf, damit die Tür aufgeht«, befahl sie ihm. Daniel, mit vor Konzentration in Falten gelegter Stirn, drückte auf den Knopf. Die Tür ging hoch, das Licht ging automatisch an, und er lächelte. Als sie hineingefahren waren, befahl Teresa ihm, den anderen Knopf zu drücken, und die Tür schloss sich mit einem Knall hinter ihnen.

»Das hat Spaß gemacht, Tante Teri! Bei Mami darf ich nie den Öffner für unser Haus anfassen.«

»Na, das ist heute eine Ausnahme.« Deine Mutter ist wer weiß wo in wer weiß welcher Verfassung, das ist wirklich die Ausnahme, dachte Teresa traurig. Aber alles, was sie tun konnte, um zu helfen, war, Daniel zu beruhigen, den seine liebe Mutter erschreckt hatte. »Lass uns reingehen und nach Sierra sehen.«

»Können wir nachher zu Caesar gehen?«, fragte Daniel.

Teresa stellte sich die dunkle Fläche zwischen ihrem Haus und der Nachtbeleuchtung am Stall vor. Sie war auch schockiert gewesen über Sharons Gefühlsausbruch, ganz zu schweigen davon, dass die Erinnerung an Gus, wie er ermordet in Eclipse' Box lag, immer noch in ihrem Kopf war. Sie hatte nach den Pferden gesehen, bevor sie zum Feuerwerk gefahren war, und es ging ihnen gut. Das Letzte, was sie wollte, war, in den Stall zu gehen, wenn alles ruhig und dunkel war. »Wir werden Caesar morgen früh besuchen«, sagte sie fröhlich. »Caesar schläft jetzt schon.«

Daniel schien mit der Antwort zufrieden. Er stieg aus dem Auto und lief zur Tür. Sierra hatte gehört, wie sie in die Garage fuhren, und stand bellend und aufgeregt hochspringend auf der anderen Seite der Tür. Als sie eintraten, klingelte das Telefon, Teresa rannte hin und fiel fast über Sierra. Vielleicht hatte jemand Sharon gefunden.

Teresa nahm den Hörer und brachte ein atemloses »Lo?« heraus.

Angestrengtes Atmen. Dann: »Teri?«

Die Stimme war heiser, aber ganz sicher weiblich. Teresa blickte auf das Display und las »Warner, Jason.« Jason Warner? »Wer ist da?« Nichts. »Celeste, bist du es?«, fragte Teri mit angstbesetzter Stimme. »Celeste, was ist los?«

Einen Moment herrschte Schweigen. Dann ein schrilles »töten«.

»Töten! Hast du das gesagt? Celeste? Celeste!«

Jemand legte den Hörer auf. Daniel, der sich auf den Boden fallen ließ, um Sierra zu streicheln, sah ängstlich auf. »Was ist?«

»Ich weiß nicht«, sagte sie geistesabwesend, während sie die Nummer wählte, die sie auf dem Display gesehen hatte. Jemand nahm den Hörer ab. Dann hörte sie eine Frauenstimme im Hintergrund kreischen: »Leg den Hörer auf!« Die Verbindung war unterbrochen. Teri wählte noch einmal. Diesmal nichts.

Oh, Gott, zuerst Sharon, jetzt Celeste, dachte Teresa, und ihr Herz pochte. Was war mit Celeste los? Warum rief sie an und sprach dann kaum? Weil, wie schon einmal, Schock und Angst ihr die Fähigkeit zu sprechen genommen hatten?

Teresas erster Impuls war, ihre Schlüssel zu nehmen und zum Haus der Warners zu fahren. Dann sah sie Daniel an, klein, mit großen Augen und blass. Er hatte bereits solche Angst wegen seiner Mutter, dass Teresa ihn nicht noch mehr wegen Celeste ängstigen konnte. Sie konnte ihn weder hier allein lassen noch ihn ins Auto laden und zum Haus der Warners zerren.

Teresa holte tief Luft. »Ich glaube, da spielt nur jemand einen Telefonstreich mit mir. Das ist nicht besonders nett, aber nicht etwas, das uns Angst einjagt. Wie wär's mit etwas zu trinken?« Teresa versuchte, unbekümmert auszusehen. »Ich habe Apfelsaft und Orangensaft und Cola und Milch –«

»Ich nehme eine Cola«, antwortete Daniel prompt. »Ich habe furchtbaren Durst.«

»Also Cola«, sagte Teri und verbarg ein Lächeln. Sie war froh, dass sie koffeinfreie Cola gekauft hatte. Zumindest das Getränk würde Daniel nicht wach halten. Wenn irgendein Kind einen langen, beruhigenden Schlaf brauchte, dann war es ihr Neffe. Sierra begleitete sie und Daniel in die Küche und blieb nah bei Daniel, was ihn sehr freute. Bevor Teresa die Getränke einschenkte, wühlte sie im Küchenschrank und fand den Polizeifunk. Wenn irgendetwas im Haus der Warners nicht stimmte, würde sie sicher über den Polizeifunk davon erfahren, dachte sie. Daniel lachte, als sie die Cops knackend reden hörten. Teresa war erleichtert, dass Daniel das Gerät unterhaltsam fand.

Als sie Daniel Coke einschenkte, sah Teresa all das Essen an, das Carmen vorhin gebracht hatte. Wie sehr wünschte sie, dass die Party stattgefunden hätte, die Verlobung bekanntgegeben worden wäre und Sharon den Anstand gehabt hätte, keine Szene zu machen. Aber sie hatte eine Szene gemacht. Eine beängstigende Szene. Teresa wurde jetzt klar, dass Sharon seit Monaten ernste seelische Probleme gehabt hatte – die Stimmungswechsel, die Wutanfälle, die extrem besitzergreifende Art. Ich hätte die Zeichen eines bevorstehenden Zusammenbruchs erkennen müssen, schalt Teresa sich. Meine Mutter hat dasselbe durchgemacht. Ich habe es alles schon einmal gesehen. Ich wollte es nur nicht sehen.

»Willst du ein Stück Kuchen? Ich habe ihn nicht gebacken, also müsste er gut schmecken.«

»Klar. Was für einer?«

»Lass mal sehen – da ist Schokolade und Erdbeere.«

»Okay.«

»Welchen?«

»Beide«, sagte Daniel entschieden. »Ich bin sehr hungrig.«

Sharon würde es nicht gutheißen, wenn ihr Sohn vor dem Zubettgehen Cola trinken und Kuchen essen würde, dachte Teresa. Aber im Moment sorgte Teri sich nur darum, dem Kind ein Gefühl der Behaglichkeit zu vermitteln. Wenn Cola und Kuchen dazu beitrugen, durfte er es ihretwegen gerne.

Sobald sie das Essen auf den Tisch stellte, stürzte Daniel sich darauf. Aber Teri bestand darauf, dass er sich zuerst die Hände wusch. Dann setzte sie sich mit ihm hin, staunend über die Unverwüstlichkeit von Kindern, während er beide Stücke verschlang und das große Glas Cola leer trank. Er sah sie mit einem zufriedenen Lächeln an. »Ich habe meinen Teller leer gegessen. Du hast fast nichts gegessen, Tante Teri.«

Teresa blickte zu ihrem Schokoladenkuchen, der aussah, als hätte eine Maus daran geknabbert. »Ich habe keinen großen Hunger.«

Daniels Lächeln verschwand. »Wegen Mami?«

»Also …« Sie zögerte. »Ja, Daniel, ich bin wegen deiner Mutter besorgt. Aber ich bin sicher, dein Dad und dein Großvater werden sie finden.«

Daniels Blick senkte sich auf seinen mit Krümeln bedeckten Teller. »Mami ist in letzter Zeit anders als sonst«, sagte er leise. »Sie weint. Sie streitet sich mit Daddy. Ich versuche, sie aufzuheitern, aber ich kann es nicht.«

Wie gut wusste Teri, was Daniel empfand. Sie hatte sich so sehr bemüht, sich so sehr gewünscht, Marielles Depression zu lindern, Marielle lachen zu hören, die Traurigkeit aus ihrem hübschen Gesicht verschwinden zu sehen. Aber Teri hatte es nur für flüchtige Momente geschafft – Momente, die ihr kostbar gewesen waren, und Momente, denen sie nachtrauerte, weil es so wenige gewesen waren.

»Manchmal können wir andere Menschen nicht glücklich machen, egal, wie sehr wir es versuchen«, sagte sie zu Daniel, als spräche sie mit einem Erwachsenen. Er schien sie zu verstehen und hörte aufmerksam zu. »Du musst dir keine Vorwürfe machen, weil du nichts tun kannst, damit es deiner Mami gutgeht. Bei dem, was sie hat, kannst du ihr nicht helfen, Schätzchen, aber es gibt Medizin, die ihr helfen kann.«

»Wirklich?«, fragte Daniel, sein Gesicht hellte sich auf. »Du meinst, Mami wird vielleicht wieder gesund?«

»Ja, Daniel. Ich glaube, mit deiner Mami wird alles wieder gut.«

Teresa lächelte und betete, dass sie keine falschen Hoffnungen aufbaute, denn sie war sich überhaupt nicht sicher, dass es Sharon jemals wieder gutgehen würde.

2

Als Gabriel und Kent sich beim Haus trennten, vereinbarten sie, dass Kent Richtung Norden und Gabe Richtung Süden fahren würde, um Sharon zu suchen. Kent war schnell aus seiner Einfahrt gefahren und den Highway hinaufgeschossen, als wüsste er genau, wo er hinfuhr. Gabe war in sein Auto gestiegen, ans Ende der Einfahrt gefahren und mit laufendem Motor stehen geblieben.

Warum hatte er gesagt, dass er nach Süden fahren würde? Panik, dachte er. Schließlich war Sharon dem Süden der Stadt entflohen. Warum sollte sie dahin zurückfahren, zurück zu den vielen Autos, die gerade das Gelände verließen, wo das Feuerwerk stattgefunden hatte? Sharon würde nicht in ein mögliches Verkehrschaos fahren.

Zumindest glaubte Gabe nicht, dass sie es tun würde. Ihrem Verhalten von vorhin nach zu urteilen, wusste er nicht, was sie tun würde, und er glaubte auch nicht, dass sie es wusste. Er hatte seine Tochter noch nie in solcher Verfassung erlebt. Es war fast unerträglich für ihn gewesen. Er hatte ihre Mutter verloren, die er sehr geliebt hatte. Jetzt bestand die Gefahr, dass er seine Tochter verlieren würde, die er mehr als irgendjemanden sonst auf der Welt liebte, sogar mehr als Daniel. Sogar mehr als Carmen.

Bei dem Gedanken an Carmen versetzte Gabe das Gefühl der Schuld einen Stich. Sie hatte so niedergeschlagen gewirkt, als sie die anderen verließ, nachdem Sharon geflohen war. Sogar ihr sonst so lebhaftes Gesicht – ihre wunderschönen Augen – war ausdruckslos gewesen. Er wusste, dass er ihr gegenüber kurz angebunden gewesen war, aber er war über das Benehmen seiner Tochter bestürzt gewesen. Entsetzt. Sharons Reaktion entsprang nicht einfach Missbilligung oder Missfallen – sie war außer sich gewesen, furchterregend, voller Hass auf Carmen und Empörung über ihren Vater. Sie hatte seine Beziehung zu Carmen *blasphemisch* genannt. Das war nicht normal.

Es sei denn, Carmen hatte wirklich eine Affäre mit Hugh Farr gehabt, wie Sharon behauptete. Die Vorstellung, dass Carmen Sex mit Hugh gehabt hatte, verursachte Gabe Übelkeit. Sharon sagte, dass ihre Mutter ihr von der Affäre erzählt hätte. Aber ihre Mutter, Helen, konnte sich geirrt haben. Helen musste sich geirrt haben, denn Sharon würde sich nicht so eine grauenhafte Lüge ausdenken, es sei denn, sie wäre krank. Aber wenn sie krank war, was war mit ihr los, und wann hatte es angefangen? Als er begonnen hatte, sich mit Carmen zu treffen. Das wurde ihm jetzt klar, obwohl er seit Monaten versucht hatte, es zu verdrängen. Und jetzt sah er, was er mit seiner Ignoranz angerichtet hatte. Sah, was er Sharon angetan hatte, seinem Liebling, seinem Leben.

Fast ohne es zu merken, war Gabe Richtung Norden gefahren, aber anders als Kent bog er rechts ab, bevor er die Straße erreichte, die zu Teresas Grundstück führte. Er bog zu einem Friedhof ein – dem Friedhof, wo seine Frau begraben war. Er hielt an, holte eine Taschenlampe aus dem Handschuhfach und machte sich auf den Weg über das dunkle, stille Gelände zum Grabstein von Helen O'Brien, seiner Frau, die kurz vor ihrem fünfzigsten Geburtstag an einer Hirnblutung gestorben war. Sie hätte mindestens achtzig werden sollen, dachte Gabe voller Trauer. Sie hätte sehen sollen, wie ihr Enkel, den sie so abgöttisch geliebt hatte, heranwuchs. Helen war so sanft, so liebevoll, ruhig und zurückhaltend gewesen, eine Frau, die völlig in Haushalt und Familie aufging.

Sie war so anders gewesen als Carmen, die aus sich herausging, leichtfertig war und Aufmerksamkeit erregte. Carmen, die nie ein Kind gehabt hatte, die schon so lange Witwe war, dass es schien, als wäre sie nie verheiratet gewesen. Carmen, die seine sensible, empfindliche Sharon, die wie ein Kind behandelt werden *musste*, nie verstanden hatte, sagte Gabe sich. Sharon war nicht stark wie Teresa Farr. Er wollte nicht, dass Sharon wie Teresa Farr war.

Teresa hatte kein Geheimnis daraus gemacht, dass ihr Verhältnis zu Hugh angespannt war. Tatsächlich war Teresa nach der Ermordung ihres Vaters ein bisschen zu tapfer gewesen, dachte Gabe insgeheim, obwohl er Hugh Farr nicht ausstehen konnte. Es war fast so, als wäre es ihr egal, dass er erstochen worden war. Das war geradezu unnatürlich, sagte Gabe sich, eine Anklage gegen die junge Frau führend, die Carmen offenbar so sehr bewunderte, während es ihr nie ganz gelang, ihre Verachtung für Sharon zu verbergen. Carmen hatte seine

Sharon weder geschätzt noch verstanden. Sharon, die ihren Vater liebte und verehrte, die einmal die Woche das Grab ihrer Mutter besuchte und dort sogar mitten im Winter frische Blumen hinbrachte.

Sharon, die so oft zum Grab ihrer Mutter ging, wenn sie einsam oder verletzt oder traurig war.

Aber nicht heute Abend. Gabe sank das Herz, als er auf das stille Grab mit dem einfachen grauen Granitstein blickte. Die frischen Blumen, die Sharon am Sonntag hergebracht hatte, ließen jetzt trostlos die Köpfe im Mondschein hängen. Heute Abend lag Helen O'Briens Grab in friedlicher Einsamkeit in den tiefen, samtigen Schatten dieser schönen Julinacht.

3

Celeste hatte sich im hohen Gras ein paar Meter von der Straße entfernt zu einem Ball zusammengerollt, bis ihr Atem ruhiger wurde und der Schmerz unter den Rippen einem schwachen Pochen gewichen war. Sie vermutete, dass sie ihrem Verfolger entkommen war, aber sie wollte nicht nur fliehen. Ich muss noch zu Teri, dachte das Mädchen. Ich bin nicht der einzige Mensch, auf den der Tod es heute Abend abgesehen hat.

Ihr war kalt, obwohl es ein warmer Abend war. Als Celeste mit den Händen über ihr T-Shirt fuhr, entdeckte sie, dass es von ihrem Schweiß durchnässt war. Kein Wunder, so wie sie gerannt war, dachte sie, und was waren schon nasse Sachen verglichen damit, getötet zu werden. Trotzdem, die Feuchtigkeit war unangenehm. Celeste griff in die Tasche ihrer Jeans und zog ein Gummiband heraus, das sie eingesteckt hatte, bevor sie zum Feuerwerk gefahren waren. Sie band ihre langen feuchten Haare zu einem Pferdeschwanz und setzte ihren erhitzten Hals dem leichten Wind aus, der während ihrer Flucht aufgekommen war. Die Luft fühlte sich wundervoll an, und beinahe hätte sie einen Ton der Erleichterung von sich gegeben, wenn sie sich nicht daran erinnert hätte, so leise wie möglich zu sein.

Vorerst fühlte Celeste sich sicher vor dem Mörder, aber sie wusste, dass sie noch ein ganzes Stück Weg vor sich hatte, bevor sie bei Teri ankam. Diesmal trabte sie los, statt zu laufen. In der Ferne hörte sie hin und wieder Feuerwerkskörper knallen, die Leute noch entzündeten. Daddy beklagte sich immer, dass Feuerwerkskörper gefährlich seien und die meisten Leute, die welche entzündeten, gar keine Erlaubnis hätten.

Daddy.

Celeste fühlte Tränen aufsteigen, aber sie hielt sie zurück. Sie musste aufpassen, wo sie hinging, wo sie hintrat. Mond und Sterne schienen in dieser Nacht nicht. Das einzige Licht kam von den illegalen Feuerwerkskörpern. Celeste wusste, dass sie nicht stolpern und sich vielleicht den Knöchel brechen durfte. Sie musste so schnell wie möglich gehen, aber auch mit äußerster Vorsicht. Grandma sagte immer, Celeste musste vorsichtig sein. Sie hatte es so oft gesagt, dass Celeste am liebsten geschrien hätte in den Jahren, in denen sie geschwiegen hatte. Grandma würde sie nie wieder ermahnen, vorsichtig zu sein. Wieder stiegen die Tränen hoch. Wieder kämpfte Celeste dagegen an. Jetzt nicht, sagte sie sich. Weinen konnte sie später, wenn Zeit war.

Zumindest hoffte Celeste, dass noch Zeit für Tränen wäre.

4

»Gabe?«

»Carmen.«

»Gabe, du hast gesagt, du würdest mich anrufen. Ich habe zwei Stunden gewartet. Hast du Sharon gefunden?«

Gabriel setzte sich in den alten, schäbigen Sessel, ein Bier in der einen Hand, den Telefonhörer in der anderen. Ihm war gleichzeitig heiß und kalt. Er war unendlich müde, aber er dachte, dass er nie wieder schlafen könnte – es sei denn er brach einfach zusammen, entweder vor Erleichterung oder vor Trauer.

»Nein. Kent hat Daniel mit Teri nach Hause geschickt und fährt immer noch herum und sucht Sharon. Er dachte, sie würde zu mir kommen – ihrem alten Zuhause –, und bat mich, hier eine Weile zu warten. Ich glaube nicht, dass sie herkommen wird, aber ich werde noch ein paar Minuten warten. Länger halte ich es nicht aus. Ich muss wieder los und nach meinem Mädchen suchen.«

»Oh, Gabe, es tut mir so leid. Du klingst erschöpft.«

»Das bin ich.«

»Dann solltest du jetzt nicht wieder losfahren. Bitte bleib zu Hause und ruh dich aus«, flehte Carmen.

Gabriel war leicht irritiert. Dachte Carmen, dass es wichtiger war, dass er genug Schlaf bekam, als Sharon zu finden? Wie konnte Carmen nur denken, dass irgendetwas ihm wichtiger war, als Sharon zu finden?

»Carmen, ich kann mich nicht ausruhen, bis ich weiß, wo Sharon ist«, sagte er mit erzwungener Geduld. »Ich werde nicht zusammenbrechen, weil ich eine Nacht nicht schlafe. Ich bin kein taperiger alter Mann, wie du weißt.«

»Natürlich bist du das nicht! Ich wollte damit nicht sagen –« Carmen fing wieder von vorn an: »Es tut mir leid, wie Sharon unsere Neuigkeit aufgenommen hat.«

»Wir wussten, dass sie nicht glücklich darüber sein würde.«

»Nicht glücklich zu sein und einen Tobsuchtsanfall zu bekommen sind wohl kaum dasselbe«, sagte Carmen scharf. Gabe konnte fast sehen, wie ihre Augenlider flatterten, wie sie es immer taten, wenn sie dachte, dass sie mit ihrer angeborenen Offenheit zu weit gegangen war. »Ich meine, Sharon war so überreizt. Ich wusste, dass sie nicht glücklich sein würde, aber ich habe nicht erwartet, dass sie –«

»Außer Kontrolle. Wild. Eine Wahnsinnige«, fauchte Gabe. »Ich weiß, wofür du Sharon hältst!«

»Gabe, ich –«

»Du hast Sharon nie gemocht«, fuhr Gabe hastig fort. »Du denkst, sie ist ein verwöhntes Gör, oder nein, noch schlimmer. Du denkst wahrscheinlich, sie ist ein psychischer Fall wie deine gute Freundin Marielle Farr!«

»Wie kommst du darauf, dass ich denke, sie ist wie Teris Mutter?«

Wegen ihres Benehmens heute Abend, dachte Gabe. Weil sie sich schon seit einigen Monaten merkwürdig benahm. Weil tatsächlich etwas mit ihr nicht stimmt.

Aber Gabe konnte nichts davon Carmen sagen. Es sich selbst einzugestehen, war das eine. Es war etwas anderes, es einem Außenstehenden gegenüber zuzugeben. Außenstehenden? Der Gedanken ließ ihn mit einem Ruck innehalten. Er sollte Carmen in zwei Monaten heiraten. Noch heute Morgen hatte er sich gesagt, wie sehr er sie liebte, was für eine wunderbare Frau sie war, dass er nicht abwarten konnte, sie seine »Frau« zu nennen. Und jetzt betrachtete er sie als Außenstehende.

»Carmen, ich muss dich etwas fragen. Was Sharon über dich und Hugh Farr gesagt hat –«

»Ist eine verdammte Lüge! Sie ist verrückt!« Carmen knurrte. Gabe konnte hören, wie sie scharf Luft einsog. »Nein, so meine ich das nicht. Der Gedanke ist verrückt, nicht Sharon.«

Nach einem Moment Schweigen sagte Gabe: »Natürlich.«

»Ich wollte nicht über das schimpfen, was Sharon gesagt hat. Offenbar glaubt sie es. Helen muss Hugh mit jemand anderem gesehen haben und sie für mich gehalten haben. Aber jetzt wissen wir, warum Sharon mich nie mochte.«

»Ja, allerdings.«

Sie schwiegen eine Weile, bevor Carmen fragte: »Wirst du daran denken, dich mindestens eine Stunde auszuruhen und Kent jetzt die Suche übernehmen zu lassen?«

»Nein. Ich fahre jetzt wieder los. Es ist meine Pflicht, sie zu finden, nicht Kents.«

»Aber er ist ihr Mann – ihr nächster Verwandter.«

»Rechtlich ist er ihr nächster Verwandter. Aber sie steht mir viel näher als ihm!«

»Und das willst du, oder?«, platzte Carmen heraus. »Als sie und Kent Schwierigkeiten hatten, hast du sie nicht ermutigt, sie mit ihm zu lösen. Du hast sie ermuntert, zu dir zu kommen, und dann hast du immer für sie Partei ergriffen, dich von ihr gegen ihn aufbringen lassen. Du hast mir erzählt, dass du ihn nicht mehr magst.«

»Du hast gesagt, du auch nicht!«, gab Gabe zurück.

»Ich habe gesagt, dass er sich verändert hat. Kein Wunder. Zuerst wurde sein Vater ermordet, und der Verdacht fiel nicht nur auf seine Schwester, sondern auch auf ihn. Dann die Mussheirat mit deiner Tochter –« Gabe erstarrte, Röte überzog sein Gesicht. »Und schließlich hast du sie nie losgelassen. Du hast das Feuer in ihrer Ehe entfacht – das Feuer des Zorns, nicht der Leidenschaft. Ich glaube, das hast du getan, damit sie ihn irgendwann verlässt und mit Daniel zurück zu dir nach Hause kommt!«

Gabes Verärgerung war jetzt in Wut umgeschlagen. »Das ist die übelste Lüge, die ich jemals gehört habe! Wenn ich nicht gehört hätte, wie du es gesagt hast, würde ich nicht glauben, dass du es sagen könntest! Hast du immer so über meine Tochter gedacht?«

Carmen schwieg. Er konnte sie atmen hören. Er stellte sich vor, wie sie um Kontrolle über ihre Gefühle kämpfte, um Selbstbeherrschung – ihre Selbstbeherrschung, die er so bewunderte und liebte. »Gabe, ich bin eben zu weit gegangen.

Bitte verzeih mir. Ich mache mir auch Sorgen um Sharon. Ich bin beunruhigt –«

»Du bist besorgt, dass ihr Benehmen mich von meinem Entschluss abbringen wird, dich zu heiraten.« Es war Gabe, als sähe er die Situation jetzt erst ganz klar. Sharon hatte mehr über Carmen gewusst, als sie gesagt hatte, auch wenn sie sich irrte, was eine Affäre zwischen Carmen und Hugh anging. Sharon war heute Abend so außer sich gewesen, weil sie befürchtete, dass eine Heirat mit Carmen nicht gut für ihn wäre, ihren Vater, den sie so sehr liebte. »Ich glaube, du hast genau das gesagt, was du fühlst, auch wenn du dich irrst.«

»Gabe, bitte sei vernünftig«, flehte Carmen verzweifelt. »Ich befürchte nur, dass du mich wegen ihrer Reaktion nicht mehr bedenkenlos heiraten wirst. Ich wollte nicht beleidigend sein, aber sie kann andere gut manipulieren.«

»Danke, Dr. Norris. Ich dachte, ich wäre derjenige, der andere manipuliert und versucht, ihre Ehe zu zerstören, damit sie nach Hause zu Daddy kommt«, gab Gabe eisig zurück.

»Oh, Gabe, es tut mir leid. Ich bin so mitgenommen, dass ich heute Abend kaum weiß, was ich sage. Ich wollte keinen von euch kritisieren –«

»Aber das hast du getan. Und du hast es nicht nur aus Wut gesagt – du hast gesagt, was du wirklich denkst. Also hör gut zu, Carmen. Du kannst über mich sagen, was du willst, aber ich lasse nicht zu, dass du meine Tochter kritisierst!« Gabe blickte zu dem kleinen Ölportrait seiner toten Frau Helen, das an der Wand hing – Helen, mit ihren freundlichen Augen und dem sanften Lächeln –, und er fasste schnell einen klaren Entschluss. »Carmen, ich denke, wir sollten diese Hochzeit erst mal vergessen.«

»Gabe, nein!«, rief Carmen verzweifelt.

»Doch«, erwiderte Gabe kühl. »Ich fürchte, anders geht es nicht. Ich muss mich um meine Tochter kümmern.«

Aber schon als er auflegte, wusste Gabriel O'Brien, dass seine Hochzeit mit Carmen nicht nur aufgeschoben war.

Sie war abgesagt.

Zwanzigstes Kapitel

1

Teresa war so damit beschäftigt gewesen, die Ereignisse des Abends zu überdenken, dass sie nicht gemerkt hatte, dass Daniel aufgehört hatte zu reden. Als sie zu ihm hinüberblickte, fielen ihm gerade die Augen zu, während er in seinem Stuhl zusammensackte. Sie warf einen Blick auf die Küchenuhr.

»Daniel, es ist zwölf Uhr! Du musst ins Bett!« Das Kind fuhr auf, bemühte sich, die Augen weit zu öffnen und gerade auf dem Küchenstuhl zu sitzen. Beides misslang.

»Ich werde die ganze Nacht aufbleiben«, sagte Daniel trotzig. »Du kannst mich nicht zwingen, ins Bett zu gehen.«

»Oh doch, das kann ich.«

»Kannst du nicht, kannst du nicht.« Daniels Augenlider begannen wieder herunterzufallen. »Nein!«

Teresa blickte den eigensinnigen kleinen Jungen an, der auf seinem Stuhl saß wie angewachsen. Sie würde ihn nicht nach oben tragen und auf ein Bett werfen. Dann hatte sie eine Idee.

»Daniel, wenn du jetzt ein braver Junge bist und ins Bett gehst, darfst du morgen auf Caesar reiten.« Teresa griff nur ungern zum Mittel der Bestechung – Kinderpsychologen würden darüber die Stirn runzeln –, aber im Moment ging es Teresa nur darum, dass der erschöpfte kleine Junge etwas Schlaf bekam. »Was meinst du, Daniel? Du kannst die ganze Nacht aufbleiben oder du kannst schlafen gehen, und wenn du morgen aufwachst, auf Caesar reiten. Was willst du?«

Daniel sah sie mit seinen müden Augen rebellisch an, aber seine Liebe zu dem Pferd überwog seinen Entschluss, Teri zu zeigen, wer der Boss war. »Also, vielleicht bin ich ein kleines bisschen müde.« Teresa unterdrückte ein Lächeln. Der kleine Junge würde nicht nachgeben, sondern versuchte gerade, es zu seinem Entschluss zu machen, ins Bett zu gehen, nicht ihrem Befehl zu folgen. »Wahrscheinlich werde ich morgen besser reiten, wenn ich ein bisschen schlafe.«

»Ganz bestimmt.«

»Deshalb gehe ich mal eine Weile schlafen.«

»Das ist eine kluge Entscheidung«, sagte Teresa mit Nachdruck. »Willst du dein Nickerchen im Gästezimmer oder in meinem Zimmer halten?«

Daniel tat so, als würde er darüber nachdenken. Schließlich fragte er: »Schläft Sierra bei dir?«

»Ja, aber es ist genug Platz für uns drei da. Ich habe ein breites Doppelbett.«

»Also, wenn Sierra da ist, schlafe ich in deinem Bett. Aber nicht, weil ich Angst habe, allein zu sein. Ich möchte nur gerne da schlafen, wo Sierra schläft. Mami lässt mich keinen Hund haben, obwohl ich sie immer wieder gefragt habe. Du wirst ihr doch nicht erzählen, dass ich mit Sierra in einem Bett geschlafen habe, oder?«

»Bestimmt nicht.« Teresa war aufrichtig. Sie würde alles tun, damit Daniel sich in dieser merkwürdigen Nacht wohl fühlte. Außerdem wäre es Sharon bestimmt egal, wo sie Daniel schlafen ließ, solange er sicher war.

Zehn Minuten später hatte sie Daniel in ihr Bett gesteckt. Sie gab Sierra ein Zeichen, ebenfalls hinaufzuspringen, und der Hund lag jetzt neben Daniel, der seinen kleinen Arm liebevoll über den Hund legte. Daniel hatte die Augen schon zu, sein Atem wurde tiefer und regelmäßig. Sie gab Sierra ein weiteres Zeichen, liegen zu bleiben, und ging auf Zehenspitzen aus dem Zimmer. Normalerweise wollte Sierra immer bei ihrem Frauchen sein, aber der Hund war so angetan von Daniel, der nie müde wurde, sie am Ohr zu kraulen, dass Sierra sich fügte und diesen Abend bei ihrem neuen Schützling blieb.

Teresa schloss leise die Schlafzimmertür, damit kein Geräusch den kleinen Jungen störte, der sich endlich dem Schlaf hingegeben hatte. Sie ging nach unten und konnte nichts anderes tun als –

Auf und ab gehen und sich Sorgen machen.

Mac hatte gesagt, er würde nur seine Mutter absetzen und dann zu ihr kommen. »Wo ist er?«, fragte sie sich laut. War Emma krank? Musste er bei seiner Mutter bleiben? Er hätte sie angerufen und es ihr gesagt, dachte Teresa.

Es sei denn, er hatte einen Unfall gehabt. Es sei denn, er befand sich in einem Krankenwagen oder sogar im Krankenhaus, vielleicht bewusstlos, vielleicht im Sterben. Teresas Herz pochte, als sie zum Telefon stürzte. Sie stellte sich plötzlich blutige, schreckliche Szenen vor – Mac, wie er blutend und schwerverletzt dalag, ihren Namen murmelnd, vielleicht schon bei seinem letzten Atemzug, ohne dass sie an seiner Seite war, seine Hand hielt und ihm noch einmal sagte, was sie letzte Nacht gesagt hatte: dass sie ihn liebte, dass sie nie aufgehört hatte, ihn zu lieben.

Er hatte ihr letzte Nacht seine Handynummer gegeben, und sie wusste sie schon auswendig. Teresa wählte sie hektisch. Es klingelte zweimal, dann wurde sie an die Mailbox verwiesen. Sie hinterließ eine Nachricht – irgendwie konfus und leicht verärgert, einfach weil sie sich selbst solche Angst eingejagt hatte – dann endete die für ihre Nachricht vorgesehene Zeit abrupt.

Mac würde ihr nicht absichtlich aus dem Weg gehen, dachte sie. Nicht nach letzter Nacht. Nicht, nachdem er versprochen hatte, sie nicht allein zu lassen, wenn die Verlobung in ihrem

Haus bekanntgegeben wurde, was, wie er dachte, für Aufregung sorgen, vielleicht katastrophale Folgen haben würde. Er war vor der Szene gegangen, bevor Sharon davongestürmt war. Er wusste nicht einmal, dass sie vermisst wurde.

Teresa wusste, dass es zwecklos war, im Club anzurufen. Sie rief in seiner Wohnung an und geriet an den Anrufbeantworter. Dann, als letzte Möglichkeit, suchte sie Emmas Telefonnummer heraus und rief in ihrer Wohnung an. Nichts. Nicht mal ein Anrufbeantworter. Und Emma hatte angeblich nach Hause gewollt, weil ihr nicht gut war. Zumindest hatte Mac das Teresa erzählt.

»Und wenn er das gesagt hat, stimmt es«, sagte Teresa sich streng. Der einzige Grund, warum er gelogen haben könnte, war, dass er nicht zur »Party« bei Teri kommen wollte. Aber dann hätte er sich einfach geweigert zu kommen. Er wäre nett gewesen, er hätte sich entschuldigt, aber er hätte sich geweigert. Er hätte sie nicht einfach hängenlassen, im Unklaren darüber, wo er nach Mitternacht sein könnte, wenn er bei ihr sein sollte.

Ihre Gedanken kehrten zu ihrem ursprünglichen Szenario eines Autounfalls zurück. Teresa rief in der Notaufnahme des Krankenhauses an. Jemand nahm ab und leitete sie sofort in die Warteschleife. Sie wartete. Und wartete. Und wartete, bis sie den Hörer am liebsten in ihr Panoramafenster geworfen hätte. Sie wusste, dass die Notaufnahme am Abend des Unabhängigkeitstages immer viel zu tun hatte – zu viele Ungeübte versuchten Feuerwerkskörper zu zünden, verbrannten sich oder verloren sogar einen Finger. Noch Schlimmeres. Sie erinnerte sich an einen Jungen, mit dem sie auf die Highschool gegangen war, der einen Kracher falsch entzündet und Verbrennungen dritten Grades im Gesicht erlitten hatte. Er war so ein hübscher Junge gewesen. Jetzt erzählten die Leute, dass er ein völliger Außenseiter war.

Teresa schüttelte den Kopf, als wollte sie sich von dem

schrecklichen Bild befreien. Sie hatte seit Jahren nicht an den armen Jungen gedacht. Aber natürlich musste sie sich heute Nacht an ihn erinnern, dachte sie voller Groll – einer Nacht, in der sie krank war vor Sorge, dass Mac und Emma vielleicht im Auto lagen und von Flammen und unerträglicher Hitze aufgefressen wurden.

Teresa beschloss, es in ein paar Minuten noch einmal beim Krankenhaus zu versuchen. In der Zwischenzeit würde sie herausfinden, ob Kent Sharon gefunden hatte. Sie wählte seine Handynummer. Kent schrie beinahe: »Sharon! Wo bist du?«

»Hier ist Teri, nicht Sharon. Also hast du sie nicht gefunden?«

»Nein, verdammt.«

»Und Gabe auch nicht?«

»Ich habe vor ein paar Minuten mit ihm gesprochen. Er ist nach Hause gefahren, um dort zu warten. Vielleicht fährt sie dorthin.«

»Gute Idee.«

Kent begann, in schuldbewusstem, niedergeschlagenem Tonfall zu reden. »Ich habe seit Monaten gemerkt, dass mit Sharon etwas nicht stimmt. Sie dachte, dass Gabe sich mit jemandem traf, und das passte ihr nicht. Und ich war viel weg – ich habe zwölf Stunden am Tag gearbeitet, auch samstags, aber ich glaube fast, dass Sharon denkt, dass ich eine Geliebte habe. Außerdem haben wir erfahren, dass sie keine Kinder mehr haben kann. Sie wollte drei, weil sie ein Einzelkind war und einsam. Jedenfalls klammert sie sich noch mehr an Daniel, seitdem sie das weiß.«

»Oh, Kent, ich wusste nicht, dass ihr keine Kinder mehr haben könnt.«

»Sharon wollte nicht, dass irgendjemand es weiß. Ich denke, sie hätte es ertragen können, wenn es an mir gelegen hätte, aber es liegt an ihr. Mir macht es nichts aus. Tausende von Kindern auf der Welt brauchen ein gutes Zuhause. Aber Sharon will nicht mal über Adoption reden. Für sie bedeutet das, dass sie vor der ganzen Welt zur Versagerin erklärt wird.« Seine Stimme wurde schwächer, und Teresa konnte fast sehen, wie er hinter dem Lenkrad seines großen SUV zusammensackte. »Zur Polizei zu gehen wird nichts bringen. Sharon ist erst seit ein paar Stunden weg. Aber ich werde nicht aufhören, nach ihr zu suchen, Teri, weil ich fürchte, dass meine Frau heute Nacht durchdrehen könnte.«

»Das wird sie nicht«, sagte Teresa schnell. »Sharon ist nicht wie unsere Mutter, Kent. Sie ist viel stärker, als sie scheint.«

»Hoffentlich«, sagte Kent zweifelnd. »Wie geht's Daniel?«

»Schläft fest mit Sierra.«

»Oh, großartig. Sharon wäre begeistert. Ein Hund bei unserem Sohn im Bett.«

»Sierra ist sauber. Und Daniel liebt sie. Und Sharon muss es nicht erfahren.«

»Ich denke nicht. Teri, ich muss jetzt Schluss machen. Sharon könnte vielleicht versuchen, mich anzurufen.«

»In Ordnung. Viel Glück und ruf mich an, sobald es geht.« Teresa fügte noch ein bisschen verlegen hinzu: »Ich liebe dich, großer Bruder.«

Sie konnte ihn nicht sehen, aber sie hörte das leichte Lächeln in seiner Stimme. »Ich liebe dich auch, Teri. Und es tut mir leid, dass ich deine Barbiepuppe angezündet habe, als ich elf war.«

»Mach dir deswegen keine Sorgen. Ich habe mir eine neue gekauft. Und jetzt finde deine Frau.«

Teresa legte den Hörer auf und ging in die Küche, um sich ein Glas Wein zu holen. Sie trank normalerweise nicht so viel, aber sie musste zugeben, dass dies eine ungewöhnlich stressige Woche gewesen war. Alkohol löste keine Probleme, bewirkte aber, dass sie sich etwas entspannter fühlte. Sie nahm einen Schluck von dem herben, kalten Weißwein und fuhr zusammen, als der Polizeifunk sich knackend bemerkbar machte.

Teresa hörte kaum zu, als der Sprecher sagte. »Jede verfügbare Einheit der Stadt in der Nähe von Mount Vernon Avenue.«

Mount Vernon, dachte Teri. So nah. Sie hörte genauer zu, als ein Polizist antwortete. »Hier Wagen drei. Was gibt's?«

»Ein Anruf wegen Ruhestörung. Möglicherweise ein Ehekrach in Mount Vernon Nummer 4021. Der Anrufer hat Schreien gehört, hat dem Anschein nach eine junge Frau vor dem Haus weglaufen sehen. Der Anrufer meint auch, eine Leiche neben einem Auto hinter dem Haus liegen zu sehen.«

Teri ließ ihr Weinglas fallen. Vier-null-zwei-eins Mount Vernon war die Adresse von Jason und Celeste Warner.

2

Mit zitternden Händen durchwühlte Teri eine Schublade, bis sie ein Telefonbuch fand. Zuerst suchte sie die Adresse von Jason Warner heraus. Ihr Herz sank – 4021 Mount Vernon. Es stimmte, es war die Adresse der Warners. Als Nächstes blickte sie auf die Nummer und wählte hektisch. Sie ließ das Telefon zehnmal klingeln, ihre Angst wuchs mit jedem unbeantworteten Klingeln. Dann legte sie den Hörer wieder auf die Station.

Es konnte Dutzende von Gründen geben, warum die Warners heute Abend nicht abnahmen, sagte sie sich. Sie waren noch mal ausgegangen. Fay hatte beschlossen, dass Celeste heute früh ins Bett ging, und das Telefon leise gestellt, damit das Mädchen nicht vom Klingeln geweckt wurde. Die Warners hatten einfach keine Lust, ans Telefon zu gehen –

Und ihr Nachbar hatte die Polizei gerufen wegen Ruhestörung, Schreien und einer Leiche im Garten. Vielleicht Celeste.

Sie hatte Teri im Stall erzählt, dass jemand immer noch wollte, dass sie tot wäre. Vielleicht hatte sie recht.

Aber der Sprecher hatte gesagt, dass dem Anschein nach eine junge Frau vor dem Haus weggelaufen wäre. Oh Gott, bitte lass das Celeste sein, betete Teri. Celeste, die vorhin versucht hatte, sie anzurufen, als sie und Daniel gerade gekommen waren. Celeste, deren letztes Wort zu Teri »töten« gewesen war.

Teresa holte tief Luft und versuchte, sich zu beruhigen. Die Stimme am Telefon war so heiser gewesen, vielleicht hatte das Wort gar nicht »töten« gelautet. Und vielleicht war es gar nicht Celestes Stimme gewesen, dachte sie. Vielleicht war es alles nur ein weiterer Streich gewesen.

Aber die Anrufliste zeigte, dass die Anrufe von den Warners gekommen waren. Aber die Polizei war zum Haus gerufen worden, weil eine »dritte Person« Schreien gehört hatte. Schreien! »Klar, kein Grund, um sich Sorgen zu machen«, murmelte Teri sarkastisch. »Das alles ist nur ein Haufen Zufälle. Den Warners geht es prima.« Teresa versuchte noch einmal, bei den Warners anzurufen. Wieder antwortete niemand. Sie legte den Hörer auf, spürte, wie ihr der Schweiß auf die Stirn trat. Sie konnte sich nur an eine Nacht erinnern, die schlimmer war als diese. Sie wollte bestimmt nicht daran denken, was in jener Nacht geschah.

Fast ohne zu wissen, was sie tat, bückte Teri sich, um die Scherben des Weinglases aufzuheben, das sie hatte fallen lassen. Sie merkte nicht, dass sie sich dabei in die Finger schnitt, bis sie Blutstropfen auf dem Vinyl sah. Sie betrachtete ihren Finger, entfernte einen Glassplitter, fluchte innerlich, als noch mehr Blut aus einem zweiten winzigen Loch tropfte. Gott, sie war unvorsichtig gewesen, dachte sie. Sie war unvorsichtig und gefühllos gewesen. Noch immer spürte sie keinen stechenden Schmerz – nur das Blut konnte sie nicht sehen. Nicht heute Nacht.

Eine Rolle Küchenpapier stand ganz in der Nähe, und Teri riss ein Stück ab und wickelte es fest um Zeige- und Mittelfinger der rechten Hand. Sie übte ungefähr eine Minute Druck aus, entfernte dann das Papier, zu ungeduldig, um sich noch länger darum zu kümmern. Sie griff nach dem Telefon und rief noch einmal bei den Warners an. Keine Antwort. Sie seufzte enttäuscht. Als sie den Hörer auflegte, sah sie ihr Blut auf den Ziffern. Blut auf dem Fußboden, Blut auf dem Telefon. Auch im Haus der Warners war Blut. Da war sie ganz sicher.

Teri hatte plötzlich das Bedürfnis nachzusehen, ob ihr Neffe unverletzt war. Sie griff nach einem weiteren Stück Papier und rannte dann fast durchs Haus und die Treppe hinauf in ihr Schlafzimmer. Teri öffnete die Tür und ging auf Zehenspitzen ins Zimmer. Sierra hob den Kopf, aber Teri hielt zwei Finger an die Lippen, und der Hund schien die Botschaft zu verstehen. Das Zeichen hat mir einmal jemand in einem dunklen Flur gegeben, dachte Teresa schaudernd, und ich bin auch ganz still geworden.

Daniel lag auf seiner linken Seite, seine rechte Hand berührte Sierras Schulter. Der Hund schlief immer am Fußende, wenn Teri da war, aber heute Nacht hatte Sierra offenbar versucht, das verängstigte Kind zu trösten. Hunde verstehen mehr, als Menschen ihnen zutrauen. Sierra hatte gespürt, dass Daniel Angst hatte und verstört war. Jetzt war sein Gesicht im Schlaf glatt und friedlich, der Mund leicht geöffnet, seine rotblonden Haare aus der Stirn gestreift und leicht feucht, obwohl es im Zimmer angenehm kühl war.

Während Teri einen Moment dastand und ihn beobachtete, murmelte er: »Mami, es ist kein richtiger Hund.« Dann trat er krampfartig aus und rollte sich auf die andere Seite. Sogar im Schlaf machte er sich Sorgen darüber, was Mami wohl sagen würde, dachte Teresa mitfühlend. Vielleicht hatte es Kent so überfordert, eine Firma zu leiten, als er noch jung und unerfahren war, dass er sich mit dem Gedanken beruhigt hatte, dass sich Sharons Probleme »einfach von selbst lösen würden«. Aber nach heute Nacht konnte er sich seiner Verantwortung für das Kind nicht länger entziehen. Kent würde wissen, dass Sharon in ihrem gegenwärtigen psychischen Zustand einen schädlichen Einfluss auf den Jungen hatte, und etwas unternehmen – etwas Vernünftiges, aber Einfühlsames. Sharon würde nicht wie Marielle behandelt werden, denn Kent war, dem Himmel sei Dank, nicht Hugh Farr.

Teri beugte sich herunter und küsste Daniel leicht auf die Stirn, etwas, was Daniel, wenn er wach war, nur seinem Daddy, seiner Mami und seinem Großvater zugestand. »Erwischt!«, flüsterte Teresa lächelnd. Dann blies sie einen Kuss zu Sierra, deren bernsteinfarbener Blick zwischen Daniel und Teri, ihren beiden Schützlingen, hin- und hersprang. Teri ging leise aus dem Zimmer und ließ die Tür einen Spalt offen.

Als sie die Treppe hinunterging, hörte sie immer noch das Knallen und Krachen von Feuerwerkskörpern in der Ferne. Normalerweise ging sie mit ihrem Fernglas auf die vordere Veranda und versuchte, die Raketen der paar einsamen Nachzügler zu entdecken, die noch weiterböllern wollten.

Aber heute Abend wollte sie sich nur in einen Stuhl kauern und in einem Buch verlieren. Sie ging in die Küche und betrachtete die Unordnung, die sie und Daniel gemacht hatten, beseitigte die restlichen Scherben, ging sogar noch mit einem Akkustaubsauger über die Stelle, damit Daniel sich nicht den Fuß schnitt, wenn er barfuß herunterkam. Schließlich schaltete sie noch den Polizeifunk aus. Sie hatte so viele schlechte Nachrichten gehört, wie sie in einer Nacht ertragen konnte.

Teri ging zurück ins Wohnzimmer. Sie hatte das Gefühl, sie sollte Carmen anrufen und hören, wie es ihr ging. Aber es bedurfte keines Telefonanrufs, um zu wissen, dass Carmen heute Abend am Boden zerstört war. Vielleicht hatte sie auch eine Tablette genommen, und Teri würde sie aus dem Schlaf holen, der ihr gnädigerweise Vergessen schenkte.

Teresa ging im Wohnzimmer umher und freute sich, wie perfekt es aussah. Sie hatte es gerne, wenn es ordentlich war, aber sie war bestimmt nicht jemand, bei dem alles immer an derselben Stelle sein musste, jede Tischplatte aussah, als würde kein Staubkorn es wagen, auf ihrer Oberfläche zu landen. Sie hatte heute Abend Gäste erwartet. Wenn alles gutgegangen wäre, würden überall im Zimmer Porzellanteller und Champagnergläser herumstehen, und Teri würde es vor dem Aufräumen am nächsten Morgen grauen. Jetzt kam es ihr vor, als wäre das Aufräumen eine Freude gewesen, wenn nur Carmens und Gabes Ankündigung nicht den Sturm des Jahrhunderts ausgelöst hätte.

Teri nahm eine Zeitschrift und lehnte sich in dem großen Sessel zurück, der sich immer weich und einladend anfühlte, so als würde er sie zärtlich streicheln. Aber nicht heute Nacht. Die Rückenlehne fühlte sich zu steif an, und es kam ihr vor, als wäre eine Beule im Sitzkissen. Als sie aufstand, um nachzusehen, hörte sie ein Klopfen an der Tür.

Sie hätte vor Erleichterung weinen können. Mac, endlich. Aber sie würde sich ihm gegenüber zurückhalten! Sie würde ihn fragen, warum er sie nicht angerufen hatte. Sie würde ihn fragen, warum er nicht an sein Handy ging. Sie würde ihn fragen, wo, zum Teufel, er gewesen war!

Obwohl sie zornig und müde war, zog Teri einen grobzinkigen Kamm aus der kleinen Schublade des Tisches in der Nähe des Eingangs und fuhr sich damit durchs Haar. Dann warf sie ihn zurück in die Schublade. Sie wollte nicht, dass er sie dabei erwischte, wie sie sich zurechtmachte. Er hatte verdient, sie in schlimmster Verfassung zu sehen. Er hätte sie niemals so lange im Unklaren lassen dürfen. Aber jetzt war er hier, dachte sie, und ihre Laune hellte sich auf. Daniel hatte Sierra, um ihn zu beschützen, und sie hatte Mac. Ihren geliebten, gutaussehenden, lustigen, liebevollen, manchmal gedankenverlorenen Mac.

Aber als sie die Tür aufstieß, fand sie Carmen auf ihrer Veranda. Sie trug alte, abgetragene Jeans, ein graues T-Shirt, das zerknittert und verschwitzt aussah, und eine weite marineblaue Windjacke. Ihre braunen Haare hingen zerzaust um ihr kreidebleiches Gesicht, das bis zu den hohen Wangenknochen schwarz verschmiert war von Tränen, in denen sich Wimperntusche und Lidstrich aufgelöst hatten.

»Carmen?«, fragte sie vage. »Was ist passiert? Haben sie Sharon gefunden?«

Carmen schüttelte den Kopf, nein.

»Wo ist Gabe?«

Carmen begann zu zittern, dann warf sie sich in Teresas Arme. »Gabe hat mich verlassen«, stieß sie hervor. »Ihn zu heiraten war der letzte, schönste Traum meines Lebens, und er hat ihn mit einem kurzen, vernichtenden Telefongespräch zerstört.«

3

Jason Warner öffnete langsam die Augen. Zehn Sekunden starrte er verwirrt in den dunklen Himmel, bis der Schmerz wie eine Fackellilie irgendwo in der Magengegend stach. Er legte die Hand dorthin, wo es schmerzte, drückte – so dass er vor Qual aufschrie – und riss die Hand weg, hob sie in Augenhöhe. Sogar in der Dunkelheit konnte er die dunkle Flüssigkeit zu seinem Handgelenk hinunterlaufen sehen, zwischen seinen Fingern hindurch.

Er versuchte, sich aufzusetzen, das Ausmaß der Verletzung zu sehen, aber bei der geringsten Bewegung hatte er das Gefühl, als wenn große, widerliche Hände seine Eingeweide ausgraben würden. Die Vorstellung löste bei ihm das Bedürfnis aus, sich zu übergeben, aber mit dem Rest seiner schwindenden Kraft schaffte er es, den Drang zu unterdrücken. Instinktiv spürte er, dass der Drang ihn töten könnte. Es war möglich, vor Schmerz zu sterben. Er wusste, dass das nicht nur eine Phrase war.

Jason drehte den Kopf leicht nach rechts und sah den Reifen seines Autos – das Auto, das ihnen Schutz und Fluchtmöglichkeit geboten hätte, wenn sie nur fünf Minuten früher eingestiegen und von hier fortgekommen wären. Er wusste, dass ein Koffer, eine Tasche, ein Matchbeutel verstreut um ihn herum lagen, vor Schreck von seinen eigenen Händen fallen gelassen, als etwas, jemand, auf ihn gestürzt war, mit erhobenem Messer. Die lange silberne Klinge hatte im Schein der Taschenlampe böse geblitzt, bevor sie ihn traf, geführt von einer starken Hand und gelenkt von jemandem, der einen tiefen, tierischen Triumphschrei ausstieß, als das Messer durch Haut und Muskeln stieß und Blut über sein Hemd schoss.

Das Messer hatte sich gedreht und Jason hatte einen Laut des Schocks und Schmerzes ausgestoßen, bevor er auf den Boden gefallen war. Sein Angreifer hatte ihn umgedreht, das Messer herausgezogen, war dann zum Haus und der offenen Küchentür gestürmt.

Jason blickte wieder geradeaus, holte so tief wie möglich Luft und hob das Kinn, reckte den Kopf. Die Küchentür stand noch offen, helles Licht strömte aus dem kleinen Raum, den seine Mutter immer makellos sauber hielt. Aber sie würde ihn nicht länger sauber halten. Jason stöhnte, als er Fay sah, die ausgestreckt in der Nähe der Tür lag, die Hand den Hals umklammernd, die linke Seite ihres Gesichts und ihre linke Hand, Arm und Seite lagen in einer Lache purpurroten frischen Blutes. Er konnte sogar ihre blauen Augen sehen, geöffnet, ins Leere starrend.

Und Celeste? Er holte genügend Luft, um ihren Namen auszustoßen, aber wenn sie nicht in der Nähe der Tür war, konnte sie ihn nicht hören. War sie geflohen? Oder lag sie im Haus, tot? Oder vielleicht, wie Jahre zuvor, beinahe tot?

Die Tür begann zu schwanken, dann sich zu drehen. Jason schloss die Augen. Er wusste, er war nahe dran, das Bewusstsein zu verlieren. Er konnte nicht länger die herumwirbelnde Welt ansehen, aber er konnte etwas hören – es war nicht das Knallen von Feuerwerkskörpern, sondern ein Lärm wie Sirenen. Er versuchte, die Augen zu öffnen, aber die Anstrengung war zu groß. Er holte so tief Luft, wie er konnte, wartete, dass der Tod ihn einhüllte, als plötzlich ein weißes Licht durch seine halb geschlossenen Augenlider schien. Jason fragte sich, ob das das Licht war, das man beim Sterben sah, wie es hieß.

Seine Frage wurde beantwortet, als er jemanden schreien hörte: »Er ist hier drüben, und er lebt.« Dann berührte jemand sanft seine Schulter, und eine tiefe männliche Stimme sagte: »Seien Sie ganz ruhig, Mann. Ich bin Polizist, und der Rettungswagen wird in einer Minute hier sein. Es wird alles gut.«

Einundzwanzigstes Kapitel

1

Celeste war den Maschendrahtzaun entlanggelaufen, der das Regierungsgelände umgab, bis sie an einen Hügel kam. Als sie halb unten war, rutschte sie mit dem Tennisschuh auf dem taunassen Gras aus und rollte den ganzen Weg hinunter auf eine Weide. Zuerst befürchtete sie, dass sie entweder ein Bein gebrochen oder den Knöchel verstaucht hatte, saß bewegungslos da, blickte sich um und versuchte, wieder zu Atem zu kommen. Dann stand sie auf, spürte aber nur einen leichten Schmerz im Knöchel. Langsam, vorsichtig schlich sie am Rand der Weide entlang, wo hohes Gestrüpp war, überquerte einen schmalen Sandweg, holte erschöpft Atem und brach fast in Tränen aus, als sie die dunkelgrüne Schrift auf einem großen, weißen Schild las: FARR FIELDS.

Sie war nicht katholisch, aber sie bekreuzigte sich und sprach ein stilles Gebet zum dunklen Himmel. Sie hatte es geschafft.

Sie war verschwitzt, sie war schmutzig, sie war erschöpft, aber sie war in Sicherheit.

Celeste rannte zu den Bäumen, die die Straße säumten, und schlitterte über die Weiden. Sie kauerte sich hinter einen der Zaunpfähle und blickte sehnsüchtig hinüber zu dem großen, luxuriösen Stall. Sie lief zur Ecke und hatte das starke Bedürfnis hineinzugehen und die Pferde zu streicheln. Sie wusste, dass die Pferde seit dem Mord an Gus Gibbs, den alle versuchten, vor ihr geheim zu halten, nicht genügend Aufmerksamkeit bekommen hatten. Dann würde sie am liebsten in einen Berg Heu kriechen und den Rest der Nacht friedlich schlafen. Am Morgen würde noch Zeit sein, über Dad und Grandma nachzudenken. Sie würde noch den Rest ihres Lebens über Dad und Grandma nachdenken können.

Aber sie sind tot, sagte sich Celeste. So sehr es auch schmerzt, ich weiß, dass sie tot sind. Aber Teri lebt noch – ich weiß es, ich fühle es! Und sie wird am Leben bleiben, wenn ich ihr helfe, so wie sie mir einmal geholfen hat.

2

Teri führte die weinende Carmen zum Sofa und setzte sich neben sie. Plötzlich wurde ihr bewusst, dass sie Carmen noch nie weinen gesehen hatte. Ein paar Tränen hatten manchmal in ihren Augen gestanden, wenn sie über Marielle gesprochen hatte nach deren Verschwinden, aber meistens war Carmen fröhlich, optimistisch gewesen. Sie hatte Teri immer geraten, niemals die Hoffnung zu verlieren, egal, um was es ging. Aber Carmens unaufhörlich fließende Tränen zeigten Teri, dass Carmen jetzt für sich selbst jede Hoffnung verloren hatte.

Viele Leute in der Stadt dachten, dass Carmens Selbstbeherrschung nach außen auf einem Mangel an Gefühl für irgendjemanden oder irgendetwas beruhte. Wie unrecht sie hatten, dachte Teresa. Carmen hatte sich etwas aus Marielle gemacht. Und niemand, der Carmen jetzt sah, konnte sagen, dass sie nicht niedergeschlagen war, weil Gabe – Gabe was? Teri merkte, dass sie nicht genau wusste, was eigentlich zwischen Carmen und Gabe geschehen war, und fragte sie jetzt ganz offen, so offen, wie Carmen sie gefragt hatte, was passiert war, als Teri ihre Verlobung mit Mac gelöst hatte.

»Willst du wissen, wie es war?« Carmen brachte ein schwaches, sarkastisches Lächeln zustande. »Er sagte, wir müssten die Hochzeit verschieben, bis er sich um seine Tochter gekümmert hätte.«

Teri lehnte sich zurück und blickte ihre Freundin lächelnd an. »Guter Gott, Carmen, er hat dich nicht verlassen. Er will nur die Hochzeit verschieben –«

»Du kennst ihn nicht so gut wie ich, und du hast ihn nicht am Telefon gehört.« Carmen hatte einen jämmerlichen Tonfall. »Er wird mich nicht heiraten, Teri. Gabe O'Brien will mich einfach nicht mehr.«

»Das kann nicht sein, Carmen. Jetzt reiß dich zusammen und denk logisch. Vor ein paar Stunden liebte er dich so sehr, dass er den Rest seines Lebens mit dir verbringen wollte. Denkst du, weil seine Tochter deswegen einen Wutanfall hatte, wirft er dich einfach weg?«

»Ehrlich gesagt, ja. Er denkt nicht, dass seine Tochter nur einen Wutanfall hat. Er denkt, sie hat einen Nervenzusammenbruch. Er hat sie sogar mit deiner Mutter verglichen, Teri.« Teri zuckte zusammen. »Oh Gott, das hätte ich dir nicht sagen sollen. Es tut mir leid.«

»Das weißt du nicht, Carmen. Gabe hat in der Erregung gesprochen, genau wie du. Sobald sie Sharon finden – und das werden sie sehr bald –, wird er darüber nachdenken, und ihm wird klarwerden, was passiert ist. Er will dich nicht verlieren, Carmen.«

Nachdem sie einen Moment geschwiegen hatten, sagte Carmen schroff: »Sharon hat ihm gesagt, ich hätte eine Affäre mit deinem Vater gehabt.«

Teresa spürte, wie sie rot wurde wie ein Kind. Sie wusste nicht, warum sie Sharons Anschuldigung, dass ihr Vater und Carmen eine sexuelle Beziehung gehabt hätten, so verunsicherte. Es war lächerlich, sagte Teri sich. Grotesk! Absurd! Dennoch hatte sie das Gefühl, nach Strohhalmen zu greifen, einfache, abwehrende Wörter zu benutzen, die kein weiteres Nachdenken erforderten. Teri fragte sich, warum sie so verlegen war.

Weil es irgendwie möglich scheint, dass Carmen und Dad Sex hatten, nicht nur einmal, sondern viele Male, auch wenn die Vorstellung unerträglich ist, dachte Teri überrascht. Weil Carmens Betrug an Mum, angeblich Carmens beste Freundin, plötzlich überhaupt nicht mehr undenkbar ist, wurde es Teri bewusst, als sie sich an flüchtige Blicke, kurze Berührungen, knappes, vertrauliches Lächeln zwischen Hugh und Carmen erinnerte, ausgeschaltet wie ein Lichtschalter, wenn sie merkten, dass jemand sie beobachtete.

Carmen sah sie durchdringend an. Entmutigt sagte Teri schnell: »Gabe glaubt nicht, dass du etwas mit meinem Vater hattest. Wenn er durchs Telefon so klang, dann nur weil er aufgeregt war. Wenn er sich beruhigt, Carmen, wird er sich erinnern, dass du es nicht mal ertragen konntest, in der Nähe meines Vaters zu sein, noch viel weniger seine Geliebte. Du musst nur Geduld haben. Der Bruch zwischen euch beiden kann wieder gekittet werden.«

»Oh, ich wünschte, es wäre so.« Alles Leben schien Carmen plötzlich zu verlassen. Sie sackte auf dem Sofa zusammen, faltete die Hände, der Blick weit weg. Sie sah tot aus, und unvermittelt hatte Teresa Angst um sie. Und vor ihr, gestand sie sich selber ein. Ihr war, als wenn aus der Carmen, die sie seit Jahren gekannt und geliebt hatte, plötzlich jemand geworden war, den sie kaum kannte. Aber zumindest sah sie sie nicht mehr mit diesem durchdringenden Blick an, der bis in ihre Seele zu reichen schien. Vor heute Nacht hatte sie diesen Blick noch nie in Carmens Augen gesehen.

»Carmen, ich glaube, du brauchst einen Drink zur Beruhigung«, sagte Teri unvermittelt. »Ich würde dir ein Beruhigungsmittel anbieten, aber ich habe keins.«

»Ich nehme lieber einen Drink«, sagte Carmen mit tonloser Stimme. »Aber keinen Champagner. Gott, keinen Champagner.«

»Ich dachte nicht an Champagner. Ich hab Bier. Ich hab auch etwas Tequila und Margarita. Wie wär's mit Margarita? Du hast immer gerne Margarita getrunken.«

Carmen blickte zu Teri. »Ja, ich hätte gerne Margarita.«

»Gut. Ich auch.« Teresa stand auf. »Du entspannst dich auf dem Sofa, ich bringe die Drinks in ein paar Minuten.«

Carmen beugte sich langsam vor und rutschte einige Male hin und her. »Ich komme mit in die Küche, wenn du nichts dagegen hast. Ich will hier nicht ganz allein sitzen.« Sie sah sich um. »Wo ist eigentlich Sierra? Ihr beide seid fast unzertrennlich.«

»Normalerweise schon, aber heute ist eine besondere Nacht«, sagte Teri leichthin, während sie in die Küche eilte. Carmen trottete hinter ihr her. »Daniel ist bei mir, und er wollte mit Sierra schlafen.«

»Das wird Sharon nicht gefallen.«

»Sharon wird es nicht erfahren, sofern ich es verhindern kann. Jedenfalls war meine einzige Sorge, dass Sierra mit niemand außer mir schlafen würde, aber sie hat sich direkt an Daniel gekuschelt«, schwatzte Teri. Sie wusste, dass sie lauter und schneller sprach als sonst, und fragte sich, ob Carmen es bemerkte. »An mich kuschelt sie sich nie, aber wahrscheinlich hat sie gemerkt, dass Daniel allen Trost brauchte, den er bekommen konnte, obwohl er schon Cola und Kuchen hatte. Der arme kleine Junge war völlig am Boden zerstört wegen der Szene, die seine Mutter in der Stadt gemacht hat.«

»Kein Wunder. Morgen werden alle von Sharon reden. Das müsste sie glücklich machen. Sie will immer im Mittelpunkt stehen.«

Carmens Worte waren bitter, aber ihre Stimme war ausdruckslos. Sie hätte über jemanden reden können, den sie nicht kannte.

»Ich glaube nicht, dass sie die Art von Aufmerksamkeit will, die sie heute Abend bekommen hat.« Teresa reckte sich, um eine Flasche Tequila im obersten Fach des Küchenschranks zu erreichen. Sie stand neben einer Flasche Scotch und einer Flasche Bourbon. »Morgen wird sie es garantiert bedauern.«

»Sie genießt es wahrscheinlich, dass alle sich solche Sorgen machen und los sind, um sie zu suchen«, fuhr Carmen mit unbewegter Stimme fort, als hätte sie Teri nicht gehört. »Glaubst du, dass sie hierherkommt?«

»Oh, das bezweifle ich. Der einzige Grund für sie, herzukommen, wäre, weil sie denkt, dass Daniel hier ist. Aber wenn sie kommt, um ihn zu holen, werde ich es nicht zulassen. Nicht, wenn sie allein ist. Wenn Kent bei ihr ist … na, Kent würde nicht wollen, dass Daniel gestört wird. Ich glaube nicht, dass du und ich Sharon heute Nacht sehen werden.«

Teresa holte eine Flasche Margarita-Mix aus dem Kühlschrank. Sie goss Tequila und die gutgekühlte Margarita in den Mixer, schaltete ihn ein und hoffte, dass der Lärm Daniel nicht weckte. Als sie die Drinks in große Gläser goss, fragte Carmen: »Wo ist Mac? Beteiligt er sich auch an der Suche?«

»Ich kann ihn auch nicht finden. Er sagte, dass Emma sich nicht wohl fühlte und er sie bei ihrer Wohnung absetzen und dann herkommen würde, aber er ist nicht aufgetaucht. Ich habe es auf seinem Handy versucht, bei ihm zu Hause und sogar bei Emma, aber nirgendwo bekomme ich eine Antwort.«

»Dann bist du ganz allein mit Daniel.«

»Ja.« Teri zögerte. Plötzlich schlug ihr der starke Geruch von Sandelholz entgegen. »Carmen, hast du gerade Parfüm aufgelegt?«, fragte sie, als sie sich umdrehte.

»Es ist mein Lieblingsduft«, erwiderte Carmen ruhig und richtete einen 22er Revolver fest auf Teresas Stirn.

3

Celeste machte sich gerade bereit, über die Weide und den Hügel hinauf zu Teris Haustür zu laufen, als sie jemanden die Stufen von Teris vorderer Terrasse hinaufsteigen sah. Instinktiv warf sie sich auf den Boden und machte sich im kurzen Gras so flach wie möglich. Aufgeregt warf Celeste einen kurzen Blick auf die Person in abgetragenen Jeans, aber sie ging mit gesenktem Kopf, die Hände in eine weite Windjacke gesteckt. Teris Besucher war nicht gekleidet und ging nicht wie jemand, den Celeste kannte, und sie konnte das Gesicht nicht gut genug sehen, um zu erkennen, wer es war.

Tatsächlich wusste sie nicht mal, ob es ein Mann oder eine Frau war. Sie wusste, dass es nicht Mac war – er war größer. Sie hatte ihn einmal an einem Samstag gesehen, als ihr Vater mit ihr bei Bennigans gewesen war und er ihr zugezwinkert hatte. Dann hatte sie ihn heute Abend mit Teri gesehen. Als Celeste im Haus der Farrs gelebt hatte, hatten Teri und Mac sich geliebt. Aber Teri hatte ihr gesagt, dass es ein großes Geheimnis wäre und dass sie es niemandem erzählen dürfe, und das hatte sie nicht getan. Jedenfalls wusste sie, dass die Person, die zu Teris Tür ging, nicht Mac war. Vielleicht war es der Junge namens Josh, den sie vor kurzem im Stall kennengelernt hatte, dachte sie ängstlich. Er war der Sohn von Gus Gibbs, dem Mann, der ermordet worden war. Einige Leute behaupteten, Josh hätte seinen Vater ermordet, aber Celeste wusste, dass er es nicht getan hatte, und das nicht nur, weil er süß war. Alles wäre okay, wenn es Josh war.

Wenn es nicht Josh war, könnte es Kent sein, dachte Celeste und hoffte verzweifelt, dass sie recht hatte. Sie erinnerte sich, dass er größer war, als diese Person zu sein schien, aber sie war noch klein gewesen, als sie ihn das letzte Mal gesehen hatte. Das Wichtigste war jedenfalls, dass Kent Teri nichts tun würde. Kent hatte Teri geliebt, auch wenn er immer versucht hatte, sich cool zu geben, als würde er seine kleine Schwester nicht einmal bemerken.

Oder vielleicht war es Kents Frau! Celeste hatte sie vor langer Zeit getroffen, bevor sie und Kent geheiratet hatten. Hugh hatte sie nicht gemocht. Hugh hatte niemanden gemocht außer Mami, dachte Celeste bitter. Er war gemein zu Kents Freundin gewesen, eines Tages war sie weinend aus dem Haus gelaufen. Celeste konnte sich nicht an den Namen des Mädchens erinnern. Außerdem spielte ihr Name keine Rolle. Celeste waren Namen gleichgültig.

Aber sie hatte Angst. Sie fürchtete, sie wusste, wer zu Teri zu Besuch gekommen war, und warum. Ihr Herz sank, als sie sah, wie Teri die Tür öffnete. Die Person warf sich in ihre Arme, Teri umfing sie, zog sie hinein und schloss die Tür hinter ihnen.

Oh, bitte, lass es nicht den sein, an den ich denke. Bitte.

Celeste wartete, bis sie wieder zu Atem gekommen war und ihre Beine sich etwas erholt hatten, bevor sie aufstand und schnell zum Haus lief. Sie hatte gerade die Erfahrung gemacht, dass Leute häufig bis zum Erdgeschossfenster Büsche wachsen ließen. Leute wie Teri. Celeste duckte sich hinter den kräftigen Buchsbaumbüschen, die fast Teris ganzes Haus umgaben. Immer wenn Celeste an ein Fenster kam, erhob sie sich gerade hoch genug, um hineinzusehen, auch wenn es dunkel war. Schließlich kam sie an ein Fenster, aus dem ein warmes, helles Licht strömte. Sie zwang sich, so weit hochzukommen, dass ihre Augen gerade über dem Fenstersims waren, und erblickte eine Küche. In der Küche stand Teri und hielt zwei große Gläser mit grünlicher Flüssigkeit in den Händen.

Und die Frau, die Celeste beim Feuerwerk gesehen hatte – die Frau, die vor Überraschung laut schrie, als ein Feuerwerkskörper sie erschreckte, genau so, wie sie vor acht Jahren geschrien hatte, als sie Mamis Schlafzimmertür geöffnet hatte und dort eine achtjährige Celeste hatte stehen sehen.

Die Frau im Park, deren Blick auf Celeste gefallen war. Celeste hatte nicht aufhören können, sie anzustarren, nachdem sie den überraschten Aufschrei der Frau gehört hatte. Nach all den Jahren hatten sie sich heute Abend gesehen, und jeder von ihnen hatte es gewusst – Celeste hatte gewusst, dass das die Person war, die ihre Mutter und Hugh getötet hatte, und die Frau hatte gewusst, dass Celeste sie schließlich wiedererkannt hatte.

Und jetzt saß die Frau am Küchentisch und richtete eine Schusswaffe auf Teris Kopf.

4

Der Margarita-Cocktail lief aus den Gläsern, aber Teresa ließ sie nicht fallen. »Carmen, was tust du?«, fragte sie mit ruhiger Stimme, die klang, als gehörte sie jemand anderem.

»Wonach sieht es aus?«, fragte Carmen verächtlich.

»Es sieht aus –« Teresa schloss einen Moment die Augen, dann blickte sie Carmen streng an. »Nimm die Pistole runter, bevor du jemanden verletzt.«

Carmen brach in Gelächter aus, ein schrilles Lachen, das Carmen die Kehle zerreißen musste, dachte Teresa. »Oh, wirklich? Das hätte ich nicht gedacht!« Unvermittelt brach ihr Lachen ab. »Ich habe allerdings vor, jemanden zu verletzen.«

Teresa starrte die Frau an, die sie für ihre Freundin gehalten hatte. »Carmen, du hast unter enormem Druck gestanden mit dem Laden und Sharon und Gabe und …« Teri wusste nicht weiter, unfähig, weitere Belastungen in Carmens Leben zu finden. »Ich weiß, du bist schrecklich verletzt, weil Sharon dich gedemütigt hat, aber du musst bedenken, dass wir in Point Pleasant sind. Die Leute werden ungefähr eine Woche darüber tratschen und dann ein anderes Thema finden. Inzwischen wissen Gabe und Kent, dass Sharon professionelle Hilfe braucht, und sie werden dafür sorgen, dass sie sie bekommt. Sobald er den Schrecken wegen seiner Tochter überwunden hat, wird Gabe mehr als bereit sein, eine Hochzeit zu planen, wenn du ihn noch willst.«

»Du bist nie um Worte verlegen, Teri. Das meiste von dem, was du gesagt hast, ist vollkommener Unsinn, aber es klang gut. Das ist, was zählt. Gut klingen und gut aussehen. Charakterstärke, Ehrlichkeit, Hingabe und Liebe – in der Welt außerhalb von Büchern und Musik zählen sie nicht viel. Das habe ich aus bitterer Erfahrung gelernt.«

»Als du noch ein Kind warst?«

Carmens Mund verzog sich zu einem schiefen Lächeln. »Nette Verzögerungstaktik, Teri. Ja, ich habe schon in der Kindheit angefangen zu verstehen, wie das Leben wirklich ist. Seitdem lerne ich. Heute Nacht ist der Unterricht zu Ende.«

»Meine Mutter hat gesagt, dass da eine tiefe Traurigkeit in dir war – du hast deine Traurigkeit nur besser versteckt als sie ihre. Aber sie dachte, dass die Traurigkeit das war, was euch verband.«

»Oh, kluge Marielle.« Carmen rollte mit ihren dunkel umrahmten Augen. »Teri, hast du wirklich gedacht, dass ich diese schwache, verrückte, scheue Marielle Farr zu meiner besten Freundin wählen würde? Gott!«

»Du hast nicht ...«

»Ich habe nicht was? Sie gemocht? Mitleid mit ihr gehabt? Beides nicht. Ich wollte deiner Mutter nahestehen, um deinem Vater nahe zu sein. Hugh Farr – der Mann, der mehr Geld hat als irgendjemand sonst im ganzen Staat!«

»Also hatte Sharon recht. Du hattest eine Affäre mit meinem Vater.« Teresa schüttelte den Kopf. »Ich weiß nicht, warum ich nicht überrascht bin. Ich sollte fassungslos sein, aber vielleicht habe ich die ganze Zeit gespürt, dass es eine Verbindung zwischen dir und Dad gab, und es nur vollkommen verdrängt.«

»Eine Verbindung. Und was für eine Verbindung. Kurz nachdem ich ein regelmäßiger Besucher in eurem Haus geworden war, zum Abendessen kam oder auf einen Drink am Abend mit Marielle und ihrem rastlosen Mann hereinschaute, begannen Hugh und ich, was wir im Scherz die Beziehung des Jahrhunderts nannten! Er konnte nicht genug von mir bekommen, und glaub mir, Hugh Farr war unersättlich, was Sex anging.«

»Ich möchte wirklich keine Details hören«, sagte Teresa angewidert. »Meine Mutter war dir offenbar gleichgültig, aber was ist mit deinem Mann? Ich dachte, du hättest John geliebt. Du bist jahrelang zu Hause geblieben und hast dich um ihn gekümmert.«

»Genau.« Carmen spuckte das Wort fast aus. »Jahre, in denen ich jung und schön war und hätte ausgehen und Spaß haben sollen. Stattdessen hatte ich ihn am Hals. Die ersten fünf Jahre unserer Ehe war John gesund, gutaussehend, charmant und hatte ein beträchtliches Bankkonto. Und einfach so« – sie schnippte mit den Fingern – »bekam mein lieber Mann einen bösartigen Krebs. Soll ich es dir beschreiben? Tumore entwickeln sich überall. Die Tumore wachsen langsam und verursachen schwere Leibschmerzen, Gewichtsverlust, Verstopfung, Durchfall und Blutungen im Magen-Darm-Trakt, um nur einige der angenehmeren Symptome zu nennen. Und um das Maß voll zu machen, entdeckte ich, dass John so gut wie keine Krankenversicherung hatte. Er war nicht reich, aber wir haben alles verloren, was er hatte, während wir sehr lange versucht haben, ihn zu retten. Und selbstverständlich hatte der Kerl keine Lebensversicherung.«

»Oh. Ich … verstehe.«

»Wie könntest du?«, knurrte Carmen. »Du bist nie in deinem Leben in einer schlimmen Lage gewesen.« Teresa starrte sie unerschrocken an. »Meine Mutter hat mich verlassen, ohne sich auch nur einmal umzusehen. Meinem Vater war ich völlig gleichgültig. Eine Modelkarriere war für mich nicht drin, weil ich vier Zentimeter zu klein war – vier Zentimeter, die du größer bist und nicht zu schätzen weißt. Dann habe ich einen Mann geheiratet, der ein ekelerregender Invalide wurde – und glaub mir, Teri, seine Krankheit war ekelerregend. Das alles war nicht fair, Teri, und ich lasse mir das nicht gefallen. Ich bring es in Ordnung. Das habe ich versucht zu tun. Aber nachdem ich fast zwei Jahre Hughs Geliebte gewesen war, verzweifelte ich etwas«, fuhr Carmen fort. Sie sprach freundlich, wie zu einem flüchtigen Bekannten. »Ich merkte, dass Hugh sich verändert hatte – er war leicht gelangweilt. Mein Mann lebte immer noch. Der Onkologe sagte, es wäre ein Wunder.« Carmen stieß ein hartes, gellendes Lachen aus. »Also gab ich John eines Nachts ein bisschen zu viel Morphium – genug, um sein Atemsystem zu lähmen. Nicht einmal sein Arzt war misstrauisch, was seinen Tod anging. Die Behörden ordneten nicht einmal eine toxikologische Untersuchung an.«

»Uns allen tat es so leid für dich«, murmelte Teresa. »Du hast wahrscheinlich über uns gelacht, dich hämisch gefreut, dass du mit einem Mord davongekommen bist.«

»Ich habe John einen Gefallen getan – ich habe seinem Leiden ein Ende gemacht.« Carmen lächelte kurz. Dann seufzte sie. »Ich wusste, dass ich Hugh nicht sofort haben könnte. Die Dinge mussten anständig geregelt werden, was leicht war, denn fast jeder in der Stadt wusste, dass Marielle psychische Probleme hatte. Zwei Jahre lang sprachen wir darüber, wie leicht es für Hugh sein würde, sie in den völligen Zusammenbruch zu treiben.« Teresa zuckte zusammen, versuchte aber, es sich nicht anmerken zu lassen. »Sie nahm viele Medikamente. Er sagte, dass sie manchmal nicht einmal genau darauf achtete, was sie nahm. Er könnte einiges mischen, so dass sie wie betäubt wäre, und könnte vorgeben, sie hätte etwas getan, wodurch du verletzt worden wärest – einem schlafenden Opfer in der Nacht eine Verletzung zugefügt. Klingelt's bei dir?«

»Also hat Dad dir die Idee zu seiner eigenen Ermordung

geliefert«, sagte Teresa niedergeschlagen. »Ich wünschte, ich könnte das lustig finden, aber ich kann nicht.«

»Nein? Ich schon. Seit über acht Jahren.« Carmen holte tief Luft. »Wir wussten, wenn es so schien, als hätte Marielle dich verletzt, würde niemand ihm einen Vorwurf machen, wenn er sie in eine Anstalt geben und sich dann von ihr scheiden lassen würde – natürlich um der Kinder willen. Um euch beide von der Erinnerung an eure gefährliche Mutter zu befreien.

Nach einer Weile hätte Hugh mich heiraten können, ohne dass jemand den Verdacht gehabt hätte, dass etwas nicht stimmte. Schließlich wäre ich bis dahin seit Jahren mit der Familie befreundet gewesen. Verdammt, es wäre perfekt gewesen, wenn nicht die strohdumme, aufgeblasene, blöde kleine Hure Wendy Warner gewesen wäre!« Carmens Stimme wurde laut und gehässig. »Gott, ich kann es kaum ertragen, ihren Namen auszusprechen, selbst jetzt! Du kannst dir nicht vorstellen, wie gut es tat, auf sie einzustechen, wieder und wieder und –«

»Carmen!« Teris Stimme ertönte wie ein Peitschenknall. Sie beobachtete Carmens gefährlich ins Schwanken geratene Hand, den Finger leicht auf den Abzug der Waffe gedrückt. Mit pochendem Herzen murmelte Teresa: »Carmen, ich habe Wendy auch gehasst, aber sie ist tot. Keiner von uns muss noch einen Gedanken an sie verschwenden. Denk nicht an sie. Nur –«

»Beruhige dich und hör auf zu schreien? Ich muss die Kontrolle behalten.« Carmen stand auf. »Ich will, dass du dich umdrehst und die Gläser auf den Tresen stellst. Versuch erst gar nicht, etwas zu tun, denn ich habe die Waffe auf deinen Kopf gerichtet. Nachdem du die Gläser abgesetzt hast, dreh dich wieder zu mir um.«

Teresa drehte sich langsam um und stellte die Gläser hin. Als sie für einen Moment durchs Fenster blickte, meinte sie, einen flüchtigen Blick auf blondes Haar zu erhaschen, aber dann verschwand das Bild. Ein Spiegelbild, dachte sie. Aber ein Spiegelbild von wem? Nicht von ihr oder Carmen.

»Ich hab dir gesagt, du sollst die Gläser hinstellen und dich wieder zu mir umdrehen«, sagte Carmen ungeduldig. »Willst du die ganze Nacht aus dem Fenster gucken? Wünscht du dir vielleicht etwas bei einer Sternschnuppe?« Carmen kicherte und einen Moment lang dachte Teresa, dass die Frau vielleicht die Konzentration verlor und sie die Möglichkeit hatte, sich auf die Waffe zu stürzen. Aber so unvermittelt, wie das Kichern begonnen hatte, hörte es wieder auf.

Teri drehte sich um und stand der Frau gegenüber, die seit Beginn des Abends um zwanzig Jahre gealtert schien. Beim Feuerwerk hatte sie hübsch ausgesehen, jünger als sie war, mit strahlenden Augen, die Wangen mit einer natürlichen Röte wie ein Teenager. Jetzt war sie eine geschrumpfte, grauhäutige, wild dreinblickende Ausgabe jener hübschen Frau.

»Was jetzt?«, fragte Teri.

Carmen lächelte. »Jetzt gehst du nach oben und holst Daniel.«

Zweiundzwanzigstes Kapitel

1

Celeste kannte die Frau nicht, die eine Waffe auf Teri richtete. Sie erinnerte sich nicht an sie aus den Tagen, als ihre Mutter mit Hugh verheiratet war. Celeste war sich ziemlich sicher, dass sie sie bei Bennigans gesehen hatte an dem Tag, als sie das Parfüm gerochen hatte, was sie dazu gebracht hatte, wieder zu sprechen. Und sie hatte sie heute Abend im Park gesehen. Die Frau war älter als Teri, aber jünger als Grandma – zumindest hatte sie beim Feuerwerk jünger ausgesehen. Jetzt sah sie sogar älter aus als Grandma – müde und unheimlich. Jemand hatte den Namen der Frau gesagt. Wie war er? Carla? Carlene? Cameron?

Carmen!

Celeste stieß ein leises Ja aus. Dann hielt sie sich den Mund zu und dachte, dass es zumindest jetzt gut war, dass sie ihre Stimme verloren hatte. Sonst hätten sie sie gehört. Sie dachte schon, Teri hätte sie gesehen, als sie sich umgedreht und die Gläser auf den Tresen gestellt hatte. Sie hatte direkt zum Fenster geschaut, und Celeste hatte gesehen, wie sie leicht die Stirn gerunzelt hatte, bevor Celeste Zeit gehabt hatte, sich zu ducken. Dann hatte Teri sich wieder umgedreht. Celeste hatte den Kopf hoch genug gehoben, um zu sehen, dass Carmen sprach. Sie hatte auch noch die Waffe auf Teri gerichtet.

Schweiß rann Celeste in dünnen Rinnsalen den Rücken hinunter. Eine vierte Mücke stach hartnäckig in ihren Hals, und die Stiche an ihren Händen und Armen juckten unerträglich. Sehnsüchtig dachte sie an das Insektenschutzmittel, mit dem Grandma versucht hatte, sie einzusprühen, bevor sie zum Feuerwerk gegangen waren. Da war sie dem Spray ausgewichen. Jetzt würde sie es gerne auf jeden Zentimeter ihres ungeschützten Körpers auftragen, aber es war zu spät. Außerdem waren die Mücken ihr geringstes Problem.

Celeste wusste, dass die meisten Mädchen in ihrem Alter Handys hatten. Daddy hätte ihr eins gekauft, aber ein Mädchen, das nicht sprechen konnte, brauchte kein Handy. Erst vor ein paar Tagen hatte er davon gesprochen, ihr eins zu kaufen. Sie wünschte, sie hätte jetzt eins, aber sie hatten keine Zeit gehabt, eins auszusuchen. Außerdem konnte sie wieder einmal nicht sprechen. Wen würde sie anrufen? Sie kannte ihre eigene Telefonnummer zu Hause, Teris Nummer und 110. Sie hatte den Sheriff mit Carmen lachen sehen. Sie waren Freunde. Er würde niemals glauben, dass seine Freundin eine Waffe auf Teresa Farr gerichtet hielt, selbst wenn Celeste in der Lage wäre, ihm zu erzählen, was gerade geschah. Er würde denken, dass sie ihm einen Streich spielte.

Mac. Mac könnte Teri helfen. Seitdem Celeste acht war, hatte sie gedacht, dass Mac MacKenzie wahrscheinlich alles konnte. Sie erzählte Teri nicht, dass sie in Mac verknallt war, aber sie vermutete, dass Teri es wusste. Teri wäre aber nicht eifersüchtig gewesen, und selbst mit acht hatte Celeste gewusst, dass Jungs sich normalerweise nicht leidenschaftlich in kleine Mädchen verliebten. Ihre Mami hatte ihr von unheimlichen Männern erzählt, die kleine Mädchen mochten, aber Mac war alles andere als unheimlich.

Ja, Mac könnte die Rettung sein, dachte Celeste. Aber Mac war nicht da. Wenn sie ihm doch in Gedanken eine Art Botschaft übermitteln könnte, würde er kommen. Es klang albern, selbst für sie, aber das war ihr im Moment gleichgültig. Das Einzige, was sie interessierte, war, Teris Leben zu retten.

Sie schloss ehrfürchtig die Augen und stellte sich ihr wunderschönes Nachtlicht Schneeflocke vor. Du hast magische Kräfte und all das, sagte sie zu der abwesenden Schneeflocke. Du hast mir schon einmal geholfen. Hilf mir noch einmal. Wo immer du bist, hilf mir und hilf Teri.

Sie öffnete die Augen, wurde in der Dunkelheit rot, denn sie wusste, dass normale sechzehnjährige Mädchen nicht Nachtlichter um Wunder baten. Wenn sie laut gesprochen und jemand sie gehört hätte, würden sie sie in eine Irrenanstalt stecken und nie wieder herauslassen.

Aber Teri würde es verstehen. Und wenn Celeste vielleicht doch nicht so verrückt war, wie es schien, würde Schneeflocke Celeste und Teri noch einmal zu Hilfe kommen.

2

Teresa bekam weiche Knie. Daniel holen? »Carmen, du hast doch nicht etwa vor, ein Kind zu töten, oder?«

Carmen sah Teri an, als wäre sie blöd. »Es wäre nicht das erste Mal, oder? Erinnerst du dich nicht an Celeste? Hugh ließ mich und deine Mutter fallen und heiratete Wendy in Rekordzeit. Ich bekam einen Trostpreis – er kaufte mir *Schmuck und Schätze,* wo ich bis zu meinem Tod arbeiten sollte. Aber ich wartete den rechten Augenblick ab. Und dann las ich in der Zeitung, dass Wendy schwanger war – sie hatten sogar ein Fest veranstaltet, um es bekanntzugeben –, und da konnte ich es nicht länger aushalten. Also ging ich in sein Haus und tötete ihn, und ich tötete Wendy und ließ dich mit kaum mehr als einem Kratzer am Arm davonkommen.«

»Um den Verdacht auf mich zu lenken.«

»Genau. Die einzige Enttäuschung war, dass ich Wendys

Spross, Celeste, nicht erwischt habe. Das hast du verhindert.«

»Und ich bin froh darüber.«

»Ja, tatsächlich?« Carmen warf ihr ein eisiges Lächeln zu. »Aber im Gegensatz zu Katzen haben Mädchen keine neun Leben.«

»Celeste?« Teresas Stimme zitterte. »Im Funk habe ich die Meldung über das Haus der Warners gehört. Ein Nachbar hat einen Anschlag gemeldet. Das warst du, oder? Du hast Celeste getötet!«

»Nicht ganz. Ich habe ihren Vater und ihre Großmutter erwischt, aber das gerissene kleine Mädchen ist entkommen. Zumindest bis jetzt.«

»Du hast Jason und Fay Warner getötet?«, fragte Teri entsetzt. »Warum?«

»Eigentlich wollte ich nur das Mädchen. Sie hat mich heute im Park erkannt. Ich weiß nicht wie, nach all den Jahren, aber sie wusste, dass ich die Person bin, die ihre Mutter getötet hat. Im Park wusste ich, dass ich sie zum Schweigen bringen musste, bevor sie es jemandem erzählen konnte – zumindest jemandem, der ihr glauben würde. Aber es hat sich herausgestellt, dass ich von Celeste nichts zu befürchten hatte. Meine wirkliche Strafe ist Sharon.«

Carmen neigte den Kopf zur Seite, und ihre Augen bekamen einen verträumten, versonnenen Blick. »Ich habe Gabe wirklich geliebt. Deinen Vater habe ich nicht geliebt – er war im Grunde ein brutaler Kerl. Ich wollte nur, was er mir geben konnte. Aber meine Gefühle für Gabe hatten nichts mit Geld oder Stellung zu tun. Ich wollte ihn. Aber wieder einmal habe ich den Kürzeren gezogen. Sharon wollte nicht, dass ich ihn bekam, und bei ihm kam Sharon zuerst, nicht ich. Also, so merkwürdig es auch scheint, nicht Celeste hat mein Leben mit Gabe ruiniert – Sharon hat es getan. Gabriel hat mich für die verzogene, egozentrische Göre aufgegeben.«

Carmen hielt inne, blickte etwas an Teri vorbei, als ob ihr Bewusstsein vorübergehend ihren Körper verließ. Dann nahm sie wieder Haltung an. »Du weißt jetzt, dass ich eine schlechte Verliererin bin. Zuerst dachte ich daran, Sharon zu töten, aber ich weiß nicht, wo sie ist. Dann wollte ich Gabe töten, aber er ist unterwegs und sucht Sharon. Also hab ich mir etwas Besseres ausgedacht – etwas viel Schmerzlicheres. Ich werde ihnen das Einzige wegnehmen, das sie genauso sehr lieben wie einander – Daniel.« Carmen legte den Kopf schief und lächelte mädchenhaft. »Jetzt lass uns das Kind holen. Zusammen.«

3

Carmen knipste das Licht im oberen Flur an, so dass Teri deutlich den Weg zu ihrem Zimmer sehen konnte, aber sie befahl Teri, nicht das Licht im Schlafzimmer anzumachen und den Jungen und den Hund zu erschrecken. »Sag ihm, er soll sich anziehen, oder du ziehst ihn an, wenn er es nicht selbst kann.«

»Warum muss er angezogen sein?«

»Weil wir wegfahren. Es kann jederzeit jemand herkommen.«

»Also wirst du uns nicht einfach hier erschießen?«, fragte Teri.

»Das wäre einfacher, aber ich hätte nicht so viel Spaß. Und das Kind nicht so viel Angst. Und was dich angeht … habe ich noch einen anderen Grund, warum ich euch nicht hier töten will. Jetzt weck ihn auf und denk daran, dass ich direkt hier stehe mit einer Waffe, die auf den Jungen gerichtet ist. Aber sorg dafür, dass er mich nicht sieht. Ich will nicht, dass er einen Anfall kriegt.«

Trotz Jeans und langärmeliger Bluse fröstelte Teresa, als sie leise die Schlafzimmertür öffnete. Im Licht, das vom Flur hereinströmte, sah sie, wie Sierra sofort den Kopf hob, die großen Ohren wachsam aufgestellt. Teresa hielt sich den Finger an die Lippen, ein Zeichen, das, wie Sierra wusste, »still« bedeutete, und schlich zum Bett. Daniel lag zusammengerollt wie ein Fötus, das rotblonde Haar zerzaust, das kleine Gesicht rund und verletzlich.

Teresa kam es vor, als würde ihr jemand das Herz herausreißen. Sie sollte das unschuldige Kind wecken und mit Waffengewalt in die Nacht hinausführen. Wie konnte sie das? Aber was sollte sie sonst tun? Wenn sie sich weigerte, würde Carmen sie beide einfach hier im Schlafzimmer erschießen. Carmen liebte es, Leute in Schlafzimmern zu töten, dachte Teresa nüchtern. Die Hexe. Außerdem, wenn Carmen entschlossen war, diese Hinrichtung komplizierter zu machen als nötig, gab es für Teri vielleicht eine Möglichkeit, etwas zu tun, was Daniel rettete, dachte sie. Bitte lass mich auf eine glänzende Idee kommen, flehte sie insgeheim.

»Daniel?«, flüsterte Teresa. Sie streckte die Hand aus und legte sie sanft auf seinen Arm. »Daniel, Schätzchen, du musst jetzt aufwachen.«

Das Kind murrte und hielt Sierra fester. Die bernsteinfarbenen Augen des Hundes suchten die Tür. Sie wusste, dass da jemand lauerte, dachte Teresa. Sierra bellte nicht, weil sie unter dem Parfüm einen vertrauten Geruch wahrnahm – Carmens Geruch –, aber sie spürte, dass etwas nicht stimmte.

Teresa versuchte es noch einmal. »Daniel, du musst aufwachen.« Sie zog an ihm. »Du musst jetzt unbedingt aufwachen.«

Daniel rieb sich die Augen. Dann riss er sie plötzlich auf. »Ist Mami hier?«

»Noch nicht, fürchte ich, aber wir müssen weg.«

»Wohin?«

»Das ist ein Geheimnis. Wir werden ein Spiel spielen, Daniel.«

»Ein Spiel? Ich bin zu müde, um ein Spiel zu spielen.«

»Ich weiß, dass es spät ist, aber es lohnt sich, für dieses Spiel aufzustehen. Du musst dich anziehen, und dann geht's los.«

»Wohin?«

»Das ist ein Teil des Geheimnisses. Soll ich dir beim Anziehen helfen?«

»Nein«, gab Daniel prompt zurück. »Ich bin groß. Du wartest draußen.«

Teresa zog sich zurück. Bevor Carmen protestieren konnte, sagte Teresa leise: »Er wird nicht telefonieren, weil er nicht denkt, dass irgendetwas nicht stimmt. Wenn ich darauf bestehe, im Zimmer zu bleiben, wird er quengelig und macht nur langsamer. Du kannst dich bestimmt noch fünf Minuten gedulden, Carmen. Schließlich hast du noch die ganze Nacht, um mich und Daniel umzubringen.«

Die beiden Frauen standen im Flur und lauschten Daniels Geplapper mit Sierra über Leute, die einen erst dazu brachten, schlafen zu gehen, und dann aufweckten und sagten, man solle sich anziehen und hinausgehen, wenn es noch dunkel war. Teresa spürte plötzlich eine glühende Wut auf Sharon. Wenn sie nicht gewesen wäre, hätte es nicht die schreckliche Szene in der Stadt gegeben, Carmen wäre wahrscheinlich in dem Moment nicht durchgedreht. Daniel wäre nicht hier und nicht in Gefahr. Teresa glaubte, dass Carmens Wut sich ebenso auf sie wie auf das Kind richtete. Dass sie sie beide auf einmal bekam, war ein Vorteil für sie.

»Carmen, nimm mich«, sagte Teresa verzweifelt. »Daniel hat dich nicht mal gesehen. Er ist keine Gefahr für dich.«

»Ich will, dass er stirbt.«

»Um Gabe zu verletzen, den Mann, den du wirklich liebst, wie du sagst. Das ist keine Liebe, Carmen.«

»Halt den Mund«, fauchte Carmen. »Du weißt nichts über Liebe.«

»Anscheinend weiß ich nichts über das, was du Liebe

nennst.« Teresa spähte ins Schlafzimmer und sah, wie Daniel damit kämpfte, die Strümpfe richtig herum zu ziehen und wieder anzuziehen. »Du sagst, du willst Daniel töten, um dich an Gabe und Sharon zu rächen. Warum willst du mich töten? Bestimmt nicht, um dich an meinem Vater zu rächen.«

»Nein, mit ihm habe ich direkt abgerechnet. Außerdem hätte ich ihm damit einen Gefallen getan, dich loszuwerden.«

»Danke«, sagte Teresa ausdruckslos.

»Du weißt, dass es stimmt.« Carmen seufzte. »Die Gründe, warum ich dich töten will, sind komplexer als der Grund, Daniel zu töten. Es hat etwas damit zu tun, wer du bist und was du bist.«

»Wie faszinierend. Würdest du mir das erklären?«

Carmens blasses Gesicht wurde missmutig. »Wie lange dauert es noch, bis das Kind sich angezogen hat?«

»Einen Moment, bitte. Sag mir, warum du mich töten willst.«

»Oh, Teri, du kannst so lästig sein.« Carmen hielt inne. »Du bist mit all dem aufgewachsen, was ich nicht hatte – Geld, Ansehen, eine dich abgöttisch liebende Mutter.«

»Aber du musst gesehen haben, dass es nicht notwendig glücklich macht, eine Familie mit Geld und einer ererbten Stellung in der Gesellschaft zu haben. Es ging mir schlecht. Und Mum auch.«

»Oh ja, die liebe Marielle. Schön, reich, überschüttet mit so viel Glück, ohne sich dessen bewusst zu sein. Sie hatte alles, aber sie konnte sich nur treiben lassen und schwach und traurig sein. Ich hätte sie auch gehasst, wenn sie nicht zwischen mir und Hugh gestanden hätte.«

»Meine Mutter war eine wundervolle Frau, eine sanfte und liebevolle Frau«, gab Teresa durch zusammengebissene Zähne zurück, obwohl sie wusste, wie lächerlich es war, mit dieser wahnsinnigen Frau zu diskutieren, die die Welt durch den Zerrspiegel ihrer kranken Psyche sah.

»Ich will wissen, ob du meine Mutter verletzt hast –«

»Ich bin fertig, Tante Teri.« Daniel klang müde und überfordert. »Kann Sierra bei dem Geheimauftrag mitkommen?«

»Nein, Schätzchen.« Teresa versuchte, locker zu klingen. »Sie würde zu viel Lärm machen. Komm einfach aus dem Zimmer und schließ die Tür. Sie wird ein paar Minuten jaulen, sich dann beruhigen und weiterschlafen. Beeil dich!«

Im nächsten Moment sauste Daniel durch die Tür und schloss sie, kurz bevor Sierra sie erreichte. Sie begann sofort zu bellen. Daniel sah zu Teresa auf, und seine Zahnlücke blitzte, als er grinste. Dann entdeckte er Carmen in ihren schmutzigen Sachen und mit grotesk verschmiertem Make-up und schrie auf. Da drehte Sierra durch und warf sich gegen die Tür.

»Los, geh«, befahl Carmen und richtete die Waffe auf Teresa. Daniel wimmerte.

»Daniel, wir müssen tun, was die Frau sagt«, sagte Teri ruhig. »Ich weiß, es scheint seltsam, aber später wirst du es verstehen.«

Carmen brach in ein heiseres Gelächter aus, und Teresa hätte ihr am liebsten eine Ohrfeige gegeben, Waffe hin, Waffe her. Aber sie nahm sich zusammen, hielt Daniels Hand fest, und sie gingen gehorsam nach unten ins Wohnzimmer. Carmen folgte ihnen auf den Fersen. Dann dirigierte sie sie in die Küche und durch die Hintertür hinaus. »Und was jetzt?«, fragte Teresa, während sie den schmalen steinernen Weg neben dem hohen Gebüsch an der Rückseite des Hauses entlanggingen.

»Ich habe mein Auto auf der kleinen Straße nördlich deines Grundstücks geparkt«, sagte Carmen. »Wir gehen durch die Hintertür, um die verdammten Lichter auf deiner Veranda zu umgehen. Wir fahren zu einem der Lieblingsplätze deiner Mutter – dem McClintic-Naturschutzgebiet, besser bekannt als TNT-Gelände. Du erinnerst dich doch, Teri?«

»TNT-Gelände?«, wiederholte Daniel mit stockender Stimme. Er drehte sich um und sah Carmen an. »Da ist es unheimlich! Ich habe Angst dort!«

»Ich weiß, dass du Angst davor hast. Dein Großvater hat es mir erzählt. Wir gehen trotzdem.«

Daniels Stimme hatte bereits vor Angst gezittert. »Aber da oben gibt es ein Monster namens Mothman und verborgene Tunnel und kleine Hütten mit Sachen, die explodieren, und Timmy Rollins sagt, es gibt dort sogar Vampire und –«

Carmen schnitt ihm mit einem scharfen Lachen das Wort ab. »Das stimmt, Daniel. All die schrecklichen Dinge gibt es auf dem TNT-Gelände. Jedes einzelne davon.« Sie ließ ein bizarres, schiefes Lächeln aufblitzen. »Wir werden da oben heute Nacht sicher unseren Spaß haben.«

Dreiundzwanzigstes Kapitel

1

Celeste wartete, bis Carmens und Teris Stimmen in der Dunkelheit verhallt waren – mindestens fünf Minuten, dachte sie –, und kroch hinter dem Gebüsch auf der Rückseite von Teris Haus hervor. Sie blieb gebückt für den Fall, dass jemand sich noch einmal umdrehte und sie im Licht sah, das immer noch durch das Küchenfenster schien. Sie krabbelte zur Tür, ängstlich hoffend, dass sie nicht verschlossen war, nachdem Carmen sie hinter sich zugeknallt hatte. Aber der Knauf ließ sich leicht drehen. Celeste öffnete die Tür nicht weiter als unbedingt notwendig, schlüpfte hinein, schloss die Tür hinter sich und sperrte ab. Erst da merkte sie, dass sie die Luft angehalten hatte.

Aber sobald sie in der Küche war, verharrte sie, um zu hören, ob sich irgendetwas im Haus rührte. Als plötzlich der Holzboden knackte, öffnete sie unwillkürlich den Mund zu einem stillen Schrei. Sie war immer noch still, dachte sie verzweifelt. Sie war immer noch nicht in der Lage, irgendjemanden um Hilfe zu rufen.

Und die schreckliche Carmen – die Mörderin – hatte gesagt, sie würde Teri und Daniel zum TNT-Gelände bringen. Celeste kannte das TNT-Gelände nur vom Hörensagen. Grandma war niemals mit ihr dort hingegangen. Als sie einmal zu Daddy gesagt hatte, dass sie hingehen wollte, hatte er erklärt, dass es ein großer, unheimlicher Ort sei, wo nicht einmal er hinwollte. Damit war der Fall für Celeste erledigt gewesen. Grandma hatte versucht, ihr einzureden, dass es überall, außer zu Hause, unheimlich wäre, aber wenn Daddy dachte, der Ort wäre unheimlich und er auch nicht dorthin wollte, wusste sie, dass es stimmte.

Und trotzdem zwang Carmen Teri und Daniel mit der Waffe, an einen Ort zu gehen, wo selbst Daddy Angst hätte hinzugehen. Celeste wusste, was Carmen mit ihnen vorhatte. Dasselbe, was sie vor langer Zeit mit Mami und Hugh getan hatte, dasselbe, was sie gerade erst mit Grandma und Daddy gemacht hatte.

Celeste war plötzlich schwindelig, und sie setzte sich auf einen Küchenstuhl und versuchte, kontrolliert zu atmen und die Tränen zu unterdrücken, die ihr das Gesicht herunterliefen. Schließlich konnte sie es nicht mehr aushalten und stand auf.

Nach zwei Schritten hielt Celeste an, hob das Gesicht und schnupperte wie ein Nachttier, das versuchte, den Geruch der Gefahr zu wittern. Aber sie roch nur eines – *den* Geruch, den Duft, den sie vor weniger als einer Woche bei Bennigans wahrgenommen hatte, den Duft, den Carmen Norris getragen hatte, als sie Mami getötet hatte.

Celeste nahm ihren ganzen Mut zusammen und bewegte sich aus der Küche ins Wohnzimmer, wo nur noch eine Lampe neben einem Sessel brannte. Oben war ein Hund zu hören, der abwechselnd bellte und jaulte, während er wie verrückt an einer Tür kratzte. Sierra, dachte Celeste. Teris süßer brauner Hund, der so viel Lärm machte, aber nicht biss, war oben eingesperrt. Sie hatte wahrscheinlich schreckliche Angst und fragte sich, was mit Teri und dem kleinen Jungen geschehen war. Celeste konnte nicht zulassen, dass Teris Hund unglücklich war.

Ohne zu zögern, stürzte Celeste nach oben und lief zum

Zimmer am Ende des Flurs. Sie öffnete die Tür, und der braune Hund stürzte heraus und bellte und knurrte, als wollte er Celeste töten. Im ersten Moment wich Celeste panisch vor dem Hund zurück, dann breitete sie die Arme aus, statt eine Verteidigungshaltung einzunehmen. Wenn ich doch sprechen könnte, dachte Celeste. Wenn ich den Hund doch mit sanfter Stimme beruhigen könnte. Stattdessen kniete Celeste sich hin und lächelte, dann streckte sie die Hand aus. Der Hund knurrte noch etwas, beäugte sie argwöhnisch, schlich dann heran und roch an ihrer Hand. Im nächsten Moment presste er sich an Celeste, die ihn tröstend hinter den Ohren kraulte.

Celeste war nicht gerne oben. Sie fühlte sich dort vom Rest des Hauses abgeschnitten. Als sie aufstand und die Treppe herunterstieg, war sie froh, dass Sierra ihr auf den Fersen folgte. Sie hielten beide an, als sie das Wohnzimmer erreichten. Celeste warf schnell einen Blick in jede dunkle Ecke, dann auf Sierra, die wie versteinert dastand, die Haare auf dem Rücken gesträubt. Es geht ihr einigermaßen gut mit mir, dachte Celeste, aber sie wittert Gefahr.

Gefahr, die zu drohen schien, als jemand gegen die Tür hämmerte. Celeste ließ sich instinktiv auf den Boden fallen. Sierra lief erneut wild bellend und knurrend zur Tür.

Ein weiterer Faustschlag gegen die Tür. Dann schrie ein Mann: »Teri! Bist du wach?« Sierra spielte weiter verrückt. »Sierra?«, rief der Mann. »Sierra, ich bin es – Mac. Teri? Sierra, hol Teri!«

Mac? Celeste runzelte die Stirn. Der Mac, der Teri liebte? Könnte Mac MacKenzie tatsächlich genau zur rechten Zeit aufgetaucht sein? Hatte ihre Bitte an Schneeflocke wirklich dazu beigetragen?

»Teri!«, schrie er wieder, jetzt gleichzeitig an der Tür klingelnd und klopfend. »Teri, es tut mir leid. Es tut mir leid, dass ich nicht angerufen habe. Lass mich erklären –«

Als Celeste die Tür aufriss, machte er einen Satz. Er blinzelte das Mädchen an, das im trüben Licht des Wohnzimmers stand. Schließlich fragte er: »Celeste?« Sie nickte. »Celeste, was machst du hier?«

Celeste deutete auf ihre Kehle und schüttelte wieder den Kopf. Mac runzelte die Stirn. Sie tippte auf ihren Mund und schüttelte wieder den Kopf. Mac runzelte die Stirn. Inzwischen sprang Sierra bellend, jaulend und quietschend herum, als wollte sie das Problem erklären. Celeste öffnete den Mund, deutete darauf, hob dann hilflos die Hände.

»Mein Gott, du kannst nicht sprechen!«, rief Mac, als wäre sie taub. Sie nickte. »Was ist los? Warum bist du hier? Wo ist Teri?«

Celeste schüttelte wieder den Kopf. Sie bedeutete ihm, hereinzukommen, dann lief sie zu dem kleinen Tisch neben dem Sessel. Sie nahm einen Notizblock und begann zu schreiben.

2

Carmen ging hinter Teresa und Daniel her, als sie den hinteren Teil von Teris Anwesen durchquerten, bis sie zu dem schmalen Fahrweg kamen, wo Carmen ihr Auto stehen gelassen hatte. Sie befahl Teresa zu fahren, während sie auf dem Rücksitz saß und Daniel an sich presste, bis er protestierend aufschrie. »Sei still«, zischte Carmen. Dann zu Teri: »Ich habe die Waffe. Wenn du *irgendetwas* versuchst, Teresa, und ich meine nur irgendetwas, erschieße ich zuerst dich und dann das Kind.«

»Ich verstehe«, sagte Teri gelassen. »Ich werde genau das tun, was du sagst. Aber tu Daniel nicht weh.«

»Bring mich einfach nicht dazu, Daniel weh zu tun. Wenn ich ihm hier im Auto den Kopf wegblasen muss, ist es deine Schuld.«

Daniel wimmerte, und Teresa schloss kurz die Augen. Wie

konnte das sein? Wie konnte Carmen – ihre Freundin – sich so schnell in ein Monster verwandelt haben?

Aber die Frau hatte sich nicht plötzlich heute Abend so verändert. Seit Jahren hatte etwas Dunkles, Hässliches und Tödliches hinter ihrem hübschen Gesicht gelauert, ihren schönen Augen, ihrem warmen und fürsorglichen Verhalten. Teri fragte sich, warum sie es nicht gesehen hatte. Warum hatte ihre Mutter es nicht gesehen? Warum hatte Gabe es nicht gesehen?

Daniel gab leise wimmernde Laute von sich. Carmen hatte ihm zweimal befohlen, still zu sein, das zweite Mal so heftig, dass es Teri Angst machte. Wenn Daniel nicht still war, würde die Frau die Kontrolle verlieren und ihn töten, dachte Teri. Sie musste etwas tun, um Carmen abzulenken. »Ich vermute, dies ist meine letzte Nacht hier auf Erden«, sagte Teresa fast locker, »hättest du was dagegen, mir noch ein paar Fragen zu beantworten? Es wäre nur fair.«

Carmen brach in ein wieherndes Gelächter aus. »Fair. Wie merkwürdig! In Ordnung, solange du dich aufs Fahren konzentrierst. Du weißt doch, wohin wir fahren, nicht wahr?«

»Klar.« Teresa erreichte das Ende des Weges. Unnötigerweise betätigte sie den Blinker und bog auf den Highway ein. »Zuerst würde ich gerne wissen, wie du in jener Nacht vor acht Jahren in unser Haus gekommen bist. Dad hatte nach der Scheidung doch die Schlösser austauschen lassen.«

»Und er musste der Haushälterin einen der neuen Schlüssel geben, weil sie immer frühmorgens kam. Ich kam alle paar Wochen vorbei, um dich zu besuchen – normalerweise, wenn Wendy nicht da war. Emma ließ ihre Handtasche immer im Wäscheraum. Eines Morgens habe ich einfach den Hausschlüssel von Emmas Schlüsselbund entfernt, einen Nachschlüssel machen lassen und bin am selben Nachmittag noch einmal zu euch. Ich hatte eine Entschuldigung, ein zweites Mal am selben Tag zu Besuch zu kommen, parat aber ich brauchte keine. Die Hintertür war tagsüber normalerweise nicht verschlossen, also ging ich leise hinein und brachte Emmas Schlüssel unbemerkt wieder zurück. Es ist nichts passiert.«

»Außer, dass die Polizei Emma verdächtigt hat, weil sie einen Schlüssel zum Haus hatte – einen Schlüssel, den entweder sie oder Mac benutzt haben könnten.«

»Ja, je mehr falsche Spuren, desto besser. Keinem von beiden ist etwas geschehen.«

»Als hätte es dich gekümmert, wenn es so gewesen wäre.«

»Ja, es war mir egal. Wie dein Vater immer sagte, sie waren nur Angestellte, und niemanden kümmert es, was mit Angestellten geschieht.«

Teresa blickte auf den Geschwindigkeitsmesser. Sie wollte auf keinen Fall von der Polizei gestoppt werden. Carmen würde ihre beiden Geiseln erschießen, bevor der Cop die Autotür erreichte. »Am Abend meines Geburtstages hast du dich entschuldigt und bist auf die Toilette im Club *Rendezvous* gegangen. Dann bist du rausgeschlichen und hast den Brief in mein Auto gelegt. Es war keine spontane Handlung. Du hattest sogar einen Zeitungsausschnitt mitgebracht. Das bedeutet, du hattest geplant, den Brief zu hinterlassen. Das war wahrscheinlich hauptsächlich der Grund, warum du darauf bestanden hast, dass wir in den Club gehen. Du musst auch das Fax am nächsten Morgen geschickt haben, das angeblich von meinem Vater war. Warum hieltest du es für nötig, mich nach acht Jahren zu quälen?«

»Wenn du schlau genug bist, herauszufinden, dass ich dich zu Macs Club gelockt habe, um dir den Brief und den Zeitungsausschnitt ins Auto zu legen, solltest du auch schlau genug sein, den Grund herauszufinden. Aber vermutlich nicht. Denk an Celeste. Celeste hat nach acht Jahren rühmlichen Schweigens angefangen, sich bei Bennigans um den Verstand zu plappern, unmittelbar nachdem ich an ihrem Tisch vorbeigegangen bin. Ich befürchtete, dass sie mich da schon erkannt hatte. Ich dachte, wenn sie mich nicht eindeutig erkannt hatte, so hatte sie zumindest den Schimmer einer Idee, dass ich diejenige war, die ihre Mutter getötet hatte. Sie sah mich direkt an, bevor ich sie niedergestochen habe. Ich habe seit Ewigkeiten versucht, sie zu erwischen, aber Fay und Jason haben sie so gut abgeschirmt, dass ich keine Chance hatte.

Nach ein paar Jahren dachte ich, dass es nicht notwendig wäre. Aber dann begann sie zu sprechen. Die meisten Leute dachten, sie spinnt, deshalb glaubte ich nicht, dass sie für eine verlässliche Zeugin gehalten würde. Aber für den Fall, dass jemand sie halbwegs ernst nahm, musste ich den Verdacht wieder auf dich lenken. Genauso wie ich es ursprünglich geplant hatte. Der erste Schritt war, dich nervös und ängstlich zu machen. Du musstest dich benehmen, als ob ihr Sprechen dich wirklich erschreckte, weil es dich in Gefahr brachte. Schließlich glaubte nicht jeder, dass Roscoe Lee Byrnes Hugh und Wendy getötet hatte.«

Carmen lachte plötzlich wieder. »Und siehe da, am nächsten Morgen widerrief der Mistkerl sein Geständnis! Das nennt man Glück! Ich wusste, dass es keine Gerechtigkeit auf der Welt gibt. Ich habe es immer gewusst, aber ich hatte nie einen Beweis. Das war der Beweis. Wenn es Gerechtigkeit gäbe, wäre Roscoe still in die gute Nacht, genannt Tod, gegangen, und du wärest für immer davon entlastet gewesen, Hugh und Wendy getötet zu haben. Aber es gibt keine Gerechtigkeit. Verstehst du, Teri? Es gibt … keine … Gerechtigkeit – für niemanden!«

»Es könnte sein, dass du recht hast.« Teresa behielt einen neutralen Tonfall. Sie wusste, es könnte ein fataler Fehler sein, Carmen zu widersprechen. »Was ist mit der Nacht, als jemand mit einem langen schwarzen Mantel mit Kapuze, genau wie deiner, Schneeflocke auf meine Veranda gelegt hat? Das kannst du nicht gewesen sein, Carmen – ich habe mit dir telefoniert.«

Teresa blickte lange genug in den Rückspiegel, um Carmen lächeln zu sehen. »Ich hatte einen Schlüssel zum Haus der Farrs. Ich bin ein Dutzend Mal ein und aus gegangen. Ich habe das Nachtlicht schon vor Jahren mitgenommen. Ich weiß nicht, warum – vielleicht weil es von *Schmuck und Schätze* stammt.

Vor ein paar Monaten erwischte ich einen Teenager im Laden beim Diebstahl. Er hatte schreckliche Angst. Er flehte mich an. Es war seine dritte Straftat. Schließlich sagte ich, ich würde es der Polizei nicht sagen, wenn er mir verspräche, mir eines Tages einen Gefallen zu tun. Ich sorgte dafür, dass er wusste, dass es mir ernst war – er hatte keine Freikarte. Ja, schließlich verlangte ich, dass er seiner Verpflichtung nachkommt. Ich lieh ihm diesen Mantel, gab ihm das Nachtlicht und sagte ihm genau, um welche Uhrzeit er es auf die Veranda legen sollte, um sicherzugehen, dass du einen Blick auf ihn werfen kannst – Kapuze, Make-up, Perücke, und all das –, um dir noch mehr Angst einzujagen. Und ich wusste, er würde nicht wagen, es irgendjemandem zu erzählen – sie würden vielleicht zur Polizei gehen und wenn, dann hätte ich ein Überwachungsvideo, das ihn beim Ladendiebstahl zeigt. Wenn ich unterging, dann er auch.

Es war ein guter Plan«, sagte Carmen zufrieden. »Ich hab dich zu der Zeit angerufen, zu der er bei dir ankommen sollte. Selbst wenn du den geringsten Zweifel gehabt hättest, dass ich etwas damit zu tun habe, dass du seit kurzem belästigt wirst, konntest du mich nicht verdächtigen, das Nachtlicht hingelegt zu haben – ich kann nicht an zwei Orten gleichzeitig sein. Also klappte alles perfekt.«

»Und es kam mir nicht in den Sinn, dass du die Polizei gerufen hättest, um nach mir zu sehen, wenn du so verzweifelt besorgt gewesen wärest, wie du getan hast, statt schreiend am Telefon zu warten«, sagte Teresa. »Ich war blöd.«

»Ja, antwortete Carmen leicht amüsiert. »Blöd.«

»Du hast auch die Videokassette von meinem sechzehnten Geburtstag aus Dads Haus entwendet, das Schloss meines Hauses aufgebrochen und die Kassette eingelegt, kurz bevor ich mit Mac nach Hause kam. Du hast auch Mums Schal in Dads Haus gelegt, stimmt's? Die Frau von nebenan ist eindeutig paranoid, aber sie hat sich nicht geirrt, als sie oben Licht gesehen hat.«

»Ich wusste es am selben Tag, als das Haus verkauft war. Der Immobilienmakler schaute bei *Schmuck und Schätze* herein und gab mit den Neuigkeiten an. Ich ließ es darauf ankommen, dass du nicht widerstehen könntest, ein letztes Mal ins Haus zu gehen und Marielles Kram durchzuwühlen. Ich hatte immer noch den Nachschlüssel zum Haus. Ich ließ den Schal an dem Abend dort. Am nächsten Abend kam ich zurück, um sicherzugehen, dass der Schal noch den unverkennbaren, täuschend frischen Duft hatte.«

»Oh, das hatte er. Es wird dich freuen zu erfahren, dass es mich zu Tode erschreckt hat, ihn zu finden.« Teresa hielt inne. »Aber Mum trug ihn nur am Tage, bevor sie verschwand. Sie hat ihn nicht im Haus zurückgelassen, damit du ihn auf einem deiner geheimen Rundgänge aufheben kannst. Wann hast du Mum den Schal weggenommen, Carmen?«

Ihre Blicke trafen sich im Rückspiegel. »An dem Tag, als sie kam, um dich zu sehen, Teri. Am letzten Tag ihres Lebens.« Carmen warf Teri wieder jenes merkwürdige, schiefe Lächeln zu. »Na, endlich sind wir auf dem TNT-Gelände. Mal sehen, was es dort für dich und Daniel gibt.«

3

Während Celeste schrieb, beugte sich Mac über ihre Schulter, klingelte nervös mit dem Kleingeld in seiner Tasche und brüllte: »Carmen hat was gemacht?«, und: »Sie hat sie gezwungen, wohin zu fahren?«, bis Celeste geschrien hätte, wenn sie gekonnt hätte. Als sie fertig war, hielt sie das Blatt Papier hoch, und er riss es aus ihrer zitternden Hand, las es noch einmal und platzte heraus: »Oh, mein Gott!« Dann stürzte er zum Telefon.

Celeste wusste, dass Mac versuchte, mit der Polizei zu sprechen. Deshalb zog sie den bellenden Hund in die Küche, griff nach einem Stück Erdbeerkuchen und zerbröselte ihn in einen Hundenapf. Sierra hörte sofort auf zu bellen und begann zu fressen, als hätte sie seit einer Woche kein Futter bekommen. Als sie fertig war, kehrten sie ins Wohnzimmer zurück, gerade als Mac auflegte.

»Die Polizei ist auf dem Weg zum TNT-Gelände, aber sie wissen nicht, wohin sie fahren sollen. Das Gelände erstreckt sich auf gut hundert Hektar. Weißt du vielleicht, wo Carmen Teri und Daniel hinbringen wollte?« Mac schrie sie immer noch an und Celeste hielt sich die Hände vor die Ohren und verzog das Gesicht, während sie mit dem Kopf schüttelte. »Überhaupt keine Ahnung?«, brüllte Mac.

Celeste gab den Versuch auf, ihm zu verstehen zu geben, dass sie gut hörte. Sie schüttelte traurig den Kopf. Mac murmelte: »Verdammt.« Dann rief er: »Celeste, ich habe gute Nachrichten für dich. Die Polizei hat mir gerade erzählt, dass dein Vater lebt!«

Celeste riss ihre blaue Augen weit auf. »Ja, wirklich. Dein Vater wurde niedergestochen, aber die Verletzung war nicht tödlich. Ein Nachbar hat 110 angerufen, und die Sanitäter kamen sofort. Dein Dad wird gerade operiert, aber sie denken, dass er wieder gesund wird.« Celeste strahlte. Dann sagte Mac sanfter: »Aber ich fürchte, deine Großmutter hat es nicht geschafft. Es tut mir sehr leid.«

Celeste ließ den Kopf hängen. Mac beugte sich herunter, nahm ihr Gesicht in seine Hände, hielt es schräg nach oben und küsste sie auf die Stirn. »Alle haben nach dir gesucht. Ich hab der Polizei gesagt, wo du bist, und sie kommen, um dich zu holen.« Celeste schüttelte den Kopf und deutete auf Sierra. »Sie werden sie auch mitnehmen. Beeil dich und hol ihre Leine. Ich glaube, Teri hat sie an einem Haken in der Küche aufgehängt.«

Als Celeste wiederkam, die Leine an Sierras Halsband befestigt, sah Mac aus dem Fenster. »Da kommt die Polizei. Alles wird gut, Kleine.«

Fünf Minuten später begleitete ein Streifenpolizist Celeste und eine übermütige Sierra zum Polizeiwagen. Mac beugte sich hinein, bevor der Polizist die Tür schloss. »Es tut mir leid, dass ich dich verlassen muss, Celeste, aber ich will der Polizei helfen, Teri zu finden. Du bist ein unglaublich tapferes Mädchen. Ich bin stolz auf dich. Teri würde es auch sein. Und ich möchte, dass du eines nicht vergisst, Celeste. Teri liebt dich sehr, und sie hat großes Vertrauen zu dir. Sie würde wollen, dass du das weißt, egal, was passiert.« Als Mac die Tür schloss, lächelte Celeste zaghaft, Tränen liefen über ihre Wangen. Sie hatte Grandma nicht retten können, aber Daddy lebte, und vielleicht, nur vielleicht, würde Teri diese schreckliche Nacht auch überleben.

4

Um zwei Uhr dreißig war der Highway nahezu ausgestorben. Mac wusste, dass die Polizei vor ihm war, obwohl er keine Polizeiautos sehen konnte. Er erinnerte sich, dass Marielles Eltern ein Gebäude in der Nähe des Eingangs zum heutigen Naturschutzgebiet besessen und ihr vererbt hatten. Vielleicht hatte Carmen Teri und Daniel zu dem Gebäude gebracht. Zumindest hoffte Mac das, denn es war leicht zu finden, und er wusste nicht, wo er sonst suchen sollte.

Während er fuhr, versuchte Mac die Tatsache zu verdauen, dass es Carmen war, die Hugh und Wendy Farr getötet und

Celeste mit dem Messer schwer verletzt hatte. Jahrelang hatte sie vorgegeben, Teris Freundin zu sein. Sie hatte Fay Warner getötet und Jason schwer verletzt und jetzt Teri und Daniel als Geiseln genommen. Mac hatte die Frau gekannt, seitdem er bei den Farrs Rasen gemäht hatte. Sie war mit Marielle befreundet gewesen. Er hatte sich nur hin und wieder mit ihr unterhalten, aber sie war immer nett zu ihm gewesen. Sie war so freundlich zu Teri gewesen und hatte immer so normal geschienen, dass er Celestes Geschichte immer noch nicht ganz glauben konnte. Oh, er glaubte, dass jemand Teri und Daniel gekidnappt hatte, aber vielleicht hatte Celeste sich geirrt, was den Entführer anging. Sie war so lange traumatisiert gewesen. Sie war erneut traumatisiert. Sie musste sich irren.

Aber aus irgendeinem Grund glaubte er nicht, dass Celeste sich irrte. Die attraktive, hart arbeitende, lustige, charmante Carmen Norris war eine kaltblütige Mörderin.

Sechs Kilometer nördlich von Point Pleasant bog Mac in den y-förmigen Eingang des Naturschutzgebietes ein. Seine Scheinwerfer durchbohrten die ungewöhnlich dunkle Nacht und ließen eine Straße erkennen, gesäumt von Mais- und Sojabohnenfeldern. Direkt hinter den Feldern sah er die Umrisse des Gebäudes, das Marielle gehörte, und das Aufleuchten der Lichter der Streifenwagen. Er fuhr auf den Parkplatz, sprang aus seinem Lexus und stürzte zum nächsten Polizisten, ohne den Motor abzustellen.

»Irgendjemand hier?«, fragte er aufgeregt.

Der junge Streifenpolizist schüttelte den Kopf. »Das Gebäude ist abgeschlossen, Mr MacKenzie. Wir haben hier alles abgesucht und können keine Anzeichen finden, dass kürzlich jemand hier gewesen ist – nicht einmal frische Reifenspuren. Ich fürchte, es ist niemand hier.«

»Das überrascht mich nicht«, sagte Mac hoffnungslos. »Der Ort ist zu offen – zu nahe an der Straße, zu gut zu sehen für jemanden, der vorbeikommt. Carmen hätte –« Mac brach ab, unfähig, »Teri« zu sagen, »sie und den Jungen an irgendeinen einsameren Ort gebracht.«

»Haben Sie irgendeine Idee, wo das sein könnte? Schließlich erstreckt sich dieses Gelände über fast tausend Hektar.«

Fast tausend Hektar. Mac wusste, dass das Gelände riesig war, aber seine Hoffnung sank, als jemand das tatsächliche Ausmaß der Fläche nannte. Wie konnte er Teri in so einem großen Gebiet finden, besonders wenn die Zeit drängte?

Mac schloss die Augen und versuchte, sich an alles zu erinnern, was er über das Gelände wusste. Er erinnerte sich, dass während des Zweiten Weltkrieges zwei Kraftwerke gebaut worden waren, um Energie für die Herstellung von Sprengstoff zu liefern. Eines der Kraftwerke, das sich gegenüber dem Gebäude befand, das Marielle gehört hatte, war zerstört worden. Er wusste, dass ein Netz von Tunneln unterhalb des Komplexes lag. Er erinnerte sich, dass Teile des Komplexes nach dem Krieg an Chemiefirmen für die Lagerung ihrer Stoffe verkauft worden waren.

Lager. Das Wort hallte in Macs Gedanken nach. Nicht nur chemische Stoffe wurden auf dem TNT-Gelände gelagert. Während des Krieges hatten Hersteller Sprengstoffe in »Iglus« gelagert, mit Kuppeln aus Stahl und Beton, bedeckt mit Erde und Gras, so dass sie von außen nicht zu erkennen waren. Marielle war von der Geschichte des Geländes fasziniert gewesen. Seine Mutter hatte häufig erwähnt, dass Marielle versucht hatte, sie zu überreden, das Gelände mit ihr zu besuchen, als sie für das Buch recherchierte, das sie schreiben wollte, aber das Gelände hatte Emma Angst gemacht. »Du kriegst mich um keinen Preis dahin«, sagte Emma immer. »Ich fürchte, die einzigen Menschen, die mit Marielle gehen müssen, sind Teresa und Carmen. Wahrscheinlich Carmen. Sie liebt den Ort ja fast genauso wie Marielle.«

Aber Teresa und Carmen waren nicht die einzigen, die Marielle zum TNT-Gelände begleitet hatten. *Er* und Teri waren eines Tages hingefahren, weil Teri dachte, es würde ihrer Mutter eine Freude machen. Sie waren zu einem bestimmten Iglu gefahren – eines, das Marielle besonders mochte, weil es nicht völlig verriegelt war. Sie hatte ihnen erzählt, dass sie mit Carmen dort gewesen wäre und dass Carmen ein Foto von ihr neben dem Iglu gemacht hätte. Aber sie wollte noch mehr. Also hatten sie ein Abenteuer daraus gemacht, es zu erkunden und Fotos zu machen. Viele Fotos, denn Marielle war so angetan von dem Aufbau, sogar vom Inneren, wo Graffiti an den Wänden waren, Namen von vermutlich »leichten« Mädchen und ihre Telefonnummern, höchst originelle Aufforderungen an einige unpopuläre Personen der Stadt, »zur Hölle« zu gehen, ein paar umgedrehte Pentagramme. Mac runzelte die Stirn, war verzweifelt. Wenn er sich nur erinnern könnte, wo das Iglu lag …

5

Teresa war noch nicht weit auf dem TNT-Gelände gefahren, als Carmen ihr befahl, links abzubiegen. Sie fuhren ein paar Meter und erreichten dann eine niedrige Eisenschranke, die die Straße blockierte. Carmen befahl ihr, das Auto abzuschalten und auszusteigen. »Und denk dran, ich habe Daniel fest im Griff«, fügte sie hinzu.

Während Carmen vom Rücksitz des Autos glitt, stand Teresa in der warmen Dunkelheit und lauschte dem Quaken der Frösche von den nahe gelegenen Teichen und dem gelegentlichen Ruf einer Eule. Sie hatte diesen Ort nie gemocht, auf dem Gelände wurde Tod produziert – Tod in Form von Sprengstoff. Einige der Sprengstoffe blieben hier, verborgen, lauernd. Der Gedanke ließ sie erschauern.

»Du zitterst«, sagte Carmen unmittelbar hinter ihr. »Es ist überhaupt nicht kalt. Hast du Angst?«

»Ja. Wer hätte keine?«

»Gut! Keine falsche Tapferkeit. Ich hasse es, wenn Leute im Angesicht des Todes versuchen, tapfer zu sein. Es sei denn, es ist ihnen egal, dass sie sterben.«

»Gus war es nicht egal«, sagte Teresa mit steinerner Miene. »Hat er versucht, tapfer zu sein?«

»Gus hat den Fehler gemacht, in den Stall zu kommen, als ich gerade Eclipse freiließ.« Carmen lachte wieder. »Er dachte, ich wäre Marielle. Er war überglücklich! Wusstest du, dass er und deine Mutter ein bisschen so was wie eine Beziehung hatten? Nichts, was sehr weit ging. Ich konnte es nie verstehen – deine Mutter hatte Hugh Farr, aber Gus Gibbs war der Mann, den sie wollte! Aber egal, als er mich genauer ansah, war alles vorbei für ihn. Die Forke stand da, wartete nur auf mich, und ich erlöste Gus von seinem Elend.«

»Und hast Eclipse laufenlassen, bist dann aus dem Stall gelaufen direkt vor mein Auto.«

»Vor dein Auto zu laufen war nicht geplant, aber du hättest dein Gesicht sehen sollen! Dann bist du hinaus in den Regen gesprungen und hast angefangen zu heulen: ›Mami!‹ Oh, mein Gott, es war köstlich!«

»Es freut mich, dass du das dachtest.« Teresa wollte sich umdrehen, aber Carmen stieß ein scharfes »Nein!« aus. Teri gehorchte, stand regungslos auf der unbefestigten Straße, nahm die Geräusche der verlassenen Gegend wahr. Bald würde sie nichts mehr hören. »Darf ich noch eine letzte Frage stellen?«, wagte sie sich vor.

»Meinetwegen.« Carmen klang jetzt müde. Sie hatte einen anstrengenden Abend, dachte Teresa mit Galgenhumor.

»Was ist mit meiner Mutter geschehen?«

»Ach, du meine Güte, ich dachte, du hättest es inzwischen erraten. Nach der großen Szene in euerm Haus, als Hugh sie erwischte und sie fliehen konnte, kam sie zu mir gelaufen. Zu mir! Sie weinte und jammerte und machte auf ihre verdammte hoffnungslose, hilflose Art weiter, die mich immer rasend gemacht hat. Ich bin durchgedreht. Ich konnte es einfach nicht mehr ertragen, besonders nachdem ich gerade herausgefunden hatte, dass Wendy schwanger war.

Ich habe eine gute Show abgezogen. Ich hab sie eine Weile getröstet. Dann habe ich ihr gesagt, dass ich sie zurück zu Tante Beulah bringe. Nur sind wir nie zu Beulah gefahren. Ich habe sie direkt hier raufgefahren, direkt zu dem Iglu vor uns. Es war inzwischen Abend geworden. Ich musste mir keine Sorgen machen, dass uns jemand sieht. So müde, wie sie war, konnte sie doch nicht widerstehen, auszusteigen und sich das alte Iglu anzusehen, das sie so liebte. Während sie herumstreifte, vor sich hin murmelnd, erstach ich sie. Und es hat gutgetan, endlich ihr wimmerndes Selbstmitleid zu beenden. So gut!«

Teresas Magen zog sich zusammen. Für einen Moment drehte sich die dunkle, einsame Landschaft, und sie dachte, sie müsste sich übergeben. Sie holte tief Luft. »Was hast du mit ihrer Leiche gemacht?«

»Ich habe sie hier oben begraben.«

»Wo?«

»Das spielt keine Rolle. Du kannst mir glauben, dass du sie nicht finden würdest, selbst wenn du die Möglichkeit hättest, sie zu suchen. Es ist wahrscheinlich ohnehin nicht viel von ihr übrig. Na ja, du wirst mit ihr zusammen sein. Deshalb wollte ich dich hier oben töten, Teri. Du bist wie sie – die Frau, die alles hat, sogar Liebe. Du hast alles, was ich haben sollte, genau wie deine Mutter. Aber ich habe ihr nicht erlaubt, alles zu behalten, und ich werde es dir auch nicht erlauben. Ich hasse dich genauso sehr, wie ich sie gehasst habe. Und erzähl mir nicht, dass ich nicht damit durchkomme. Ich habe für Jahre vorgesorgt. Ich habe Geld versteckt und falsche Papiere. Ich verlasse diesen gottverlassenen Ort und fange noch einmal von vorne an, sobald ich dich und Sharons kleinen heulenden Spross getötet habe.«

Teresa hätte sich fast auf die Frau gestürzt, wollte ihr die Augen auskratzen, sie zu Boden werfen und den Kopf gegen einen Stein schlagen, wollte etwas Gewaltsames tun, um ihre Mutter zu rächen. Wenn Teresa allein gewesen wäre, hätte sie es getan. Sie hatte nichts zu verlieren. Aber Carmen hielt immer noch Daniel, der ununterbrochen leise, hoffnungslos weinte. Armer kleiner Daniel, der sterben würde, weil er die Nacht bei Tante Teri verbringen sollte. Teresa schloss wieder die Augen, dachte, dass sie einfach nicht ertragen könnte, was gerade geschah. Sie wünschte fast, Carmen würde einfach die Waffe heben und ihr in den Kopf schießen.

Fast. Sie konnte Daniel nicht aufgeben.

Teresa öffnete die Augen und sagte mit erstaunlich fester Stimme: »Was sollen wir jetzt tun, Carmen?«

»Ich will, dass ihr geradeaus zu dem Iglu geht. Ihr könnt die Schranke, die die Straße blockiert, umgehen. Ich habe es hundertmal gemacht. Deine Mutter auch.«

Mum auch, dachte Teri, als sie langsam durch das taunasse Gras am Rande der Straße ging und Carmen und Daniel hinter sich hörte. Ihre Mutter war mit Carmen zu dem Iglu gegangen. Teresa erinnerte sich an das Foto, das Carmen von Marielle aufgenommen hatte. Sie hatte lachend neben dem Iglu gestanden. Sie hatte keine Ahnung, dass sie dort sterben würde.

Teresa erreichte die Tür des Iglus. Sie fragte nicht, was sie als Nächstes tun sollte. Sie griff nach dem Riegel, mit dem die Tür verschlossen war, und zog. Mit einer langsamen, knirschenden Bewegung öffnete sie sich.

Eine Welle modriger Luft schlug ihr entgegen. Die totale Dunkelheit im Innern schien nach ihr zu greifen, sie verführerisch ins Vergessen zu locken. Es wäre so leicht, einfach hineinzugehen, sich von der Dunkelheit schlucken zu lassen, während Carmen abdrückte. Teresa tat einen Schritt hinein, fühlte sich angezogen, ins Vergessen gezogen –

Dann leuchtete ein Licht auf. Carmen hatte eine Taschenlampe mitgebracht. Selbstverständlich. Sie hatte das Ganze geplant, dachte Teri. Sie würde nicht eine Taschenlampe vergessen, zumal es nicht das erste Mal war – sie hatte diese Szene schon einmal vor acht Jahren mit Marielle Farr als Opfer gespielt.

Mama, dachte Teri. Nur eine Geisel und nicht zwei. Eine, die Carmen festhielt, während sie gleichzeitig eine Taschenlampe und nicht die Waffe hielt. Sie konnte nicht beides gleichzeitig. Sie konnte nicht Daniel, eine Taschenlampe und eine Waffe gleichzeitig halten.

Teresa griff verstohlen in ihre Tasche, legte die Hand um den Pfefferspraylippenstift und stürzte sich auf Carmen. Als sie auf die Frau losging, schnippte sie den Deckel von der Spraydose. Ihre Körper trafen sich, und Teri sprühte die Flüssigkeit in Carmens große blaue Augen. Einmal. Zweimal. Dreimal.

Die Frau stieß einen kurzen, scharfen Schrei aus, bevor sie und Teri auf den Boden stürzten. Daniel wich mit einem schrillen Schrei zurück, aber Teri hörte ihn kaum. »Geh!«, schrie sie ihn an. »Lauf!« Sie war sich nicht sicher, ob er gehorchte. Sie war zu sehr damit beschäftigt, die Waffe zu finden. Carmen kämpfte und fluchte, während Teresas Hände sie abtasteten, wühlten, suchten. Aber aus den Augen der Frau strömten Tränen, und sie konnte nicht die Hände von ihnen nehmen, konnte Teresa nicht in den Griff bekommen. Nach einer scheinbaren Ewigkeit packte Teri kaltes Metall, merkte dann, dass sie die Taschenlampe erwischt hatte. Sie ließ sie fallen, suchte verzweifelt nach der Waffe. Die Waffe, verdammt. Wo war die Waffe?

Plötzlich war die Welt um sie herum in strahlendes Licht getaucht. Teri hatte im Kampf kaum irgendetwas gehört. Jetzt blickte sie auf. Autos. Scheinwerfer. Rote Lichter schienen grell in die sanfte Dunkelheit der unberührten Natur. Sie träumte. Teri wusste, dass sie träumte. Carmen stieß einen animalischen Schrei der Enttäuschung aus. Dann durchbohrte ein Schmerz Teris Schläfe. Sie hat mich erschossen, dachte Teri undeutlich, während die Welt zu schwinden begann. Carmen hat mich doch noch erwischt, so wie Mum.

Epilog

Teri stand im hellen Sonnenlicht vor dem Stall. Sie atmete die frische, von der Sonne gewärmte Luft tief ein und beobachtete, wie Sierra mit einem Schmetterling herumtollte. War es erst eine Woche her, dass Carmen mit Essen für ihre Verlobungsparty gekommen war? War es erst eine Woche her, dass Teri und Daniel fast von Carmens Hand gestorben waren?

Zwei Tage lang, nachdem Carmen Teri mit der Waffe den heftigen Schlag versetzt hatte, waren Teresas Gedanken verworren gewesen, ihre Erinnerungen bruchstückhaft. Sie merkte, dass Mac besorgt war, Kent besorgt war, aber sie konnte sich auf nichts konzentrieren. Dann, am dritten Morgen, war sie mit klarem Verstand aufgewacht, die Ereignisse der schrecklichen Nacht so deutlich, dass es weh tat. Sie wollte vergessen, aber sie wusste, sie konnte die Nacht niemals aus ihrem Gedächtnis streichen.

Am schlimmsten war, dass sie niemals Carmen Norris aus ihrer Erinnerung würde streichen können – denn genau in dem Moment, als Carmen Teri mit der Waffe an den Kopf schlug und Teri halb bewusstlos von Carmen gerollt war, hatte ein Polizist Carmen erschossen. Teri hatte gespürt, wie etwas Warmes und Nasses über ihr Gesicht gespritzt war, bevor sie das Bewusstsein verlor. Mac konnte Teri nur sagen, dass der Polizist Carmen am Kopf erwischt hatte und dass es schlimm gewesen war. Aber Carmen konnte nicht viel Schmerz empfunden haben, ergänzte Mac immer. Sie musste fast sofort gestorben sein.

Jetzt sah Teri Macs Lexus über den Hügel kommen. Er hielt neben dem Stall. Celeste sprang aus dem Auto und lief zu Teri. Ihre blonden Haare flogen, sie lächelte breit. Sie umarmte Teri überschwänglich, beugte sich herunter, um die aufgeregte Sierra zu streicheln, warf sich dann wieder in Teris Arme. »Oh, Teri, alle sagten, dass es dir gutgeht, aber ich musste es selbst sehen. Du siehst gut aus! Na, ja, du hast einen kleinen Bluterguss, aber du bist immer noch die schönste Frau auf der Welt!«

»Das finde ich auch«, sagte Mac und ging auf Teri zu. Sein gelocktes Haar glänzte in der Sonne, und sein Blick suchte ihren, warm, fürsorglich und liebevoll. Teresa riss sich von Celeste los und ging zu Mac, schmolz in seiner starken Umarmung. »Hey, du hast immer noch einen ziemlich festen Griff, Teri!« Er lachte. »Ich gehe nicht weg.«

»Ich glaube, ich muss immer noch an den Abend des vierten Juli denken, als du mit deiner Mutter weggegangen und nicht wiedergekommen bist.«

Mac sah betreten aus, obwohl er sich schnell verteidigte. »Ich habe mich entschuldigt, ich habe es erklärt.«

»Dass deine Mutter nicht da war, als du zu ihrer Wohnung zurückgekehrt bist, und du deshalb zur Notaufnahme des Krankenhauses gefahren bist. Dass sie dort hingefahren war, weil sie dachte, sie hätte einen Herzinfarkt, und du nichts davon wissen solltest. Falscher Alarm, zum Glück. Dass dein Handy aus der Tasche gefallen ist, als du aus dem Auto gestiegen bist, und du es mit dem Fuß unter das nächste Auto gestoßen haben musst. Dass du immer wieder versucht hast, von einem der Münztelefone im Krankenhaus anzurufen, aber entweder waren sie besetzt oder wenn du eines erwischt und meine Nummer gewählt hast, habe ich gerade telefoniert.«

»Hast du vergessen, dass diese schrecklichen Frauen am

Empfang nicht zulassen wollten, dass ich eines ihrer offiziellen Telefone benutze, weil sie nur für Mitarbeiter bestimmt sind?«

»Das hast du tatsächlich. Es ist eine höchst unwahrscheinliche Geschichte – so unwahrscheinlich, dass ich sie glaube und dir vergebe. Obwohl, wenn du hier gewesen wärest –«

»Wärest du vielleicht nicht so nahe dem … na, ich will es nicht einmal aussprechen.« Er sah hinüber zu Celeste. »Aber auch wenn ich dich im Stich gelassen habe, Teri, du hattest einen Schutzengel.«

Teri lächelte Celeste an. »Du hast mir das Leben gerettet, Celeste. Mir und Daniel.«

»Ach wo«, sagte Celeste errötend. »Ich konnte nicht einmal sprechen. Ich dachte, es würde wie das letzte Mal sein. Aber als ich erfuhr, dass Daddy noch lebte … kam meine Stimme einfach zurück.« Ihre Augen blickten weniger froh. »Aber ich fühle mich schlecht wegen meiner Großmutter. Wenn ich nicht gewesen wäre, wäre sie noch am Leben.«

»Sie ist gestorben, weil sie dich schützen wollte, Celeste«, sagte Teri. »Ich habe deine Großmutter nicht gut gekannt, aber ich weiß, wie wichtig du ihr warst. Und wenn sie jetzt schon sterben musste und nicht erst in zwanzig Jahren, dann hätte sie sich gewünscht, für das Mädchen zu sterben, das sie am meisten auf der Welt liebt.« Celestes Augen füllten sich mit Tränen, und Teri sagte schnell: »Ich habe Mac gebeten, dich herzubringen. Komm, wir gehen in den Stall. Ich habe eine Überraschung für dich.«

»Lässt du mich auf Eclipse reiten?«, fragte Celeste aufgeregt.

»Warte es ab«, antwortete Teri geheimnisvoll.

Das Innere des Stalls war hell vom Sonnenlicht, das durch die Dachfenster schien. Celeste ging an den Boxen entlang, begrüßte Bonaparte, Conquistador, Phantasia und Sir Lancelot. Kurz bevor sie Eclipse erreichte, blieb sie abrupt stehen und schnappte nach Luft. Ein cremefarbener Morgan mit einem anmutigen Hals, einem schmalen, hübschen Kopf und dunklen herzerweichenden Augen wieherte, stieß dann sein Maul in Celestes ausgestreckte Hand. »Das ist Schneeflocke«, sagte Teri. »Sie gehört dir.«

Celeste öffnete leicht den Mund. Ihre Augen begegneten Teris. Dann fragte sie mit dünner Stimme: »Sie gehört mir? Wirklich mir?«

»Ja«, sagte Teresa. »Ich weiß, sie ist nicht weiß, wie die richtige Schneeflocke. Aber sie ist ganz hell cremefarben mit nur wenigen dunklen Flecken. Ich hoffe, du bist nicht enttäuscht.«

»Ent… enttäuscht?« Celeste lief von dem Pferd weg, warf sich wieder in Teris Arme und rief: »Oh, danke, Teri! Danke, danke –«

»Okay!« Teresa lachte. »Sie gefällt dir also?«

»Ich habe niemals in meinem Leben gedacht, dass ich ein Pferd wie sie haben würde! Ich kann es nicht glauben! Daddy wird es nicht glauben! Daddy wird dir dafür –«

»Nein, das wird er nicht«, sagte Teresa entschieden. »Schneeflocke ist mein Geschenk für dich.« Sie blickte in die überfließenden Augen des Mädchens. »Jetzt geh und kümmere dich um dein Pferd. Sie vermisst dich schon.«

Im nächsten Moment stand Celeste vor Schneeflocke, streichelte sie und sprach mit ihr. Sierra, die in solchen Momenten der Freude kaum an sich halten konnte, stand neben Celeste, wand sich, drehte sich und wedelte wie verrückt mit dem Schwanz.

»Dass du Celeste das Pferd gekauft hast, war wunderbar«, sagte Mac. »Ich weiß, es hat ein Vermögen gekostet.«

»Ich bin eine extrem erfolgreiche Frau. Ich habe diese Woche zwei neue Schüler bekommen, jetzt, da jeder weiß, dass ich niemanden getötet habe.« Nüchtern fügte sie hinzu: »Nicht einmal Carmen.«

»Sie hat bekommen, was sie verdient hat, genau wie Byrnes«, sagte Mac.

»Und wie geht's deiner Mutter?«, fragte Teri.

»Letzte Woche ist es mit ihr bergab gegangen, weil Celeste gesprochen und Byrnes sein Geständnis widerrufen hat, das hat sie beunruhigt. Sie hat nicht viel geschlafen, und wenn, dann hatte sie Albträume. Sie verwechselte deine Mutter und Hugh mit Carmen und Hugh. In ihrem Unterbewusstsein wusste sie von der Affäre – ich glaube, sie beobachtete sogar eine Trennungsszene von Hugh und Carmen in euerm Haus, aber sie war sich nicht sicher, was sie da sah. Aber tief in ihrem Innern hat sie immer über sie Bescheid gewusst, und es hat sie jahrelang lebendig aufgefressen. Es wird ihr jetzt bessergehen, da wir wissen, was ihr Probleme gemacht hat. Sie ist eine Überlebenskünstlerin.«

»Ich wünschte, meine Mutter wäre es auch gewesen. Ich kann sie nicht einmal richtig beerdigen. Wir haben keine Ahnung, wo Carmen sie vergraben hat. Die Polizei hat um das Iglu herum gegraben und nichts gefunden. Niemand wird uns erlauben, das halbe TNT nach ihr umzugraben.«

»Aber du hast gesagt, du wirst hier in Farr Fields einen Gedenkstein für sie errichten – etwas Kleines, Hübsches, genauso, wie sie es sich gewünscht hätte. Wir werden einen Gottesdienst abhalten. Du und Mum und ich werden hier sein. Kent und Daniel und Sharon.«

»Sharon nur, wenn sie aus dem ›Genesungsheim‹ entlassen ist. Kent besteht darauf, es so zu nennen«, sagte Teri. »Ich denke, es war gar nicht so schlecht, dass sie diesen Nervenzusammenbruch hatte. Sharon brauchte schon seit langem Hilfe. Kent hatte nur Angst, sie würde denselben Weg gehen wie meine Mutter.«

»Und er wollte nicht, dass sein Bild in der Öffentlichkeit beschädigt wird«, sagte Mac säuerlich. Teresa warf ihm einen strengen Blick zu. »Ja ja, schon o. k. Ich hab versprochen, dass ich meine Freundschaft mit Kent wiederaufleben lasse.« Mac hielt inne. »Zumal er mein zukünftiger Schwager ist.«

»Teresa hob eine Augenbraue. »Oh, ist er das?«

»Ist er das nicht?«

»Ich weiß nicht. Ist das deine Art, einen Antrag zu machen, Mac? Wenn ja, spricht es nicht gerade für deinen Stil.«

Mac fiel sofort auf die Knie, zog ein Etui aus der Tasche, klappte den Deckel hoch und hielt einen funkelnden in Platin gefassten Brillanten hoch. »Teresa Lynn Farr, wirst du mir die Ehre erweisen, mich zu heiraten?«

Während Teresa so tat, als würde sie darüber nachdenken, sauste Celeste zu ihr, Schalk in den Augen. Teri legte den Arm um die Schulter des Mädchens und sagte: »Die Antwort ist ja, aber nur unter einer Bedingung.«

»Und welche ist das?«, fragte Mac.

»Dass Celeste einverstanden ist, meine Brautjungfer zu werden.«

»Oh, Teri, wirklich?«, rief Celeste. »Dieser Tag wird immer besser. Ja, ich werde deine Brautjungfer! Oh, bitte, heirate Mac! Du musst, Teri, wirklich!«

Teresa sah Mac tief in die Augen – die Augen, die sie liebte, seitdem sie sechzehn war. »Ja, ich schätze, ich muss.«

Carlene Thompson

Schwarz zur Erinnerung
Roman
Aus dem Amerikanischen
von Ann Anders
Band 14227

Sieh mich nicht an
Roman
Aus dem Amerikanischen
von Anne Steeb
Band 14538

Heute Nacht oder nie
Roman
Aus dem Amerikanischen
von Anne Steeb
Band 14779

Im Falle meines Todes
Roman
Aus dem Amerikanischen
von Anne Steeb
Band 14835

Kalt ist die Nacht
Roman
Aus dem Amerikanischen
von Irmengard Gabler
Band 14977

Vergiss, wenn du kannst
Roman
Aus dem Amerikanischen
von Irmengard Gabler
Band 15235

Glaub nicht, es sei vorbei
Roman
Aus dem Amerikanischen
von Irmengard Gabler
Band 15946

Fürchte, was du siehst
Roman
Aus dem Amerikanischen
von Irmengard Gabler
Band 16928

Gestehe ein letztes Mal
Kriminalroman
Aus dem Amerikanischen
von Christine Strüh
Band 17290

Du wirst die Nächste sein
Kriminalroman
Aus dem Amerikanischen
von Christine Strüh
Band 17861

Fischer Taschenbuch Verlag

fi 555 002 / 4 / a